赫伯特的奇幻人生

[澳] 彼得·凯里 著 张卫华 译

上海社会科学院出版社

万墨轩图书
WIPUB BOOKS

谨以此书为由，
把我的爱和感恩献给我的父亲与母亲。

澳大利亚的历史几乎总是那么奇特，甚至可以说是光怪陆离的。这个国家的历史本身就是最珍贵的新奇事物，这使得其他新奇的事物只能退居第二、第三。澳大利亚的历史，读起来不像一部历史，而像是最美的谎言。它是一种全新的故事，并非老旧、陈腐的那一类。它充满了惊喜和冒险，充满了不和谐、矛盾和不可思议。但它们都是真实的，他们确有发生。

——马克·吐温《异国的流浪者们》
（*More Tramps Abroad*）

目 录
CONTENTS

我叫赫伯特·白杰瑞,说起来大小也算个名人。
我是个不可救药的谎话大王,一直以来都是如此。
我今年139岁了,年龄绝对货真价实,你们大可放心。
人们都来看我,好奇我怎么活了这么久?
或许正是因为我活了这么久,所以才经历了非同寻常的奇幻人生……

第一部
BOOK ONE   001

第二部
BOOK TWO   211

第三部
BOOK THREE   393

第一部
BOOK ONE

1

我叫赫伯特·白杰瑞，今年139岁了，说起来大小也算是个名人。人们都来看我，好奇我怎么可以活这么久？有时候连我自己都感到困惑，每当这种时候，日子就很难熬。难以置信吧，一个人居然自我感觉如此糟糕，却又能继续苟活于人世。

我是个不可救药的谎话大王，一直以来都是如此。我把丑话说在头里，不想兜什么圈子。货物离柜，概不退换。不过我的年龄绝对货真价实，你们大可放心，因为不仅仅我这么说，而且它已经受到公开认证了。那些独立专家们对我进行过各种检查，戳戳我这儿，捅捅我那儿，还在我臭烘烘的嘴里刮了一圈，量我的脚踝，看我的双腿。对于我来说，不用再替我的两条腿担心真是令我如释重负。他们给我拍照的时候，我知道我的下体像匹马的一样，满是疙瘩，疤痕累累，不过，对此我已根本不在乎了——尽管我曾经是个好面子的人，绝对不允许他们拍这样的照片。除此之外，报纸上对我的报道可以说是连篇累牍（而且都在那儿，清清楚楚地印在一张表里，就搁在离我躺的地儿不到3英尺的地方）。别以为对我来说这有什么新鲜的——广受报道其实已经成了我的弱点之一，现在我就不多说了，后面没准会让你印象深刻，还是强调一下我说这么多的目的吧：我是不会就自己的年龄撒谎的。

至于其他，大概你们也知道了，撒谎是我的强项，我的专长，我的技巧之所在。为它找到一个新的用途真是个了不起的慰藉。对于我来说其实也费了好大功夫，天晓得，实际上一直以来我对自己的所作所为也并不感到光彩。不过现在，我的那些谎言，甚至还不及放屁更让我感到羞耻（我特意憋出个响屁以强调这一点）。当然，肯定会有人抱怨的。（现在就有人抱怨我放屁了——非常抱歉，各位难兄难弟）不过我建议你们还是不要浪费时间，拿出红笔来，圈圈点点，试图分辨出我说的话哪句是真、哪句是假，还是放松一点，尽情享受我给你带来的故事吧。

我觉得有点恼火。他们将测径仪塞到我的身体里。要是到了这把年纪，我忽然摇身一变成了个女人，肯定会成为报章杂志追逐的焦点。现在，唯一让我继续活下去的理由就只有好奇心了:我很想看看我这又脏又老的躯体,接下来究竟会怎样。

我像只躺在沙滩上老迈的乌贼,正在慢慢腐烂。他们看着我有点害怕,根本猜不到,除了脑浆像一锅粥一般荡漾之外,我的脑袋里其实什么也没有。我已经不能开口说话了,所以他们也无从得知我的内心世界究竟发生了什么变化:人之将死,我甚至变得有那么点儿和蔼可亲了。

我也看书。我开始看书的年纪,大多数人早已老眼昏花,或者已经躺在床上等死了。这一点要归功于莉娅·戈德斯坦,她有个大脑袋,跟只足球似的,是她让我开始读书的,而一旦我开始读了之后,便再也没有人能让我停下来。等被关进兰金·唐斯监狱的时候,我已经被称为"教授"了,而且还获准通过函授的方式取得了文学学士学位。

1919年的时候,安奈特·戴维森书架上的那些书对于我来说毫无意义。不过现在,如果愿意的话,我可以替她造个图书馆。我可以随意、优雅而又轻松地用一卷卷图书,将她的书橱塞满,书架深的地方我会给她摆上两排,将它们封面朝上搁在餐厅的桌子上,从窗户里扔到外面芜杂的草地上,书脊折断,一本本变成残章断简。

书!书现在对于我来说根本不成问题,不过快到60岁的时候我才只认识十来个单词,而且其中有两个还是我的名字。对此我感到非常的羞愧。我机关算尽,费尽心思,有时候甚至不惜通过欺骗、编故事、撒谎等狗屁手段,仅仅为了说服别人将报纸大声读给我听,所有这些,远比学会识字要难得多。

幸运的是,尽管我所有的荣华早已烟消云散,我的眼睛却依然和他们的一样好使:我的双眼,我不是指视力,而是指颜色,它们依然如蓝宝石般清澈湛蓝,如同那双曾让我父亲的苍白脸颊熠熠生辉的眼睛一样。同样的双眼——我对自己的眼睛很是自得——生在父亲的脸上,我就极为厌恶。没准后面我会跟你提到他,但我不敢保证。

关于我父亲,还是等等再说吧。我更愿意先从一个恋爱故事说起。这不是我要讲的唯一一个真实的恋爱故事——接下来会有大量各式各样的关于恋爱的鬼把戏——但哪一个也比不上这一个如闪电般令我向往。话说它就发生在1919年的11月,那一年我33岁,已经开始严重脱发,每天早上梳头的时候,头发都会大把大把地落下。

2

我想谈谈菲比,但在此之前得先交代一下安奈特·戴维森。如同往常一样,她总是碍手碍脚。

她们俩,就是这对人儿,窝在吉朗维拉蒙特街上一个摇摇欲坠、仅能遮风挡雨的小房子里。那是个阴云密布、沉闷至极的一天,灰蒙蒙的天穹下,低矮的云层和小朵的白云沿着巴旺·黑兹那边的海滩,从天空掠过。一个红鼻头的男孩赶着一大群猪从她们的小屋前经过,朝着拉筹伯台地和大风肆虐的火车站那边走去。吉朗再也没有什么比猪更令菲比感到讨厌的东西了。要是可以的话,她会将它们赶到悬崖峭壁上去,这样就再也用不着为此烦心了。实际上,她对一切都很不耐烦,缺乏耐性。如同现在一样,她坐进椅子里的时候,绝不会像个正常人那样轻松自如——与其说她是坐到椅子上,不如说她是一屁股跌坐进椅子里,直震得小屋的窗户嘎吱作响,正在将香烟放进嘴里的安奈特·戴维森也不满地抬头看了她一眼,嫌恶地皱起了眉头——她是个不容忽视的人物,无论如何得作番介绍。

1919 年 11 月,安奈特·戴维森年方 21 岁,从雷丁的师范学校毕业已经 3 年了,逃离巴黎刚刚一年光景,结束跟雅克·杜塞尔的风流韵事也不过 14 个月的时间。杜塞尔是个小有名气的法国印象派画家,据说跟莫奈等名家颇有私谊。尽管如此,唯一提及他名字的著作还是安奈特·戴维森后来在悉尼写的那本《夜巴黎,暗巴黎》(安古斯 & 罗伯特森出版社,1946)。撇开杜塞尔不说,她置自己生活了 28 年的故乡澳大利亚于不顾,却去写什么巴黎,这一点就足以说明问题了——她仅于 1916 年在巴黎待过短短的 8 个月时间,不过我们暂时还不想展开这个话题。

她在吉朗找了份教书的工作,给英格兰贺米塔吉教会女子文法学校的孩子们教授历史。正是在这里,她认识了 17 岁的菲比。

安奈特·戴维森是个颇有几分姿色的女人,曾经被诺曼·林德塞看中,上过时尚杂志《俊男美女》;现如今,这本杂志已经成为维多利亚画廊里的展品了。林德塞费了好大劲才让她平展双臂、摆成个T字形出镜。因为尽管她有着一张傲慢、专横的脸庞，胸脯也如男人般厚实，但嘴角似乎总流露出某种受虐狂的气息，双臂仿佛时刻准备着要去紧紧拥抱男人的身躯，（事实证明，这一点带有很强的欺骗性）。

对于她之不喜欢吉朗，我无可指责——最终，连我自己也对这个地方颇不以为然。而在贺米塔吉任教，又让她见识了吉朗最糟糕的一面：她的学生，那些农场主的女儿们，她们腿脚粗壮，四肢发达，平淡乏味，了无新奇之处。不过，就在这堆废渣土里，她却发现了一块被埋没的璞玉，远比其他教工洋洋得意地介绍给她的所谓黄金美女要宝贵得多——那些都是愚人眼中的宝贝。

菲比就是个不合时宜的怪胎。她手指染满了墨水，双膝皮肤里嵌满了泥土，脚趾头则生满了脚气，指甲参差不齐，嵌满污垢。她的父亲曾经靠赶牛拉车为生，而且着实因此挣了不少钞票，还搭上了个愣头愣脑的酒吧女招待。此女天生话痨，对自己的身份地位根本就无知无觉，尽管——天知道——她确实费了好大功夫想搞明白这一点。

菲比天生有副甜美的嗓子，但唱起歌来却总是故意洋腔怪调。她生来就有绘画的天赋，但每次在绘画课上，别的同学都已经画完，开始冲洗画笔了，她才漫不经心地随便"涂抹"几笔。大家都知道她有抽烟的癖好，还知道她是"五舍帮"的一员——据说此帮成员之间有着非常活跃的同性恋关系；倘若果真如此，倒是让学校里那些较为常见的同性恋情看起来过于一本正经了。师生公用休息室里，大家都叫她"小讨厌鬼"。

天晓得他们在公共休息室里是怎么议论安奈特的。她总是身着黑色或者灰色的外套，然后再搭上些颜色鲜艳的配饰：要么是个红色的镶片点缀在肩上，要么是个褶裥，中间敞开着，露出一枚紫红色的梅心。她走路的样子也十分奇特，大步流星却又无精打采，倘若这样走在圣米歇尔大道上倒也无妨，但在贺米塔吉就是另外一回事了。校长凯恩小姐势必要找她谈谈，而且，她注意到学校里有几个年纪稍长的女生已经开始模仿她走路的样子了。

戴维森的模仿者中，数菲比最惟妙惟肖。实际上，她对这位新来的历史老师颇为倾心，而且早在聆听到她那圆润、温柔的北方口音之前就已经深陷其中了。不到一个月的时间，她们就走到了一起，而且牢不可破。没过多久，菲比（据说"蠢透了"）就开始写诗、记日记了，法文和历史也顺利通过了考试，并且说得出巴黎一些街道的名字及一些曾经生活在那里的人了。她还知道地铁的站名，甚至知道坐浴盆究竟是什么玩意儿，还读起了拉斯金，学会了嘲讽亨利·劳森（这可是她父亲最为喜爱的作家），而且对戴维森有样学样，皮笑肉不笑地挖苦劳森的那些乡村诗作。在安奈特的帮助下，她膝盖皮肤里的那些陈垢积污，也用肥皂彻底清洗干净了。

她开始向往，向往着世界上有一个地方，在那里，她既能够有归属感，又能够受到尊重；除了小麦和羊毛的价格，除了码头工人们究竟是在雅拉街还是在科里奥码头忙活，那里还有其他各式各样的话题。

从前，安奈特在女学生中也非常受欢迎，颇有"女生杀手"的魅力，但她根本就不曾意识到自己会是个同性恋，直到最后一学期的第二个晚上，菲比蜜糖似的钻进了她这个小情人的被窝——菲比周一到周五住校，周末回家。

不管她衣服上的褶裥究竟传递出何种讯息，也不管她走路的姿势如何大大咧咧，安奈特到底还是个谨慎、理性的人。即便对一个人恨之入骨，她也会将这份仇恨掩藏在心底，表面上依然微笑以对，礼貌周全。她会有意识地取悦自己的老板，定期上教堂，并且大声地哼唱赞美诗。她跟菲比争论，有理有节地和她讲道理，与此同时还留心着外面走廊上的脚步声；但所有这些都不足以抵御菲比的攻势。她的那些论辩，跳跃性极强，出人意表而又漫不经心，与她那柔软得难以置信的双唇、光滑的肌肤、温柔的爱抚，以及她那令人销魂的舌头比起来，简直不堪一击，所以安奈特·戴维森（作为一名信徒，她甚至不曾有丝毫良心上的不安）在自己学生的怀抱里，彻底缴械投降——这样的拥抱，与印象派画家杜塞尔比起来，显然更令人陶醉。

我乐于设想有那么个晚上，菲比将她丑陋的褐色校服和沉重的粗革皮鞋褪下，扔在地板上，从来没有人想到她居然是个美人胚子。而当人们意识到这一点时，曾引起一场可怕的混乱。忽然之间，那些学院和文法学校的男孩子们非但对她卑微的出身毫不介意，甚至于还争先恐后地给她送来各式各样的学校领巾。等到人气极旺、万众期待的年终舞会的请柬终于送达，一一塞进绿色的毛毡信架里，然后整理归类，仿佛战利品一般展示在学习墙上的时候，"小讨厌鬼"收到的请柬要远远超过其他女孩子。不过，此时安奈特（谨小慎微的安奈特）已经住进了西吉朗维拉蒙特街上的那间小房子里了，而菲比压根就没有给曼尼塞德、邱恩弗德、奥斯特或者任何西区所谓的社交明星们哪怕一丁点儿机会。她根本就没有参加任何舞会，甚至于当着许多人的面将一封吉朗文法学校的舞会请柬撕得粉碎，引起了极大的公愤——她还不如直接往圣酒里啤上一口吐沫。

维拉蒙特街种有榆树和胡椒树，住在隔壁的人家还养了头母牛。这是个安静的中下阶层的街区，近乎乡下。菲比（她在1918年底便离校了）说服父母，让他们掏钱请"戴维森小姐"在那里给她补历史课。

哪门子的历史！

于是，她们便一起窝在这间小房子里。她们之间的谈话如同水晶般透明，我只用信手拈来即可。

"清楚地记得自己长什么样儿，"菲比说，"应该算不上什么不道德的事吧。"

"只要不过于沉溺，应该没什么大不了吧。"

一根火柴划过，撕破了猪群哼哼唧唧的叫声。香烟的烟雾轻盈而急促地飘向了天花板。

"哦，安奈特，"菲比叹了口气，"要是有什么办法能够让我忘掉该多好啊。"

"我的意思，"我非常讨厌的那个女人说，"正是如此。"

透过满是灰尘的窗户，菲比目不转睛地看着正渐渐远去的猪群，她很清楚自己究竟有多么诱人：凝脂般的肌肤，波浪般艳丽的红发，水鸟般修长的双腿，婀娜的腰肢，还有那对恰到好处的乳房……

单看相片无法真正了解她究竟有多美。毫无疑问，她的脸蛋并非无可挑剔，但下巴与双唇堪称完美，仿佛造物主在这两个地方挥霍了太多的时间精雕细琢，然后忽然意识到时间有点晚了，于是匆忙捏好了一只小小的鼻子和额头，硬生生地塞到她那几乎没了地方的脸上。单凭相片，可能会觉得她的额头有点儿偏低，而对于她这张脸来说，这样的鼻子似乎稍显偏高，她那美不胜收的下巴和双唇，则又过于抢镜。但是，真人全然没有这些问题，只有不解风情的相机才会让人产生这样的印象，而无视她的精气神，无视她那小小的褐色眼睛传递出来的力度，无视她那瓷娃娃般的脸庞，还有她那如同催眠一般的说话方式——当一个个单词从她那糯米般细小、雪白的齿间飘出时，她几乎都用不着张嘴。

对于菲比非同寻常的美貌，安奈特·戴维森丝毫也不怀疑。但她不喜欢菲比现在谈论自己长相的方式。在她看来，这多少有点病态，或者是某种程度的不幸。她苦思冥想，试图搞明白这样的后果。然而，尽管她颇有见地，却依然深陷其中，无法摆脱自己的学生。

"你的美貌,"她说,"将是你的灾难。你的结局会跟苏珊·布塞尔没什么两样。"

"我怎么可能会跟苏珊·布塞尔一样?"菲比将眼睛从窗户边挪开,扭头抱怨道。她穿了件短款的黑色连衣裙,肩上点缀了一抹淡黄绿色。由于是背光,安奈特看不到她受伤的眼神。"苏珊·布塞尔就是头母牛。"她说完又扭头看着窗外的街道。

"一头乏味至极、自鸣得意的母牛,"安奈特说,"她根本就懒得去思考或者去感受,因为她知道自己会嫁给一个富有的农场主,而且清楚地知道自己的孩子将来会上什么学校。"

菲比冲着蒙着灰尘的窗户做了个鬼脸。

"她在等着生活向她走来,冲她递出橄榄枝,而且一切真的就会如她想象的那样,分毫不差。她根本就不需要劳神费力。"

菲比将鼻子紧紧贴在窗户玻璃上。"跟只猪鼻子似的,"她心想,"反正这条街上原本就满是猪。"

"你得工作,"安奈特温柔地说道,"你得动脑子思考。继续这样下去,你会很不快乐。"

菲比能够感觉得到,不快乐正朝自己席卷而来,如同钢琴丝一般将自己穿透,刺穿自己的肚皮,死死地绑住自己的腰身。"你真够讨厌的。"她说道,有种被出卖的感觉。躲在窗户后的脸一蹶不振,肩膀也耷拉了下来——窗户玻璃上,满是雨后留下的灰尘,斑斑点点。

安奈特慢慢地、十分谨慎地将窗帘拉上,以免引起正在不到 20 英尺远的地方栽种番茄秧子的威尔森太太的注意,然后(只有拉上窗帘之后)才将泪流满面的菲比拥进怀里,将她的脸深深地埋进自己的颈脖中——那里柔软之极,仿佛能够令人乐而忘忧。

"你干吗要这么讨厌,安奈特?"

"因为,"安奈特嘘声道,连她也对自己的激情感到吃惊,"你在盲目等待,希望什么好事能够从天而降。你得行动起来。"

"我会行动的。"菲比一边轻声说道,一边拿手指头轻轻地划过恋人的嘴唇,满怀心事。"那绝对不同寻常。我要做的事不是我能提前计划的,你我都根本无法预见。"

"那会是什么?"安奈特低语道。不过,此时此刻,她已对答案毫无兴趣,而是拿鼻子轻轻地蹭着她的小宝贝那柔软的眼睛。

"肯定不同寻常,"菲比说,"我向你保证。"

后来,当她在悉尼声名狼藉的时候,菲比满世界对别人说自己对这些事早有"预知"。她早就知道自己将看到我的飞机悬在东宝良沃格奈斯特家那片围起来的土地上空。她说服很多人,让他们相信事情果真如此,而我也无法说这不是事实。无论如何,这是个美妙的故事,所以我索性让它如同飞机一样,独自在空中盘旋,然后,带着熄火的引擎,朝她滑翔过去。

3

菲比坐在厨房的大桌子上,荡着双腿,听凭桌子随着自己嘎吱嘎吱欢快地响着,而她母亲和布瑞杰特则忙于往柳条筐里装东西。菲比皱起了眉头,啃起了指甲。她看着自己的母亲,仿佛父母看着自己的孩子一般,心里明白小家伙立马要摔跟头。在那个有点奇怪的家庭里,父母却处在孩子的位置:杰克和莫莉有时为一点鸡毛蒜皮的小事相互抱怨,有时又亲密无间,手拉着手围着玫瑰花丛散步,都50多岁的人了,还彼此打情骂俏,而他们唯一的孩子则在一旁看着他们,紧张得生怕他们伤着自己。

对于吉朗的人情世故,他们根本没有什么概念。他们为人和善、待人亲切,对邻里总是慷慨大方,隔着篱笆拿帽子装鸡蛋送给他们。

菲比对吉朗的那一套非常熟悉。听说母亲邀请了A. D. 柯林斯一家去东宝良野餐,她不禁打了个寒战。莫莉和柯林斯太太都是乌纳护理院委员会的成员,尽管她们能够同属此列纯粹因为她们都嫁了个有钱的男人,但对莫莉而言,这是唯一的原因,她不知道可能还有其他原因,她以为自己满可以邀克林斯太太一起去野餐。

毫无疑问,A. D. 柯林斯一家是不会出席他们的野餐活动的。这样一来,肯定会有很多准备好的东西吃不掉,而她的妈妈肯定会变得神经质般的兴高采烈,话会越来越多,然后,忽然之间——这种时候菲比总是一眼就能看得出来——她会爆发出一阵奇特的笑声,紧接着,全身颤抖,双肩抽搐,哭成个泪人。

菲比跳下桌子，搂住自己的妈妈。莫莉皮肤白皙，头发姜黄色，如同果冻布丁般温柔甜蜜。

"是不是可爱极了？"莫莉说。布瑞杰特退后一步，以免坏了母女俩欣赏柳条筐的兴致。

"是的，"菲比说，"可爱极了。"

幸好克林斯一家很有可能不会参加。麦克格瑞斯两口子野餐的地方总是糟糕至极。他们野餐根本就毫无顾忌，一副厚颜无耻的架势，选择的地方菲比连吐痰也看不上，但他们却依然能够欢天喜地。

菲比已经不愿意抗辩，也不屑于生气了。她对野餐的种种讲究实在是太过了解了。比如说，你不能选择在海滩上野餐，因为那儿沙子太多；你得尽量避开蚊虫肆虐的地方，避开高大的树木，因为树枝没准会从天而降；要避开丛林茂密的地方，因为野火没准会突然席卷而来；还要避开公牛蚁经常光顾或者曾经发现过公牛蚁的类似的土壤或植被。另外，最为重要的是，你得选择有大量活水的地方，这一点来不得半点含糊（即便靠近河流，如果上游不远处有可能会漂着头死牛的话，这种地方也是万万不可接受的）。

对于莫莉·麦克格瑞斯来说，要是野餐的地方有个比较好的黄铜水龙头的话，那么这顿野餐便可以视为已经成功大半了。

他们都知道，或者自以为知道，莫莉的脑子有点儿不对劲，只是无论是作为父亲的杰克，还是作为女儿的菲比都没有明说，否则根本无法解释他们为什么如此没有原则地纵容她，替她拿来那么多的面包和热牛奶，尽管她结实得跟头牛似的——这一点谁都看得出来——还像照看病人似的对她关怀备至。莫莉忙得气喘吁吁，她准备野餐的劲头堪比照看玫瑰园或者打理她的菜园子。当她快乐的尖叫声一浪高过一浪的时候，菲比感受到的却是空气里恐怖的气氛。她的母亲仿佛是一只衔枝筑巢的小鸟，只是她错误地将巢筑在了海滩上，要不了多久，肆虐的潮水就会将它吞噬。她不住地发出欢快乐观的叫声，只是，有经验的人一望而知，连她自己也对这快乐很没有信心。

不过，第一次见到这恍如仪式般的野餐准备工作的时候，我根本就没有觉察到任何恐怖的气氛。我注意到莫莉那双漂亮的、天真无邪的眼睛里充满了期待，听到她满是欢乐的笑声，看到她少女般喜悦地将她那双胖嘟嘟的小手高高扬起，并用戴满戒指的双手紧紧地扶着装得满满当当的柳条筐，将它搬到希斯巴诺·苏莎牌汽车的后备箱里，仿佛护送一筐紧张不安的鸽子一般。

看到丰盛的柳条筐，还有这汽车，以及女主人如此兴高采烈的眼神，一个不明就里的人怎么能够理解菲比的双唇为何如此苍白，眼神为何如此黯淡木讷？

杰克·麦克格瑞斯最爱穿无领的衣服，偏好超大号的裤子，靴子的带子也从来都是松松垮垮的。没准你会误认为他那种摇摇晃晃的走路姿势像极了水手，那肯定是因为你没有好好研究过他走路的样子——水手才不会像他那样走路，只有赶着自己的牛车队，走过漫漫2000英里风沙弥漫之路的人，才有那样的走路姿势。像他这样的人，曾经就着铁杯子狂饮香槟，并且称之为"爷们的烈酒"，曾经睡车底、卧车顶，曾经藏金块于车辙之中，曾经渴饮泥浆之水，在成为有钱人之前，遍尝各式各样的牲畜、爬虫以及飞鸟，但对于妻子在野餐这件事情上所暴露出来的种种不足之处，他丝毫不以为意。"仿佛，"菲比后来说道，"他对母亲愚蠢的行为非但不感到生气，反倒有几分自得，似乎这些恰恰证明她是多么的优雅，多么的具有女人味，多少女人梦寐以求而不可得。我根本就不觉得他认为母亲选的野餐地点有多么蹩脚。他所看到的，无非是这些地方有着巨大的广告效应，能够完美地展示他妻子美丽肌肤是多么的敏感。可以说，他对她极为自豪。"

我们的老好人杰克永远也搞不明白别人为什么会轻慢他的妻子。在他看来，野餐与跟老A.D.在芬奇铁道旅馆喝上一杯（他经常这么干）并无分毫差别。他永远也搞不明白，跟一个男人喝上一杯，与跟他的家人一起吃餐饭之间有何不同。你再也遇不到第二个人如此看淡社会身份的人了。只要愿意，谁都可以上他家去坐坐——主教、灭兔人、瘸腿的退伍军人，还有赛马场上那些颇为风光的人物。他们给他捎些个小礼物，或者信口雌黄编些故事，或者说说自己的亲身经历，他就会跺着脚，将他们的酒杯斟满，开着自己的希斯巴诺·苏莎牌汽车，带他们去兜风。他是我见过的最蹩脚的司机之一。可以说，他对机器全无感觉。（卖车那么多年，我只遇到过三个比他更差的人，有一个就在开车的时候把命丢在了北帕万的那条窄桥上了。）

说起来真是奇怪，一个侍弄起牲口来那么在行、那么敏感的人（杰克就是这样的人之一），可一旦坐到方向盘后面，居然立马变得笨手笨脚，如同白痴一般。

他将车开出私家车道，出发了。莫莉坐在副驾驶的位置上，身体笔挺，正襟危坐，菲比则躲在后排，用一顶宽边黑帽遮了脸。杰克控制着离合器，马达轰鸣，转速还不够的时候他便推进了二挡，然后沿着海边，一路颠簸着朝北开去，直奔东宝良的那个黄铜水龙头。

对于麦克格瑞斯的邻居们来说,他们这副出发的阵势说明了一切,也就是说他根本不配拥有这样的好车,根本不配住在西区大道上,正因为此,也就根本不配将女儿送进贺米塔吉。他用黄色的砖头建了个丑陋不堪的车库,用来停放自己那辆炫目的汽车,拿帽子装着他那脏兮兮的鸡蛋,隔着篱笆送给邻居——帽子的皮革散发出令人恶心的汗臭味,想想看这种亲密感该有多么不合时宜。

杰克开着车一路向北,根本未曾意识到自己挂挡发出的刺耳摩擦声给邻居们的耳膜造成的影响。他紧握方向盘,没多久,那粗壮的胳膊便酸痛不已——他将这种酸痛的感觉归为"关节炎",实际上完全是因为太过用力之故。他的妻子也同样感到肌肉酸痛,只是位置稍有不同而已,同样也是因为过于紧张所致。直到他们超过那些有轨电车、周日运输木材的货车以及福特 T 型车之后,夫妇俩的紧张情绪才稍有放松。

天气炎热,暖风干燥。菲比坐在后排,从心底里将车窗外的景致简化到只剩下少许令人愉快的精华。她半眯着眼睛,任由睫毛将那些不符合自己口味的东西统统过滤掉。堆叠的、坚硬的火山岩,为了铭记年轻的拓荒士兵们付出无数辛劳的纪念碑,还有那些孤独伫立的农舍,阳光直愣愣地照在它们的铁皮屋顶上,四周见不到一株绿色植物。对那些尾巴后面脏兮兮的羊群,她只能在心底默念咒语。在她的脑海里,那绵延无际的羊群和麦田,早已被幻化成了它们的主人们根本无法辨认的物事。唯一留下的,便只有散发着金色微光的平原上那湛蓝色的天空了。在经过菲比过滤的世界里,你根本无法生存。

她热爱这又干又热的风。她热爱速度。

"开快点,"她恳求道,"哦,求你了,妈妈,让他开快点。"

杰克愿意开快点吗?我深表怀疑。至于莫莉,我知道她一点儿也不想。不过他们也非常清楚,希斯巴诺·苏莎牌汽车造出来就是为了让人能够享受速度带来的快感。

"好吧,"莫莉命令道,"开快点,盐田这一段我们开快点。"

杰克绷紧健硕的双臂,双手紧握方向盘,紧张得连手指都酸痛起来。他那双大脚刚一踩油门,苏莎的八缸发动机便迅速作出反应,根本不管(没有丝毫犹豫或耽搁)他有没有足够的男人气概来驾驭它。

他们加快了车速,为了让菲比能够感受到更大的风速,为了让车窗外那平淡乏味的景致能够令她稍有兴致。菲比垂下眼帘，在她看来，这一点风，仿佛几只蜂鸟在她耳畔振动翅膀。毫无疑问，他们对她溺爱有加。就这样，他们以50码的速度穿越盐田，而且，一直没有放慢速度。

4

杰帕里特曾经住着太多的德国人。战争刚刚结束，欧尼斯特·沃格奈斯特便将自己的农场给卖了，搬离了那里。跟其他德国人待在一起实在是太难了。因为太多的德国人居住在一起会让澳大利亚人心生恐惧，进而产生恶意。1917年的时候，他们在他家房子下面发现了个防空洞，结果引起轩然大波，说他收留德国战犯，说他给战犯提供食物。杰帕里特的报纸索性就说他是个骗子。好吧，也许他确实撒过谎，也许没有，但无论如何，他下定决心一定要找个没有德国人的地方生活，毕竟可能还要活些年头——他要像自己儿子那样，学会讲当地话，这样一来，他们就摸不清自己的底细了。

战争结束后，他在东宝良买了块地。当然算不上世界上最好的土地，但肯定要比杰帕里特好很多。500英亩，对于一个上了年纪的人来说，够他辛苦的了。此处距离最近的一个德国人住在20英里外的阿那基。他对这片土地很满意，对于这里德国人的数量自然也很放心。

每次上巴克斯·马什的商店采购日用品的时候，他们都拿他开玩笑，不过至少没有人说要动用私刑处死他。当他们模仿德国人的口吻，说着"是，是"的时候，他只好咧着大嘴，赔着笑脸，缩着脖子，仿佛在说"是，是，我知道"。有时候他们也会欺骗他，不算太黑，只是占点儿小便宜而已，他也就一笑而过，不予计较。不过现在，他们居然在他家的路上写了些关于他的标语。唉，不是他家的路，当然不是（路是澳大利亚政府的），却是经过他房子前的那条路。他猜想可能是那些垦荒的士兵们写的。他们用石灰水画了枝箭，还在旁边写上了"凯撒·比尔，愚儿蠢儿"①几个大字。尽管他并不明白这几个字的意思,但胃里同样泛起恶心的感觉。直到现在,他跪在滚烫的碎石路面上,试图拿沥青将这些字擦掉的时候,依然感到阵阵的恶心。

麦克格瑞斯驾驶着希斯巴诺·苏莎,差点儿从他身上碾了过去,这时候他才意识到有车子驶来。东北风在他耳边呼啸,他唯一能够听到的,便是奥哈根家的镀锌铁皮在风中砰砰作响,有时候夜里也吵得他无法入睡,不过他想也没想过让奥哈根家更换一下。作为一个德国人,他最好还是不要惹什么麻烦。

汽车喇叭嘟嘟鸣叫,吓得他跳了起来。当一声尖锐的刹车声响起时,他才发现汽车已经近在咫尺。他匆忙退到路边,心怦怦直跳。车子拐了个弯,摇摇晃晃地开进了东宝良礼堂前的停车场——他的房子就在礼堂的对面。他盯着那辆车停稳,车里的人走下来,消失在松树林里。

欧尼斯特·沃格奈斯特回到房子里,爬上自家的水箱支架,从那儿他能看到刚刚从那辆派头十足的汽车里下来的几个人正在假模假样地准备野餐。

真是令人难以置信。

5

菲比根本无法相信她爸妈不是在装聋作哑。他们肯定知道 A. D. 柯林斯一家是不会来参加野餐的。他们坐在松树林那暗淡的树阴里,可以清楚地看到一个锈迹斑斑的水箱横卧在奥哈根家的围场里,大小不一、奇形怪状的石头,其中还有一片铁皮屋顶。肆虐的东北风时不时将这片饱受摧残的铁皮刮起来,又重重地摔在地上。从他们坐着的地方还可以看到一堵石头垒的篱笆,与之平行而立的,还有一堵新搭的铁丝网。整片土地,将近一半都长满了刺蓟,它们白色的花儿随风飘舞,莫莉的头发就粘上了一朵这样的小白花——她眼袋松弛,下腭宽厚,不过

---

① 凯撒·比尔即威廉二世,被认为挑起了第一次世界大战。

头发葳蕤，充满了朝气，恰如她女儿的头发一样。

莫莉唠唠叨叨，没完没了，根本停不下来。炎热的天气让她面色潮红，她禁不住开始抱怨起来。

菲比坐在东宝良礼堂前的木质台阶上，身后便是礼堂那只有一扇的大门，头顶则是已经斑驳的标牌，上书"东宝良礼堂·1912"几个大字。此时此刻，她有种彻骨的孤独感。

"不知道究竟什么情况，"她妈妈说道，"除非出了交通事故。"

菲比叹了口气。在那一刻，铁皮屋顶没有一点儿声响，就连几百米外奥哈根家那几只深陷在泥潭里的母羊也不再痛苦地咩咩叫，世界忽然之间归于宁静。坐在20码开外的杰克也听到了女儿这一声深重的叹息。

他是个普普通通、实实在在的人，大头，粗脖，下巴突出，手大如扇，虎背熊腰。人们都说他"表里如一，没什么花花肠子"。即便如此，他也能深切体会到女儿这一声叹息的深意。它仿佛刀子一般，彻底划破了他的防线，让他感觉到自己是如此的渺小而又愚蠢——他一跺脚跳了起来。

"你还没明白吗？"他冲着妻子嚷道，"这家子势利小人放我们鸽子了。"

菲比别过了头去，不想看到这令人痛苦的一幕。恰在此时，透过松枝间的缝隙，她清楚地看到一架飞机正朝着自己这边飞了过来。

她站起身，快步来到公路上，鹅黄色的丝绸围巾在她身后随风飘扬。欧尼斯特·沃格奈斯特依然站在水箱支架上，目睹此情此景，忍不住喊妻子一道上来看个新鲜。

飞机没有一点儿声音，安静地在空中滑行。它的推进器毫无声息，菲比可以清晰地看到机翼间的支撑杆和交叉线。它镶嵌于湛蓝色的天穹，仿佛禁锢于琥珀里的一只蜻蜓。树林里，一只喜鹊在歌唱，歌声清明如镜。飞机越飞越低，也越来越大了，不过，依然听不见任何声息。它仿佛冲着她飞了过来，仿佛马上就会撞上她。不过她一点儿也不害怕，寸步也没有退缩。忽然间，它停了下来，在空中悬浮了片刻，然后降落在地面上，不偏不倚正落在沃格奈斯特那片围场的篱笆前，她听见一个声音懊恼地蹦出几个字。

"蠢货。"我骂道。

6

那一地区的问题主要是石头。我们并不能说那一带地质恶劣，实际上还是稀稀拉拉地长了几棵树。这些圈起来的土地，几乎哪里都适合飞机降落。但是那些石头很成问题，我用力踢方向舵连杆、猛推操纵杆的时候，脑子里想到的也是这个。这些石头真是要命！

鲍德山周边那些犁过的土地上空低空湍流很多，当我驾着莫里斯·法尔芒双翼飞机进入这一地区时，忽然刮起了一阵东北风。法尔芒那家伙，他本该给这架有着八个汽缸的飞机配备两个发动机，而不是像现在这样只有一个。更可恨的是，我居然将它给买下来了。而那些该死的老百姓们居然再也不愿掏钱跟我一起上天兜兜风了。过去，我带着他们在墨尔本上空兜半个小时就能进账 5 镑，等到了巴拉腊特就降到 2 镑。而现在，我能揽到的最好生意便是带着一个又瘦又高的自行车手从空中俯瞰科梅达那里的砾坑，开价是 4 先令 2 个 1/2 便士。才该死的 4 先令 2 个 1/2 便士，所有的报酬仅仅就 4 先令 2 个 1/2 便士，而且其中有 4 个 3 便士的钱币上还粘满了陈年的水果布丁。我带着他在空中兜了半个小时，而他则对飞机的颠簸抱怨个没完。颠簸！

油箱里的汽油只够飞到吉朗的巴万·考门，天晓得下一步该怎么办。我是彻底忘了。本来我应该事先计划好一切的，通常我都这么做。可是，发动机一坏，我一下子慌了手脚，不知道该怎么办了。

为了买这架飞机，还有那些杂七杂八的零件，我欠了澳大利亚空军 500 镑。我还欠丹汉姆小酒店的老板 20 多镑。

此外，巴克斯·马什的安德森那儿我还另欠 50 镑。那是买建材欠下的，我替自己和合作社的那个妞建了个房子。房子不大，但非常不错，算得上是我建过的最好的房子了。可是，她第一眼发现房子是用铁丝网和泥巴搭建的，就死活都不愿意踏进大门一步了。

"都是烂泥巴。"她说。

"这样经久耐用。"我对她说。

"这块地不是你的,"她说,"它属于西奥·克瑞吉,你这是侵犯私人财产。"

那时候我已经33岁了,一事无成。我还替那妞搭了个非常可爱的餐桌。她臂阔腰圆,笑起来很讨人喜欢。原本我想跟她结婚生子,可是她居然认为我是个说谎的人。我别无选择,找到了那个自行车手,从他那儿赚了4先令2个1/2便士。

对于东宝良的地形,我非常熟悉。我在这一带销售过大量的福特T型汽车和道奇汽车,布鲁拜尔家、麦克唐纳家、詹兹家、达格多尔家等,都是我的客户。所以我对那些石头也是一清二楚。

当看到沃格奈斯特家新房子的屋顶在阳光下熠熠生辉的时候,我当即决定将飞机降落在他家房子前面的那片空地上。不过,我的位置有点偏高。我本该降落在奥哈根家那边的。不管《巴拉腊特信使邮报》夸大其词地说我如何将牛群吓得四散奔逃,又如何害得它们跌断腿骨,同其他所有人一样,任何自大的家伙都渴望拥有架飞机。门前的空地上停上架飞机,多少让他们的房子看起来有点儿与众不同。没准我应该重新计划一下,在这一带再待一阵子,向他们家也卖辆车。

飞临沃格奈斯特家牛圈上方的时候,我的高度差不多是30英尺,速度差不多是30节。我猛推操纵杆,硬生生地降落在地面上,剧烈的震动差点没把我给拧成一团。其实,原本跟平时的降落一样,没什么问题。然而,等飞机颠簸着滑行至石头篱笆附近的时候,左翼的起落橇重重地撞在一堆小石头上,飞机忽然来了个急停。我听到起落橇被撞飞的声音。飞机摇晃了一下,右翼的下侧再次撞上篱笆,支撑架直接被撞弯,整个机翼被撕扯得面目全非。

"真见鬼。"我骂道,几乎哭了出来。

我头脑一片空白,茫然地坐了一小会儿,跳下飞机,差点没一脚踩上条蛇。那是条长长的棕伊澳蛇,如同丝绸一般在草间游走,一如刚刚从油箱里涌出的50号机油。

它是幸运的,但我不是指蛇是好运的象征,我甚至都不知道所谓的象征究竟是什么玩意儿。我说它幸运是因为,对于秦先生来说,它价值5先令——后面我会提到他——他是墨尔本会展街上的一名中草药医生。

蛇停止了爬行,大概意识到我一直在打量它,于是昂起头,四处张望。而我则一动不动地站在那里。就在它低下头的一刹那,我突然伸手抓住了它。我从来就不知道该怎么抓蛇,总是抓错位置,但好在我的速度够快。可以毫不谦虚地说,我的速度可以与任何蛇的速度相媲美。我紧紧抓住它的头后方,还没等乔·布莱克先生反应过来,我已经拎着它重新爬上了飞机,将它装进个麻袋里——我在座位上垫了些麻袋,供乘客当坐垫用。

此时此刻,两种完全不同的目光同时注视着我。

7

菲比并未停下脚步看一眼脚下"凯撒·比尔"的标语,但是,一股刺鼻的松节油气味却扑面而来,那是欧尼·沃格奈斯特用来涂抹这个侮辱性标语的热沥青散发出来的。我跳出飞机舱的时候,她正站在巴克斯·马什至吉朗的公路中间,一脚踩着"凯撒",一脚踩着"比尔",整个人被笼罩在松节油的微光中。

我所有注意力都集中在手里的棕伊澳蛇身上,我猜她肯定连我的呼吸都能够听得见。同样清楚可闻的,还有她妈妈的叫嚷声。

我重新回到飞机上,想找条没破的麻袋,好将手里的棕伊澳蛇装起来。而菲比则奋力爬过篱笆。

我听到铁丝网摇摇晃晃发出的声响,扭过头看究竟怎么回事。

映入眼帘的,是我平生见过的最漂亮的女人。她已经爬到了铁丝网上,乍看过去,仿佛浮在空中一般。

正是夏日,土地干硬。菲比轻快地从铁丝网上跳了下来(直到天黑,她才意识到崴了脚),满脸笑容。

赫伯特·白杰瑞站在那里,目不转睛地看着她。直到现在,他那副形象依然清晰地浮现在我眼前——他对于我,如同他对于菲比一样,仿佛是个陌生人——他身材高大,臀部窄小结实,肩膀宽阔,有着一双颇让他感到自卑的罗圈腿,不过这一点在菲比眼里却是"有趣之极";爱尔兰人式的嘴,曲线仿佛用笔刻意描绘出来的一般,极其性感诱人;牙齿整齐,皮肤黝黑却光洁,不过,上了年纪之后便如同煤油灯罩一般,既脆弱又松弛了。他摘下皮质头盔和护目镜,眼睛四周留着护目镜勒出的深深印痕——这是一双令人目眩神迷的眼睛,它们如此晶莹剔透,又如此冷峻湛蓝。

后来，当她完全处在另外一种思想状态的时候，她说这双眼睛让她战栗。毫无疑问，这是彻头彻尾的谎言。再后来，她对儿子说我用这双眼睛将我手中的那条棕伊澳蛇给催眠了。要是你能看到这双眼睛，没准你会相信她说的这一切不无可能。

她来到法尔芒飞机跟前，空气中弥漫着机油和汽油的味道。从那天起，这些气味于她便如同香水一般，仿佛麝香般令她感到兴奋。再后来，那已经是很晚很晚以后的事了，她的这一弱点被人利用，加害于她。

在她看来，眼前这个男人不能简单地谓之为好看或者帅气，实际上应该远非这两个平庸的词所能形容。她感觉到他散发出来的力量，闻到刺鼻的机油气味，她是多么渴望博他一笑。"仿如硬实的桉树盒子，"她写道，"豁然开启，展现出其内部最为精致的花朵。"

没有人注意到，瘦小的欧尼·沃格奈斯特不安地在自家的圈地前来回踱步。

"要蛇干什么用？"菲比问道。

铁皮屋顶再次啪啦啪啦响了起来，那些陷在泥沼里的母羊也咩咩地叫了起来。

"我养的宠物。"我回答道。我可不想承认自己有多么缺钱，多么需要那5先令。撒谎对于我来说如同家常便饭，张嘴就来。关于蛇，关于女人，我经常没一句真话，习惯如此，而且说起来常常头头是道，风趣迷人。对此我痴迷得有点不正常，而且常常话还没说完，连我自己都信以为真了。

"你的飞机是不是掉下来了？"

"哪里，"我说，"根本不是掉下来了，我在搞测绘。"稍稍停顿片刻，我又补充道，"看看这里适不适合建条跑道。"

"看来这里不太适合？"她笑道。

"不太适合。"我回答道。

"那蛇真的是你养的宠物？"

"是啊。降落的时候溜了。震动太厉害，它从机舱里给弹了出来。"

"不咬人吗？会不会很危险？"

蛇的厉害是毫无疑问的，这么多年来我曾经无数次见识过。"只要你知道怎么对付它就谈不上危险，"我说，"蛇能嗅出你的恐惧，所以当它觉得你害怕的时候就会攻击你。相反，要是你一点儿也不害怕，那么它就会做你的朋友，而且会保护你免遭敌人的侵犯。"

听听这些狗屁的话。要是蛇果真能够嗅到人的恐惧的话，那么我手里的这条一定知道我已彻底被恐惧包围了。实际上，说这些话的时候，我压根就没过脑子。无论是手里的这条蛇，还是眼前的这个女孩，都需要我全神贯注才应付得过来。东北风呼啸而过，她穿着样式非常特别的连衣裙紧紧地贴在双腿上——这套衣服绝非东宝良这样的地方能够设计制作的，只有像她一样的年轻女孩子才有足够的勇气穿上。我从未见过如此迷人、凝脂一般的肌肤。尽管关于蛇的种种胡说八道，如同巫师施法时嘴里喷出的棉布条一般，从我的嘴里喷涌而出，然而我满脑子想的，却都是菲比的肌肤。我在想，她会不会嫌我太老。

"不过你抓蛇的样子，"她说道，可爱的嘴唇似乎动也没动，"看起来好像怕它咬你一口似的。"她笑道，"我根本不觉得，它是你养的宠物。"

那个时候，为了能够上报纸，为了能够吸引女人的注意，我可以不惜任何代价。要不是因为那两个缘故，恐怕早在 1919 年，我就已经成为巴拉腊特的顶级代理商了，我的口袋里也绝不会仅有 4 先令 2 个 1/2 便士。

"不是宠物？"我扬起眉头问道。

"我说的对不对？"

瞧瞧这得有多愚蠢！想想都让人汗毛倒竖，实在是太危险了。棕伊澳蛇天性暴烈，极难对付，但凡被它咬上一口，必定性命难保。别看它名字听起来很不起眼，实际上它跟奇毒无比的澳洲眼镜蛇几乎同样致命。但是赫伯特·白杰瑞就是这样的人，为了证明自己的话并非谎言，他什么都敢干——我竟然让这条蛇顺着我的胳膊，沿着我的裤腿，一直游到了地上。

本来一切都结束了——就要到手的 5 先令钻进草丛里，准备溜走，所谓的宠物立马就要重获自由，牛皮吹得还算漂亮。菲比却上前一步，伸手将那该死的蛇拎了起来，递给了我。棕伊澳蛇在她手里像根绳子般扭来扭去。我紧张得嗓子眼直发干，一句话也说不出来，只好硬着头皮、全身颤抖着接了过来，将它塞进了麻袋，再用根绳子将袋口紧紧扎了起来，随即将手塞进了皮夹克的口袋里——我可不想让她发现我的双手正筛糠似的抖个不停。

正在这个时候，欧尼斯特·沃格奈斯特出现了，像只螃蟹似的绕过未撞伤的那侧机翼。他一点也不拐弯抹角，还没等我看清就加入了交谈。

"这玩意儿能飞多快？"他问道。

如此突然的多了个人，吓我一跳。

"对不起。"他补充道。他瘦小，秃顶，样子有点滑稽。两条胳膊骨瘦如柴，但还算结实，面色红润，留着两撇海象式的胡子，只是对于他这张脸来说，这两撇胡子茂盛得有点不合比例。他穿了件斜纹布衣服，绑了两条一看便知并非澳大利亚生产的护腿，佝头缩颈，满脸堆笑地看着我们。

"真是架不错的飞机，先生，"欧尼斯特·沃格奈斯特冲着年轻的菲比点头道，"非常不错……"

"非常抱歉……"我正准备开口。

"没关系，没关系，没关系，很有意思。"他在我面前不停地摆着手说道。他真是个小不点，简直就像一点泥巴和肌腱的简单拼凑。

"你们准备上哪儿去？"他拍了拍飞机的引擎罩，仿佛满是赞许地拍着邻居家的马。

"哪儿也不去，"我笑道，"飞机不行了，坏了，玩完了。"

毫无疑问，关于飞机，我们有着完全不同的理解。欧尼斯特·沃格奈斯特眼角的余光看到自己的妻子从杂物间里找出了把铁锹，拿在手里，站在篱笆边，正听候丈夫的指示。铁锹可不是什么大不了的武器。或许，他应该告诉她拿把铁叉过来，不过现在已经为时晚矣。

"玩完了。"我重复道。

"哦，不，"欧尼斯特·沃格奈斯特语气坚定地说道，"接下来要上哪儿去？"

"哪儿也不去，就待在这儿。"我说。

但是，欧尼斯特·沃格奈斯特可不想自家门前停着架飞机——对于东宝良这个地方来说，飞机实在是件过于引人注目的新奇事物——否则的话，成群结队的人都会前来看新鲜，他自然也难逃别人注视的目光。而他则只能搓着自己那薄而干的双手，眼睁睁看着成百上千的人群在路上肆意地写标语。甚至于他们没准会以为飞机是他的，没准会认为他是个间谍。天晓得他们会怎么收拾他。

然而我误解了他的意思，提议给他补偿。

"不，不，"他绝望地翻着眼睛，"不，我不要钱。"

"我赔你3先令。"

"我愿意掏更多，"欧尼斯特·沃格奈斯特依然佝头缩颈，满脸堆笑，但声音已近乎绝望，"多得多。"

"他根本就没明白。"菲比说。

沃格奈斯特没有理采她。"我愿意掏钱给你,先生,我给你一镑,要是你愿意将飞机推到路那边去,"他诡秘地笑道,"推到奥哈根家那边去。"

我们握了握手,就此达成协议。来到东宝良,我总共就只赚了1镑5先令,现在我的总资产不过区区1镑9先令2个1/2便士。

我是一个容易被胜利冲昏头脑的人。刚刚还沮丧绝望,转瞬间便乐观起来了,而且几乎有点兴奋过头。对于我来说,这一天才刚刚开始,重头戏还在后头,因为我将经历一次极为危险的会面。

我将要见到杰克。

我们俩仿佛白磷与空气,最好离得远点儿。然而,没有什么能够将我们彼此隔开。他拍了拍裤脚上的松针,从野餐的地方站起来。即便莫莉知道,即便她能够在路对面50码外看到结果,她又能怎样?

对于交通工具,杰克·麦克格瑞斯有着一种无法形容的痴迷。在他看来,轮子的发明就是个奇迹,关于轮子与牛车队、马匹以及运输木材的车子、两轮马车、福特T型车、斯坦利蒸汽车之间的关系,他可以滔滔不绝地说上几个小时。他还可以围绕轮子与澳大利亚、轮子与澳大利亚幅员辽阔的国土之间的关系喋喋不休,而且永远都不会感到厌烦。

他在银行里有大笔存款,有自己的希斯巴诺·苏莎牌汽车,有自己的出租车队,还有匹赛马,但所有这些都无法让他感到由衷的快乐。他最喜欢的,还是与人聊天。所以,每当家里没有访客的时候,他就会戴上帽子,走上三四千米的路,到科里奥码头。1919年的时候,科里奥码头还能发现牛车,一辆接着一辆,在那里卸羊毛。他可以跟赶牛车的人一聊就是几个小时。他们聊创纪录的运输量,或者干脆胡吹海侃。杰克告诉他们,1919年的时候自己是如何将锅炉弄上珀茵特海岬的,并建议他们赶快转行开货车。对于汽车的未来,他怀抱着极大的热情,可对于那些拉车的腱子牛,他又是那么眼热心跳:罗德曼、泰格、劳夫迪、亚拉曼……他对它们的了解一点也不亚于对赶车人的了解。他举着杯子,喊着让他们来杯"爷们的烈酒",心里恨不能再次赶上牛车,重新上路。当劳奇·巴尔的牛车队从科拉克将32吨的麦子运送到科里奥,成功打破澳洲纪录的时候,杰克兴奋不已,拉着他请吃饭,还送给他一个漂亮的酒杯,杯盖上有个惟妙惟肖的银质板球手。

说实在的,他正是我最希望遇到的那类人:对于飞机有着无与伦比的热情,充满着期待和向往。然而,当我看到他衣冠楚楚、大步流星地穿过公路的时候,根本就没有意识到接下来会发生什么。无非是个有钱人——我跟有钱人从来都搞不好,他们总让我火冒三丈。

不过,这种错误的印象转瞬即逝。杰克脱掉外套,扯掉领带,领扣也落进草丛不见了。他摘下袖钉,挽起了袖子。而他的妻子则像只漂亮的棕毛猫似的,身着毛茸茸的白色外套,远远地站在路边朝这儿张望。

想要将飞机推到奥哈根家那边,得先拔掉几根篱笆桩。杰克操起一根铁撬,立即动手干了起来,仿佛一个极为渴望大干一场的家伙。他举起铁撬,深深地插进脚下的红土地。"得这么着,"他兴奋地说道,"得这么着。"他并非刻意要在气势上压倒欧尼斯特·沃格奈斯特,或者要从他手上将工具抢过来。实际上他礼貌得体,而且确实能够帮上一把。尽管对飞机充满了好奇,但他什么也没说,以免显得多管闲事。他全身心地投入手头的工作中:先拔掉四根篱笆桩,再把它们重新埋好,然后将飞机推过奥哈根家的篱笆豁口,藏到礼堂后面。

篱笆桩很快就被拔了出来。杰克将他们整齐地码在一边。我告诉他们机身上哪个部位可以受力或往上抬,哪个部位不可以。对于法尔芒这样的飞机,你得小心伺候着——往上抬的时候,你得找准支撑杆的正下方,而不是两根支撑杆的中间,否则准出问题。等我确信他们都明白了动作要领之后,我才下令开始。不过,尽管沃格奈斯特早已将肩膀顶在了一根支撑架下方,杰克·麦克格瑞斯却有不同想法。

在他看来,无论是拔篱笆桩还是埋篱笆桩,风风火火都没有问题,但是如果涉及将一件东西推动起来的话,不管它是辆马车、汽车还是飞机,只有傻瓜才会仓促行事,而不仔细察看一下地面的情况,评估一下可能遇到的问题。这是他多年赶牛车总结出来的经验。他成功的秘诀并非仅如大家想当然的那样,以为他只是了解自己的牛群,对它们的力量、弱点、小怪癖等,都了如指掌,如同我们对人的脾性的了解一般。实际上,他的成功乃是牢牢地根植于他整夜地思考如何解决遇到的问题。最有名的例子便是他想方设法将锅炉弄上珀茵特海岬这件事。不过,他是不会采用相同的办法来解决不同的问题的。他的成功就在于找到解决问题的办法。而且,赶车的路上他经常会遇到某些人,不是满载着数十吨的羊毛陷进没及车轴的泥塘,就是货物被盗。在他看来,他们遇到这些麻烦,都是因为他们没有停下来,好好动动脑筋。所以,他陪着我一道,沿着准备推行的路线一直走到奥哈根家那边,沿途我们发现了一个令人讨厌的深坑,还有一大捆隐藏在草丛中的带刺铁丝网。

等我们清理完铁丝网,顺着原路返回到飞机停靠的地方,发现他的女儿已经爬进了前机舱,我问她妈妈有没有兴趣也坐进后机舱体验一下。

令杰克感到意外的是,她居然答应了——她总是有点神经质——不过他可能没有注意到我的眼睛。我牵着她的手,扶着她登上飞机。她则像个小姑娘似的,一直咯咯地笑个不停,还好她女儿没有提到机上的另外一个乘客:那条棕伊澳蛇就搁在她妈妈的座位底下。

我们将法尔芒安全地推到礼堂后面,我将飞机一侧绑到了篱笆上,另一侧则绑到几块大石头上。菲比母女俩还坐在机舱里没有下来。沃格奈斯特则站在路边,似乎不太情愿一个人穿过公路返回原地,而杰克很想对我绑飞机所打的结作番评论。当他将衬衫塞进男人味十足的肚皮里,我原本以为他要批评我的结打得不好,结果是我会错了意——他对打结这个"主意"很是赞赏。

"这个结真是不错,"他说,"非常不错。"

沃格奈斯特似乎比我更能理解他的意思。他俯下身,挑剔地打量着奥哈根家的土地。杰克的心情则一如刚才般轻松愉快,周遭的一切于他,似乎又变得丰富多彩起来了。

"发明唐纳德森式打结法的家伙,"他问道,"究竟是个怎样的人?"

"一个叫唐纳德森的家伙。"我半信半疑地说道。

"真是个了不起的家伙。"杰克说道,脑子里则浮现出唐纳德森的形象,在他看来,唐纳德森是被埋没了的人才——手里拿着些绳子,孤独地站在一个四壁通风的破棚子前。"他的打结技巧真是炉火纯青,而且记忆力一流。从上面绕过去两道,然后穿回来,再往下穿过去,勾过来,再勾两道,再穿过来,这么复杂的打结方法,你练上一个礼拜也不见得能掌握要领。"

在此之前,我从未听说过什么唐纳德森式打结法,之后也从未有人跟我说起过,而且也从未听说过谁会像他这样,对个打结方法如此大加赞赏。湛蓝的天空开始蒙上了一层薄薄的灰色,阳光也稍加温和了一点,原本被炙烤得神情黯淡、没精打采的小草,此刻则变成了暗金黄色,绿色里透着点苍白、泛着褐黄。

杰克继续大声讨论起马鞍的前穹,又比较了一下暗锁与双保险锁各自的优劣。菲比则依然坐在飞机的前舱里,十指交叉搁在大腿上。落日的余晖将她的头发映衬得如同一团火。沃格奈斯特注意到我看菲比的眼神,不过他并没有吱声,依然佝头缩颈,满脸赔笑。

"啊,"杰克似乎终于穷尽了所有的话题,"我真的很喜欢打得漂亮的结。"

每个人都起身准备离去,仿佛参加新娘茶会的人从教堂里一涌而出准备签名留念一般。菲比打了个呵欠,伸了个懒腰。沃格奈斯特站起身,拍了拍膝盖上的泥土。莫莉声称自己怕蛇,不愿意自己蹚那么深的草地走回去,于是杰克将她像新娘似的抱了起来,穿过奥哈根家的围场。他笑了一路,等到返回原地,他还抱着她,不肯放下。

莫莉像个年轻姑娘一样尖声细气地叫着,而沃格奈斯特夫人则一直满脸警惕地站在篱笆边,手里紧紧握着那把长柄铁锹。目睹此情此景,她才勉强露出点笑意——杰帕里特的生活远非快乐,她时刻神经紧张,瘦小的脸上布满了皱纹。

8

沃格奈斯特太太早已上床睡觉了,欧尼斯特·沃格奈斯特坐在厨房里,慢慢品尝着最后一点杜松子酒——这点杜松子酒他已经保存 5 年多了,而今晚,无疑有足够的理由喝上一杯。

音乐,钢琴协奏曲,还有那个年轻姑娘的声音,它们穿过荒芜的围场,从奥哈根家那边飘了过来。那个飞行员还有那几个野餐的人,他们上奥哈根家解释为什么要把飞机停在那里,后来居然就此聚在一起开了派对。他猜得没错,他们还跳起了舞。他朝着奥哈根家举起了杯子——那里,赫伯特·白杰瑞正在同奥哈根太太一起跳着爱尔兰捷格舞。

欧尼斯特·沃格奈斯特这 1 镑花得非常合算。他的心情绝非开心这么简单,大家对他如此和蔼可亲,简直让他有点喘不过气来。还有,那架飞机没有停在自家附近,该是件多么幸福的事啊。这一镑,花得实在是太值得了。

希斯巴诺·苏莎牌汽车开着大灯,从奥哈根家出发,颠簸着沿长长的土路呼啸而去。沃格奈斯特将自家的防风灯拧灭,隔着漆黑的玻璃窗,目送它远去。他相信自己看到开车的好像是那个开飞机的家伙,因为汽车仪表盘上的灯光将他的脸映照得很清楚。他为他举杯,恭祝他好运。

9

对于旅馆房间、宾馆、公寓等需要掏钱才能入住的地方,我一直都非常反感。只要能够,我从来都是自己动手搭建住所,就用铁丝网和泥巴(实际上远要比听起来的强得多,而且也比巴克斯·马什的那妞想象的要舒服得多)。我是搭建平板房的能手,这种手艺如今已经消失了,不过它确实能够建造非常不错的房子,住上百个年头根本不成问题。我曾经拿他们包装福特 T 型车的木板条搭过房子,用镀锌铁皮搭过房子(有一次是用废水箱的旧铁皮)。还有一年,我甚至就在桉树林的地洞里待了整整一个夏天。在炎热的季节里,地洞里既凉爽又舒服。要不是有天晚上一头笨重的小牛掉进洞里,直接压在我和身边的女人身上,而且还将她的一条胳膊给压断了,没准我早就成家了。你可能觉得我运气很背,实则因为我很愚蠢,我原本应该将那一片圈起来的。

可能有人会说我对房子有点儿痴迷,但很难说这有什么不正常。我唯一不太正常的地方,其实是至今没有拥有一幢自己的房子。曾经多少次,因为种种原因,我被迫离开自己的房子,被人赶出来,伤心绝望,或者不得不从自己的房子里逃离,任由其生锈、腐烂,任由牛群冲着它撒尿排泄,就因为它所在的那一小块土地有着所谓的合法主人,而他们,尽管被称之为农场主,所做的一切,实际上与我并无任何差别。

虽然拥有一幢自己的房子一直是我的目标,只是短期内实现的可能性不大。不过,在"投宿"方面,我堪称专家,完全算得上一流。我从来不需要别人的正式邀请,而且总会在别人的热情完全耗尽之前知趣地离开。不要以为我欺骗了合法的主人,因为我从来不会这么干。我会竭尽所能地体现我的价值。

对于麦克格瑞斯一家,我当然也会应用这一法则。

我是名飞行员,这就是我对于他们的价值。我所要做的就是立即强化这一价值，将其凸显出来，还要装点一番。妈的，我像只该死的求偶的园丁鸟一般，翩翩起舞，尽情表演。当然，我还会给这个头衔贴金嵌宝，让它看起来价值不菲。

希斯巴诺·苏莎的灯光摇曳着投射在西区大道上麦克格瑞斯家的房子上。这个时候，我所说的工厂，对于杰克·麦克格瑞斯来说，几乎已经呼之欲出了——这完全是一时心血来潮而又妙不可言的想法——我要开办一家工厂，制造澳大利亚人自己设计的飞机，真是了不起的主意。车子上的每个人都仿佛看见了我的工厂，仿佛它就在月光里散发着微光。

你可以说我在撒谎，不过在我看来，这是一种天赋。

这是幢大房子，非常庆幸刚才不厌其烦地编织我的故事——在我的精心雕琢下，它几乎与车灯里的这幢装饰着花边的维多利亚式豪宅不相上下。豪宅建有一座气势恢宏的塔楼，塔楼顶上装饰着一顶铁艺花边的皇冠——对于一幢像这样配有塔楼的豪宅，再怎么费尽心机也不为过。

很快，我就发现，整幢建筑都在电灯的照耀下熠熠生辉，每个窗户都向外迸发着奢华的光芒，倾泻在花坛里和湿漉漉的草坪上，就连黄砖砌就的车库也有好多盏特设的电灯。当我将希斯巴诺·苏莎停进车库，我听到菲比母女俩叫唤女仆的声音，透过窗户，我看到她像只飞蛾一般，在厨房里忙个不停，影子在草坪上飘忽摇曳。

我热爱电灯，更何况有这么多盏。这么大的房子，比我以往住过的任何房子都要大，当然应该毫不吝啬地将它装点得灯火通明。

而那些知了，仿佛串联在同一条线路上，忽然之间齐声鸣叫，蝉声鼎沸，整个花园如同节日般喧闹。倘若再有烟火腾空，将夏日的夜空照亮，大概方能表达我此刻的心情。我从未见过如此的排场，甚至连类似的地方也未尝有闻。这是一幢带有舞厅、音乐室、书房、塔楼的豪宅。不要担心，说什么舞厅里并没有人跳舞，也不要担心，说什么音乐室里根本就没有音乐，而书房里甚至连一本书也没有——大可不必为这些空着的书架操心，有墨尔本的 M. 艾芙斯制作的不锈钢窗户，有遍地皆是的兰开夏生产的地毯，而且用的全是西区的上好羊毛，还有冰柜、唱机和无所不在的电线。

电线是杰克自己布的，他没有牵着电线沿着墙根绕来绕去，而是直接像飘带似的，或拉在天花板上，或粘在横梁上，或悬在挂镜线上，或缠在窗帘杆上。对于西区大道的邻居们来说，这种直来直去的布线方式可能很不对味，但却正合我意,让我觉得非常自在。在这样的房子里,你可以跷起二郎腿,喝法国香槟还是巴拉腊特苦啤,完全取决于你自己的心情。

这幢房子的另外一个独特之处便是它的椅子。房子里有着太多太多的椅子,你几乎立马就会发现麦克格瑞斯夫妇有多么好客,只要中意,他们绝不错过任何一个添置椅子的机会。而他们的品位则极为广泛——尽管这是一个他们自己根本就不使用的术语。有奇彭代尔的吗?也许吧。路易十四的呢?可能吧。如此多的椅子,赫伯特·白杰瑞根本连名字也叫不出。对他来说,它们都是椅子,有些已有年头了,有些则刚买不久,有些样子很邋遢,有些则依然眩目,有些坐起来很舒服,有些则填了太多东西,甚至于塞在里面的马鬃都爆了出来,坐在上面会扎你的小腿肚子直痒痒。我有种感觉,仿佛我的主人随时随地都准备接待上百个精疲力竭的客人似的——哪怕他们未经邀请便直接从大街上步入他的家门,他也同样欢迎。

女人们正在厨房里忙着准备晚餐。杰克将我带进一个房间。他打开走廊上那扇超大的法式房门,迎面而来的是房间里弥漫着的花香,海湾飘过来的海腥味,还有那如发电机般轰鸣的知了叫声。壁橱里装满各式衣服,都是莫莉收集起来,准备为了乌纳护理院义卖的。

"自己动手,"杰克说,"我保证,这里很多东西都是一等一的好东西。"

那晚,我替自己仔细挑了件新浴袍,接下来的冬天可以派上用场。

"刨地三尺,片甲不留。"穿着新衣服,打量着自己,我自言自语道。我觉得自己是个聪明的狗杂种。

10

他们跟我说 1919 年的时候,吉朗还没有无线电,但我告诉你,他们错了。我见到的那个无线电有一个很大的圆形刻度盘,上面不仅形象地标注着众多的电台,实际上图案就是一幅世界地图。我们围坐在它周围。菲比喝着利口酒,冰块时不时撞击着杯壁,发出清脆的响声。莫莉喝着茶。而杰克和我品尝着苏格兰威士忌。兴奋的时候,酒精于我是非常危险的:我慢慢啜饮,杰克则基本没动。他交代说

40 岁起就滴酒不沾了，不过他对自己的酒还是赞不绝口，就像他对打结不吝褒奖之词一样。他拿自己那毛茸茸的宽大手背抹了下嘴，大加赞赏酒带给自己身体的益处。

"天啦，"他说，"真是不错。"

是的，麦克格瑞斯家有台无线电，可以用来收听新闻。杰克，和我父亲和我儿子一样，耳朵似乎有点背，全神贯注地伸着脖子，听得非常认真。而我们其他人则目不转睛地看着世界地图后面散发出来的琥珀色的光：那晚的新闻有一条是关于澳大利亚—英格兰航空大赛。播音员用他那富有磁性的声音说，乌尔姆在克里特岛坠机了。

我的天，真是飞行员的好年头。我们准保没错。当媒体报道飞行员的时候，他已经不单单是飞行员那么简单了；他是"雄鹰在天空翱翔"，不管他们在宣传战争债券的时候曾报道过多少前 RFC 型飞机坠毁的消息，老百姓似乎永远也不会对这个话题感到厌倦。澳大利亚—英格兰航空大赛带给他们的是充满英雄主义和惊险刺激的故事。

巧合的是，我认识查尔斯·乌尔姆。我很可能认识查尔斯·乌尔姆。老实说，我也不记得自己到底是真的认识他，还是因为我声称认识他的次数太多，结果到后来连我自己也信以为真了。照片上的乌尔姆与我的描述根本毫无共同之处，不过人们总认为那是摄影师的错，而不是我的。每次新闻播报结束，我就告诉他们关于乌尔姆的一切，他是怎样的一个人，他长的什么样子。总而言之，我给他们带来了价值。

将近两天没吃什么东西了，记得那天晚上我吃了好多的冷烤羊羔肉、豆子还有甜菜，简直算得上狼吞虎咽。

11

菲比看着这个声称把蛇当宠物养的人，这个似乎真的将蛇放在房间里的人。她觉得他用一种极为奇特的热情征服了所有在场的人，这种热情如他那湛蓝色的眼睛一般清冷，又如她自己的那种小心翼翼的话语一般，拿捏克制得近乎矫情。

她看着自己的妈妈像一只蜂鸟,在这个飞行员用满是油污的手构建的鸟笼里,兴奋地振动着翅膀。

"真是这样吗,白杰瑞先生?"莫莉的声音因为兴奋而变得更加圆润了,"会不会是假的?"

对于吉朗的社交生活,莫莉已经彻底晕头转向,不明所以,所以她对自己最基本的礼貌也丧失了信心。只见她喝茶的时候翘着兰花指,让人感觉那么的扭怩作态。

终有一天,菲比也会变得市侩得吓人,不过对于妈妈矫揉造作的举止,她既不作评判,也不觉得反感——妈妈确实俗不可耐,但是她爱自己的妈妈。在菲比看来,出现这种情况,唯一的罪魁乃是吉朗。正因为生活在吉朗,她才会变得市侩。而且,只要稍有机会,她就要拿吉朗与巴黎作一番比较,而比较的结果自然是吉朗如何百般不招人待见。不过,她根本没有机会,因为话题一刻也没有离开过飞行。他们谈到一个玛雅——玛雅的农场主,1910年的时候,他就自己动手造了架飞机,而所有的依据不过是报纸上怀特兄弟那架飞机的照片。他们聊到了史密希,还有乌尔姆,在谈到罗斯——首个金斯福德·斯密斯式的人物——的时候,他们都安静了下来。菲比并未明白他们的意思:他们的谈话,实际上是对那些如同吉朗般普通(甚至更加微不足道)的小镇的赞美,正是它们诞生并且培育了这些了不起的人物。西区大道的那个晚上,所有的谈话似乎只传递出一个信息,仿佛澳大利亚人天生就要主宰那浩瀚的天空。

我们为"我们的雄鹰们"干杯,而我,作为那架过时的莫瑞斯·法尔芒飞机——现在它的一侧被绑上了一辆自行车,以便推到修理的地方——的主人,怕是连羞愧的颜面都没有。

菲比按照自己的需要对我进行了再创造。在她的想象中,我的血管里要么流淌着犹太人的血液,要么有着闪族人的血统。她想到了坐着奇形怪状的帆船的阿拉伯人,来自苏美尔的生意人,还有贩卖罕见的紫色染料的腓尼基人,他们随着时间的旋涡来到这个乏味的港湾,来到吉朗这个灯火通明的晚餐桌旁。

不过,她看出来了,当谈兴渐趋索然,忽然间,我显得那么的忧伤,那么的迷茫,甚至于我的嘴唇也不再拥有迷人的曲线。而在我的眼里,她则看到了绚丽的梦想,当然还有我的固执(如同一个敞开着的私人抽屉一般),还有我唇齿之间流露出来的任性、冷酷、对自身种种弱点的恐惧。她的这些感觉,既极度准确,又纯属想象，可以说是两者危险的混合体。

整顿晚饭，我都未跟菲比说话。她默不作声地啃着羊仔排，小口小口地吃着甜菜，满嘴都被染成了深红色，然后作出了许多终将影响她一生的决定：第一个决定是要学开飞机，第二个决定便是要我教她开飞机。

那个晚上，她一定梦见自己坐在我的双翼莫瑞斯·法尔芒上，慢慢地滑翔着进入甜美的梦乡。我则跟杰克又聊了四个小时。当最终躺上凉爽的床垫时，我迫不及待地在食指上抹些吐沫，轻轻地摩挲着龟头——它是那么渴望她那凝脂般的肌肤，早已肿胀欲裂。

12

后来，我做了不少关于杰克·麦克格瑞斯的梦，都极为滑稽可笑。不过，在此处讨论它们的意思不大——尽管我确实觉得，第一次遇见他的那个晚上，其美妙程度堪比与新欢的初夜。

我们在一起，有激情，有共鸣，还有无以名状的兴奋。我们根本感觉不到疲倦，我们有种无法比拟的快乐。我们聊飞机，聊汽车，聊牛车队，聊灌木丛。我们一起背诵劳森和班尼欧·彼得森的诗。当牛奶车哐啷哐啷穿过西区大道的时候，我们依然坐在灯火通明的舞厅里。我们可以听到铁勺撞击在牛奶桶上发出的清脆响声，还有牛奶倾泻而出的诱人之声，以及不远处的码头上海鸥聒噪不安的叫声。

杰克肯定还是穿着那身西服，都是为了要见 A·D. 柯林斯才收拾得如此正式，不过，记忆中，我更愿他是另外一副打扮：留着短发，满脸皱纹，红润的脸颊上平白长了一小撮黑色的毛发，未曾熨过的无领衬衫，老旧的马甲，打了补丁的裤子，没有系带子的靴子胡乱地扔在椅子下（第二天一早便找不到了），还有那双穿着做工精细的蓝色海军袜的大脚——坐在那里他也不老实，脚趾头一直伸来缩去的。

他跟我聊起了他的人生经历，后面我会将他的故事讲给你们听。

当然，我也跟他聊起了我的人生经历，或者更准确点说，应该是我从未对别人说起过的那些经历。现在我得再讲一遍，不过我发现有点儿难以启齿，远不像当时那么顺当，杰克那温和的眼神，那皱纹密布而又充满同情的脸庞，让我近乎自然流露。

我的人生经历与我的父亲有关。我一直将他想象成英国人，或者说是他向我灌输的这一点。从我记事开始，他就一再向我强调他的英国特色，只要有机会，就要说"我是个英国人"或者"作为一名英国人"。不过，后来我才吃惊地发现，他生于瓦南布尔的约克街，是个商店小老板的儿子。尽管如此，我还是得替他保守秘密。鉴于他一直以英国人自居，所以我对他最深刻的记忆便是关于口音的斥责。

"城堡，"他对我咆哮道，"不是堡垒。"他不喜欢我的口音。实际上，我觉得他根本就不喜欢我。我的哥哥们就跟他处得很好，他们能够在生意上帮上他的忙，而我还太小，除了喂喂牲口、跳下车将刹车按到山坡上去等微不足道的小事之外，没什么大用处。

他的生意就是代理英国纽拜公司的拳头产品，也是他们的专利产品——18磅大炮。我们拖着大炮，走遍了维多利亚海岸线那些车辙密布、尘土飞扬而又坑坑洼洼的道路，马车行驶在上面，嘎吱嘎吱响个不停——六匹澳洲大马在前面拉，后面是笨重的大炮，中间则是被他们称之为"炮车"的未装减震弹簧的马车。

我们始终是行色匆匆，从不曾在任何一个漂亮的地方停下脚步，或者在早上睡个懒觉。我们总是遇到些刚刚定居下来的农场主——事情总是这样——我父亲以为有望说服他们凑份儿，一起买上门大炮用于自卫，以免遭到俄国佬、中国人或者剪毛工的攻击。

他是个随时随地都能够看到威胁的人——瘦，但是强壮，面色苍白，眼珠湛蓝，留着浓黑的胡须，对自己的孩子极其冷淡，但对顾客却热情备至。我曾经见过他跟那些个胖胖的镇长还有健壮的农场主坐在桌子前，谈笑风生，妙语连珠——他似乎是将那些人当成了自己的小提琴，精心演奏着，想方设法让他们情绪高涨，兴趣盎然，然后再让他们感到由衷的恐惧，仿佛兜头就是一盆刺骨的凉水，这才是他的强项。

我是从他那里了解中国人的。他嘴里的中国人邪恶至极，道德败坏，我第一次遇到中国人的时候，还以为他会杀了我。

天知道我从我母亲那里学到了什么。我早就没了妈，无从告诉你她长什么样儿，尽管我会毫无疑问地认为她是个美人。还记得在炮车上，我就坐在她旁边——

现在对于我来说，她仅有一点模糊的影子了，不过感觉她既温暖又温柔，与我两个哥哥和父亲迥然不同。他们驾驭着那些身型高大的澳洲马——如同他们右腿上的铁护腿一般，是那么硬邦邦。

很小的时候，我的父母便分开了。我一直觉得是他把我母亲打发走了，但更可能的是她去世了。仅有两件事确切无疑：第一件是他根本不愿意谈及我母亲，第二件便是我一直为此对他百般苛责。我被一个人扔在板凳上，只有那些圆滚滚的炮弹陪伴着我。他们赶着马车，翻枕木，过土坑，而我则坐在车子上，饱受颠簸之苦。就这样，我们在想象中的俄国佬、印度水手、犹太人、亚洲人以及黑人等其他种种威胁中前行，确实大开眼界，但这根本就算不上童年。

对于弹药，我父亲非常吝啬，正因如此，我们最终分道扬镳。不管是一群人还是一个人，大家都对大炮开火有着浓厚的兴趣。对于我父亲来说，再也没有比开完炮，赢得一片喝彩，最终却未能带来订单更让他恼火的了。但他从不对那个要他开炮示范的人表露出哪怕一丁点儿怨气（"一笔生意，"他说，"从来都不会跑掉，只是暂时延期而已。"），怨气从来都是撒在家人身上。遇到这种情况，我们立刻就知道我们的苦日子来了。

对于他的体罚，我的哥哥们似乎早已适应。他们总是挨了打之后，依然整天骑在马上，替他忙前忙后。对于人生的理解，他们已经完全被父亲同化了。而我则独自一人坐在炮车上，想自己的心事，直到父亲大声喊着"刹车"的时候，才会回到现实中来。由于大炮分量不轻，所以每次遇到山坡，得提前在坡顶上就要开始制动。在父亲看来，我应该积极主动，不用他开口就知道跳下炮车，去旋转大炮后方的一个转盘，驱动一个木块，将其顶到大炮的轮子上，两者相互摩擦发出鬼哭狼嚎般的嘶叫声，从而避免在陡峭的山坡上车毁人亡。

通常情况下，父亲不会对我下手太狠。不过，渲染剪毛工罢工那次，他把我打得皮开肉绽，死去活来。完全是他自己的错，根本怪不到我。他被特朗一群自以为是的农场主给骗了，尽管当时我不过十来岁，但我一眼就看出来他根本揽不到这单生意。这些人不过是想看看烟花表演而已，但父亲却没有觉察到任何端倪。他向他们大肆描述剪毛工们如何犯上作乱，如何强奸他们的妻子，如何纵火焚烧他们的屋子。他总共发射了10发炮弹，将一小片树林夷为平地，在炮弹面前，那些树木脆弱得如同血肉之躯，直被炸得树液肆流，木屑横飞。等一切归于平静，那些人的脸上露出松弛、羞愧而又满足的表情——嫖客们戴上帽子，匆匆离开妓院的时候，通常也是同一副表情。

这些农场主对父亲说："我们再考虑考虑。"

唔，他对他们依然甜言蜜语，客客气气，但我分明已经感觉到自己身体四周都渗出汗来。我不想向你们描述他是怎么揍我的，我要告诉你的是我是如何报复他的，因为一直以来我都将那一天视为我真正的生日，如同我一直将1919年我驾着飞机降落在东宝良的那天视为我成人之日一般。

我并没有立即采取行动，不过我确实已经想好该如何复仇了。我独自坐在炮车上，满身伤痕，陷入想象中，并无足够的勇气将它付诸实施。不过那个想法一直盘旋在我脑际，无从驱赶。它在我的内心深处潜滋暗长，落地生根。每当夜晚来临，每当想到它，我就感到一种由衷的安慰。我们一路前往墨尔本，它已然渗透进我的皮肤——我们每天要赶20千米的路——那个想法让我面露喜色，但我一如既往地忠于职守，根据要求拧刹车、松刹车。

在墨尔本，他从一个名叫"超级文身"的活动上揽到了一份差事——他们让他对着亚拉河放炮，以引人注目，为活动造势。对于这个活动，我知之甚少。

1895年6月15日——当农场主们在没有使用大炮的情况下便击败了剪毛工的时候——作为游行队伍的一部分，我们翻过普特罗德山前往亚拉河。我父亲穿了身制服，我的两个哥哥也穿上了护腿，戴上了帽子，搞得人模狗样，像是政府官员一般。父亲曾经答应过也要给我买套制服的，不过最后关头他却变卦了，说什么那套制服并非物有所值。

老实说，我并不认为自己有足够的胆量，但胆量原本就是件可笑的东西。

"刹车！"我父亲叫道，"刹车！"

唔，我跳下了车。他扭过头看到了我。不知道你见到过普特罗德山沿多梅恩街一直延伸到亚拉河那一带的坡度没有？上帝啊，真够陡的！嗯，我在坡顶上的时候便将刹车拧上了。那块刹车木头跟车轮摩擦在一起，发出尖厉的叫声。然而，正当我们放慢速度往下行驶的时候，我下手了。控制刹车的那个轮盘非常润滑，转动极方便，且速度飞快，甚至10岁的小孩子也能轻松地将它反拧回去。

我从未想过要毁了自己的家，无论这个家如何不堪。只是在那一刻，也就是我松开刹车的那一刻，当原有的尖厉的摩擦声忽然消失、一切变得沉寂而其他的尖叫声尚未响起的一瞬间，我父亲被这突如其来的静寂吓得魂飞魄散，扭头与我四目相对，我才意识到，如我所说的，我将不再拥有一个家。不过，后来我唯一感到难过的是对那几匹马造成的伤害。它们是那么温顺，给它们造成伤害真不是我的本意。

"可怜的小人儿。"杰克醉意蒙眬而又伤感地说道，同情的泪水从他眼角流出，不过他旋即拿手抹在了毛茸茸的腮帮子上。"可怜的小家伙。"

经此鼓励，我一发而不可收，将我的人生经历和盘托出。不过，在当时听起来并不像今天这么艰苦。1890年代大萧条时期，满大街都是流浪儿，比我过得苦的小孩大有人在，许多孩子去工厂当童工，那里空气污浊不堪，站在门口都会让人五脏翻腾。

我从不相信所谓的幸运。我被一个中国人收养根本不是因为幸运，而是我自己的主动选择。你可能会说，我这么做完全是为了让我父亲感到不快。实际上是因为我喜欢他那沙哑的嗓音，是因为看到他轻轻地拍着一个中国小男孩的头，那么地疼他，还给他东西吃（他就是龚谢应，后面将有很多关于他的故事）。

如果杰克·麦克格瑞斯足够精明的话，那么他应该已经看出我的为人之道了，也就是说，我就是这样一个人，十几岁就开始撒谎，说自己父亲死了，想尽办法让那个中国人收养了我，替他在市场上帮帮忙。然而，杰克并没有看出来。相反，他满心里想到的都是这么个小孩子，被一个脏兮兮的中国人收养了，该是多么可怜，多么值得同情——偏见让他丧失了思考的能力。他站起身，在舞厅地板上跺了跺只穿着袜子的脚，大手深深地探进口袋里。

"这个是给你的。"他说着递给了我1镑钞票。

13

凌晨4点钟才上床，但怎么也睡不着。躺在床上，我辗转反侧，无法入眠，不是因为痛苦，而是因为一种无法控制的兴奋，那种终于意识到自己是谁、该往哪里去的兴奋。

早上6点，我就起床了，漫步在花园里，毫无倦意。我大口大口地呼吸着科里奥湾飘来的咸湿的空气和海藻的气息，一身轻松，如同度假一般。我双手插在口袋里，一直漫步到海滩边。西部特有的混合着各式贝壳和沙砾的沙滩，在我崭新的漆革鞋下吱吱作响。满载着来自西区的羊毛的卡西诺号轮船，正靠泊在港湾里。满载着成千上万包小麦的布莱克西斯号轮船，也靠泊在亚拉街的码头上。大型的羊毛仓库巍然屹立，高耸在露天平台、四处散落的蒸羊毛用的箱子和修剪整齐的草坪之上。

这个清新的早晨，吉朗在我眼里是那么的富足而先进，仿如一个生机盎然的绿洲，是大自然对其腹地无边无际的富产羊毛和小麦的平原的一个补偿。它必将成为一个公园和花园星罗棋布、宏伟的公共建筑和优雅的私人房舍鳞次栉比的城市。

我可不想就这样懒懒散散，仰仗我新结识的这位朋友的鼻息过活。我有我自己的事情要做，我要让我胡编乱造的谎言变得牢靠而清晰，所有摇摇晃晃、经不起推敲的地方，我都要将其夯实。

比如说那条蛇，关于它我曾经说了些不太靠谱的话。我可不想逃避责任，我得好好照料它，尽管要是我预先知道照料它究竟意味着什么的话（所有这些辛苦完全都是因为一句信口胡诌的谎言），我肯定会将它塞进头班火车，送给秦先生去了。

我漫步在沙滩上，朝着那幢游廊宽阔、护墙板厚实的建筑走了过去。那时候，那幢房子属于科里奥海湾航海俱乐部。航海俱乐部前，有个老人正在一铲一铲地往一个麻袋里装沙子。不用他说我也知道那是派什么用场的：科里奥海滩上那种混合着贝壳和沙砾的沙子，直到今天对于母鸡来说依然是特别有益的东西——它提供很多蛋壳所需的营养元素，有助于母鸡下蛋。

通常情况下我不怎么爱闲聊，不过那个早晨，我眼里的一切都那么讨人喜欢，令人愉快。我停下了脚步，准备聊上几句。

"弄回去喂鸡呢？"

"是啊。"

"鸡蛋生得多吗？"

"还行。"

老人似乎并无聊天的兴致，不过我一点儿也不生气。我依然双手插在口袋里，静静地看着他自顾自地忙活。

"你知不知道，"过了会儿，我问道，"哪儿能抓到青蛙？"青蛙，当然是用来喂蛇的。

他是个瘦小的人，蔫巴巴的像颗核桃。满是老年斑的皮肤耷拉在胳膊上，仿佛烤鸡翅上的鸡皮一般。

"嗯，"他说，"我知道有个地方盛产青蛙。"

"哪儿？"

对于别人给予他的尊敬和耐心，想必老人已然安之若素。他喘着粗气，再次将铲子插进沙里。

"法国。"他说。

可以想象这个老家伙坐在餐桌一头，冲他50多岁的儿子叫"孩子"。他太自以为是了，简直有点让人无法忍受。

"你肯定收听无线电，"我说，"否则说话不会这么风趣。"

"你是这么觉得的，是吗？"老头说道。他慢条斯理地打量着我，不放过任何一个细节。我自己都没有意识到，而他却将一切看在眼里：我的这身行头，裤子明显短了1英寸，而上衣则小了一号，穿在身上紧绷绷的，很不合身。"这是你的感觉，对吗？"

"是，我是这么觉得的，"我说道，"我觉得你很风趣。"

他一点儿也不害怕。他知道自己那么大年纪了，不会有人对他动手。"你要青蛙干什么？"

"每只6便士，每天2只。"原本我并没有这样的打算，不过现在我想让他帮我干点儿活。

"你不用说了。"他似乎一点儿也不感兴趣，继续铲起了沙子。

"相当于每天1先令，一周7先令，不小的一笔钱啊。"

"谁会掏钱买青蛙？"他的眼睛已部分被白内障蒙上，尽管如此，那种嘲讽之情依然溢于言表，难以掩饰。

"你到底想不想要这该死的7先令？"我问道。

"不，"他一脸满足地说道，"我不想要。"他提起那袋沙子，搁到肩上，在我的注视中蹒跚着离开了沙滩——这该死的窃贼，他瞬息之间便将我的优越感击了个粉碎。

我是个非常情绪化的人。此时此刻，海湾里的一切在我眼里都变了模样。一只破碎的饮料瓶躺在沙滩里。我开始怀疑吉朗这个城市没准会让我失望，没准这里就是个充满恶意、心胸褊狭的乡下地方，没有眼界，没有动力，没有任何欲望去做任何事情，只知道将它的年轻人派上战场，替英国人卖命，只知道买几辆福特 T 型车而已。然而，12 月的那个星期一余下的时间里，我又重新树立了对这个城市的信心——尽管它并非如我一大早想象的那般了不起，但对于作为飞行员的赫伯特·白杰瑞来说，它还算热情。

　　亨利·福特与我之间，有着漫长而又令人厌倦的关系。出于软弱，我又再一次回到他身边。我到吉朗的第一件事便是向福特汽车经销商麦格雷格作自我介绍。我向他展示了一大沓剪报，上面全是关于我的报道，他非常乐意地聘请我为经销商，每卖出一辆车付我 5 镑。所以，当我开着一辆全新的福特 T 型车来到《吉朗广告人报》报社的时候，我可以直接将车停在他们窗外，然后夹着剪报，直接推门进去找他们的编辑。

　　我穿的这套西服原本属于哈罗德·奥斯特先生，是奥斯特的就是奥斯特的，这一点我根本无意隐瞒。所以，尽管哈罗德·奥斯特的屁股长得离地太近而胳膊又较常人短了 1 英寸，我一点儿也不想藏着掖着。不仅如此，我甚至还冒险拿奥斯特先生开涮，恐怕吉朗很少有人敢这样干——我跟奥斯特家非常熟悉，这一点远要比任何利特·柯林斯街上定制的套装更有助于我融入吉朗。

　　我告诉编辑，我的行李正在运往巴拉腊特的路上，而我则从巴拉腊特出发，勘察哪里适合建造一座新的飞机制造厂。眼下被迫滞留吉朗，因为我的飞机正在进行维修。怎么跟当地生意人打交道，我是个中高手。我非常愉快对编辑说，关于我那个颇为不同寻常的想法，吉朗实际上已经具备了一定的智慧和热情，不过暂时我还不考虑将工厂选址由巴拉腊特转移至吉朗的可能性。但编辑却足够胆大，直接给新闻取了个显眼的大标题：《飞行员遭遇事故坠机吉朗，本地或因祸得福获新产业。》早餐的时候，我的东家将这条新闻标题读给我听的时候，满脸泛着兴奋的红光。

　　杰克·麦克格瑞斯发现文章对自己赞许有加，称他极具智慧，很是满意。而且，他还发现自己的新朋友是南澳洲第一个空运邮包的人，对此他也颇感骄傲。另外，他还了解到我曾经在空军服役，是位"颇有名气的动物学家"，"酷爱驾驶，自己有辆希斯巴诺·苏莎汽车，目前暂借给巴拉腊特一个名门望族使用"。

　　而且，《广告人报》还给文章配上了图片，当然是由不才在下提供的（我想提醒你们的是，那个时候报章刊登照片可谓绝无仅有）。最为抢眼的是莫瑞斯·法尔芒飞机三个不同飞行姿态的照片，展示的是它在一场风暴中飞临迪戈斯的拉斯特赛马场上空的英姿。应该说,新闻中颇有一些信息属实。

一周以后,我就有钱还债了,立即给丹汉姆那家小酒店的老板寄了20镑欠款过去。

14

已经晚上9点了,气温依然很高,华氏90多度。屋子里一点新鲜空气也没有,哪儿也没有新鲜空气。透过维拉蒙特街那个小房子的浴室窗户看出去,只见天空依然散发着炙热的红光:如火般的云彩笼罩在布里斯班山脉的阿纳奇和斯蒂格利兹上空。

客厅里爬满了有着长长的褐色肚皮的虫子。它们爬上装有酸甜的柠檬汁的水壶,然后一个跟头栽进去,淹死在里面。菲比拿了本薄薄的斯温伯恩的诗集搁在水壶上,但虫子们还是想方设法通过壶嘴爬了进去。

安奈特已经四肢无力,大汗淋漓,全身湿透。如此炎热的天气,她的那些颜色灰暗的连衣裙实在是太厚了一点,它们紧紧地裹住她的膝盖,在她的胳膊下拧成了一团。而另一方面,菲比似乎丝毫也未受到影响。这让安奈特很是窝火。实际上,菲比完全沉浸在自己的世界里,对于外界的一切丝毫也不敏感,尽管天气酷热至此,她却浑然不觉——菲比身上也是套灰色连衣裙:柔软光滑的灰色衣服,另配一条浅灰色的围巾。

"天哪,"安奈特一边扫开斯温伯恩诗集上的虫子,一边说道,"你不热吗?"

"有点,"菲比说,"但不是很严重。"

"完全不合逻辑。"安奈特知道自己脸色有多糟糕——汗津津的头发耷拉在额头上,下巴上那个疙瘩就要冒头了,上嘴唇还泛着光。"我根本就不相信他是什么爬虫学家。可以肯定地说,任何一个科学家,都不会将自己养的蛇装在袋子里,搁在自己的房间里。"

"安奈特,"菲比说,"除了放在房间里,他还能放哪儿去?我们确实没有适合用来养蛇的装备。"

"而且,"安奈特说,"你居然和这个人,还有一条蛇,共处一室。"

(对话开始之前,她已一败涂地,因为菲比之于我,已远不再是意淫时的空洞想象了。)

"你得重新回到学校去读书。"安奈特说。

"待在学校里就没有龌龊的男人来骚扰我了,是吗?"菲比笑道。

她们肩并肩坐在藤条长椅上。安奈特将手搭在菲比身上,不过黏糊糊的感觉不能给人带来任何欢愉。她兴味索然地将手拿开了。

"你可以去上大学。"

"哦,"菲比说,"多么具有资产阶级情调。"

这种说话的口气完全来自安奈特。当她用这种口气来对付安奈特的时候,可以想象安奈特该有多么恼火。

"去年的时候,你压根儿就不知道资产阶级是什么意思。"

"但现在我知道了。"菲比开心地说道。她将自己的红棕色秀发高高地盘在头顶,那样既可能是为了凉快一点,也可能是为了向赫伯特·白杰瑞展示自己白如凝脂般美丽而修长的颈项,安奈特只能克制着自己想要把它弄乱的冲动。

"你真的准备要孩子,一辈子跟着个男人东奔西走?"安奈特问道,她有意识地避免提起有关巴黎波希米亚式生活的任何内容。

"谁说要生孩子了?"菲比说,"谁说要一辈子跟着他了?我只是说我喜欢他,我只是说他'有趣'。"

"我知道你所谓的'有趣'是指什么,你这个捣蛋鬼。"

尽管从未谋面,安奈特已经听得太多了,知道我作为一个人,唯一缺点便是有点罗圈腿。即使这一缺点在菲比眼里也是那么'有趣',仿佛这双腿也不过是为了迎合她而已——她喜欢称之为"门环",只是此门环的尺寸有点大得非同寻常。

菲比告诉她(两次)赫伯特·白杰瑞是如何将那架法尔芒飞机从东宝良运到伯蒙特·考门的跑道上,又是如何在伯蒙特上空盘旋,然后沿着河面飞临那些羊毛加工厂,在厂房上空倾斜着,俯冲而下,钻桥而过。她不知道的是,我这么干的缘故是因为和别人打了个赌。三个月前,约翰尼·奥德因为做同样的飞行动作而机毁人亡,所以大家印象非常深刻。

《广告人报》对此进行了详尽的报道,安奈特头天就在报纸上读到了有关新闻。而菲比已经是第二次向她讲起同一件事了。她并非说给安奈特听,却像是对着一口空井呼喊，目的只是要将自己的快乐放大而已。

"你迟早要吃苦头，不会有什么快乐幸福的。"安奈特说。

不过，伤心泪流的不是菲比，而是她自己。

菲比试图安慰安慰她，但是她一扭身将她推开了，然后捡起那本斯温伯恩诗集，狠狠地摔在了墙上。

"真是滑稽！"她尖叫道，"愚不可及！你根本都还没跟他说过几句话。"

15

对于床底下麻袋里的那条蛇，我谈不上喜欢，更无法信任。但是我坚持下来了，把这坏脾气的生物装在袋里，放在我的床下。我考虑过宣称它被"弄丢了"，不过我有过非常糟糕的"丢"蛇经历。一条不知道上哪儿去了的蛇，足以让任何一个安宁的家庭乱作一团，对于一个想要寄宿于此的人来说，倘若出现这种状况无疑是再糟糕不过了。更何况，麦克格瑞斯一家对于我能与蛇和平相处这一点还颇为骄傲，其得意之情绝不亚于对于我与飞行之间的关系。杰克更是从赛马场带回来各色人等看我玩蛇，有长相帅气的赌马迷，有自命不凡的马主，他们都聚集到西区大道来，相互之间迥然不同，如同他们屁股下的椅子一般，没有太多的共同点。而我则被招呼来向他们展示我的"宠物"。国家银行的行长——我身上的派纳克衬衫就是他穿剩下的——一直拿食指在蛇头前逗弄，差点被咬到，而他居然还在那里傻笑。

对于澳伊棕蛇来说，最好的保护方法便是躲它远点儿。你根本不可能将它的毒液全部挤干，尤其是在夏天，因为它在很短的时间内就能重新集聚毒液，再次发动攻击。人与它之间，无所谓和平，无所谓妥协。它根本不会变得驯服，甚至也不愿意接受被俘的命运。每天从早到晚，它都疯了一般拼命地用头撞袋子，如同困在玻璃瓶里的绿头苍蝇一样。它狡猾得很，根本无法收买。

直到周三早上，依然未能找到人给我提供老鼠或青蛙。我只好一早起身，沿着墨尔本路出发了——有个赌马的家伙告诉我，沿着这个方向一直往前有个烂泥塘，里面有不少青蛙。我没有开车，而是选择了步行。我喜欢走路。我走路的样子颇有点绅士派头。

年纪不大的时候我就注意到，无论男女，走路的姿势远要比口音更能显出其社会地位。尽管我现在说话非常注意，尽可能不用当年在东区市场学会的那些说话方式和习惯，那时候我替汪氏干活，时不时会说"没得""没干过，我"等不太标准的措辞，澳大利亚人自然的鼻音让我感觉很舒服——这无疑会令那个将我带到这个世界、将自己想象成英国人的家伙勃然大怒。我很是瞧不起那些说话拿腔拿调的人，但对自己走路的姿势却一直非常在意。

靠体力劳动吃饭的人走路姿态各异。揉面团的人的走路姿势，肯定与剪毛工的完全两样——他结实的胳膊仿佛抱着许多条面包似的，全身肌肉始终处于紧张状态，脊背紧绷，身体前倾，好像拿着什么看不见的重物一般。对于走路姿势，我有成千上万种分类，而我则选择了"绅士式漫步"，因为我觉得这会让人在无意识中便对我产生信任感。

途中并无多少景致，但我并不以为意。顺着铁道沿线的墨尔本路主干道，我一直往前走。当时，那一带没什么房子，仅有几间工人们居住的简陋小屋沿路散布。偶有马车路过，满载着本地特产，运往其他内陆市镇。我冲他们点点头，打个招呼，但是，无论车上拉着什么东西、拉车的是什么毛色的马，还是它们在清晨清冷的空气里的呼吸，抑或是车灯的式样和品质，所有这些，都不能引起我过多的注意。我很享受自己的步伐，如同绅士一般漫步在路上，不仅让别人信以为真，甚至连我自己也开始相信我就是名绅士。

烂泥塘躺在一座高大的面粉厂的阴影里。我跳进一条小水沟，尽管大路上已看不到我的身影，但面粉厂的窗户却像一双双眼睛，死死地盯着我。我感到非常别扭，但别无选择：我脱下外套、裤子和袜子，下身只穿了条内裤——面粉厂的注视让我对自己的罗圈腿颇感自卑。我踩着黑乎乎、在脚下吱吱作响的泥巴，走到烂泥塘的另外一边。青蛙呱呱呱的叫声如同塞壬的歌声一般吸引着我，不过我并未带上麻袋。

我一直相信，世界上很少有东西能比麻袋更有用处，不管我的故事讲到哪里，我都希望能够表明这一点，即我发现麻袋子作用非凡，有或者没有，都能体现出其重要性来。比如：遇到硬邦邦的椅子，垫上一条会柔软很多；撕开来的话，可以支成一面墙；寒冷的夜里，简直就是条理想的毯子；另外，还可以用来装蛇、兔子或鸭子；宰鸡的时候也能派上用场；开车遇到松软的沙土地，轮胎底下垫上一条能够防止打滑；填上木棉，立即就变成一个像模像样的坐垫；至于装青蛙，再也没有比麻袋更好的东西了。

然而，麦克格瑞斯家居然找不到一条麻袋，简直令人难以置信。迫不得已，我只能带着两个白色的小纸袋来抓青蛙，而且，它们闻起来就像装过糕点似的。果不其然，当那条蛇吞下第一只青蛙的时候，它会发现青蛙身上粘了不少糖霜，仿佛是 ABC 茶室的一道特制甜点。

手里拿着个纸袋子，这让我感觉傻乎乎的。恍惚中，面粉厂的窗户后，好多系着白围裙的女人正站成一排，对着我的罗圈腿指指点点，笑个不停。

我对自己的肩膀和胳膊颇为自信，对身高则近乎自豪，甚至对自己的整体风度气质颇有几分自负。即便是小腿，如果单独来看，也基本能够达到我的要求。但这双罗圈腿让我很是窘迫，所以我冲着那些盯着人看的窗户侧过身子，尽可能不让自己处在一个看起来滑稽可笑的角度。

所谓绅士式漫步的问题就在于此，它会让人产生一些无法满足的期待。大路上，你可以像个绅士般迈着步子，然而当你脱掉衣服，蹚着泥沼中前行时，这个时候，再煞有介事地迈着方步，毫无疑问，就有点不合时宜了。

《吉朗广告人报》给我戴上"爬虫学家"这顶高帽的时候，我欣然接受了。后来，东家问我这个词究竟什么意思，我劝他找来字典查一查。在那时，身为一名爬虫学家感觉很是不赖。不过现在，在烂泥塘里深一脚浅一脚，作为一名爬虫学家似乎就没那么具有吸引力了。

一股小小的溪流汇入了烂泥塘。正是在溪流的入口处，我逮到了第一只青蛙，它安坐在那里，棕褐色的皮肤闪闪发亮，弹性十足。那双外凸的眼睛一直瞪着我，我伸手一把将它抓住，不禁激起了一身鸡皮疙瘩。

正是在那时，一声咳嗽传来。

我首先想到的不是别的，而是我的罗圈腿。我双手紧紧地抓着青蛙，扭过头，看到一个流浪汉——尽管这称呼未必准确。他是一个已经彻底自暴自弃的流浪汉，一个即便在大夏天里一周也懒得洗一次衣服的流浪汉，一个天生热爱破衣烂衫到了无以复加的程度的流浪汉，任何关于时尚的观念在他那里都被视作陈词滥调，他已经有了一套完全属于他自己的风格。

尽管满脸都是恣肆的胡须，你仍能依稀看到他的脸。那是一张饱经风霜日晒和酒精摧残的脸,满嘴黄牙,蒜头鼻不甘寂寞地隆起,花白的头发缠绕在头上,有只眼睛不知是挨了一拳还是被蜜蜂蜇了,半睁半闭,让他看起来就叫人很不放心。

他像个澳洲土人似的蹲在地上,一声不吭,一动不动,满脸的奸诈。我想他肯定是在打量我的罗圈腿。

"这东西好吃?"流浪汉问道。

我手里抓着青蛙,尽可能保持着绅士的姿态,在泥沼里慢慢迈开小步。

"你吓我一跳,伙计。"我说。

"你光着身子在这里走来走去,"流浪汉说,"也吓我一跳。"他看着我将青蛙放进白色的纸袋里,然后塞进叠起来的外套的内兜里。"这东西好吃?"

我总喜欢跟原本不必计较的人较劲,感觉自己仿佛一辈子都在膝盖上架着把枪,时刻警惕着。

"没错,"我对流浪汉说,"绝对的好东西。"

"真的吗?"

"跟鸡肉味道很像,"我对他说,"根本吃不出什么差别来。在法国,这是敬献给国王和王后的贡品。都是因为那些无知的澳大利亚上流社会从中阻挠,我们才没有效仿。"

"真的吗?"

"是啊,"我一边将衬衣下摆塞进短裤,一边说道,"一点不假。"

流浪汉蹲在那里,换了换脚,他的态度有点不置可否。"我想法国的国王和王后应该是早给杀头了,"他说,"我记得他们都被杀了,都被砍头了,我记得别人跟我说过,法国现在根本就没有国王和王后了。"

这我倒是第一次听说。若非冥顽不化,没准从他那里我还可以有所收获,不过我担心的却是两个相互冲突的东西——一是我的自尊,二是我的青蛙。我转身再次回到烂泥塘里,而流浪汉则趁机仔细打量起我的外套来。

"从前我也有件这样的西服,"他说,"不过在奥尔伯里的时候给别人拿去了。"

"真的吗?"我模仿他的口气说道。

"唔,"流浪汉耸了耸肩,"你知道的,奥尔伯里就是那个样子。"

抓到第二只青蛙之后,我小心翼翼地回到岸上。流浪汉目不转睛地看着我将青蛙再次放进白纸袋里。

"在奥尔伯里的时候,我们吃过在屋顶上跑来跑去的老鼠,不过从来没有吃过青蛙，想都没想过要吃青蛙。非常感谢你提供的这个信息，我得说，真的非常感谢。"

我蹲在溪流边，将脚和手仔细洗洗干净，然后站在一小簇草皮上，费力地穿好衣裤。

我这人做事容易冲动，激烈的情绪总是如同不速之客一般随时可能造访，或放声大笑，或火冒三丈，或挥拳相向，从来都是毫无征兆，瞬间爆发。同样的，有时候我会莫名其妙地想要扮好人，充大方。搞不清楚这副德性究竟来自何处，毫无疑问肯定不是遗传自我的父亲，做任何事情他从来都不会感到丝毫良心上的不安。说起大英帝国，说起忠诚，他头头是道，但他有所成就绝非因为大英帝国或者忠诚：他是个不折不扣的谎话大王，从来都是胡说八道，恨不能钻到钱眼里去。

如果我父亲看到我居然给个流浪汉1镑钞票，肯定会笑掉大牙。

"拿去吧，"我说，"去买点面粉，买点茶叶。不要吃青蛙，基督徒是从来不吃青蛙的。"

流浪汉和我，我们俩都没想到会出现这种情况，都非常困惑。他用饱经沧桑的双手接过我递过去的钞票，紧紧地捏在拇指和食指间，仔细地看了又看。

"要是不吃的话，"他终于开口问道，"那你抓它们究竟干吗？"

"我那条该死的蛇，伙计。"我说。想着那1镑钞票居然落入流浪汉之手，我有点恼火。"我得喂我的蛇。"

"那是得喂，"流浪汉满脸同情地说道，"那是得喂。"

"我跟你说正经的呢，伙计。"

"当然，你当然是在说正经的。"

他的错误是不该眨眼睛。

一眨眼的工夫，应该说他的眼睛还没来得及睁开，那张1镑的钞票便从他手里消失了。然而，尽管皱成一团的钞票已然躺进了我的口袋，却丝毫也未能将我从困惑中解脱出来，甚至于，我感觉比先前更困惑了——我居然感到愧疚，这真是有点不公平。

"慈善对谁都没好处，"我说，"自己动手挣钱，愿意吗？"

后来，当我回忆起当初是如何跟那个流浪汉达成交易时，不禁羞愧难当，不是因为交易本身，交易本身毫无疑问是公平的（流浪汉自己对此感激不尽，每天早上都尽职地为我的蛇送来2只青蛙做早餐），真正让我羞愧的是，我居然背弃自己的慷慨之举——实际上,我一直想要成为一个慷慨的人。

我感觉流浪汉看着我,仿佛发现除了一双罗圈腿外,我还有着更丑陋的地方。

16

麦克格瑞斯全家都对我深深着迷,尽管这一点我心知肚明,但是他们究竟迷到什么程度,我就不一定把握得准了。布瑞杰特每次将盘子放到我面前的时候都羞得满脸通红,而莫莉则干脆禁止她上餐厅来端茶送饭,为此布瑞杰特伤心落泪,安慰了好久情绪才平服下来。我从 ABC 茶室给她买了个蛋筒冰激凌,她将吃完的蛋筒放在更衣室的桌子上,一连几个星期都舍不得扔。即便如此,她依然未能获准进入餐厅,那里是莫莉的领地;她挺着两个丰满的胸脯,邋里邋遢,端着几碟子蔬菜,在那里柔声低语,兴高采烈。菲比一望而知她是多么仔细地往我的盘子里摆蔬菜的,而且给我的分量要远远大过其他人(这一点也非常清楚地反映出来她是个穷苦人家长大的女人),只不过大得不那么明显,很难察觉,按照菲比的说法,大得"如同地下情人之间稍纵即逝的眼神交流,又如同飞蛾在夜间穿过窗户时一闪而过的身影"。

对此我毫无察觉,杰克也同样无知无觉,他根本就没有注意到莫莉是如何帮我叠那三双袜子的,没有注意到我的袜子穿破之后她是如何用心地替我重新缝补好的,没有注意到她是如何细心备至地将我两件干净的衬衫叠好放进抽屉的,也没有注意到她是如何亲自洗刷我唯一的一件外套的。

然而这些都逃不过菲比的眼睛。有时候,她很为自己母亲的举止感到尴尬。不过,见到那种含蓄而又微妙的蔬菜分配手法对我毫无作用后,她也和母亲一样,默默地难过——不管是国家银行行长,还是烤土豆,我都热情相待,不偏爱也不冷落任何人。

至于杰克和我,我们极为投契。即使没有蛇、没有飞机制造厂等捏造的说辞,我想我们依然会成为好朋友,没有任何问题,实际上没准反而要更好,然而改变过去为时已晚,况且只有傻帽儿才吃后悔药。即便我们一起建造上千架飞机、迷倒无数条毒蛇,我们仍有大量其他共同的爱好。我们的理论一套一套,层出不穷,仿佛我们盘子中的豌豆一样不可尽数,而且,我们相见恨晚,有说不完的话,即便满嘴的饭菜、满口的酒水,也不能阻止我们指手画脚,滔滔不绝。

"你们像是一对害了相思病的傻瓜蛋,"菲比后来对我说,"而且蠢话不断,不过我爱你们,所以一点儿也不在乎。"

"难道不是吗?"杰克说,"要是莱卡特有架飞机的话,就不会有悲剧了,也不会有什么损失了,可怜的家伙。"

我指出飞机降落、开辟跑道、供应燃油等许多问题需要解决。

"啊,没错,"杰克说着跷起只穿着袜子的脚,擦了擦下巴,"用降落伞怎么样?有主意了。"

"伯克是个糟糕透顶的警察,"我说,"我怀疑他能不能胜任。"

"我们不是在讨论伯克,伙计,我们在讨论莱卡特。无论如何,是你自己告诉我的,说这没什么问题。"

"也不能说完全没问题,"我说,"只是没那么严重而已。"

"好吧,就照你说的,"杰克说着,拿吉朗特有的灰白色的面包擦盘子里的肉汁,"只是不那么严重而已。"

"而且他还是个大块头,很可能反应迟钝。"

"莱卡特?"

"不,我是说伯克。"

"我倒从没看到过任何有关这方面的报道。"

"你可能是没看到。"我说,听得出来他跟我一样对此一无所知,这让我很开心。"不过,报纸不会将所有内容和盘托出,全部刊登出来的。他智商有问题。"

"我从来就没搞明白,"杰克一边说,一边把椅子往后挪,握住莫莉的手,"这种说法什么意思?"

"很清楚,"我说"任何有头脑的人,都不可能允许袋鼠、沙袋鼠之类的动物溜进自己那么好的牧场。"

杰克轻轻抚摸着妻子的手。他总是这样。有时吃饭的时候,我会发现父女俩都在抚摸莫莉的手,一个左手,一个右手。

"再好的牧场里,"杰克说,"我也见到过袋鼠。"

"那肯定是特殊情况。"

"算是吧，是这么回事。刮风下雨吹倒了一棵树，把篱笆砸开了一个豁口。"

"唔，"我说，"那说明你对这个说法理解得很到位了。"

"对于这种专断的警察式的表达方式，"杰克忽然非常严肃地说道，"我很不喜欢，并不以为然，跟个法官似的，不管三七二十一，蛮横地将书扔在你脸上，既不公平，也不合理。你是怎么看的，比如说，他们居然拿粉色鹦鹉①来指代笨蛋？"

"这种鹦鹉可不是什么益鸟，"我回答道，"这一点大概没人会怀疑。"

"但根本谈不上什么愚蠢。"

"那倒是，"我说，"这一点我同意，粉色鹦鹉可不是什么愚蠢的鸟儿。"

"我觉得，"杰克说，"在讲话方面，英国人才不会像我们这样费劲。"

我们就这样东扯西拉，不单某天晚上这样，而是每晚如此，不管有没有其他人在场。早餐也是一边聊一边吃，完了再到海滩上散散步。唯一不变的是，我们从未停止聊天。

菲比一直偷偷地观察着我。我们俩彼此都花大量时间观察对方，还自欺欺人地以为对方没有察觉。

偶尔，我会离开西区大道一阵子。尽管耻于承认，实际上我又重新卖起了福特T型车。我跟他们说这完全是为了生意，跟建飞机制造厂直接相关。

我不在的时候，杰克百无聊赖。他坐在无线电前，一个劲地换电台，使劲拿手腕敲他的助听器，跟个周日下午烦躁不安的小孩没什么两样。他不愿意上自己的出租车公司，不愿意去马场看他的那些马，甚至连上赛马场去赌上几把也不愿意。科里奥码头旅馆的几个流浪汉也见不到他的人影（他们称他为"10先令"麦克格瑞斯）。他待在家里，没完没了地打着盹，等着我回来。然后，菲比会看到，夏日的晚上，我们又肩并肩在海滩上散步。她父亲有着典型的赶牛车的那种体型，实际上他的父亲也是赶牛车出身，当他和我漫步在海滩上，透过那宽阔的肩膀、粗壮的胳膊和结实的脖子，她仍能看到其间流露出来的赶车人的风采和气质，这就是她的父亲，天生就能承受漫天的风沙和彻夜的孤独，他的这种品性永远也不会改变，尽管羞于与人打交道，无论男女，然而现在——菲比看到——他居然要跟个陌生人一起去建个飞机制造厂。不过，建个飞机制造厂可没那么简单。我们

---

① galah，粉色鹦鹉，也有笨蛋的意思。

并没有直奔主题，而是如菲比和我一样，彼此靠拢，但羞羞答答，拐弯抹角，王顾左右而言他——虽然自始至终，那高大的波状铁皮厂房仿佛就在我们眼前，清晰可见，墙体上写着"巴旺飞机制造厂"几个大字。

"轮子这种东西，"杰克说，"有了觉得没什么大不了的，但是，如果你根本就没见过，你怎么知道自己需要？飞行想象起来也很简单，我们经常看到喜鹊在空中飞来飞去。但是，你告诉我，白杰瑞，我们何曾见过哪种动物，或者鸟雀，居然会有自己的轮子？"

"有种蛇，"我说，"就知道将自己卷成个轮子，然后追你。"

"真有这回事？哪个国家？"

"就我们国家。我有个朋友在金达彼恩，就曾经被一条蛇追过。"

"毫无疑问，"杰克说，"世界上大概只有咱们澳大利亚才会有这样的动物。飞机也非常适合我们这个国家。不过，要是你提出金达彼恩蛇这个问题，恐怕我们这里没有哪个白人能回答得上来。"

"他们说轮子是中国人发明的。"我说，这么说完全是出于对龚谢应的忠诚——杰克对有色人种有偏见，但这里不是讨论问题的地方。

"是吗？"

"是的。"

"不是白人发明的？"

"是中国人发明的。"

杰克摇了摇头，觉得难以置信。"你知道这个人叫什么名字吗？"他问道。

"不知道，"我说，"很久很久以前的事情了。"

"我觉得澳洲土人肯定做不到。他会眼睁睁地看着蛇卷成一个圆饼从面前滚过去，根本就不会动脑子想一想，了不得把它当晚餐给吃了。真是浪费机会，"他说，"要是我们率先发明轮子的话，那么我们肯定早就比欧洲发达了。"

"要是土人有轮子的话，"我说，"他们肯定会把我们给团团围住的。"

"不过你忘了，"杰克说，"我们来澳洲的时候，早已经有轮子了，而且还有了火药。"

"火药也是中国人发明的。"我说。

杰克几乎无法忍受了。不管我跟他说什么，他都无法容忍中国人发明了这个又发明了那个。他生气地将腮帮子吸进去，然后重重地鼓了口气吹出来，狠狠地将岸边的一只海蜇踢回到海里。

"扭腰,然后咯咯笑,"他说,"转弯,然后团团转、蠕动、吐痰,然后咧嘴笑,如同令人讨厌的中国人一般,当有人牵动他身上的线。"

"世界上再也没有比中国人更善良的灵魂了。"我说。

他微眯着双眼,表情严厉地盯着我。我的天,他本该是个多么难对付的人啊,不过他绝不允许自己陷入到任何争斗之中——他总会找到最舒服的方式来解决最不舒服的事情。

"可怜的小人儿,"他说,"可怜的小家伙。"在杰克眼里,我就是罗穆卢斯和瑞摩斯[①],是喝着狼奶长大的小可怜。

17

菲比有种完全被忽视的感觉。她陪着杰克和我一道去贝尔蒙特·考门学习飞机驾驶,然而谁也不搭理她。她只好一个人傻傻地坐在后座上,听我们海阔天空地聊天。

我从没在意过没准她也想上天飞行。她未表示过兴趣,什么也没说,有时我看见她听我们说话的时候,嘴角居然挂着一丝微笑,这让我很是慌乱,甚至于一下子记不起来自己说到哪里了。

她知道自己的父亲是永远也学不会开飞机的,不管我教他多少次。他对飞机甚至比对那辆希斯巴诺·苏莎汽车更没有感觉。不过,她一声不吭地陪着他们在天空中飞了一圈又一圈,耐心地等待着训练结束。她父亲似乎永远也不敢将操纵杆拉低到位,所以在他的驾驶下,飞机总是无法顺利着陆,这种状况着实让人揪心。杰克坐在前排,赫伯特坐在后排,只见那架法尔芒飞机颠簸着盘旋在空中,就是无法落地。

---

① 古罗马的建国者,传说幼时由狼哺乳长大。

她看到我弯腰向前,用拳头捣了捣她父亲的后背。她应该能听到我在冲着他大嚷大叫:"拉到底,到底,到底。"但无论如何,杰克就是不愿意将操纵杆朝着近在咫尺的地面拉下去。

她去看过安奈特,两个人都没有好声气,吵得不可开交。她妈妈,原本担心她参加的舞会太多,收到的派对邀请过于泛滥,对她交的朋友也很不放心,现在似乎不再为此操心了。她只顾忙着给孤儿院的孤儿们准备圣诞大礼包,给安斯利收容所里的人装红包,再就是对赫伯特的袜子小题大做。

对于菲比来说,圣诞这些天笼罩在一种奇怪的迷雾之中。有时候她感觉情绪如此强烈,以至于恨不能将脸挠出血痕来,有时候情绪稍稍缓和一点,原来的痛苦反倒是种快乐。整日里,她就这样摇摆于两种极端的情绪之间,心不在焉,完全无法将注意力集中于任何一件事或一个人身上,你可以称之为一种精神上的瘙痒症。

圣诞期间,她参加过几个派对(我亲眼看到她出去的,尽管欲火焚身而又忌妒得要命,但全无办法)。西区有两个农场主的儿子似乎引起了她的注意,两个人都曾经向她献过殷勤。

她将自己淹没在东滩上摩肩接踵的游泳者里,炙热的阳光将她凝脂般的皮肤灼伤了——很可能那是故意为之,没有人责怪她。而她则恶作剧似地将刚刚结痂的皮肤撕下来。不管安奈特的信如何气急败坏,她就是不理不睬——可怜的安奈特,整个圣诞节,她仿佛生活在地狱里,一个被拒的恋人的地狱里。

菲比满心满脑的都是那个人,但她根本就不跟他说话,甚至连让他帮忙递下面包都不愿意开口。晚上睡觉前她也当没这个人似的,连晚安也不愿意说一声。自然,他们会批评她不懂礼貌。她自顾自躲进自己窗帘垂坠的卧室,天气的酷热被挡在了窗外,她抠着死皮,等待着。

18

是时候做做邻居们的工作了。如同龚谢应一样,我有隐形的本事,风平浪静的晚上,我会趁着夜色,从门底下溜进屋去,轻轻地掀起地毯,翻检他们满是灰尘、乱成一团的壁橱,偷听他们干巴巴的谈话,这让我有种极其猥琐的快感。我将自己那隐于无形的鼻子伸进他们的床单,嗅一嗅他们悄没声息放出来的臭屁。

麦克格瑞斯一家在很多方面都让西区大道上的上流阶层感到不安。冒犯简直多如蚊蝇,即便肯特维尔夫人也不愿一一计数了。

随便举个例子,就拿杰克用黄砖建在草坪中央的车库来说吧。他是自己动手建的,但效果不太好,跟个牛圈一样,笨拙而粗糙,只能说基本满足需要。草坪上,两条深深的车辙通往车库,很不规则,因为很多地方希斯巴诺·苏莎都曾陷进去过,然后又找来马将其拖曳出来,所以草坪上也是坑坑洼洼,一片狼藉。

再举一例,就是被当地人称之为"那堵墙"的一堵红砖墙。这堵墙从车库几乎一直砌到房子中部(直到音乐室那扇大窗户对面),目的是为了保护莫莉种的花免遭来自科里奥湾的海风的摧残。不过对于肯特维尔、琼斯-伯顿、德文尼西等人家来说,这一功能当然不是那么明显——即便他们知道这堵墙是派这个用场的,估计也不会有什么两样。他们对于杰克这种业余泥瓦匠的审美趣味,可没有丝毫的认同感。

麦克格瑞斯家的房子建于1863年,最早被称之为"沃瑞利",铭牌镶嵌在正门上方一个类似于窗户的铅棂框内。1917年的一个下午,他们亲眼看到杰克·麦克格瑞斯将这个框子摘了下来,是肯特维尔夫人第一个看到的。

"他把梯子搬出来了,"她对艾丽斯·琼斯-伯顿说。

两个女人戴上帽子,别紧帽针,像警察值勤似的,沿着人行道慢慢走了过去。那是1917年10月15日,午后不久,她们看到那个系着滚边帆布腰带的男人将"沃瑞利"摘了下来,重新放进去一块普普通通的玻璃,上面仅有一枚磨砂四叶苜蓿草的叶子。

要想明白二位女士对此的反应,你得回想一下一战期间的征兵制度引起的那场大争论,天主教徒们反对征兵,更重要的是,他们居然最终赢了。1917年11月1日,澳大利亚最后一次征兵的尝试以失败而告终。在这种白热化的氛围之中,四叶苜蓿草极有可能被误认为是三叶草①。于是,这二位女宣布麦克格瑞斯一家不仅叛国、没品位,而且还是天主教徒。

要是杰克知道这些话,他肯定会极度不安。他不喜欢天主教徒,远甚于不喜欢中国人,尽管他会说自己不是不喜欢信奉天主教的人,而是反对天主教,尤其是天主教的神父们,说他们"把祭坛上的酒全都自个儿喝了,其他人一滴也甭想沾到"。但他从来就不知道莫莉曾经是,而且现在也依然是个天主教徒,跟他在珀茵特海岬上的新教教堂举行婚礼,对于她来说是冒着出卖灵魂的风险的。

至于他为什么要在门上挂片苜蓿叶子,其实是因为他感到厌烦了,也可以说是他运气好。

类似冒犯之举可以说是不胜枚举。再比如说,赫伯特·白杰瑞先生的到来某种程度上也是个冒犯。我的绅士步伐根本就没给肯特维尔太太任何好感。她坐在篱笆后面,或者躲在窗帘后面,偷偷打量了我,认为我是个狡猾的角色,决非善类。

在她看来,西区大道正在一步步滑向贫民窟的边缘,而当她有一天看到那个流浪汉一大早出现在这里的时候,更加相信自己的担心并非杞人忧天了。她发现自己无法将流浪汉的真实形象准确地描述给她的伙伴们听——当她提到流浪汉的时候,她们只是茫然地点了点头,她就知道,自己并未能将那幅怪诞的画面准确地描绘出来。

"可是,亲爱的,"德文尼西太太说,"他们都用绳子。"然后,她接着唠唠叨叨讲起了绳子如何如何有用,她故去的父亲瑞沃兰德·德文尼西(在肯特维尔夫人的记忆里,他有点过于高教会派②了)总是拿棕色纸袋装些绳子,搁在家里多个地方。不过,这些情况对于肯特维尔夫人来说既莫名其妙,又百无一用,而且跟她记忆中的那个已经过世的高教会派男人无法吻合——他对丝绸和缎子钟爱

---

① 三叶草与天主教有极大的渊源,它是圣父、圣子和圣灵的象征。
② 高教会派属英国国教一派,要求维持大部分天主教传统。

有加,曾让不少人感到不安。肯特维尔夫人心想,绳子与高教会派有什么相干。

于是她准备结束绳子这个话题。她用戴着假牙的嘴发出尖厉的声音,一下子抢过话头,还喝了杯没有放糖的茶润了润嗓子。

"那位先生,"她说,"将甘蔗癞蛤蟆带到我们这一带来了。"

劳拉·德文尼西眨了眨眼。"你觉得,亲爱的,我们可以再来点热水吗。"

"热水,"肯特维尔夫人说,"我们有的是热水,劳拉。我们就在水深火热之中。"

不过肯特维尔夫人这句睿智的话对劳拉·德文尼西无异于对牛弹琴,她坚持认为银质热水壶里的热水差不多已经没有了,而且茶也已经淡了。除了加水,别无其他选择。劳拉那两片剩下的黄油蛋糕,似乎永远吃不完,至少需要很长很长时间才能吃完。

"那个流浪汉,"当劳拉终于对茶水感到满意的时候,肯特维尔夫人再次说道,"将甘蔗癞蛤蟆带到我们这一带来了。"

"为什么?"

"我怎么知道?"肯特维尔夫人反问道,"我怎么知道他们为什么要这么干?但不管怎样,事实如此,甘蔗癞蛤蟆!成袋成袋的甘蔗癞蛤蟆。那个可怜的女佣吓得尖叫了起来。整个厨房里到处都是癞蛤蟆。"

"你亲眼看到了?"

"我是听到的,不过听得非常真切。我听到她尖声叫道:'青蛙。'非常清楚。"

"不是癞蛤蟆?"

"癞蛤蟆还是青蛙,这不是关键。劳拉,你得专心听着,不能一边听一边吃东西。吃东西不能解决问题。他们在后门口付钱给了那个流浪汉。"

19

提起第一次送青蛙,我就感到十分的抱歉。那个流浪汉实在是太热情了。三两只青蛙根本不可能让他满足,实际上他足足抓了半袋子青蛙。等他来到西区大道,根本没打招呼,也没有向布瑞杰特自我介绍一下,便直接冲进了厨房,向原本就神经紧张的布瑞杰特亮出了半大包青蛙，结果自然遭到误解。等在下我终于光着脊梁、半提着裤子赶到厨房，那个流浪汉兴奋得实在有点过头，居然将所有青蛙直接倒在了厨房的地板上了。我把流浪汉好好教训了一顿，又一个劲的安慰布瑞杰特，还得把青蛙一只只抓起来——起码要把大多数青蛙抓起来吧，足足费了我好大工夫才将这一团糟的局面处理停当。后来好长一段时间，但凡听到女主人的尖叫声，我就要飞奔着赶到现场，然后总能在房子的某个角落抓出一只躲在里面的青蛙来。

过去，我曾因比这小得多的麻烦被扫地出门。发生了这件事之后，我也等着哪天他们在我的卧室房门下面塞进张小纸条，或者是晚餐后平静地告诉我，或者干脆在草坪上来一阵雷霆似的爆发。然而，令我吃惊的是，我的东家非但没有这么做，反而拿这个当笑料，不厌其烦地讲给别人听，一副乐在其中的样子。当我每天陪着杰克讲述他所谓的"好玩的事"的时候，整个故事就会在我脑海里重新过上一遍，我只好再一次伪装成个爬虫学家，对澳伊棕蛇的饮食习惯高谈阔论一番。

谎言居然很可能变为现实，这是我过去从未遇到过的情况。这不是我一个人的功劳，许多人都给我的那些胡编乱造的故事涂上了一层凝脂般的外衣，让它看起来更加可信，所以，即便是一颗满是令人讨厌的污点的砂砾、也会很快幻化成美好的事物，摇身一变，成为一颗令人垂涎欲滴、光彩夺目的珍珠了。

飞机制造厂也开始有了自己的生命。我们给墨尔本、悉尼的许多供应商寄去邮件。杰克对电话很着迷，他不停地给昆士兰的木材供应商打电话，大半夜将农场主们从被窝里吵醒，声称要跟他们聊聊投资一项极为了不起的新产业。

直到现在，我仿佛依然能够听到他那震耳欲聋的"喂——喂——"声回荡在整个房子里。

我们跟律师们碰过头，将公司名字确定为"巴旺飞机制造厂"，又去看了一块位于贝尔蒙特的土地，那块地原本就属于杰克。我还在吉朗雇了个绘图员，让他将我的设想一一绘出来。一开始我们准备搭载阿芙洛发动机，不过后来我们换成了纯正的澳大利亚马达。我还请了个速记员，让他记下我对航空方面的真知灼见——应《吉朗广告人报》之请，我在他们报纸上开设了个航空方面的专栏。我开始考虑能否娶菲比为妻。我还将借杰克的钱全都还上了。尽管看起来忙得不可开交，实际上那段时间我依然坚持在卖福特 T 型车。

在这一带卖车对于我来说易如反掌。当地的经销商根本无法理解，为什么一个能够如此轻易便还清债务的人居然会冒着生命和财产的巨大风险,去开什么飞机。那是2月里一个臭烘烘的下午,北风呼啸,裹挟着漫天的红色灰尘,沿着赖里街席卷而过,又黑又热的车库顶棚上,一片松动了的瓦楞铁皮被大风吹得咣当咣当直响。正是这么个下午,他跟我提到了这个疑问。我将嘴边的苍蝇赶开,发自内心不想让他感到不快。他根本猜不到的是,让我冰冷的眼神近乎疯狂、让我的嘴唇不由自主抖动的,是我对福特汽车的恨,销售它们简直让我生不如死,之所以一直坚持做它们的销售,完全是出于惰性,因为福特是个美国品牌,说服人们买辆外国车远比说服他们买辆本土车要来得容易。

还有另外一个原因,这一点1919年的时候我自己也不愿意承认,那便是福特T型车比较实惠。尽管它其貌不扬,但很能唬人,看起来结实可靠。而我对事情的看法却迥然不同。如果说我在跟那个福特经销商聊天的时候,言语之间倘若流露出任何傲慢的迹象的话,那一定是我内心深处很想告诉他,如果吉朗有个澳大利亚本土汽车(比如说萨密特牌)的经销商,我肯定会非常乐意帮助他击败福特汽车经销商。当然这绝非易事,但我一定能够办到。我会全力以赴,而不会像现在卖福特车一样,作风懒散,行事虚浮,仿佛网球高手般满脸不屑地将新手打得丢盔卸甲,没有任何技术上的挑战带来的快乐,最终的胜利也无法带来任何成就感,仅能从炫耀四肢的灵活中获得有限的愉悦。

"随便哪个傻子都能卖福特T型车。"我对那个经销商说。毫无疑问,这么说话并不招人待见,因为不仅真实性有待商榷,对于经销商本人也颇显不恭——我知道他眼睁睁地看着我开车离去,我敢保证,每次我将蛇放回到麻袋里的时候,心情与之是完全一样的。

20

说句老实话,我一点儿也不想把车卖给奥哈根家。要是真想做成生意的话,我不会一大早便去拜访——对于一个农场主来说,此时的推销员是不受欢迎的——而应该选择傍晚他刚从牧场回到家的时候。我本该去帮他卸下马鞍,跟他们一家人一道吃个晚饭。晚饭后,我还要帮他收拾收拾桌子,如果他坚持自己洗碗的话(大多数农场主会这样),我的工作才算告一段落。

上午10点钟左右,我开车沿着巴克斯·马什路前往奥哈根家。原本燥热的大风忽然停了下来,在尚未看到之前我就已经感觉到了,一场风暴正在南边积聚。我轻声地咒骂着。农场主这个时候可不想下雨——上一季作物刚刚收割完毕,他们正忙着犁地呢。我也不希望下雨。我希望奥哈根两口子没窝在家里,这样的话我就可以凑上去跟奥哈根太太闲聊几句。现在我得承认,正因为奥哈根夫人,我才一大早就到了。在她那双洋溢着青春的眼神里,我看到了一道迷人的光芒。

我稍稍挪动屁股,调整了一下勒在内裤里的卵蛋和鸡巴——在我看来,鸡巴是有自己的生命的,它自顾自地雄赳赳地耸立在内裤里——而我也只能这样,一路朝北,直奔奥哈根家。

21

斧头的声音一阵阵传来。空气仿佛凝固了一般,沉重而又弥漫着泥土和蜜糖的气味。我猜得没错,史杜·奥哈根和他的儿子们正在砍伐北面的灌木丛,准备开垦新的土地。

我敲了敲奥哈根家后门的木门框——门上蒙了层钢丝网,在风中不断地撞击作响,一条大黄狗对着我愤怒地狂吠,若非链子紧锁,它几欲冲我扑将过来。

"有人在家吗?"

不过,还没进屋我就知道奥哈根太太肯定不在家,而且准保不在家有些时日了。那是一个男人的厨房,多日未洗的盘子上爬满了苍蝇,一罐打开的牛肉罐头刺眼地摆在铺着油布的桌子中间,四周洒满了残羹剩菜。整间厨房里散发着令人沮丧的臭味,仿佛没有整理的床铺上脏兮兮的床单被套似的。

奥哈根夫人是个非常冷静清醒的人,有着一个陶醉于城市生活梦想的女人的那种舞步。确信她不在家后,我知道,刚刚想象和向往的一切,此刻都已化为泡影。一路上,我都在想着如何品尝她:亲吻她的乳房,将脸埋进她结实的身体。

无论如何，总归还是要卖辆福特车。

我脱下外套，挂在椅背上，解开领带，将领扣、袖钉以及衬衫领子统统摘下来，放进口袋里。

我没有急于穿过牧场，因为那里满是树茬，而且地面很滑。相反，我双手插在口袋里，轻松自如地漫步而行。斧子的声音忽然归于宁静，我知道，奥哈根父子一定是停下了手里的活，正好奇地看着我呢。

原本我会走得更加体面一点，不过我穿的是双正装皮鞋。在这种又滑又满是树茬的地方，穿着双鞋底光滑的平底鞋，想不趔趔趄趄，像个给布商打下手的根本就不可能。在这种牧场上要想走起路来像个样子，你得穿上靴子，而且还得是双重靴子才行。

奥哈根父子停下手里的活，打量了我一会儿，接着又继续干起活来。听着斧头声，想着是什么力量让他们愿意一直辛苦劳作，我不禁内心深处颇感戚戚焉。我对于生活的态度，不正如奥哈根父子对于那一丛丛灌木的态度一样吗？我将树皮扒掉，将它们削断砍倒，即便双手磨出水泡也在所不辞，总是梦想着有片基库尤人①那样完美的芳草地，过上仁厚而又恬静的生活。然而，蕨草泛滥，荆棘密布，总得想办法将它们清除。

沿着一条雨水冲刷出来的山沟，我一直往下，到达对面，可以看到奥哈根父子就在前面不远处的山坡上。只见两个年轻人放下了手里的斧头，三只玫瑰鹦鹉在乌云密布的天空下翩翩起舞。黑凤头鹦鹉凄厉地叫着，拼命地对着一株高大而又苍老的多枝桉又抓又啄，仿佛等不及要将它砍倒。

再翻过一道篱笆，他们的脸便清晰可见了。他们长相之丑陋，直到现在想起来依然让我感到不可思议：一个个脑袋如同人形水罐一般，又大又方，红彤彤的面庞，稀稀拉拉的金发，脸上一副卑鄙可气的神情，让人觉得他们有种莫名其妙的优越感。毫无疑问，他们并不那么讨人喜欢。

老奥哈根有一双招风耳，小儿子完全继承了他的这一特点——他才15岁，但已经跟我差不多高了。当然，他们很丑，但似乎已经习惯了自己的方头红脸、高挺的鹰钩鼻，还有小小的淡蓝色眼睛。可以说，他们是上帝用同一块泥巴捏出

---

① 肯尼亚人口数目最多的一个民族。

来的残次品。

他的大儿子今年 18 岁，耳朵则与父亲和弟弟的完全不同，显然遗传自他的母亲，小巧而精致。它们孤独而又扁平地生在他的大脑袋上，好比一个莽汉不知从哪儿偷了件漂亮物件，颇不相配。倘若走在吉朗的大街上，你不大可能多看他几眼，但是在这里，就在他弟弟和父亲身边，他的脑袋看起来实在让人有些难堪——有点类似萎缩了的手臂，或者下巴中过弹的退伍老兵。如果奥哈根父子是蝴蝶的话，那么他这一只一定极其珍贵——奥哈根家族的大耳朵代代相传，绵延至今，他应该是难得一见的特例。

他叫古格①——除非有一天我们开始忘记自己的语言，否则的话，难道我们不是一直这么称呼鸡蛋的吗？我一直认为，他被冠以古格这个名字，都是因为如果拿手从头抹到下巴，他那又小又平的耳朵一点儿也不碍事，整个脑袋光滑得像只鸡蛋。

我离他们越来越近了，不过奥哈根父子（史杜、古格还有古斯②）谁也没有停下手里的活。他们挥舞着斧头，小一点的树和灌木被直接砍倒在地，粗一些的树则一圈一圈将树皮剥掉，而针对半大不小的树木，他们拦腰砍断，然后用斧背将树皮一条条剥下来，堆在已经劈好了的木材堆旁。等到烧场的季节来临，这些树皮可以用来引火。

他们根本没有搭理我的意思。我犹如害虫一般，来得很不是时候。我只好知趣地靠着一棵树蹲下来，静静等待。最早打破沉默的是古斯。他过来拿锉刀磨斧头。他在离我不远的地方蹲下身子，仔细地看了看斧口，才从麻袋里拿出块锉刀（麻袋还能派这个用处，前面我忘了提了）。

"来向我们推销 T 型车呢，是吧？"

"是来让你们看看的。"我说。

忽然，我身后一丛黑檀倒了下来。

"小心着点你坐的地方。"老奥哈根说着也走过来磨斧头，实际上他那把斧头暂时还没有磨的必要。

---

① Goog，澳大利亚俚语里有鸡蛋的意思。
② Goose，英文里有呆头鹅的意思。

古格拿斧背用力地砸一棵树桩,等他终于将其连根拔起,湿漉漉、赤裸裸地抛在一旁,他也扔掉斧头,凑了过来。

"这种车子,他们开价多少?"他冲我停车的方向点点头问道。

"他连一个大子儿也没有。"古斯说道,随手将锉刀递给了老奥哈根。

"我根本就没说我有买车的钱,我只是问问而已。"

一时间竟无人说话。兄弟俩都专注地看着老奥哈根磨他的斧头。

"你那架飞机不错,现在怎么样了?"老史杜终于开口道。他不属于这种尖酸刻薄的家伙,但他有点儿为难自已;那种颇有点嘲讽意味的牢骚从他嘴里冒出来,估计连他自己都没有想到。

"在吉朗呢。"我说。

"找到人了,是吗?"

"什么意思?"

"找到人买了吗?"

"我没准备卖。"

"哦,是吗。"史杜说道,父子三人的脸上同时流露出那种假惺惺的笑容,仿佛三面哈哈镜,折射出来的却是如出一辙的误解。

"要是你没准备将它卖给我们的话,"古格问道,"你干吗把它弄到这儿来?"

他们的误解非常滑稽,我甚至都不想跟他们费什么口舌。

"听说你现在又推销起汽车来了?"古斯说。

"听谁说的?"

"帕特里克·海尔告诉我们的。"史杜回答道。他站起身,双手搁在屁股上,又弯起一只膝盖,歪着他的方脑袋。"他告诉我你是如何费尽口舌劝他买辆福特车的。不过他说道奇才是一流的汽车。反正他是这么认为的。"

那年头有句谚语:"要是买不起道奇,就躲福特远点儿。"①当汽车推销员可不就得忍受这些狗屁不通的话吗。"那只是帕特里克·海尔的个人看法。"我说。

他们围成一个半圆形站在我面前,古斯连站立的姿势也跟他父亲的一模一

---

① 原文为"If you can't afford a Dodge, dodge a Ford",道奇的英文dodge有躲闪、躲避的意思,此处为文字游戏。

样,而且三个人脸上都挂着同样的笑容。

"那么跟我说说看,"我说,根本懒得站起身来,"你会认可他对犁地的看法吗?"

"啊,"史杜说,"那是另外一回事,完全两码事。"

我强忍住没有笑。我在巴克斯·马仕路上听过不少关于奥哈根的奇闻轶事。据说(尽管我觉得有点难以置信)史杜20年前离开墨尔本,此前他是个商店售货员。他们说从他第一天到那里,就从未采纳过任何人的建议,偏执到顽固,即便因此犯错也丝毫不为所动。他们说,要不是有个冬日的上午,他在赖里街上差点被一只轮子从身上碾过,因而引起了他的注意,否则他会花上一辈子的时间,自己想办法发明出车轮来。

"耕地,"他说,"跟汽车是两码事,完完全全两码事。"

我没有抬眼看他,而是远远地眺望着史杜家房子后面饱受侵蚀的山坡,从我们现在所处的这个位置看过去,视野非常开阔。至于等高耕作的好处,我一个字也没提。这个问题上,史杜似乎不会采纳任何建议。

"那么你是来给我们帮忙的,是不是?"史杜说。他很是狡猾,但你不能说这有多令人不快。

"没问题。"我说。

"要斧头吗?"

"入乡随俗吧。"

"好啊,"老头说着将手里的斧头递了过来,"可以砍的东西多了去了。"

能再次抡起斧头真是件令人开心的事。

22

仅凭一把斧头,不需要其他辅助工具,你就可以建起个很好的小屋,所以说对于如何使用斧头,我的经验相当丰富。虽然手的力道稍嫌不足了,但砍砍这些矮小的树木,与用厚木板搭建小屋相比,只是小菜一碟,我依然眼疾手快,干得有板有眼。

如果说奥哈根父子惊讶地发现一个推销员居然能将斧头用得如此好，那么他们也尽可能做到不露声色。不过，午饭的时候，他们热情地给我分了些牛肉罐头，还给我端来了一大杯又甜又酽的浓茶来。

南方有时候天气很恶劣，所以午饭后，我又蹚过湿滑的牧场，将车窗上的帘子拉上。回来的时候，古格对我说："你这是白跑一趟——雨不会下到这里来的。"他坐在一棵倒在地上的树干上，打量着天空，一副很专业的样子。

"真的吗？"我说。

"他们跟我说，"古格继续说道，"那叫华勒比雨影，这也是为什么这一带干旱少雨的原因。"

史杜则依然忙个没停。他在20码开外的地方，拿着他的"凯利"斧，卖力地砍向一丛黑檀，在他的斧头下，黑檀仿佛正瑟瑟发抖。不过，他那对招风耳可没闲着，如同它们的形状所昭示的那样，依然敏感异常。

"谁跟你说的那些屁话？"他嚷道。

古格一脸的不自在，拿斧头从胳膊上刮下了几缕金色的汗毛。"在马仕，"他终于说道，"在学校里。"

黑檀饱受斧斫，摇摇欲坠。古格一脸担忧地看着自己的父亲。

"他们能知道什么？"史杜说道。他退后一步，颇有成就感地看着摇摇欲坠的黑檀。"华勒比雨影，"他一脸嘲讽地看着天空，"那该死的到底是什么影子？"

一阵南方刮过，黑檀终于轰然倒地，砸中一只有着毛茸茸的大尾巴的袋貂。他们停下手中的活儿，涌过来看那只受伤的袋貂，它的肩部被一根不大的断枝刺穿了。史杜拿斧面碰了碰它，只见它全身颤抖，一股鲜血顺着嘴角流出来。

"雨影，"史杜说，"我的天啊！"

我这么说可能让你们觉得史杜·奥哈根是一个蠢笨如猪的杂种，这对他来说很不公平。如果回顾自己的一生，我会发现自己几乎每天都会说类似的话。谁都不例外，这是我们自己的损失。

整个下午，史杜都对华勒比雨影这个说法冷嘲热讽。他唠唠叨叨、没完没了地挖苦嘲讽，而那个有着一对小耳朵的孩子则默不作声地挥舞着斧头，只是磨损的衣领下，脖子已经气得通红。实际上，老史杜并非要对自己的儿子大加挞伐，我发誓，真正让他气不打一处来的，是他老婆的那对小耳朵。

当古斯决定也凑凑热闹，有样学样地嘲弄起古格，古格慢慢地站起身，来到弟弟砍树的地方。他静静地等着弟弟将手头正在砍的小树放倒,然后结结实实地给了他一记勾拳,接着骑到他身上,照着他的脑袋就是一通拳脚。史杜走过来,看了他们一会儿,直到他们住手之后才一人给了一脚。

"好了,"他吼道,"放过他吧。古斯,你去照料一下那些鸡还有猪,之后再去挤下牛奶。古格,你去准备晚饭。"

古格气鼓鼓地拿靴子踢了一下脚下翻卷的泥土。"什么意思,准备晚饭?"

"天哪,"他父亲吼道,"他们告诉你雨影的时候,难道没有告诉你'准备'是什么意思吗?准备晚饭就是准备晚饭。"

"准备就是做好的意思。"古格低声说道,涨得满脸通红。"我知道什么意思。"

"哦,看在上帝的份上,赶快去做吧。"

两个孩子起身离去。古格走在后面,依然满脸通红,嘟囔着对他弟弟说着狠话——古斯走在前面,不住地回头看他。史杜和我看着他们沿着那条雨水冲刷出来的山沟一直往前,再翻过山沟另外一侧的篱笆,走远了。

"都是好孩子。"史杜说。

看到古格离自己越来越近,古斯撒腿朝养鸡、养猪的棚子跑去。古格心不在焉地朝他扔了块石头,非常不情愿地向家里走,迈着摇摇晃晃的大步,样子实难看。

"老婆老是待在她姐姐家。"史杜说道。他仔细地看着我,试图搞清楚我是否会流露出任何不相信的表情,苍白的眼神里满是恐惧。

我很想说一些安慰的话,但又不知从何说起。

"今天晚上没舞可跳了。"史杜说。他的嘴唇微微颤抖着,忽然之间将头别了过去,开始将热水瓶、茶杯一股脑儿塞进麻袋里。他归拢归拢了斧头,看了看天空,又将它们扔到地上,拾些树皮将它们盖起来。

"索性放在这里得了。"他说。不过他的眼神里满是责怪的表情,似乎对下不下雨还有这些斧头根本就无所谓。

"喝茶前,"我说,"跟我一起开车转转怎么样?"

"马上。"他说,一边还有点不放心地给斧头再盖上些树皮。

对于"马上"这个词,我一直觉得大家对其有着爱尔兰式的理解——这种理解总让我恼火不已——它完全不是表面上看起来的那个意思,说是什么直接、立即、毫不拖延地去办某件事,恰恰相反——而是迂回曲折,慢慢吞吞,拐弯抹角,抽支烟,再去撒泡尿,然后讨论再三,沿着一条蜿蜒起伏的道路去办那件事。它实际上的意思是也许,或是等等再说。

不过这个下午,这条蜿蜒曲折的道路比我担心的要短很多。史杜看到古斯听话地去照看牲畜,又扫了一眼南面风化严重的山坡和东面的枸杞树丛,似乎颇感满意,我们便起身朝着T型车走了过去。那条拴在链子上的大黄狗还是歇斯底里地拖着链子,又叫又跳。

当我们路过他家门口那堵弯弯曲曲的篱笆时——说到底,这所房子也只能算是幢不太起眼的小屋——古格手里拿着个像棒子似的羊腿走了出来。

"爸。"

史杜叹了口气。"晚饭做得怎么样了?"

"还没做呢。"古格说。

史杜不禁火气上冒,三步并作两步,窜上走廊。他从畏畏缩缩的古格手里一把夺过那只羊腿,在空中一挥,重重地砸在走廊的柱子上,整个房子都为之一震,而走廊上一条长木凳干脆彻底散了架,坍塌在地上,上面摆满的花盆也一股脑儿摔在他的脚下,只是那些花儿早已干枯,满地只有干结的红土和枯死的花茎。

他拿着羊腿,在走廊的柱子上敲了无数次。最终那根柱子摇晃了几下,也轰然倒地,重重地砸在我脚前的地上,柱子上仅有一根锈迹斑斑的钉子,差不多6英寸长,倔强地刺向天空。

"拿去吧,"史杜说着将羊腿递还给儿子,"可以拿去做了。"

上百只蛆掉在地上,在走廊门边干燥的红土上蠕动。史杜拿靴子使劲地踩它们,漫不经心地想将它们踢到走廊外面去。

"现在,"他说,"可以去切些小土豆了。"

我不是个口味很刁的人,但对于蛆还是不感兴趣。我朝着车子那边走了几步,狠狠地吐了口痰,仿佛觉得嗓子眼里卡了只蛆似的。

"留下来吃晚饭吧,"等我们重新往车子那边走去的时候,史杜说,"我那儿还有几瓶酒。"

"你真是太客气了。"我说。

暴雨有点像寄宿公寓的淋蓬头:周围的山上大雨倾盆,中间地带却滴雨不下。真的很想夸奖一下古格的所谓雨影的说法,而且,这样一来,我完全可以在不下雨的地带展示我的T型车。

"估计现在，"我说，"你很想开开车吧。以前开过车吗？"最困难的事情乃在于如何说服一个农场主，让他相信他确实需要辆汽车，一旦成功了，通常情况下他会买下自己第一次开过的那辆车。（至于他对于售价贵出 T 型车 200 镑的道奇车的那些说法，我一点儿也不担心。）所以我从来不会按照福特的那些美国佬的说法，他们让你绕着车子兜一圈，然后从散热器开始介绍，要将车子的种种特点一一讲明，而且要讲究技巧。我的第一目标便是想办法让我的顾客坐到方向盘后面。

不过，史杜似乎并没有在听我说话。他总是回头张望，发现正如他担心的那样，他儿子的注意力完全集中在我的车子上，而非小土豆。古格呆呆地站在走廊上，骨瘦如柴的手上依然拿着那条羊腿。

"快去做饭，"老史杜怒吼道，"再不去做，等我过来给你一大巴掌！"

古格一溜烟地消失在了屋子里。

"以前开过车吗？"我问道。

"他们都是好孩子，"史杜说，"不过都还缺少磨炼。"

"以前开过车吗？"

"不是很复杂，对吧？"他说道，似乎不太想正眼看我。

"我得先教教你。"

"教教我。每个人都想教教我。"史杜说。我没有问他是不是想起教他跳舞的那件事。"帕特里克·海尔跟我说开车没什么难的，我又不是小孩子，我不用教就会开。你教人开车是收费的，对不对？"

"只要 3 镑。"

他痛苦地点了点头。"看来他们说得没错。"他说。

我们围着车子转了几圈，不过不是福特推荐的那种方式。

"要 3 镑的话我就不考虑了，"他说着挠了挠裤裆，"即便我准备买上一辆，"他停顿了一会，"福特。"

"它非常有用，"我说，"而且性能可靠。"

我们又回到了散热器前，史杜冲车不住地点着头。好大一会儿工夫，我才意识到我的顾客大人是想看看引擎盖里究竟有什么内容。

"让我看看里面有些什么？"他说。

"我觉得你要想省那几镑学费的话，"我说，"肯定大错特错。"不过我还是遵照他的要求打开了引擎盖。

他仔细地研究着引擎，仿佛检查自己的行李箱似的那么熟悉：牙刷，裤子，两件衬衫，等等。这是奥哈根的一大弱点，他从来都不愿意在别人面前丢脸示弱，所以试图给人一种印象，似乎他对马达非常在行，疑心重重地要检查一下，看看有没有什么关键零部件可能丢失。

当他示意我已经看够了之后，我将引擎盖又重新盖上。

"好了。"他说。他紧了紧皮带，伸了伸下巴。"发动看看。"

阳光从云缝里照射下来，笼罩在他那张饱经风霜、胡子拉碴的脸上。古格和古斯此时肩并肩静静地站在走廊上，目不转睛地看着阳光中熠熠生辉的汽车，忽然之间，散热器发出金色的光芒。

1919年的时候，福特汽车的马达不需要曲柄摇把就能启动了。我只需要拧一下钥匙，引擎第一时间便发动了。

"上车吧。"我说。

奥哈根摇了摇头，两只手深深地插在口袋里。

"不，"他说，"我想看着它走。"

我根据他的指示将车开了起来。围着他家的房子，路过那条被拴着的大黄狗，不停地兜着圈。我能听到，古斯、古格从房子这边跑到那边，笨重的靴子跺在地上，甚至盖过了引擎发出的轰鸣声。

我像个芭蕾舞演员似的，费尽心机博取他们的欢心。这种谋生方式真是愚蠢至极。

23

古格完全醒了。他裹在一团灰色的毛毯里，听着外面喝酒的声音。喝酒于他是件新鲜事，他不知道自己能做些什么。古斯也帮不上什么忙，正在呼呼大睡，什么也吵不醒他。整个晚上，古斯都睡得很香，就在卧室窗外，他们的父亲弄得杯盘狼藉，摔碎了不少碟子。是古格将他们泪流满面的父亲扶上床的。而当他的父亲对着厨房里的水槽呕吐的时候,还是古格瞪大着眼睛,一刻不能入睡。

他能够清晰地听到他们在说话,如果坐起身来,透过收缩了的护墙板上的一个裂缝,可以看到他的父亲正用一个大酒瓶给赫伯特·白杰瑞的杯子斟满甜酒。

"为生活干杯。"史杜·奥哈根说。

"为生活干杯。"赫伯特·白杰瑞说。

"我的酒量不行,"史杜说,"不过,上帝啊,这玩意儿能让人暖和起来。"

忽然间,两人都不吱声了。史杜勾画着酒水洒在桌布上的不规则的图案。

"我从来就不喜欢上课这码子事,"他说,"我从来就没有上过任何课。"

"你已经做得很好了。"

史杜坐在椅子里,往后靠了靠,环视了一下房间。他拎起煤油灯,举过头顶。

"这是我自己建的。从前我给一个地产代理商工作,帮他销售墨尔本的一些土地。我干得不错,他们想提拔我。不过,我一直希望能够自己做点事情。你也可以说我对人生还是有那么点规划,但我确确实实是想做成点什么,而不单单是卖卖东西。所以我买下了这片土地,那个时候真是一无所知。"

"你干了很多值得骄傲的事情。"

我们就这样喝着酒。时不时地,我会咂巴几下又甜又黏的嘴唇,以示很享受这美酒。

"我可没时间去上什么课。从来没有人教过我什么。可是,你看看这房子。"

"这房子很不错。"

"根本就是间破茅草屋。"史杜态度坚决地说道。

"哪里的话,伙计……"

"就快要倒了。"

"不会。"

"刮南风的时候你没见过。你根本不知道。你从来没有像我一样睡在这里,听着该死的破房子在大风里摇摇晃晃的声音。"他站起身,提着灯笼,走到外面的墙边。这些墙,里面看起来是一根一根的拴钉钉牢,外面只是胡乱地钉了些檐板而已。他一只手将灯笼高高举起,另外一只手握起拳头,砰砰地砸在墙上。整面墙剧烈震动,陷了进去,屋子另外一侧的橱柜里,一个碟子震落在地上,摔得粉碎。史杜生气地一脚将那些碟子的碎片踢出老远。

"我从来就没有学过跳舞,"重新坐下来的时候,史杜说,"我根本就没掌握跳舞的窍门。"

我感到有点儿尴尬。造访奥哈根家,潜意识里我是有些不良企图的。我弯下腰,捡起地上那些碟子的碎片。

"不用管,"史杜说,"我错了,一直以来我都错得非常离谱。"

我的眼睛简直不知道该往哪里看。"你有两个好孩子,"我说,"还有一个好妻子。"

"没错,"他说,"至少两个孩子很不错。"他的眼睛忽然噙满了泪水。"那辆车我买下了,"他说,"而且我要跟你学一下驾驶,3镑就3镑。"

我口袋里就有合同,我可以就地马上签下这单买卖。然而,我坐在那里,对这些合同感到很是不安,将它们翻过来,叠过去。

"不,"我说,"不行。"

"是的,一直以来我都蠢得可以。很多事情上我都愚蠢至极。那个该死的德国佬种田比我强多了。那个小光头,感觉一阵风都能把他给吹倒,但他确实把那片土地打理得很好。他干得不错。那个小老头,真是个了不起的种田好把式。"

"确实如此。"

"这辆福特我买下了,"史杜说,"而且我要上课,我要学会怎么开车。"

"不行,"我说,"我不能让你这么干。"

奥哈根迷惑地眨了眨眼睛。

"唔,那你来这里,"他说着将酒瓶拿到自己坐的那一边,"是为了什么?"

"让你看看福特车,这倒是没错。"

"你来这儿是为了跳舞,"奥哈根说,"你来这儿是为了上我家厨房来耀武扬威。"

"不是,我向你保证。"

"唔,那究竟是为了什么?"

我不能将福特车卖给一个哭泣的男人,他让我觉得自己很卑鄙。一时之间,我有股强烈的冲动,想要做点体面的事。

"我告诉你,"他说,"我要学驾驶,我要接受培训。"此时,眼泪已经顺着他的脸颊流了下来。"我会付给你那3镑钞票。我才不管别人怎么笑话我。"

"没有人会笑话你的。这不是重点。重点是,不要买福特车。"

他抬起胳膊,拿自己那脏兮兮的袖子擦了擦眼睛。"所以海尔说的是对的?道奇牌比福特牌要好。"

"不是道奇牌,而是萨密特牌。你应该买辆萨密特牌汽车。"

"天啦,萨密特是什么车?"史杜吼道。

"小汽车,"我也冲着他吼道,"汽车,澳大利亚生产的,澳大利亚汽车。"

"澳大利亚汽车,"奥哈根说,"真是自以为是。"

"你说什么?"

"我说自以为是。你居然坐在那里,大言不惭地跟我说我们造的车比美国人造的车还要好?我的天哪,帮帮忙,圣母马利亚。"他低声说道,仿佛圣母马利亚就在幽暗的屋顶横梁上似的。"你是个推销员,白杰瑞先生,"他说,"我们国家到处都是该死的推销员。白痴都能当推销员,你们就凭着三寸不烂之舌混饭吃,所以不管什么人都去当推销员。不过,如果你真想干成点事情的话,你好歹得有点脑子,有点常识。现在你告诉我,我要听实话,你的澳大利亚汽车真的比福特汽车还要好?"

"重点不在于好不好,"我说,"而在于钱最终到了谁手里。要是钱继续留在澳大利亚的话,即便车差点儿,你也从中获益。"

"你的眼睛长歪了,伙计。你他妈真是个不折不扣的伪君子。你走村串巷地卖你那破玩意儿挣点儿钱,现在你又跟我说不要买了。真是莫名其妙,"史杜叹了口气,"趁我还没失去耐心之前,把你那该死的福特车卖给我得了。"

"不卖,"我说,"要是你同意的话,我可以上墨尔本一趟,替你买辆萨密特,帮你开到家门口。这真是非常漂亮的车子。"

"萨密特,"史杜慢吞吞地问道,"真的跟福特一样好?"

"差别非常之小,那点差别,简直连个猪屁也不值。"

"这方面,"我的主人说,"你根本就一无所知。"

我的酒量从来就不好。三杯酒下肚,人有点飘飘然,说话就开始不那么得体了。

"你想要亨利·福特,"我咆哮道,"每天早上亲自来喊你起床?"

"把那福特卖给我,"史杜同样咆哮道,"而且教我怎么开。"

"不行。"

"卖给我吧,伙计,否则我要给你点颜色看看。"

"给你点颜色看看!给你点颜色看看!你说的话简直跟你的大脑一样愚蠢。"

"愚蠢,"奥哈根平静地说,"但我并没有愚蠢到不知道你来这里的目的是什么。"说完他站起身,歪歪倒倒地走到柴炉边。我正眼都没看他。

忽然间，一把火钳从天而降，落在桌子上，只差1英尺的距离就砸到我的手了。

"你这个愚蠢的狗杂种。"我大声喊道，吓得连忙蹦了起来，向后跌倒在我的椅子上。

接下来，一切都陷入了混乱。我将火钳从他手里夺下来，又将他打倒在地，但不知道哪儿来的拳头，还是如鼓点般砸在我的头上。

原来是古格。他穿了件睡衣，一个劲地对着我的脑袋挥舞着拳头。紧接着连他也躺在靠近炉子的屋角地板上，一股鲜血顺着他的鼻孔流了出来。他不住地抽泣。

我跌跌撞撞地离开了奥哈根家，心里很不是滋味，脑海里浮现出来的不是古格，而是那只长着毛茸茸的尾巴的袋貂，抛尸于断树残枝之间。

24

醒来的时候，恰好拂晓时分。福特车位于一座盐田的中央，而我满嘴都是令人恶心的味道。我开着车子在十字路口的北面驶离了公路，冲进这片盐碱滩，只是盐碱滩上弯弯曲曲的车辙，却无论如何在我脑子里找不到任何对应的记忆。

细雨蒙蒙。我右边肩膀全湿透了。沿着布罗贝尔山栽种的那排矮小的黄柏笼罩在一团灰色的雾霾之中，了无生气，放眼望去，再也没有其他特别的景致，除了一只乌鸦掠过盐田上空，朝北飞向奥哈根家那边。它那奇特而又清晰的鸣叫，仿佛带刺的铁丝网。

我全身僵硬，酸痛难忍，手臂依然紧握着方向盘，因而也是全身上下最为僵硬、最为酸痛的地方。手掌上的皮因为抡了一天的斧头，全部磨出了水泡，撕破之后开始结痂变硬。指关节磨破了皮，扭伤了。两只手钻心的痛，让我感到一切都是自己的性格的错——手掌与指关节总是相互对立的。

我嘴巴干渴，头痛欲裂。我满心后悔居然动手打了那个小耳朵的孩子，后悔一直想着将头埋进奥哈格太太的双腿间，后悔自己的行为总让别人无法理解，后悔自己口无遮拦，胡言乱语，仗势欺人。

我已经33岁了。我转了一下后视镜,看着镜子里自己的脸。年华渐老让我感到惶恐不安。我知道,终有一天,早上醒来,我会看到镜子里的自己掉牙瘪腮、老眼昏花,再也无法赢得任何战斗,再也没人相信我的谎言。

正是那个时候,我下定决心要和菲比结婚。

在东宝良南边的盐田里,我自然而然地想到了这一点。我要跟菲比结婚,在巴旺飞机制造厂建造飞机,跟杰克做好朋友,成为莫莉的女婿。

我走下车,发现车底盘与地面之间的距离非常低。我打了个趔趄,退后一步,发现整个车子陷进盐壳表层的泥地里,泥一直没到车轴附近。

我只能苦笑。

"活该。"我对自己说。

在我的一生中,福特几乎可以被视为一个肿瘤。别人都是与酒精或烟草作斗争,而我则是与福特车作斗争。我曾经弃它而去,但又回到它身边。我曾经拒绝它,最终只是更加狂热地拥抱它。我对它的构造、外形爱不释手,它的生产的技术又是那么的经济合算。而这些,也是我最为痛恨的地方。

所以,在这个星期二的清晨六点半,当我抛下深陷盐田里的T型车,我感到一种前所未有的解脱和轻松。我与福特恩断义绝,尽管我头晕目眩,口干舌燥,双手刺痛,但这阻止不了我欣赏如此的美景:一辆黑色的汽车抛锚在盐碱滩上,仿如一头因搁浅而正在慢慢死去的鲸鱼。

我步行10千米回到吉朗。我仿佛可以看到自己,看到自己的步伐:大路上,一个男人,从此进入了他人生第一个体面的篇章。

25

我们等着上布丁的时候,杰克围绕飞行又开始了自己的长篇大论。

"我不想听,"莫莉说着抬起双手,捂紧了耳朵,"听着就头晕,我真不撒谎,听着就头晕目眩。"

杰克将妻子的一只手从头上拿下来,搁在自己铺了餐巾的大腿上。

"我会掉下去的。"她说,甚至都不敢低头看一眼地板。

对于莫莉的古怪反应,实在难于解读,因为它们很大程度上不过是闹着玩而已。她总喜欢忸怩作态。

"你不会掉下去的,我的小花瓣,"杰克说,"而且,即便你真的掉下去,我也会抓住你的。即便我没抓住,你最多也不过擦伤后背而已。"他笑道:"到时候后背上就会有一大块瘀青。"

"嘘。"莫莉说着满脸通红。

夫妻俩都涨红了脸。真是有点看不下去了,因为谁都能看得出来,杰克脸红根本不是因为尴尬,而是因为兴奋。

"就像一幅塔斯马尼亚地图。"他说。

"我睡觉去了。"她说,不过刚刚起身却又立即坐下,一定是记起了尚未端上来的布丁。她的眼睛非常奇怪,既风情万种,又一副担惊受怕的样子。当然,这不过是她玩的小小把戏而已(杰克好这一口),但有时候你又能从中感觉到真实的恐惧。她紧紧地抓着杰克的胳膊,仿佛一个头晕的人死死地抓牢悬崖上摇摇欲坠的树枝一般,而脚下则是绿油油的野草和枯枝败叶,既干且滑。她抓着他的手,轻轻拍打着他的膝盖,使劲地拽他的袖子,将他的衬衫后摆塞进裤腰带里,给他斟满杯子,扫掉他肩上的线头。

似乎只有布丁才能让她平静下来。她做了很多很多布丁:果酱味的蒸布丁,上面覆着一层波浪似的装饰蛋白的皇后布丁,卷布丁,她还会根据时令变化,变着花样做李子布丁、苹果奶油布丁、大黄馅饼,等等。她骨架纤细,脚踝小巧,双腿形状优美,但她整个人似乎都是为了布丁而生,每当她感觉不舒服的时候,菲比就会给她端来面包和热牛奶。

可以确信,莫莉的脑子肯定有什么地方不对劲,但不管问题出在哪里,她总是花样百出,假装可怜,假装一无所知,假模假样地自嘲,还有种种其他伎俩。要不是菲比(沉默的菲比)总是那么袒护地坐在一边看着,恐怕我早就彻底忘了她的这些忸怩作态的样子。

对于这些小毛病,我一点儿也不在乎。我爱我的这些新家人。我如同一条躺在火堆前的老狗一般,让他们温暖着我。我非常乐意看到他们彼此关爱,亲密无间。

晚饭前,我把皮鞋擦得锃亮,坐在桌子前,愉快地抖动着双腿,甚至吹起了口哨。我满心里想着的都是结婚这件事,开心得有点情难自抑,整个人都沉浸在快乐之中,皮肤似乎散发出醉人的芳香,像好闻的汽油味一般迷人。我甚至都没有意识到自己在吹口哨,同桌的人(甚至包括菲比)都因此笑了起来。

布瑞杰特再次获准进入餐厅,她端着一大份蒸熟的布丁——密糖一样的果酱甜腻地流了下来,如同火山熔岩一般慢慢地将一座黄色的山峰吞噬。她控制着自己,竭力不对吹着口哨的客人笑出声来——我甚至咧着嘴,轻佻地冲她眨了眨眼——感觉她羞红了脸,满头爱尔兰人的黑发似乎都涨红了,她重重地将布丁放在杰克面前,然后旋风似的奔向厨房去取牛奶蛋糕。

一袭婚姻的帷幕笼罩着整张桌子。我看着未来的岳父将布丁分成一大份一大份,几乎难以自抑地想要站起身来紧紧地拥抱他。我的岳母忙着给大家分配奶油冻。我的新娘则低着头,苍白而美丽。

"我一直都在考虑,"我终于开口道,"结婚这件事。"我满脑子都是这个想法,根本就没有意识到,此时此刻提出这个问题对于他们来说可能过于突然。

不过,我实在是太热切了,没有注意到他们脸上任何犹疑的表情。我被自己的情绪彻底主宰,只能仰仗——如同往常一样——自己的热情来激发我的听众。通过这种方式,也就是说,仅仅凭借我个人的坚强意志,我曾经成功地征服我想要的女人,成功地说服我的听众——尽管所有人都感到不可思议。

没有人接话茬,但我并不在意。在我看来,菲比苍白的沉默与罪犯盯着戴黑帽子的法官的那种沉默之间,没有任何相似之处。我也没有注意到布瑞杰特从房间里跑了出来,或者莫莉将双唇抿成了一条线,一副很不认可的表情。杰克则专注地低着头,吃着布丁。所有这些都表明,我并没有将自己的感觉非常准确地传达给他们。

盘子里滚烫的果酱慢慢冷却,我顾不了这些,完全沉溺在自己的热情之中。我对拥有孩子的快乐大加赞赏,告诉他们单身汉的孤独和婚姻生活的幸福不可同日而语。我大声地赞美女人,我说女人仿佛手里秉持着蜡烛,是智慧的象征,并为母亲们欢呼。我像一头倔强的公牛,使劲地冲撞着坚固的篱笆,不打破这尴尬的沉默誓不罢休。

"那个幸运的女孩,"杰克问道,不过一点儿热情也没有,"是谁呢?"

"啊,"我说,"说出来就要露马脚了。"

"这女孩,"莫莉阴郁地问道,"我们认识吗?"

我有点犹豫,原有的激情消失得无影无踪,忽然之间我恢复了理智。我意识到这样蛮干很有可能会犯严重错误。

"不,"我笑道,"你们不认识。"然后,我又说了句拯救自己于危难之间的话,"实际上我也不认识。"

他们都笑了起来(每个人都笑了起来,除了菲比,她正仔细地将碟子里的布丁切成9小块,然后一块一块地将它们彼此分开)。

"瞧你这个人,白杰瑞先生。"莫莉又舀了一勺牛奶蛋糕。

"我觉得根本没什么。"我说道,非常高兴自己气呼呼的样子很逼真。

"没什么?"杰克说,"结婚连新娘都没搞清楚是谁还叫没什么?这种事情,我是想都不会想的。"

"你就自个儿一个人,"莫莉说,"走上红地毯。"

"有请新娘,"杰克拿腔拿调地喊道,"有请我们漂亮、肥硕而又魁梧的新娘。"

"这就是我们的新郎,"莫莉跟着重复道,"自个儿待在洞房里的新郎。"

"你瞧,"她笑道,"我居然是个诗人,我居然不知道我会写诗。"

菲比小口地喝着水,看着我们。我根本没有勇气看她的眼睛。

26

到现在我还清楚地记得,科里奥湾很少有风光旖旎的时候——即便夏日的阳光照耀着整个湾区,你唯一能看到的,无非是宝石般的光辉闪耀在蔚蓝色的海面上,海水阴冷而平静,仿佛一个长期遭到过度啃食的牧场。当然,这也是为什么这个城市最早的那批开拓者们弃它而去的原因,留下无数巨大的羊毛仓库,孤独地矗立在海岸边。

记得每次傍晚时分,我和杰克·麦克格瑞斯在海滩上散步,从来都没有看到过天空或者海面上有任何称得上美丽的色彩或景致。而我即将提到的那个晚上,在我的记忆中,似乎只有粗粝的沙子和散落的被冲上沙滩的水母。

"你让我很担心。"杰克提了提松松垮垮的裤子,将马甲上的四粒纽扣和外套上的三粒纽扣一股脑儿全都扣好。"我是说,你真的让我非常担心。"

"我怎么让你担心了,杰克?"

海湾上空,乌云密布,南风吹拂,海面上只有朵朵白色的浪花——南边,南边压根就没有大陆了,大海的尽头便是南极洲了。

"我一直对两件事非常反感:一是打牌耍赖,二是老夫少妻。"

海风穿透我的外套,让我不禁打了个冷颤,全身泛起了鸡皮疙瘩,乳头也因此变硬,蹭在棉衬衫上,很不舒服。"我没明白你的意思。"我说。实际上他说这话什么意思,我全他妈明白。

"莫莉觉得你可能在打菲比的主意,"杰克笑道,"她甚至觉得你准备请她从中帮忙。"

我也跟着笑了起来。这绝对是大师级的表演,仿如这个阴冷的夜色里一个突然间拔地而起、技巧无懈可击的筋斗,然而却毫无快乐可言。"她怎么会,"等终于收住了笑,我接着问道,"这么想?"

"我一直都对这种事情极为反感,根本无法接受。老夫少妻,这让我毛骨悚然。"
"当然,"我痛苦地应承道,"确实有时候……"

然而,一向温和的杰克忽然变得严肃起来,一副不容置疑的表情,那张棱角分明的脸庞绷得很紧,法令纹写在脸上,也仿佛扭曲了一般。

"不,不,"他说,"没什么有时候,根本不允许什么有时候。"

我们谁也不说话,继续在沙滩上静静地散步。

问题就在于此,这个世界根本不允许我以本来面目示人。当我披上斗篷,四处周旋、到处调笑、满嘴谎言的时候,所有人都喜欢我,他们鼓掌欢呼,希望和我称兄道弟。然而,当我褪去斗篷,他们便立马翻脸不认人,咂吧着嘴发出啧啧声,拒我于千里之外。我和杰克几乎在所有问题上都非常投契,然而当他见到我的真面目之后,立马心生反感。我崇敬他,喜欢他,尽管他很不待见中国人。然而,他喜欢的是我狂妄的一面。他可能会因为我在奥哈根家的所作所为而谴责我,谴责我的淫欲、我的贪婪、我暴躁脾气,还有全无耐性。另外,估计他也不太可能认同我将那辆福特车抛弃在盐碱滩上的做法。

尽管如此,我并没有准备就此打住。恰恰相反,这让我想告诉他更多,让我想要一把抓住他的颈脖子,强迫他看着我,知道我究竟是怎样的一个人,让他接受我。我直想拿根火柴棒,撑起他的眼皮,告诉他,我就是我,一个只有半个灵魂、但是依然能够认知甚至感同身受的人。

我感到一阵眩晕。我是多么希望能够从忏悔的边缘抽身回头,凭借我激情的力度、腾跃的力量和勇气,要求他给予我尊重、理解和同情。

当然,相当于,我是多么的希望结结实实地照着他的脸给一拳。

我没有能够控制自己,告诉他所谓的飞机制造厂根本就是信口开河,我对这一行没有任何经验。

"你真是个奇怪的家伙,白杰瑞,"等我说完,他对我说道,"我不知道自己理解得对不对,这么说你对飞机制造厂全无兴趣?"

"当然有兴趣,"我说,"再也没有什么比它更吸引我的事了。"

我们继续在这暗黑的海滩上缓步前行。

"你有兴趣?"他终于开口道。

"当然。"

"我也有兴趣。"

他忽然停下了脚步,抬起靴子,使劲地跺在沙滩上。

"那么问题到底出在哪里?"他说。

"我根本就没准备上巴拉腊特去。刚遇到你的那阵子,我不名一文,几乎已经破产了。"

"那是巴拉腊特的损失。"他说。

他转过身来,面对着房子。

"问题的关键不在于你是不是名工程师或者你破产了没有,而在于你有个了不起的想法,而且你有激情,激情是做成一件事情唯一至关重要的品质。我们可以雇用工程师,白杰瑞,但我们却买不到激情。你说你是个骗子,但我却没觉得你有什么不诚实的地方。欠我的 30 镑你不是一分不少地还给我了吗。只要你不向我女儿抛媚眼,勾引她,我将十分乐意和你成为合作伙伴。"

不知道为什么,他让我觉得自己肮脏无比,很不舒服。

"我有几个熟人,"杰克说,"都是有钱人,住在科拉克,对投资建座飞机制造厂非常有兴趣。让巴拉腊特见鬼去吧。"他笑道。夜色里,一排街灯在我们的头顶上方依次第点亮。"让我们放手干一把。妈的,看谁能阻挡。"

我们双手插在裤袋里,站在路边。卖杂货的胡珀赶着自己的马车,沿着西区大道小步快跑着往家里赶,见到杰克·麦克格瑞斯,向他举帽致意,而杰克则极目远方,仿佛胡珀和他的马车是梦里的玻璃制品一般,完全透明。

27

杰克正忙着安排去科拉克的行程,一刻不停地打着电话。由于耳背,他几乎是冲着话筒咆哮。一旦他提起电话,整个屋子便停顿下来,静候他挂机。尽管房子很大,可即使你躲进音乐室,他的乐观情绪依然会尾随而至,让你不由得受到感染。他根本就不考虑电话费,只顾对着话筒说个没完。

这段时间,菲比床顶上的天花板开始漏雨。杰克成天兴致昂扬,对于此种俗务,基本无心挂念。

"掉了片瓦,"刚刚打完一通声嘶力竭的电话,杰克喘着粗气,往茶杯里舀了四大勺糖,轻描淡写地说道,"没什么大不了的。"

菲比什么也没说。

"约翰斯通先生从前是做瓦的,"莫莉说,"不过,他在加利波利牺牲了,他还借过你的自行车。"她对女儿说:"他借你的自行车,骑着去赖里街报名参军。还记得吗,杰克?还记得鲍勃·约翰斯通来我们家借菲比的自行车吗?我还跟他说你这么个大块头的男人,骑辆女式自行车,会让人笑掉大牙的,但他好像一点儿也不在乎。"

"找人做片瓦还真是有点麻烦,"杰克说,"周末我上去修,等我从科拉克回来。"

"我来修吧,"我说,"让我来。"

"不能让你修,"莫莉说,"不合适,杰克你说是不是?"

"不合适,"杰克说,"不能让你修。"然而,我知道,他脑子里想的完全是另外一码事。

我笑了笑。除了菲比,所有人都还我以笑脸。

"我一点儿也不害怕爬高上梯,"我说(在他们想象的天空中,我翻了个筋斗),"只要告诉我梯子在哪儿就行了。"

正值3月底,早晨的阳光刚刚泛出一道清新的金边。我卷起餐巾,将它放在桌边,配上白色的蛋壳和蓝色的阴影,仿佛印象派画家杜塞尔的油画的某个细部。

28

菲比躺在床上。房间里那个讨厌的黑色闹钟显示,当时是上午9点零5分——闹钟是爸爸给她的15岁生日礼物。我正在她床顶的屋顶上,她可以听见我的脚步声。她站起身,光着脚——她妈妈不喜欢她光脚,不过,她已带着布瑞杰特去穆拉布尔街的市场了——来到门廊上,看着门前湿漉漉、凉丝丝的挂满露珠的草地,恨不能用自己那双异常滚烫的脚丫子踩将上去。

房子后面有棵古老的无花果树,将后面的游廊整个笼罩在婆婆的树影里,且枝干纵横,易于攀爬。小的时候,菲比经常在树上玩耍。直到现在,她也能一口气爬到树顶,中途都用不着停下来喘口气,颇有点如履平地的感觉。她轻快地穿过游廊的屋顶,身形柔软得像只猫(俯下身,弓起背),一眨眼便翻过了屋脊。

我在房顶的另一侧,正拿老虎钳摆弄着铁丝,老实说并不顺手。忽然间,我抬起头,看到我上方的屋脊上,居然坐着一个年轻漂亮的女人,红棕色的头发,光着两只脚丫子,冲着我荡来荡去,在这早晨淡蓝色的天空下,她的脸被投上了一层神秘而幽暗的光芒。

我不禁深深地吸了口气,站起身,定定地看着她。

我屏住呼吸,放下手里的老虎钳——老虎钳磕碰在瓦片上,发出轻微的叮当声。

我说话了吗? 后来我试图回忆当时的情形。很有可能我在脑子里说"过来",声音很轻,而且用手向她示意。她走下屋脊,攀越陡峭的红瓦屋顶,迈着可爱的光脚丫,然后站起身,一步步扎实地走了过来。只有空无一人的塔楼在我们身后,茫然地看着我们。

此生至死我都会记得她向我走来时满脸绯红的样子,还有她既滚烫又冰凉的胳膊。哦,上帝啊,这是怎样一个吻啊! 我已经彻底满足了,根本不奢望在如此一个美妙的吻之外还有任何东西(它本身就是一道美食,一餐盛宴)。然而,菲比爬树翻屋,可不仅仅是为了来尝尝我的舌头、看看我泛着光的眼睛,当我感觉到她的手指如同鸟儿的翅膀一样振动着解开我裤子上的纽扣的时候,我闭上了眼睛,禁不住陶醉地呻吟。老虎钳滑了下去,在瓦片上磕磕碰碰,落进了屋顶的檐沟。

她的眼睛如同电光火石一般,既不畏缩也不颤抖,直勾勾地看着我的眼睛。她脱掉我的衣服,我没有反抗,也没有试图采取男人式的主动。她褪去我所有的衣服,露出我农场主般的体格:黝黑的胳膊和颈脖,青筋暴露的身体,还有那遍布的粗壮有力的血管。她曾与安奈特讨论过男人的那玩意儿长什么样,但她无论如何也没有想到它居然如此柔嫩,而那婴儿般的皮肤居然收缩得如此紧绷绷。

她温柔地爱抚着我,我禁不住呻吟着("是多么的甜蜜,"她写道,"单单这呻吟就足以让我哭出声来。")。她弯下腰,用嘴唇轻轻摩挲着我,就那么轻轻地,如同丝绸般地摩挲着。

忽然,不知从哪里传来一声摔门的声音,仿佛来自另外一个世界。

我将她扶起来,褪去她的衣服。这是件初夏的裙子,蓝色的底子上绣满了雏菊。我将它铺在屋顶上,她趁衣服还没滑下屋顶便迅速地躺了上去。瓦片有点儿硌背,肯定很痛,但不至于受伤。她的肩上有颗痣。

一定很痛,她微微张开了嘴,绿色的眼睛瞪得大大的。我的左膝下是一卷铜丝,右膝则跪在瓦片上。我一阵战栗,但眼睛一刻也不曾离开过她。她认为我是个下嘴唇有着迷人曲线的腓尼基人。她忘却疼痛,不予理会,将我更进一步地拽向自己的身体,感觉像是她第一次发现冲浪,那种既恐惧、又快乐的状态,左冲右突,东倒西歪,既无法控制,也无从理解。但在水里自有一个地方,让你感觉仿佛整个人都融化了。她找到了那个地方,并且义无反顾地将自己交给了它,直到眩晕的感觉——她曾经在安奈特臂弯里感到过的眩晕感——如同远方席卷而至的蜂群,向自己靠近。

"白杰瑞先生!"莫莉·麦克格瑞斯喊道。尽管无法看到,但我知道她就在我们下方,系着围裙,胳膊上沾满了金鱼藻。

"哎,"我应道,"哎。"

"修好了之后想来杯茶吗?"

菲比忍不住咯咯笑了起来。我拿手捂住了她的嘴,但极尽温柔。

"谢谢你,麦克格瑞斯夫人。"

我们相视一笑。她轻轻地咬了咬我捂在她嘴上的手指,不过,听到她妈妈的声音之后,我调整了一下状态,加快了动作,每次深入都满怀罪恶感,感觉像小偷一样,仿佛塔楼有双眼睛正从高处严肃地盯着我。

忽然间，我猛地往后抽出了身子。

菲比看着我的精液喷射在阳光里。我抓住她的手，而她则看着那混浊的白色液体，还有那红红的瓦片。当她匆忙地收拾衣服时，想必她连体会一下自己感受的时间也没有。

"你快下去，"她对我说，"下去跟她喝茶。"这是将近八周的时间里她跟我说的第一句话。

"梯子怎么办？"

"我不需要梯子。"

菲比·麦克格瑞斯吻了吻赫伯特·白杰瑞。她的吻落在他的鼻子上，落在他那腓尼基人的嘴唇上。

我顺着梯子爬下房顶，像个窃贼似的匆匆忙忙，将老虎钳和湿漉漉的混浊一团的精液弃在了房顶上。菲比试图体会一下自己的感受，但根本不得要领。精液像鼻涕一样淋漓在屋顶上，但是它满含着生命。它在阳光下慢慢死去，只是谁也不曾看到。

她拿手指蘸了蘸那白色的液体，在瓦片上写下了"菲比爱白杰瑞"几个字。

她闻了闻自己的手指，有股水和面粉的气味。

29

我不能说自己不曾体会到杰克的感受，只是奋力将它们捆住、拴住，扔进我思绪的角落里，不让它们的挣扎对我稍有影响而已。现在，当我重新将其翻找出来，不禁惊讶于自己试图忘记的人的数量是那么庞大（达博的一对母子即刻浮现在我的脑海），也惊讶于自己居然真的能够忘记得那么彻底。

活着真好，我感觉身强力壮，信心满满。我在前厅为莫莉斟茶，大方地享受着布瑞杰特给我的一块厚实的林明顿蛋糕——我满心快乐，狼吞虎咽，甚至接过了她递过来的第二块。下午，我将去巴旺·考门，打理一下我的莫里斯·法尔芒。对此我充满了期待。我要给它装上一个全新的火花塞，一个新的油封，另外还要用一根将近20码的钢琴丝替它做个索具。我要把发电机再清洗一遍,重新校时,还要把飞机上的雷诺发动机擦洗干净,让它从后座上看起来精神抖擞——我要带着那些坐在后座上的人飞上蓝天,向他们展示临空飞行的奇妙之处。

我伸了个懒腰,打了个呵欠。屋顶上传来轻微的声音,像是啪嗒啪嗒的脚步声。

我的女主人抬头看了看天花板,眉头紧锁,手里拿着的一块林明顿蛋糕也忘记放进嘴里。看着她忧郁的样子,我也给她一个同样忧郁的笑脸。

"是只袋貂。"我说。

"不可能。"

"几乎可以肯定。"我说,然后漫不经心地编起了故事,告诉她我准备修理屋顶的瓦片时,看到了"一只褐色的大家伙",有着"一条毛茸茸的尾巴,足足有你胳膊那么粗"。

"不。"莫莉说着,扔下她的林明顿蛋糕,双手紧紧地握在了一起。

"而且胆子非常大,"我继续说道,"坐在那里跟个人似的,见到人一点儿也不害怕。"

"别说了。"

"大白天的。"我仿佛看到那只袋貂活灵活现地坐着,如同我看到菲比出现在屋脊上时的姿势一样——那是一个多么令人目眩神迷的时刻啊。

"坐在那里不走?"莫莉颤声问道。

"没什么,不用害怕。"我说。不过看到我的女主人胳膊上起了一层鸡皮疙瘩,倒是让我颇感意外。

"我都怕死了。"她说着,身子朝前靠了过来,在椅子里挪了下位置,她那胖嘟嘟的、有着小酒窝的膝盖距离我的膝盖不到一片面包的距离,几乎碰到了一起。她并无其他任何意思,只是本能地靠近我,以寻求男人的保护而已,估计她甚至没意识到自己的举动。

"害怕?"我问道,她则急切地抓住了我的胳膊。

"害怕。你知道吗,"她瞪大眼睛,"我有一个非常要好的朋友,一个亲爱的甜美可人的女士,她住在一所房子里,那是她自己的房子,结果,一只袋貂,"她抬起一只手,握住自己雪白的脖子,只见杰克送给她的钻戒闪烁着昂贵的光芒,"顺着烟囱钻进了屋子,悄没声息地便将一切都给毁了……"她朝着屋子里挥了下手,"一样不剩。"

"不可能。"我小心地将自己的下体挪了个位置,它粘在了我的羊毛内裤上了,很不舒服。

莫莉眨着眼睛,端起茶杯喝了起来。

这时候,菲比不声不响地出现在门口。

"我告诉你妈,麦克格瑞斯小姐,"我说,"我在屋顶上看到了只袋貂。"

"哦,"菲比轻蔑地说道,"果真如此?"

"白杰瑞先生跟你说话的时候,你得礼貌一点,女儿。"

"老实说,"菲比两颊绯红,用那双危险的绿眼睛看着她的母亲说,"老实说,我觉得他在撒谎。"

我只好拿起一块林明顿蛋糕塞进嘴里,以掩饰自己的尴尬。

"袋貂长什么样?"她问道。

我咽下蛋糕。此时,我嗓子眼发干,得喝口水才能将其吞进肚子里去。"是只褐色的大家伙,"我说,"有条毛茸茸的尾巴。"

"听起来不太像真事,白杰瑞先生。"她冷冷地说道。我将吃了一半的林明顿蛋糕捏在黏糊糊的手指尖,打心眼里希望她赶快坐下来,以免她妈发现她衣服后面的那片血迹。

"确实如此,"我说,"我向你保证,刚刚告诉你妈的,还不到一分钟。"

"那是我,"菲比坏兮兮地说,"我在屋顶上四处转了一圈。"

"菲比,"莫莉说,"不要说谎。"

"我得说,白杰瑞先生,"菲比笑着对我说道,"干了这么多体力活,我胃口大开啊。"

终于,她坐了下来。

我慢慢放松全身紧绷的肌肉,看着我的意中人坐在客厅的深深阴影中,快乐地享用着她的林明顿蛋糕,窗外是湛蓝的天空和清新的空气,不时传来海鸥的鸣叫,这是一幅多么令人沉醉的画面啊。

30

喝多了的时候，杰克·麦克格瑞斯向我吐苦水，说自己对维多利亚西区毫无眷恋之情。这里让他感到无限忧郁：绵延的麦田和羊群是多么的单调，再没有比牛群凄凉的哞哞叫声更与之般配的了。至于那些城镇：科拉克，还有特朗，那些一马平川的地方，冬季一到，来自南极的寒风冰冷刺骨。在他看来，自以为是的家伙们看着了无意趣的地平线，眼里会生出些兴致来。不过，所谓的兴致，大概也只是在他看来如此，实际上未必真有。

当杰克·麦克格瑞斯驾着自己的希斯巴诺·苏莎汽车穿过吉朗的时候，见到他的人都会认为他是穿着克林斯街定制套装的有钱人。只是，他们根本无法猜到的是，在他的记忆深处，居然会有着关于蛮荒的莱卡特的深深怀念，而他的记忆，有着其不可或缺的内容：高原地区的冰晶、雾霭、锯屑，满脸岁月痕迹的老人语调平缓地讲述旅行逸事时所特有的韵味，夕阳下掉落的一串苹果皮。任何一个人，看着他的赶牛车人的身躯，看着他一身城里人的装束，还有那派头十足的座驾，都不可能猜到，他居然会怀念赶车的时光，只是因为幸运，在错误的时间，拐了个错误的弯，然后错误地留在了吉朗——如果让他自己来作评判的话，十之八九他不认为这算得上什么幸运。

真正让杰克·麦克格瑞斯感到快乐的事情位于大分水岭的高原地带，距离盛产羊毛的吉朗200千米之遥。时至今日，他依然能够毫不费力地说出它们的名字，像一个天主教徒能够准确无误地说出那些念珠的名字一样：豪奎、詹米森、伍兹·品特、冥思山、巴格瑞山、绝望山、刀锋山、总督山、马特洛克山，等等。任何时候，当他置身于灯火通明的夜晚，他都需要一个宁静的地方安放自己的灵魂，让他合上眼，蒙眬中回到布勒山和斯特林山之间的某个山脊上，那是通往帝王谷的道路。那儿有个名叫草丘的地方，有时候他做着白日梦，依然能够回到那里，坐下来，感受清冷的空气吸进自己的肺里，任由自己的思绪穿过深谷，飘荡至刀锋山那如斧凿刀削的山脊处，投映在淡蓝色的夜空之下。

他从未想过要大富大贵。实际上，他从未有过任何计划。他相信自己的命运，任由它裹挟着自己前行，从来没有想到它会将自己引入歧途。他无法相信命运居然真的误导了自己。尽管他常常一个人坐在椅子里，陷入无尽的忧郁，但他不曾，也不会承认自己活得不开心。他砌砖墙，在门上架上块玻璃，将自家满屋子牵上电线，穿着笨重的靴子，满不在乎地踩踏在光洁的地板上。

他的父亲曾经也是个赶牛车的，杰克·麦克格瑞斯算得上是子承父业。他干这一行确有天赋，别的赶车人需要挥动鞭子，诅天骂地，气得火冒三丈，乱作一团，而他凭着自己对牲口天生的了解就能让它们俯首帖耳，拖着车子前行。16岁的时候，老迪尼·奥哈拉便将自己最好的牛车队交给了他，承担的是墨尔本至曼斯菲尔德那条漫长而糟糕透顶的线路。作为一个魁梧的、蓄满大胡子的年轻人，他很快就因为两项令人难以置信的品性而闻名：其一是他从来不像其他赶车人那样满嘴脏话，其二是他滴酒不沾。

有一年3月，剪毛工大罢工，所有角角落落的墨尔本人都知道了这一情况，他们完全能够想象得到，剪毛工组成的流氓团伙正在肆无忌惮地纵火焚烧羊毛棚以及农场主们的围场。但对于杰克·麦克格瑞斯来说，这一切完全是个新鲜事物。他傻呵呵地赶着车，穿着自己褪色的红衬衫和打着护膝的斜纹棉布裤，还有笨重的靴子。他没有看报纸，也没有围坐在火堆旁与其他赶车人一道喝酒，聊些奇闻轶事或者唱歌娱乐。

当他发现自己根本就不知道罢工为何物的时候，还是迪尼·奥哈拉解释给他听的。奥哈拉是个大块头，但随着年华老去，已然开始枯萎，硕大如花椰菜一般的两只耳朵挂在脑袋两侧，主宰了他那张皱巴巴的脸庞。

"剪毛工正在罢工。"他说着朝地上吐了口痰。

"罢工什么意思，奥哈拉先生？"

"罢工就是那些讨厌的家伙不干活了。"他又吐了口痰。"这样一来，我们就没有羊毛可运了。弗格森家没有羊毛，罗斯家没有羊毛，麦克考凯尔家也没有羊毛，所有的羊毛都还长在羊身上，而不是打成包，非得有场血战才会有羊毛可运。"

他们坐在屋后的游廊上。杰克·麦克格瑞斯目不转睛地看着迪尼·奥哈拉，他从来不曾听说过这些。"战争。"

"得干上一仗，一场血战，那才是他们想要的。"奥哈拉说，"他们想要战争我们就给他们一场战争。那些酒鬼还有住在丛林里的家伙,"他说,"他们已经带着枪和一大套说辞朝这边来了。因此,我只能解雇你了。"

杰克一句话也没有说。他记得自己将手里的一根桉树枝掰成了两截,接着又将其掰成了四截,狠狠地摔在了地上。无论如何,他都想不明白其中的道理。他已经习惯了受别人欢迎,讨别人喜欢。出人意料地,他的双眼忽然噙满了泪水,他装着去找自己的袋鼠皮皮带的某些缺陷,顺势将头扭向了游廊的阴影之中。

"我听说,"奥哈拉说,"品特岬有个专门做木材生意的家伙,替他赶车的人出了事故,死在自己的车轮子下了,这个蠢货。"

他们甚至都没有握手道别。年轻的杰克·麦克格瑞斯卷起行囊,朝着60千米外的品特岬出发了。他夜以继日,穿越灌木丛,一路哼唱着赞美诗,并非他有多么虔诚,而是因为这是他会唱的仅有的几首歌。他一口气足足步行了24个小时,直到距离品特岬还有3千米的地方,才停下了脚步,实在是累坏了。他打开铺盖卷,倒头在加芬尼溪大桥下睡了一大觉。

第二天,他发现根本就没有什么工作,也没有谁葬身车轮,只好跑到附近的金矿上去碰碰运气,结果同样不需要人手。金矿的老板是个英国人,因为在钱的问题上狡猾异常,当地人称其为2便士汤普逊。

2便士汤普逊的麻烦是,先前的承包商将一个重达36吨的蒸汽锅炉扔在距离品特岬16英里远的山路上了。不知道是出于绝望还是绝无仅有的慷慨,他给杰克·麦克格瑞斯开价200镑,让他将锅炉搬运到金矿上去,而且预付杰克一半的费用供他组建一个马队。

在全镇的人看来,这两个人都在犯傻,杰克傻在居然接受一个无法完成的任务,而2便士汤普逊则傻在居然预付一半的款项。

杰克·麦克格瑞斯精心挑选了自己的马匹,好的辕马每匹40镑,其余的每匹10镑。他用昆士兰黄杨制作车辀,花了两个礼拜时间绑好了一套全新的马具,然后步行16英里前往锅炉被弃的地方,对其详加研究。之前的承包商试图将这个36吨的重家伙往山上拖,杰克则反其道而行之,设计了一组滑轮,这样的话他的马队可以往山下走而锅炉往山上移动。他将滑轮固定在一些巨大的蓝桉上,然后开始动手。他足足耗费了三个月的时间。有时候,他会被困在原地一个礼拜,寸步难移;有时候,则能一口气挪动个100码。最终,他顺利将锅炉运到了金矿上,而2便士汤普逊爽快地支付了剩下的100镑。

他的好运从此开始。他拥有一个好的马队，而且赢得了广泛的尊敬。他开始运起了木料，只要他愿意，哪怕是狂饮法国香槟一醉至死也没有问题——不知道之前有多少赶车人就这样死去。

他将所有挣来的钱都存进了银行——没什么他觉得值得花钱的东西。

1910 年的时候，他买了辆大型旅游巴士，大家都觉得他脑子坏了，不过后来此举被认为精明至极。在他看来，自己脑子既谈不上愚蠢，也算不上精明，只是幸运而已。那处金矿当时开采得热火朝天，小镇尽管很不起眼，但是有大把的钱。他自然也从中赚到属于自己的那一份：开着旅游巴士将清醒的矿工们运送到沃伯顿，再将那些喝得烂醉如泥的装回来。

10 年之后，在前往科拉克的路上，想到那段经历，他依然禁不住露出笑容来。上帝啊，真的是非常有趣。他开着维多利亚第一辆那种样式的福特车，盘旋在山间的道路上，不到一里地的路程就要停下来，让他的乘客下车释放他们的膀胱，或者解决一下他们的争端，实际上他们解决争端的方式远要比引起争端的原因更为滑稽。然后，在一阵横冲直撞之后回到镇上。就是这样，道路有时候会被倒下来的树阻断，不过，他非常乐意下车将它们挪开。

在品特岬，他们都叫他"炸胶杰克"。

他是用炸胶将那些拦在路中间的树炸开。尽管每次如此，但他从来都没有学会带上足够的导火索，所以每次快到家的时候，他能用的导火索就所剩无几了。有一次，就在十六里溪，由于导火索太短，人还没来得及走开，炸胶就响了，他被炸了个狗吃屎，而且一根木削还由于爆炸的威力插进了他宽阔的后背里。当尘埃落定，一车醉醺醺的乘客都鼓起了掌，幸灾乐祸地欢呼起来。

直到现在，对于无烟火药的气味，他依然有着诗意般的感情。在他的记忆里，那种气味，已成为 18 盎司金块的芬芳——像极了一只燕子的形状——纯属偶然，他居然在路上炸到了一块天然金块。直到现在，他依然能够感觉到裹在"燕子"身上那酥软的泥土——他将它捡起来捧在手里，不住地擦拭。他依然能够闻到顺着桉树受伤的枝干流出来的汁液那甜美的味道，看到自己的呼吸悬浮在 1910 年的路的上空。而他的乘客们，忽然之间清醒过来，一窝蜂涌到巴士大灯前，站在凌乱的乙炔灯影中，仿佛坐在教堂里一般安静，相互传看着金块。

品特岬历史协会有个模子，就是那时候以金块为原型铸成的。在那个落满灰尘且少人问津的房间里，它被命名为"燕子"。实际上，金块真正的名字根本就不是"燕子",而是"炸胶的好运"。

对于"炸胶杰克"来说,他的另外一大好运便是有幸将莫莉·洛克第一次从沃伯顿载回到品特岬:他从来都没有见过比她更棒的酒吧招待,再也想象不出会有比她更漂亮的女人。

品特岬依然在世的老人,个别人可能不曾听说过莫莉·洛克,但肯定所有人都知道老山姆·麦克考凯尔的故事:有个晚上,为了发个誓,他居然花了1镑钞票,而且他不但掏了钱,还温驯得跟只小绵羊似的,回到家之后,就把老子和几个孩子勒死了。而故事里发誓的盒子,就是莫莉的。可以说,莫莉改变了堂皇大酒店,那些不喜欢限制的人满可以到街对面的沙河大酒店去。不过,更为常见的情形是,沙河大酒店的人都忙着赶到堂皇大酒店来消遣。面对这种情势,沙河大酒店的老板达斯蒂·米勒只能垂头丧气地坐在餐厅里,借着昆士兰朗姆酒浇愁,莫莉则打趣似的让几个酒客过去逗他开心。几个被称之为达斯蒂的女傧相的人正陪着他,坐在延伸到河面上的游廊上,拿着脏兮兮的杯子,喝着脏兮兮的啤酒。

莫莉·洛克不喜欢四处密布的灌木丛。大家都说她是城里女孩子(她来自巴拉腊特),因此非常喜欢她——尽管他们也因此开她玩笑。她是整个小镇的亮点之一,如同伯特·麦克库洛奇的德国座钟、沃尔特·亚伯拉罕夫人精致的骨瓷茶具一样。正因为有了她,这个小镇才与澳大利亚中部那些荆棘丛中尘土飞扬的街道有所不同。

杰克·麦克格瑞斯喝着自己的柠檬汁,坠入了爱河。他煎熬了很久,才终于采取了行动。

5月的一个星期六的下午,有人注意到他连着喝了16杯柠檬汁。卡瓦纳兄弟为此专门设了个小小的赌局,伯特·麦克库洛克还赢了10镑。

最终,他鼓足勇气向她求爱了。求爱的过程可谓煞费苦心、细致周密——让我们设想一下,倘若他获准用他那双满是老茧的大手拿起沃尔特·亚伯拉罕夫人的骨瓷,怕也不过如此。达斯蒂的女傧相们要是看到他们在一起的话,一定会笑开了花:一个笨拙的大男人,极尽殷勤地弓着腰,追随在她左右,那么的专注,那么的细致——星期天,他们沿着沼泽溪边两英里长的碎石路,漫步了一个来回。

经常有人对他说,遇到莫莉他该有多么幸运。对此他丝毫也不怀疑。他希望他们能够终成眷属,生儿育女,终老在品特岬,然后长眠于河畔山坡上的欧洲蕨之间——开着希斯巴诺·苏莎的男人最终承认,只有在那种地方,他才能找到归属感。

他的灵魂，仿如一只搁浅在科里奥湾那满是贝壳沙砾的海滩上的海蜇。他衷心想要的，无非是感受一下如同1910年沃伯顿路上的空气一般美妙的事物。

31

莫莉·麦克格瑞斯拉上窗帘，一个人坐在客厅里，什么原因也没有说。她让布瑞杰特给自己拿来点儿吐司和一点淡淡的红茶。外面很吵，她很不喜欢。

头天晚上，菲比居然开起袋貂的玩笑，莫莉见状匆忙离开了桌子，扔下我们俩继续吃果冻布丁。

"她知道了？"我问。

菲比摇了摇头。"要再来点茶吗，白杰瑞先生？"

倘若我不是如此昏愚无知的话，我应该对莫莉稍加留心，谨慎从事。但是，我们满心欢喜能够单独待在一起，却让她一个人躺在床上，独自面对恐惧，这是件多么危险的事啊！我们对什么电磁腰带一无所知，而且即便我们知道，很大可能我们依然会置她的痛苦于不顾，继续折磨她。

第二天早餐的时候，菲比宣称要去一趟镇上的图书馆——她的意图我心知肚明。她出门10分钟之后，我也决定出门散散步，而且故意弄出很大动静，生怕别人没看出来。我穿了件三件套的西服，戴了块金链手表。溜到屋后，我便脱下鞋子，拎在手上，爬上无花果树，踩着瓦片翻过陡峭的屋顶。

菲比已经等在那儿了，她光着身子，但极尽优雅。在两面屋顶交界的屋谷里，她铺了块旅行毯，斜躺在上面，头顶是灰蓝色的天空。

她与我认识的任何女人都不一样。请注意：我说的是女人，不是女孩。我们的情况，绝不是杰克想象的那样——一个成年男人，对死亡和朽腐已经感到恐惧，因而沉溺于年轻女孩光滑无瑕的肌肤，不可自拔。（稍后，我会为你们唱几首歌，关于衰老的肌肤，满是伤痕的女人的躯体：疤痕，松弛的乳头，下垂的乳房。那是一首舒缓而甜美的河流之歌，而不是澎湃激越的海湾之歌。）

她光着身子趴在屋脊上，要我从后面进入她的身体，这样她便可以一边看着农场主和他们的妻子们在西区大道上散步，一边享受着交媾的快乐。她舔我的乳头，仿佛我是个女人似的，等它们硬邦邦地挺立，她忍不住笑起来。她说我有着一张腓尼基人的嘴，并目不转睛地盯着我的眼睛——我这一生别无所有，仅有几间残破不堪、可怜兮兮的旧屋子，哪能经得起如此严密的审视，只好闭上双眼，聊以自保。

菲比看着我湛蓝清澈的双眼，认为我就是魔鬼的化身。在她看来，我全身上下没有一处温柔的地方，只是这种清冷湛蓝的魔力。这在她的书里有清晰的描述。有时候，她会给我看一部分，但会用手将前后内容遮盖起来。

"他如同一道电光。"她写道。对于此种修辞，她很是满意，因为电既可以用于执行死刑，也可以用来照明。

周遭的瓦片，如同火炉般炙热，来自科里奥湾的海风轻拂，凉飕飕的不禁让她起了一身鸡皮疙瘩。她将吉朗抛诸脑后，任由它像一件蹩脚的粗呢外套似的，躺在屋顶的天沟里。她用她的舌头让我欲仙欲死，听我不住地呻吟。

"我喜欢他，"她在书中写道，"因为他很可能是个扯大谎的人。"

但当我提出抗议的时候，她却对我说："你的一切都是编的，白杰瑞先生，这也是我喜欢你的原因。你就是他们通常所说的魔术师，信口开河，想说自己是什么就是什么。"

当然，我爱她，绝不仅仅因为她的乳房和舌头。我从未如此一丝不挂，也从未感到如此完整。她说话的样子，宛如一个腹语者，漂亮的嘴唇几乎纹丝不动。这是一个永远也无法解开的谜团，根本见不到一个个单词从她嘴里冒出来，然而却又那么真切地从她嘴里传出声音，像天鹅绒般柔软，又像用指尖轻拂我的耳郭。她才是真正的魔术师。而我，充其量只能算个学徒。

"我们都将创造我们自己。"她说。

对于我们来说，吉朗仿佛并不存在。在极不方便的小巢里，我们对于周遭的不适恍若无知。在屋顶上，我们一起或躺，或坐，或蹲。莫莉躺在屋顶下面的床上，几近发疯。杰克则被他的盛产绵羊的西区赞助商盛情款待。

"你会教我开飞机吗？"

"我答应你，一定教。"

"我们可以飞到欧洲去吗？"

"可以。"

"你跟男人做过爱吗?"

"天哪,从来没有过。"

"不过我跟女人做过爱。"她说。

我感到震惊不已,妒火中烧,却又欲火焚身,嗓子一下子哑了,她说的一切,像一根绳子将我的脖子死死勒紧。"什么女人?"

"你也得教她开飞机。"

我不愿意带上安奈特丝毫也不奇怪,因为在我尚未见到她之前,我已经对她又妒又恨了。

我的下体周围早已湿漉漉地粘在了一起,然而,当菲比伸出她的白皙的手儿时,似乎是为了迎接这美丽的手掌一般。

"如同一朵花儿,"她在自己的笔记本上得意地写道,"朝着太阳,生长勃发。"

32

莫莉既没有看到菲比爬上屋顶,也没有发现我尾随其后。但是,她有种强烈的感觉,一定是出事了。这种感觉将她压垮,让她产生一种她称之为"她的症状":一种眩晕感,站在高高的桥梁、岩脊或者蜿蜒的山路上,她也会有类似的恐惧感。如同童年噩梦里的老乌鸦一般,这种感觉一旦产生便挥之不去,让人感到无限的恐惧,她便极其懊悔当初不该轻率地将电磁腰带给扔了。

电磁腰带是1890年购于医疗电子及外科研究所,研究所位于巴拉腊特史托特街一幢三层小楼上。那时候,莫莉刚刚14岁。她坐在葛瑞格森大夫的办公室里,同去的还有她的两个弟弟和她的姑妈埃斯特夫人。埃斯特夫人的真名是埃斯特·麦克吉尼斯夫人,但巴拉腊特人都称呼她为埃斯特夫人,她是水晶宫大酒店的老板。

埃斯特夫人年近四十,身材苗条,鉴于她的上半身相对于她的腿来说有点儿偏长,因此身体平衡多少受到些影响。她高额头,长下巴,两片嘴唇很是讨人喜爱,对此她也暗自得意（她还有一双小而颇有弧度的脚）。不过，她的眼睛稍稍外凸，葛瑞格森大夫第一次见到她的时候，私下里认为她可能有点儿甲状腺功能亢进。

埃斯特夫人本性并不喜欢小孩，但她有种强烈的责任感，身边的这三个孩子都是她哥哥的骨肉，照顾好他们是自己义不容辞的责任。当她得知莫莉的母亲发疯之后，第一时间便拿起自己新装的电话，预约葛瑞格森大夫——实际上诊所就在街对面，几步路就到了，根本用不着打电话。

巴拉腊特很多人都喜欢拿葛瑞格森开涮，埃斯特夫人觉得自己对此人的了解太过肤浅。不过，让她颇感荣幸的是，葛瑞格森偶尔会上她的酒店喝点儿白兰地，谈论谈论巴斯德[①]、利斯特[②]，还有电的巨大威力。尤其是电，葛瑞格森声称不仅对便秘疗效可靠，而且在治疗一般性身体虚弱以及遗传性精神病方面也同样很有效果。

葛瑞格森大夫的办公场所给她留下了深刻的印象，可以说它就是一首现代主义和启蒙运动的赞歌。那里有人体模型，展示着各式各样的电力强身器材，衣着精干的助手们熟练地使用着电话、雷明顿打字机，还有格拉福风录音机——这名字她是后来才知道的。尽管曾经看到过大夫本人（瘦小，清爽，严厉，有几分普鲁士人的长相）开着他的戴姆勒·奔驰牌汽车驶过利迪亚德大街，埃斯特夫人已经想到过他这里必然极其现代化，但规模还是远远超出了她的预期。

莫莉·麦克格瑞斯那个时候还是莫莉·洛克，才 14 岁。她被挤在埃斯特夫人和弟弟沃尔特中间，什么都看不到。有个助手递给她一块裹在彩纸里的糖果，莫莉摇了摇头，她两个年幼的弟弟也依样画葫芦地跟着摇头谢绝。她有一头如同瀑布般一直倾泻到肩膀上的铜色长发，她的充满生命力的身躯一望而知是吃着面包和土豆长大的孩子，胖嘟嘟的膝盖恰恰藏在磨破的裙子下。

沃尔特又拉在裤子里了。满屋子都是臭烘烘的味道，她只好低头注视绣着各式图案（玫瑰花和飞燕草交织在一起）的地毯，安静得异乎寻常：她觉得所有人都在看自己，因为她精神错乱了。

如此安静可非莫莉的一贯做派。她母亲一直叫她"我的小歌手"，不是因为

[①] 路易斯·巴斯德（1822—1895），法国微生物学家、化学家。他奠定了工业微生物学和医学微生物学的基础，并开创了微生物生理学。
[②] 约瑟夫·利斯特（1827—1912），英国外科学家，近代无菌手术法的确立者。

她爱好唱歌,而是因为她爱笑。她总是兴高采烈的,喜好刨根问底,精力旺盛。她从来不用大人喊她起床,还知道替两个弟弟穿衣,然后生火做早饭。生了冻疮,她也从不会像沃尔特那样没完没了地抱怨,也不会去抠身上的疣子。而且,她心算水平很是了得,无论是 765 乘 823,还是其他任何数字,她都能一口算出,对答如流。谁也无法相信她会精神错乱。

她自己从来也没有想到过母亲会精神错乱。洛克夫人脸色苍白,瘦而结实,黑色的眼睛深陷在眼窝中,大多数时候,她都一副气呼呼的样子。当然,偶尔她也会露出笑脸,莫莉喜欢暴风雨间歇期间那些极为甜蜜的时光。那时候,母亲会忽然间脸色红润而温暖,仿佛间所有的艰难困苦都已烟消云散,她会唱她母亲教给她的爱尔兰歌谣——正是她母亲,历尽艰难险阻,穿越惊涛骇浪,将他们带到澳大利亚,结果却发现半个维多利亚都深陷火海之中,灌木、草场燃烧扬起的烟尘将他们的船帆都点燃了。

最先发现母亲自杀的是莫莉。一大早,父亲还在面包房上班,她发现母亲在浴室里上吊了,一只脚上套着黑色的鞋子,鞋带都没系好,另外一只鞋子掉在垫脚的破凳子上——她是踩着它上吊的。在那可怕的时刻,她失禁的大小便的臭味和她凸出的黑眼珠融合成一体,没有任何形状,没有任何颜色,没有任何画面,而是一种感觉,深深地烙印在她的内心深处。这种感觉瞬间便如钢铁般坚硬,如气味般妖魅,直到将近 30 年后,来到了吉朗,当菲比和我像袋貂一样在屋顶寻欢时,依然深深地笼罩着她。

发现母亲自杀之后,莫莉没有尖叫。她帮弟弟们穿好衣服,将他们送到隔壁的亨德尔森夫人家。然后她步行 2 英里地来到父亲工作的面包房,足足等了半个小时才获准见到父亲,眼睁睁地看着那个满身面粉的大男人撕心裂肺地嚎叫痛哭,看着他在结冰的街道上痛苦地打着滚,任凭刺骨的寒风穿透她单薄的衣裤。她听见他梆梆直响地敲打着自己的脑袋,以为他也会追随着母亲一道死去。她自始至终都没有哭。

埃斯特夫人被招来料理后事。她按部就班,该做的事一件不落。她安排了葬礼,还在水晶宫大酒店举行了守夜仪式。让所有人吃惊的是,在私人会客间里,埃斯特太太居然唱起了爱尔兰民歌 The Shan Van Voch[1]，每个在场的人都被深深打动，涌起了一股强烈的爱尔兰情思，回忆起死去的这个女人的父亲曾经在尤里卡栅栏事件[2]中被警察打断了一条腿。他们纷纷走过来将莫莉拥进怀里，给她吃了很多片涂着黄油的面包。

守夜仪式之后，埃斯特夫人开始着手解决精神错乱这档子事了。她在水晶宫大酒店的女士接待室跟莫莉进行了一场简短的谈话。

"我告诉你是因为你年纪最大——不单单你母亲。"

莫莉一直低头摆弄着身上的衣服。为了守丧，她的衣服被染成了黑色，但颜色染得并不牢，弄得她的手上也是墨黑一片。莫莉知道，这次谈话对于埃斯特夫人来说并不轻松，她将酒吧间的小门和通道的门全都关上了。整个接待室里黑乎乎的，地板蜡、巴素擦铜水、变质的烈啤酒及浓重的烟味混在一起，熏人之极。

与小孩子待在一起，埃斯特夫人感到很不自在。"你明白我的意思吗？"

"没明白，埃斯特夫人。"

"我是说并不仅仅你妈妈。你明白吗？"

莫莉还是没有明白她究竟想说什么。

埃斯特夫人无可奈何地叹了口气。她摆弄着一直别在腰间的那一大串钥匙。"你外婆凯欧也是这样。"

什么样？莫莉痛苦地看着瓷器柜下面挂着的一幅歪歪斜斜的画，画里是一只绿眼睛的猫，挂在那里的目的是为了让接待室显得更温馨。

"你明白我的意思了吗？天哪，孩子，她跳到温都瑞湖里淹死的。"

这是个可怕的消息，但依然让莫莉不明所以。它还与姑妈呼出来的浓烈威士忌味、接待室里的漆黑一团的环境、画里那只猫的绿眼睛以及酒保帕奇毕恭毕敬的样子搅和到了一起——帕奇不小心闯进了接待室，意识到情况不对之后立即退了出去，他那恶棍一样的脑袋怪里怪气地鞠了一躬。

---

[1] 爱尔兰古老民歌。相传最早传唱于 1797 年，歌词大意说法国人就在附近了，他们将拯救爱尔兰，军队已经集结，他们将身穿绿色战袍，他们将解放爱尔兰，为爱尔兰带来自由。
[2] 1854 年，澳大利亚一些淘金者为抗议殖民政府发放开矿许可证时索要高额税费的做法而举行示威，并构筑栅栏抵制军警进入，结果遭到步兵的袭击，造成重大伤亡，酿成轰动一时的尤里卡栅栏事件。

埃斯特夫人擅长的是与啤酒厂打交道，或是让一个酒客老老实实地离开，不要惹是生非。她生来是个直性子的女人，从来不善于兜圈子。她也并非刻意摆出一副凶巴巴的样子，此时此刻，她的目的仅仅是为了不再让这痛苦的煎熬没完没了地拖延下去。

"我是不希望你哪天也上吊自杀，"她说，"无论是在这里还是别的什么地方，也不管是现在还是将来。"

终于卸下了重负，她坐在那里，双手叠放在大腿上，颓丧地耷拉着头。

"哦，"莫莉说，"我保证，我保证，埃斯特夫人，我决不会干那样的事。"

"那种事你保证不了的，可怜的孩子。"埃斯特夫人说着一把将她搂进怀里，莫莉的鼻子重重地撞在她胸前别着的一枚胸针上。"这种事情会自然而然地找到你头上。前一分钟你还在开开心心地唱歌，下一分钟没准你就……我要带你上葛瑞格森那儿去看看。"她说。

莫莉放声大哭，撕心裂肺，如同遭到了判决一般，觉得衣服上的黑色染料仿佛渗透进肌肤的每一个毛孔。

老实说，葛瑞格森大夫有点儿怪里怪气，但并非令人不愉快。他最讨人喜欢的地方是他的那双手，如同滑石粉一般柔软而干燥。当他摸摸她的脸颊或者握握她的手时，着实有种讨人喜欢的救人于水火的效果，这让莫莉多少感到些许安慰。葛瑞格森大夫的一切都非常清爽、干净，莫莉从未在其他任何人身上闻到如此宜人的气味，男女都不曾有过。他动作幅度很小，近乎僵硬，比如说他扭头的时候，肩膀一定也跟着一道转过去，仿佛他的头和身体是一个完完全全的整体，相互之间根本没有一点独立性。

"我觉得没有任何道理。"他说。"为什么你得像你母亲或者外婆一样收场。现代科学，"这个利斯特和巴斯德的鼓吹者说，"对于你的情况，可以采取很多措施。"

"你说的这些她根本就不明白。"埃斯特夫人说。每次孩子们来看医生的时候，她都会陪同左右。

"你明白吗？"葛瑞格森大夫问道。

她点了点头。

"那么告诉我，孩子。"

她不想说话。她没必要反反复复讲述那天看到的一切……倒伏的凳子，挂在脚上的鞋子，还有那股可怕的气味。

"我会精神错乱,"她低声说道,"爬上椅子,然后跳下来。"

"我会尽力的,"葛瑞格森大夫说,"你不会做这样的事。"

他再次握住她的手,这让她稍感放松。他问她许许多多的问题,比如有没有幻觉,看到东西往下掉?有没有幻听,觉得有什么声音?会不会有时候笑得十分夸张?("有。"埃斯特太太替她回答道。)会不会自慰,就是抚摸自己两腿之间的部位?会不会从梦中惊醒,心怦怦跳?

他就像一个和蔼可亲的修女,不是那种拿着尺子打你手背,或者成天将原罪、地狱之火挂在嘴边的修女,而是另外一种类型。他的眼睛如同耶稣的眼睛般温柔。

"不可思议。"葛瑞格森大夫旋转了一下椅子,看着窗外史托特大街正中的那柱高大的白色雕塑,动情地说道。"这孩子,"他转回来,对埃斯特夫人说,"必须得配个电磁强身器。有了它,保准她会长命百岁,生活幸福。"

莫莉在心里暗暗将 899 乘以 32。这是一种细小、轻松而又快乐的计算,尽管它没有任何意味,但在心默默计算,让她感到放松。无穷的数字在她脑海里如滔天洪水般倾泻而下,将她的痛苦一扫而光。7 676 乘以 296,她一边跟在弟弟们身后下楼,一边又在心里计算了起来。答案如同生命一般,漫长而没有尽头。

他们最终给莫莉的腰部绑上了那个设备,电池裹在她衣服的褶皱里。她站在葛瑞格森大夫面前,满脸笑容。在她的记忆里,这一天是她童年最为快乐的一天,甚至比她第一次吃圣餐、第一次上克莱斯韦克烧烤店庆祝生日都要来得开心。她还特意为此去了山上的圣马利教堂,向圣母马利亚祈祷了足足一个小时,而且她还在心里为上帝做了道乘法运算题,最终送呈给他的数字是 5895323。

33

巴拉腊特地势低矮而辽阔,从巴托瑞山一直往西延伸。房屋均为木质结构,简陋的小木屋和宽敞的游廊分布在宽阔的大街两侧。街道在夏日阳光的炙烤下板结,及至冬日,雨雪加之行人马车的碾踏,便会烂泥成河。他们在史托特大街两边种上了橡树和蓝桉,在温都瑞湖里放养了大量的鱼苗,宣称作为巴拉腊特的一员感到非常自豪,但只有埃斯特太太对未来显示出真正的信心——她用砖头建造了自己的水晶宫大酒店。

酒店高大坚固,楼高三层,面朝史托特大街——在酒店的辉映下,史托特大街一副垂头丧气、悲观绝望的样子,仿佛让城市富裕起来的金矿一夜之间就会消耗殆尽一般。

埃斯特太太对金矿丝毫也不担心。石英粉碎机早已比金矿更加重要了,而且铸造厂就在那里,H. V. 马凯生产的石英采掘机行销全国。她根本不需要那些矿工顾客了,他们只知道在东边简陋的窝棚里喝得烂醉如泥,然后再将辛苦挣来的一点钞票浪费在满身冻疮的妓女身上。没错,她的酒店是有个酒吧,夏日的晚上,也确实在史托特大街上销售一些品质可疑的酒水:她的顾客,除了剪毛工、清理工、铸造工、农场劳工、公司职员、骗子和四处游荡的小偷之外,也确实有几个矿工,但她绝不会将自己的生意建立在如此脆弱的基础之上。

1873 年,肯特公爵曾经入住水晶宫大酒店——她的酒店是那种档次的。

母亲尚未自杀前,莫莉曾经来过水晶宫大酒店,一次是来吃圣诞晚餐,一次是参加葬礼。不过,到如此考究的地方,她母亲明显感到格格不入,连带他们也觉得全身上下的皮肤麻酥酥的,蹭在衣服上,磨得生疼。为了上这里来,他们特意换上了新鞋带,低垂着眼帘,还被告知不要盯着那个嘴唇丰满、眼睛外凸的女士一个劲看。

不过现在,她可以自由地经过富丽堂皇的大门进入水晶宫大酒店了。上台阶的时候,她不会蹦蹦跳跳,当然也不会放声大笑或者咯咯傻笑。但她可以一边轻快地走路,一边拿着早上的报纸,冲客人抱以甜美的笑容。她觉得,自己已经成为这个重要的地方极为复杂的机制中的一环了。

她爸爸在面包房附近找了个寄宿的地方。肖恩被送到克莱斯韦克跟洛克家人同住。沃尔特被送到南巴腊特与凯利一家人住一起,他们老是写信来抱怨他一直尿床,有一次他还被学校送回了家——他在算术课上又拉到裤子里了,他们拿报纸将他的内裤包起来,连同他的人一道送了回来。而莫莉开始为埃斯特夫人当女佣,没有工钱,但提供食宿,而且,她还为她配了个电磁强身器。

她工作非常卖力,体重骤减。每天早上,她都 5 点钟起床,然后生火,辛苦地打扫楼上铺着地毯的过道和楼下磨得锃亮的地板。她清扫过的房间足以让人误以为从未有人睡过,她擦拭过的镜子足以让客人误以为从未有人照过。每周二,她都会从厨房收集榨过汁的柠檬，用来擦门把手，她一个门把手一个门把手地擦过去，直到柠檬在她手上碎成一块一块，门把手上的污秽被柠檬又酸又黏的汁液擦拭得干干净净。她喜欢这个酒店。她喜欢早餐时从餐厅传来的轻轻的叮当声和窸窣声，喜欢小酒桶滚进地窖的隆隆声，喜欢啤酒厂马匹的气味、深夜雅座酒吧里传来的歌声，还有埃斯特夫人穿过走廊回房睡觉时高跟鞋的声音以及钥匙开门的声音。

她和埃斯特夫人在餐厅共同用餐，那里的饭菜总是应有尽有——每天都有肉，星期五也不例外——似乎没有谁能将自己的那份吃完，穿着黑色制服的女服务员们收盘子的时候，通常都有剩余。酒店院子里的母鸡吃的也比她从前吃的要好很多。

她有自己的朋友：一个是上了年纪的看院子的老人，他给她讲故事，给她看他自己缝在靴子上、样子怪怪的短袜；一个就是酒保帕奇，喝醉的时候，他会给她几个大子儿；甚至埃斯特夫人也待她如同朋友一般，有三两次，她从一本关于印度的书上读故事给她听，尽管她并不是很明白，但依然非常享受。不过，直到詹妮弗·格瑞赖特到来，她才有了一个跟自己年纪差不多的人说说话。詹妮弗是埃斯特夫人的远亲，红色的头发蓬在脑袋两边，仿佛西班牙猎犬的耳朵似的，而且骨瘦如柴。詹妮弗来的时候，莫莉刚过完16岁生日，她拎着个像模像样的手提箱，被安排和莫莉一道住在马厩上的小房间里。门刚一关上，莫莉就开始滔滔不绝。

"我的天哪，"詹妮弗·格瑞赖特说，"你可真是个话匣子。"不过她还是耐心地听着，并让莫莉看了看自己肩头上的胎记。

她们的友谊持续时间并不长。不到一个月的时间，詹妮弗就哀求埃斯特夫人单独给她一间房间，因为莫莉整晚上都说个不停，吵得她无法入睡。不过，到了那个时候，真正的伤害其实已经造成了。莫莉将一切都对她和盘托出，沃尔特如何把屎拉在裤子里，她爸爸如何死命地敲自己的脑袋，她妈妈如何上吊自杀，等等。对于她为何要系上电磁腰带，她也没有丝毫隐瞒。她坦率地将原因解释给她听，甚至还让詹妮弗系上电磁腰带试了一下，心里以为詹妮弗一定忌妒得要命，不单单是这个颇有点怪诞的装备，还有她自己的身材——16岁的莫莉已经出落成了大姑娘，体格完全是个成熟的女人。

"典型的沙漏型身材。"她身着衬裙，腰系电磁腰带，站在镜子前，非常得意地自言自语道。

当然，看出这一点的人并不止她自己，埃斯特夫人也很快就意识到将她安排到酒吧的潜在威力。

埃斯特太太想到的酒吧绝不是帕奇现在一霸天下的那个地方——她很清楚，有时候帕奇的方式近乎粗鲁——而是一间"商务酒吧"，不能放在楼下，而应该放在楼上。商务酒吧的墙上不会贴什么瓷砖，你用不着像帕奇一样，拿根水龙头冲洗他的领地——它得有羊毛地毯、真皮座椅以及茶几矮桌。

商务酒吧是供事业有成的商人、衣作考究的大夫、皮肤白皙的律师以及留着时髦小胡子的矿业学院的毕业生们聚会的地方。上这儿来的绅士们和他们穿着衬裙的女伴们可以舒舒服服地坐着，愿意的话可以喝点儿香槟，多数时候，他们完全可以忘记自己置身于巴拉腊特——只有当楼下人行道上有人斗殴，或者山火席卷巴托瑞山上的小木屋的时候，他们才会回到现实中来。即便此等时候，他们也可以站在临街的阳台上，舒舒服服地冷眼旁观。

每个关心的人都很清楚，尤其是莫莉和埃斯特夫人，这样的一个酒吧，迟早会帮她物色到一个出类拔萃的夫君。当然，她们并不指望对方是个牙医或者律师，但一个成功的农场主，或者做牲畜和牧场买卖的经纪人，应该不成问题——前提条件是，莫莉能够一改她老是在走廊里奔跑的习惯，走路的时候步子不要那么大，胳膊也不要甩得那么夸张。此外，说话的时候，她也应该三缄其口，想好了再说，而且应该放慢语速，不要连珠炮似的，说到最后上气不接下气。

脑子里有了如此之多严格的要求和指示之后，莫莉有点不太自然地站在吧台后面，等待着埃斯特夫人最后的检验。

"两杯苏格兰威士忌，一杯苦味杜松子，外加一杯丁香朗姆。"埃斯特夫人说。

"四镑六便士。"莫莉回答道。

"一杯女士啤酒，两品特巴拉腊特苦啤，一份奶酪薄荷。"

"六镑六个半便士。"莫莉说。

"你们有好点儿的勃艮第红酒吗，亲爱的女士？"埃斯特夫人故意低沉着嗓音问道。

"有的，先生，我们有香贝坦和罗纳河谷。"

"什么价钱？"

"罗纳河谷的十先令，香贝坦的十二镑六个半便士。"

"棒极了。"

"三百零五乘以八十六等于多少,埃斯特夫人?"

"天晓得。"埃斯特夫人没好气地回答道。

"两千六百五十三,"莫莉说,"哎呀,埃斯特夫人,我真是太兴奋了。"

埃斯特夫人从耳朵后面摘下铅笔,检验了一下她报出的答案,发现丝毫不差。于是,她将莫莉带进自己的办公室,对她的计算能力进行了非常严格的测试。她发现无论多大的数字,对于那孩子来说都不是问题。她完全能够应付自如,连嘴唇也不用动一下。

"听着,孩子,"埃斯特夫人说,"听我说,千万不要——有男人来找你,你就投怀送抱。"

"不会的,埃斯特夫人。"

"你绝对是做生意的好材料,记住我这句话。"

"好的,埃斯特夫人。"

"你才十六岁,没有必要着急,不要急于结婚嫁人。"

"不会的,埃斯特太太。"

"愿意学做生意吗?怎么给员工发工资,怎么给啤酒厂付账,怎么将这些数字加起来?每周我付你一镑。"

"谢谢,埃斯特夫人。"

"这一镑你不要把它给花了,莫莉。(不要烦躁不安)只要给我工作,你就要每周都将它存进银行,而且结婚之后也不要告诉你丈夫,明白吗?"

"明白,埃斯特夫人。"

"你愿意发誓吗?"

"我发誓,埃斯特夫人。"

"一杯烈啤多少钱?"

"三便士。"

"真是个好孩子,莫莉。"埃斯特夫人说着,紧紧握住她的手,流露出少有的令人尴尬的亲热。"你将成为水晶宫大酒店的招牌。"

当然,要不是因为亨利·赖特福特,她说的应该没错。

34

沃尔特和肖恩没有得到电磁腰带,这让他们颇感不快。开心的只有莫莉,尽管她知道自己没有权利享受。没有人说她不是个好女儿,也没有人说她不是个富有爱心的姐姐。事实上,她确实如此,甚至于只要她能够,她简直就是个完美的小妈妈。每个星期天,当家里剩下的几口人聚到一起的时候,她都会带上针线替沃尔特补裤子,给肖恩捎去刚刚织好的巴拉克拉法帽,还会带上羊毛和钩针替爸爸补袜子。

沃尔特阴郁而沉默,他会拿根棍子抽打或者干脆拿靴子使劲地踹着树干,而她替睡着了的父亲缝袜子的时候,肖恩则乖乖地守在她身边。在满是水草的温都瑞湖畔,母亲的死一直笼罩着他们。肖恩一刻不停地用力拖着她的裙子。那个摇桨的人也无法划着船,自由地航行在湖面上。

她抑制内心的快乐,没有透露半点关于商务酒吧的消息,也没有告诉他们任何关于亨利·赖特福特的事,更没有承认自己对医院附属舞厅的向往。每个周日下午这样的家庭聚会,她都早早离开,因而总在梦里内疚不已。

亨利·赖特福特在巴宁邑有片土地,按照他个人的喜好,他本该上巴拉腊特更频繁些。不过,每次来巴拉腊特,他都会收拾得整整齐齐,衣冠楚楚。而且,尽管是个大块头,但他的衣服从不会紧绷绷地勒在身上,脖子也从不会将牛津纺衬衫领子撑得不像样子。

"跳支舞怎么样,洛克小姐?"他曾经这样问她。他身上散发出一种温暖而甜蜜的味道,有点像麦秆。

"哦,当然,赖特福特先生。"她回答道。

他满头的金发,浓黑的眉毛,除了有点鹰钩鼻之外,绝对算得上帅气。原本他想邀请她上舞厅，不过她看到他皱了皱眉头，未能鼓起足够的勇气，只是叫了一品脱苦啤酒——正因为他没有这个勇气，更讨她喜欢了。

她知道，晚上他会再来的，因为巴拉腊特今天有人做成了笔大买卖——亨利·赖特福特以前所未有的高价，卖掉了 50 头膘肥体壮的牲口。来自埃尔多斯·史密斯的那个小苏格兰已经详详细细地将一切告诉了她，说今天对于亨利·赖特福特来说是了不起的一天。

她的心怦怦直跳，仿佛要挣脱电磁腰带的磁力束缚。那么地想要大声呼喊，那么地想要跳起自负而又古怪的舞蹈，好好地疯狂一把。

只见亨利·赖特福特走进了商务酒吧。他确实名如其人①，脚步轻快地走进来，看得出来已经有了三分醉意。通常情况下他不会喝得太多，不过看到他醉了让她很是开心。她希望他借酒壮胆，邀请自己上舞厅去。

他冲她笑了笑，但并没有立即来到吧台前，而是径直走到面色红润、正吸着烟斗的苏格兰人和《信使邮报》那个驼背的家伙坐的地方。看得出来，他对谈话的内容心不在焉，一个劲地来回踩着锃亮的黑皮鞋——鞋上仅稍微粘了点儿集市上的泥点。

等他终于走到吧台前，他的手里拿着同伴的空杯子，脸上挂着笑，不过她实在是太兴奋了，根本无暇仔仔细细地看看他的笑脸。

她满脸绯红。

倘若她不曾如此全身心地想要克制自己的脸红的话，没准她可以更仔细看看他的脸，这样她就可以发现他的笑容里有几分恶意。同亨利·赖特福特打过交道的人都知道，他本性中原本就有几分恶毒。他既帅气，又迷人，但他同样也是一个对别人的弱点有着灵敏嗅觉的混蛋。

他站在吧台前，轻轻地抖动着身子，口袋里的钢镚儿叮当作响，笑容湿漉漉的，帅气的嘴唇有点儿松弛。

莫莉漂亮的红发高高地盘在头顶，尽管这样的发式让她宽厚的下颚过于突出，不过也让她雪白柔软的颈脖得到很好的展示。当然，她绯红的脸颊也就更加暴露无遗了。

---

① 赖特福特（Lightfoot），有脚步轻快的意思。

"你一直瞒着我一个秘密,洛克小姐。"亨利·赖特福特说。

"没有,"她说,"我向你保证。"话虽这么说,但她的脸却红得更加厉害了,因为她曾向詹妮·格瑞赖特承认过,自己非常非常想上舞厅去。

"其实也不是什么秘密。"亨利·赖特福特说。"它实在是太美妙了,"他继续打趣道,"不可能是什么秘密,它太特别了。不,不,亲爱的莫莉·洛克,它根本就不再是什么秘密了。"

在此之前,他从未对莫莉直呼其名。莫莉脸上的红晕进一步蔓延到脖子,仿佛连同肩膀都要红成一片了。

"所有人,"他说,"所有巴拉腊特人都知道了。"

"哦。"她鼓起勇气,抬起头来,用她那绿而明亮的眼睛看着他。"真的吗?他们真的都知道了吗,赖特福特先生?"

"当然,洛克小姐,他们当然都知道了。"

"究竟是什么秘密?"

"他们说,"他压低了嗓子,"你系着一根腰带,以防自己精神错乱。"

她没有离开吧台,而是继续工作,一分钱也没有找错,关门的时候还将抽屉里的钱点清楚,甚至帮帕奇一起清洗楼下酒吧里的玻璃杯。

35

我和莫莉有一个共同点:我俩都假装自己的父亲已经过世,尽管各自原因迥然不同。杰克曾经听说过埃斯特夫人,但对于她父亲、沃尔特还有肖恩,他一无所知。而且,杰克也从没听说过什么电磁腰带,或者葛瑞格森大夫,更不知道莫莉是冒着灵魂不能得救的风险同他在一座新教教堂里举行婚礼的。

尽管有很多次,当她将自己的手放在他的手心,莫莉内心深处开始动摇,血气上涌,头晕眼花,几乎想要向他坦陈自己的信仰,但最终还是开不了口。是他,让这种情况根本不可能出现。他根本就不屑于在天主教徒身上浪费哪怕一分一秒的时间。这并不是说他不愿意在去科拉克拜访赞助人的路上,绕道天主教小镇科里奥特,在那里的酒吧里喝上一杯,跟莫菲、凯欧、汉拉恩之流打成一片,但他对天主教一直有着孩子气的偏见。从前,新教儿童经常对着灰尘飞扬的街对面的天主教徒们唱一首歌谣,极具侮辱性:"天主教狗们坐在木料上,吃着蛤蟆拉下来的蛆儿呀。"①实际上,杰克对于天主教的看法,庶几乎此。他一直坚定地站在澳大利亚和英王国的立场上,投票支持征兵,认为大主教曼尼克斯不亚于一个卖国贼。

在有着两个深深的酒窝、红润面色、高大身材的考基·阿博特那儿,他找到了一种亲人般的感觉。他们在一起很放松,彼此毫无嫌隙猜疑。两个人都高大健硕,都50多岁,都出身贫寒并最终富甲一方,对于彼此的财富都非常信得过。可以说,他俩仿佛一块拼图的两半,放在一起,严丝合缝。拿农场主阿博特的话来说,他们俩都非常务实。

傍晚时分,他们一起坐在阿博特的庄园的游廊上,挽起袖子,对夜晚寒冷的空气不屑一顾。如果你看到他们坐在藤椅上的样子,没准会对他们的自负心生认同。不过,倘若你认为他们是同一类人,那你就错了。因为农场主是个更加坚韧、更加厉害的角色,讨价还价从不心慈手软,别看他像个乡下人那样说话慢吞吞的,实际上对于数字极其敏感。

"开飞机的那家伙,"考基·阿博特问道,"务实吗?"他一边问,一边将靴子从脚上踢掉,他的这副做派很对杰克的胃口。

秋雨已经让周遭的景致披上了一层绿油油的色彩,不过傍晚6点钟的时候,整个世界笼罩在一场金色的迷雾之中。农场主的羊群看起来像什么了不起的生物,而不是杰克·麦克格瑞斯讨厌的有着个大口袋似的屁股的动物。

"他务实吗?"杰克沉吟道,"我得说他还算务实,是的,要我说的话,他还算务实。"

"我得说,这个买卖肯定能够赚钱。"

"他也这么认为。"

"但我想问的是,杰克,我们干吗非要花钱去建什么工厂?看看你的开销,买地要花三百镑,还要花三百镑去搭什么劳什子的厂房,接着还要雇人,还得请专家,

---

① 原文为"Catholic dogs sitting on logs, eating maggots out of frogs"。

我想了想,得找有技术的人,机械师,装配工,机床工,等等。一便士还没挣到呢,恐怕你就得花出去两千镑。"

"没错,哈罗德。"

"谁能保证一定就能造出最好的飞机呢?不等到造出来,飞上天,我们根本就无从知道。"

"没错。"杰克承认道。他看起来非常痛苦,抬起手抹了一把满是皱纹的脸。"不过干什么都有风险,人生就是一场冒险。"

"人生就是一场冒险,你说的没错,兄弟。但我们能够有今天,都是因为我们没有贪得无厌。好了,你的那位开飞机的,他对进口飞机怎么看?"

"我从来没有问过他,不过他的想法是我们要造澳大利亚人自己的飞机。"

"看在上帝分上,我们都属于大英帝国。我的意思是进口英国产的飞机,我们知道英国飞机准保能飞上天。你明白我的意思吗?是冒险还是讲求回报,毫无疑问英国佬比我们更有经验。我的建议是:我们干吗不设立一个代理机构,直接销售现成的好飞机?"

"你跟白杰瑞谈谈。跟他谈谈,看看他怎么说。"

"我会听听他的想法,"考基·阿博特说,"不管怎样我都希望能见见他。我相信我见过他父亲。1896年的时候,有个叫白杰瑞的来过这里,想卖大炮给我们。"

"没错,就是那个人,就是他。"

"很有趣的一个人,"考基·阿博特说,"我常常想,当时没听他的话实在是大错特错。"

36

曾经拯救了莫莉的电磁腰带,如今对于她来说简直是个诅咒,迫使她不得不逃离巴拉腊特——她两颊滚烫,眼睑低垂,与其他乘客一道坐在长途巴士上。

那个慌乱的晚上,莫莉一直忙碌到深夜,字迹工整地给父亲写了封信,足足写满了5页纸,但她无论如何没办法直白地说出自己所感受到的耻辱——倘若说出来的话，无非就是整个巴拉腊特都在偷窥、都在幸灾乐祸地笑她裙子下面的那根电磁腰带。她父亲一遍又一遍地翻看着女儿的信，试图用他已经钝了的断指甲，从中搜罗出些许缘由来。然而，这几页纸没有告诉他任何秘密，如同鹅卵石一样，神秘而不可参透。

墨尔本让莫莉恐惧不安。它实在是太过喧闹、太过庞大了，她想在偏远点儿的地方找个工作。若稍作等候——实际上口袋里的钱完全够花——她可以在一家上好的天主教信徒开的酒店里找到合适的岗位。但她等不及了，她得快点儿把这件事确定下来。似乎整个维多利亚州就只有一个岗位，那便是位于品特岬的格兰德大饭店要招一名酒吧女招待。尽管她意识到自己的信仰不允许，但她还是告诉招聘代理人自己不是天主教徒。

直到抵达品特岬之后，她才意识到自己干了多傻的一件事；直到她遇到狂热的新教徒皮尔逊太太时，她才意识到，只要待在这个镇上一天，就不可能参加弥撒。更为糟糕的是，有人甚至希望她跟长老会教徒一起参加礼拜。

到达品特岬的第一天，她就下定决心，一旦皮尔逊夫妇意识到自己是个无价之宝，她就将真相告诉他们。当然，鉴于皮尔逊先生因为中风已近乎瘫痪，而皮尔逊太太又是个注意力极不集中的人，根本就无法正常打理生意，所以饭店里需要操心的事远非酒吧女招待那点简单的任务了——尽管她凭着这方面的能力和技巧赢得了全镇人的喜爱，包括起码占全镇人口半数以上的新教徒。正如埃斯特太太早已清楚地看出来的那样，她是块做生意的好料子。她管理餐厅，记账，打扫6间客房，还在吧台后面忙进忙出。当时，她还不到18岁。

也许吧，为了装得像个新教女性，莫莉说话确实故意轻言细语，温柔了一些，但她从不摆架子，也从不会一副势利眼的样子。如果说她笑得有点多，话有点多，或者胳膊摆动的幅度过大，又或者该走的时候她却跑起来的话，那么这些似乎都只是更增加了她的魅力。她双颊绯红，如同燃烧着一团火。即便是参加气氛阴郁的长老会礼拜式，她的双眼也因为埋藏着无数不能为外人道的秘密而极度狂热。

全镇的人对于她和杰克·麦克格瑞斯的恋爱关系都非常认可——尽管他不是全镇唯一滴酒不沾的人，但肯定是最富有、最受欢迎的人。正如大家所说的，他的身上没有贱骨头。莫莉多么希望能够将自己所有稀奇古怪的秘密向他和盘托出啊。然而，有一天，当他们置身于河滩上的那个木头看台后——当地人都称之为"足球场"，杰克·麦克格瑞斯的举动稍稍出乎她的预料，她便迅速往后跳开，挣脱了自己深爱的人，吓得面无人色，嗓音颤抖。她的反应实在过于激烈，远非害羞所能解释。

莫莉不希望那条腰带一再毁掉自己嫁人的机会，她得想办法把它扔了。然而，没有它似乎还有点行不通，即便现在系着腰带，有磁力的帮助，她的心依然怦怦直跳——她并未将自己反常的心跳与自己的思想误入雷区，或者与自己背叛了自己的宗教信仰联系起来。相反，她觉得问题很可能与登高有关。有时候，站在饭店厨房的高凳子上去够一条火腿或一串洋葱，她觉得自己被一种远超眩晕的感觉所俘虏。有那么一两秒钟，生命仿佛忽然消失了一般，而余下的人生，过去和未来，纠缠在一起，混沌一片。她会感到一声轻轻的爆裂声，人也不由自主地跳动一下，紧接着便是一阵狂乱的心跳。她根本不敢想象，倘若没有了腰带，自己究竟会变成什么样子。但是，如果她想嫁给这个温柔的大块头男人，她知道必须摘掉腰带。毕竟，谁愿意娶一个疯女人呢？

所以，11月一个星期二的早上，也就是她在一个新教教堂举行婚礼的前一天，在阳光尚未照进山谷，草地上依然挂满晶莹剔透的露珠，而树上的露水不停地敲打在格兰德大饭店的铁皮屋顶上的时候，莫莉·洛克走出饭店，沿着镇上唯一的街道的一侧，一直走到新建的碎石路的尽头——那里，赖利的母牛忧伤地看着那片荒弃了的牧场上的欧洲蕨和黑莓。然后，她穿过弯溪，踏上一条小径——据说1850年，这条小径是中国人用来引水的小水沟，它沿着河畔，一直通向一个很大的可供游泳的山洞，以及更远处的一组瀑布群。

她从未独自走过这条小径，现在也谈不上喜欢。她不喜欢沿途的黑莓，不喜欢被露水压弯了腰、横亘在路中间的带刺的洋槐，也不喜欢灌木丛下乱糟糟的湿土里传出的轻微、急促而乏味的声音。她提起裙子，紧紧地贴在身上，时而驻足稍息，时而疾步向前，试图让自己心脏的怦怦声盖过周遭的一切。

成群的黑色凤头鹦鹉在她头上顶飞来飞去，它们凄厉的叫声仿佛是难缠的灌木丛的帮凶。尽管它们鲜红的尾巴闪闪发亮，在她眼里也毫无美感。相反，她觉得那恰恰是危险的明证，好比身上有红点的黑蜘蛛肯定剧毒无比。

小径位于河面上方一堵岩壁之上，距离河面很远。沿途曾经有道瀑布，现在仅留下一道豁口而已，即便小孩子也能轻松地一跃而过，但对于莫莉·洛克来说，跨越它却无比艰难，仿佛她裙下不是一丛黑莓，而是地狱的火海。

她不喜欢高高地置身于河面上方，但还是加快了脚步（胳膊连摆也不摆），直到终于来到传说中的那个可供游泳的山洞前。只见瀑布飞溅而下，如同从一个溢满水的容器中倾泻而出。听人说，任何被瀑布冲走的东西，都将无影无踪。他们说这个瀑布非常危险，曾经有个小孩被冲走了，之后再也没有找到。

水流幽暗，漫流在黑色的岩石上。她不想沿着石阶一级一级下到水边——尽管连个小孩子也不难做到。

她站在小径上，搓着双手，不知如何是好。年幼的戴夫·麦克考凯尔手里抓着两只被露水打湿的野兔，远远地蹲在山顶上，目不转睛地看着她，觉得她像神话里的公主一样：灰色的长裙有种类似桉叶背的光泽，优美的身段展露无遗，加上她将裙子紧紧地抓在手里，甚至连她小巧的脚丫子也一览无余。

她口中念念有词。尽管并未听清她说了些什么，但他觉得是在祈祷，或者他确实听到了，只不过随之而来的强烈感受将其彻底从他脑子里驱散出去——只见她忽然间发疯似的脱起了衣服，首先是裙子，然后是衬裙，紧接着是件什么衣服——她的动作一片忙乱，戴夫根本就吃不准那究竟是什么。

仔细再看，那是一条有点分量的腰带，她将它拿在手里，不停地挥舞，准备扔进瀑布里。不过，她不擅此道，那玩意儿，不管它究竟是什么，嗖的飞了出去，在空中划了个圈，挂在一棵正在开花的茶树枝上——此树恰好倾斜着生长在她所站立的这一侧河岸上。

他听到她大声地哭喊着"哦，不！"，如此的孤独和绝望。他放下手中的兔子，想着没准自己可以帮上她。但他马上意识到不能看着她一丝不挂地暴露在自己面前，想到这里，他重新又捡起了兔子。

当这一切发生的时候，戴维·麦克考凯尔刚刚 8 岁。1917 年，当他作为一名士兵置身于开罗的时候，他更广为人知的名字就是"兔子"，不是因为他曾经手拿两只兔子，目睹一个女人进行了一场奇特的仪式，而是因为他有只小小的老爱抽搐的鼻子，还有他那腼腆的性格。

他蹲坐着，惶恐地看着眼前的一切，小小的灰眼睛一刻也不曾离开过莫莉·洛克。

看到她试图爬上那颗茶树，听到她轻声地哽咽，他发自内心地替她感到难过。当她终于抓到腰带的一刹那，他又由衷地为她感到高兴。而当她滑倒在地、全身泥泞的时候，他又对她满怀同情。

当她再次挥舞着腰带，准备将它远远地扔出去的时候，他在内心深处为她祈祷。然而这一次,腰带划过半空,再一次挂在瀑布上方一棵又大又老的木麻黄树的枝条上。戴夫不禁拧紧了眉头,无限同情。

尽管身处不同的地方,戴夫和莫莉都死死地盯着葛瑞格森大夫的那根电磁腰带,无奈地看着它悬挂在桑迪河上方 20 码左右的一根树枝上,一筹莫展。莫莉意识到自个儿招来的巨大灾难——挂着的腰带于她就同一个耻辱的广告牌,全世界都将知道她有精神错乱的毛病。她下定决心,一定要在游泳季节到来之前偕夫逃离品特岬。

回去的路上,她没有眩晕,因为她根本没有时间去感受。她慌慌张张的,来不及惊悸或感知那轻微的爆裂之声。到达镇子的时候,她已经全身湿透,衣衫褴褛,满是泥泞——她抄近道穿过奥布瑞恩的牧场,茂盛的欧洲蕨将她的衣服全部打湿了,后来又在铁匠铺附近摔了一跤,在屋后的游廊上留下一大块泥巴(后来她诬称是阿齐·赫恩所为,并罕见地对他大加责骂)。为了那块泥巴,她大为光火,严加苛责,阿齐得出的结论是,洛克小姐有婚前恐惧症,从某种程度上来说,他的结论并没有错。

大约莫莉刚刚衣衫不整、气喘吁吁地回到自己的房间,小戴夫·麦克考凯尔就顺利爬上了那棵大树,像只猴子似的悬在河上 20 码的地方,将葛瑞格森大夫的电磁强身器摘到手中。

他带着宝贝回到他放兔子的地方——两只兔子正沐浴在一片初升的阳光里,他想象不出这个宝贝究竟派什么用场,然而想着那些蒙眬、难以明说且无从知晓的种种可能性,他的小鸡鸡不禁变得直挺挺的。他挠了挠光着的双腿,下定决心保守这个秘密。

然而,莫莉·洛克和杰克·麦克格瑞斯的新教婚礼举行还不到一周的时间,品特岬所有人都知道了莫莉·洛克的整个故事:这么多年来,她都戴着条电磁贞洁带。

不过,到那个时候,莫莉和杰克已经踏上了去吉朗的路。连杰克也对自己如此迅速地作出这一决定感到不可思议,而莫莉僵硬地坐在火车座位上:终有一天自己会精神错乱,不祥的预感在她心中晃荡。

37

莫莉躺在床上,不知来自何方的说话声时刻折磨着她。

她一直很喜欢花花草草。小时候,她的生活里没有花朵,后院里只有终年不见阳光的臭水沟。此时此刻,她试着让自己只去想着花朵,只去享受透过卧室的窗户看到的那一丁点儿3月的景致。她喜爱如同舞会礼服的褶皱一般极为脆弱、极为繁复、层层叠叠的花儿。她对花儿的爱,远要超过对希斯巴诺·苏莎、对房子以及要人云集的社会的爱——那些所谓的重要人物,总让她觉得自己好像不配与他们为伍似的。就像安奈特·戴维森希望从艺术中汲取甘露一样,看着姹紫嫣红的花儿,她感觉如饮琼浆,精神倍振。

在吉朗,她精心布置自己的花园,透过卧室的窗户,一年四季都能看到各种各样的花儿绽放。

然而,今天却不是个好日子。占据她视野中心的是红色和粉色的迦南百合,红的色彩丰富,粉的分外美丽,视线再往前则是乳白色的菊花。然而,一切都不能给她带来丝毫快乐,不是因为空中飘起了蒙蒙细雨,也不是因为初冬的寒风席卷科里奥湾,让整个港湾呈现出灰绿的颜色。

花瓣一片片没精打采,黯然凋零,即便心情好的时候,莫莉也会因为花儿的早夭而心伤,更何况,今天还有别的事让她感到苦恼。

屋子里没有其他人,但她明明听到有人说话的声音。

女儿上图书馆去了,刚刚和她道过别。自己也亲眼看到赫伯特·白杰瑞沿着那片开阔地走开了。布瑞杰特今天休息。屋子里只有她一个人,她曾经从床上爬起来,披上衣服,一个房间一个房间地查看了两遍,甚至连屋外宽阔的游廊也没有放过。屋里没有其他人,然而,一直有人在说话。不是无线电的声音,因为她已经将插头拔掉了,更不是丈夫的声音。

她再次躺到床上,来源不明的说话声依然撞击着她的耳鼓。她能觉察出其中的恶意,脑袋里响起了轻微的爆裂声。床离地太高,这让她感到几分眩晕。她无助地躺在床上,绿色的眼睛疲乏地注视着花园里的一切,面色苍白,全身大汗,连气都喘不上来。

忽然,屋外仿佛刮起了一阵特别的妖风,光秃秃的梨树不住地摇晃,迦南百合壮实的绿色花枝折弯了腰,花蕊颓丧地打在地上,她看见自己女儿赤身裸体地从她眼前慢慢地划过——她似乎并非简单地从屋顶上掉了下来,而是如梦境般慢慢地飘过,划过一道弧线,她那铜色的三角地带,尽管身为母亲也未曾细加端详,现在则一览无余地暴露在它极度焦灼的观众眼前。

那个影子砰的一声落在了迦南百合前面的草地上。

"嚯——"影子说道。

莫莉·麦克格瑞斯全身滚烫,如坐针毡,心脏雷鸣般怦怦直跳,她试图用手去按压,但无济于事。她看到女儿站在那里,两条胳膊如同折断的翅膀。

莫莉·麦克格瑞斯将自己年近半百的身体蜷成一团,缩在被窝里,全身颤抖,不住地抽噎。

杰克·麦克格瑞斯从科拉克顺利谈判归来,费了九牛二虎之力才将妻子劝下床。不过,她脸上笑容僵硬,仿佛凝固了一般,让他感到非常不安。

38

跟菲比躲在屋顶上,我发现自己一直想着肯特维尔太太的乳头,不知道有没有男人或者小孩子吮吸过?上帝啊,你总是禁不住会想到她弟弟吮吸着她的乳头,就是她那个像只蟋蟀一样穿着黑衣的弟弟,用他孩子般柔软的双唇吮吸着她的乳头,不住地喘着气,呻吟着,而她的假牙则放在梳妆台上的玻璃杯里。不过,我不能过于天马行空,倘若多少有点事实依据我就满足了。

肯特维尔太太的弟弟,乔纳森·奥克斯有个癖好,就是偷信。

他曾两次遭到逮捕,但并未获刑。他喜欢像只神经质的狗,远远地跟在邮递员身后,躲在大门口,藏在篱笆后,掏出别人信箱里的邮件,企图发现点新闻。他自己也有两个邮箱,一些私人信件便寄到那里。

他之所以落到这步田地,非常容易理解,因为肯特维尔太太手持一把象牙柄的裁纸刀——刀柄上刻有大象头的印度神灵——统治着他们位于西区大街的家。

如同往常一样,那天乔纳森·奥克斯又去干活了,肯特维尔太太则独自一人待在自家客厅里喝茶。她气定神闲地斟了杯茶,将茶杯连同茶碟放在了自己的左手边,然后用她的裁纸刀将早晨收到的信一一打开,并将邮票揭下来,整齐地叠成一摞,再将每个信封里的信件抽出来。英国朋友们寄来的信件放在最上面,印度阿萨姆邦的来信(有两封)放在最下面。还有两封本地来信,都是她弟弟的,不过要等她看过以后才轮到他弟弟(当然是在她处理完阿萨姆邦还有英国来信之后了)。他是个胆小怕事的家伙,没有勇气对她如此专横的行为提出抗议,但他又绝非一个忍气吞声之辈。

当爱丽丝·肯特维尔全神贯注于英国肯特郡某个小村庄的教区问题的时候,她的弟弟从他干活的那座小山上直起腰来,喘了口气,希望能在被雨淋透之前赶回家。几乎同时,菲比从自家屋顶上掉了下来。

肯特维尔太太恰好抬起头,眼睁睁地看到菲比从屋顶上掉了下来。她霍地站起身,扔下手中的裁纸刀,抓起雨伞,大步来到走廊上,那阵势,像是一个女人要将试图突然袭击的蛇打倒在地。她恨得咬牙切齿,恼怒地将金属伞尖不停地跺着脚下的木地板,划出一道道愤怒的划痕。菲比则赤裸着身子,拖着摔断的胳膊,一溜烟跑了。

肯特维尔太太并不感到震惊,她的心情远非震惊所能形容。在她看来,倘若西区大街还想维持哪怕最起码的一点体面的话,就应该站出来,与这种令人无法接受的行为作斗争。

站在走廊上,肯特维尔太太高大的身躯绷得笔直,一身肃穆的黑衣原本是在为逝去的丈夫守丧,现在则仿佛是在哀悼一个完全不同的事物——她哀悼的是,在这个由爱尔兰农民和操着伦敦腔的暴发户组成的社会中,英式文明和教养已经彻底堕落了。

她一动不动地站在走廊上,如同一个身着玄衣、手持黑伞的哨兵。而区区在下我,赫伯特·白杰瑞,就是那个流氓飞行员,穿过麦克格瑞斯家的屋顶,顺着无花果树爬下房顶,整理了一下衣服,沿着那个曾经被称为"沃瑞利"的房子的北侧,大步流星地消失在她的视野中。

她再一次将伞尖重重地跺在了地板上,仿佛是对这一切画上了一个圆满的句号,然后回到客厅,继续看她的信——信纸上,那些龙飞凤舞的手书,在她眼前不住地舞动,而她则只能这样,满怀着愤怒,一封封看下去。

39

菲比滑下屋顶、尚未着地之时,她就意识到自己的生活全毁了。残酷的现实扑面而来,但她知道自己并无足够的勇气豁出一切,去追求梦想。赤身裸体从屋顶掉下来的过程中,她恨不能一死了之。她的胸口仿佛已被碾碎,心脏仿佛已被刺穿,双腿就像两根抖抖瑟瑟的骨头一般噼啪作响。她所能感觉到的,根本不是一个行为激进、倡导波希米亚式自由恋爱的女人的心情,而是一个面临世界毁灭的17岁的吉朗女孩的绝望。

着地的时候,她的胳膊嘎巴响了一声,她知道一定是断了。她顾不了这些,迅速地站起身。由于背光,她看不到窗户里的莫莉,只看到窗户玻璃上自己赤身裸体的样子。因为紧张,她几乎喘不过气来。

她听到肯特维尔太太的伞尖跺在地板上的声音,甚至有一刹那,我们赤裸的姑娘和那个拿着一把雨伞来复枪的玄衣战士,她们的眼神交汇到了一起。她穿过走廊,边跑边不住呻吟。西区大街上正迎面驶过两辆道奇车,将这一幕尽收眼底,其中一辆车兴奋地按起了喇叭。

去死,去死,全都去死吧。

尚未关上身后卧室的房门,我深爱着的姑娘便改变了主意,她不再想什么一死了之,而是开始制订计划,准备渡过难关。

不难想象此刻她脑子里闪过的种种疯狂的借口——无脸无腿、半人形的果冻怪物,定睛一看便化成粉末的可怕生物,满是洞眼的隐形斗篷……无论如何她妈妈肯定会来找她,她只不过是等待着那一刻的到来而已。这些离谱的借口漫游过她疼痛的汪洋,她只能咬紧嘴唇,让刺骨的疼痛稍有缓解,顾不得屁股上沾满了泥巴，费力地套上了件衣服——尽管绝望之极，她还是仔细地挑了件黄色的衣服，与她落在屋顶那件颜色非常接近。

笨拙的借口纷纷冒了出来，比如，她爬上屋顶是为了修瓦；她脱掉衣服是为了避免在雨里将衣服弄坏；脱掉内衣也是因为这个缘故。

不，该死。

当敲门声响起时，她依然没有想好应对之策。

"进来。"她假装轻松地回答道。

她扮出一副面孔，准备应付她妈妈，然后抬起那条没受伤的胳膊，打开了房门，结果发现站在门口的不是莫莉，而是我——因为恐惧，我脸色阴沉，双手不住的颤抖。

"看在上帝分上，"她压低声音说道，"快点走开。"

看到她依然生气勃勃，我悬着的一颗心终于放了下来，不禁一阵眩晕，很想找个地方坐会儿。我张开嘴，缓了口气。

"你的扣子还敞着。赶快走开。"她说着便将我往外推。此时此刻，她已不再与我平起平坐了，毫无疑问她是我的上级，至少她有了自己的计划，尽管那么的脆弱，那么的不堪一击，但她那绿色的眼睛已经告诉我，她已下定决心要确保自己的计划能够顺利实施。"我不在家，"她低声说道，"午餐的时候将他们带到客厅里，面对草坪那个方向坐。"

"你没事吧？"

"没事，没事，但你听到我说的话没有？那么求你了，照我说的去做吧。"

她关上房门，将自己反锁了起来。我扣上扣子。屋外，杰克驾着他的希斯巴诺·苏莎汽车，好不容易停了下来，绿油油的草坪上又留下了一连串深深的车辙。

40

清晨的蒙蒙细雨，此刻已转成了滂沱大雨。运货的司机用黑色的防水布将整车堆得高高的、挤得满满的萝卜盖了起来，而他的猎狐犬钻到车身下面，一同赶路。

雨，满怀着怨恨，从海湾那边席卷而来，打在她身上。为了避风躲雨，整个镇子似乎都蜷缩了起来。

"这样最好，"她思忖道，"这样的天气非常适合跑着跑着滑上一跤。"然而，当她来到玛莎街的拐角处，等待打湿了的腕表时针指向下午1点的时候，疼痛几乎将她吞没，让她近乎昏厥。她全身湿透，不住地打着冷颤，不得不停下了脚步，蜷缩着靠在空地上为数不多的一棵大树上。

大街的另一头，一个身形瘦小的灰色人影，手里拿着把伞，在风雨中奋力前行。

刚刚下午1点零1分，她在心里祈祷自己的观众们已经在客厅里落座，希望关于飞机的话题不至于将他们的注意力完全分散，对自己从屋顶上掉下来这件事漠不关心。

肯特维尔太太的弟弟乔纳森·奥克斯的上衣口袋里鼓鼓囊囊塞满了偷来的信，顶风冒雨，举步维艰。他没有撑伞，而且就快到家了，他要回家冲个澡，躲在精心营造的私密空间里，尽情地享受这些偷来的信。

菲比抓住了命运赐予她的这个机遇。她耐心地等待着雨伞靠她父母的房子更近一点，然后抬起腿，猛地冲它快速撞了过去。

每一步都如此艰难。她一边跑，一边不停地痛苦地"哦，哦，哦"叫着，想让自己稍感舒服一点。这一声声叫唤，如同柔软的棉毛绷带一样，紧紧地缠绕着她受伤的胳膊。

菲比重重地撞上了他，痛苦地尖叫起来。可怜的乔纳森·奥克斯此前没有发现任何征兆（只是听到了几声"哦，哦，哦"的叫声）。

有那么一瞬间，他以为自己的伞刺中了面前的这个姑娘。

41

乔纳森·奥克斯将她受伤的女儿抱进屋的时候，莫莉·麦克格瑞斯仍然端坐在客厅里。人们后来对此感到不可思议，因为在大多数人看来，一个做母亲的遇到这种情况，一定会在屋子里歇斯底里地跑来跑去，爱抚、安慰自己的孩子，一定会喋喋不休，忙个不停。

她就那样，一动不动地坐在电炉旁，脚踝上缠着电线（电线缠在一起的样子非常奇怪，只是没人敢向她指出），脸上挂着僵硬的笑容，冲奥克斯先生笑着——他正喝着一小杯白兰地，以缓和一下紧张的心情。

医生来得匆忙，赶到的时候领带上还沾着午餐的肉汁。莫莉冲医生笑着，脸上挂着同样的笑容。

她面对自己女儿的，也是同样僵硬的笑容——菲比满脸苍白，牙关紧咬，枕着枕头躺在客厅的地毯上，母亲冷冷的笑容让她有点儿不寒而栗，觉得她仿佛已经完全看透了自己，看透了自己玩的这套鬼把戏似的。

其实她根本用不着担心。她母亲的那副笑容，恐怕只有魔鬼才会有，看似冷嘲热讽，实则不过是恼人的巧合而已。

42

复活节还没有到，赖里街已经一派冬日景象。那些福特 T 型车的主人们一个个都将车窗的帘子拉上了。安德森水果及土产品商店的小贩们拿着花椰菜的大手也都冻得通红。舌头开裂的酒贩子用条灰旧的毯子将马车紧紧裹了起来，迎着刺骨的寒风，朝西边扯着嗓子叫卖。欧辛·葛罗夫海边以及巴旺·黑兹一带的大房子早已关门闭户。爵士乐队统统回到了墨尔本，夏日里那些衣着清凉的年轻姑娘们也都收敛了许多（至少平日里如此），一个个都穿上了厚重的贺米塔吉、莫龙戈、莫顿·赫尔或者 MLC 的校服。

我穿着套装，像个绅士一样走在赖里街上，用我的沙夫茨伯里牌雨伞的伞尖探路，看看哪里有积水，哪里是干燥的。真正懂得走路艺术的行家一定看得出来，尽管我走路的样子确实颇有绅士派头，但难掩内心深处微妙而又明显的忧郁。我走路的姿势究竟发生了什么变化，实在不容易看得出来，没准只不过是每迈出三步，脚后跟会无意识地在地上轻轻拖一下而已，仿佛不太乐意好好将脚抬起来，又好像路面不平立即就会绊上一跤。

我爱上了一个人，尽管同样的话我曾经说过上百次（倘若你问我，没准我会告诉你我也爱上过奥哈根太太），现在来看，简而言之，都是对爱这个词的误解、误用甚至滥用，将爱与欲望，与友谊，甚至与一个温暖的乳房所能带来的简单的快乐，或者河堤上一次疯狂的男欢女爱，混淆起来了。那个时候，对自己所说的话，自己根本就没有真正搞明白。

两周以来，在梦里我总是不住地叹息，翻来覆去。我再也不上屋顶了，我爱着的人胳膊绑着石膏绷带，假装又恢复了正常，对我甚至连最起码的礼貌也没有了。

她会因为从屋顶上掉下来而怪罪我吗？她会因为我差点让她丢掉性命而怨恨我吗？我不知道，也没有得到任何答案，只能眼睁睁地看着她接受了从前拒之于千里之外的消遣，又开始和那些农场主子弟们打得火热。她穿着短裙，上"如家"，下舞厅，将妒火中烧、几近发疯的我一个人扔在家里跟她父母闲扯淡。实际上她的父母也非常担心，害怕她跟一些浪荡子混到一起。我当然也同样担心，而且故意添油加醋，让问题显得更加严重——就好比皮肤有点儿痒，我不是简单的搔搔了事，而是又抓又挠，直到皮肤发红起泡才肯善罢甘休。我希望他们给她下道命令，不仅禁止再跟农场主子弟混在一起，干脆连那个什么历史课也一并不要再上了。那些历史课都用来干什么了，我心里一清二楚。不过杰克对她有点纵容，而莫莉则心不在焉，想要他们采取什么行动，根本就是痴心妄想。

我试着将菲比堵在餐厅或者音乐室里，可她不给我任何安慰。相反，她还嘘声提醒我，要我小心，对我的热情兜头就是一盆冷水，根本没有采取任何抚慰我的行动。我在盥洗室里冒险想要拥抱她一下，结果被她生硬地一把推开。喝麦片粥的时候，我试图捕捉她的眼神，可她拒绝任何类似接触，假装乖巧地冲着她爸爸微笑，然后问些一本正经的问题，诸如资本、贷款、公司架构，以及在吉朗建造飞机制造厂的前景，等等。

她装模作样得很投入，真是令人叹为观止，而且毫不含糊，尽管似乎只是做做嘘声，但我已感到十分绝望。

我胃口全无，对于信口胡诌的什么飞机制造厂，更是打不起任何的兴趣，只好硬着头皮，假装跟以前一样，扮出一副狂热的样子，以配合我的主人——因为预计一些有望出资的人将会到访，他希望我能踩过灌木丛，去林子里看看木料。他在这方面很在行。我们准备用山梨树或白蜡树做翼梁，用杜英木做支柱，用巨盘木做机身……关于飞机，现在他已经颇懂个一二三四了，他甚至给森林管理委员会的人打了个电话,对方答应会对我们需要的木材进行测试,保证能达到英国航空标准的要求。他希望做到一丝不苟,不出丝毫差错,因为考基·阿博特对这件事心存疑虑。与此同时,他又不想冒犯我。

"你怎么了,白杰瑞?"他问道,"舌头被猫叼走了吗,怎么一言不发?"

"心情不好,"我向他承认,"我不想否认。"

"你等着瞧好吧。"杰克大声嚷道,他用力拍着膝盖,根本不在乎手里的苏格兰威士忌洒到桌子上会弄坏桌面,也没有注意到妻子独自一人坐在客厅里,腰间漫不经心地系着根电线,而一旁的无线电随着电波的飘忽,刺啦刺啦地响着。"我说的,你就等着瞧好吧。"

我真的祈求上帝,让他别来烦我,因为我心事重重,根本无心思考什么伟大的计划或者愿景,说到底,与一个女人相比较,它们根本连个补锅匠的屁也不如。

我忙着为自己找个住的地方,拿报纸上的话来说就是筑属于自己的爱巢。

确实,当我走在赖里街上,唯一让我不至于像个流浪汉一样拖着双腿的,便是我在一个中国人开的洗衣店的楼上租到了间房子。房间里有张床,还有个洗脸池,每周3先令,外加免费洗衣。那个中国人知道我租房子是用来干什么的,我得说一开始他并不是很乐意,但好歹最终还是答应了,这多少给予我一点继续向前的力量。我又替那条蛇买了条黄麻袋,然后路经格里菲斯,取了份《吉朗广告人报》,上面有我为他们写的第三篇文章,是关于维多利亚西部地区航空业的未来。尽管我的文章提出了空运羊毛这样诱人的奇思妙想,但是,要我自己说的话,它依然乏味无比,与前两篇激情四射的文章比起来,简直不可同日而语——尽管编辑曾经对它们大加删节,但无损其光芒。

路过邮局门前的时候,乔纳森·奥克斯先生碰巧正一边沿着台阶疾步往下走,一边将一个白色的大信封往马甲口袋里塞。大街上,有轨电车的两条铁轨在阳光中闪闪发光,铁轨中间,一坨马粪正冒着热气,我小心翼翼地穿过马路,以免踩个正着。

制图员的办公室位于赖里街附近的一个小巷子里。当我顺着钢筋救火梯爬上去的时候,可以说我已经跟他干上了。我拿报纸轻快地拍打着大腿,直接推门而入。

这是间狭小的办公室,一张偌大的柜台将它分隔成了两半——制图员将更多的空间留给了自己的顾客。这个对未来有着莫名乐观预期的家伙蜷缩在桌子旁,如同一只瘦小的蜘蛛盘踞在灰尘密布的玻璃窗上的一张蜘蛛网里,眯缝着钢框眼镜后的双眼,仔细研究着自己的图纸。

"有买卖了。"

"我看到你了,白杰瑞先生。"制图员一字一顿地应道,仿佛要将自己的说的每一个字与图纸上的四道细细的墨线一一对位似的。

有种英国人,他们似乎天生傲慢,这个制图员就是如此。按理说,这个小巷子上面又小又暗的办公室里,实在没有任何值得他傲慢的东西。他的举止、体格甚至衣着,均无法为他的傲慢提供合理的解释。他从桌子上拿起一卷图纸,放到柜台上——苍白的手腕下侧脏得不忍卒看,袖口也已经磨损得不成样子。

我眯起双眼,嘴唇很不友好地抿成了一条线,下唇整个儿消失不见了——它曲线优美,菲比对此非常着迷,总喜欢拿她的生了倒刺的手指在我唇上轻轻划过。

"只有一个问题,"他说道,"恕难从命。"他黑色的头发已然稀疏,苍白的头皮泛着油光。

"哦,是吗。"

"就是版权问题,你知道,已经有人注册并拥有版权了,"他指手画脚,指关节上还粘着三根长长的头发,"是悉尼一个叫布拉德菲尔德的先生。"

"还记得当时我跟你怎么说的吗?"

"哦,当然,白杰瑞先生。"

制图员摘下眼镜,拿起手帕擦起着镜片。一双水汪汪的眼睛里,看不出对顾客有任何最基本的尊敬。

"我当时跟你说过,考虑到我对副翼的设计进行了重大调整,"我对他说,"你应该在图纸上署上我的名字。"

毫无疑问,这该死的设计图纸我是剽窃来的。不管我剽窃的手法有多高明,也不管布拉德菲尔德本人根本找不到资金支持以建造他的六座 B-3 型飞机,我这样做实际上是在帮他的忙,帮他将自己费了那么多心血设计出来的飞机制造出来。

布拉德菲尔德肯定会认同我的做法。他肯定会毫不吝啬地将自己的设计图纸、技术参数、机身应力图和各种计算数据提供给我——这些工作他早已作过深入细致的研究,而且经由超级跑车——布瑞斯托尔战斗机的设计师弗兰克·巴恩威尔上尉亲自检验,获得了通过。

布拉德菲尔德无法制造他的 B-3 型飞机的真正原因只有一个,那便是英国的利益不允许他那么做。

而现在,那个优等民族的另外一员试图以同样的手法来对待我,不允许我制造自己的飞机。我尽可能克制着怒气,心平气和地对他说:"你不明白,你画的这些图纸,将来有一天,没准会成为澳大利亚航空工业的基石。"

听我这么说,制图员勉强挤出了张笑脸。"从法律意义上来说,白杰瑞先生,这个基石可谓是摇摇欲坠啊。"

办公室里静谧无声。巷子里,一匹马拉着辆货车嘎吱嘎吱地驶过,赶车人自得其乐地哼唱着《安妮·劳瑞》。

"你去过格拉夫顿吗?"我靠在柜台上问道,仿佛这是酒吧的吧台似的。

"没有。"制图员眨了眨眼睛回答道。

"如果你从南面进入格拉夫顿,"我和气地继续说道,"左手边有座挺大的房子,石头建的,铅棂窗户,隔两座房子就是邮局。雷根先生就住在那里,他是位体面的绅士,格拉夫顿镇的文书。没准你认识。"

"不认识。"

"那太遗憾了,否则你就知道雷根先生左手少了一根手指。"

制图员试图看着我的眼睛,只是他没有足够的勇气。他擤起了鼻子,以掩饰自己的慌乱。"你跟我说这些干吗?"他说。

"因为他那只手指头是我给掰掉的,"我笑着说,"就跟掰只鸡翅膀一样。"

"你在威胁我?"

"对他而言也是一样,"我说,"现在,能否劳驾在飞机设计者一栏署上我的名字呢?"然后,我放慢语速,一个字母一个字母地将我的名字拼给他听。

关于雷根的这档子事,至少目前来说,是个彻头彻尾的谎言。当然,实际上根本没有必要,只不过我好这一口。我喜欢将故事编得纤毫毕现,栩栩如生——信口就诌出了座石头大房子,里面有个只有九根指头的住户,永远坐在桌子前面,桌子上已摆好了晚餐——尽管我没有向这个英国人进一步阐述更多的细节,实际上在脑海里,我还为这座子虚乌有的房子四周围上了一圈榆树,给它漂亮的草地上点缀了几株黄水仙。而制图员所看到的则是遭到毒打的雷根,他那只剩下四个指头的手,血肉模糊,惨不忍睹……想到这里,他不禁犹豫起来。

"请务必在下周二下午前修改完毕,"我戴上帽子,对他说道,"拜托送至西区大街麦克格瑞斯家。"

因为这次拜访,很多吉朗人都说我是个芝加哥式的恶霸。不过,当我最终离开吉朗的时候,我留下的类似故事,绝非仅此一项。

43

莫莉拔掉插头,解开那卷令人焦虑不安的电线,重新回到了厨房,而布瑞杰特则被支使着去做填鹅的馅料。见到女主人缝鹅用的线实在太多,她急忙扔下手中的刀叉,赶过来帮忙收拾残局。

杰克在音乐室里安排座位,不过注定派不上用场(与那些农场主开会根本就用不着离开餐厅)。他在门厅里还新拉了根电线,接了个超大的灯泡,让那些准备投资的人还没进门便能感受到门厅里灯火通明,亮如白昼——当然,喜欢也罢,不喜欢也罢,住在隔壁的乔纳森·奥克斯的卧室,也同样被亮晃晃的灯光映射得光芒璀璨。

尽管仍处冬天,由于室内温暖如春,我的那条蛇混淆了季节,居然蜕起了皮,而且开始在袋子里寻找着青蛙,只是这个时候,青蛙尚在冬眠。它像在夏天一般,彻底活了过来,行动敏捷,吐着信子,焦躁地啮噬着自己蜕下来的皮。

"它知道肯定要发生什么事,"杰克坚持说,"动物能够感觉得到,倘若你认为都是因为暖气的缘故,很可能没有抓住问题的关键。"

他倾向于从哲学的角度来看待这一现象,而我则心事重重,对于什么蛇啊、打结啊、车轮啊等谈话全无兴致。我得驾驶莫瑞斯·法尔芒前往科拉克去接一个农场主前来开会,这个任务简单至极,但在吉朗,我跟菲比还有其他事情要做。时间非常紧迫,我只好将杰克一个人扔在餐桌前。他抹下套在飞机图纸上的橡皮筋,准备再次研究一番——他实在太过狂热,橡皮筋被他反复取下套上,已变得松垮垮、脏兮兮了。

44

我弹开怀表盖,已是下午2点,我本该已经到达巴旺·考门了。

我站在利特·慕德街的一侧,菲比则站在街对面一个女帽商店前,胳膊依然打着石膏绷带,用一根樱桃红的丝绸围巾吊在脖子上,不过这丝毫没有削弱她的魅力,对我如此,我想对于前天晚上来接她的那个瘦削的男孩也一样——他开着一辆美国斯图兹汽车,带她去参加个聚会。她身着一套炫目的黄色衣服,是新近流行的直筒款式,让她的胸部显得挺拔诱人,漂亮的小腿(这双小腿,她们曾经紧紧地缠绕着我,而我也曾经贪婪地舔舐过她们、爱抚过她们)暴露在外,足以让任何一个完全陌生的人浮想联翩。我是多么渴望能够将她拥入怀中啊,可现在却根本不可能。

当史杜·奥哈根开着一辆崭新的福特T型车从我们中间的路上开过去时,我几乎没有注意到——他老婆戴着顶草帽,一脸骄傲地坐在副驾驶的位置上。而当乔纳森·奥克斯(他口袋里塞着封偷来的信,是他姐姐写给杰克·麦克格瑞斯先生的)向我举帽致意时,我都没有察觉到他的存在。直到后来,当我们飞行在沃恩·庞兹上空的时候,我才意识到这些小插曲,它们如同梦一样,醒来的时候忘得一干二净,直到后来才会慢慢记起来。

有人在场的时候,菲比依然拒绝和我搭腔,但她答应去看一看房间。她的条件非常清楚,声音很小,语速很快,态度坚决,不容分说,就是说她要自个儿去看房间,没我什么事。她知道一些我不了解的情况。她已经截获了肯特维尔太太的一封信,像只毒蝎子的尾巴似的,提出了可怕的最后通牒。至于我问她为什么还要跟那些她曾经懒得搭理的男孩子出去跳舞,她认为我应该非常清楚她为什么要这么做。

我站在那里,站在街对面的一个五金商店前,如同一个患了夜盲症的孩子。乔纳森·奥克斯,那个满脸皱纹的侦探,他沿着人行道,每迈一步都要纠结半天,一边走路一边扭动着小脑袋东张西望,观察着周遭的一切。

一个留着条猪尾巴似的辫子的中国人站在自己洗衣店门口,也留心观察着街面上发生的一切。真可谓有其父必有其女,菲比看到的不是一个活生生的人,而是招贴画上的卡通人物形象:中国人约翰站在他的洞穴门口。

我再也无法忍受了。我抬腿穿过街道,向她走了过去。为啤酒商拉车的两匹大汗淋漓的骟子马差点儿就将我踏在蹄下,赶车的略带伦敦腔的咒骂声立即如连珠炮般袭来,只是为爱痴狂的我却充耳不闻。

菲比停下了脚步,看到我平安无事之后,生气地掉转身,镇定地端着受伤的胳膊,抬脚走进了慕德街。我来到女帽店,停下脚步。菲比则站在街道拐角处的一家面包店前,假装对橱窗里的什么东西感兴趣——我们就当她是发现了香草切片面包盘子里有只死苍蝇吧。我转过头,只见那个中国人已经跑到利特·慕德街的路中间,饶有兴味地看着我们两人的爱之舞。我作势朝着那个龇牙咧嘴、爱管闲事的家伙走过去的时候,他退缩了几步,一溜烟逃回了雾气缭绕的洗衣房。等我再次转过头来找菲比,她早已不知所踪,不再看什么死苍蝇或者香草面包了,慕德街上空无一人,只有一辆有轨电车,以及一个西装笔挺、不停打着自己雪佛兰汽车方向盘的年轻人。他的车子恰巧卡在了电车轨道上,而纽敦电车正沿着轨道驶来,不住地大声摇着铃铛,叫他快点让开。

一瞬间,我感到既空虚,又愤怒。我沿着雅拉街来到利特·摩洛普街,然后拐进墨拉布尔街,准备前往飞机停靠的地方。那天是个赶集的日子,满大街都是戴着浅顶宽边帽子的农场主。他们鱼贯地进出着 ABC 烤肉及面包店——心情不错的时候,我曾经在那里给布瑞杰特买过蛋筒冰激凌。完全是心血来潮,我也跟着人群挤了进去,意外地发现我的宝贝儿坐在一个小隔间里,面前放的香草冰激凌已开始融化,她正用没有受伤的左手拿着一柄银质小勺,一勺一勺笨拙地戳着。

现在已经 2 点 20 分了。科拉克那拨迎接的人群已经戴上礼帽,挑剔地整理着领结,翘首以待了。我在她对面坐下,她根本就不愿意正眼看我,而是专心致志地用勺子继续倒腾着她的冰激凌。

"你看都不看,"我说,"我花了 3 先令,但是你连看也不看一眼。"

"那个中国人一直在看我们。"她低声说道,眼睛依然盯着已经彻底融化了的冰激凌。

"除了中国人,"我说,"中国人根本就不跟其他任何人说话。"我连坐电车去巴旺桥的路费都没有,不得不一直步行。

"求你了,"我说,"看在上帝分上,求你了。"

"可他毕竟长着眼睛。"她说。

"哦,求你了,我的圣母马利亚。"我站起身。现在是2点23分。"救救我吧,别拿不知天高地厚的孩子气的话来折磨我了。"

"你不了解吉朗。"她恳求道。面对这样一双清澈的绿眼睛,我只能强迫自己才能装出一副怒不可遏的样子。"跟墨尔本不一样。"

"我够了解的了。"我一边说,一边假装漫不经心地扫了一眼隔壁隔间里的座位,发现坐在那里的居然是肯特维尔太太。只见她面前放着一大杯未加奶的茶,一双好奇的眼睛正贼溜溜地朝我们这边张望。

"肯特维尔太太。"我跟她打了个招呼,顺势将扣在胸口的帽子抬起来向她致意。

她假装根本不认识我。

大步走出ABC的时候,我才记起来飞行服并不在巴旺·考门停机库里,而是搁在西区大街了。层积云夹杂着如同鹅毛般的冰晶,悬浮在又高又蓝的天空上。

我大步流星、活力四射地爬上墨拉布尔街上的那座小山,能够做到这一点确实得集中注意力,这也是为什么莫森牧师将我写进他的布道词里的原因。

牧师当时正坐在自己万圣堂住处的铅棂窗前,凝望着外界,笔梢顶在耷拉着的下嘴唇上,苦思冥想,当他看到一个人如此充满活力、如此乐观向上地爬上小山的时候,立即提笔将我的形象写进了自己的布道词里。下一个星期天,万圣堂的教众们将会通过他们灵魂的眼睛,看到并敬仰我——一个时尚、健硕的基督徒,迈着大步,翻山越岭,灵魂里激荡着英国国教徒的良好愿望。

尽管莫森牧师对我有着极高的期望,实际上翻过那座小山,对我来说就像一只蜘蛛爬过自己的蛛网一般,毫不费力。之后我又大步走过吉朗西区消防站,冲那里的人们抬了抬我40先令的帽子。紧接着再路过电车终点站卡丁亚公园——有天下午,我曾经陪麦克格瑞斯夫妇在这里看猴子,心里却一直替菲比担心,她跟一个家伙坐着辆道奇车出门了,那辆车的磁电机校时明显不准,整个下午我的心都放不下来。然后,我咚咚咚地跨过巴旺河上的大桥,桥上南风呼啸,很快便将我满脸的汗水吹干了。

到了巴旺·考门,我在附近找了个做橱柜的人帮我旋转螺旋桨。他试了两次才将燃油吸进发动机。

我发动飞机，口中喊道："发动。"

那个家伙（四肢发达、头脑简单）差点没把胳膊弄断了。我坐在驾驶舱里，扭头看到螺旋桨差一点点就把他的胳膊给卷下来。

我驾驶着飞机，滑行在崎岖不平的公园道路上，没戴手套，也没戴护目镜，更没有穿飞行服，甚至连顶帽子也没有。

我在风中将飞机拉高，侧翼飞翔，沿着贝尔蒙特山上那条一直通往科拉克主干道的公路飞行。时间已经是下午3点10分了。

对于心情烦闷的人来说，开飞机通常是再有趣不过的职业了。从飞机上俯瞰地面，遥望天空，地面上的人像蚂蚁一样渺小……驾驶一架莫里斯·法尔芒，你需要做的远不止这些，甚至对一个人的脾性也不无裨益，有点类似劈柴火。不过，这个下午，半空中的寒风吹得我涕泪交流，手指僵硬，连怀表盖都无法打开。我不喜欢莫里斯·法尔芒。它笨重，反应速度慢，让人气不打一处来，根本就配不上我。我这可不是自以为是，而是实话实说：莫里斯·法尔芒制造之初是准备作为教练机使用的，以我的驾驶技术，与一个新手比起来，当然差距不可以道里计。否则的话，罗斯·史密斯[①]（《吉朗广告人报》上每天都有关于他的豆腐干大小的报道）也不至于葬身于它。与布拉德菲尔德的B-3型飞机相比，它几乎在所有方面都落后足足10年。

我恨得咬牙切齿，诅咒迎面刮来的大风。一路上，我都在与空中湍急的气流作斗争，迎着一阵阵怒吼的狂风艰难飞行，有时候干脆是在后退而不是前进。

从空中，我很容易就看到了科拉克赛马场。看到下面有一小群人，我的心里暂时稍感安慰。我按照惯例将飞机拉低，贴地飞行（郡文书的马受到惊吓，突然带着他尖叫着的妻子和正在熟睡中的孩子朝着墓地山方向扬蹄而去），出于某种争强好胜的心理，我还做了个惊险动作，尽管此举有点超出了这架莫里斯·法尔芒的安全限制——只听见云杉木的机身嘎吱作响，机上的各种索具、线路在风中哀鸣。等候的人中倘若有谁知识足够渊博的话，在嘲笑这架飞机的同时，起码应该同意，驾驶它的人应该配得上更为像样一点的飞机。

我将飞机潇洒地着陆，然后滑行到等候着的人群面前，只是不少人都离开去

[①] 罗斯·史密斯与基斯·史密斯兄弟在1918年耗时28天，完成英国至澳洲的长途飞行。

找郡文书的老婆孩子去了,留在原地的人数已经大为减少(郡文书本人依然待在原地,但凡有人愿意听他解释,他都会说这是自己的职责所在)。

所以,当我跳下飞机的时候,我所看到的情形有点让人摸不着头脑:一则是不少人扭头看着墓地山方向,大声地呼唤着,怪声地叫喊着;一则是郡文书伸过来的长长的手指和考基·阿博特的浑圆如同土豆的大手(这双手彻底暴露了他的身份),他们都抓住我的手,热情地握着。文书尝试了一两次,想要正式地向我表示欢迎,不过最终还是放弃了,继而装出一副满不在乎的样子,开始拨弄起飞机上的索具,仿佛一个钢琴调音师煞有介事地校正着严重走调的钢琴。

尽管年近六旬,考基·阿博特依然力大无比,素以驯牛和扛麦包的能力而闻名。他头大如斗,高额长鼻,硕圆的下颌上有个特别的酒窝,极为引人注目。

他的话我几乎一个字都没听到。现场实在是太嘈杂了,拉拉扯扯,小孩子几乎把飞机给弄坏了。我满脑子想着的都是他下颌上的那个酒窝,心说这家伙块头真够大的。

紧接着,又一个下颌有着大酒窝的人挤到我面前,用不着介绍(尽管还是有人告诉了我——我们也握了握手),我就知道这一定是考基·阿博特的儿子。他完全是另外一种生物。老实说,我不喜欢他的儿子:他别着一枚澳大利亚皇家部队的徽章,系着一条吉朗老学究式的领带。当时我并不知道这条领带代表着什么,但他的驼毛外套、军人风格的小胡子,还有他握手杖和拿手套的架势,所有一切都表明,站在我面前的是个将自己想象成英国人的货色。

他的儿子递给了我一个小小的手提箱,眼神颇为冷漠,仿佛是在使唤专职司机似的。我把手提箱放进乘客舱,将爬上机翼的一个小孩拎下来。有个手提水桶的人递给我一封信,希望我到吉朗帮忙寄一下。换作其他情况,受到如此众星捧月般的待遇,我会喜笑颜开、意气风发地迎接科拉克美女们的目光——她们都将自己的想法很好地隐藏在宽大的帽檐下了。然而,我迟到了,而且我要接的客人实在超重太多,更何况我很冷,还害着相思病。

我对杰克也非常失望。他怎么可以跟一个假英国佬一起制造澳大利亚人的飞机呢?没有见到他的儿子之前,你会觉得考基·阿博特还算靠谱。然而,一旦你见到他的儿子,你就会发现他似乎有哪儿不对劲。这种事情在澳大利亚可谓司空见惯。一旦挣到几个臭钱,就立马端起一副英国佬的臭架子。考基·阿博特的祖上没准是个操着伦敦腔的囚犯,来到这里以后操着一口花里胡哨的英文,实际上干的却是偷鸡摸狗的营生。现在,将近百年之后,他的子孙们的衣着打扮与当初看管他、折磨他的典狱长和狱卒没什么两样,他们舍弃自己的语言,软化自己的口音,说起话来温婉圆润,跟当初下令鞭打他们祖辈的人完全一个腔调——想当年,他们的老祖宗肯定被扒光脊背,直被鞭打得血肉横飞。

老阿博特粗鄙得如同麻袋一般,但他一副志得意满的样子,因为他生下了个英国人。

忽然间,人群中再也找不到这对父子,我转身发现他们已经肩并肩坐上了飞机,正忙着往身上盖毯子呢。

"怎么回事?"我问老阿博特,"我来只接一名乘客的。"

"我送送我儿子。"考基·阿博特应道,说着拿出一个银质白兰地酒壶抿了一口,抹抹嘴,顺手递给了儿子。

"太重了。"我说。围观的人群挤了过来,想要听清楚我们在说什么。

"要是连两个人都载不了,"考基·阿博特说,"我搞不明白你怎么拿飞机来运羊毛。"

当初想要制造澳大利亚人自己的飞机,目的就是为了拿来对付这样的人。我感到有种无法抗拒的冲动,真想抬脚就走,让他们成为围观者的笑柄。我实在恼怒万分,不知道下一步该如何是好。我从口袋里掏出小铜质索具紧线器,围着飞机转了一圈,紧了紧几根因为做特技飞行而拉松了的支架。说实话,仅仅是因为对菲比的渴望,我才重新爬进了驾驶舱。我在驾驶座上坐好,调整了一下垫在座位上的麻袋,让自己坐得更舒服点儿。

"你们俩得下去一个,"我扭头对坐在后排的父子俩说,"帮忙转一下螺旋桨。"

"唐纳德森会帮忙的。"那个假英国佬冲人群美滋滋地笑着说。

人群中,《科拉克时报》的记者引起了我的注意,而考基·阿博特则亮开大嗓门嚷道:"唐纳德森上哪儿去了?"

郡文书闻声赶到了飞机旁,同时拿眼睛瞄着赛马场主看台后面尘土飞扬的土路,想看看老婆孩子有没有回来,让所有人喜不自胜的是,他用自己指甲上满是咬痕的手抓住了螺旋桨。

我满脑子都是可怜的唐纳德森,希望他能够给《科拉克时报》作个像样点的采访。他身材矮小,走路内八字,样子窝窝囊囊,尽管煞有介事地留着两撇小胡子,依然掩饰不了那张没有安全感的嘴,遇到稍有权势的人甚至调皮捣蛋的孩子,他都会畏畏缩缩。只见他手扶螺旋桨，脸涨得紫红。他知道，这一次，自己怕是要走霉运了。

但围观的人群对他可没什么同情心。"快点儿，唐纳，"他们急不可耐地嚷道，"让我们见识见识你这玩意儿！"

"快点儿呀！"

"转啊！"

他用力转了螺旋桨两次，发动机没有任何反应。围观的人开始大声起哄。哪儿都一样，这一群人也同样无知：我试着往发动机里抽油，但开关依然停留在"关闭"状态。

我将开关拧到"开启"状态。

"启动！"我喊道。

郡文书根本就不明白这个术语的意思。他无助地看着我，满脸通红，一脸屈辱。

"再来一次，"我冲他喊道，"快！"

唐纳德森痛苦的尖叫声一定是被发动机的轰鸣声淹没了，直到后来，我从《科拉克时报》上剪取有关我的报道的时候，才知道倒霉的文书的胳膊被螺旋桨绞断了。我口述了一封长信给他，为他的不幸向他道歉，并对当地人的无知大加挞伐，希望这能够让他好受一点。

"白杰瑞先生，"《科拉克时报》1920年4月25日的报道称，"非常希望能够尽快起飞，他解释说空中气流情况难以捉摸，而且一定要在天黑前降落吉朗。"

只是这一次，我低估了事情的难度。

由于阿博特父子俩都身高体胖，莫里斯·法尔芒严重超载，我们勉强掠过赛马场尽头的那排柏树，起落架刮在了第二排桉树茂盛的树冠上。

我驾驶着飞机，吃力地飞了20千米，高度依然不到500码。即便一路顺风，天黑之前我们也无法抵达巴旺·考门。

看着冬日的阳光躲在一条低矮的云层后面，我心里不禁在想，将飞机降落在公路或者牧场上是不是更好，然后再想别的办法将他们送到吉朗。说实在的，我能够坚持下来，完全是为了可怜的虚荣心。

我回头扫了一眼，看到他们紧张的样子真是大快人心。只见他们裹在毯子里，缩在座位上，两眼直视前方，根本不敢扭头朝两边看上一眼。

想到杰克什么也不懂，我不禁生气地踹了一脚方向舵。他办事依然粗糙，依然一团和气,只要你不是中国人或者犹太人,只要你能够大声地朗诵亨利·劳森的诗,任何人,他都喜爱有加,不加区分。他什么都不懂,真令我失望。

夕阳里,一切都拖着长长的影子,那么的忧伤。我驾着飞机,低空飞行,满心都是遭到背叛的酸楚。

45

当然,夜间降落是我的错,不能怪任何人。如果不跟菲比浪费那么久,我有足够的时间在天黑前返回吉朗。

然而,当我循着灯光飞下贝尔蒙特山,发现考门没有任何能够指引我的亮光时,所有的愤怒便指向了杰克。没有月亮,巴旺河就是桥面灯光下的一条黑带,我甚至连位于考门的机库都找不到。

这种情况下,我只好调整航向,侧翼朝北飞行,低空掠过吉朗上空。坐在后排的两个农场主,对于依然还活着可谓感激涕零,而且,在白兰地的作用下,他们的胆子稍稍壮了一点,看到飞机下方的灯光和如常的生活,精神不禁为之一振。他们已经不再因为呼啸的寒风(让他们缩成一团裹在毯子里,牢牢抓紧飞机座椅)而痛苦不堪了。他们俯身向前,敲了敲我的背,冲我大呼小叫,不知道下一步会怎样。

我将莫里斯·法尔芒飞临海湾上空,机翼下方便是停靠在科里奥湾里的船只,然后调转机头开始下降。此刻的西区大街亮如白昼,在后座的农场主眼前逐渐变得清晰。西区大街在公园前拐了个弯,我驾着飞机越过那里纵横交错的电线,迅速下降(着地这一下力道可够大的),在格利森街拐角处的一个路口掠了进去。飞机从一辆迎面开来的道奇6系车旁滑过,司机脸吓得煞白,拼命地打着方向盘,车轮终究还是卡进了街边的水沟,朝着尾翼后的道路冲去,与一辆运木材的马车撞到一起。马车轮散了架,道奇车也勉强停在了长满了野草的海防大堤上——好悬,堤下便是陡峭的科里奥湾。这一切,肯特维尔太太都看在眼里。

我将飞机滑行到麦克格瑞斯家门前,熄了发动机。那匹受惊的马拖着已经瘸了腿的马车,咣当咣当地在大街上横冲直撞,与老阿博特脸上的表情可谓相映成趣。

我依然保持着礼貌和风度,扶着后座的两位先生走下飞机。

46

奥维利斯基夫人住在吉朗的利特·摩洛普街,是个先知式的人物。她坐在自己脏兮兮的神图前,信心满满地预言即将爆发流感。她说北吉朗肯定会有人因此而丧命,舞厅之类的地方将会人去楼空。尽管她看不到顾客丢失的金丝雀究竟在哪里,但她能说出被盗的地点(北吉朗墨尔本路)。她说她能够看得到谋杀,而且每天晚上都能看到。如果顾客对此类新闻不感兴趣,奥维利斯基夫人也不会注意到。她说遥远的尤·阳斯上空有电光飘忽。而且,她从来不会感到不满足。

当然,总归有让她不高兴、发脾气的事,那便是吉朗的空气。奥维利斯基夫人觉得席卷吉朗的酸腐的海风仿佛将自己团团裹住。当然,有类似感受的人的绝不止她一个。这种风让人忧伤,令人低落,它横扫200千米不毛之地,来到科里奥湾。那里,被冲上沙滩的乌贼无人问津,腐烂到只剩下一个个空壳,湮没在沙滩暗黑的角落里。希罗尼穆斯·豪斯警官就守在附近,看护着肇事的飞机,它已经不堪一击,仿佛稍强一点的侧风便能将它掀翻。除了负责记录的书记员,每个人都知道希罗尼穆斯叫哈利,他无需为自己的坏脾气寻找任何借口,自然也不必拿酸腐的海风这个很成问题的理由作为挡箭牌。他是生生被从老婆的臂弯里喊来值勤的,当时她正在兴头上——实际上她并不总是如此,并不总是有这么高的兴致——这一次却从极乐的边缘被拽了回来,警署派了个小孩给他送信,小孩懵懵懂懂地大声敲着门,而且非常执着。当时,他已经爬上了老婆的身体,她也最终闭上了一直热望着的双眼……他只好抽身离开,让她一个人坐在那里,看着客厅里呛人的炉火,气急败坏。

究竟什么紧要事?原来是为了看护一架在公共场合肇事的飞机,由于驾驶员的危险行为,导致了一匹马的死亡,同时还损坏了一辆崭新的汽车。照豪斯警官的想法,应该把这狗杂种铐起来,关进约翰斯通街那种连个粪桶都没有的牢房里去。然而,卑躬屈膝、奴颜媚骨的局长却下令将整条街封起来,还给这里派驻岗哨。

西区大街 87 号灯火通明的窗户后面，坐着的可都是些身价不菲的农场主。他们的笑声让他心里五味翻腾，很不是滋味。他现在跟谁也不想说话。

事实上，对住在西区大道这些大房子里的人，他一个也不喜欢，恨不能把他们一个个都抓起来，而不是那个拿着一袋青蛙的可怜的流浪汉——上周，他们就将他逮捕了。他什么也没干，只是坐在一条安静的人行道边上而已，口袋里揣着 2 镑 5 先令 6 便士，他说自己正准备上考梅达去当一名厨师。但是，法官还是判了他 3 个月的监禁，因为"关三个月对你没准有好处"。

豪斯警官看到肯特维尔太太迈下她家房前明亮的台阶，朝自己走了过来。他转过身，一点儿也不想跟她讲话——她遇到的情况明显是"打官腔"。换言之，这副做派，有点类似在肛门里插根扫帚以便更加挺直一样。

"我想提出正式投诉。"肯特维尔太太说。她将头发拧成了一根辫子，肩上紧紧地裹了条围巾。她的假牙松动了，说话咝咝关不住风。豪斯警官不禁心生同情，表情也温和了很多。他收紧自己红润的脸颊，重新校正了一下假牙的位置——假牙可真是个令人不舒服的玩意儿。

"是的，夫人。"他应道。

"这绝不是一个孤立的事件。那个女孩，不守规矩的小姑娘，两个星期前也是用类似方式把我弟弟给撞了。"

"开着飞机撞的？"听到这个未曾报备的罪行，他脸上原有的不友好完全蒸发了。

"不是，当然不是。她把他给撞倒了。"

"赶着拉货的车子撞的？"警官试探着问道。他掏出笔记本，迅速翻到空白页——笔记本上，一页一页，认真仔细地记录着他的工作内容。

"不是拉货的车子，不是马车，也不是平板车或者汽车。就在这儿，"她说着拿伞头剁在人行道上，以示强调，"就在大街上，把他给撞倒了，还假装摔断了自己的胳膊。"

"她干吗要这么做？"

"因为她一丝不挂地从屋顶上掉了下来，"肯特维尔太太口齿不清地说道，"把胳膊摔断了。"

"那么现在她撞倒你弟弟，再把胳膊摔断一次？"

"不，不，不。她撞的目的就是为了假装摔断了胳膊。"

倘若没有透过一面微微开启的窗帘，看到一个年轻漂亮的时髦女孩将胳膊吊在脖子上，他会觉得该将眼前的这个老女人送进精神病院去。他有点犹疑，不知道该如何落笔。

"当然，我很希望能跟你的上级谈谈。也许你可以找人给我打个电话。"

我难道不是人？豪斯警官心里暗暗有点生气，警察机构可不是绸缎店，负责送货上门。不管假牙不假牙的，当肯特维尔太太再次将伞尖刹在地上提请他注意的时候，他几乎要向她指出这一点。

"我的父亲是麦金雷上校，"她对曾在雅浦瑞斯成功设计击毙一名少校的豪斯警官说，"在这个赶牛车的和他不守规矩的女人们来到此地、做出此等出格的事情之前，我们早已经在这座房子里住了上百年了。"

同时，为了让自己的投诉更具分量，也为了强调那架在她面前摇摇欲坠的飞机究竟有多么令人讨厌，她提起手中的雨伞，用力地戳在机身上。

雨伞扎穿了机身，卡在了那里。

肯特维尔太太一脸吃惊地看着它，假牙在嘴里咔咔作响。

"我弟弟病得很重。"她不屑地说道，并使劲地将自己的武器从机身上抽出来，留下一个完美的圆洞。她抬头看着豪斯警官。豪斯警官以为她会露出笑脸，但她扭转身，一溜烟返回了自己的家。

警官仔细看了看机身上的那个洞，详细地作了记录。然后他合上本子，放了起来。

47

另外一个潜在的投资者名叫伊恩·奥斯瓦尔德-史密斯。他身材高大，体格健壮，橄榄色的皮肤，双唇红润，睫毛修长，倘若不是一袭浓密的蓝胡子，他的这张脸简直漂亮得像一张女人的脸。他也是一个农场主，一个假英国佬，但他与考基·阿博特又不是同一类型的动物——他最大的乐趣是尖酸刻薄，倘若对方没有意识到他的挖苦，那他就更为受用了。

尽管见多识广，但他从未见过如此狂热的用电方式。他已经拿这个话题吸引了莫莉的注意，而且觉得乐在其中。他说服她，让她介绍各式电器的优点，比如对于四球取暖器，她就认为："不用取暖器，奥斯瓦尔德-史密斯先生，就是不懂得利用资源，否则花了那么多投资装备电力，岂不是白白浪费了。"看起来她还想发表更多见解，只是因为喘不上气来才作罢。她将女儿的手握在手里，然后喝了杯水。

女主人，开飞机的，时髦女孩，赶牛车的，还有阿博特父子，无一例外地都对满满一大盘鹅肉和烤蔬菜大加指责，抱怨说一点儿胃口都没了，而他则对女主人打趣说费心准备这么多，可是一笔不小的开支。他的打趣如同爱抚一般，极其温柔，尽管她头脑单纯，或许恰恰因为这一点，他才对她青眼有加。他们开始聊了电灯照明，聊起了"主人之声"唱机、无线电，还有搁在装饰精美的底座上的水壶——过去她就常常在桌前沏茶。他一边说着话，一边扫视着墙壁和地板——他黑色的眼睛魅力十足——主人对于电的狂热可见一斑，只见棕色的维多利亚式壁纸上，画框前，还有天花板上，到处都横七竖八地或拖或挂了很多电线，仿佛是为了庆祝圣诞而特意装裱的皱纹纸似的。

对于一个深谙挖苦嘲讽之道，又如此善于标榜自己这个阶层优越感的人，他对麦克格瑞斯夫妇，当然也包括他自己，已经算是口下留情了。他喝着甜腻的浓茶，对于他们没有征询他的意见便放了四大勺糖一点儿也不介意。在他看来，麦克格瑞斯夫妇属于那种简单、真诚的人，他要记住他们的人，还有他们的房子，以便在将来能把他们的故事、他们的品性说给他的朋友们听。

不管西海岸刮来的是什么风，他都一如既往地镇定自若。他仔细研究着他们的女儿，一个折翼的时髦女孩，并用自己那双有着长睫毛的黑眼睛，不易觉察地，如爱抚般从她身上轻轻扫过。整间屋子，他们这些人，以及屋子里的一切，可谓摩登时代一个极好的象征。他注意到街灯将飞机的影子投射在窗帘上，于是提请在座各位留意这一小小的奇迹。然而，他吃惊地发现，真正能够欣赏此种诗意的人，居然是男主人，那个曾经的赶车人，而不是他，或者大多数人以为的考基·阿博特父子——父子俩都是不爱说话的长老会教徒，坐在那里，脸上的表情干巴巴的，却又透着几分狡黠，恐怕他们上寄养场卖牲口时也是这副表情吧。他与他俩唯一的共同点便是他们都是来自同一个地方的有钱的农场主。对于小阿博特的胡子，还有他老派的领带，他根本就没当回事。不管他受过多么良好的教育，归根结底他还是个野蛮人，这不是装腔作势的口音所能掩饰的。可以有把握地说，即便电力已经可利用了，考基·阿博特父子也断断不会给自家通电，他们压根就没这点诗意。任何曾经在"巴尔格宇"干过活的人，都能告诉你关于老板抠门的故事。这一点在西区已经成为传奇了。据说他们在用过的信封背面写信，对于替他们干活的人，他们连根蜡烛也舍不得给，更不用说肥皂了。让他感到不可思议的是，他们怎么会跑来讨论飞机这种稀奇古怪的东西。可是，看到老考基·阿博特听着杰克·麦克格瑞斯讲话的样子，自然地流露出一种发自内心的尊重，而这种尊重，他猜想，可能基于杰克这辈子已经挣了不少钱。在老考基看来，杰克·麦克格瑞斯是个精明人，他应该不会看走眼。

48

杰克·麦克格瑞斯将碟子里的面包黄油布丁刮得干干净净，喝了口滚烫的茶。他没心情闲扯淡，但晚餐就是晚餐，起码的待客之道还是应该有的。他在桌子底下重重地跺着那双大脚，手里反反复复叠着早已皱巴巴的餐巾，根本就不顾及我的感受。他太想言归正传，扯掉图纸上的橡皮筋，开始研究飞机制造厂以及如何着手建设等具体问题。他已经想好向他们介绍自己将如何组建一支队伍，如何将木料运出深山丛林，由谁负责锯，由谁负责风干，等等。他希望大家都务实一点，就事论事。然而，奥斯瓦尔德－史密斯这时候却想聊聊什么野兔问题，所以大家就只好讨论野兔。杰克所能做的无非就是跺脚，再就是拿电水壶里冒出的水蒸气来烫自己——他老婆也焦虑不已，居然将电水壶上的电线缠在了手腕上。

菲比捏着母亲汗津津的手，而奥斯瓦尔德－史密斯声称自己并不主张灭杀野兔。他喜欢闲扯淡，为了让一个话题能够继续下去，他会刻意采取与人对立的立场。

杰克的人马正在一亩地一亩地的搜罗兔子洞，一旦发现，便将其填埋、挖掉或者堵死。奥斯瓦尔德－史密斯同样是个成功的农场主，听到他居然持这样的立场，杰克非常震惊。

我知道奥斯瓦尔德－史密斯的真实意图。他的目的是诱使我开口说话，他提出特立独行的观点，有点类似渔夫轻轻地扔下个鱼饵，让它顺流而下，然后等待着鱼儿一口将其吞下。面对如此厚颜无耻的伎俩，一条久经历练、精明强干的褐鳟本可置之不理，但它还是一口咬住了那该死的诱饵。

"我得说，史密斯先生，"我松开交叉在一起的罗圈腿，身子往后靠进椅子里，对他说道，"你这简直是在胡说八道。"

杰克正试图用他的拳头边缘把他那块皱巴巴的餐巾变得平整，反反复复地像一个靠替人熨衣谋生的寡妇似的。

"咱们这个国家容不下野兔，"我继续说道，"野兔这玩意儿会毁了咱们这个国家。"

我所想的，其实和奥斯瓦尔德-史密斯和考基·阿博特们想的完全一样。

"是，"奥斯瓦尔德-史密斯友好地说道，"请继续。"

"就这些，其他没什么可说的。野兔就是狗杂种。"

我所说的并无任何新意，然而，滑稽的是，除了杰克继续不动声色地熨着自己的餐巾之外，所有人都因为我说了这几句话而开心不已。问题的关键并不在于野兔，而在于我说话时那种不容置疑的口吻。看得出来，考基·阿博特父子非常高兴我说出了他们的想法。

就在我还在为无法切入正题而烦恼、惶惑的时候，忽然间我嗅到了一股兴味，像打开一个木箱子，蜂蜜的芳香倾泻而出———一种令人头晕、让人沉醉的芬芳——任何交易的达成都必须仰赖这样的兴味。

我试图把握时机，通过这一桥梁，由野兔尽快过渡到飞机。然而，两者之间的鸿沟实在过于宽阔，我的判断很不准确。"我们将要拥有属于我们自己的宠物。"我紧接着说道。不过，我发现自己仿佛没着没落地悬在半空中，连我也不知道自己想表达什么意思。

没有人接腔，因为每个人都在想我究竟想要说什么。

"你是什么意思？"小考基·阿博特的提问对于我来说无异于一根救命稻草。

"繁殖啊。"我没过脑子地回答道。

"怎么繁殖？"奥斯瓦尔德-史密斯追问道。

"你们怎么看？"我说话的口气很下流，菲比和莫莉都羞红了脸，尽管她们脸红的原因各有不同。奥斯瓦尔德-史密斯对这一幕很是享受，脸上掠过一丝笑意，但他的外交意识鼓励他赶快切换话题。

"我说，"他说，"我们是该言归正传了。"

"啊呀!"杰克叫道,咣当咣当地将椅子往后挪了挪。

女人们开始收拾桌子,屋子里忽然乱作一团。莫莉被缠在手腕上的电线绊了一下,撞倒了水壶的底座。菲比帮她将缠在一起的电线解开,尽管痛得眼泪就要掉下来了,她还是强忍着祝我们好运,然后才离开了屋子。

"无线电,"她轻声对自己女儿嘟囔道,"以后我需要坐在无线电旁边。"

布瑞杰特将桌布撤走了,杰克拖着沉重的靴子给大家分发书写纸。他看起来焦躁不安,连老考基·阿博特也意识到,飞机制造厂对他来说绝非一笔随随便便的投资。

一切看起来都很顺利,似乎没有任何事情能够阻止会议取得成功。投资方的善意近乎泛滥,这一点大大超出了我的预料。老考基·阿博特重新落座的时候,选择杰克·麦克格瑞斯对面的座位,甚至还像个同谋者似的冲他眨了眨眼睛。

我将飞机设计图纸在桌子上铺开。布拉德菲尔德B-3型飞机设计得漂亮至极,我完全可以激情四射、极具感染力地介绍它的功能。不过,老考基·阿博特似乎有点儿抵触情绪。为了感化他,我不厌其详地谈到要从必和必拓公司购买钢材,要采用何种方式将木材从深山丛林里运出来。小考基·阿博特和我对视了一下,赞许地点点头。奥斯瓦尔德-史密斯也认真地在纸上记着笔记。然而,老农场主却将胳膊抱在胸前,冷冰冰地看着我。

窗外,狂风怒吼。透过门下的缝隙,以及地板上的裂缝,大风将它的爪子伸进了屋子,只见它鼓动着长长的过道上的地毯,在地板上掀起一波波鬼魅般的波浪。女人们自然也感到了这股令人生厌的狂风,但我所感受到的却是老考基·阿博特这堵顽固的墙。无论我如何苦口婆心,依然不能说服他。在我坐下来之前,我就已经知道,这笔买卖泡汤了。

"我认识你父亲,"老考基·阿博特终于松开抱在胸前的胳膊,说道,"他是个靠谱的人,所以我想你应该也是。我想知道,白杰瑞——之前我在'巴尔格宇'也跟杰克提起过——我们干吗不直接做代理商,从国外进口最好的飞机呢?你说航空业未来前景一片大好,对此我毫不怀疑,但是,我们可以从大英帝国进口最好的产品,干吗非得投那么多的钞票,冒那么大的风险自己去造呢?"

"杰克是怎么说的?"

"他说你是个靠谱的家伙。"

我看了眼杰克,他冲我天真地咧嘴一笑。我深深吸了口气,仔细看了看他背后的墙纸，试图提醒自己，整件事就是个彻头彻尾的谎言，除非你能想办法让它不再是谎言——实际上，它由谎言变成我曾经狂热吹捧的光辉事业，也不过步之遥。

"阿博特先生，"我说，"我已经成功销售了两百辆福特 T 型车，销售汽车给我带来财富，但从未让我感到过快乐。"

围坐在桌前的人都没有说话。他们听得出来我的声音在颤抖，他们知道我的感受，但他们无法理解为什么我会有这种感觉，也无法理解我所说的一切。

"快乐！"小考基·阿博特不屑一顾地哼了下鼻子。

"倘若一辈子都是个永远长不大的小孩子，"我问他，"你会感到快乐吗？代理商就是这样，一个永远伺候父母的小孩子。如果你想为英国人的利益服务，那你去替他们的飞机做代理商好了，你就永远只能做个长不大的孩子。"

小考基·阿博特抬手摸了摸别在西服领子上的澳大利亚皇家陆军徽章，又低头眯着眼睛看了一下。每个人都在等着他开口。"可是，"他说道，"你不是一样为帝国服过役。"

"我从来就没有服过役，"我回答道，"我可不想为了英国像只愚蠢的山羊一样死去。"

杰克对我以前告诉他的从军经历非常着迷。毫无疑问，他知道刚刚我所说的才是实情——他的大脸因为痛苦而扭曲。

"幸好你没有生活在科拉克。"小考基·阿博特说。

"确实如此。我从空中俯瞰过科拉克，看起来真是个没什么大不了的地方。"

"对于像你那样说话的人，我们会扒光他的衣服，给他的全身涂上柏油，粘上羽毛，让他尝点儿苦头。我们的伙伴是为保卫英格兰而献身的。"

"我是这么认为的，"我冲他吼道，"我确实就是这么认为的。"

"两周前，我们将沃纳布尔一个名叫辛恩·费纳的家伙涂上柏油，粘上羽毛。报纸上有详细的报道。1915 年的时候他写过一首诗，没准你会喜欢。"

"你们就是一堆蠢货。"我对他说道，虽然声音很小，但充满了激情。小考基·阿博特握紧了又大又红的拳头，搁在膝盖上，然后悄没声息地拿了下去，揣进口袋——他的那条裤子绝对价格不菲。

令人发抖的瞬间，所有人的注意力都集中在我身上。

有足足 5 秒钟的时间，我可以说点什么，随便什么都行，开口说话，用我的激情和铿锵有力的话语,去改变他们,去说服他们接受我的观点。

然而,我连嘴唇动都没有动。

"我上这儿来是为了挣钱,"老考基·阿博特根本无视我的存在,对着闷闷不乐的杰克说道,"其他任何事情我都不会感兴趣。我可不愿意为了好玩儿,或者为了政治,去冒什么生命危险。没别的,就是为了挣钱。"

"你当然可以挣到钱,阿博特先生,"我说,"我们将飞机卖给全澳大利亚人,要多少钱挣不到。关键就在于此。咱们国家才是飞机的天堂,阿博特先生,不是欧洲。"

"我得说,"奥斯瓦尔德-史密斯一脸严肃地说道,"我可不愿意把自己的钞票投资给任何政治派别。"

"这不是什么政治派别,"我沮丧至极,声音也高了几分贝,"我可不关心什么政治。"就我对政治的理解来看,我觉得自己一点儿也没错——屋外大街上那个在风中冻得瑟瑟发抖的警官,他曾经枪杀过一名军官,拒绝参加工会,我想我对政治的理解与他应该差不多。

"可是你所说的一切,听起来很有些政治意味,"奥斯瓦尔德-史密斯说,"你为什么对英国怀恨在心?上帝啊,你是英国人。你说英语,有着英国人的长相,而且还有个英国人的名字。"

"我对英国没什么怨恨。"我说。奥斯瓦尔德-史密斯至少愿意看我一眼,这让我放松了很多。"这是常识。任何人都看得出来,对于澳大利亚来说,英国现在就和野兔一样是个大祸害。我无意冒犯,但是它们确实没什么两样。他们来到这里,逮什么吃什么,挖窝打洞——看看巴拉腊特或者本迪戈吧——等这个国家被连根拔起的时候……"我踌躇了一下,"终有一天,它会被连根拔起。"

"说话注意点。"小考基·阿博特说着,再次握紧了拳头。

比起小考基·阿博特,奥斯瓦尔德-史密斯是个更加彻底的假英国佬。他很放松,对这个类比感到好笑。实际上,现在他对整件事的发展变化都感到有趣,感到从未有过的开心,心里庆幸自己参加了这个会议。"可以肯定,对于野兔来说,你说的这种情况毫无意义。"他说。"因为一旦这个国家,"他顿了顿,笑道,"被连根拔起,它们也就一无所有了。"

"到时候他们就会乘船回家,把无数的地洞和土堆丢在身后。"

"野兔?乘船?"这个匪夷所思的幻想让奥斯瓦尔德-史密斯笑了出来。

"哦,看在上帝分上,伙计,我们不是在讨论什么野兔。我们是在讨论飞机。"

"你俩闭上嘴歇会儿。"老考基·阿博特说,此时他对奥斯瓦尔德－史密斯也是恼怒不已,丝毫不亚于对我的恼火程度了。"我想说两句。首先一点,哪怕你是来自杰帕里特的德国佬我也懒得在乎,你们投谁的票我也毫不介意。你们满可以搬个肥皂箱垫垫脚,等着你们盼望的那一天的到来。第二,我觉得你们对野兔一无所知。第三,我想听听杰克·麦克格瑞斯,我们的主人,对这件事的看法。他一直都在忍受你们盯着野兔胡说八道。我想听听杰克跟我们说说造飞机怎么赚钱。第四,孩子,"他对我说,"我希望你闭上嘴,好好听着。"

"我马上回来。"我伸出根手指指着他说。

我大步走出那间屋子。

"快点,杰克,"考基·阿博特说,"到底会怎样?"

然而,杰克觉得很不舒服,心情极为沮丧。通常情况下,当着客人的面他不会表露出来,可这一次,糟糕的情绪完全主宰了他,即便有人在场也无济于事。

"来吧,杰克,"老考基·阿博特温和地说道,"让我们听听你到底是怎么想的。"

可是,无论他如何劝说,杰克依然一言不发。奥斯瓦尔德－史密斯加入进来纯属偶然,现在他满脑子想的都是莫莉把自己的外套挂在哪儿了。

49

晚餐的时候,菲比看到肯特维尔夫人拿伞戳了莫里斯·法尔芒一下。不过,此举如同抽刀断水一般,没有造成什么破坏。这架飞机就是一具虚幻之物,一只被屋里的灯光所吸引的飞蛾。它是肯特维尔夫人的天敌,而且老太婆自己也已经认识到了这一点。她匆忙上阵,结果名誉扫地。

菲比心想,肯特维尔夫人在这间屋子里怕是找不到任何志同道合的人。她攻击的只是一个梦,她的举动无非向世人宣布她已经疯了。

菲比躲进音乐室,找了把椅子坐下来,用拿不稳笔的左手,志得意满地写道:"骄莫心生,须以谦逊养晦。"

上帝啊，求求你，让赫伯特·白杰瑞明天带上她，一起坐飞机到巴旺·考门去吧。她连围巾都已经挑好了。（"朱红将深蓝色的天空紧紧包裹。"）

另外，如果他仍然坚持的话，她会跟他一起去那个中国人那儿，他想要怎样就怎样。（"在神仙头顶的房间／我天使般的脸庞，我魔鬼般的奖赏。"）

我离开会议，冲出餐厅，沿着过道大步走进自己的房间。而此时，她正专心致志地记下这些打算。

她以为我是去拿蛇，她以为他们又让我表演玩蛇。

她将记事本塞进胳膊的吊带里，等我拿上蛇匆忙往回跑的时候，她已经站在过道上等着了。一看到我，她便意识到肯定出了什么事，那条蛇扭动着身躯，仿佛是刚刚从我灵魂里驱除出来的魔障，而我的脸上，分明写满了情绪激烈的所有根源。

"我爱你。"我对她大声说道，她觉得坐在隔壁收听无线电的母亲肯定也听到了。

她迅速逃进自己的卧室，关上房门。母亲并未尾随而至，于是她掏出笔记本，继续写了起来，并试图用音韵节奏，将那邪恶的毒蛇装进笼子。

50

"这才是真正的澳大利亚人。"回到餐厅后，我对他们说道。

奥斯瓦尔德－史密斯站了起来，然后又坐下。杰克继续坐在桌前，无奈地摇着头。

"哈，"我说，"哈。"我将蛇扔向小考基·阿博特，他立马吓得蹦了起来，重重地磕在椅子上。他慌忙后退了几步，最终站到一把扶手椅上。

蛇落在了他原本所站立的位置，看上去怒不可遏，摆出一副凶神恶煞的样子。我什么都不在乎了，已经完全无所谓了。我看也没看便又将它拎了起来，一手掐着它的脖子，一只手抓着它的尾巴。

"你无法将它变成一只可爱的小兔子，"我对屋子里几个闷声不响的男人说，"不管你对它说什么,也不管你喂什么给它吃。你根本就收买不了它,驯化不了它,也不可能让它变得友好一点。"

我抓着蛇的尾巴,将它像鞭子似的挥向小考基·阿博特,而它原本就在气头上,一下子猛扑过去,一颗毒牙咬进农场主的围巾里。我将它拉开,围巾被它一并扯了下来,毒液浸透了顶好的美利奴羊毛线。

"给我鞠躬。"我对小考基·阿博特说。

杰克痛苦地哀叹着。奥斯瓦尔德-史密斯则将椅子往后挪了一点,靠窗户更近一些。

"给我鞠躬,"我吼道,"给一条真正的澳大利亚蛇鞠上一躬。"

小考基·阿博特试图摆出一副凶狠的嘴脸,可惜他缺乏那种信念。尽管裤缝笔挺,他还是老老实实地跪下,不用提点就将头磕在了地上。

"现在,"我说,"你应该明白点事理了。"

我将声音稍稍放得温和一点,农场主小心翼翼地抬眼看了看,然后慢慢地退回到扶手椅上。

"这条蛇,"我向他们解释道,"一直都像是在坐牢。作为动物,它就是个贱种,根本收买不了。"我的声音忽然变得很友好,他们一脸疑惑,好像不认识我一样。

"你到底想说什么?"小考基·阿博特试图语带嘲讽,同时又不失恭敬,只是运气欠佳,效果不是很好。

"我想说的是,我是个澳大利亚人,"我回答道,"我们应该拥有澳大利亚人自己的飞机。"

这时候,老考基·阿博特摇了摇头,站起身,一个筋疲力尽的人是逃不过他的眼睛的——此时此刻,我已经消耗殆尽。我站在屋子中间,像尿了裤子一般,深感羞愧。

"我来这里是为了和杰克讨论怎么赚钱的,"老考基·阿博特说,"不是来听某个怪人胡言乱语的,也不是来看马戏团耍蛇表演的。本来我是准备给你们这个计划投些钱的,不过你帮了我一个大忙,早早就暴露出自己的真面目,用不着等到我辛辛苦苦挣来的钱落入你那双肮脏的手里之后,我才发现这个可怕的事实。本来我该照着你的鼻子给上一拳,管你有没有蛇的。不过,我想还是问问奥斯瓦尔德-史密斯先生,不知他方不方便开车捎我们到标准酒店。"

他走到杰克·麦克格瑞斯跟前,跟他握了握手。"我们会再见面的,杰克,"他说,

"不过,建议你尽快将这个讨厌的家伙扫地出门,以免造成严重后果。"

我手里拿着蛇,孤零零地站着,没有人愿意看我一眼。他们跟杰克一一握手,然后离去。

51

"啊,"5分钟的沉默之后,我对杰克说道,"对不起。"这5分钟时间里,杰克为自己倒了两大杯苏格兰威士忌。

杰克只能不住地摇头。内心深处,他并没有怨恨,也不感到愤怒。他瞪着大大的眼睛,无辜得像一只拉布拉多犬。"为什么?你这是怎么了?"

我像个梦游的人,试图解释自己怎么会光着脚丫子,出现在夜半的街道上。

"你应该将巴旺·考门的航标灯打开,"我说,"你不应该让我飞到科拉克,等我回来的时候连个降落的地方都找不到。"

"你根本就没有告诉我,白杰瑞。我不会读心术。"

"谁都知道,天黑了飞机无法降落。"

"是吗,我不知道!"他吼道,整间屋子的人都听到了他的声音,一个个都吓坏了。"我不知道!"他接着嚷道。豪斯警官听到了杰克的吼声,肯特维尔夫人还有乔纳森·奥克斯也听到了——他们正在自家客厅里打克里比奇纸牌。

"啊。"我说,同时想着要不要给自己来杯威士忌,不过立马就打消了这个想法。我看了看小考基·阿博特坐过的倒在地上的椅子,还有奥斯瓦尔德-史密斯用过的茶杯。"代理商!我早已经做够了。"

"我们的国家还很年轻。我们走之前先得学会爬。"

"如果你一开始就爬,那么你就永远只会爬。"

杰克看着我,一脸厌恶。他又往自己杯子里倒了些苏格兰威士忌。"你拿蛇这一闹,简直错得没边了。"他说。

我耸了耸肩。我已经不关心对错了,我唯一担心的是自己一直就像个傻瓜。

"你对动物一无所知,"我的主人说,"世界上没有哪种动物对善意无动于衷。

你这个人心肠不好，白杰瑞，尽管这么说让我很难过。"

他给我下判决了。我将头埋进了双手里。

"如果说我还懂点什么的话，"杰克继续说道，"那便是动物。在品特岬的时候，我有只非常温顺的袋鼠。母袋鼠被杀之后，我用只瓶子将它喂养大，它以前老是前前后后围着我转。不信你去问我老婆，她会告诉你的。不管我上哪儿，它都跟着我，直到后来，曼斯菲尔德的几个混蛋把它给打死了，用的是步枪。"

"我敢说，"我说，"其实，我不过是打个比方而已。"

"打比方什么的，我一概不懂，"杰克不耐烦地说道，"但我敢向上帝保证，我非常了解动物。"

"问题的关键不在这儿。"

"问题的关键就在这儿，问题的所有关键就在这儿。倘若心肠好坏都不是关键，那你告诉我什么才是关键？"

我伸出手，摸了摸杰克紧握着的拳头，眼泪几乎夺眶而出，我从来没有这样过。我说了几句安慰的话，但我怀疑他没有在听。他坐在那里，面前放着个又重又脏的酒杯，看着这个他邀请到家里来的陌生人，不敢相信一个人怎么可以对抱有一副好心肠无动于衷。

"太令人失望了。"他最后说道。

我一直认为，他指的是飞机。

52

对于吉朗人来说，太多的事情无法解释，更无法明白。为什么像杰克·麦克格瑞斯这样健康快乐的人会偷偷溜进另外一个男人的房间，将一条装着蛇的麻袋拿走？为什么半夜2点他会在厨房里打开那条袋子？被蛇咬了之后，为什么他要走到房前的草坪上，死在大庭广众之下（还穿着睡衣），而不是叫醒家人，寻求帮助？

是我发现可怜的杰克的，他面色灰白，已然死去。我无法承受他瞪着的双眼，死不瞑目。实际上，那糟糕的一天，乏有我能够承受的记忆。直到今天，我依然只能半眯着双眼,不敢正视它,如同面对强光。莫莉穿着睡袍,像条狗似的躲在音乐室里哀号。肯特维尔夫人站在篱笆旁边,躲闪着菲比向她扔过来的土块。豪斯警官手拿记事本,暗示我没有将事情全盘交代。

有看热闹的,有来安慰家属的,提着水果来的人统统被布瑞杰特拒绝了——第二天她就辞职了,因为那条蛇依然不知所踪。

我跟豪斯警察一道,恨不能刨地三尺找到那条该死的蛇。我指导他们将莫里斯·法尔芒装上一辆平板车,然后尾随着前往巴旺·考门。车上,风声苍茫,我欲哭无泪,仿佛窒息了似的,发出压抑而难听的声音。

53

我想没必要对这件事详加阐述了,也没必要将我收到的大量威胁一一复述给大家听了——威胁我的都是自认为是杰克·麦克格瑞斯的朋友的人,他们中有老考基·阿博特,还有曾经非常和善的国家银行经理。也没必要详述菲比母女收到的种种周密的指导——无数的人告诉她们该如何将我赶出她们的屋子。

然而,她们对我不离不弃,她们是我唯一的盟友。甚至饱经悲伤、眩晕以及呕吐摧残的莫莉,也振奋起她所有的爱,告诉我一切并非是我的错。

在吉朗人看来,我最体面的做法自然是离开。鉴于我并没有这样做,尾随在杰克·麦克格瑞斯灵柩后的送葬人群觉得他们理应排斥莫莉母女俩,因为她们言行失检。

肯特维尔夫人同其他人一道,站在送葬的队伍里。所有人都装作不认识莫莉母女俩。那些曾经得到杰克慷慨帮助的人,曾经收到过他10先令的人,曾经受到过他热情款待的人,曾经在西区大道上那幢房子里笑过、醉过、舞过,在那里的地板上踩踏过的人,现在,都无一例外地弃他的家人于不顾,任由她们独自悲伤。

菲比开始和她妈妈同睡。我替她们准备面包、牛奶。我已记不清这种地狱般的日子究竟持续了多久,只记得莫莉后来提出想要去一趟巴拉腊特,并让菲比从银行取出1000英镑。不知道出于什么原因,菲比还喊上安奈特·戴维森陪我们一道前往。

54

巴拉腊特,曾经的黄金之城,现在已经开始衰落。满大街都是穿着工装裤、默不作声的体力劳动者。店铺一家家都封上了门板,整座城市弥漫着一股垂头丧气的气氛——尽管它新增了一座巨大的由哈格里夫斯和他那块名叫"欢迎陌生人"的金块组成的白色雕塑,史托特大街上也增添了花坛,羽毛一样柔软的卷云在夜晚灰白的天空中划出粉红色的条纹,然而,一切都未能让这座城市稍微快乐一点。

安奈特·戴维森很后悔自己跟着一道来了。对于她来说,至少已陪在朋友身边,但她现在不明白她的朋友为什么需要自己。被忽视的时候,安奈特会变得愤世嫉俗。她取消了两天的课程,两天的薪水也就没有了。而菲比呢?她坐在安奈特和寡母中间,甚至连她的手也不愿意握一握。那么干吗要让她来呢?她满怀怨恨地给自己一个答案,那便是来见证她的悲伤,让自己再次沉迷于面纱后面那苍白的脸庞和殷红的嘴唇,来受嘲弄,来被逼疯的。

这实在是一次糟糕的旅行。一路上没有人说话,唯一打破沉寂的是一点窸窸窣窣的噪音,那是莫莉一直没完没了地缠绕戴在手腕上的硕大电磁辐射器的线圈发出的声音。没有人告诉过安奈特辐射器有什么功能,而此时去问太不合时宜。此外,莫莉还毫不避讳地带了一大块裁成马桶垫形状的厚纸板,一面写着"朝上",另一面写着"向下",但凡出门,一定得带上。由于担心她可能会拿着这么个滑稽可笑的东西走进乡村酒店,安奈特尽管又急又痛,还是忍住了没有吭声。

她想小便。

她以为我们会直接找家酒店先住下来,但车上的几个人谁都没有流露出任何着急的情绪。他们首先要做的,似乎是找一个名叫葛瑞格森的大夫。尽管安奈特对莫莉同情有加,但她不明白为什么不能等到明天上午再去拜访。

面对巴黎的劳动人民,安奈特可以诗兴大发,但面对巴拉腊特的那帮泥腿子,就没兴致了。光着脚丫子的小孩围在车子两边,追着车子跑,他们小小的面庞让她感到恐惧。她觉得希斯巴诺·苏莎这样的汽车对于他们的生存状态就是一种侮辱。成群站在街角聊天的男人们也停下来，静静地看着我们。她看到一个醉汉正对着下水道呕吐，另外一个人则靠着克雷格酒店贴着绿瓷砖的墙小便。

莫莉紧紧地抓着缠在手腕上的线圈。她已经记不起街道的名字了，就像一个回到被炸毁的城市的住户，尽管一直在给我指路，然而连她自己也信心全无。

"就这儿，"她说，"就是这里。"

菲比抚摸着母亲的胳膊，轻轻地替她擦去上唇渗出的汗珠。她试图将缠在腕上的电线松一松——因为勒得太紧，手掌已经感到血流不畅了。她打发我下车去问路。然而，没有人知道什么葛瑞格森大夫。我的话还没说完，他们就把头摇得跟拨浪鼓似的，一个个转身走开了。

我们将所有的街道兜了个遍。水晶宫大酒店也早已不知去向，一切都变了。人们走出屋子，看着希斯巴诺·苏莎汽车像只无头苍蝇似的到处乱窜，冲我们大嚷大叫，龇牙咧嘴，口气中充满了嘲讽与揶揄。一切都令安奈特惶恐不安。作为一个同情布尔什维克的学生，巴拉腊特的工人阶级给她带来的，其实是某种程度的恐惧。

"全没了，"莫莉说，"全都没了。"

但利迪亚德街葛瑞格森大夫的房子依然矗立在原处。不过，它同那些类似建筑一样，从这个城市的居民的眼里消失了。在他们的生活中，它已无关紧要，所以他们也不愿劳神拼读游廊里快要腐烂的招牌上已经发白剥落的字母了。当莫莉终于凭着记忆和经验里那张残缺不全的地图找到它的具体方位时，我们已经从它前面经过了四次——如同遭遇一个超大的时间黑洞，让她一下子从记忆跌进现实。

"哦，天哪！"目睹着这幢荒凉凋敝的建筑，她抑制不住内心的震惊。"哦，天哪！我的天哪"

安奈特恨不能直接尿在人行道上。

"葛瑞格森大夫是个大好人，"她冷冷地说道，"可是似乎已经不在了。"

"赫伯特会去敲门问的。"菲比说。安奈特烦躁地唉声叹气，佝着腰，两手紧紧地夹在腿间。哦，上帝啊，她祈求到，快帮我找个尿尿的地方吧。

我按照吩咐去敲门。对我的善意，安奈特报以最为讽刺的微笑。

临街的窗户像牙科诊所一样被刷成了乳白色。我敲了敲窗户，又用力摇了摇油漆斑驳的大门。也许是因为太长时间不曾开启的缘故，大片的绿色油漆如雪片般四散飘落，粘在我深色外套的袖子上，无论如何也拍打不掉。我驻足门前，透过钥匙孔,试图看清屋里的情况。我喊了一嗓子,只听到自己的声音回响在空荡荡的过道里。

我想不明白莫莉为什么非要见葛瑞格森不可,直到一两年后,才对这个微妙的秘密稍有了解。现在,我知道的无非是这件事非常紧迫。用不着别人告诉我上屋后去看看,我自个儿就对我的三位女乘客说出了这个打算。

我爬上葛瑞格森大夫屋后高高的木栅栏——尽管栅栏上的锁已经锈蚀不堪,徒手便可以拧开。楼上的窗户里透出一道白色的光,我捡起一个煤块扔在窗户上。我想我听到一声咳嗽,于是我又捡起一块大点儿的扔了过去,还没碰到玻璃,我就知道这次用力过大——我深深吸了口气,听到窗户玻璃碎裂的声音。

"对不起。"我对着窗户喊道。

"滚开。"一个声音颤抖着回应道。

"葛瑞格森大夫?"

"我有电话,"葛瑞格森大夫的声音里透着恐惧,"我要打电话报警了。"

"麦克格瑞斯太太想见你,葛瑞格森大夫。她特地从吉朗一路开车过来见你。"

"滚开。"

"就在屋前,"我哀求道,"你看看屋子前面。她就坐在那辆希斯巴诺·苏莎里。"

"希斯巴诺·苏莎?"葛瑞格森大夫问道(他的戴姆勒·奔驰静静地停在我身边的棚子里,已然锈迹斑斑),"你刚刚说希斯巴诺·苏莎?"一块碎玻璃掉到院子里,落在我脚边,摔得粉碎。

"是的,先生。"

窗前的人影消失了,我走过去等在后门口。屋里传来下楼的脚步声,速度快得让人有点吃惊。几分钟后便传来了高跟鞋的声音,声音来自屋内,是我心爱的人儿的脚步声。

我等着,然而,没有人来替我开门。直到安奈特·戴维森小便的时候才发现我一直待在后门口——那里曾经是巴拉腊特唯一的楼上卫生间,现如今,连块遮挡的纸板都没有——安奈特的小便如同瀑布一样倾泻而下,激起巨大的声响。

55

两天前,葛瑞格森大夫刚刚孤独地度过了自己75岁的生日。他的头发快掉光了,颈椎和背脊也已彻底僵直,无法正常扭动脖子,倘若需要换个视角的话,他得小心翼翼地慢慢挪动自己的小脚才行。

我砸窗户的时候,他正在清洗碗碟,挽着袖子,露出透明得让人几乎无法忍受的皮肤——仿佛生活在完全没有日照环境中的鱼,内脏透过透明的皮肤,清晰地呈现在你眼前,生命黏糊糊的脆弱让敏感的人难免感到局促不安,扭头不敢正视。

安奈特(她的膀胱快要爆裂了)没有让他靠近汽车,而是一把抓住他瘦小的肩膀,将他扭转身。

"对不起,葛瑞格森先生,可能太唐突了,"她急切地说道,"我憋坏了,得用一下你的卫生间。"

在如此坚定的决心面前,葛瑞格森先生发现自己根本无力争辩。他以为这几个开着希斯巴诺·苏莎汽车的来访者只是为了借用一下他的卫生间,于是二话没说就带她们去了。

"不着急,"当安奈特匆匆关上卫生间的门,他说道,"我们看会儿汽车。"

安奈特解完小便,一身轻松,打开后门将我让进了屋。莫莉的举动已经很清楚地表明了她此行的性质——她跟着葛瑞格森进了诊室,并将门反锁了。

30年来,候诊室的陈设几乎没有改变。地毯上依然交织着玫瑰花和飞燕草的图案,只是多处已经磨损,而且全都褪色了,不过仍一尘不染。电话、雷明顿打字机、格拉福风录音机各就其位,供那些奶奶级的助手们使用——她们体态丰满,柔软的胸脯早已成为女儿的孩子们的安全港湾。

菲比忍不住咯咯笑了起来。

"我的天哪,"当我和安奈特爬到楼上,她低声说道,"真是个特别的地方。简直像个博物馆。"

"他是什么医生?"

菲比耸了耸肩。我们站在屋子中间。那些年代久远的椅子颇具观赏价值，不过似乎不敷日用，我们犹豫着不敢坐上去。

诊室的门终于开了。新寡的莫莉只穿着内衣的影子在我们眼前晃了一下，葛瑞格森大夫从诊室里出来的时候，她躲到了门后——只见葛瑞格森大夫和蔼可亲地在玫瑰花和飞燕草上慢慢地挪动脚步，动作僵硬而机械，像一个没有关节的机器人。

他走到一个大的木质文件柜前，打开柜子上一个个小抽屉，翻找塞在里面的一沓沓的档案卡片。卡片早已发霉，一股尘封已久的气味弥漫在整个屋子里。

"啊，"他对我说，"你是司机！"他对我点了点头，亲人般热情。"洛克，"他喊了一声被安全藏在诊室门后的莫莉，"克莱斯韦克有姓洛克的，你是那儿的吗？"

"东巴拉腊特，"莫莉声音颤抖，完全失真，显然她已经将衣服脱光了，"埃斯特夫人的外甥女。"

"啊，埃斯特夫人，对，对，对，"他抽出一张灰色的卡片，"请随意，吃点糖果吧。"他端起一盘甜食递给我。我感激地接过来递给两位女士，葛瑞格森又拖着步子回到了诊室。

糖果外面的包装纸早已褪色，与融化的糖块成为一体。我们嚼着显然已经过期了的甜食，一个个做着鬼脸。正当我将嘴里的糖块吐进手帕里的时候，大夫又从诊室匆忙地走出来，差点被他逮个正着。他的身子随着脑袋转来转去，东张西望，不知是因为好奇还是因为害怕受到袭击。然后，他猛地打开一个高大的玻璃橱，翻看里面的一个纸盒子。腐烂的橡胶和塑料的气味与先前卡片的霉味混在一起，充斥着整间屋子，我们只能皱起鼻头。

"我是巴拉腊特第一个拥有汽车的人，"他扭过头对我们说，"是辆戴姆勒·奔驰。当时他们都觉得我疯了。镇上开会的时候，我提议建下水道，哈利·沃尔说要把我扔进下水道。"

他举起一个样子奇怪的用橡皮和金属做成的装置，展示给我们看。

"找到了，"他说，"她运气不错，或者应该说是，非常幸运。"运气不错和非常幸运，在葛瑞格森大夫看来显然差别极大。他依然高高地举着那个装置，直到我笑着冲他点了点头，表示了认可。葛瑞格森很满意，又回到诊室。诊室的门一关上，莫莉便激动得泪流满面。

"他根本就是个江湖郎中，"安奈特说，"显然如此。我们应该带她离开这里。"

我倾向于同意她的观点，但我瞄了一眼菲比，看得出来她既不觉得他是江湖郎中，也不同意带莫莉离开。安奈特很快就放弃了自己的立场，与菲比站到了一块儿，反倒让我有点里外不是人，处境尴尬。

56

葛瑞格森将莫莉的手放在一个天鹅绒垫子上，用他那粗糙得如同羊皮纸一样的手轻轻地抚摸着。

"怎么样，"他说，"感觉好点了吗？"

"是的，大夫，"她噙着泪水说道，"感觉好多了，谢谢。"

"我们不过是一束电流。"大夫说道，她对他的话深信不疑。她将自己完全交付给了电磁腰带和那双苍老的手的轻拂，在她心里，它们已不可或缺。她闭上双眼，慢慢地在脑子里做起了乘法运算。

"当然，"葛瑞格森说，"对于很多人来说，承认这一点无疑是一种冒犯。冒犯了他们对于自己的原始认知，冒犯了他们的宗教信仰。但是，如果上帝果真存在的话，也许，"他笑道，"上帝不过是个充电器。为什么不是这样呢？《方舟公约》不过就是台发电机，尽管我这么说曾经遭到人身威胁。"

莫莉在心里默默地向电神祈祷，祈求他的宽恕。

"算你运气好，我还在这儿，"他一刻不停地轻抚着莫莉的手，"我曾经考虑过搬到达博去。"

听到葛瑞格森大夫的想法，莫莉不禁打了个寒战。

"这地方是一年不如一年。我觉得都是金矿的错。"他说，"金子是绝好的导体，是迄今为止人类发现的最好的导电体，可是他们却将它用来作为装饰，真是暴殄天物。本来这个地方有金矿作为基础，潜力无限，可是那帮蠢货却白白挥霍了。这些年止步不前，毫无发展。他们宁愿去找巫师，找草药医生，对于科学，没有一丝一毫的信仰。"葛瑞格森大夫说是这么说，然而，他用天鹅绒垫子垫在胳膊下面的主意，同样借鉴自我熟悉的一个中国草药医生。

"犀牛角,猴胎,蛇肝。"他叹了口气。"确实非常特别。这也是为什么,"他说,"能够帮到坐着希斯巴诺·苏莎汽车来看病的人,让我感到尤其开心。"

情绪放松下来,又因为心存感激,所以莫莉很虚弱。她梦游似的冲他笑了笑。倘若此时让她将那辆车作为酬劳送给葛瑞格森的话,估计她也会答应。

"你是否想要……"

"……开下车?"葛瑞格森笑道,"可以吗?"

"当然。"莫莉整理了一下披肩,说道。她恨不能引吭高歌。"非常乐意。"

"开着希斯巴诺·苏莎在巴拉腊特的街上兜上一圈,"大夫说,"这是我唯一想要的酬劳。"

57

"不!"我们鱼贯着下楼的时候,安奈特斩钉截铁地说。"求你了,白杰瑞先生,"她附在我耳朵上小声说道,"别让他这么干。他会送了我们的命。"

但我无意阻止他。我礼貌地替他打开车门,坐在前排,给身材瘦小的大夫讲解如何操控这辆车。

我有过更糟糕的驾驶经历,但车速从不曾如此快速,葛瑞格森大夫开车的架势,让希斯巴诺·苏莎变成了一个恶魔。对于一个脖子僵硬无比的人来说,他展现出来的灵活的操控能力着实令人吃惊。虽然他的腿脚已经虚弱不堪,几乎踩不动离合器,但对付油门显然没有任何问题。

他不管不顾地驾着车子,高速驶过利迪亚德街,嘶叫着拐进史托特街。一群正在排队看电影的人都扭过头来,盯着我们的车。

"一群野蛮人。"葛瑞格森喘着粗气骂道,然后旋动方向盘,直奔巴托利山街,硬生生从一条猎狐犬身上压了过去——它走得太慢,没有意识到杀身之祸。

安奈特吓得闭上了双眼,菲比压根儿就不知道小狗已经抛尸在她的身后,居然咯咯笑了起来。

我们开上公路,在巴宁邕邮政所前又压死了只罗德岛公鸡。

回城的路上,他放慢了速度。"他们会从中明白点事理的。"他说道。不过我从没搞明白,究竟哪一点是为了给巴拉腊特人提供一点教育意义的,是炫耀一下汽车,示范一下他的驾车技术,还是杀死两只无辜的动物?我所知道的是,巴拉腊特人还是固执地待在自家屋子里,任由葛瑞格森医生和他的乘客们孤独地继续着他们异教徒似的仪式。

58

莫莉将电磁辐射器摘了下来。她说这个愚蠢的东西体积太大,令人恼火,并用她那双小小的定制皮鞋一个劲地踢它。从葛瑞格森家前往克雷格酒店的路上,她让我停下车,将它塞进行李箱。可是行李箱里根本没有足够的空间,我只好用辐射器上的电线将它缠在备胎上——我们行驶在一条废弃的街道上,一路上它磕磕碰碰,响个不停,四个组件彻底散架,锋利的陶瓷碎片掉在地上,估计够淘粪工的马受的了。

莫莉将女儿的手握在手心,亲吻她,唠唠叨叨地说她露在石膏外面的手怎么一点血色也没有。她甚至在手绢上吐了点吐沫,替她擦拭石膏下的皮肤,还帮她将吊带系了系,重新扎了一下从帽子里散落下来的头发。

我们到达酒店的时候,厨房已经停止营业了,但莫莉说服了他们重新开伙。我们坐在房顶很高的宴会大厅里(此厅因其摆钟和阿尔弗雷德·迪金的油画真迹而闻名),莫莉狼吞虎咽,消灭了两大份煎得很熟的羊肉,又将一大份画着字母图案的蒸布丁吃得干干净净,这才宣布自己总算吃饱了。

像往常一样,对于澳大利亚人消耗大量羊肉、蘸着近乎黑色的肉汁吃下大片大片的肉的生活习惯,安奈特只觉得恶心。她根本就不屑于动刀,只是心绪不定地用叉子吃着自己的牧羊人馅饼,无论如何也想不明白那个江湖郎中究竟给这个刚刚丧夫的女人吃了什么药,让她忽然之间忘却了所有忧伤。倘若有人告诉她,说大夫给寡妇吃的是猴子的生殖腺,恐怕她也不会感到吃惊。现在,莫莉如同一只酒店里的猫,完全放松了下来,丰满的脸庞光滑得像瓷娃娃,精致的鼻子原本是那么痛苦，现在则鼻翼贲张，仿佛正在贪婪地呼吸着空气，对生活充满了渴望。她手持刀叉的样子狂热而粗野，换成板球拍也许更合适。

几杯姜汁啤酒下肚之后，莫莉开始回忆起人生来了。

对于这个话题，安奈特全无兴趣。莫莉试图给过世的埃斯特太太的故事抹上一层伤感而又天真的色彩，这让她感到非常气愤。但是，更让她无法忍受的是，菲比的脸上一直挂着欢快的笑容，还时不时地说上句"亲爱的妈咪"，试图给她母亲霸道而又杂乱无章的叙述粉饰一番。

安奈特由衷地感到胆怯，对谁都没了信心。几句"亲爱的妈咪"，足以让她立即怀疑菲比的性格已经变了。她认为她已经滑向伤感和粗鄙的深渊，懒惰和平庸即将俘获她。

像往常一样，她越是害怕什么就越是会仓促地去拥抱什么。

她小口地啜着雪利酒——克雷格酒店喜欢这么称呼它，尽管表面上礼貌地点着头，但她的眼睛里却冒着愤怒的火星。

她看到菲比的手在桌子下面抚摸着我的大腿——这种行为，即便邻桌一群默不作声的克莱斯韦克主妇也看不过去了（她们僵硬地坐在旁边铺着白色桌布的桌子前），而站在一边为我们服务的几个年轻男孩子则抱着淫邪的心态，将此当作免费的娱乐。

她就是这样的命，或者她是这么认为。菲比是她的心血创造（又是一个误判），是她的珍宝，最终却被一个野蛮的机会主义者横刀夺爱，而他就坐在自己对面，点着头，哼着鼻子发出迷人的赞许之声，让那个新寡的妇人仿佛找到了依靠——在安奈特看来，面对如此不诚实的阿谀逢迎，她全无招架之功。

安奈特，安奈特，看在上帝分上。你伤害了我，对我太不公平。坐在那张桌子前，我的心情同莫莉一样轻松。我觉得说我自己是个好心肠的人，应该不会错到哪儿去。从吉朗一路走来，翻越布里斯班山脉，这段可怕的旅程，即便是四天而不是四小时，我想也是值得的。翻门，破窗，压死鸡狗，也是值得的。哪怕压死再多的猫再多的金鱼，能有现在这样的结果，我也愿意：毕竟，莫莉不会因为伤心过度而神经错乱。我唯一希望的是——此时菲比的腿温柔地抵在我的腿上——杰克能够活着看到这一切，如果说不要看到他女儿的腿这样顶着我的话，至少应该看到我对他的寡妇有多么关心。说到底，我不是个坏人。我有副好心肠，或者至少可以说我希望自己能够更善良，这个想法在我心里慢慢累积，在我耳边嗡嗡作响，对我构成了一种非常美妙的压力。我发誓，此时此地，就在克雷格酒店，我要尽自己所能让这两个女人幸福快乐。我会照顾她们，保护她们，做莫莉的好女婿，当菲比的好丈夫。如果偶尔我会觉得自己窃取了杰克的家庭，我会将这个丑陋的想法裹进毯子里，用绳子捆起来，迅速地扔进洗衣槽里，然后用力盖上盒子。

厨师终于下班回家了。然而，那几个年轻的男孩子仍然站在角落里，看着桌布下面上演的激情一幕。他们一点儿也不着急下班，也不在乎莫莉要接着跟她女儿讲述自己去品特岬的旅行经历。与此同时，安奈特的胸脯也给他们提供了新的兴奋点——她百无聊赖地靠在椅背上，双乳耸然隆起。当她掏出一个乌木烟斗，叼在两片红唇之间，男孩子们便深信她一定是个演员。但他们也因此分心，错过了真正的大事情：坐在桌首的莫莉仿佛瞥见了未来，像一只艳丽如虹的玫瑰鹦鹉，俯冲进灌木丛高高的树冠之中，几乎无人察觉。

59

那个晚上，我一个人待在房间里，这样也好，因为倘若我由着性子去找菲比的话，我会发现我的对手正在菲比的房间里与她进行激烈的争论，而我，正是争论的主题。

"他根本就是个江湖骗子，"安奈特说，"谁都看得出来。连侍应生都能看得出来。他们将账单递给了你妈，而不是他，这还不明显吗？他们觉得他就是个小白脸。"

菲比摘下帽子，掀掉面纱，踢掉鞋子，一屁股坐在床上，跷起二郎腿，醉意蒙眬，根本不管会不会将自己黑色的亚麻外套压坏——一整天来，她都对这套衣服呵护有加。涂了红色指甲油的脚指头钻出了袜子，不禁让安奈特痛苦地记起了她膝盖上的泥巴和她染满了墨水的手指。

"什么叫小白脸的？"

"你很清楚小白脸是什么意思，"安奈特笑道，"你只是希望我说得更加直白一点而已。"

"也许我知道,"菲比几乎没有张嘴,"也许我不知道。"安奈特妒火中烧,心里撕裂般的疼痛,她的判断没错,菲比眼里流露出来的兴奋,还有她绯红的脸颊,都是因为那个男人的罗圈腿。

"小白脸,"安奈特继续说,"就是靠为女人提供某种服务而生存的男人。"

"你是说侍应生?"菲比问道。

"不是,你这个傻孩子。"她瞪大了眼睛,目光一刻也没有离开菲比。

"靠那方面吃饭的男人。"菲比轻声地说着,闭上眼睛,顽皮地颠起了屁股。

安奈特慢慢地走到她跟前,在她满身泥土气息和熏衣草香味的学生身边坐下。她害怕遭到拒绝,近乎拘谨地将手搁在自己的膝盖上。

"哦,上帝啊,"她说,"太痛苦了。"

"可怜的安奈特。"

她将她拥进怀里,安奈特疯狂地吻她。"告诉我,"她对着菲比的耳朵轻声问道,"告诉我他究竟对你做了什么。"

菲比告诉了她。她对着她轻声耳语,安奈特不住地呻吟扭动,苦苦挣扎在两股完全相反的潮水之中:痛苦和快乐、忌妒和欲望,还有其他种种潜在的、相互矛盾的力量——在巴士上,餐馆里,人行道上,舞厅里,还有男人和女人身上,他们充满肉欲的双唇与他们闪亮的眼睛里流露出的无法动摇的野心,从来就是一对不和谐的矛盾体——都可以看到此类矛盾的力量。而她,势必一辈子无法摆脱这种痛苦的挣扎。

60

星期三,莫莉·麦克格瑞斯的早餐要了牛排、肉排、火腿、炸面包还有煎鸡蛋。在享用丰盛早餐的过程中,她决定再也不能继续在吉朗生活下去了。一旦下定决心,她就希望越快离开越好,让所有人吃惊的是,她甚至于愿意乘坐莫里斯·法尔芒前往墨尔本,将好几衣橱的衣服一股脑儿留给了圣劳伦斯兄弟会,让他们拿去拍卖——这是摩洛普街上的奥布赖恩先生新开张的一个有些古怪的产业。

做完这个决定——尽管她并没有告诉大家——她便起身，离桌，上楼，收拾自己的箱子。当她感到要上厕所的时候，便咕噜着肚子，穿过走廊，直奔卫生间。

她坐在宽敞的、贴着白色瓷砖的卫生间里，透过高高的窗口，可以看见四四方方一片美极了的天空。她努着嘴，开心地咕哝着，拉出了一坨硕大的粪便，无论怎么努力也无法将它冲进下水道。

寡妇耸了耸肩，扭头走了。

安奈特跟着她一道进了卫生间，发现那条屎橛子如同一条巨大的海参盘踞在马桶里，就那么躺在那里，乏味而又恶毒，仿佛是从莫莉体内排出的一条寄生虫，被抛弃在克雷格酒店的陶瓷海岸之上。

61

很高兴我活得够久，最终遇到了个精神病医生，尽管我不太相信这位具有很强的代表性。杰克·斯兰既是一名脑子有问题的精神病医生，也是一名马鲁基多尔的出租车司机，尽管早已退休，但对我的情况还是产生了浓厚的兴趣。听他说了几句话之后，我基本上就猜得出来他为什么要去开出租了。

我跟他讲了些关于蛇的事（不过绝非和盘托出）。天哪，你真应该听听他说话。蛇和飞机，他说，根本就不是蛇和飞机，而只是符号。唔，真是有趣至极，无论如何我都不愿意错过。

看到我乳头的时候，他差点没尿了裤子。我替他挤了点奶，他将其装进一个瓶子里，郑重其事地带走了。

我跟他说，乳头只不过是个谎言，不过似乎他不明白。他有了奶，非常开心，什么是真实，什么是谎言，他根本就不明白。倘若我的嗓子好一点的话，我会解释给他听。或者要是我的时间充裕一点的话，我会给他写封信。但我这辈子不是为了逗他开心而活着的，我还有其他顾客需要接待，我得将时间推进到1920年和1923年，得将他们伺候好。我希望我可以像现在这样，能够很好地控制他们，因为半数时候，我都犯着无知的错误，在黑暗中眨着眼睛，根本不知道什么在上升，什么在降落,像只蝙蝠般两眼盲瞎,如只黑鸭般行动笨拙。不过现在,我坐在我的设备后面,像全能的上帝一样,掏出一封从乔纳森·奥克斯的抽屉里偷来的信,向前迈出了另一条腿。

62

东方酒店,科林斯街,墨尔本
1920年12月
亲爱的安奈特,

弃我而去,你完全错了。而置我的信于不顾——我希望你的涵养足以让你打开我给你写的信——那只能说是冷酷了。我知道你是怎么看我的,你对我无情的判断没有哪一天不让我沉浸在痛苦之中,我决心一定要让你明白自己错了,而且错得非常离谱。你认为我浪费了一切,抛弃了一切,但我对自己的人生实在是太清楚了,我的整个人生——它是多么宝贵啊——我怎么可能随便将其挥霍。

你知道吗,今天我开飞机了。灰尘很大,我的眼睛又红又痛,赫要我戴上护目镜,但我不愿意,坚决从头至尾都没有戴。不,不是我一个人驾机飞行,但是,安奈特,安奈特,无论怎样,它终究是一次飞行。我们从墨尔本港起飞,赫在那儿有片土地,起飞以后,我们直接飞临菲利浦港的海湾。我以为可以看到吉朗,但他告诉我根本不可能。任何情况下,我都会想到吉朗,还有你,置身于那么个糟糕的学校,天上的空气是如此的清新纯净,想着你(我向你保证,绝无一丁点儿嘲讽的意思)得忍受所有难闻的气味——我幻想着自己能够弄一本关于气味的字典,其实也不是真正的字典,而是首诗,如果赫离开之前我来得及弄出一个像样的版本的话,我会随信寄上。

恐怕现在你都认不出我妈来了。她买了(当然是在我的指导下)很多新衣服,颇有一点贵妇人的架势了。她现在迷上了上剧院,赫伯特也很喜欢(我怀疑他过去有过当演员的女人),我们在雅典娜剧院、兰心大剧院或者皇家剧院要个包厢,看完戏之后再吃个晚餐,这样的夜生活真有点像那么回事儿。

对于我们准备结婚的事，你只字未提。请一定不要觉得受到了伤害，千万不要，我决不允许。我很自私，不仅希望得到你的同意（我还能恳请谁的呢），而且希望你能为此感到高兴。

我们计划以夫妻的名义参加下一个大型航空比赛。毫无疑问，你会在报纸上看到关于我们的报道，不过我更希望，亲爱的安奈特，哪个周末你能坐上火车来这边。我已经跟妈妈说过了，如果到时候你实在手头紧的话，她会非常乐意（没错，非常乐意）为你支付酒店的费用，就住我们现在住的东方酒店，我们已经是这里的"贵客"了，所有的员工都认得我们，而且我们享有特权，可以直呼他们的名字——尽管他们（不要愤怒地咬你那革命的红唇）决不允许直呼我们的名字。

赫从来不花我们的钱。这一点确实有点令人心痛，我们已不提资助他这茬儿了，而且他也已经重新振作起来了。对他来说，飞机制造厂的损失确实是个残酷的打击，他得一切从头开始。现在他替福特代理商巴赖特推销汽车，干得非常卖力，我可怜的宝贝。他还自己动手建了座房子，不过究竟在哪儿、什么样子，他没告诉我们。那是他送给我的结婚礼物。

亲爱的安奈特，他真是个好人。他对妈妈非常体贴周到，有时候她要他开着车子带她上这儿上那儿，他从不抱怨。有时候她要他将车速放慢，时速5千米，他也从未失去耐性，就连赶马车的人都想超过我们，对着我们又喊又骂。确实，他死劲抓着方向盘，看起来恨不能连老鼠都想咬上一口，但他还是如绵羊般安静，什么过火的行为都没有。

我的房间非常不错，能够俯瞰科林斯街，可以看到各种名人从街上走过。阿尔弗雷德·迪金是个胖胖的老头子，昨天晚上吃饭时（跟我们不是一桌），赫伯特帮妈妈向他要了个签名。他实在是太好了，因为他从来不喜欢低声下气的求人，所以这件事对他来说肯定很不容易。

想到哪儿写到哪儿。现在我每周三上午参加飞行培训。我上剧院，逛画廊。你教我的东西我一直都还记得，安奈特，我把你当作真正的朋友。如果你不愿意一本正经地给我回信，至少给我寄张明信片吧，不想签名也可以，至少让我知道你打开了信封。

深爱你的朋友，
菲比

63

可能你不知道，墨尔本也有其诱人之处：植物园，宏伟的教堂，还有一座有着高高的穹顶的公共图书馆，天气热的时候，上年纪的人可以去那儿看看报纸、纳纳凉，等等。不过，不可否认的是，它确实是个单调乏味的地方，整个街区就如同制图员拿尺子画出来似的，方方正正。就连街道的名字也中规中矩。国王街下一条便是威廉街，道路笔直，彼此完全平行。女王街也同样笔直一条，紧邻伊丽莎白街，与伯克（探险家）街和拉筹伯（总督）街交叉，相互完全垂直。

墨尔本有个火车站，因大门上挂有 15 个钟而闻名，仿佛一个个穿着衬裙和脏兮兮内衣的维多利亚式家庭主妇似的，来去匆匆，恪守时间。还有一条科林斯街，因颇具巴黎风情而闻名，至少在墨尔本是这样——所谓的巴黎风情，不过是指街道两旁种着林阴树，沿街开着各色各样的专卖店，浓妆艳抹的上了年纪的销售人员穿着黑色衣服，见到谁都沉着嗓子喊一声"女士"，确实能够唬一唬莫莉·麦克格瑞斯这样的女人。

哦，说到底它还算个不错的地方，但你需要点时间才能咂摸出这一点。

墨尔本有种激情，但随随便便来上一趟你是不可能发现的。我不能让它听起来乏味之极，也不能对它冷嘲热讽，因为，在我的内心深处，也有着同样的激情——墨尔本让人有种买地建房的激情。对于墨尔本人来说，再也没有什么比他们红瓦覆盖的屋顶、他们后院的柠檬树、他们的老母鸡以及他们的周日晚餐更值得关心的事了。倘若你只是选择在一个周日到墨尔本人迹稀少的大街上兜一圈，那么你对这个城市的了解是非常有限的，好比你不会因为从蚁巢上踩过一脚便对其有多少认知一样。因此，想要找点平和安宁的事情想一想，或者找个安静的角落逃避一下的话，我是不会想到沙滩、河流或者绿草如茵的牧场的，我会想象着自己在一个清冷的秋日下午，置身于墨尔本某条郊区的街道，邮递员吹着哨子，狗儿穿过街道，来到街边宽 3 英尺、在墨尔本被称为"自然带"的绿化带前，翘起后腿尿尿。

墨尔本人非常明白一片土地的价值。他们绝不会任由它长满蓟草,也不允许随随便便地将汽车扔在上面。这也直接导致穷人想要买块必需的土地变得困难重重。

莫莉、菲比还有我在墨尔本科林斯街上的东方酒店入住后,我立即就面临一个压力,那便是接受麦克格瑞斯的遗产,用来买块地。我不会说自己一点儿都没有动心,但我很骄傲地说我没有屈服。我找到了自己的那片地,并将它纳入囊中,只不过其合法的主人(英格兰教会)当时并不知情而已。

英格兰教会要玛里拜农河边那些贫瘠的烂泥滩究竟有什么用,恐怕我永远都无从知晓,但谁都看得出来那里并不适合建教堂,除了我打算的之外,百无一用。那地方非常适合架起个风向袋,停上架飞机,建起幢房子,除非是要找人来给它接通电线,否则根本不会有人前来叨扰。

在某些河段,玛里拜农河可以算得上美丽。但是,当它蜿蜒着流经弗莱明顿,穿过平原,汇入海湾,就变得肮脏不堪,再也无人关注了,加上弗氏克瑞屠宰场流出的污秽,更是雪上加霜。

我将看中的那片地围了起来。

"这地儿是我的啦。"我喊道。不是一遍,而是三遍。

菲比没有戴护目镜,被风吹得眼泪直流,除了水草交汇处朦朦胧胧的一片,她什么也看不到。回到东方酒店之后,她一边吃着黄瓜三明治,一边用颇有诗意的语言描述着我的那片土地:一片褐色交织着绿色,仿佛流淌着的水彩画。

倘若我不曾在西区大街上见到过杰克的房子,不曾知道塔楼、音乐室、图书室,没准我还会按往常的结构建房,类似于我为巴克斯·马仕的那个女孩子建的那种,或者类似于我替布莱克伍德的那个酒吧女建的平板房。当然,我不能挖个洞,因为这地方不合适。不过,没准可以考虑用水箱搭些小屋子,再用土将它们覆起来以隔热防寒,彼此间小径相连。此法对付个一两年绝对没有问题。不过,你不能让曾经住过带塔楼的大房子的女人住这种地方,她们肯定会感到不适应。我没那么傻,根本就没打算要改变她们。不过,我没有钱,连东方酒店的房费我都付不起,这让我非常恼火。

你知道,亲爱的安奈特,根本不是你想象的那样——我没想过要榨干她们,买法国香槟,追逐女明星,染上梅毒,然后四处传播,说话带刺,穿得花里胡哨,偷她们的希斯巴诺·苏莎汽车,或者拿寡妇的钱去买架阿夫罗504型飞机,把她们扔在家里干针线活,自己一个人开着它满世界转悠,从仰光到爱丁堡,到处出风头,上报纸头条。

真正花钱的是莫莉和菲比。上帝啊,她们真是大手大脚啊。剧院包间,酒店晚餐,新帽子,新衣服,上丹德农烧烤,等等,都得花钱。我拿个笔记本,将她们为我花的每一分钱都详细地记录下来,而且我也找了份工作。

我没有急着讨论工作的事,因为这份工作我并不喜欢。但是你说说看,我还能做什么?我讨厌那些聪明的美国杂种,但再也没有什么车比他们的更好卖了。没错,没错,我带着我的剪报去找特伦特上校了,他在会展街上有个福特经销部,当场他就雇我了。我就在店里面上班——过去我从来没这样做过销售——真的不能说我喜欢大城市的卖车风格。这不适合我。我更愿意站在牧场上,听着拴在链子上的狗冲着我狂吠,与奥哈根家一类的人打交道,或者是在点着防风灯的屋子里,听主人的女儿弹着钢琴协奏曲。我宁愿吃坏东西,消化不良,打牌受骗上当,听他们胡吹海侃,费时费力,慢慢做成一笔生意。

所有这些,我现在都告诉你了。不过,这份差事我整整干了 12 个月,在此期间,我努力让自己对这些感受浑然不觉。因为我不能去想。我这辈子最大的天赋乃在于我的热情,一直以来我都肆无忌惮地利用它,挥霍它,毫不在乎。面对新生活,我如往常一样挥霍着我的热情,无所顾忌,就像莫莉一个劲地往糖浆布丁上浇薄荷酒,根本不考虑要多花多少钱或已经花了多少钱。我是保护人,是供养者,或者说我想要成为她们的保护人和供养者,而这样的角色,当然需要付出代价。当时的一张肖像可以做证,我眼睛周围的皱纹越来越深,润饰这幅肖像的人尽管充满好意,但无论他如何努力,皱纹不是变浅了,反倒是更加明显了。我满头的黑发已渐花白,发线后移,额头上曾经的"美人尖"变成了一条长长的前伸的海岬。

我起早贪黑,在酒吧和小酒馆揽生意。我到处替她们母女俩搜罗免费的演出票,带她们上水族馆、逛画廊。现在,我可以承认了,我偷了布莱顿卫理公会派一个教堂的礼堂,将它搬到玛里拜农河畔——我早就打好基桩等在那儿了。

卫理公会派教堂的礼堂可不是什么宫殿。正因为是卫理公会教徒,他们根本就没有考虑过塔楼之类的奢侈玩意儿。不过它确实有间厨房,而且礼堂本身还带个讲台。我像只园丁鸟似的,嘴里叼着钉子,手上拿着锤子,围着礼堂忙进忙出。我用莫里斯·法尔芒的备翼将礼堂分隔成了三间。那再合适不过了。真的,当然,它们的高度到不了天花板,但已经算得上是我用在室内最好的材料了。你会发现，那些机翼都是用上好的木料压模而成并粘贴上了纤维，光透过它，形成朦胧而漂亮的阴影。整个礼堂，没有任何阴暗的角落，就连正中的那间屋子也不例外。阳光灿烂的午后，礼堂绿色、琥珀色的玻璃窗，在帆布墙上向外伸展出来，仿佛一场魔术灯笼秀。

我在墨尔本港岬角找到些上好的地毯，在梅尔商业中心买了张崭新的餐桌，又从埃森登的一个建筑工地借了个水箱，将其与屋顶的排水沟连接起来。

我根本没有时间关注外面的世界。没有人告诉我德加里斯成功从布里斯班飞到了墨尔本。不过，即便有人告诉了我，估计我也不会当回事。墨尔本全城都为他的壮举而欢呼，圣帕特里克节那天的大游行，满大街都飘扬着英国国旗。我只好让我的顾客耐心点，放慢车速——作为一名汽车推销员，我从不会让自己的顾客开慢点。倘若他们对米字旗感到不安，我也断然不会跟他唱什么反调。

我为我的家庭而活，尤其是为了菲比而活——她正待在自己的房间里，等待着我温柔的敲门声。

墨尔本是个梦想之都，而我的心上人正为那些梦想如痴如醉。她自己动手，做了件明黄色的飞行服，穿着它跟我做爱，让我经由那个精心设计的入口进入她的身体。月光中，玛里拜农河畔的微风里，莫里斯·法尔芒在固定它的绳索中，不住地震荡。

隔壁房间，莫莉摇铃招呼客房服务，实际上，无非是对着老克劳斯一遍又一遍地讲述自己在品特岬的经历，而老克劳斯则当然地享受一两杯薄荷酒——当然，身着中国绉纱的寡妇，非常乐意款待他。

64

安奈特声称自己决不参加任何教堂婚礼。正是因为她的缘故，我们的婚礼才改在威廉街的婚姻登记处举行。尽管这个地方尘土飞扬，阴暗凄凉，令人失望，但我们也只好装作没有看见。不过安奈特最终还是没有到场，所以新娘菲比也就没有伴娘。葛瑞格森大夫原本应邀引领新娘，将她交给新郎，但他误了火车，等他终于鼓着蜡黄的腮帮子、喘着粗气赶到现场，根本都没搞清楚究竟是谁的婚礼——早宴上，他将一个用于烤面包的专利电磁设备送给了莫莉，还附带着说了一通祝福的话语。

我们在东方酒店的一楼有个小小的私人房间。房间的窗户正对着科林斯大街，透过一颗梧桐树的枝叶，我们可以看到树影斑驳的人行道，星期六的时候，载满足球迷的电车敲着铃铛，哐当哐当地驶过。

当身着燕尾服的葛瑞格森大夫严肃地宣布，婚礼棒极了——一如从前，他用词非常考究——可以说他并没有夸大其词。

莫莉穿了件翠绿色的短上衣，一条金色的柞蚕礼服，戴了顶气派十足的宽檐帽，帽子上，鸵鸟毛如瀑布般倾泻而下，蔚为壮观。

菲比早餐的时候身着一套蓝红相间的罗缎礼服，外面套了件短小、合身、非常搭配的斗篷，丝毫没有遮挡里面紧身的礼服，我称赞地说它增之一分则太长，减之一分则太短。她戴了顶皮帽，有点像土耳其毡帽，不太好的一点便是帽子将她的头紧紧地罩了起来，让她秀美的铜色头发得不到充分的展示，但她漂亮的脸蛋因此更加醒目宜人。

"此时此刻，"葛瑞格森说，"我觉得自己仿佛置身于巴黎一般。"

我很高兴自己内心一点儿也不想质问这位老绅士，置身于墨尔本有什么不好？

我们为一切干杯。我们为杰克干杯——莫莉想办法将他的照片挂在了国王的照片旁边，照片里，他身着黑衫，衣领僵直笔挺，望之肃然。我们还为安奈特干杯，为吉朗干杯。

莫莉则在自己的香槟里加了点薄荷酒。

"为我们大家都有一个全新的生活，"她高举酒杯，一本正经地宣布，"干杯！"

只有葛瑞格森忽然提起了已经凋敝的巴拉腊特。在他看来，所谓的新生活，实在值得怀疑。

65

　　当然,值得商榷的是,我本应咨询一下我的未婚妻对于我们将要一起居住的房子有何想法,听听她的意见和建议,问问她有什么需求,看看卧室该朝向哪里更加令人心情愉快,厨房该如何布置更加方便实用。可能你会说,上墨尔本港岬角买东西的时候,我应该带上她,挑选完全不同的地毯和冷柜,买张好点的椅子,等等。

　　我敢说你是对的,但房子是我送给她的礼物,它所代表的仅仅是我最终想要建的豪宅的一个核而已,它会不断地调整变化,会被拆散,推倒,重建。我觉得根本没什么,一点儿关系也没有! 相反,我觉得这样好极了。它是我的礼物,是我给她的惊喜,凝结着我的劳动,我对她的爱,是我献给她的贡品。

　　她喜欢它。当我们穿过夏日枯黄的草地,沿着坑坑洼洼的道路前往我们的新居的时候,她开心地一路尖叫。她的帽子上沾满了闪闪发光的五彩纸屑,呼啸的北风将灰尘吹进了她的眼睛。

　　我还没停好车,她便急不可待地跳了下去,冲进屋子,四处乱跑,高跟鞋传来磕哒磕哒的声音。她兴奋地吻我,拥抱我,喊我老公。

　　我从来都没有猜透这地方在她眼里有何不同。尽管她的快乐让我的脑海里不禁浮现出另外一幅图景:蜿蜒的小路,翠绿的花圃,簇拥的灌木丛,参天的榆树,水景,雕塑,还有滚铁环、打陀螺的小孩子……然而,我满头五彩纸屑的妻子看到的,只不过是个聊以栖身的帐篷而已。

　　在她看来,这才是最美妙的东西。在给安奈特的信里,她会像个吉普赛人似的对这间由教堂改装而来的屋子赞不绝口,说它是个唱歌跳舞的好地方,是个与爱人云雨交欢的天堂,但绝不能作为永久居所。菲比喜欢它,因为它一丁点儿小资情调也没有,因为它与玫瑰花丛和下午茶完全不搭调。甚至于,她(我固执的宝贝)对从屠宰场飘过来的令人恶心的臭味也很享受,仿佛它让落日或者雷暴有了非常独特的维度,给予长腿的朱鹭以意想不到的芬芳。

结婚那天的天气并不适合飞行。呼啸的北风从人口过度密集的摩里县裹挟着大量的红土，飞越了近 300 英里地，恶狠狠地刮在我们脸上。然而，菲比即便感知到了此种恶意，她也选择视若不见——她希望通过飞行来让我们之间的伙伴关系达到极致。她脱下她的漂亮衣服，不是要钻进偷来的被子，而是穿上了她的飞行服，戴上了她的护目镜。

我无法拒绝她。可是当我旋转螺旋桨的时候，我被一种突如其来的恐惧感所笼罩——一场事故将会夺去我的宝贝——这种恐惧感将伴随我一生。我抓住螺旋桨，准备旋动的时候，看到她坐在机舱内，将小小的胶木开关按到了"发动"的位置；我看到她支离破碎，血流不止。她竖起拇指，是如此的虚弱，骨头还不到 3/8 英寸，皮肤紧致而脆弱，仿佛机翼上的涂料纤维一般。发动机噼啪作响着启动了，我穿过尘土的旋涡，戴上护目镜，但满脑子想着的，依然是刚才那个如肉铺般血腥的噩梦。

我们的速度尚未达到起飞要求的时候便被吹上了天，像袋鼠似的在地上颠簸着跳了两次，摇摇晃晃，东倒西歪，勉强从屠宰场的红砖屋顶上掠过，危险极了。我们在玛里拜农河上空的气流里颠簸，鼻子里满是下面屠宰场熬羊油的恶臭。

和以往的所有飞行一样，这 20 分钟的飞行令人胆战心惊。尽管我让我的新娘暂时掌控了一下双人操纵杆，但很快我便永远收回了驾驶权，自己操纵着飞机，沿着菲利浦港湾区飞行，基本没有离开下面炙热雪白的沙滩，以防万一需要紧急迫降。

估摸着（错误地）她已经飞够了，我便驾驶着飞机，飞回到玛里拜农河边着陆了。下面的地块是东西走向，呼啸的北风一点不打折扣地刮在飞机上。我尝试了不下于 5 次，试图降落，最终都放弃了，因为肆虐的北风完全有可能将飞机从侧面刮翻，摔个粉碎。直到第 6 次，我才将飞机优雅地着陆了，我轻声地向我从来就不信仰的上帝小小地祷告了一番，为我们能够安全返航，许下了一长串奢侈的承诺。

我沐浴在菲比的兴奋之中，几乎忘记了自己的承诺，其中之一便是要跟马乔里·撒切尔·白杰瑞离婚。这件事一直没有引起我足够的重视，而且仍将不会给予它足够的重视，直到有一天，它会以一种令人不快的方式引起我的注意。

跟菲比·白杰瑞一道飞行有种类似催情的效果，这一点以后我将详细道来。我只想简单地说，当我们回到房子里，菲比根本提也没提地板上满是来自摩里的灰尘，她一边和自己的新婚丈夫做爱，一边滔滔不绝地说着话，而且都是些猥亵的话,尽管我因此而快感如潮,狂泻不已,但依然感到十分震惊。而对于查尔斯·白杰瑞来说,这是一个幸运的开始——他就是那个下午被怀上的——那个下午,他的爸爸口干舌燥,他的妈妈则处在一种狂喜之中,就在那个房子里,冷柜里除了一条不新鲜的面包和一小听融化了的黄油,别无他物。

66

1917年,我将一架布雷里奥单翼飞机停在达利的一片牧场上,后来差点被牛给吃了。布雷里奥引擎用的是蓖麻油,飞机因此而污秽不堪,因为蓖麻油会溅得机身上、机翼上到处都是,让牛觉得是道诱人的点心。给它们一晚上的时间,它们粗糙的舌头就能将机翼、机身上的纤维啃得一干二净,整个飞机看起来仿佛一只被剔得干干净净的鸡骨架。

倘若我预先知道莫里斯·法尔芒对菲比来说有多么重要的话,我一定会给它涂上一层蓖麻油,再引来一群小母牛,一窝窝白蚁、蛾子、蠹虫,还有秃鹰,而且还要找来些擅长吃机器零件的杂耍演员。

等你听到接下来我说的话,没准你会觉得我这个人怎么如此无知无觉。这家伙怎么可能不知道呢?他老婆明明对飞行沉迷至极啊。她每天所做的事情不是驾机飞行便是保养飞机,而他则竭尽所能地为她提供帮助。然而,他居然说自己根本没有意识到她是认真的。

我并不否认飞行给她带来无尽的快乐,但我以为,有了小孩之后,等生了孩子之后,她就会像我一样,抛开她的不切实际的爱好了。我放弃自己的梦想并不那么容易,决不会像人们在剧院入口处随手扔掉刚刚抽了一半的香烟。对于我来说,放弃梦想,既非常遗憾,又充满哀伤,但我要养家糊口,为此我要感谢上帝,我如此幸运。

工作很累,时间也很长,不像现在做汽车销售人员的日子那么轻松。没有霓虹灯,没有舒适的椅子,没有一间间玻璃隔开来的小办公室。大多数时候,我们工作的地方就是又大又暗的车库,满地都是油污和废弃的发动机零部件。天气好的时候，我们也在街上谈买卖，冷的话我们就找个小酒馆或者咖啡厅，通常没必要地喝上很多，目的就是要通过这种高压锅煮饭的方式，尽快拉近彼此的距离。霜天雪地的晚上，我们会候在大夫诊所的门外，等着赫尔·多克托看完最后一个病人，能够赏脸看看我们给他展示一下。

与此同时，菲比依然狂热地迷恋着飞行，试图探寻飞行的奥秘。

不过，我很快就意识到她在机械方面没什么天赋，对飞机的原理也全无兴趣。我只能说，她对机器有种诗意的理解，一种类似于对魔术的信仰，实际上不仅仅是对机器，对整个自然界，她都持此种观念。所以她从不按照时令种花植草，根本不管叶芝的《园艺指南》或者花种外包装上的指示，仿佛这些规则可能适合所有人，但对于她来说却全无用处，仿佛她只需要满怀好心，充满热情，全情投入，那么所有植物学的规律都将为之改变，那些经不起霜冻的品种也应该在她卧室的窗外争奇斗艳。如同我有自己的方式面对来自现实的种种制约一样，她的方式，总而言之，便是不耐烦。她穿上机修工的罩衫，好像穿得像个机修工，自己便自然而然地成为其中的一员。

我替她买了本西德维尔的《航空基础》，书中一再强调要想成为一名飞行员，必须对飞机的机械原理有所了解，要能够对飞机进行修理、保养等。真的要感谢西德维尔。（书中有很多图片）我一边用钢琴弦打着箍，以用作飞机上的索具，一边教她基本的要点。我教她该怎么用鱼口钳拧出小箍。这看起来很简单，但需要一段时间才能掌握窍门。我对她打的箍很不满意，可能我太过于挑剔了吧。不管怎样，打箍已经远远好过她对内燃机原理的理解了。她对火花塞上的豁口不以为然，一副很不耐烦的样子，坚持说根本就没关系，但我不肯就此罢休。晚上回家，只见她将一台拆下来的磁电机搁在餐桌上，机上少了根螺丝，我有点失去了耐性，告诉她这个东西有问题——西德维尔错了，要她了解发动机原理，根本就不可能。

对她处理问题的方式越是了解，我就越担心她驾驶飞机上天。唔，当然，我错了，这个问题上我已经受到够多的指责了，用不着你再来雪上加霜。

听起来我的新婚生活可能有点糟糕，大概是因为我描述得不够准确。实际上，我只不过是放任自己烦躁的情绪如同一朵日本纸花般绽放，你可以将它放进水中，任由其随波漂去。

事实上，新婚的日子醉人而美妙。夜色清澈，晨霜清冷。我们每天都早早起床，在我赶到会展街、身着套装为我的国王亨利·福特大唱赞歌之前，我会拿着锤子和锯子,替莫莉准备房间,她很快就要搬来和我们一起住了。我还会种树,给菲比解释机械方面的知识,做爱(有时候来上两次),压根就不吃早餐,去看(在我心肝宝贝的要求下)正在河滩上觅食的朱鹮,温度很低,想必它们的脚也冻僵了。

晚上回家,我会从利特·柯林斯街的比林斯基那儿捎上一罐罗宋汤。我早已累坏了,精疲力竭,被那些狡猾的大夫、抠门的律师、布商、寡妇等人榨干了,有时候我会将莫莉一道带回家,有时候则一个人回家。如果只有我们夫妇俩的话,我们就会在桌子上摊开地图仔细研究,任由自己浮想联翩,梦想着从苏门答腊飞往缅甸。

生活满满当当的,所以毫不奇怪我未能注意到几件重要的事情正在上演。

第一件事情,莫莉并非如我担心的那样无聊而孤独,她正忙着寻找合适的买卖,准备购进。

第二件事情,菲比怀孕了。

第三件事情,对此她很不开心。

而第四件事情,啊,第四件事是患有癫痫症的诗人霍拉斯,倘若我当时就知道究竟是什么让他那颗勇敢而又怯懦的心凌乱的话,我早就把他给宰了。然而,我却深情地接纳他,拥抱他,一开始是因为任性而无知,后来则完全是因为惺惺相惜,狂热地喜欢上了那个简直就是自己翻版的骗子——我跟你讲的这些,当时根本就不可能知道。

67

霍拉斯·邓洛普是一名通常所谓的罗利人——他的工作就是走家串户,推销贴着"人畜通用"标签的罐装或瓶装的药奶。不过叫他罗利人,对于所有人,对于很有一套工作方法、通过自己的劳动养家糊口的真正的罗利人,甚至对于几乎可以算得上是一名律师和诗人的霍拉斯来说,都是一种伤害。

直到现在,我一直都感到困惑,他是如何彻底迷失方向,并最终来到玛里拜农河边那么个与世隔绝的地方的。我只能解释说可能是因为癫痫发作:诗人失去了知觉，跌倒在他的马车座位上，而替他拉车的那匹老马托德，一路啃着草，不知道怎么就来到了菲比的门口。即便如此，似乎也有点儿说不通。我曾经亲眼目睹过霍拉斯癫痫发作，可以肯定的是，倘若真的是癫痫发作，他是断然不可能还一直待在座位上的。癫痫发作实在是疯狂得有点可怕，四肢抽搐，两眼翻白，口吐白沫，如果他坐在马车上忽然发作的话，肯定会如同火箭发射似的弹射到地上，胳膊不住地在路边的蓟丛里乱划。

所以我们索性不要再纠缠于这家伙是怎么上那儿去的。这一点并不重要。

总之他来了，坐在厨房的桌子前，头脑完全清醒，一边吃着面包，一边和菲比说着话——诗人不住地往一片又一片的面包上涂着猪油，菲比不敢相信一个人居然能够吃下如此之多的东西。

霍拉斯20岁刚出头，体格魁梧，腿短得出奇，膀阔腰圆，头大如斗，留着寸头。他的脸仿佛一张巨大的画布上仅仅勾勒出了小小的几样物件，也有可能是因为他的五官长得太过集中的缘故：一双小而机智的眼睛，还有一张形似丘比特之弓的嘴，尽管后来他胖得失去了人形，但这张嘴也未曾遭到埋没——即便最怪诞可怕的时候，他的双眼也依然引人兴趣，双嘴唇也依然招人怜爱。

霍拉斯并不喜欢猪油。他一边舔着粗短手指上的猪油，一边对菲比解释。他吃猪油完全是为了缓解舌头的疼痛——有次癫痫小小发作的时候，他的舌头被帽针扎（毫无恶意）了个洞。

为此，他专门写了一首诗以示庆祝："诗人，舌头被扎／束缚，困厄，／于威廉斯顿的屠夫的婆娘。"

我永远也不会将他这么个样子滑稽的家伙视为竞争对手，根本想不到他会来争抢我老婆的爱，在这个问题上，我既对，又不对。我疑心他们之间甚至连亲一下脸腮之类的亲密举动都不曾有过。然而，我担心的是，诗人有着根本无法看见却又更加亲密的爱抚。

当我去比林斯基买罗宋汤罐头的时候，我所看到的，无非是个气氛躁动的咖啡厅，里面坐满了穿着外套的醉鬼。我没有认出那些妓女，也没有意识到那是个专供诗人和艺术家相互吹嘘、朗诵自己作品的地方。

我从比林斯基捎回罗宋汤。不能说它一点儿不受欢迎，但显然霍拉斯从那里带来的东西更加宝贝。他每天晚上都在那儿就着果酱喝茶，竖起耳朵听其他桌的人都在聊些什么了不起的话题。他也知道一些写短篇小说的作家和房产经纪人经常光顾位于卡尔顿的道森酒吧,醉醺醺地相互勾肩搭背。他知道一些画家住在科林斯街上一些空荡荡的用日本屏风隔开的小房间里,或者租住在东墨尔本,房间里那些一袋袋生了虫子的信件,没准哪天就会付梓投印,他们静候在光亮的油布地板后的小房间里,直到有一天在伦敦、纽约爆得大名。

简而言之,他就拿这些狗屁不是的废话塞满了我宝贝的脑袋。他给她背诵他写的诗,听她说话,而莫莉则在不远处一边整理着重黏土花坛,一边满腹狐疑地留意着厨房里发生的一切。

怀孕的事情,菲比最先透露的人是霍拉斯,而不是作为丈夫的我。她跟他讨论在自己体内倒腾的小生命给自己造成的复杂情感:血,分娩,生命,死亡,恐惧,以及她最后的决定——不管自己因此如何内疚,她都不能要这个孩子。

那一年,报纸上连篇累牍都是关于为人堕胎者遭到逮捕、堕胎的妇女遭到指控的报道。菲比已经找过珀西·麦凯大夫,之后他便遭到逮捕,被投进彭特里奇监狱,不过之前他已经告诉过她,她的身体跟她开了个小小的玩笑——她已怀孕将近三个月,而非她自己以为的一个月。在麦凯大夫最后一天的自由时间里,他告诉菲比·白杰瑞,怀孕后期堕胎非常危险,而她最好的选择(无论是出于健康考虑,还是经济方面的考虑)是将孩子生下来。不过,至于飞行与诗歌,他没觉得有什么。相反,对于她来说,他认为拥有此类嗜好实在是幸运备至。

在菲比看来,现在这种情况很是令人绝望。她焦虑,恼火,内疚,同时又对从报纸上看到的一切深感恐惧。不过,与此同时,她又能用一种欣赏的眼光看待自己的戏剧性场面:20多岁,已婚,身处墨尔本,厨房里有个诗人,窗外还泊着架飞机,正谋划着铤而走险进行堕胎,而自己的丈夫却对此一无所知。所有这些,无论是可信的还是虚假的,也无论是夸张的还是真实的,都是她天性的一部分,我指出这些,并无任何贬低她的意思。

"那我们,"她问霍拉斯·邓洛普,"该怎么办?"

菲比就是这样,她慷慨地将别人纳入自己的生活中来,毫无保留,而且也时刻准备着将别人的生活纳入自己生活中来。

"我们该怎么办?"她再次问道。诗人受宠若惊,像个升迁太快的小职员一样惊恐万分。他根本不知道该怎么办,像一个没作好准备便要登上独木舟的探险者,船体渗漏,河水腐臭,好一个危机四伏的旅程。

"我去了解了解,"他说着站起了身,"今天晚上就问。"

"不，不，你不能走，还不是时候。"

窗外，莫莉大声地咳嗽了起来。

"可是我必须得走，亲爱的夫人，"霍拉斯整理了一下领带，哀伤地说，"必须得道别了。"

菲比站在那个我喜欢称之为壁炉的架子前，将手伸进了一个大大的饼干罐里。

"不，"霍拉斯举起手制止道，"不能让你再买了。"

"要是非得上一瓶你才肯留下的话，那么我会毫不犹豫地照做的，"菲比笑道，"再来一瓶你那棒极了的产品，先生。要是能帮我脱离苦海的话，付你上千镑也没问题。"

"倘若我真能帮得上忙，我所要的回报，"霍拉斯说，"无非是获准亲你一下，其他别无所求。"他说着满脸通红。

"邓洛普先生，"菲比微嗔道，但并无半点不快，"你是我见过的最下流的男人。"

"诗人，"霍拉斯说，"有他自己的道德标准。"

"无论你怎么狡辩，我丈夫都会宰了你，"菲比笑道，"这是两先令，买你的香膏的，不过也许你最好下次再给我，我还有四瓶。"

诗人有点犹豫不决。他更愿意拒绝这2先令，不过他实在穷得叮当响，拒绝对于他来说过于奢侈，他做不到。他接过钱，放进外套的口袋里——口袋里连个大子儿也没有。

"墨尔本没哪个医生敢碰你。"他说。他说的很可能没错。围绕堕胎的话题，当地报纸可谓歇斯底里，再恐怖的细节他们都毫无顾忌地登上版面。"不过我会想办法安排的。"

为了这个嗓音沙哑、说话不动嘴唇的女人，他愿意做任何事。可是，他打算去安排的事让他下意识地夹紧双腿，感同身受般的痛苦，想象着满是鲜血的医疗器械和挣扎着的生命，不禁恐惧万分。

"整件事情，"他说，"实在是太不公平了。给我再多的钞票我也不当女人。"

"亲爱的霍拉斯，"菲比说，"你真是个好朋友。"

"唉。"诗人忧伤地叹了口气。

"你一定能帮我，对吗？"

"是的，是的。我会的，一定会的。我一定想办法。我得去打听打听。"他抽搐似的将面前的面包和猪油推开，站起身，拍打干净马甲上的面包屑，又将露在外面的衬衫后襟塞进裤腰带。"我去了解了解,晚饭时候回来。"

"那时候我丈夫已经到家了。"

"那你就把我介绍给他认识一下,亲爱的夫人。"霍拉斯说着,鼓足勇气亲了一下她的手。"我不能老是像个罪犯似的,偷偷摸摸地溜进溜出。他不喜欢诗人吗?"

"非常不喜欢,"她笑道,"不喜欢到把一个诗人的肚子搞大。"

"我会小心的。"霍拉斯说着,木讷地笑了笑,那张原本就小的嘴甚至显得更小了。看着他吸溜着鼻子,菲比不禁想起自己养过的那只宠物豚鼠穆芬。"倍加小心,可别让他对我做同样的事。"

说着,他戏剧性地鞠了一躬,告辞了。

莫莉目送着诗人离去。当他飞奔着跑向他的马和车子时,她冲他点了点头,皱起眉头,将锹深深地插进地里,看着他赶着马车,飞也似的进城了。她回到屋内,质问女儿这个罗利人一次次来家里,究竟是怎么回事?

68

替霍拉斯拉车的是匹没精打采的驽马,毛发暗褐,背脊摇晃,耳朵低垂,距毛丛深,马掌如一个硕大的汤盘。它从来也不曾经历过如此绝望的旅程,原本只想轻松悠闲地混混日子,而且诗人根本没有改变它这种思想的意愿,所以一直以来,它都是随心所欲,想啃花儿时就啃花儿,慢腾腾,懒洋洋,磕磕绊绊,拖着马车,走过北墨尔本、弗莱明顿、穆尼·庞兹以及埃森顿等地鹅卵石铺就的街道。唯一能够让它兴奋起来的东西便是摩托车了,对于这类机械,它发自内心地感到憎恨。但凡听到有摩托车驶近,霍拉斯就会跳下马车,依在马头附近,口中念念有词,安抚它,直到该死的摩托车驶远为止。

然而,这个礼拜二下午,诗人拼尽全力,甩开两条肥胖的短腿,朝着马车飞奔过来。他瞪着褐色的小眼睛,蒜头鼻泛着油光。他并没有像往常那样坐到座位上,对坐垫和毯子发发牢骚,也没有跟自己的马儿打个招呼,咕哝几句体己的话,如同征服者需要向被征服者说几句歉意的话。相反,他直接站在马车上,拿缰绳狠狠地抽了一下马背。

"驾，托德。"

托德并没有亮蹄飞奔。它吓了一跳，猛地拉了一下马车，霍拉斯直接向后倒去，重重地跌在座位上，手中的缰绳紧紧地勒了一下马嚼子。罗利人的马车从没遇到过如此大的折腾，木筐子里的瓶瓶罐罐叮叮当当响作一团。托德这才抬起它钉着汤盘大小的马掌的蹄子，轻快地沿着秣市街边坑坑洼洼的小路慢跑起来——它没有垂头丧气，也没有试图拿皮坚肉厚的嘴唇拱起地上的马粪，而是昂首挺胸，勇往直前。它似乎意识到此次任务紧急，它迟钝而又狡黠的脑瓜一定满以为，此行能将自己带到一片花园里，去尽情享受丰美的水草。

对于菲比赋予他的这项任务，霍拉斯可谓全情投入，并非因为他希望能立即帮她把胎堕掉（看到他离开时那惊险的一幕，菲比以为他是这么想的），而是因为在法律面前，他是个彻头彻尾的胆小鬼。他这么慌慌张张，冒冒失失，不过是想在自己懦弱的本性恢复之前，能将事情办妥。

霍拉斯·邓洛普憎恨禁止堕胎的法令，同时又对其深感恐惧，而且恐惧程度完全超乎寻常，可谓深入骨髓。他的父亲就是美丽小镇巴克斯·马仕的一名律师，而且深受人们爱戴。兄长则是一名见习律师。他本人也曾在墨尔本大学念了三年法律，终因无法忍受而辍学了，从那之后，他便陷入困境，就像他现在全身心扑在那辆马车上一样——他是如此渴望能尽快解决问题，以免想到父亲的愤怒会让他没有勇气继续。

他不喜欢律师的嘴脸。而且他从小就跟法官们一起用餐，更不喜欢法官的嘴脸，不喜欢他们残忍而又心安理得的表情，黏在皮肤褶皱里的蜡，傲慢的鼻子，还有被法帽遮住的眼睛。

他并没有因为恐惧法律的淫威而进行反抗，他选择的办法是偷偷溜走，找个悄无声息的地方躺下，或者温和地坐在某个满是灰尘的角落里，将自己的恐惧和怒气宣泄在诗里，满篇都是"残忍冷酷的、理性的工具"这样的语句。

然而，让我们来看看霍拉斯·邓洛普是怎么想办法来解决堕胎这件事的吧。他试着不去想自己意欲何为。他没有直接驱车前往卡尔顿去找自己的朋友伯恩斯坦，也没打算搞什么阴谋诡计。他只是到市里买了顶帽子。只要一个弗罗林？唔，那就再来瓶啤酒吧。就这些。没有法律禁止买啤酒，至少在法定的6点钟商店关门之前是这样。不过，哈，我们有证人说你根本不喝酒。私下里，喝；公开场合，不喝。

　　他满心想的都是这样的交叉讯问，根本无暇顾及自己正赶着马车在汽车中穿行。在弗莱明顿路，他和自己的马儿甚至超过了一辆摩托车，无论是他自己，还是拉车的托德，都没有意识到这一点。

　　他醉心于自己编织的故事之中，看也没看一眼通往伯恩斯坦的格拉坦街，而是赶着车，晕头转向地朝着市中心方向走去。在拉特罗布街的拐角处，他稍稍勒住了马，结果人们都停下脚步，投来讥笑的目光，谁也不敢相信这匹蹄大如盘、走起路来摇摇晃晃的驽马，居然跑得如此飞快。街上的一个顽童更是朝他扔了个苹果核，正巧砸在他头发剃得很短的后脑勺上。"肥猪头，大胖子，"那孩子冲他嚷道，"肥屁股。"——别人要等到五年之后才看得出这一点。

　　霍拉斯40先令的阿库巴帽子掉到了地上，不过他并没有停下来去捡。他还没到下一个街区，伊丽莎白街的电车便将它碾成了两半。他左拐来到科林斯街，然后继续向左拐进斯旺斯顿街，想象中他来了点啤酒，但此刻早已将它抛在脑后，掉头往回直奔卡尔顿——没有任何正当的理由能解释他为什么要这么做。

　　托德对于这样的工作强度很不适应。它大汗淋漓，嚼子上全都是白沫，但它似乎无意因为汽车或卡车而停下脚步。当他们最终抵达卡尔顿的哈罗德·道森酒吧的时候，无论是霍拉斯的大喊大叫，还是它自己嘴里的压力，对它都没有明显作用了，倘若能够由着性子，它会一路向前，奔向普雷斯顿，直到筋疲力尽。霍拉斯赶着它绕了整个街区一圈，最终大呼小叫，使尽浑身解数，才让它在道森的酒吧前停了下来——只见霍拉斯既兴奋，又尴尬，满脸通红。

　　托德连句温柔的话都没得到，没有苹果，没有糖块，也没有花草。它朝四周看了看，龇开黑色的嘴唇，露出满嘴黄牙，将膀胱里的一泡热气腾腾的尿痛痛快快地浇在了利根街上。

　　霍拉斯猜得没错，伯恩斯坦正在那儿，坐在乌烟瘴气、锯屑满地的道森酒吧一个幽暗的包间里，拿着个玻璃啤酒杯，喝着劣质葡萄酒。不用说霍拉斯都知道，跟他一起喝酒的是个女演员，但他一门心思只想着自己的事情，所以尽管当着她的面，他也忘记了害羞，舌头也不再打结。他只是点了点头，抬手去摘那顶早已奉献给了电车的帽子。

　　"伯恩斯坦，"他说，"过来，有话跟你说。"

　　他抬手朝街上指了指，结果不小心将伯恩斯坦的酒杯打翻了，女演员立刻跳了起来，才躲过那股甜蜜的洪流。

"到街上去吧。"他说完，扔下女演员一个人留在包间的角落里——为了躲开那杯打翻的红酒，她蹦到椅子上足足1英寸高，看着红酒甜腻地流到地板上。

伯恩斯坦是个大块头，膀阔腰圆，尽管只有21岁，但已经谢顶了。他是无神论者、理性主义者、成绩平平的医学院学生、橄榄球队的弃踢员，同时他还擅长演唱各种下流歌曲，而且是公认的情色方面的专家。他永远都是一副神情忧郁、睡眼惺忪的模样，但魅力十足。

"伯恩斯坦，"他们刚在水果贩子的包装箱之中站稳脚跟，霍拉斯便迫不及待地说，"你得帮我。"

等伯恩斯坦明白了事情的来龙去脉之后，他彻底被逗乐了。他试着将诗人拖回酒吧，要他喝上一杯，以庆祝他告别处男之身。

"不，不，"霍拉斯不安地来来回回扫视着街道说，"不是这么回事。怀孕的这位女士是我的一个朋友。求你了，伯恩斯坦，当我是朋友的话，就帮我写个方子，那些药你以前提起过。"

"没准什么用也没有。"伯恩斯坦说着，言下之意任何他写在白纸上的药方都根本算不上药方。"稍等会儿，先喝一杯，我再带你去找其他人。"

"现在就走，马上，求你了。要是不管用，我们再想别的办法。"（他以为自己的朋友担心的仅仅是药物的疗效）。

伯恩斯坦耸耸他宽厚的肩膀，从外套口袋里掏出一个小本子，迅速地写了几笔，然后将纸片扯下来，递给他。

于是：10分钟后，一身臭汗的霍拉斯将那张小纸攥在宽大的手掌里，就像他拴在街上的那匹马一样，一路狂奔着闯进斯旺斯顿街上的玛洛普药房。"把它递给那个大个子，"伯恩斯坦对他说，"要等他有空的时候。他还是个比较体谅人的家伙。"

大个子？什么大个子？这里压根就没有大个子。根本就没有超过五英尺三的人，仅有一个有着酒鬼似的脸、一脸络腮胡子的家伙。倒是有个大个子的女人，不过跟男人比起来，这个身高断然算不上什么，但对于女人来说已经算高了。她站在那个男人身边，高出他一大截。霍拉斯的举动与他的马没什么两样——他冲劲提起来之后便收不住脚，硬生生地撞在柜台上，大口地喘着气，然后将药方塞进高个子女人的手里。女人看了看，皱起了眉头，退到一个玻璃门柜子前。过了一会儿，她将那个满脸络腮胡子的家伙喊了过去。

霍拉斯站在那里，全身湿透，依然喘着粗气。他着实一口气跑了不少路。他从口袋里掏出一条红色的手绢，擦了擦眉头，又擤了擤自己那只小小的鼻子，心情放松了不少。

他擤鼻子实在过于投入，过于大声，咕嘟咕嘟响作一团，络腮胡回到柜台前，连着喊了他两声都没有听到。

"你知道这些药是派什么用处的吗？"药剂师问道。他脸上的表情有点儿怪怪的，几乎是在微笑。

"哦，知道的。"霍拉斯说着将满是鼻涕的红手帕塞回口袋，与里面的锭剂、线头以及皱巴巴的诗稿混在一起。

"你这个无赖，"药剂师冲他吼道，"我要把你投进监狱里去。"

霍拉斯眼神慌乱，手好像黏在了口袋里，被里面的锭剂麻醉了，又被线头缠住了。他试图挣脱，但很难办到，脸上的表情也因为吃惊而拧作了一团，恰如他的那块手帕：红彤彤，皱巴巴，还沾满了好些乌七八糟的东西。

"大夫……"他试图争辩，但舌头仿佛被帽针刺穿了一样。

"大夫，大夫也一并投进监狱。"络腮胡子一边说着，一边伸手就去拿电话。

但霍拉斯早已抽身后退。托德还没明白自己究竟身在何处，便已慢跑在回卡尔顿的路上了，连马粮袋也没来得及摘下，缰绳勒得后背生痛，但它别无选择，只能迈着蹄子，和着霍拉斯慌张的节奏：嗒嗒，咔，嗒嗒，咔。

见到他跌跌撞撞走进道森酒吧的门，女演员小心地将斟满酒的玻璃杯挪开，靠着暗黑的墙板，放到桌子最远的角落。

"我完蛋了。"诗人一屁股坐在她身旁，一身汗臭。"他们正在追捕我。"

听完他的讲述，他们劝他喝点酒压压惊。原本他是个滴酒不沾的人，不过这一次居然一口喝下。他在想，跟涂猪油一样，喝酒也是为了抚慰一下他受伤的舌头。

"你一定是恋爱了，我的朋友。"伯恩斯坦说。他故意将声音压低，营造出一种耳语的效果。

"没有，没有，"霍拉斯绝望地解释道，"她是个非常不错的人。"

"你真的还是处男？"女演员问道。她说话的样子和她的年纪很不相称。她系了根绿色的头巾，用玳瑁烟嘴抽着香烟。

"当然是啦,女士。"霍拉斯回答道。"现在,我还是名罪犯。他们把我的药方拿去了。他们甚至知道我手帕的颜色。"他瞄了一眼幽暗的酒吧,仿佛所有的小隔间里都挤满了警察。

"你一定是爱上她了,"伯恩斯坦说,"还有什么别的理由能够解释你的行为?"

"她是个诗人。"霍拉斯说。

"你爱上她了,"女演员说,"而且我觉得你很可爱。"

"我没爱上她。"霍拉斯尖叫道,并将口袋里的红手帕、诗稿一股脑儿掏了出来。"我有麻烦了。"他拿手绢擦了把脸,然后小心地扔在地板上。他颓丧地靠在硬木椅背上,一边小口地喝着伯恩斯坦的葡萄酒,一边试图将手帕踢到邻桌的座位下面。此时,伯恩斯坦和女演员耳语了几句。

"快给我一镑钞票。"女演员冲他说道。

他从口袋里掏出菲比给他的弗罗林,搁在桌子上。

没有人问他之前准备拿什么来付玛洛普药店的药钱。伯恩斯坦打开钱包,掏出一镑钞票,递给女演员。于是女演员从霍拉斯身边挤了出去。他感到极为沮丧,无论是对于朋友的慷慨,还是对于女演员的臀部,都无动于衷——女演员性感的臀部紧紧地裹在丝绸里,从他眼前摇曳生姿地晃过去,还蹭在了他的身上。

"我们得去买报纸。"他对正在给自己倒酒的伯恩斯坦说。伯恩斯坦则尽可能保持礼貌,没有对他的痛苦冷嘲热讽。

女演员离开了差不多一个小时。在她回来之前,伯恩斯坦没让霍拉斯离开。他自己出去买了份《先驱报》,任由霍拉斯逐字逐句地寻找自己的名字。

"没准儿明天的《太阳报》就会登出来。"他小心翼翼地将粘上酒的报纸叠了起来,还用手掌将其抚平,报缝整齐得如同剃刀一般。

女演员(名叫谢莉·克劳迪恩,很快会在蒂沃利合唱团的前排露脸的)终于回来了,看脸色有点儿不开心。她从手袋里掏出个报纸包着的瓶子,塞给了霍拉斯。

"跟她说,"她嘶哑着嗓子低声说道,"这玩意儿得等她丈夫出门之,一早喝下去。会很难受,不过叫她不要害怕。"她说完亲了下霍拉斯粘着酒的嘴唇,让他惊诧不已。

霍拉斯很动情。他抓住女演员的手,不住地摇着头,眼含泪水,激动得说不出话来。

"去吧,"她说,"看在上帝的分上。"

"我该怎么谢你?"

"为我写首诗吧。"女演员说着又亲了亲他,不过这一次亲的是额头(他从未一天里被人亲过这么多次)。

"让该死的法律见鬼去吧,"霍拉斯对伯恩斯坦说,"法律就是竿子上的猴子。"

"是头驴子。"伯恩斯坦说。

"是该死的羊屁股。"霍拉斯说着将瓶子稳妥地放进口袋,抛下扔在地上的手绢。他一本正经地向恩人们道别,然后离开了。

他并没有直奔玛里拜农河,而是小心翼翼,拐弯抹角,先是朝北行驶了一段路程,像是要前往布伦兹维克似的,接着又掉头向南,似乎忽然之间对动物园发生了兴趣。他沿着静悄悄的街道,赶着马车一路小跑着朝秾市街方向前进,等他终于觉得安全了,才允许托德放松下来,恢复了往常的做派,耷拉着脑袋,懒洋洋地迈着蹄子,行走在巴拉腊特路最后的2千米。他们停下脚步,听由托德啃点金鱼草、野蔷薇、飞燕草和天竺葵,让它拉拉屎,或者哪怕只是翘起尾巴做出想要拉屎的样子。这匹驽马,仿佛知道这不同寻常的一天尚未功德圆满,在离目的地还有四百码的地方,颇有远见地甩掉了一只马掌。

69

霍拉斯的驽马将头埋进了一堆马粪里,那些马粪原本是莫莉买来给花园当肥料的。我在车灯里远远地看到了它,还有马车筐子上罗利人的招牌。我感到头皮发麻,双手紧握,知道一定出什么事了。这绝非我凭空捏造,事情的前前后后我记得清清楚楚。还没有听到妻子的声音之前,我便知道一定是发生了什么事——她声音扭曲、碎裂,如同玻璃划过跌落的水彩画。

我奔向屋子,发现厨房里空无一人。卧室里灯火通明,帆布墙上,人影窜动。我三步并作两步,爬上原本通向礼堂小讲坛的那两级台阶,一幕未曾预料到的情景呈现在我眼前:我的妻子躺在床上,正往一个盆子里吐着绿色的胆汁,端着盆子的,则是一个我根本就不认识的人,我的岳母坐在床头,轻抚着女儿的双脚。

菲比穿了身羊毛睡衣，全身时而扭曲，时而绷直，时而缩着一团，拍打着胃部，不住地痛苦呻吟着——我一进门便听到她的呻吟，令人不寒而栗。她的头发湿透，黏在额头上。而我的口袋里，鼓鼓囊囊地塞满了订制的图片："我的屋子""我的家""我的家人"。

"天啦，到底是怎么回事？"

莫莉根本不看我。那个端着盆子的人我则不屑于去看。

"菲比。"我叫道。

"中毒了。"她说着，假装轻松地挤出个笑脸。

面对这几个搞阴谋诡计的家伙，我第一个也是最强烈的愿望便是拎出一个，狠狠揍一顿，打断他的鼻子，敲掉他的门牙，将他的头使劲地磕在地板上。

"什么毒？"我大声嚷道，连莫莉也不敢抬头，一直盯着女儿冰冷雪白的双脚。"什么毒？"我问那个胖头，双手紧紧抓住铁床——手掌上还写着抗滑差速器的报价。

菲比张开嘴，准备回答我，不过很快便改变了主意，继续呻吟，然后歪向那个陌生人拿着的盆子吐出一条长长的黏稠状的绿色液体。

"我是你的丈夫。"我使劲地摇了摇床。

那个后来我知道名叫霍拉斯·邓洛普的家伙张开他孩子似的嘴，紧接着又闭上了。

菲比强撑着半坐起来，枕在胳膊上。"我怀孕了，"她说，"而且，我吃了毒药。"

我冲到床头，半闭着眼睛，眉头紧锁。要不是诗人足够聪明，迅速地躲开，我肯定会把他从椅子上扔下去，狠狠地踹上几脚。

我端起盆子。

"不，宝贝。"菲比精疲力竭地说道。

我摇了摇头。

"不，宝贝，"她说道，试图强作笑脸，"没什么事。菲比也没事。可怜的赫伯特。"

"不管你是谁，"我冲正在门口徘徊的诗人说，"赶快去找个大夫来。"

"不要找大夫。"菲比说着抓住了我的手。

"他们会控告她的，"诗人说，"她不会死的。不用找大夫。"

"他是谁？"我问道，"他怎么会在这儿？毒药是他给的对吗？"

"不，不，"菲比说，"他不过是个罗利人。"

"她不会死的，"霍拉斯说道，试探着想要回到房间里，"她只不过是在将胎儿排出来。"

"放肆!"我咆哮着霍地站了起来,菲比吐出的胆汁顺着我的裤子直往下流。"你竟敢说我的孩子是胎儿。"

"学名……"

"我的孩子不叫这个名字,你这个无赖。有我在这儿,她不会失去孩子的。"

"没出生的孩子学名都叫这个。"

"没出生的话,它就会待在那里,直到时机成熟。不管你是人是鬼,记住我的话,她不会失去孩子的,她什么也不会失去。"

"可怜的赫伯特。"菲比呻吟道。

"这是犯罪。"霍拉斯痛苦地拽着领带说。

"我家里根本就没有毒药,"我说,"屋子里什么也没有。我妻子病了。她什么也不会失去。"倘若你在现场,倘若你亲眼看到我当时的样子,你就丝毫也不会怀疑,哪怕仅凭自己的意志,我也要将胎儿死死地固定在胎盘上。

"你快去给我找个大夫来,"我对罗利人说,"现在就去,把你的马从粪堆上牵开,马上出发。"

"它的脚跛了,"霍拉斯说,"掉了一只马掌。"

"那么就开我的车去,伙计。现在都已经是1921年了,只有蠢货才会骑马。"

"我不会开车。"他结结巴巴地说,嘴脸一如酒吧里那些知道自己即将挨揍的人。

"我来开车。"莫莉说。

"你不能开,"我说,"你不会开。"

"我会。"她简洁地回答道,然后站起身,拍了拍女儿的膝盖。"我来开车。走,霍拉斯,"她说,"你跟我一起去。"

她拽着霍拉斯的袖子,领着他离开了房间。

70

12 年后,莫莉·麦克格瑞斯因为拒绝将自己的三个电器产品卖给新成立的国家电力委员会而引人关注,那些是她在巴拉腊特、吉朗及本迪戈时期分别得到的。但在 1921 年的时候,对于她的能力,我们丝毫没有察觉。不过对于她的热情,我从未有过怀疑。你只需看看她凝视自己捐给穆尼·庞兹天主教堂那个通电便能发光的十字架的眼神——她的眼神,与画上描绘的女圣徒的眼神一样,因为喜悦而泛着光芒——就会明白,她对于电的狂热,绝不亚于对于上帝的虔诚。

可是我们都以为她傻呵呵的。她也纵容我们这么想。她是杰克·麦克格瑞斯疯疯傻傻的妻子,倘若知道她居然成天跟不动产经纪人耗在一起,翻看待售产业的资料的话,我一定会不顾一切地保护她。至于开车,我认为她完全不具备这项能力。然而,我压根不在场,因而也无法阻止她。

她远远地打量着那辆希斯巴诺·苏莎汽车,并最终来到它跟前。

"这是我的车。"最后,她这样说道。她上了趟厕所,抹了点口红,然后一路小跑着爬上车,坐到驾驶座上。她口中念念有词,教自己(声音很吵)如何踩离合器,如何挂挡;菲比从停在远处的莫里斯·法尔芒跑过来,发现开着车子在颠簸不平的草地上转圈的人不是别人,居然是自己的妈妈。

菲比终于不再反对她开车了,甚至要求莫莉教她如何开车。

不知道什么原因,反正她们自始至终都没有告诉我,实际上母女俩待在屋子里的时间远比我想象的要少。她们总是四处转悠——开快车,而且是无证驾驶,不过她们很少鲁莽行事。正因为有了这样的经历,莫莉才想到出租车行业,不过那是后话。

菲比中毒的那天晚上,我岳母的车开得并不太好。她熄了三次火,还鬼使神差地从花坛上压了过去,留下巨大的车轮印子,远比她已故的丈夫压出来的要深要大。她无法理解菲比为什么要将自己的孩子杀死,正在痛苦中挣扎的女儿在她眼里像一个陌生人。她无心驾驶,一门心思里都在向圣母玛利亚祈祷,祈祷自己的女儿不要死去,祈祷她腹中的孩子能够安然无恙。

"简直无法理解。"当他们开着车子,横冲直撞地驶上前往纽马克特的道路时,她对霍拉斯说。"她怎么会做出这样的事?"

深感内疚的霍拉斯没有回答。他痛苦地坐在希斯巴诺·苏莎的真皮座椅中,心情糟糕透了,对于莫莉如此胡乱开车可能导致的后果都感觉不到害怕。

"她爱他,"莫莉对诗人说,"她对他简直就是痴迷。她崇拜他。真不知道她怎么会做出这种事?她以为做那些事会有什么结果?"

诗人没有问她所谓的那些事究竟指什么,尽管他猜也能猜到机翼并不能阻隔两口子在床上发出的嘎吱声。

"她是个诗人。"他说(当他们嘎嘣作响地驶上通往富茨克雷的石子路,寻找大夫诊所的灯光的时候),但在可怜的菲比从她曾经漂亮的嘴里吐出的可怕苦胆汁面前,这个辩护显然太乏力了。

"无法理解,他对她那么好。可怜的赫伯特,"她紧接着说道,"可怜的家伙。她把他的心伤透了。"

她永远都不会明白,尽管也许她应该明白。他们花了将近三个小时才找到亨德尔森大夫诊所的灯光,一路上,莫莉很有可能颠来倒去地说着这几句车轱辘话,仿佛晨梦一样——恍惚间,一张滑偏了的胶木唱片,没完没了地传出同一个问题。

71

我坐在床头,拿湿手帕轻轻擦着她的额头,既是替她擦去汗水,也是轻轻的抚慰。我慢慢地擦着,满心的忧伤,希望我的孩子安然无恙。

我的妻子流着泪,一边给我解释,一边也在替自己辩护,有实话,有谎言,也有歉意,说着又抽搐了起来。我将她的头搂在怀里,放在盆子上方。

"大夫就要来了,"我说,"大夫就要来了。马上就到了。"我完全是凭空捏造了个该死的什么大夫,又替他杜撰了辆汽车,想象着他已经上路,替他打开车灯,让他朝着我开了过来。额头的汗流进了我的眼睛,又顺着我的脸颊流了下来，如同泪水一般——我从来不轻易掉眼泪。

无数的声音，几乎非人的声音，紧紧地锁在我的喉咙里，痛苦像钢簧般，一旦释放，将充满整间屋子，像长矛一样刺穿墙壁，划破我的新娘、我的妻子那光滑白皙的肌肤。我用一根螺母将他们拧紧，再用一根插销将矛柄拴住，继续拿手帕替她擦着额头。

"为什么？"我低声问道，"这究竟是为什么？"

这个问题让菲比感到震惊。

"为什么？"

"不好，"她说，"不能要小孩。"

我将手帕打湿拧干，替她擦拭胳膊。"大夫就要到了。"我说。

"不行。"说话间，子宫又是一阵痉挛，她紧紧地抓住我的手。

"什么不行，亲爱的？"

"不能开飞机，不行，不能写诗。"

"完全可以的啊。"我说。

"你想要孩子吗？"她非常清醒地问道。她坐了起来，吃惊地看着我。我将床单扯平，将拖出来的部分塞进了床垫。

"想要啊。"我回答道，然后一个手指一个手指，替她擦拭上面的汗水——她的手有点不大灵活了。

"为什么？"

我没有勇气看着她。她用手将我的脸抬起来，以便能看清我的脸。

"我爱你。"我说。我将这三个字从我喉咙里那些危险的部分抽离出来，说出了口，然后猛地又将喉咙里的那扇门关上了。

"不要哭。"她说。

"我没哭。"

她坐起身，搂着我。我将她紧紧拥在怀里，几乎让她喘不过气来。此时此刻，深陷泥泞不堪的痛苦之中，我愿意付出任何代价，以重温那单纯美好的时刻。

菲比很吃惊。她无法理解，从未想象过我当父亲的样子，也无法想象我有自己的孩子。养小孩实在太琐碎了，根本不适合我。

"那么我们还怎么能开飞机？我又怎么能写诗？"

"你可以的，"我说，"都可以。你可以把孩子生下来的。我向你保证。"

尽管悔恨不已,痛苦不堪,菲比也并非全无心计。

"你真的保证吗?"她说。

"我保证。"

"保证绝不阻挠我,永远也不。"

"你把孩子生下来,"我哀求道,"那么,上帝保佑,飞机就是你的了。"

"你愿意立个字据吗?"她说着再次痉挛起来,吐出来的胆汁已经由绿色变成了黄色。

"好的,"我说,"我写下来。"

她比我自己更了解我,我不怪她。

"不要到时候要死要活的。"她说着笑了起来。

不管怎样,我们俩谁也不曾指望查尔斯——他的胚胎世界里巨浪滔天,试图将他扫地出门,但他倔强地坚持着,绝不松手。若干年后,他的妻子会拿这段经历来奚落他,说正因此他才如此倔强,说他尽管讨人嫌招人弃,还是不肯松手,等等。然而,我觉得查尔斯从一开始就是这样,当他还是一团滑溜溜的粉红色的东西,连个像样的脸都还没有的时候,他便如此。所以,尽管我们各有各的看法,有人觉得是上帝的眷顾,有人认为是大夫的医术,有人认为应该归功于我的坚强意志或菲比的默许,但实际上完全不是我们的功劳,真正赢得这场战争的是查尔斯,是他战胜了那个女演员在卡尔顿买的那一团浑浊的液体。

72

亨德尔森大夫个头很小,但胸脯宽阔,面色红润,神采奕奕,淡淡的姜色头发。他开门的时候,手里拿着个插着丁香花的花瓶。

霍拉斯并没有看到他手里的花瓶,但注意到了大夫的领带。那是一根老苏格兰大学生领带。他是如此绝望,简直有点不管不顾,用自己绝望的双手抓住大夫那条领带,像个失散多年的老朋友似的打起了招呼。

"哪年?"诗人问道,刻意软化了自己的发音——系这样的领带,说话得讲究些。

但在大夫看来，这个站在自家门口、衣冠不整的流浪汉，根本不是在用这种方式表明自己属于什么特别的精英阶层，而是失去理智，搞不清楚自己置身何处，今昔何年。

"1921年。"他垂下眼，看着那只抓着自己的领带、满是疣子的手回答道。

诗人觉得这是个了不起的玩笑。非常了不起的玩笑。他松开领带，拍了拍自己的大腿。"哈，哈，"他说，"1921年，真是棒极了。"

大夫抬起一只手将领带抚平，另一只手尽量让花瓶距离这个发狂的陌生人远点儿。"1921年7月，"他说，"晚上八点半。"

"我1915年的时候在那儿。"霍拉斯说。

"你是个退伍士兵。"大夫将霍拉斯所说的"那儿"想象成了另外一个地方。

"不，一名老苏格兰大学生。"

"我明白了，"亨德尔森大夫一边怀疑地看着他，一边说，"找我有什么事？"

能够跟大夫拉上点关系让霍拉斯开心不已，原有的恐惧立即烟消云散。忽然之间，他有一种可笑的安全感。他将事情的来龙去脉告诉了大夫，而大夫自始至终都抱着那瓶花，与他保持一臂的距离。由于他一边讲话，一边笑个没停，讲述的效果大受影响——不幸的是，这样一来，他让人觉得整件事不过是个恶作剧或拙劣的把戏，然而他之所以笑，是因为庆幸自己终究没有被满怀敌意的陌生人震慑住，心情一下子放松下来的缘故。

霍拉斯说的话，大夫一个字也没当真。大夫闻到他满嘴酒气，觉得这家伙一定是喝多了。于是他迅速退后一步，像只乌龟缩头进壳里一样撤回花瓶，试图将门关上。

霍拉斯将一只沾满泥巴的脚放在门内，阻止他关门。

大夫抬起脚，对着霍拉斯的脚趾头硬生生地跺了下去。但霍拉斯似乎感觉不到疼痛，依然将脚稳稳地放在原地。大夫又跺了一脚。然而，连跺两脚的唯一效果似乎只是让霍拉斯停下了他神经质的笑声。在他看来，大夫完全是疯了。

他将脚放在那里，任由大夫跺着，嘴上却滔滔不绝，长篇大论，用词还有一点儿文绉绉的——他本来就有这种倾向，每当他想让别人觉得自己是个人物的时候，就会更加夸张。

"先生，"他说道，"你此番举动，愚不可及。我乃霍拉斯·邓洛普。家父，"他撒谎道，"乃爱德华·邓洛普爵士。我乃堂堂律师。若你背弃当初你从医的誓言，拒绝帮助此可怜可亲之女子,我将入禀法院,控告你不作为兼失职。若此可怜的女子撒手人寰,我定将诉你谋杀,巨额索赔,若此座房屋属你私产,无疑届时你将不复拥有。同时你还将失去你的汽车(我相信你定有辆一流的汽车)。澳大利亚医学会将吊销你的行医执照。威胁一个老苏格兰大学生,先生,实令在下痛苦不已,原以为老苏格兰大学生皆宅心仁厚,善如基督,以上帝的名义,我定要起诉你,让你倾家荡产,债台高筑,此生将不复有出头之日——你此番行为,已然置自己于此等危险的境地了。"

这篇独特的演讲刚进行至一半,大夫便停下一直踩着霍拉斯的脚,而霍拉斯也仿佛获得了缓刑似的,信心百倍地以更加激昂的声调结束了自己的演讲——他完全受19世纪小说的启发,才有此番表现,自然也极尽可能地让自己的演说能够彰显那些小说的辉煌与壮丽。莫莉坐在外面的车子里,至此才搞明白女儿中毒的前因后果。

门打开了。大夫站在那里,臂弯里依然抱着那只花瓶。那是一只最新款的道尔顿花瓶。他忽然将花瓶扔在诗人的脚跟前,摔个粉碎,吓得诗人跳了起来。

"好吧,"欧内斯特·亨德尔森大夫说,"我来帮你处理。"

霍拉斯站在一堆碎瓷片和破损的百合花中,满脑子都在想,在这件事中,自己会承担怎样的法律责任。

73

欧内斯特·蒙哥马利·查尔斯·麦奎尔·亨德尔森大夫的脾气实在是糟透,见识过的人无不震惊,因为在99%的时间里,他都是个沉默寡言的老光棍,大气儿都不出。然而,一旦发起火来:嗖的一声或者砰的一声,一个碟子,或者一只马掌,或者一本牛津字典,就划过空气,飞向窗户玻璃,或者一幅画,或者干脆就是墙壁。然后,顷刻之间,这个矮壮的人(像一把填了太多马毛的扶手椅一样坚硬)就会绷紧全身的肌肉,正当你以为致使他扔东西的那个爱搞恶作剧的鬼魂会再次附身,折腾出什么更加可怕的举动时,他却静静地、蹒跚地走开,满怀心思地咬咬自己的小胡子，重新回到正常的工作生活中去。

看到碎瓷片或者折断了书脊的字典，通常情况下他自己也会震惊不已，然后用鞋尖将它们归拢，仿佛它们是一些被疾驰的汽车撞落在地的鸟儿似的。

然而，这个4月的晚上，让他火冒三丈和让他欢快地离开自己空荡荡、说话都有回声的屋子的，恰好是同一件事。他热切地驾车尾随着希斯巴诺·苏莎，且已深深喜欢上了刚刚谈及的那个女人。

大夫的帕克德汽车的灯光投射在希斯巴诺·苏莎的后窗玻璃上，霍拉斯感觉仿佛检察官充满恶意的质询。

"我逃不了干系了。"他说。莫莉驾着车，轮胎嘶叫着离开大夫的屋子，一直都没有开口。"他肯定会指控我。"

莫莉深深地吸了口气，然后呼了出来。她阴郁地加快车速。霍拉斯刚刚说过的每一个字，从尖声的假音俯冲到令人惊讶的男中音，她都听得真切。

"爱她。"她不屑地冷笑了一声，生气地推了下挡位。"爱她，就用这种方式来表达你肮脏的爱。"

"是她求我的，"霍拉斯说，不敢相信自己又多了个敌人，"她对我哭哭啼啼，亲爱的女士，求你……"

"不要叫我'亲爱的女士'。"莫莉冷酷地说道。"如果她死了，我也会控告你。我有数十万镑，"她说，"如果需要的话，我会倾尽所有来聘请律师。"

"哦，天哪！"霍拉斯哀叹道，"哦，天哪，我的天哪！"

"你还是向上帝祈祷吧，祈祷她不要死。"

"这根本就是个柏拉图式的爱。"

听到这么个脏兮兮的词，莫莉不禁颤抖了一下。她驾着车，沿着巴拉腊特路，以70码的速度，试图逃离这肮脏的一切。大夫加大油门，驾着自己的帕卡德，紧随其后。

"是她求我去做的。"当他们颠簸在通向房子的小路上的时候，霍拉斯喊叫道。莫莉将车碾过她的玫瑰园，拉上手刹，霍拉斯从座位上被颠起老高，剃着短发的脑袋重重地撞在顶棚上。

她熄了发动机。"祈祷吧，"她说，"要是你知道怎样对你才好，那就赶快祈祷吧。"

一分钟后，欧内斯特·亨德尔森赶到，瞥见一个穿了件超大号的、华丽地装饰着玫瑰绣花的黑色塔夫绸外套的女人。从他的车前灯里看过去，她显得高大，粗俗，做作。她大步流星地朝房子走去，而诗人跌跌撞撞、痛苦地跟在她身后。

两个人谁也没有留下来领大夫进屋。他走进厨房，看到那个身着大号黑色塔夫绸外套的女人跪在一块华丽的毯子上，头搁在餐桌上，正在祈祷。诗人斜靠在一扇窗户上，瞪眼看着外面的夜色。

大夫咳嗽了一声。

霍拉斯扭过头来，迎面看到了即将为自己施刑的刽子手。

"她在祷告。"

"是的。"

"即便你不控告我，她也会控告的。"

大夫眨了眨眼睛。"我们去看看病人吧，嗯？"

霍拉斯将他领进卧室，只见菲比躺在丈夫的臂弯里。大夫觉得房间里的亮度不够，霍拉斯忙着端来另一盏灯。待他再次回来，发现大夫站在那里，默默地看着紧紧拥抱在一起的两口子，若有所思。霍拉斯举起灯，不无忧伤地看着大夫——无疑，他是自己彻底背叛菲比最为有力的证据。

74

让大夫满意的是，他发现病人的胃已经基本排空，于是他开了一付胆汁解决方案，先让她停止痉挛，再给她服了大剂量的镇静剂。

回到厨房，大夫看到无神论者霍拉斯也跪倒在餐桌前，而他身旁的莫莉，不知是因为宗教热情还是因为怒火中烧，胸脯起伏不平，让人无法假装视而不见。

我靠在厨房的水槽上，精疲力竭，心力交瘁，一点儿也不想假装虔诚了。

霍拉斯（他从临时抱佛脚的祷告中抬起头来）询问病人的情况。

大夫兴高采烈地宣布，尽管遭受一番磨难，好歹母子平安。他说着帮助莫莉站起了身。

"同样的，"他对我说，"你要感谢你的律师朋友。要不是他，我是无论如何不会来这里的。"

莫莉极度厌恶地看了一眼诗人和大夫。

"要不是他？"她咕哝着坐下。

霍拉斯张大着嘴，凝视着莫莉，不过见她并未继续往下说，便又闭上了。

"什么律师？"我问道。由于紧张的心情忽然之间松弛了下来，我的脸看起来又软又蠢，跟盘蛋奶布丁似的。

"他不过是个罗利人而已。"莫莉说。

"是吗？"大夫问道，他咬着胡子，冲诗人扬起了眉毛。

"人畜共用，"莫莉说，"赶着马车，挨家挨户地推销。"

"那么，他威胁我的那番话，可比我听过的任何律师的辩护词都要精彩。你真该听听，"他对我说，"那口气，简直是要将我绑起来，五马分尸，投进监狱，让我腐烂发臭。他早就准备好了法官、陪审团、书记员等一干人马，只等着一声令下，就扭住我的胳膊，将我五花大绑。所以，如果他真是个罗利人的话，我愿意拿一磅钞票作为赌注，终有一天他会发财的，而且他也应该发财。"

欧内斯特·亨德尔森竭尽所能地为一个堕入爱河的人挽回颜面。

"你得感谢他，"他对我说，"还有那个女士，她的车开得棒极了。男人也很少有她开得那么好。"

莫莉和我对视了一下。我们的眼神，仿佛在半空中相遇，一方是怀疑，另一方则是一束胜利的光芒。

"她不会开车，"我说，"我知道的。"

"她不仅会开，"大夫说，"而且技术一流。"

莫莉快乐得脸蛋涨得通红。

"确实，"大夫接着说道，"那真是一辆好车，但是她开起来丝毫不逊于任何绅士。"

不过莫莉可不那么容易打发。她将双臂抱在胸前，仿佛是要阻止更多的恭维，而要求解释一下她女儿出现问题的原因。大夫说毫无疑问是因为胃痛引起的，当天他就见到过好多类似情况，菲比的症状，较之常见的还要轻，对腹内的孩子没有任何威胁。

是我提出了中毒的疑问。我小心翼翼地提出这个疑问，仿佛它是只家鼠，指出它，只是希望有个更为强大的灵魂能将其杀死。

倘若你问我对欧内斯特·亨德尔森这个人的看法，我得说他不是个说瞎话的人,显然也没撒过什么谎。不过那个晚上,灵感之神却站在他的一边,助他编织出一条炫目的纯属虚构的线索,循环往复,交叉盘旋,让我搞不清楚哪里是起点,哪里是终点;而且他用拉丁词汇(仿佛裹着一层亮丽糖衣的药品)环环相扣,滴水不漏。尽管莫莉根本不愿意劳神去相信他说的任何一个字,霍拉斯和我却因为不同的原因,感激地看着他精心编织的一切,同时也舒了口气。

唔,那么你来说说,我该怎么办?相信我的妻子在骗我?在说谎?在蒙我?而且跟其他混蛋合谋来骗我?当然不可以。我接受这些谎言,心存感激地将它们握在手里,将它们裹在身上,如同裹在羊毛毯子里的孩子似的,体味着柔软而舒服的感觉。当然,任何人说某个谎言是真实可信的时候,其实都是一样;他们的意思并非说这个谎言构思得如何完美,而是指谎言让他们感到舒服。这也是为什么当英国人对我们说我们也是英国人的时候,我们愿意相信,而当美国人告诉我们说他们会保护我们,我们也愿意相信。所有上述情形,我们当然都在某种程度上心知肚明并不属实,所以我们才将它紧紧地搂在怀里,而不是拿在手里,距离身体远远的,放在阳光里仔细打量。

所以我给了霍拉斯一个朋友般的拥抱,并向他保证说孩子将会随他的名字(后来我又作过几次类似的承诺,而且所有这些承诺我都不打折扣地兑现了)。

我们打开啤酒。我在厨房里走来走去,找了些喝酒用的杯子,还有些过期的硬饼干。我估计自己像只自以为是的公鸡,昂首挺胸,撅着屁股,将胆汁、眼泪等记忆彻底从头脑中抹去。

"为我的妻子和孩子,"我举起一杯满是气泡、温热的啤酒说,"为航空事业,为澳大利亚,干杯!"

"为妻子和孩子,干杯!"他们一饮而尽。

啊,他们一定以为我是个恶棍,只是手法和他们稍有不同而已,不过他们的智慧并未能让他们免于一死,而我的愚蠢直到今天仍未置我于死地。

我们又喝了几瓶如肥皂水一般的啤酒。我变得有点唠叨,跟他们东拉西扯开飞机的种种经历。莫莉甚至应我的恳求,背起了劳森的诗。霍拉斯不胜酒力,大声地背了两首十四行诗,让我们一个个如堕五里雾中。

当大夫觉得自己的工作已经完成得差不多的时候,他站起身,准备离开。我抓着他的胳膊,一直将他送到门口。还有件事,我希望能够私下里和他谈谈。

我将霍拉斯一个人留下来和莫莉待在一起。诗人感到非常不安,如同先前热情地跪下祷告一样热情地背起了劳森的诗（实际上他很讨厌劳森）。

莫莉看着他，那眼神仿佛他是只蜘蛛——不管他有毒还是没毒。

75

我不想让大夫就此离去，但我又鼓不起勇气将萦绕在心头的那个脆弱的问题直截了当地说出来。于是，那个可怜的家伙发现自己在我身边跌跌撞撞，穿过黑暗的草丛，漫游在花坛之中，结果踩在马粪上。我们就这样，在雾气弥漫的夜色里，奇怪地徘徊着，只听到我一直在向他表达谢意，一个劲地说给他添麻烦了，但颠来倒去不过就那几句话。

欧内斯特·亨德尔森一定以为我有什么难以启齿的传染病要向他求治：梅毒或者肺结核，要么就是两样都有。

但我脑子里想的却是腿的问题，再也没有别的了。我想知道的是，父母的某个特点，遗传或者不遗传给下一代，究竟是怎么一回事。对于头的形状、眼睛的颜色，甚至包括性格脾气（到目前为止，我还不知道我尚未出生的儿子的倔脾气）什么的，我一点儿也不在乎。我想搞清楚的是腿的问题，很想知道罗圈腿（"膝盖外翻"这个说法我无论如何说不出口）究竟是如我听说的那样，是因为营养不良，还是从父母那儿遗传的，如果是遗传的话，父母双方究竟谁更重要，有没有可能预防。尽管我脑子里想得非常清楚，但我并没有清楚明白地说出来，由于不好意思，我的表达也受到了妨碍。我说起了中国人，因为我发现中国人中罗圈腿非常普遍，尤其是上了年纪的人。我见到龚谢应家就有好几个人是罗圈腿，早在我发现自己也跟他们一样之前。不过我并没有直奔主题，而是兜起了圈子，讨论起发生在蓝坪窟的反华暴动，在那次暴动中，龚谢应的父亲和叔叔都被杀了，也正是在那里，他学会了一种特别的站立姿势，似乎有种隐身的效果。

"比如说，"当我们第五次掉转头朝着阴湿的玛里拜农河边走过去的时候，我向大夫问道，"到时候我该多喂他吃蔬菜吗？"

你肯定会说，现在亨德尔森大夫根本就没有时间留意我的腿，我肯定是让这家伙一头雾水,浪费他的时间,消耗他的精力,原本他早都可以回家睡觉了。倘若事实果真如此的话,他并没有任何表露。他尽其所能地回答我,说腿的形状确实可能因为营养不良而受到影响,但他也发现像哈布斯堡家族耳朵一样存在遗传的情况,至于父母双方究竟谁更会遗传,机会一半一半,都有可能。

我听着这个令人很不舒服的消息,默不作声。大夫瞄了一眼泛着荧光的手表。

"那么,蔬菜,"我说,"究竟是吃还是不吃呢?"

"吃蔬菜没什么害处。"

我看到他走向自己的车子,跟他握了握手,等着他转弯。倒车的时候,明亮的车灯直射在我身上。我不知道他是朝前看还是朝后看,但我朝侧面转了下左腿,手搁在屁股上,如此一来,从大夫的角度,无论如何,也看不出来我有两条罗圈腿。

76

我没有仔细研究过癫痫,所以我无法确切地知道为什么霍拉斯会选择在大夫离开的时刻发作起来。可能是背诵劳森的诗给他造成的心理压力,可能是一天里发生了太多令他神经紧张的事情,可能是他原本已经精神紧绷却又喝了些酒,或者也可能是知道没有人会指控他,心情一下子放松了。不管诱因是什么,当大夫的车灯扫过他瞪得圆溜溜的眼睛的时候,他的整个系统忽然之间出了故障。他像一个被解开的松紧线团,一个忽然被松开扎口的充满气的气球。他在地板上打滚磕碰,挥舞着胳膊,硕大的脑袋砰砰猛撞,可怕地翻着白眼。他的嗓子眼里不住地咕咕作响,发出令人震惊的怪声。

莫莉吓得尖叫起来。他听到了她的尖叫声。他什么声音都能听到,每个词都听得明白。我跑进屋子,他听到了我的脚步声,以及后来我说的每一个音节。

"他好像窒息了。"

"这是癫痫发作。"

"把他舌头拉出来。"

稍稍停顿了片刻。

"快点,妈,"无助的霍拉斯听到我说,"快去拿根帽针来。"

77

简直无法忍受,菲比在给安奈特的信中说,她现在像是疯了一样。她不再只是有点儿古怪,而是彻底疯了。倘若你觉得她还像住在西区大道的时候一样,有一个讨人喜欢的快乐灵魂的话,那么你会难以想象。她的那双小眼睛眨都不眨,像只澳洲喜鹊似的,转动着脑袋,恶狠狠地看着我,好像觉得我会从毛衣上摘下别针,扎进双腿间婴儿的心脏。我跟她已经无法沟通了。我试过。当然,我俩都知道问题出在哪里:她以为可怜的霍拉斯是我的情人,上帝啊。即便霍拉斯也有资格对此嗤之以鼻。

安奈特,我现在臃肿肥胖,像只肥硕的鼻涕虫,我感到厌烦透了。飞机就停在那儿,我从窗户里就能看到。这是唯一能让我保持清醒的东西。

不,对于赫,我并未移情别恋。他工作努力,疼我爱我,但我已经厌倦了。恐怕你都认不出我来了。我成天坐着,看着窗外,甚至连打扫屋子、做饭等简单的事情都没办法做。只有霍拉斯逗我开心,可是她就坐在那,十指相扣放在腿上,好像我们随时都会跳上桌子,翻云覆雨一番。这种情形,我们怎么可能去讨论诗歌、生活或者其他随便什么东西呢。

我真傻。我甚至想都没想过要采取什么措施以阻止这一局面的发生。我以为他会采取措施的。我真是孩子气十足。现在我感觉自己有50岁了,忧伤,枯萎,而且看着我母亲,听她说要收购个出租车公司,你简直不敢相信这让我有多伤心。随信附上我最近写的几首诗。求你一定要挑挑毛病,要将它们批得一无是处。告诉我。这些东西,我只能拿给霍拉斯看,可是他如此可爱,根本不说一句批评的话。倘若我听信他的话,我会以为自己是个天才。这些诗真的好吗?我是不是在自欺欺人?我是不是应该停止做这些毫无用处的梦,对自己已经拥有的一切感到满足呢?因为他真的爱我,安奈特,我知道我能让他快乐,可我并没有那么去做,哪怕片刻工夫也没有,我猜他想要的不过是简单的生活：一个胖老婆，一大群孩子，每天晚上能有点白菜和炖汤就够了。

我不再进城了，也不上剧院了。我坐在后门的台阶上，剥豆子，试着喜欢肚子里这个一直踢我的小家伙。我知道你很忙，但我还是求你能来看看我。希望你收到信之后马上回信。我现在的生活，再也没有什么别的期待能给我带来如此多的快乐了。

深深爱你的，
菲比

78

让我感到害怕的不是鬼魂。在它到来之前，我已经感到害怕了。它仿佛是我的满足心理的一个平衡物，我越是感到满足，就越害怕失去。我种的桉树开始生出粉红色的嫩芽，在春天的阳光里闪耀，仿佛饱含着血液的皮肤。我老婆的肚皮也将衣服撑得满满的，乳房胀大。无论什么地方，生命看起来都如此的脆弱，如此的毫无遮蔽，我不需要什么吹哨子的鬼魂来让我思考生命与死亡的风险。

我受不了听我老婆讨论什么飞行。这个话题，不久之前可谓是快乐的源泉，现在则是我们呼吸的空气中的毒药。我满脑子浮现的都是残肢断臂、折断的机翼支架，我希望劝她找点更温和也更安全的爱好。这也是为什么我邀请霍拉斯留下来的原因之一。我替他搭了个房间。我用锯子锯了些新木料，呼吸着又甜又酸的黑基木的气味。虽然莫莉咂吧着舌头，很不认同我的做法。这可是一间挺像样的房间，15 码见方，有书架可供放书，还有张不错的桌子供他写诗。

霍拉斯很温暖，很舒服，很温顺。他像只豚鼠似的担惊受怕，他的不安对我来说是一种安慰，让我稍感安全。有他待在屋子里让人放心不少，好比一只宠物，总归会带来些爱意。另外：他还会读书。我心里一直在想我可以跟他学学读书的窍门，这样当我喝过点墨水的老婆把她写的诗拿给我看的时候，没准我也能略知一二，就不用傻呵呵地看着那些龙飞凤舞的字迹一脸茫然了——每次遇到这种情况，我都如坐针毡，只好不懂装懂，还得装出一副兴高采烈的样子。与此同时，我还得假装着很喜欢他的如羽毛般轻飘飘的声音，让他朗诵的时候大声点儿。

霍拉斯人不错，但温顺得近乎软弱。他根本满足不了菲比的要求，当她希望聊聊飞行的时候，他既不能陪她畅谈一番，也不能巧妙地转换话题。当菲比要求测试一下自己对于西德维尔写的那些知识掌握得如何的时候，拿着厚厚一大本翻得卷了角的厚书的是霍拉斯那长满疣子的手，而我则坐在没有收拾的桌子一头，不知道是该为他篡夺了我的位置而心生妒忌，还是该为自己大字不识尚未露出马脚而高兴，或者至少，该为自己拥有一个屋子、一个家庭、一个炉灶而开心。

"发动机突然熄火可能是什么原因？"

"可能是因为打火装置出了故障，也可能是因为油路的问题。"我的妻子说，面对如此灾难性的情况，她连眉头也没皱一下。

"怎么修理呢？"霍拉斯悠闲地翻了一页，继续问道，仿佛翻的是他随时携带的罗塞蒂精选集似的。

"修理的话，要测试一下磁电机，关闭油路。"

"要是发动机打不了火呢？"

"唉，"莫莉将她手里正在织的粉红色毛线放进纸袋子里，站起身来说，"你现在应该看的是菜谱，女儿。"

"如果发动机有一个气缸点不了火，"菲比冲她妈妈笑着说道，"那就肯定是火花塞出问题了。"

"或者替你丈夫熨熨衬衫。"莫莉说着将那只大水壶放回到炉子上。

"赫伯特不会在乎的。如果既打不了火，同时又伴有很大的砰砰声或者咔哒咔哒的声音，那么就很可能是阀门坏了。反正衬衫都是霍拉斯熨的。"

"要是打火不规律或者只是偶尔能打火呢？"霍拉斯红着脸问道，菲比当着大家的面说他干家务活让他很尴尬。他抬头瞄了一眼莫莉，碰到她的目光之后又迅速将眼睛移开了。

"你把她宠坏了，"她对我说，"我永远都搞不明白你干吗要立那个愚蠢的字据。那是我见过的最叫人恶心的事。"

她所说的字据是个法律文件，签署它的目的主要是为了向菲比证明：关于飞机的承诺，我是说到做到，说话算话的。

"可能是因为磁电机上的触断器摇杆偶尔会卡住。"菲比笑着对我说。"只有这样才比较合理，"她对莫莉说，"他就是个撒谎精。"

"菲比!"

"但是我爱他,妈妈。"

"哦,天哪,"莫莉气急败坏地用茶杯敲着水槽说,"大概我是过时了。"

"毫无疑问,确实如此,妈妈。要么,"她对霍拉斯说,"是因为分电器上有油污,或者铂接点需要重新校时。"

莫莉提到的文件可能有必要在这里附录一下。我签它的目的,说到底是想证明,即便对待魔鬼,我也依然心怀慈悲。

本协议于1921年9月20日签署。订立双方分别为维多利亚州西墨尔本达德利公寓的赫伯特·彼得·白杰瑞(下称赠与方)和菲比·玛蒂尔塔·白杰瑞(下称受赠方)夫妇。

鉴于,一、受赠方希望驾驶飞机;二、在双方婚姻存续期间,受赠方受孕并怀有赠与方的孩子;三、前述的妊娠状况致受赠方试图拓展前述的飞行事业受到极大的负面影响;四、赠与方拥有莫里斯·法尔芒短角牛飞机一架(下称飞机)。

本协议特此见证:鉴于赠与方对于受赠方的爱和感情,以及其他充分而必要的考虑,特此承诺(遵照后续附件):一、本协议有效期内,赠予方将不会再次致受赠方怀孕,也不会在危险期内以任何形式激起受赠方与其行房的欲望,以避免再次怀孕;二、赠与方将竭尽所能,采取所有可能的措施,向受赠方传授飞机驾驶技术,赠与方将不得以任何理由拒绝提供资金或信息以对飞机进行维护,以确保其适航;三、受赠方产子、妊娠结束后,无论天气好坏,也无论昼夜,赠与方均不得劝阻受赠方驾机起飞;四、赠与方将随时为受赠方提供资金,以购买燃料、机油,支付机修、地面支持等人工费用,但须基于此一前提条件,即非经赠与方书面许可,受赠方驾机飞行距离夫妻双方居所不得超过80千米。但赠与方不得无理拒绝出具书面许可。五、双方同意,如受赠方确再次因赠与方而怀孕,本协议将视同赠与方将飞机以完全无偿的形式赠与受赠方,不再享有任何形式的所有权,且赠与方须为受赠方提供足够的资金,以供其生活、维护飞机以确保其具备适航条件、购置燃料。届时,无论受赠方是否仍是赠与方的妻子,或是否仍居住于双方现有居所,赠与方均将无权限制受赠方驾驶飞机的距离、时间。六、如飞机损坏,或不再适航,且无法修复,赠与方将为受赠方提供一架同样配置,同一型号的飞机,或提供一架同等性能的飞机,但须基于此一前提条件,即本协议中任何条款均不得剥夺赠与方与受赠方正常行房(勃起,插入,但不允许射精)以维持婚姻的自由。

双方在协议上按手印、盖章。协议自签署之日起生效。特此证明。

79

对于一个希望别人相信自己所讲的故事的人来说,谈及超自然现象显然对他没有任何好处;我宁愿编个精巧的谎话,将漏洞堵起来。然而,这个漏洞太怪异,形状太特别,唯一能够堵住它的,只能是导致它的那件事。

我跟谁都没有提及鬼魂的事。1921年3到7月间,我经常能够看到它。它或是坐在厨房的桌子前,或是在屋子里到处走动。有时候,它每个晚上都在。有时候,我以为它再也不回来了。两天、三天、四天,它没再出现。然后,我又会在夜间醒来,听到它坐在厨房的桌子前,走调地吹着口哨。这种时候,我的颈脖上、胳膊上和腿上没被直筒裤磨掉的汗毛,都会一根根直立起来。我大汗淋漓,直将被单湿透。

母鸡们可以为我作证。它们会发出类似深夜有蛇钻进鸡舍的那种骚乱而又慌张的声响。有只罗德岛公鸡干脆吓得丢掉了性命。莫莉的判断是鸡舍太潮湿的缘故,对此我没有发表任何不同意见。不过,那只死了的公鸡闻起来有蛇的气味。

鬼魂并没有一个完整实在的形状。相反,它像汇聚在一团明亮的光晕上的光线,像是小孩子玩的那些拼图中的一种,从1至95,每块都编上了号。它带着蛇,坐在厨房的桌子前。那条蛇,好像一根项链,在鬼魂的脖子上游动,在它的身体里不停的进进出出。你甚至可以看到那条蛇内脏的跳动:黏液,骨骼,青蛙腿,还有别的长着蝌蚪似的尾巴、挤在一起的不明物质。

这个鬼魂是杰克。它从我卧室窗前走过的时候,那步态绝对错不了。我看到它穿过空地上的草坪,走上泥地,绕着莫里斯·法尔芒徊。

你现在当然可以说,这个鬼魂完全是我自己捏造出来的,只不过是因为良心上不安,夜深人静的时候感到内疚而已。倘若你也能说清楚为什么那只公鸡会死,为什么它会有蛇的气味,或许我会承认你讲的有可能。你大可以对此提出质疑,但不会带来任何不同，故事还是那么个故事，我的皮肤依然刺痛，或许也不会改变我小腹下坠、狂泻不止、溅得茅坑里到处都是的事实，自然也不会改变我日夜都要面对的那些个无法预知的时间。

鬼魂的这些夜间来访，使我和蔼得有点过了头，我与菲比签署的协议只是其中之一。对于鬼魂的老婆和女儿，我投注了更大的热情，我无微不至地关心让她们眼花缭乱，我从科尔游乐中心给她们捎回来各式各样的小装饰品，从东部市场给她们带回风格独特的奶酪。我给莫莉买酒，给菲比许许多多的自来水笔，这样的话她可以选择用任何颜色的笔写诗。正如我之前提到的，我替霍拉斯搭了个房间，并且请求他把自己当成我们家的一员。然而，我所做的这一切，对于鬼魂来说似乎没有任何作用，它还是想来就来，想走就走，吹着口哨，踏着重重的脚步，玩着蛇——有时候像是兴师问罪，有时候又像是赤裸裸的淫邪。

在年轻的接生婆将查尔斯捧在手中的那个晚上，我猜我看到了它。它在屋子里旋转，舞动，跳跃，像个剪毛工似的欢呼雀跃，蹦跳着穿过达德利平原的泥地，走了。

我一直等着他回来。小小的查尔斯对着那些试图将他毁之于无形的人愤怒地大声哭喊，吵得整个屋子不得安宁，无法入睡，而她妈妈的乳头痛得钻心，根本受不了我妒忌的舌头触碰一下。但是，杰克还是没有回来。

你现在也许会说，鬼魂仅仅是想看看它的香火得到延续。现在它看到了，所以就离开了，再也不回来了。但是，倘若鬼魂只不过是希望能听到谋杀它的人的孩子的哭声，断不会带着一条蛇四处招摇，任由它游走在自己的脖子上，顺着自己的喉咙将它吞进肚子，再从双腿之间把它扯出来，也不会雀跃着庆祝自己的女儿嫁给一个不厚道的人。因此，它必定是有其他什么目的，必定也不是庆祝那么单纯的事情。

目睹它的舞步，我不禁不寒而栗。因为我知道，在一场我根本不知道规则的战斗中，我吃了败仗，摧残我的人溜进了我的防御工事，将武器深深地插进他的对手的要害，而他的猎物根本没有意识到自己遭受了怎样的伤害。

莫莉一直认为孩子是霍拉斯的种。而霍拉斯所做的一切，无疑进一步强化了她的想法。然而，实际情况是，霍拉斯最终发现，他真正的职业不是诗歌，不是法律，也不是推销什么罗利人的香膏，而是收拾屋子，照看孩子。即便是莫莉也不得不承认，干这些家务活，他比很多妇女都更熟练，更能干。屋子打扫得干干净净，一尘不染,饭菜简单但分量充足,孩子也清清爽爽,开开心心。霍拉斯哄孩子,替他的小屁股拍上婴儿爽身粉,替他洗尿布,可以说只有当孩子冲着他的胸口嘟起小嘴要吃奶的时候,我们才能作出判断,即他并不能同时既当爸爸又当妈妈。他非常喜欢看着孩子的小腿蹬来蹬去,轻松地打着饱嗝,对他尚未真正形成的一点小小的智慧惊诧不已。

另外一方面,莫莉发现我对孩子非常小心,总是抱着一副含蓄而又谨慎的态度。我像定格了一样,笨拙而僵硬。每当我将查尔斯抱在怀里的时候,他便拼命挣扎、尖叫,直到霍拉斯重新将他抱回去才善罢甘休。

所有这些似乎都证明,莫莉关于孩子真正的父亲究竟是谁的判断是正确的。不过我从未有过这样的想法。如此小心地对待查尔斯自有我的道理。我眯着眼,看着他。当他躺在摇篮里的时候,我偷偷地观察他。随着他慢慢长大,逐渐成为大家关注的焦点的时候,我才发现究竟怎么回事:查尔斯整个儿就是有着两条罗圈腿的杰克。

那个晚上的旋转、跳跃、舞动一点儿也不奇怪了。

我没有浪费时间去思考受孕的机理,究竟是杰克的鬼魂趁着黑夜爬上了菲比的身子,将他跳动着的光线深深地植入她的子宫,让她呼天喊地,还是驱使那条满腹都是精液的蛇像电一般游进卧室,并在她双腿间迂回——睡在她旁边的丈夫毫无戒心。

菲比对儿子没有表现出多少母性,不过,对此我私下里非常感激。我们从不讨论小杰克摇摇晃晃、默不作声地走进他原本不该靠近的地方。但我一直认为,我们都清楚,一定发生了什么不祥的事情。

遇到这样的挫折,意志稍稍薄弱的人恐怕早就垂头丧气了。然而,当我回想起1921年和1922年,记忆中只有我近乎偏执的乐观主义。我大肆扩建房屋,热情高涨,仿佛要建立自己的王朝。房子越来越大,不断向外延伸,带顶的走道,新搭的房间,等等。我甚至替安奈特也准备了一间房,尽管直到现在她依然没有来过。对于外面的世界,我浑然不觉。当然,家里的种种,我也近乎无知无觉。

比如说:

亲爱的安奈特,事实证明,你又一次说对了,不太可能会有架更现代一点的飞机了。我确信钱应该是够了。我完全相信。但是,整个这件事情似乎只会让他们勃然大怒,他们连讨论一下的意愿都没有。是他自个儿走进了我的生活，带着他所有的梦想和野心。然而，忽然之间，他就变成了个上年纪的人，厌倦尝试任何事情，满足于穿着拖鞋，坐在那里喝茶。他妒忌我。他曾经拿那些闻名遐迩的飞行比赛来哄我骗我，而现在却彻底将它们抛弃。事实上，他似乎已经打算下半辈子做个小店主了。

我猜，那可怜的小家伙也因为我们而遭罪，不过至少赫已经吸取了教训，明白自己根本不具备正常的为人父的情感。我们俩都不是正常人。我确实很爱自己的儿子，但我觉得有点类似父亲对于孩子的爱，而不是母亲与孩子之间那种纠缠不清的爱，不是哭啊闹啊的就是屎啊尿啊的麻烦事。感谢上帝，好在有霍拉斯，有他照看他实在是太好了，我才有时间去学开这架古董似的飞机。至少，我还没被它给吓着，说不定哪天，我随时都可能开着它来看你。狄克西，我真的不能再等了。我像只发情的猫，竖起自己的尾巴，弓起了背，挠着你的小腿。因为这些缘故，我怨恨那空荡荡的天空。你错了（或者，我应该说，弗洛伊德错了——你只是错误地引用了他的话）。可能在梦里他说的没错（他的梦，你的梦，绝对不是我的梦——我只梦见自己修不好的发动机和磁电机），但在现实生活中，只有空虚才会产生情感。我知道在沙漠里我会有类似的冲动，或者任何其他地方，只要是我独自一人，没有其他人在一旁看着我或者非难我。有一次，我一个人坐在火车车厢里，一整个小隔间里就只有我一个人，我知道我可以想做什么就做什么，没有人会来打扰我，那一次，我体会到了最强烈的欲望。所有这些都表明，他们容易生气或者不开心，都是因为他们已经放弃了自己的梦想，而我绝对不会。

80

现在，那些信就在你们手里，赞同菲比的立场，或者将我当成个傻子，甚至别的什么更不济的东西非常容易。这是你的特权。倘若我不希望你享有这样的特权的话，我满可以将那些信藏起来。不过，实际上我也是直到1930年才得到那些信的——在凯恩顿的一家火车旅馆的沙龙酒吧里，从一个干瘪的人手里买来的，想来真是奇耻大辱。我记得他坐在酒吧的小圆桌旁，正一边吃着麝香棒，一边喝着烈啤，用熏得发黄的手指头，将他乱七八糟的家什分门别类。他递给我的是个写着"个人效用"字样的信封，里面装有描绘哥萨克人强奸农村妇女的明信片，还有一套连环画，内容是一个长着10英寸长大鸡巴的小孩子正在干一个大奶子的女人，那个女人肩膀上还有个非常醒目的痣。再有就是我老婆写给安奈特的信了。乔纳森·奥克斯，没错，就是他。不过，他根本没有认出我，我也没有问他为什么运气还是那么背。为了将他偷来的信买下来，我掏了5先令。

所以，发现我老婆的这些小秘密，对于我来说绝不仅仅是件痛苦的事，而且还要破财。不过，现在它属于你了，拿着吧，跟其他东西一块儿。

不过，我得告诉你，菲比从未，或者说根本没有意愿，对我如此敞开心扉。她不拒绝我的爱抚，每次下班回到家，她也总会亲我一下，问问我工作怎样，替我拿拖鞋——拖鞋是她送给我的礼物，不过看起来她非常讨厌它们。我们一起逗查尔斯玩，假装着很疼他的样子。怎么说呢，或许我心爱的女人希望我会读心术吧。

毫无疑问，我对她也有类似的期待。在我的想象中，我建造房屋的热情大家都很认同。而且，有一点我深信是不讲自明的：有一种爱，在我内心深处一直不可替代，那便是人与人之间的温情，是三两知己坐在屋子里，一起聊天，一起欢笑，一起喝着炖汤吃着布丁说说话的爱。相比之下，飞机、汽车似乎是冷冰冰的，没有灵魂，与我们正在组建的家庭比较起来，是无足轻重的。有生以来，我从未像今天这样，觉得在这个世界上，拥有一个真正属于自己的地方。

但我并没有将自己的感受说出来。我觉得这一切显而易见。在我看来，我费尽心思建造房间是一门谁都能理解的语言。他们是不是猜想我新建房间毫无来由，纯粹出于个人爱好，完全是一种愚蠢的痴迷？我甚至为尚未出生的第二个孩子建了个房间。不过，一开始我还只是试探，以商量的口吻提出。我给这间小房子贴上了粉红色的壁纸。菲比非常喜欢。我手里拎着桶胶水，讨好地围着她转——这是一曲求欢的舞蹈。我在莫利县曾经见到过有些鸟儿也同样翩翩起舞，示爱求欢。它们筑起小土堆，展示给心仪的对象。尽管没有任何话语，但用意何在，对方明显了然于胸。

所以，当菲比绽放出笑脸，亲我吻我，她的双唇和眼神，无疑抹去了那份我草率签署的文件中的某些条款。即便如此，我仍然不敢违背老婆大人拟定的所谓危险期，也不敢忽视协议中有关射不射精的细节。直到有个星期天下午，在两小时危险的飞行之后，欲火焚身、饥渴难耐的她，紧紧地抓住我的屁股，直将指甲嵌进我的肉里——也只有在那个时候——我快乐而肆意地迸射出一团精液，爆发出一阵极乐的悸动，这无疑是一次彻底的背叛，更是一团充满着生命的洪流。

直到那时，我才意识到，她对我修建房屋这种行为的认知，绝对不会超过我对她所写的那些诗歌的理解。

81

菲比用水使劲地冲洗着自己的阴部，但真正的痛苦并非自此开始，而是1923年7月的某个早晨。当时查尔斯正拿着勺子将一盘糊嗒嗒的婴儿餐搅得四处飞溅，而霍拉斯站在炉子前煎培根。

菲比起身离开房间，出去呕吐。回来的时候，她直接走到我面前，将晨呕的秽物吐在了我的脸上。

"你这个杂种。"她骂道。

我擦掉脸上难闻的吐沫，轻轻拍掉溅在马甲上的一小块污秽，卷起餐巾，小心翼翼地放回盘里，眨巴着眼睛离开了厨房，来到屋外。即便莫莉也没吭气。

菲比跟了出来。"我要跟你谈谈。"她说。

我停下脚步。狭窄的厨房里的所有人，应该都听到了——我的声音如同石头般沉闷，而菲比的声音颤抖着，只是她尽力控制着。

"我会把这个孩子生下来，"她说，"行了吧？"

"好的。"

"这样你开心了？"

我没有回答。看到她眼中仇恨的泪水，我怎么可能回答任何有关"开心"的问题。

"那么你听着。你用不着陪驾了。前六个月我还是照样要开飞机，不过后三个月我会停飞。后三个月时间我会用来写诗，然后替你生孩子。"

我站在厨房窗外结着厚厚霜冻的草地里。自那一刻起，我完全变了一个人。

我竭尽所能，试图重新赢得妻子的感情。然而，我越是努力，她越是觉得我可怜可鄙。她是那种崇尚坚强、鄙视软弱的人。我越是磕头求饶，她便越是对我冷嘲热讽，甚至当着别人的面挖苦我，奚落我。

但她并非一点儿希望也没给我留下。

82

9月的一个下午，霍拉斯正削着土豆，而我在裁剪一块纤维板——菲比在韦里比降落的时候碰到了篱笆桩，蹭坏了机翼，我得替她修好。这时候，两只帝王鹦鹉落在了房子的三角墙上。菲比挑剔的眼光越过我的肩膀，落在了鹦鹉身上。

"嘘。"尽管并没有人说话，她还是这样提醒大家。

帝王鹦鹉实在漂亮极了，而且在墨尔本春天清澈湛蓝的天空的映衬下，它们漂亮得近乎完美——红色的头和胸脯，绿色的翅膀和背，还有长长的绿色尾翎。它们落在屋顶上，互相清理着羽毛。而遭到妻子冷落的我，感到深入骨髓的孤独。

它们并未久留。它们降落，互相精心打扮，扭着小脑袋四处张望，然后便振翅离去。

我禁不住表达了自己的失望之情。

"它们凭什么要留下来？"菲比说着走进了屋子，"这里连棵像样的树都没有，没有任何值得它们留下来的东西。当初你要是挑一块像样点的地方，有点树，整年都会看到鹦鹉。"

"不可能整年都看到，"霍拉斯小声嘟囔道，他是唯一可以对我妻子提出异议的人，"花开到哪里，它们就飞到哪里。"

"不同的时间，"她说，"会有不同的鹦鹉。"

"没错，"霍拉斯说，"但不管怎么说，我们有漂亮的水鸟，它们也有它们的魅力。"

"但我爱的是鹦鹉，"菲比说，"想的是鹦鹉。"

我举起纤维板，对着阳光照了照。查尔斯在屋子的某个角落里吼叫。我猜，可能正是这一天，他偷吃了霍拉斯的烟丝，也正是这一天，我决定给菲比买对鹦鹉。

83

在会展路的一间酒吧里,我从一个居住在丛林里的老人那儿买了只帝王鹦鹉。一个星期五的晚上,我将它放在厨房的餐桌上。

这个礼物让菲比苦涩的舌头忽然尝到了蜜糖的滋味。她眼睛放光。"哦,"她说,"太漂亮了,太棒了。赫伯特,你得替它做只笼子。"

"有只笼子,"莫莉说,"而且价格不菲。"

"不,不。它得要只大笼子,得像间屋子那么大。"

是我多疑了吗?我是否感觉到一丝极微弱的讽刺?能不能嗅得出来?不过,我仍然认为菲比第一反应所表现出来的热情是真诚的。直到后来,看到我真的开始动手做笼子的时候,她才放任自己的尖酸刻薄穿透最初自然流露的情感,将其转化成一种狡猾的、满含挖苦与嘲讽的东西。

那个时候我还不懂诗歌。在我的想象中,诗歌涉及押韵。即便无关押韵,至少也应该与文字有关。然而,现在我知道,一首诗可以用任何一种形式呈现,可以是戏法,也可以是魔术师的把戏,可以由绳索、纸牌、鱼或者动物、砖头、电线构成。

我从未意识到,我不过是个受雇用的帮手,替我妻子构建一首真正的诗作。我只知道,在它的建造过程中,霍拉斯充满同情的眼神每每让我感到困惑——每次我直视他眼睛的时候,他总是刻意回避我的目光。我注意到,每当我们讨论笼子的时候,他都会离开房间,拎起查尔斯,将他背在自己肥硕的屁股后面,呼哧呼哧地带他到屋外去玩。

索妮娅在她母亲的子宫里一天天长大,逐渐适应了锤子和锯子的声音——帝王鹦鹉不过是第一只豢养在我日渐延展的屋檐下的鸟儿。我的家庭很快就又添丁加口,吸蜜鹦鹉,长尾小鹦鹉,澳西玫瑰鹦鹉,金翼采蜜鸟,还有昆士兰的猫声鸟。

猫声鸟的叫声凄凉至极,仿佛小孩子的呜咽,真是声如其名。凤头鹦鹉叫声尖利。帝王鹦鹉声如鹰隼。屋子不断往外延伸,越来越大——一排排的笼子,像车轮上的辐条似的,熠熠生辉。

84

看,这是出租车司机们在1923年9月23日野餐时的照片。我被困在菲比诗作的正中间,在我王国的最高点摇摇欲坠。照片上人物众多,莫莉,安奈特,菲比,霍拉斯,查尔斯,还是个婴儿的索妮娅,我,出租车司机以及他们的妻子儿女们。照片上看不到屋子,只依稀看到一点网格,那是我特意竖起来遮阳的,以免鸟笼遭到西晒。

草坪刚刚修剪过,已经慢慢开始发酵,而我像个教堂执事,躺在刚刚挖好的墓坑里,快乐地昏昏欲睡,双手沾满了泥巴,脸上挂着愚蠢的笑容。

我的屋子里满是人。每个房间都挤满了人。安奈特的浴巾晾晒在她房间的窗台上,她的床铺得很整洁。索妮娅的保育室也准备停当,不过,此刻她正躺在她的婴儿车里,晒着太阳,缩着脚丫,兴奋地踢着她又长又直的双腿,开心地咯咯笑着。出租车司机们,还有他们的妻儿都围着她议论纷纷:跟她妈妈长得一个样,不过眼睛像她爸爸。

霍拉斯扮演着侍者的角色。他端着晃晃悠悠的果冻,给孩子们分发面包、黄油还有蜜饯,打理着各种令人晕头转向的琐事。

司机们仿佛一个独立王国。他们灵敏,精明,属于劳动阶层,富有街头智慧,但能看得出来他们非常喜欢莫莉。只见莫莉穿了一身宽大的白色衣服,在他们中间走来走去,红铜色的头发如瀑布般从一顶草帽下倾泻而出,向他们传递着热情与活力,就像一个贵妇人。他们都称她为"夫人"。摄影师来了之后,他们将出租车一字排开,还竖了块牌子,上书:"回飞镖出租,如箭般迅捷,带领澳大利亚人走向活力人生。"

我站在菲比和安奈特中间。从照片上可以看出,安奈特用胳膊挽着我的臂弯。那天她对我态度很好,当然我对她也不赖。我让她跟我讲讲巴黎的大街,她很配合,我听得也很开心。

菲比似乎也很开心，我从没见过她如此开心。看到照片中的她，骄傲的下颌，温柔的笑容，倘若我微眯双眼，便能想象出她说话时轻轻翼动着的双唇，还有她慵懒而带着鼻音的声音。不过，她的眼睛，那双会写诗的眼睛，却被帽子的阴影遮住了——遮住也未尝不是好事。

沿着她的诗作，我漫步而行。我带着孩子，沿着一排蔚为壮观的鸟笼，一路走过。鸟儿们利落而健康，在春日里梳洗着羽毛。帝王鹦鹉倒挂在它们的栖木上，采蜜鸟不停地啄着巴克斯·马什苹果那又甜又白的果肉。

栽种三年的小树，已经高过查尔斯了，如年轻的小伙子一样，傲然挺拔——查尔斯迈着怪如鬼魅的步子，抱着霍拉斯肥硕的大腿，跌跌撞撞，寸步不离地跟着他。

那个晚上，在我的王国的正中心，我的妻子和我以不会导致怀孕的方式行房。无论如何，这是她现在偏爱的方式。只有这样，她才不会再受到伤害，而且可以按照自己的需要，用自己的双手让自己获得更高强度的快乐。不过，那个晚上，当我进入她的身体的时候，她的眼泪打湿了我贴近她颈脖的鼻子。

"可怜的赫伯特。"她说。

我不明白她的意思。

"你会没事的。"她说着哽咽起来，使劲地摇着头。

"我很好，"我说，"我很好，很好。"

但不管我说什么，结果不过是让她哭得更加厉害。时至今日，我终于明白，我的妻子不过同所有的诗人一样，当他们的作品完成时，他们会感到一种无法排遣的忧郁。

"你会没事的。"她说。

我对她没有丝毫疑心。不堪一击的自信支撑着我用力地抽动，床垫的弹簧在我们身下嘎吱作响。如果说有什么糟糕的事情需要面对的话，那么我完全不曾觉察到。

85

巴赖特上校早就放弃了制造巴赖特汽车的想法,转而成为亨利·福特国王的经销商。现在,也就是1923年,他将我们召集到一楼,置身于零配件的箱子中,对我们作了一番讲话,具体细节我已经不记得了,但核心思想还有些印象。

"看上去,"他对我们说,"福特先生的现金流出了点问题,希望我拿现金订车。简而言之,他希望我能为他的企业提供资金,但我觉得自己筹不到他要的那笔钱。我已经告诉福特公司我目前的状况,他们给我发来电报,说我已不再是他们的经销商。所以,我打算关门歇业,退休,上罗斯巴德去。非常抱歉,让你们失望了。"

满是灰尘的屋子里,一片死寂。外面,几个中国小孩正往墙上嘭嘭嘭地弹着球。巴赖特恨透了那种吵闹声,不过今天,他没有让人去赶走他们。

"本周的工资我会照常发给你们,还有一小笔奖金,"他说,"我能做的,就只有这些了。"

然后,他跟我们每个人握手。我没有像其他伙伴们那样,钻进小酒馆,喝个烂醉。我将那辆用于给客户做演示的车的钥匙交给巴赖特上校,和他握了握手,祝他退休生活愉快,然后坐上前往秣市街的电车。就我而言,大萧条从那天起开始了。

我沿着牲畜围栏边的小路往回走,迎面撞见霍拉斯。他拎着沉重的行李箱,哐当哐当地撞在他肥硕的大腿上。见到我,他显得很尴尬。

我告诉他自己失业了,问他上哪儿去?

"对不起,"他说,"你对我一直都很好。"

我知道他要离开了。我猜可能是因为安奈特,估计他不太喜欢她。

"索妮娅会想你的。"

"是的。"

"还有查尔斯。"

"是的。我也会想他的。"

"你要上哪儿去?"我将手插进口袋里,试图摸一下已经不在那儿车钥匙,从前它总是在我口袋里叮当作响。

霍拉斯不舒服地换了换腿,抬脚踢开一块石头。

"悉尼。"他说。

"听说那是个非常漂亮的城市。"

我本该知道一定发生了什么不寻常的事。他很想说点什么,但有点儿词不达意。

"我要谢谢你,"他说,"我想说,我对你一点儿坏心眼都没有,也从未做过任何于心有愧的事。"

"谢谢你,霍拉斯。不过,如果你是因为安奈特才要走的话,她不会久住的。"

"哦,不是,"他说,"不是因为安奈特。是时候了,应该继续向前了。"

我们握了握手。他拎起行李箱,小而红润的嘴张了张,又闭上了,一副犹豫不决的样子,然后,他沿着坑坑洼洼的土路,费力地朝着秣市街终点站走去,从我的生活里消失了。

离家还有300码。菲比和安奈特正站在莫里斯·法尔芒旁边。马达已经发动,只是因为堵塞,运转得很不顺畅。飞机上的插栓也震颤得厉害。

我远远地看着她们。只见安奈特将一个包裹扔进后排的乘客舱,然后将插栓拔了出来。查尔斯连滚带爬地冲她跑了过去,像只小袋熊,笨拙而结实,一边跑,一边声嘶力竭地哭喊着。我的妻子则打开驾驶舱盖。她选择了一条顺风滑行的起飞路线,将哭喊着、绊倒在地的儿子抛在于身后。算她走运,风速只有一到两节——在距离边界的篱笆差不多10码的地方,她顺利升空了。

她给我扔下两个年幼的孩子,一首残忍的诗作。

86

那天,我对诗人和诗歌有了深刻的认识。我认为诗人是一群软弱、羞怯的人,他们根本不会正视你的眼睛。他们就像霍拉斯那样,躲在幽暗的角落里,涂画着蛛网似的作品,对自己的父亲、法律以及所有的一切感到恐惧。他们是希望自己的丈夫擅长读心术的女人。他们可恶而残酷。在阳光灿烂的日子里,他们谋划着阴暗的复仇，去惩罚那些对他们抱有美好愿望的人。

他们如同坐镇蛛网正中的蜘蛛，如同戴着假发、穿着扣紧的鞋子的法官，冷酷无情。他们头顶乌纱，却让别人代替自己出席行刑的法场。

这首诗是我从帝王鹦鹉的笼子上找到的，用索妮娅脏尿布上的别针夹在笼子上，它教会我很多东西；不过，教会我的，不是它韵脚工整的字句。从某种意义上来说，它如同一个沙盘，刚好足以让我不至于错过美丽的景致。查尔斯使劲地拽着我的裤腿，大声地哭喊，而我盯着这张皱巴巴的纸片，仿佛仅凭我的意志便能洞悉它的意义。纸片上，没有一个我认识的字——既没有白杰瑞这三个字，也没有福特这两个字。两小时之后，莫莉回来了，才将它读给我听。

不，这不是诗。她根本一点儿诗歌的天赋都没有，从来就不曾有过。

不信你们听听看：

帝王鹦鹉
于是，美丽被宣布为一种罪行。
帝王鹦鹉，被钥匙锁住。
在一片荒芜的土地上，遭到囚禁，困于笼中。
哦，愤怒的珍宝。凄凉。倦了。

千万不要奔向书店去找类似的作品。根本无从寻找。菲比最了不起的诗作不是用文字写就，而是由波形钢和铁丝网搭建而成。她甚至不用亲自动手，而只是让她的劳役，也就是我，拿着锯子和锤子替她完成。在这首特别的诗中，与笼子对韵的是房屋，与鸟儿对韵的是人，与羽毛对韵的是肌肤，与我的家对韵的是监狱，与我对韵的是囚犯，而她自己是一个美丽单纯的生灵，在一个令人忧伤、让人迷失、有着蔚蓝色天空的日子里，站在屋顶上，精心梳理着自己的羽毛。

1924年，她将那架莫里斯·法尔芒卖了，并用所得的100镑买了件衣服，以便出席悉尼的艺术舞会，这没什么。她耗费整个余生，动用所有的诡计和能量，就为了能够受到豢养，得到照顾，获得宠爱，而她回报给安奈特·戴维森的，却是质量极为低劣的易碎品，安奈特宁愿结束自己的生命，也不愿意继续忍受它锋利的边沿，其实这也无关紧要。

她最终会暴露自己是一个多么放纵自私的人，像一只关在笼子里的虎皮鹦鹉般孤芳自赏，这同样无关紧要。

她是个骗子，可是谁在乎呢? 诗已经写好了，凝固了，再也无法拆除或打散了——尽管1923年9月那个痛苦的晚上，我尚不明白这个道理，只是傻呵呵地拿着把斧头，拼命地砍削着构建它的木料，同时号啕大哭，声音比我吓坏了的儿子还要大。我根本没有去想，命运究竟要我面对它多久。

第二部
BOOK TWO

1

为了跟儿子争讨一个女人的欢心，我滥用自己从龚谢应处学到的宝贵技艺，最终给女儿带来了灾难，待会儿我得原原本本地将这件事告诉你。其实我根本不想重揭伤疤——做了这样的事情就已经够要命了，我宁愿将它撕成碎片，用来擦屁股，然后塞到凹凸不平的床垫下面，或者拿来喂我的邻居的一只三条腿、呼吸恶臭的巨蜥。

不过，我知道，我可以稍稍往后推一推。因为首先我得告诉你们我是怎么学会这门技艺的。我指的是隐身术，而你也许会奇怪，如果确实如我所说，我真的具备此种令人匪夷所思的能力，为什么不拿来为自己谋点好处呢。

要说清楚这个问题，得翻翻老黄历，回到很久很久以前。那时候，我父亲在普特罗德山脚无奈地将他拉车的马射杀了。而我，自称是个孤儿，瘦骨嶙峋，像个野孩子，在东部市场的筐筐篓篓和烂菜中间逡巡，狡猾得像茅厕里的老鼠。我在那里待了不到一周的时间，便老练得如同已经待了好几个月了。我躺在发臭的垃圾中，晚上就替自己挖个洞、搭个窝，毫无睡意地躺着，听老鼠们互相追逐嬉戏，一大早在卷心菜腐臭的气味里瑟瑟发抖，透过豁口，偷窥着那个中国家庭的一举一动——他们的摊位就在我垒的垃圾堆的旁边。他们知道我的存在，第一天给我放了碗牛奶，不过我碰都没碰。有其父必有其子。我满脑子都是父亲讲的关于中国人约翰的故事：鸦片，奴隶，还有就是他们如何啃食基督徒孩子的手。

最终，饥饿会摧毁所有僵局，不过注定无法逾越汪氏的摊位。他们谨小慎微，礼貌周全，遵纪守法。然而，他们的表兄龚谢应与他们大不相同，正是他大步流星朝我栖身的地方走来，用他嵌着金头子的文明棍，将那些筐筐篓篓一一挑开，抓住我脏兮兮的后颈子，一把将我拎了起来。我拼命蹬腿，又喊又叫：皮包骨头，小脸苍白，瘦如刀削，饥容满面。我将他的手咬出了血，他却大笑不止——这个戴着蝴蝶领、金丝边眼镜的巨人，吓得我直尿裤子。

有时候我在想，倘若当时我没那么害怕的话，龚谢应还会不会收留我；倘若他试图证明自己良好意愿的冲动，他想要帮助的，不过是只吓傻了的野生动物，怕是并非所有人都能感受得到——这种不合时宜的恐惧，无疑是对我们的善意、对我们采取更进一步努力的一种侮辱。无论怎样，龚谢应一直都有一种强烈的愿望，那便是要向自己鄙视的英国人证明，自己是个文明开化的人。只要合身，他从不排斥穿上西式服装，他的英文也很纯正，不带一点口音。而且，他身材高大，请别误会，我四肢修长的读者，我的意思并不是说他比你高出很多。唔，作为一个中国人，他确实可以算得上大块头了，但那不是问题的关键——他比所有我见过的人都要高大，他的精气神，他火爆的脾气，他奔放的活力，他肆意的笑声，还有能一口气喝下一大平底杯的粗馏白兰地的豪气，等等这些，都让他鹤立鸡群，与周围人迥然不同。

他不是那种写类似申明的中国人："亲爱的、仁慈的先生们，我们中国矿工谦卑而又满怀崇敬地恳请你们能够善待我们。我们努力工作，毫无恶意，绝不制造任何事端……"或者其他诸如此类的东西。

对于这些中国人，龚谢应有的只是不屑和嘲讽。

"集合起来！"他会嘲弄的冲他们喊道，"集合起来！"

上了年纪之后，他在格拉夫顿有了成功的事业，对年轻时的种种行为颇感尴尬，常常会矢口否认。他参加了华澳联合会，孙辈们都起了希瑟、沃尔特这样地道的英文名字。星期天他会享用肋排、香肠、煎牛肉，唯一愿意承认的所谓隐形术，便是穿得跟其他所有人一个样，无从区分。

年老力衰的龚谢应狗屁不是。我们所说的是40来岁、年富力强的龚谢应，那还得回溯到1896年。想要找到他，我得沿着墨尔本的利特·伯克街，经过一架架堆满了柳条筐的马车，经过许许多多穿着长衫、留着辫子、瑟瑟发抖的中国人，经过算命的楚先生——他有一只聪明的金丝雀，来到一处通往汪氏小餐馆、饱经风雨的露台前。汪氏餐馆没有任何招牌，也没有用来展示美食的橱窗。唯一有的便是门前这处露台。无论雨雪风霜，汪太太都会坐在露台上，呼吸沉重，拔着鸭毛。鸭毛随风飞舞，一路飘过利特·伯克街，粘在怒气冲天的牲口的鼻子上——它们拉着又一拨刚从墨尔本港上岸、旅途劳顿的中国人。露台上面是个小小的木雕拱门，已然木质灰白，四处开裂。拱门后，是个木格子走廊，如同一道屏障，将老汪、老汪全家以及他的顾客们与外界隔开——英国人根本不知晓他们的生意。

进得门来,你会发现右手边有个小办公室,小汪先生就坐在里面,坐在他的账本前。整间办公室里堆满了成捆的货物,有的装在板条箱里,有的裹在拉菲亚树叶里。你可以闻到干鱼的气味,混合着钢材、油脂的气味。长柄铁锹靠在一麻袋一麻袋的蘑菇旁,与透过格子窗照进来的阳光相映成趣。没准你会认为他们根本就接不到什么订单,但是看看汪氏的账本上一排排书写工整的汉字和阿拉伯数字,还有他们骨瘦如柴的手指来回拨弄着算盘,你就知道自己的判断并不可靠。

往里便是厨房,复岭就在那里剁肉、讪笑,再往里便是餐厅了。

龚谢应就坐在院门旁的一张小桌前。"集合起来!"他嚷道。所有人,包括汪氏家族,还有那些孤身一人来到澳洲的中国人,都对他点头赔笑——即使在那时,他也已经非常富有,因而广受尊敬。

他面如满月,额头高拔,稀疏的黑发随风飘荡,肩膀宽厚,小腿结实(别人让他坐下的时候露出来的)。至少在汪氏餐馆,在中国人当中,他的声音听起来像碎石机一般。尽管收养我的时候他已年近四十,但是穿上令人敬畏的西装的时候,看起来要比实际年龄年轻很多,不过有时候看起来又似乎远比实际年龄老。

"我什么都会教给你。"龚谢应对我说。"我会教你怎么用竹筒给牛吹气,然后再剥皮。我还要教你腿功,怎么用腿打斗,我的小英国佬。"他嘶嘶地说道。

我坐在汪氏小餐馆里,吓得直哆嗦,满脑子都是父亲的形象,他的炮弹,他的专利卡口闩,还有他光秃秃的发际线。他用先知一样的蓝眼睛看着我手中的鸭脚——那是龚谢应给我的——他所看到的并非鸭脚,而是一只婴儿的手。

绝非仅有我一个人紧张不安。其他中国人根本不希望我留下来。他们并不认同龚谢应收养英国人的做法,害怕会有什么严重后果。但龚谢应是个有钱人,而且天生有种神力,他的笑声就足以让汪家桌子上方的铜挂钟晃上三晃。

"我会教你怎么用百合和生姜治头痛,教你读书写字。什么我都会教你。我要教会你五种语言,"龚谢应说,"因为我也曾经是个孤儿。你明白吗?"

"明白。"我回答道。

我从未坐过没铺桌布的桌子,从未听过麻将牌的哗哗声,从未见过大人如此和蔼地对待小孩子,如此轻易地抚摸他们,宠爱他们,将他们抱在怀里。汪家的孩子都比我要小,他们一个个跑过来,用大大的褐色眼睛好奇地看着我。当我的目光让他们哇哇大哭时,没人扇他们耳刮子——这是我在汪氏小餐馆里见到的最具异域情调的事情,当然还包括鸭脚和干鱼。

"我会带你去见中医,让你成为中草药专家,还要教你打马掌、挣钱。你会像我一样擦靴子。干吗我要这么做,小英国佬?"

"因为你也曾经是个孤儿,先生。"

"集合起来!"龚谢应吼道。"集合起来,集合起来!看看他们,"他指着几个正在角落里搓麻将的人说,"他们跟关在监狱里没什么两样,自己把自己困在这个汪氏餐馆,自己把自己囚禁起来。他们将自己挣来的钱都统统交给了汪家,汪家给他们提供吃的,替他们从商店里购买他们需要的东西。他们不会讲英语,连英文'集合起来'是什么意思都不知道。我骂他们的时候,他们还在那里笑,冲我点头,以为我得了失心疯。不过,他们都知道我很有钱,敬重我,又觉得我很危险。我给他们买礼物,因为他们都孤苦伶仃,活得很不快活。下星期我要给可怜的阿兴五十镑,这样的话他就可以从中国接个女人来做老婆。现在他还不知道。你看着。"

"阿兴,"他用英语喊道,"下个月我给你五十镑。"

阿兴坐在厨房备餐间的一把椅子上,正在看报纸,听到龚谢应叫他,从报纸上抬起头,将已经湿透了的香烟从嘴上拿下来,咧嘴笑了笑,露出一口黄牙。

"看到没有,"龚谢应说,"他根本就不知道我在说什么。我用英文讲'五十镑',或者让他'集合起来',他根本就不知道什么意思。告诉我,我可爱的小英国佬,'集合起来'是什么意思?"

我不知道。

"替我倒些白兰地,小英国佬,把你的汤喝了。白兰地会让你的心暖和起来,让你忘掉这个糟糕的国家。我干吗要对你这么好?"

"因为你也曾经是个孤儿,先生。"

"错了。"龚谢应淡淡地说。因为白兰地滋润了他异国的嗓音,他的声音变得温柔、宽厚而湿润。"我对你好,是要证明我跟他们不一样,我不是野蛮人。"

懵懂混乱之间，我想他指的是那些中国人。

"你就睡这儿，"龚谢应对我说，"我已经跟老汪安排好了，就跟阿兴和他侄子睡一间屋子。阿兴负责替你做饭。早上我会来接你，一道去中医那儿坐坐。他不会讲英文，但是个不错的中医。我临时给他帮帮忙，替他翻译翻译。不懂英语就把生意盘下来，真是够蠢，不知道我走了他怎么办。"

我的房间位于泥泞的院子的另外一侧，是个用波纹钢搭起来的披屋，土坯地面。我完全无法合眼。阿兴一晚上都在咳嗽，而他的侄子鼾声如雷。大蒜的气味，阿兴晚上抽烟斗的甜丝丝的气味，一齐扑面而来。黑暗中，我忍不住哭了起来。

等终于入睡，我梦见中国人来了，他们把我的手给吃了。

2

中医秦先生，是后来我卖蛇给他的那个秦先生的叔叔。他有一头波浪似的蓝色头发，嵌了颗金牙，样子很帅气。不过，见到我之后，他立马像只牛头犬似的锁紧了眉头。龚谢应听着秦先生滔滔不绝地说了一大通，然后解释给我听，原来秦先生说不能让我坐在他的诊室里，因为他的病人都是体面的英国人，有男有女，让他们在一个小男孩面前描述自己的症状，会让他们感到难堪。

所以我从来就没有学会中医的任何奇门异术，也正因为如此，我没有学会龚谢应承诺要教会我的五门语言中的任何一门，尽管我确实学会了怎么用福建话从一数到十。

事情遭遇这样的挫折，龚谢应既不感到难堪，也没有任何歉意。他宣布我还是回到东部市场，学点关于蔬菜的知识。北昆士兰帕尔默河黄金潮的时候，他就曾经当过小贩。

童年就是这样，你会没完没了地遇到许多不明白的事情，被扔到这儿，被放到那儿，有时无意中冒犯别人，有时又稀里糊涂地受到别人的夸奖，我根本就不记得被送到东部市场有什么不开心的。

直到现在,我都记得清晨的寒冷、煤油灯、汪利和的唠叨,还有尼克·汪吐痰的架势。我还记得,红脸膛、大耳朵的斯科特从早上一直到中午,大声叫卖自己的卷心菜,憔悴的女人,戴着脏手套,露出冻得通红的手指。我记得自己用生了冻疮的手一个劲地敲打盛花椰菜的盒子,还记得一袋袋我根本搬不动的土豆。但最令我难忘的是,没有人会打我,而且中午一过,我便可以离开,然后穿过繁忙的街道,来到卡尔顿的尼克尔森街,在那里等候龚谢应。当最后一个病人诊断结束之后,他会牵着我的手,带我回汪氏小餐馆。餐厅四墙之内,似乎蕴藏着这个世界上一切我需要知道的事情。

在泥泞的后院里,在火气十足的母鸡中,他不仅教我腿功,而且教我如何剥牛皮——就是在牛脖子上切个口子,然后就此将一根长竹竿插进牛皮和牛肉之间,使劲往里面吹气。这些技艺在我以后的生活中都派上了大用场。他还将我带进厨房,教我如何用公鸡炖汤,让我坐在他的膝头,看着阿兴将一头猪大卸八块,告诉我不同的部位可以分别用来做什么菜。

他又将我带到餐厅前面的办公室,打算教我珠算。不过发现阿汪正忙着算账,他便改教我了解人身上都有哪些关键穴位,打架的时候如何利用这些穴位制服对手。当阿汪将孤身男人们的工资登记入账时,龚谢应在教我一种独特的站姿,让人看起来块头更大,或者更小。阿汪一次也没有抱怨过。幽暗的前屋里乱糟糟的,绳子、帆布裹成一团,拜佛用的香,马掌,我甚至还看到一个装有绿色液体的玻璃瓶里泡着个猴胎,不过我从未搞明白它能派什么用处。总而言之,如此混乱的货物,如此搅成一团的拉菲亚包装叶,即使再加上一个吵吵嚷嚷的有钱人和一个安静的面相尖刻的小孩,根本就不会给他增添额外的干扰,他的账依然记得工整清晰,井井有条。

漆黑的走廊里,挂着英国国王的画像——在这个地方,他的样子显得很是另类。龚谢应给我讲解国王英语的口音有什么不同,以及该如何根据不同的场合灵活运用。他还教会了我擦亮鞋子的重要性,告诉我倘若鞋子锃亮,即便全身上下衣衫褴褛,也会给人一种富可敌国的感觉。

外面大雨滂沱,空气仿佛能拧出水来,他就在高温潮湿的餐厅里教我历史和地理。

"集合起来!"他对其他中国人嚷道,"看看他们,龇牙咧嘴的,根本就不知道什么意思。要是在蓝坪窟,他们肯定死定了。听到那些英国人相互喊着:集合起来,集合起来,他们跟没事似的,只知道继续干活。蓝坪窟什么意思,小英国佬?"

"不知道。"

"你当然不会知道。蓝坪窟是新南威尔士州杨格市附近的一个地方。那可真是场大骚乱啊。当时我就在现场,我们都在。集合起来,集合起来!那些英国矿工就这样相互喊着。希望你永远都不要听到,希望你这辈子都不要听到那些英国佬赶着马、套着车,成群结队地涌过来。他们举着丑陋的英国国旗,还带着个乐队,有号,有鼓,好几千人。他们不喜欢中国人,小英国佬,因为我们非常聪明。他们将老矿卖给我们,以为骗到我们了,可我们还是能赚钱。他们划清界限,不允许我们过界开采,即便如此,我们依然能够赚钱。我们辛苦劳作,连小孩也不例外。我父亲身体有病,脚上生了脓疮,但他依然坚持干活。我母亲也跟男人一道,没日没夜地干活。她缠过小脚,那种三寸金莲小巧漂亮,但行动不便,尽管如此,她还是用筐子背石头,帮忙开挖宽阔的水沟。但是英国佬觉得这是他们的国家,金子全是他们的,他们带着乐队,敲锣打鼓地来对付我们。他们把中国人赶下河堤,手持斧头和洋镐,赶着马车从我阿汉叔叔的身上碾了过去,他的腿就此残疾,我父亲的头也被他们用一根水管砸破。以后你会遇到完全否认这次骚乱的人,他们会说他们只是吓吓中国佬,但他们都在骗人。集合起来,集合起来!"他吼道,"集合起来,杀死中国佬!"他冲着汪家夫妇、他们咯咯笑的孩子,还有穿着英式裤子、塌屁股、黑眼睛的单身男人咆哮。"我父亲的脑浆,"他压低了嗓门,后院里刮过来的穿堂风让他稀薄的头发竖了起来,"就像阿兴剁开来的猪脑一个样。快给我斟点白兰地。要是你的话你会怎么办?"

"逃。"我说。

"我阿汉叔叔也逃来着。他们有马,有马车。轮子直接从他身上碾了过去。"

"那么我就躲起来。"

"他们会一把火将你的棚子给烧了。"

"那我就跟他们拼了。"

"他们人多势众。你会怎么办?"

我被蓝坪窟的恐怖所笼罩,想象着无数锋利如针的石块倾泻而下,让人无处可逃——对于我来说,想象恐怖的一幕毫无难度,只消设想我父亲那凶残的眼神即可。

汪氏小餐馆一时之间静了下来。阿兴的麻将牌码得如城墙般整齐坚固。

"你知道该怎么办吗?"他轻声问道。

"不知道。"

"你得隐身。"龚谢应嗓子眼里发出嘶嘶的声音,一把将酒杯整个儿握在手里,说道,"彻底消失。"

后院里,老汪太太正在拧一只罗德岛公鸡的脖子,阿兴在餐厅里一边吐痰,一边将自己修筑的麻将长城打开一个豁口,而我根本无力将自己的眼睛从他紧握住的酒杯上挪开——透过他的指缝,可以瞥到。我丝毫也不怀疑他能隐身。

"我也会教给你的,小英国佬。这个本事有两个好处,第一个就是会确保你的安全,我是出于好心才教给你的,因为我关心你,你没有父亲照顾你。但我这么做的另外一个原因就是,我要让你知道我们中国人在蓝坪馆骚乱里所经历的恐惧。因为只有真正感觉到恐惧,你才可能隐身。所以我现在就明白地告诉你,我送给你这个礼物,本质上是一种报复。你几岁了,能听明白我说的话吗?"

"我10岁了。"

"我为什么要告诉你这些?"

"这样我才能真正感觉到恐惧。"我打了个冷颤。

"这是魔术师送给你的礼物,"龚谢应说,"是好事,同时也是坏事。因为我既爱你,又恨你。你接受吗?"

"我不过才10岁。"我哀求道。

"够大了,"龚谢应斩钉截铁地说,"明天起我们就开始学。"

3

龚谢应如波涛汹涌、潮汐肆虐的大海一般难以捉摸。他会大声嚷嚷，装疯卖傻，像陈老先生在他丑女儿的婚礼前的宴会上那样，拿着白兰地瓶子，一张张桌子敬过来，嗓门很大，甚至可以说非常吵闹，认真扮演着大家都期待的角色，不了解情况的英国人没准很想知道这个老人究竟是何许人也，为什么会以如此不同于中国人的方式让自己颜面尽失。同样的，如果说龚谢应莫名其妙地笑着的时候，或者一直拿白兰地酒杯重重地磕在汪氏擦洗干净的桌子上的时候，确实给人一种不耐烦、傻呵呵，甚至疯疯癫癫的感觉，而事实上，他的性格中有着极为谨慎、极为严肃的方面，当他扮演一名富有的施与者时，这方面的特质并未完全显露出来。他有许多责任，当然他也非常乐意承担这些责任，并且深感骄傲。这些责任同时也意味着他并不总能兑现对我的承诺。

凭他的热忱，恨不能让我学会世界上所有的语言，搞明白占星术的奥妙，小鸡刚孵出来我就能分辨公母，学会怎么打算盘，等等。他对我作出种种承诺，最终似乎都忘得一干二净。至于隐身这件事，他对我说第二天根本没办法着手学习。其实我没问他，但当他提起这个话题的时候，语气更像是在责怪。

"今天不行，小英国佬，明天也不行。要是做事性子急的话，你会一事无成的。预先有很多准备工作要做。尽管你的事情不多，但尼克·汪还是得先找到个人顶替你。我也需要些设备，还必须得找人为秦先生当翻译，他的英文好像比一周前退步了。另外，我还得安排自己的婚姻大事。不孝有三，"他此时全无一点英国人的样子，对我说道，"无后为大。不孝是什么意思？"

我不知道。

"得学。"他说着，嘴里塞满了面条。"要是你懂的东西连个中国人都比不上，你还有什么希望？下周，"他一边拿根长柄木勺往自己的碗里舀汤，一边说，"我教你隐身术。"

结果不是下周，而是两天后。凌晨3点钟，龚谢应将我摇醒。"起来，"他压低声音说,"轻一点。别把老兴吵醒了。"

他将我带进厨房。厨房里,炉火正旺,噼啪作响。他给我一碗瘦肉粥,里面还有只鸡蛋。我捣碎蛋黄,拌在粥里,抬头发现他正专注地看着我。炉膛门洞开,火光摇曳,让他的脸看起来有几分诡异。他的英文口音纯正,定做的西装笔挺,这一切他作为一个外国人的特点更加突出。"你已经在学了,"他依然紧紧地盯着我,说道,"现在,你感到温暖、满足,享用着热腾腾的粥。但等到今晚,你就知道什么是恐惧了,你就会懂得恐惧是多么冰冷刺骨,热粥是多么的温暖。现在快擦一下靴子,擦好了我们出发。"

门外,一匹骏马和一辆漂亮的单座马车早已等在那儿了。肚皮里的粥暖融融的,马的汗味和毛皮的味道充斥着我的鼻孔,裹在厚厚的毯子里,我不知不觉便睡了过去。醒来的时候,发现天早已大亮,马车颠簸在一条窄小的石子路上,四周一马平川,了无新奇之处,到处是羊和放羊的人,他们日复一日,浑浑噩噩,穷尽此生。随处可见废弃的水坝,再有便是沿着篱笆新植的松柏,也许有一天,它们将长成参天大树,阻挠肆虐的狂风——眼下,狂风横扫暗褐色的野草,将它们压覆在地面上。另外,这地方乌鸦可真够多的。

我们来到一小片洼地,一条小溪缓缓地流经长满青苔的石头。几棵逃过拓荒者斧头的桉树,紧紧地附着在被侵蚀的溪岸顶上。

龚谢应勒住缰绳,马儿此时已经大汗淋漓。他仔细察看了这里的环境,很是满意。"这是个学习的好地方,"他很有把握地说,"有石头,有河流,还有难看的树木,是片糟糕的地儿。"他搓了搓手。"我要做些准备工作,你到一边玩会儿去吧。"

我掀开毯子,很不情愿抛下价格不菲的马车那令人感到踏实的气味,它让我想起身边有父亲和大炮的日子。

"到小溪边去玩吧。"龚谢应指点道。

我根本还没有准备好学东西。我将袜子高高拽起,盖住膝盖,但还是不停地打着冷战。我慢慢地走到小溪边,感到寒冷刺骨,身上的冻疮奇痒难耐,而且我很不喜欢乌鸦凄厉的叫声。我翻起石头,寻找着甲壳虫或别的什么泥虫子。

龚谢应能发出很多种声音。然而,当那种黏稠的喊叫声很快钻进我耳朵的时候,我还是没有听出来。

龚谢应穿着三件套西装,怀表链子在冬日的阳光里闪闪发光,挥舞着一把斧头柄,朝我走了过来。

"集合起来!"他尖叫道,"集合起来!"

只见这个可怕的中国人从崩塌的溪岸上跳到粗糙的树桩上,又从树桩上跳到雨水冲刷过的泥地上,面目狰狞。他甚至操起斧柄,重重地抽打在我的肩膀上,直将我打趴在地。

我四仰八叉地躺在石头上,号啕大哭,像只我试图伤害的甲壳虫一样,彻底崩溃了。

"明白了吧,"龚谢应站在我身边,居高临下地对我说,"没那么容易的事。起来,我还没用劲呢。"

我爬起来,放声痛哭。"我要爸爸。"

"你没有爸爸,小英国佬。你现在只有我了。集中注意力,我要告诉你怎么站才能隐身。"

真是糟糕的一天。我按照他教我的方式站着,与你期待的恰恰相反,这样非但没有让我不显眼,似乎反倒让我更容易被看到。我单腿而立,抬起另一条腿,架在膝盖上,整个人摇摇欲坠。我伸出一条胳膊,在空中乱舞,更像是要吸引别人的注意。如此毫无效果。他揍了我一遍又一遍。我大哭,乞求他,并试图逃离,但他不费吹灰之力便将我抓住。

"我要碾死你,"他一边追一边嚷嚷,"你会死在我的轮子下。"

不过,那个晚上,当我护理着身上的伤痕的时候,他对我非常好。他摸着我的头,跟我讲了许多关于中国的故事。他说叶落归根,死之前一定要回到中国。"富贵不归故乡,"他说,"如锦衣夜行。"他给我的瘀伤涂上一种凉飕飕的樟脑软膏,用毯子将我裹起来,还做了份浓浓的鸭汤。他给我喂牛奶和白兰地,并将我放进帐篷的被窝里。

不过,第二天一早,他便又整个儿换了副嘴脸。皮肤紧绷,面色苍白,皮肉下的骨头如大理石般坚硬、冰冷。营火已经熄灭,不过他似乎无意再将其点燃。而且,他还给自己抹了些头油。

"我没时间玩儿,"他说着,抬脚狠狠踢了一下灰堆,似乎是要全盘否定头天晚上的温暖。"我在格拉夫顿盘了庄生意,但那个人我不太信任。你怎么这么迟钝,这么愚蠢。典型的英国佬。你根本就不觉得有什么危险。唔,我把话撂这儿了,要是今天上午你还学不会,我立马就宰了你。我没时间陪你玩游戏。我都37岁了,很快就要结婚了。"

如果你当时在现场,你不会怀疑他所说的任何一句话。他根本不拿眼睛看我,掏出金表,冲上面吐了点吐沫,接着拿出一块白色的手帕擦表面的玻璃。然后,他将表贴着自己小而扁平的耳朵,听它嘀嘀的走秒声。显然,对于我的死活,他根本就没什么兴趣。

"去,上小溪边儿玩去。"他说。

我没有求他,也没有哭,径直走到小溪边。

他没有立即过来,而是蹲下身子,用一种飘忽的假声唱起了《跳华尔兹的玛蒂尔达》①。直到今天,我仍讨厌这首歌。

我没有看他。一曲终了,他清了清嗓子,又吐了口痰。

"华人滚出去!"他吼道。

我老老实实地按他教我的那样站着,高高地举起颤抖的双手,摇摇欲坠,竟吓得尿了裤子。我听到斧柄的嗖嗖声,开始发抖,整个身子如音叉一样嗡嗡作响,就连骨头都在摇晃,像一座大军行进其上的铁桥,又像一个著名女高音手里的玻璃杯。

我消失了,整个世界也仿佛从我身边消失了。我并未逃离恐惧,而是来到了恐惧居住的巢穴。我如同在弥漫着氯仿的空气里的音叉传来的重重声波。我看不到龚谢应。我已不存在。

我不知道这种状况究竟持续了多久,但最终,世界还是重新回来了,龚谢应在离我不远的地方蹲着,笑得合不拢嘴。

"现在,"他说,"我们要大吃一餐,我要教你怎么吃鸡内脏。"

---

① 澳大利亚国歌。

4

我知道一个事实，那便是面对一个挥舞着斧柄的中国人，有更简单的隐身之道，绝对不比开车更难学会，而且也不需要冒真正的风险就能完成。恐惧完全可以通过意念来实现，你也犯不着采取龚谢应的那种拧扭的站姿：你所需要做的，是想办法让肌肉紧张到全身颤抖的程度。他奇怪的站立方式无非有助于达到这一效果而已。但我是个聪明的年轻人，很快我就掌握了窍门，即便躺在床上也能做到。

不过，隐身的把戏我只真正玩过两次，而且两次之间相隔30年。

倘若你知道墨尔本冬日的早晨有多么寒冷的话，倘若你见过东部市场的华人是怎样用露在灰色手套外冻得发青的手指拿着花椰菜和甘蓝的话，倘若你见过他们在煤油灯前如何屏住呼吸的话，或许你就能理解为什么一个11岁的小孩会选择隐身，以便能够在冬日的早晨在床上多窝会儿。

我并没有认真考虑过隐身可能带来的不安：一双双忙乱的手，老兴喋喋不休的唠叨，他羞怯的侄儿跑来跑去的脚步声，还有心脏不好的老汪太太的尖叫声。而我躺在那儿，躺在风暴的正中心，他们都看不到我。

当我最终重新恢复正常知觉的时候，龚谢应正坐在老兴的床上读着赛马新闻。

"秦先生正在给汪太太看病，"他说，"她病得不轻。她上年纪了，对鬼魂们来说已经没什么利用价值了。看着我的眼睛，听着。我很快就要去格拉夫顿了，不会再待在这里教你了。我已经教会你够多了。倘若你没有什么可害怕的，却人为制造恐惧，你就是在招徕恶龙。如果你真的遇到一条恶龙的话，也就算了。但是，倘若你自己凭空在脑子里招徕恶龙，那说明你还不够强大，你会遭遇巨大的不幸。你明白我的意思了吗？"

"对不起，龚先生。"

"你凭空制造恐怖，现在汪太太被你制造的恐怖给魇住了，幸好有秦先生在这里照料她。汪家不愿意再收留你,一上午我都在劝我侄子收留你。为此我还得付他钞票,他愿意收留你,完全是因为他的贪婪超过了他的恐惧而已,但也只是超出了一丁点儿,"他用拇指和食指比画着,"就这么一丁点儿,如果你还在他家招徕恶龙的话,他就会把你送走,那就再也不会有人愿意收留你、帮助你了。另外,现在你得一整天都干活了。市场的活计忙完之后,就上市场花园去,他们让你干什么就干什么。明白了吗?"

"明白了。"我说。

"唔,把鞋擦擦亮,"龚谢应对我说,"去我侄子家的时候,要将自己收拾得像个小大人。"

听说汪太太最终从我制造的恐怖中缓了过来,但从此以后,我就再也没有上汪氏餐馆去过,而且每次不得不经过利特·伯克街上那个饱经风雨的木拱门的时候,我都会弓腰缩背,加快脚步,逃也似的走过。

从龚谢应那儿学会的每一样事情,我都尽可能地加以利用——如何显得比实际的块头大或者小,如何剥牛,如何宰猪,衣服不上档次的时候如何穿上双贵点儿的皮鞋,如何改变我的口音,如何调整我走路的姿势,但我一直信守诺言,不再自说自话地招龙,直到有一天,为了跟儿子争抢一个女人的欢心,我愚蠢地大动干戈。

5

要想让马儿跟你亲近,恐怕再也没有比在它鼻子前放根香蕉、让它闻闻香蕉的味道更好的办法了。我一直认为,查尔斯误将莉娅·戈德斯坦当成自己的母亲,正是出于类似的原因。

1931年,那个让人生冻疮的下午,他抓着她的腿,想象着7年来的流浪终于到头了,我们一直宣称的四处流浪的目的终于达到了——我们要回到他记忆中已然模糊的金碧辉煌的家,将那辆改装的1924年的道奇旅行车彻底扔掉,它曾经就是我们的家,每天晚上,我们就睡在上面,在浓雾中蜷缩在一起,感受着彼此作为人的温暖气息——这气息，让他们饱经风霜的父亲感到由衷的安慰。

你就要见到莉娅，也许你将她拥进怀里，却未曾留意到一股蛇的气息，你将鼻子埋进她修长优雅的颈脖，闻到的只是天鹅绒牌香皂的芬芳。但查尔斯——尽管他从未见到过蛇——瞬间便嗅到了自己血肉的气息，所有的敌意和疑虑顷刻间烟消云散，就像正午的阳光最终照进坐北朝南的山谷，霜冻迅速地融化了。

我们扎营于本迪戈城外的山楂溪畔，不过距离菲比·白杰瑞仍有600英里之遥。如果说我在谈到查尔斯的情感的时候，倾向于拿霜冻作比喻的话，那是因为此处实乃苦寒之地。霜冻融化之后，浸入泥土。所以这地方，就连喜鹊也满身污泥。它们在营地四周搜寻，暴躁地猛咬着噪钟鹊，迎着孱弱无力的阳光，张开它们脏兮兮的翅膀，使得自己很容易便成为查尔斯诱捕的对象。

前面提到的那天，我一边在溪流里淘金，一边留意着查尔斯，当时他正坐在道奇车的踏脚板上看漫画书（很有可能是偷来的），索妮娅则拿了几根木棍，在溪水里漂着玩（雨后山洪泛滥，泥沙俱下，夏天漂亮的石板根本看不见了）。我的脸有点花，只不过溅上了几个泥点，如果我设卡子抓兔子的话，可能挣得比淘金还要多。但是我口袋里还有几个子儿，而且我们正准备上达克维尔去，巴赖特从前的一个雇员在那里有个茶树油作坊，他答应我可以在那儿砍一个月的茶树，我已经发电报说我们已经上路了。

大萧条仍在继续。现在所有人都知道那回事了，但我向你发誓，我根本不知道。我仿佛生活在一个奇怪的茧里，穿行于维多利亚州各地，逮到支票本就随便乱开空头支票，在酒吧里买彩票，购买偷来的汽油，洗劫周边房子的尖顶，把能用的建筑材料全都顺走。我早已不想赢得汽车经销商、代理商的青睐了。作为一名推销员，我有我的尊严，我已无法容忍被拒绝的伤害，无法忍受跟那些连我发黄的剪报本都不愿意打开来看上一眼的人说话。巴拉腊特、亚拉腊特、谢珀顿、卡奈瓦、沃拉戈尔和科拉克的那些福特、道奇经销商们完成了菲比的诗歌所开启的工作——我进入了自己一个人的大萧条，并尽可能避开任何可能进一步伤及我自尊的事情。

我，赫伯特·白杰瑞，飞行员，爱国主义者，现在系着莫莉的腰带，假装没看见路上挤满了如鬼魅般的人群，他们要么外套太短，要么皱巴巴的裤子太长，叮叮当当地敲打着他们烧水煮饭用的马口铁罐，像是忧伤的风铃。

戈布尔和麦金太尔驾驶一架水上飞机成功环游澳大利亚那天，我没有让别人将报纸上的报道大声读给我听。相反，我一门心思倾注于自己想做的事情上：将我的孩子们收拾得干净整洁，把我皱巴巴的衬衫领子翻过来，把靴子擦亮，同时满心希望我涂在道奇车车门上的新标志能让看到它的人相信我是个成功者，而不是个失败者——我想象的那些人，无非是些普通人，比如透过农舍窗户打量路过的闪闪发光的订制轿车的农民，早上7点准时开门的贝纳拉屠夫，赶着泽西乳牛从沃拉戈尔路一边到另一边的小奶牛场主，收下我空头支票之前先向加油车的玻璃储油罐里抽进四加仑汽油的满脸胡楂的加油站小老板。至于说女人，我唯一打交道的便是餐馆的女招待了，每次以抽彩的方式购买香肠之前，我都得征求她们的同意。

但凡有空，我就淘金，不过我已经不抱什么期望了。冬天淘金可真是件苦差事。索妮娅发现鹛鹊那天，我的光脚丫冻得发紫，在寒风中飘荡的毛裤下的两条弯腿冻得惨白，像两条英国佬的腿。

我忙着淘金的时候，她爬到上游去了。抬头发现她不见了之后，我大声地喊她的名字，泛滥的洪水迸涌咆哮，凶神恶煞般拖曳着我的双脚。我将尚未淘完的石子一股脑儿倒回河里，爬上泥土湿滑的河岸，恰好这时候她从一旁的灌木丛中跑过来，边跑边做手势让我不要出声（嘘）。我的心怦怦直跳，几乎没听到她说什么。我一把将她搂进怀里，但她不耐烦地从我的胳膊里扭动着钻了出来。

"爸爸，有只鹛鹊。"她的长相，她的举止，对我来说都是无尽的快乐和痛苦，因为在很多方面，她和她妈妈实在是太像了，那种嗓子眼里嘟囔的说话方式，那双独特的绿眼睛。但她的个性或长相都不存在失衡的情况：菲比的低额头和长下巴，在她脸上重新布置了一番，看起来更加和谐悦目。

"身上有毛，爸爸，"索妮娅急切而又兴奋地挥舞着拽得长长的羊毛衫袖子，"一只鹛鹊。"

我原本以为是只金丝雀或者是只鸡什么的，但我还是套上裤子，穿上皮鞋。她在我周围急不可耐地蹦着跳着，将她的羊毛衫彻底拉变了形。

"快点，快点。"

我尾随着她，模仿她夸张的蹑手蹑脚的样子，鞋带在脚上荡来荡去。

查尔斯跟在后面大喊大叫，对我们弃他于不顾很是生气。他根本不理解：

无论遇到什么情况,我都不可能扔下他不管的。我把这解释给他听。毕竟,我比谁都明白,十几岁的时候,一个人待着有多么可怕。难道我没有在东部市场的垃圾堆里待过吗?难道我不曾靠白菜帮子为生,害怕得连汪家每天晚上给我留下的一碟子热牛奶都不敢喝吗?查尔斯知道这个故事,我希望他明白我永远不会遗弃他。但无论我怎么解释,他都无法平复。他害怕放学之后我会忘记去接他。倘若我迟到5分钟,我就会发现他在号啕大哭,或者紧张不安地沿着大街撒腿狂奔。倘若我夜里起床,他一定要搞清楚我要干吗,好几次我夜里拉屎,都因为他在黑暗中到处寻找我而不得不中途提起裤子。他就是我的警察。连我擦屁股的时候他也要全身颤抖着站在我旁边,然后他才愿意回床睡觉。

索妮娅拽着她哥哥长满疣子的手去看那只鸸鹋,她从来就不怕摸到那些疣子的感觉,相反,她还时时照顾它们,采摘多汁的蓟,仔细地将汁液挤在丑陋的肉疙瘩上——那些肉疙瘩上一个接着一个的小坑里,总是沾满了墨水。

索妮娅的手并不能让查尔斯感到安慰。现在,他已经跟我们在一起了,只是变得有些阴沉。在满是碎石的泥地里,他拖着脚走路,将我费好大劲替他擦亮的靴子划伤。

"我们这是去哪儿?"(他总是不断地吵嚷,现在是,上路的时候他也会一边拿脚踢着道奇车的车厢,一边嚷嚷。)"我们这是去上哪儿?"

"那儿有只鸸鹋,"索妮娅说,"全身长着毛。"

"那儿没什么鸸鹋。"

"我觉得是只鸸鹋。"通常情况下索妮娅对哥哥言听计从,从不说半个不字,但她还是蹑手蹑脚地拨开了黑莓丛。

山楂溪这里并没什么山楂,唯有一丛丛乱糟糟的黑莓和不少高大的傍水而生的黑檀。我们来到黑檀荫蔽的一块空地上,正位于卡斯尔梅恩路桥附近,那里,就在流浪汉露宿留下的灰烬和干牛粪中间,赫然有只鸸鹋。

在这四处泥泞的地方,毫无疑问它是最干净的东西。它羽毛油亮,长长的脖颈也闪着金光。而且它的双腿是我见过的最不寻常的腿,线条修长且优美,紧紧地覆盖着一层鳞片,像穿了网纹袜一般。

索妮娅紧紧地握着我的手,开心地在我身上蹭来蹭去。查尔斯两眼直愣愣地盯着,脸涨得鲜红。鸸鹋朝我们扭过头来,紧接着又扭了过去。索妮娅开心地将双手抱在胸前。忽然间,鸸鹋抖动起身子来,起先速度很慢,继而越来越快，直到全身都抖动起来。它跺了跺脚，一下，两下，三下，晃动了一下脊背，颠簸了一下，然后蹲到了地上。这是我平生见过的最令人咋舌的性展示了，它的用意再清楚不过。在孩子们面前，我感到有些难堪。它的表演从背部开始，越来越慢地蹲下身子，然后像个狂舞的托钵僧一般，双脚交叉，腾跃而起，继而俯身坐下，那架势跟我春天见过的红屁股的鸸鹋一模一样。

"蛋！"索妮娅尖声叫道，使劲拽了一下我的结婚戒指，叫我钻心地痛。"蛋，蛋，蛋！"

"闭嘴。"查尔斯呵斥道。

那是只黑色的蛋，闪着光，直径差不多8英寸，毫无疑问是只鸸鹋蛋。鸸鹋啄破蛋壳，一只小鸸鹋破壳而出，亮蓝色的小鸸鹋，前后摇晃着，仿佛站在弹簧上。

"不，查尔斯。"索妮娅哭着叫道。

但为时已晚。查尔斯低着头，伸着胳膊，张开他满是疣子的手，朝着那只鸸鹋冲了过去。他一把抓住一条穿着网纹袜的腿，无论如何也不松手。

现在，鸸鹋现出了原形。前胸忽然脱离了身体，一个戴着羽毛帽子的女人的脑袋豁然出现。鸸鹋的头和脖子垂了下去，我们才发现它们根本就不是什么脖子和头，而是一条戴着手套的胳膊，只是形状酷似鸸鹋头而已。另外一条光着的胳膊不知道从什么地方伸了出来，抚摸着我儿子直立着的头发。

"拍到了吗？"女人问道。

跟我儿子一样，我也惊得目瞪口呆，大张着嘴。

"照片拍到了吗？"女人继续问道，"拍到还是没拍到？"

"妈咪。"查尔斯喊道。

"你是记者，"女人说，"是不是？"

"不是，"我说，"我叫赫伯特·白杰瑞。"

"妈咪。"查尔斯又一次喊道。

"整个一上午我都等在这儿。"女人说道。"我在这儿等着那些白痴过来。真该死。想上他们的烂报纸得具备什么条件？"她跺了跺脚。"我给了他们张地图，告诉他们我会等在这儿，我可是步行两英里地才走到这儿的。他们希望我在城里表演刚刚跳的那一套，可他们根本就不懂宣传。所有这些都非常重要，"她指了指黑檀，黑莓丛，牛粪，冬日的枯草，"它们能营造出一种氛围。其实他们来这儿一点儿也不费事，他们有车。看看我的鞋子，你再看看他们。见鬼，怎么才能缓口气呢？墨文·沙利文把我的戏份抢去了。警察是不会让他拆我的台的。他们希望我怎样呢？挨饿吗？本迪戈真是个糟糕透顶的地方，我本该去阿拉腊。这孩子的妈呢？"

她在查尔斯身旁蹲下身子，拿一小片碎报纸——她塞在身上的羽毛里的——替他擦了擦鼻子。"你应该好好照看孩子，"她一脸严肃地对我说，"他们是未来的希望。你失业了，但并不意味着你的孩子就没有希望了。"

"我的鞋磨脚。"查尔斯说。

"我找到工作了。"

"你这个浑蛋，"她说，"那还不替你儿子买双靴子。"

这个女人给我的第一印象很差，但这只能怪她自己，因为置身于卡斯尔梅恩路的那天，她的状态原本就不是很好，而且我猜，她找到警察，要求他们迫使墨文·沙利文将她的照片从他的杂耍表演中抽掉的时候，她也不太可能有良好的状态。即便情况最好的时候，她也不是个处事圆滑的人，有警察在场的时候，她就更是无法很好地控制自己的情绪了。

她有一张表情严肃的面庞，你很难称之为漂亮，属于那种硬邦邦的类型，小嘴，灰眼，小小的鹰钩鼻，像鹦鹉的嘴——直到后来我才发现它很耐看，但那个时候我对鹦鹉，或者任何让我想起鹦鹉的东西都没有好声气。她有一头黑而短的卷发，橄榄色的皮肤，上唇有块淡淡的污痕，脖子长而优雅，外加一对招风耳。那天她跳的鸸鹋舞，是直接师从其创始人，毫无疑问能够展现她大部分最为出色的特点。

倘若事先知道她身上带着蛇，我怀疑自己会不会让她去我们的营地。但是，查尔斯一旦认定了她就是自己的妈妈之后，便坚决如影随形地跟着她，绝不分开。他拎起她的两个行李箱，不让任何人插手，谁说都不管用。他拎着箱子，拖着两条结实的罗圈腿，咬着牙，使着劲，更像个侏儒而非小孩。

索妮娅在前面带路，领着大家钻出黑莓丛，还用手拦住带刺的树丛，让哥哥通过。女人尾随着自己的行李，而我尾随着她。

从走路的姿势来看，她一点儿也不像个舞者。你没准会觉得她和刚才那个跳舞的根本就不是同一个人。走路的时候，她高昂着脑袋，伸着长长的脖子，上身僵硬笔挺，而两条长腿仿佛与身体没有任何关系，独立地在她身体下面一步一步往前迈进。

"我叫莉娅,"女人说,"已婚妇女一个。"

6

因为虚荣,也因为饱受脱发的困扰,1926年的时候,我就剃了个光头,并保持此发型长达21年之久。尽管我有种浪漫的想法,总觉得男人秃顶很性感,但这个理论根本就没有切实的依据。而且,即便莉娅·戈德斯坦的到来,也未能改变这一事实。所以,没什么用——你瞅着我替她翻动营火里的木头,我的两个孩子像书童似的,一边一个挤在她身边——你匆匆翻阅,冲在前面,期待着有什么令人兴奋的内容,告诉你吧,没用。莉娅不仅是个有夫之妇,而且还是一个有着强烈是非观的女人。她小心翼翼地脱下羽毛,为了避免引起误会,她又穿上一件一本正经的黑色连衣裙,长长的羊毛袜子,然后又在外面套上一件蓝色的厚大衣,就是派发给失业人员的那种。

他们三个人围坐在火光里,看着我准备晚餐——一道名叫"班戈瑞鳟鱼"的菜。做法很简单,将土豆切成大块,用面粉勾芡,然后煎一下。倘若白天吃的话,乍一看你以为吃的是鱼,但是如果光线不好,就不要自欺欺人了:你就是个穷光蛋,你吃的是马铃薯。

我们白杰瑞一家子喜欢独来独往,煮土豆的时候,我的心里一直打着小算盘。倘若这个跳舞的女人想走,我想自己绝不会费任何口舌挽留她。但她却留了下来,考虑到正是下午茶时间,我别无选择,只能供她吃饭。

我在一只锡盘上小山似的堆了一大份"鳟鱼",请她享用。她咕咕叫的肚子告诉我她的胃口究竟有多好。

"说来听听,"莉娅说,她已经连着吃了两份,第三份也已经吃了一半,"你是从事哪方面工作的?"

"采矿业。"我说。

你看看究竟发生了什么:曾经如同梦幻般的谎言,现在已经彻底幻灭了,

1931年的时候，它们变成卑贱的、哭哭啼啼的、不足一提的玩意儿，根本算不上什么谎言，而更像是借口，类似于我儿子在第1204公立学校偷钱被当场逮住时所说的话。他们将他送回家，还附了张字条，说明缘由。他们拿鞭子抽他的双手，用棍子打他的屁股，拿木尺敲他满是疣子的指关节。不过这完全不起作用。他在指关节上涂抹干胡椒以抵挡尺子抽在上面的刺痛，在裤口袋里塞进很多手帕以缓冲棍子的抽打。在卡斯尔梅恩，他从牧师的儿子那里偷了1美金，声称自己是在下水道里捡到的。下水道里！我可以理解他对钱的兴趣，但这是不折不扣的谎言，不管你是如何看待它的，它都没有任何持久的价值。而我，说什么采矿业之类的无稽之谈，也好不到哪儿去。我对这个陌生的女人撒谎（这个"鳟鱼"大胃王），因为我失业了，而又没有勇气承认这一点。我这么做的目的，是为了避开我在福特经销商那里见过的样子，他们甜腻的、充满同情的眼神，非但没有缓解——实际上是进一步强化——我的挫败感。

同样的，当班戈瑞的马铃薯收获季到来之时，当米尔迪拉的葡萄下架之时，当卡奈瓦、谢珀顿的浆果成熟之时，我不得不与其他失业者一道，排着长长的队，申请工作机会。我会刻意疏远我身边的那些泥腿子。我会将靴子擦得锃亮，将衬衫熨得笔挺，从来都不觉得自己是他们中的一员。当班戈瑞有人煽动罢工，反对每袋土豆只愿意付6便士工钱的农场主的时候，我断然拒绝参加，他们因此叫我工贼。好吧，工贼就工贼吧，这样的人多了去了，不用担心，班戈瑞久负盛名的马铃薯烧鸡，用的就是我们挖的土豆。

"什么矿？"我的客人很有礼貌地进一步问道。而我的儿子则神不知鬼不觉地拿出一小截铁丝，插进她那个已经磕碰得不成样子的褐色行李箱的锁里，轻轻地摇动着。（倘若你看到他此刻的样子，一边假装很亲昵地紧紧贴在跳舞的女人身上，另一边却没事似的翻看着她的行李，你就知道长大以后他肯定会成为一名小偷。他具备成为小偷的所有素质，最为重要的一条便是不顾一切的韧劲。）

"金矿。"我说。

我们的舞蹈家不屑地哼了哼。这声音很是特别。她的体型，优雅的双腿，如同扫帚柄般挺直的脊梁，清爽而坚毅的面部轮廓，没有任何迹象表明她会发出如此粗俗的近乎爆炸一样的声响。索妮娅倒是很着迷，她对奇怪的事物向来有着特别的兴趣，看得出来，这声怪响吸引了她。她走过来，在我身边坐下，偷偷地抓紧我的手。对于索妮娅来说,如果快乐无法与人交流,那就算不上快乐了。

"对于这个国家来说,"我们的舞蹈家一边严肃地说道,一边伸手准备取第四份"班戈瑞鳟鱼",不过皱了皱眉头,终究还是放弃了,"金子就是一种诅咒。"她用一小块撕得方方正正的旧报纸擦了擦嘴,从这个姿态,你可以品咂出她既挑剔又自得。"我们对待金子的态度有问题,而且一直以来都是如此。但凡你考量一下金子究竟带来了些什么,你可以回过头来想想我们对于土地所有权的态度,就会发现两者恰好一个样。"

我根本不明白她在说什么,不过我还是非常恼火。我将最后一块"鳟鱼"拿过来,切成两半,分给了我的孩子们。

"正是金子,"莉娅继续说道,"让普通劳工阶层的男男女女怀抱可怕的幻觉,让他们以为自己可能成为世世代代的劳工阶层的一个特例,让他们以为自己所需要的无非是一点好运气。他们因为金子而盲目。他们想象自己所要做的是找到一个合适的地点,将镐头挖进去,然后他们就会成为另外一个汉南①——他们也会成为大老板。这样的幻觉让他们腐化堕落。土地也是一个样。那些一辈子饱受统治阶层蹂躏的人,他们挣脱原有的束缚,从土地真正的主人处将其攫取到手。嘿,立马就自称大老板了。这里根本就没有历史。"她说:"这个国家如同一个刚刚醒来的婴儿,得自个儿去探索,去发现所有的一切,直到现在,人们才发现统治阶层究竟对我们做了些什么,一直以来我们都被一些劳工阶层的天堂之类的谎言所蒙蔽,要获得真正的自由,我们需要的远不止是运气。所以,倘若直到今天,1931年了,你还想靠找到金子来解决自己的问题,我得说,你真的是错得离谱。"

"我请你一起吃饭,"我说,"并不是让你当着孩子们的面来羞辱我的。"

"这不是某一个人的事。"她说。可能是因为光线的缘故吧,我猜我看见她的眼里噙满了泪水。"为什么人们总是以为这是某一个人的事呢?我想进

---

① 帕迪·汉南(Paddy Hannan),爱尔兰勘探者,1893年他在澳大利亚的沙漠里捡到一个金块,由此发现了澳大利亚所谓的"黄金地带",引发了澳大利亚最后也是最大的淘金热。

行一点有知识的对话，可是我们根本就没有开展理智探讨的传统。一旦提到什么问题，女人们只知道傻笑着说自己没想法，男人们则想着干上一仗来解决问题。我不是针对你个人，白杰瑞先生。"她的声音开始有点哽咽。"我只是想分析一下这个国家的历史，试图让大家明白劳工阶层总觉得自己一觉醒来便会成为大老板的真正原因在哪里，告诉大家为什么我们会置身于一团乱麻之中。不过，如果你非要认为这是针对你个人的，那是你的权利。你可以下令让我开路，我立马走人。"

她又从口袋里掏出一小张方形碎报纸擤了擤鼻子。一个人得多么铁石心肠才能将她赶走啊。她拿袖子擦了擦眼角，直愣愣地盯着火堆。

"你得明白，"当我求她留下来之后，她继续说道，"批评和侮辱之间的差别。你淘金收获如何？"

我会没有征兆地勃然大怒，也会毫无预知地对人坦诚相见。连我自己都还没明白过来自己究竟在干什么呢，我就已经将装着矿石样本的小瓶子扔给她了。她迅速地扫了一眼，几个金色的亮点在火光中闪闪发光。

她往后一仰，放声大笑。她的笑声，如同她哼鼻子的声音一样，也是如此不同凡响：仿佛一团黑莓似的东西，甜蜜，带着刺，乱糟糟的，未曾开化，某种程度上这意味着我和她相处所遭遇的困难，因为她的个性永远不会静止不动，一成不变，她坚决拒绝躺在我的解剖台上，任我摆布，相反，她会抬起被按下去的腿，在空中乱舞。

索妮娅喜欢她的笑。她偷偷地推了推我，无声地提醒我欣赏这通令人吃惊、近乎鬼魅般的大笑，这通发自一个坚硬如燧石的、灰白的躯体的笑声。

笑声在他周围咆哮，查尔斯却不为所动，他永不言弃的铁丝终于捣开了莉娅锁住的全部秘密，然后从那个有着三根皮带、磕碰得不成样子的行李箱里，飘荡出未经过滤的他自己的血肉气息。

最先抓到的那条蓝色肚皮的黑蛇只是寻常的品种，长不及3英尺，因为寒冷而无精打采，全身僵硬。即便如此，也不能否认第一次抓蛇的查尔斯，便有一种近乎本能的同情心。

索妮娅的喉咙里发出咕咕的声音，但不知道是因为觉得好玩还是害怕。

"天哪，"我们的舞蹈家柔声道，"别让其他的全都跑出来。"

"我会合起来。"查尔斯一边用手指抚摸着蛇的背脊，一边应道。

"我之前已经锁上了。"

查尔斯对他的新朋友报以一个妙不可言的微笑。在那个夜晚以前，我都不记得他笑起来是什么样子。也许，那是他艰苦的一生里第一次敢于表达自己的快乐吧。此刻，当我回忆起火堆旁的他，早已不再是个孩子，而是一个宽下巴，粗脖子，塌肩膀，大屁股，200多磅的生意人，他难得一见的笑容足以迷倒任何有幸目睹的人。这是一副值得珍藏的笑容，一副值得人们费尽心力去博得的笑容，正因为它难得一见，因而更加美妙。这种感觉就像我劈开一块貌不惊人的石头，却发现其中藏着一块拳头大小的猫眼石一样：你会感到不可思议，如此丑陋的土疙瘩里，居然会囚禁着一块如此光彩的俘虏。

"出门在外，有一条基本原则，"莉娅温柔地对我儿子说，"那便是不要随便动别人的行囊。"

"那是个行李箱。"索妮娅反驳道，她总是习惯性地跳出来捍卫自己的哥哥。

那条蛇穿过我儿子的手，沿着莉娅的胳膊游走，然后停住了。他们俩都轻轻抚摸着它，这家伙看起来似乎不想再动了。

"面对毒蛇而面不改色的人，"莉娅对我说，"必是奇人。"

告诉你吧，我早已成为局外人了。你可以虐待马儿，很快它就会原谅你。你可以拿脚踢狗儿，它总归还会回到你身边，讨好地舔你的手。但蛇是另外一码事，一旦你做了什么对不起它的事，它会永远记你的仇，它对你的仇恨，就像戴着镣铐的罪犯满背的鞭痕，纵横交错，深深的烙印如一条奇特的面包。毫无疑问，我这辈子所犯的最大错误便是将那条吉朗的蛇像个囚犯似的装在麻袋里，让它忍饥挨饿，拿它玩把戏。如果我不如此愚蠢的话，我的整个人生都将完全不同：杰克不会送命，我自然也不可能获准娶菲比为妻，更不会因为看到自己的儿子沉迷于一个玩蛇的女人而烦心。

遇到莉娅那年我45岁。对于一个男人来说，这个年龄意味着成熟。当然，他不可能依赖一个误闯进自己帐篷的彻头彻尾的陌生人的美言和尊敬。

"大多数人，"莉娅对我说，"见到蛇都躲得远远的。"我感觉到自己被拿来与儿子进行了比较，发现自己确实缺乏那种胆量。然而，我还受情绪所控，而没有听从常识的建议，让儿子享受一下属于他的片刻光荣，不去操心这个穿着蓝色外套的说教者当我是个懦夫。然而，情绪主宰了我。我无法容忍有人入侵地球上的这一小块地方——我的营地——我自信应该得到一些尊重。

莉娅专注地跟查尔斯说着话。我恼火地拨弄着篝火堆。"有一次我在伍伦贡演出，"她说，"跟杰克·利奇的一条蟒蛇，表演舞蹈。其实只是为丹尼·奥哈拉的拳击手们暖场。结果，大蛇缠住了我的脖子，越缠越紧，我都快窒息了，脸色开始发青，但那些男人没有一个敢靠近的，他们碰都不敢碰一下蟒蛇。"

"是我的话我就会的。"查尔斯说。

"我知道你会的，"莉娅笑道，"我说的就是这个意思。"

"后来呢？"索妮娅问，我感觉到她从我身边稍稍挪开了一点距离。

"我咬了一口它的尾巴，"我们的舞蹈家说，"它稍稍松开一点，刚够让我将脖子解放出来。"

"我常常在想你们演艺这一行。"我说。

"哦，是吗？"莉娅应道，但她的兴趣更多的是在查尔斯身上。

"是的。"我说。该死的，我根本就不希望这娘们继续待在这儿，宁愿她快点儿滚开。我不喜欢她说话的腔调，甚至于也不喜欢她的长相，而且，毫无疑问我想都没想过跟她上床这档子事，实在是高风险行为。我心里在想，我是赫伯特·白杰瑞，一个差点儿就拥有飞机制造厂的人，好歹也是个先锋飞行员，一个水平了得的推销员，而现在，这个自以为是的女人居然敢对我居高临下，就因为她敢用手去摸蛇。我曾经拖着大炮周游四方，曾经复耕土地，曾经仅凭吹气便将一只乌鸦连毛带皮剥个干净，还曾经当着人们的面隐身不见——我绝不是个普普通通、任人差遣的角色。

"是的，"我说，"演艺一直吸引着我。"

"很辛苦，"莉娅说，"而且充斥着尔虞我诈，墨文·沙利文之流会剽窃你的表演，哪怕你已经不再替他干活了，他照样还是拿你的照片当招牌。"

"玩魔术我很在行。"我说。为了赢得一个根本不了解的女人的欣赏，我将压箱底的宝贝都拿出来了——尽管它并非打算派此用途。可它是我空荡荡的口袋里仅有的一点东西。

"隐身术。"我说。作为一名自欺欺人的大师，我本以为说说就行，不需要真枪实弹的表演给她看。

"很普通啊，"她说，"但还不足以撑起一场演出。我遇到过很多人，数量之多恐怕让你吃惊，他们以为能扔几个球便能谋生。仅会一门戏法是远远不够的，仅会一种舞蹈也是远远不够的。拿我来说，我既表演鸸鹋舞，同时还会扇舞、蛇舞，还有七面纱舞。蛇舞是噱头，吸引观众入场，但仅有蛇舞是不够的。任何看过科尔的《趣味图画书》的人都知道如何表演隐身。我不是针对你个人，"见到我从坐着的木头上站起身来，她飞快地说道，"我只是指出专业和业余的差异。"

我站在他们面前。我仍然能够看到他们火光中的眼睛，我的道奇车远远地停在一旁，在雾气里若隐若现，煎锅搁在火堆旁破碎的河畔岩石之上，还有那条蛇乌黑的背上闪亮的鳞片——它将身子紧紧地贴着我的孩子和那个女人的身体，以获得一点温暖。

我招来了恶龙。

我将一只脚放在另外一条腿的膝盖上，伸开双臂，踮起脚尖，凝神聚气，将所有的意念都集中到可怕的英国国旗上，还有号角锣鼓喧天的乐队，他们蓝色的衬衫和白色的斜纹棉布裤，还有如猪脑一样的龚谢应父亲的脑浆。河岸上涌动着四散奔逃的华人，一条黄色的恐惧之河，从如同恐龙蛋一般光滑、坚硬的巨石上流过。马车从阿汉的身上压了过去，断裂的骨头像匕首一样将他光滑无毛的大腿刺穿，他惊讶地盯着这一切：这该死的敌人，他居然一直天真地将它藏于体内。而我的父亲双目炯炯，清澈湛蓝，噼啪作响地挥舞着鞭子，赶着马队，拽着大炮。

我想大声呼喊，却无法开口。恶龙腾云而出，比我先前见过的要大很多，因为对于一个孩子来说，召唤强大的恶龙远远超出了他的能力。小孩只能通过自己孩子式的恐惧召唤孩子气的恶龙，鳞爪柔软，呼出来的气息还带着温暖的奶香。

34年深藏的恐惧喷涌而出，我知道自己会被淹没其中。我试图张嘴说话，但恶龙裹挟着我，将我拽进山楂溪间的层层雾霭之中，而我的观众，我只能想象，他们会天真地为我精彩的戏法而喝彩。

7

关于这个女人的过去，我不得不多说几句——她最终诱使我跟她一道，站在本迪戈一个满是灰尘的舞台上，同台演出。倘若我一上来就向你展示她家人散步时那副滑稽可笑的样子，并不是说我能将她的性格归咎于她的父母，而是我想指出他们一家人走路时近乎怪异的安静。她一家五口，个个都是塌肩膀，一式的长外套，我关心的不是身高，也不是从脖子至胳膊逐渐下降的优雅的角度，而是他们的沉默寡言。我深信，这五个人的行为举止（还有他们的外在形象，只是程度要稍轻一点），并非基因所致，而是源于他们所居住的房子，也就是马尔文镇马尔文路上一座有点怪怪的红砖房，一座咚咚作响、回声四起的建筑，正是这座房子彻底将他们魇住了，让他们像马里的惜水如油的农场主们一样：他们坐在扶手椅中，怡然自得（不过，这么笼统地说可能不太恰当，她妈妈是唯一的例外），一句话没有，手里也不会拿本什么书翻一翻，双手耐心地交叉在胸前。即便从这座牢笼似的房子获释，没什么目的他们绝不开口说话，也从来不会为了逗乐、消遣而张嘴（我得再一次强调，她妈妈是个例外）。我这么说并非暗示他们因此而感到孤独、不快乐。我猜事实可能恰恰相反：当他们沿着圣基尔达那条车辙纵横的灰色海边公路缓步而行，你能感觉到他们之间一种罕见的和谐，尽管这种和谐可能是因为光线的缘故，也可能是因为他们彼此出奇地相像所致。但是，当他们坐在马尔文路家中灯火通明的客厅里的时候，显然与光线就没什么关系了。晚餐之后，他们将手夹在两腿之间坐着——那里自然没有无线电——看着他们，你会觉得，打个比方，就仿佛一个静谧无风的天气里，一片罂粟花在轻轻地摇曳，你会有一种强烈的感觉，他们之间正在进行着一场无声的对话。其中一个抿嘴一笑，另一个轻轻笑出声来，第三个抬眼看着天花板，似乎是要抓住对话的要旨一般，此时，你的这种感觉就会愈加的强烈。我得提醒你，这只是一种"感觉"，一种想象，并不存在什么超感官知觉。戈德斯坦一家（父亲，还有几个女儿）只不过是沉浸在他们各自的思绪之中，因此在外界背上古怪的名声，也因此让可怜的伊迪丝·戈德斯坦时不时犯疯病，尽管频率近乎太阳黑子的爆发——这些罂粟花的波浪太他妈让人受不了——这时候，她会腾地跳起来，摔碟子，说些莫名其妙的话，然后将地上的碎瓷片打扫干净，叹口气，再次坐下来（罂粟花依然僵硬地杵在原地，未曾有些许的变化）。

伊迪丝·戈德斯坦知道，一切都是因为这座房子。对于从沙俄逃难来到墨尔本的可怜巴巴的难民希德来说，这种沉默绝非正常。他走下船，大摇大摆，步履轻快，对于一个很快便在会展街舞蹈学校赚得第一个100镑的人来说，着实有点不太匹配。当他和埃迪·维斯勃拉姆同住一间屋子、同穿一套衣服的时候，他并不是个沉默寡言的人。他对制造业（他表示支持）和宗教（他持反对态度）都有自己的看法，而且愿意说出来。

对于伊迪丝来说，这种沉默也绝非正常。这个来自苏格兰、骨骼瘦小的红发女孩白天在火车站休息室做三明治，刚刚将跳舞列为她一长串的梦想之一，于是她遇见了希德，并双双坠入爱河。他们的爱绝非悄没声息，而是苏格兰人和犹太人快乐、喧嚣且目无神灵的融合。

我敢发誓，绝对是那座房子将他们套进了这个模子，迫使他们满足模子的种种要求，迫使他们伸长脖子才能透过高高的窗棂看到外面的世界。伊迪丝·戈德斯坦与希德结婚的时候，身高5英尺8英寸，等到她和莉娅、希德还有维斯勃拉姆一道乘火车前往悉尼大学的时候，她的身高已经是5英尺9英寸半了。

这是一座幽暗、乏味、潮湿的红砖房，无论是成功还是失败，都会被它放大。在这里，翻动《墨尔本太阳报》听起来仿佛金属片滑落一般；在这里，希德经营电动吸尘器的失败仿佛一个振聋发聩的重大事件，尽管这件事不过让希德重新做回零售业，但对莉娅来说却有着极为深远的影响，她默不作声地坐在扶手椅中，发展出好些个关于这个"产品"（大家都这么称呼它）的理论。在这个回声四起的屋子里，莉娅发现产品是个有着自己欲望的东西，而且必须得到满足。她的父亲是个和蔼可亲、乐善好施的人，但产品才是真正的统治者。它如同一只蚁后，必须得有人小心养育它，要有工蜂簇拥在它周围，好生替它服务。产品迫切需要一个市场，需要有规模经济，倘若它的需求不能得到满足，那么它就会虚弱，就会像那些伺候它的工蚁一样死去。

她并没有与家人分享自己的理论，后来，当她发现他们并未得出相同的结论时，感到非常震惊；更让她火冒三丈的是，对于产品的失败，她的姐妹们几乎无动于衷；正因为如此，在她看来她们乏味至极。

不过，产品的失败仅仅持续了一两个月的时间，紧接着希德·戈德斯坦便有了新成就。现在，他富有，住得起更好的房子，图拉克也并非遥不可及。他完全可以现金支付买个大房子，大到足以在里面引吭高歌，大到足以在里面讲述那些辞藻华丽的故事，大到不必坚持要求你一进门就脱下吵人的鞋子。我们很快就会发现，希德是个非常理性的人，他无意过度利用自己的财运；他依然住在老地方，从前和埃迪·维斯勃拉姆合穿的那套衣服也依然挂在门厅的壁橱里，那儿光线充足，便于仔细打量。

希德·戈德斯坦无暇顾及他们犹太人的上帝，哪怕是提及这个话题，原本温和的黑眼睛也会因为生气而横眉冷对。不过，我猜想，倘若只让他知道约柜①是一台功率强大的发电机的话，那么他完全有可能是另外一副态度，因为他对独创性向来抱有极大的尊敬。尽管如此，犹太教的上帝对他来说就是废话。他就是个顽固分子，是个愚顽不化的人，这样的浑蛋在沙皇治下没准可以看到。所以尽管他生为犹太人，而且也自认为是个犹太人，但他抚养女儿的方式则完全罔顾这个事实，他的女儿们对什么是犹太人根本就一无所知。莉娅是在卫理公会女子学校的时候才知道自己是个犹太人。她妈妈试图给她解释来龙去脉，但仅仅知道一点儿皮毛也没太大帮助。至于她父亲，他干脆认为那是"迷信"。他是个现代、理性而又明智的自由派。不过，当他看到自己曾经和维斯勃拉姆合穿的那套衣服的时候，当他轻抚着劣质的亮闪闪的布料的时候，当他用自己修长的手指感受着他的朋友刚到澳大利亚第二天便在衣服上扯开的那个洞的时候——都是因为不明白有轨电车的原理——又或者，当他找到自己曾经为他四肢短小的朋友卷起裤腿的位置的时候，他动情地摩挲着，此时，他便不再是个现代人了。

希德拥有15个店铺，每个店铺里都有高大的、贴满玻璃的柱子，作为明斯

---

① 约柜，指的是一个神秘的柜子，其中藏有刻有摩西十诫的两块石板，据传藏在古代犹太教的圣殿之中，但经过悠久的历史与许多的战乱，约柜的真实下落已无从考证。

克一个裁缝的儿子，可以说他是这套衣服创造的奇迹之一。

但另外一个奇迹则被认为（无声的、独立的）更加神奇。当然，这个更加神奇的奇迹便是它对可怜的维斯勃拉姆的影响了。

莉娅记得，他一直都被称之为"可怜的维斯勃拉姆"。"可怜的维斯勃拉姆"，分别的时候，妈妈一定会这么说的，或者在他到来之前，他们一家人都坐在那里，期待着他们的客人那高而嘶哑的嗓门在房子里被放大的效果。至于何谓"可怜的"，她并没有详加说明。这间房子不允许任何饶舌的解释，况且谁都看得出来维斯勃拉姆是可怜的维斯勃拉姆，因为他长得矮小、黝黑、丑陋，下嘴唇像甜菜根一样，又青又紫，又肥又厚，对于他这张有着一双大大的黑眼睛的小脸来说，实在过于沉重了。此外，他还有一对硕大的耳朵，仿佛是从哪个大脑袋的人那儿偷来的一般，一双青筋暴露的大手伸在皱巴巴的袖口外。大家都默默地认为，他是可怜的维斯勃拉姆，因为他曾经身着这套衣服，去尝试一条更勇敢的道路，也是一条更好更高尚的道路，并且因为自己的善良而遭受诸多的苦痛。

维斯勃拉姆花了足足十五15年的时间孜孜以求，最终成为一名医生。他几近放弃了一切，朋友、婚姻、孩子、房子，等等，只有如此他才能成为一名医生，而且，等到这一天终于在他第四十40个生日的时候到来，他所能做的也仅仅是在布伦斯威克开个新诊所，而这里的人甚至于比他还要穷困潦倒，根本无力支付他们的医疗账单。

稍长之后，莉娅非常讨厌将他描述成"可怜的维斯勃拉姆"，她发现这个称谓之中有种令人感到冒犯的东西。不过，当她还是个没出过家门的小姑娘的时候，对这个称谓她有更透彻的理解，从中她能感受到温柔而又漫不经心的赞许，甚至是忌妒，当然也包括对他的孤独的几许怜悯。后来，等她开始懂得分析问题的时候，反而无法像当初那样很好地理解了，她忘记了不单单是她自己，甚至也包括她全家人，他们都爱着可怜的维斯勃拉姆，他于他们，就如同一道味道丰富的菜肴之于苦行僧的味蕾，或如同一道靓丽的风景之于看惯了圣基尔达夏季乏味景致的眼睛。维斯勃拉姆或怒，或惧，情绪总是非常丰富，大嘴里总是塞满了吃食，似乎有说不完的故事。而戈德斯坦一家则恰恰相反，他们如同没有情绪的动物，即便头痛也不会有半点的抱怨，总是双手搁在大腿上，静静地坐着，只有希德仿佛他们的代表似的问道："后来呢，维斯勃拉姆，后来怎样？"

你完全没必要跟他们一道去看挂在壁橱里的那套西服，才知道这两个人之间的关系究竟有多亲密。你可以听听他们俩吃饭的时候是如何对彼此的德行大加赞美的，随便哪一个都行。当然，因为维斯勃拉姆更爱说话，也因为他并未受到那幢房子的桎梏，所以他对于希德的赞美也更加大声，近乎叫嚷。

"一个诚实的人，"维斯勃拉姆说，"总能成就一番事业。这，"他对希德说，"就是你成功背后的原因。"

"啊，也不过是为了自己而已。"

"为了自己，是的，没错。"维斯勃拉姆会说，他能一连吃上五大块煎鱼或十片面包，当然不是一次就拿那么多，但戈德斯坦家的姑娘们都替他数着呢。"但同样也是为了自己，你付给员工的工资比工会的标准高，你说得出他们每个人的名字，而且诚实无欺。为你的成功干杯，你的成功让我感到无比的快乐，戈德斯坦。要是你人不好，事业却顺风顺水，那么我就会眼红。"他嘴边挂着生菜叶子。"甚至于，我会因此感到愤怒。但你的所作所为值得尊敬。"

"在上帝眼里，"可怜的维斯勃拉姆说，"一个善良的人，远比一个手执《圣经》的人更为重要。"

"这不过是他阐释的一种手法而已，"希德说，"是不是，维斯勃拉姆？当你说起上帝的时候，其实只是你阐释自己观点的一个方法。他不信教。"他对自己的女儿们说。"你说的是哪个上帝？"他问自己的朋友。

"谁知道呢？"维斯勃拉姆说。"反正我不知道。但有一点可以肯定，倘若他不认为善良的人更好的话，那么他就算不上什么上帝。"沙拉里的甜菜让他的嘴唇显得更加肥厚，满嘴满脸糊得到处都是，让他看起来可爱至极。

"耶和华可不是这样。"

"坐好了，戈德斯坦，冷静点。"

"因为这家伙就是个恶棍。"

"现在是个恶棍，从前也是。"维斯勃拉姆说。"我同意你的说法。和他比较，我更喜欢你，因为你更和善。啊，"考虑到同桌的人一个个面面相觑，他接着说道，"千万不要在戈德斯坦家讲笑话。戈德斯坦家人善良，但对于笑话，他们没什么感知能力。"

维斯勃拉姆发表此番倡导善良的言论时，没有人怀疑他的诚意。所以，当希德·戈德斯坦突然想到要将他和维斯勃拉姆曾经合穿过的那套西装送给别人的时候，谁能预见得到他会有怎样的反应呢？

在维斯勃拉姆看来，这并不是一个深思熟虑后的举动。前一分钟希德还穿着袜子去应门，3分钟后他便跟一个陌生人挥手道别了——这个陌生人来的时候是为了推销鞋带，走的时候手里拎着那套名闻遐迩的西装。

将那套西装送给别人，希德·戈德斯坦丝毫不感到可惜。他一点儿也不难过。他对年轻人说的话也是认真的。这个年轻人浅蓝色的眼睛滑过捐赠者的黑色眼睛，其中所饱含的情感不禁令他局促不安。

"拿去吧，"高大的犹太人说，"这是套幸运西服，给我带来过好运。我一直跟朋友合穿，我们俩都得到了自己想要的东西。希望你，"他将衣服递过去，"也能心想事成。"

他没有告诉年轻人他在西服口袋里塞了张10先令的钞票，也没有告诉家人那套西服已经被赠与他人。甚至连维斯勃拉姆也没有说，直到有一天，他再次坐到他家的餐桌前，和他们共进午餐——他狼吞虎咽地吃了好些烤土豆，当然他们早有准备，特意备足了余量以满足他超大的胃口。

他耐心地等着维斯勃拉姆开始他每次吃饭的最后环节——心满意足地拿面包擦盘子。他看着他撕开面包，擦净盘子，然后沾满肉汁的面包消失在他朋友张开的嘴中。

"维斯勃拉姆，"当他的朋友叠起餐巾，胡乱地将它塞进银质餐巾圈的时候，他才开口道，"维斯——勃拉姆……"

维斯勃拉姆冲他的朋友微笑，拍了拍肚皮。

"维斯勃拉姆，"希德·戈德斯坦饱含感情地说，"那套西服没了。"

维斯勃拉姆眨了眨眼睛。他将餐巾从餐巾圈中抽出来，慢慢地打开，双眼紧紧地盯着它，仿佛其中包裹着一小颗珍珠，他生怕它掉到地上。"没了？"说着又眨了眨眼睛。

"我把它送人了。"希德说。

"送人了？"维斯勃拉姆难以置信地问道，他将餐巾举起来，仿佛是要表明并没有什么珍珠。"你把它送人了。送给谁了？"

"送给谁了。一个陌生人，"他笑道，"一个无名小辈。一个没有钱、没有西装的年轻人。我对他说,这是一件幸运西装,给维斯勃拉姆和我带来好运,现在它也会给你带来好运。"

维斯勃拉姆一动不动地坐在原地,但他的一双大手分别抓着餐巾的一端,仿佛那是个纸包的糖果,只要一用力,就能砰的一声将其扯开。

"你没权利这么做。"他将餐巾轻轻地放在桌子上,静静地说道。

"哈,哈,"希德说,"亲爱的维斯勃拉姆。"

"我不是在跟你开玩笑,"维斯勃拉姆温和地说,"你没权利这么做。"他一袭深色西装,身材瘦小,俯身于硕大的白色盘子之上,双手握拳,搁在盘子两边原本应该放刀叉的位置上。

"我跟他说了我们的故事。"希德尽可能温和地说。"也许,谁知道呢,他也会像我们一样走运,然后,"他摊开自己苍白的双手,"当他将我们的西服送给下一个人的时候,也会将他的故事传递下去。"

然而,戈德斯坦家的姑娘们发现,可怜的维斯勃拉姆对这些充满幻想的说辞毫无兴趣。只见他眯缝起双眼,仿佛要回避一束刺眼的光芒。他松开紧握着的双手,焦虑不安地摆动着。姑娘们拿起装面包和黄油的盘子,将它叠到其他晚餐用的盘子上面,又一把将舀甜点的勺子拿过来,放在那叠盘子顶上。可怜的维斯勃拉姆无可奈何地摇着头,然后站起身,拿着他的盘子和刀叉走进厨房。戈德斯坦一家面面相觑,无声地感受着彼此的痛苦,仿佛一群不懂得如何表达痛苦的动物。他们能听到厨房里传来叮叮当当的磕碰声音,但没有人起身去安慰一下那个可怜的人。这座房子将他洗碗刷碟的声音照单全收,而且将它放大50倍以上。戈德斯坦一家人听着这汹涌的噪音,更深地锁紧了眉头,一双双苍白的手更紧地按在大腿上。

可怜的维斯勃拉姆最终从厨房里走出来,湿漉漉、长满毛的手里攥着块抹布。

"你,"他声音颤抖着对他朋友说道,"你什么都有了。"他肥厚的嘴唇颤抖着,勉强挤出了个笑脸(将抹布像旗子似的在空中挥舞了一下),向全屋子里的人示意,希德的妻子,还有他们的三个女儿。"过去,现在,将来。"他双唇颤抖,但依然保持着微笑。"你创造了历史。这是你应得的,我的朋友。干得不错。"

没有人说话,所有人都静静地等待着,等待着屋子不再如雷鸣般隆隆作响。

维斯勃拉姆的眼里没有姑娘们,也没有伊迪丝。他的眼里只有希德·戈德斯坦。最终,他的抹布也是朝着他的方向扔过去的。

"你信手就把我的过去扔了。"可怜的维斯勃拉姆大声吼道,说完摔门而去——他的那双明显大了几号的黑靴沉重地撞击着戈德斯坦一家人的耳鼓。

戈德斯坦家的女人们满怀深情地看着父亲戈德斯坦凄凉的眼睛,莉娅直到年长以后才意识到,只有面临死亡,一个人才会流露出这样的眼神。

8

后来,希德·戈德斯坦只好亲自动手,重新缝制了一套已经不见了的西装。为了让布料看起来有种泛亮的光泽,他一连几个小时,不辞劳苦地拿浮石摩擦布料,还将猪油和洋葱汁溶解在汽油里,然后涂在起毛的面料上,甚至极富爱心地伪造了20年前维斯勃拉姆从有轨电车上掉下来将衣服撕开的那道口子,而且一遍又一遍地将裤腿卷起来、放下来,几乎与当初他们合穿那套衣服时卷起、放下的次数不相上下。他一夜又一夜地忙活着,全家人心知肚明,她们都默不作声地看着他佝偻着消瘦的身躯,一遍一遍地拿浮石摩擦着布料,静静地看着他穿针引线,根本不觉得有必要对他这个忧伤的嗜好作什么评论。

那一年,三个女儿都在卫公理女子学校上学,就在餐桌前做家庭作业。毫无疑问,她们很清楚同学的父亲不会伪造西服。莉娅会把学校的朋友喊回家来开开眼界吗?她认为这个问题根本就是废话:她压根儿就没有朋友。

有一次,一个闷热的星期天晚上,北风裹挟着尘土,噼噼啪啪敲打在窗户上,希德·戈德斯坦平静地问妻子,自己做的这套西服跟原来那套的气味是否相似,不过她没有从椅子上起身。她笑了笑,耸了耸肩,意思再明白不过:她的想法一文不值,她从未与维斯勃拉姆共进过他撒到衣服上的那些廉价饭菜,也没有闻过那件曾经挂在门厅壁橱里的年代久远的西服。

看到妻子的笑脸和不以为然的耸肩,希德叹了口气,重又捡起了浮石。

换作另外一个家庭,也许不会马上,起码迟早会通过自我解嘲式的调侃,将痛苦包裹起来，或者反复通过某种合适的仪式，将痛苦转化成一种平和、不令人难受的东西。

但戈德斯坦一家不会调侃。当16岁的莉娅宣称想要成为一名医生的时候，他们也不置一词。毫无疑问，这个严肃的年轻女士的决定肯定与善良之事有关，但究竟是什么、怎样实现，就不容易确定了。

莉娅觉得父亲理解自己，她这样做是对维斯勃拉姆无上的恭维，她选择这样一条人生道路，目的就是希望将来有一天，他也许能够在历史上留下一笔。所以，那个晚上，当父亲喊她一道（开天辟地头一遭），将那套伪造的西装送到维斯勃拉姆的诊所去的时候，她也将其视为他理解自己的明证。

然而，希德带上她，似乎很可能是为了给自己提供一点道德支持，为了防止维斯勃拉姆冲自己大叫大嚷，骂脏话——尽管他总是笨拙地表现得很有教养，但脏话还是时不时地从他嘴里溜出来，如同鸟粪一般，可恶地粘在戈德斯坦家雪白的桌布上。

还有另外一种可能——他并不了解她的良好动机，带上她的目的就是为了打消她想要成为一名医生的念头。他将她带到维斯勃拉姆的诊所，让她亲眼看看作为一名医生并不一定都是美好的，不是所有医生的候诊室里都摆满了鲜花，哪怕摆上几本杂志也属奢侈，拿维斯勃拉姆来说，他的候诊室里连把像样的凳子也没有。

维斯勃拉姆的执业地点位于布伦斯威克的史密斯街，我说布伦斯威克而不是科林伍德并没有错。科林伍德的史密斯街是条宽阔的街道，它通向某个地方；它从某个地方延伸到这里；它自有它的意义，它的目的。但是，布伦斯威克的史密斯街只算得上是一块污迹，一个死胡同，维斯勃拉姆的诊所就坐落于此，被挤在两个带阳台的房子中间（有着一个外国人式的不耐烦）。诊所8英尺宽，一层楼高，纵深两间屋子，一股潮乎乎的霉味。门前的铜牌早已经被盗，他特意花3镑买来的红色的小灯笼，也被小孩子们生拉硬扯地弄坏了。这可真不是一个鼓舞人心的地方。

希德·戈德斯坦和莉娅·戈德斯坦拎着西装，等在诊所里。他们站在一个甲状腺肿大的女人和一个腰椎间盘突出的男人旁边——此君正在向维斯勃拉姆陈述自己是如何受伤的，但他不时得停下来，走到门口，冲着门外臭烘烘、黑魆魆的夏夜吐口水。

莉娅和父亲彼此对视一眼。他们都有着黑色的眼睛。

当维斯勃拉姆终于有空接待他们的时候，他颇感尴尬，看上去好像恨不能钻进某个硬纸板盒子里——他的办公室地板上到处都是硬纸板盒子。他将自己的椅子让给莉娅，接过那套伪造的西装，似乎没有注意到它究竟是什么东西。他将它挂在门背后，又让希德坐在病人的凳子上。他的脸摇摆不定，嘴唇如同搁在一片铁屑上的红色果冻。他在一堆乱糟糟的纸张中将一直漏水的钢笔扶正，看了眼希德·戈德斯坦，又迅速将眼睛挪开。有人走进候诊室，开始来回踱步，不停地唉声叹气（或者，也可能是哮喘病人的喘息声）。

"维斯勃拉姆，"希德·戈德斯坦说，"我们把那套西服给你拿过来了。"

"西服？"维斯勃拉姆沉浸在痛苦之中，半是愤怒，半是歉意，"西服？"

"又不完全是原来那套。"希德站在那里。他举起双手，紧接着又摊开来。"一件复制品。"他笑道，满心希望维斯勃拉姆那张比自己大得多的嘴能够更轻松地表述清楚。

"噢。"维斯勃拉姆拍着手说，一副兴高采烈的样子（在他看来兴高采烈就是这个样子），然而，他的眼神里一直充盈着原有的伤感，现在又新添了几分尴尬。"噢，"他又一次说道，"西服。"

他步履沉重地走到门边，将挂着的西服取了下来——它就挂在原来的衣架上，同一个衣架，绿色的油漆已经斑驳，上边吊着的一小袋薰衣草也还是原来的。

他慢慢地、仔细地打量着这套西服，看了一遍又一遍，不放过任何细节。

他无法承受如此巨大的情感冲击，也不敢抬头看一眼希德，甚至无法跟他说话。所以他转而对莉娅说话。

"一套复制品，"他声音哽咽，"一套完美的复制品。"

"她想成为一名医生。"希德在他身后说道，他冲莉娅笑了笑，点头以示鼓励。

"真的吗？"维斯勃拉姆说着，眼噙泪水。"你真的想要成为一名医生吗？"

"是的。"莉娅回答道，很开心，但也有几分警觉。

"哦，莉娅。"维斯勃拉姆说着将她搂进怀里。她能感觉到他的泪水滴进自己的头发，能闻得到他身上猪油和洋葱的味道。她的鼻子被紧紧地按在了他发馊的衬衫上。很久很久以前,莉娅甚至猜到,维斯勃拉姆搂在怀里的,其实并非她的身体,他的眼泪也与她的梦想、她的善良,没有任何关系。

正是因为这一误解,她给他爸爸写了封日后给她带来诸多麻烦的信。"请一定代我向可怜的维斯勃拉姆道歉——我知道我让他难过了,尽管我觉得我也让你失望了,但我感觉自己背叛了他。"

而希德·戈德斯坦根本就不明白他女儿在说些什么。

9

墨尔本大学没有录取他女儿,只能说是墨尔本的不幸。希德·戈德斯坦穿上自己12盎司的灰色羊毛边西服,戴上金丝边眼镜,还拽上了维斯勃拉姆,两个人一道乘火车前往悉尼,从玫瑰湾到麦奎利街,两人的做派着实有点讨人嫌。

他们毫无羞耻。为了达到目的,几乎没有谁不被他们牵扯进来,所有的老朋友,所有刚刚认识的人,甚至于完全不认识的人,只要他们能在这件事情上帮上忙。在芬克斯餐馆吃晚饭的时候,可怜的维斯勃拉姆毫不犹豫地拿出了莉娅的成绩单。围坐在桌前的人传看着,而他们议论的对象坐在很不舒服的扶手椅中,不自在地扭动着身子,试图用一只远远超出她嘴巴大小的汤匙喝汤,却因为那么多飞溅的吐沫星子而缩了回来——同桌的十来张嘴巴,既不矜持,更无所谓节制,他们喷溅而出的吐沫,更多的是因为大快朵颐,而非因为说话。

为了她,希德·戈德斯坦和可怜的维斯勃拉姆抢开了膀子,左冲右突,终于在悉尼大学挤开了一道窄窄的缝隙,刚刚能容她栖身。

2月里,一个雾蒙蒙的阴天,终于收到了录取通知书,而且再有3个小时,希德·戈德斯坦就得回墨尔本了。希德不想慌慌张张,但想到接下来的3个小时里有好多事必须要办,还是有些手忙脚乱。穿过方院的时候,他将一叠支票本塞给莉娅,并且告诉她将来独自在外,该注意些什么。维斯勃拉姆领先20码左右,对于修剪得整整齐齐的草坪没有任何兴致,而是重步踏在小院里的石板上,发出隆隆的回声。他裤子短了一大截,白色的手帕拖在口袋外,苍白的额头上已冒出了豆大的汗珠。希德尾随其后，通常慢条斯理的步伐，不时变成焦躁不安的小步快跑。

他们尾随维斯勃拉姆出了校园，穿过帕拉马特路，又跟随他爬上一处山崖上凿出来的台阶，来到另外一条街道，沿街都是带阳台的老房子。

"维斯勃拉姆，"希德冲他喊道，"维斯勃拉姆，我们这是要干吗？"

"找住的地方。"维斯勃拉姆说着，推开陡峭的石阶下的一道门。

"找住的地方？"希德·戈德斯坦嚷道，"维斯勃拉姆，我们得快点收拾行李。我们得赶火车。"

"没错，没错。"维斯勃拉姆说。"等一下，等一下。"说着沿台阶来到一所前窗挂着"有屋出租"的牌子的房子前。

莉娅和爸爸等在原地。空气中弥漫着煤气味，还有凋谢的金莲花的香味。而维斯勃拉姆在四处开裂的水泥台阶上忙活着他神秘的勾当。

5分钟后，他回来了。

"已经被人租掉了。"他说。

"什么被人租掉了，维斯勃拉姆？"

"供你女儿睡、供你女儿住的房间。"

"哦，不。"希德·戈德斯坦说着，松了松领带。"哦，不，我居然忘了这回事。"

"别担心。"维斯勃拉姆丑陋的脸上汗如雨下。"我发现她家楼上有个前厅。她是个寡妇，丈夫在世的时候是驻开罗的警察局局长，是个大人物。她本人患有严重的牛皮癣。我给她开了个方子。她叫海勒，"维斯勃拉姆上气不接下气地说，"她有三个房客。我劝她说，如果她允许我们自己买张床的话，那么她就能有四个房客。她唯一想搞清楚的是，"维斯勃拉姆咯咯笑道，"我们不是天主教徒。我已经向她保证过了。食宿全包，开价两镑。你们觉得怎么样？"希德·戈德斯坦一脸紧张地看着自己的女儿。

莉娅笑了笑。

"好啦，"维斯勃拉姆说，"你跟莉娅去看看房子。我去买床。"

"没准，"希德说，"能找到好点儿的地方。"

"好点儿的地方，不，"维斯勃拉姆说，"没有更好的地方了，更何况火车还有三个小时就要发车了。"

希德看了看那所房子。他在想,当初维斯勃拉姆是不是就以这样的方式给自己的诊所选址的。他是向来主张货比三家的。事已至此,他只能无奈地看着锈迹斑斑的排水管道,金莲花丛中的蓟草,还有满是卡车、马车和马匹的荒芜的帕拉马特路。

"我去买床。"维斯勃拉姆汗流浃背地快步走下台阶。

"床要多少钱?"希德无可奈何地问道。

"便宜,"维斯勃拉姆说,"我会替她买张双人床,保准能睡一辈子。"

希德皱起眉头,莉娅则羞了个大红脸。"可怜的维斯勃拉姆。"她爸爸说,但更多的是出于习惯,而非信服。父女俩拾级而上,去见海勒夫人,让她相信自己不是天主教徒。

10

山楂溪的夜晚冷风飕飕,莉娅·戈德斯坦使劲往上提了提她黑色的羊毛袜,由于太过用力,位于胫骨中心的袜子上一个圆形的白色小洞突然变得又细又长,几乎看不见了,仿佛射向她可爱的膝盖。她将蓝色的厚大衣紧紧地裹在身上,从地上捡起一根烧了一半的木头,扔进火堆中,又禁不住打了个寒战。

"好了。"她说。

查尔斯更紧地靠在她身上,她能感觉到他满是疙子的手,如同一只在黑暗中迷途的螃蟹,缓慢地朝她爬来。这只手,如此饥渴,如此冰冷,她将它捧在手中——手背粗糙、僵硬,手心却绵软。

"你爸躲哪儿去了?"她摩挲着查尔斯手背上粗糙的肌肤,试图让他稍感温暖。"要是他觉在逗我们开心的话,那么他简直衰透了。"

她目光越过火堆,看着小姑娘。她恰好坐在骗子耍花招之前的地方。莉娅所能看到的情绪无非是她眼里反射的篝火的火光而已。

"注意时间,白杰瑞先生。"我们的舞蹈家在夜色里不无嘲讽地说道。但她扭头四处张望,像只雀儿转动脑袋那样迅速而神经质,不禁让她这句话的效果大打折扣。

"他不见了。"索妮娅说。莉娅还不太了解她,没有听出她的声音并不正常。

"你这个江湖骗子。"莉娅·戈德斯坦大声嚷道,好像担心有人行窃,半夜里一边举着电筒下楼,一边冲着黑暗叫喊。

"江湖骗子什么意思?"查尔斯问。

"就是专干骗人勾当的人。"莉娅解释道。她还不太适应跟小孩子打交道。"一开始叫Eelerspee,跟见鬼的拉丁文似的。接着叫Ieler-spe,后来又叫Ielywhacker,再后来才变成了Illywhacker。明白了吗?"

"大概明白了。"查尔斯说。

"骗子。"莉娅温柔地将查尔斯抓着自己的手松开——它像螃蟹似的,钳得她生痛。"你的指甲真够尖的。骗人的家伙,狡猾的家伙,滑头鬼,魔术师。"

索妮娅将羊毛衫一直拽到膝盖下面,直瞪瞪地盯着火堆。薄薄的蓝色气流中,火堆里的一些事物再次显露出真容。

"他什么时候现身?"我们的舞蹈家问道。

查尔斯后来只记得他父亲表演的魔术有多精彩,但现在,听到大人的言语中充满了不安,忽然间他感到异常恐惧,哭了起来。索妮娅立即走过来,安慰哥哥。

他们仨,肩并肩坐在一截树木上,紧紧相拥,等待着赫伯特·白杰瑞再次出现。而你,我亲爱的读者,希望能帮我个忙,学学我耐心的女儿,既不要像不了解情况的戈德斯坦(她觉得我不过是变了个简单的戏法而已)那样冷嘲热讽,也不要像我吓坏了的儿子那样哭哭啼啼,如此轻易地便确信我是永远也不回来了。所以,请你不要浪费时间瞪着无边的夜色,而要跟索妮娅一道,品味从火堆的枝条间慢慢升起的稀薄的绿色火焰——如同一颗偶然撞击的彗星——与我们的舞蹈家投入的枝条燃起的黄焰之花,相互交织形成的半透明的蓝色阴影。

11

当伊迪丝·戈德斯坦问丈夫他们的大女儿住在悉尼什么地方的时候,他才意识到自己根本就不知道那所房子位于哪条街。不是疲劳,而是因为这件事,让他有种类似感冒一样的症状——一种慌张的感觉,因为他的粗枝大叶会就此暴露无遗。他通常灰黄色的脸上泛起了潮红,他不得不打开出租车的车窗,呼吸一点新鲜空气。他开口说话,而伊迪丝则不安地看着自己的丈夫。她握住他的手,替他把了把脉,对于自己为什么这么做未置一词。

房间里,希德上气不接下气地对她说,有张很好的床,还是张双人床。他觉得这样非常合理。她可以一直留着用。将来结婚用也好得很,一等一的质量,美国生产的。房间的视野也很好("你透过窗户就可以看到大学的校园")。他甚至还描述了一下(他根本就无法让自己闭嘴)房间墙上挂毯的式样,他看到(现在他在想)挂毯上不仅绣有骆驼、戴着土耳其毡帽的男人、金字塔、跳舞的女孩子,右下角还有一小丛灌木,看起来非常像澳大利亚的瓶刷树。房东太太是个寡妇,丈夫曾经是开罗的警察局局长。女儿房间里的这个挂毯,正是从开罗带回来的。

"停下,停下,"伊迪丝·戈德斯坦嚷道,"我会给她写信,她会告诉我的。把舌头伸出来让我看看。"

但写信的话,她需要地址。她根本就没有地址。所以他不能把舌头伸出来。"我会写的。"他的语气非常坚定,他老婆——尽管感到吃惊——没有对此提出质疑。

"我会写的。"他重复道,但并未详述具体怎么去做,尽管那奇怪的气味,还有金莲花,都让他感到深深的不安。"我已经写了,"他宣称,"早都写过了,火车上写的。搬运工帮我去寄了。"

遗失的信,那么个荒诞不经的东西因此被捏造出来了。伊迪丝非常担心丈夫的身体,所以没有心情去询问他为什么要将信交给搬运工,如此一来,这封遗失的信便幸存了下来。而且，在他们父女俩一开始的通信中还不时提及，比如："你还没收到那封遗失了的信吗？"

倘若不是因为这封子虚乌有的信，父女俩之间可能压根就不会有书信往来。"我得首先告诉你，"希德会在给女儿的第二封信里写道，"我在那封搬运工没寄出来的信里说到的内容。"一开始，两个人写的信都很拘谨，很生硬，莉娅的信笨拙而又乏味。没有任何迹象表明，那样的对话会持续下去。至少从莉娅这方面来说，这不能归咎于没有什么有趣的事情或者新鲜的景致可供描述，而是因为她刚刚开始学着如何去表达自己。

这时候，莉娅还不知道相互讨论的好处，遇到重要事情依然习惯于自己拿主意，从不寻求别人的帮助。她会缓慢而又曲折地得出结论，她会一遍又一遍地思考（她的双手紧握，夹在双腿间，紧紧地盯着天花板），直到她觉得一切都理顺了，没有任何瑕疵了。通过这种方式想出来的主意总是别出心裁，但并不容易被其他人所接受。

不过，她并不认为自己聪明。如果她想在大学里取得优秀学业的话，她得付出超出别人五倍的努力。对于任何参加辩论协会或者业余剧团的建议，她都不予理睬。遇到解剖猪肉线虫的时候，她就想办法往手提包里塞进一条这种小小的红色寄生虫，然后带回自己的房间，重新解剖一次。鉴于猪肉线虫长不过5英寸，所以逃过海勒太太的注意，偷运进屋子并非难事。然而，当她试图将一条角鲨拿回房间，福尔马林和鱼腥气让她露出了马脚。海勒太太过来抱怨说气味太难闻了——她红色的鳞片状的皮肤上涂着一层黑焦似的药膏，那是维斯勃拉姆给她开的方子。

莉娅礼貌地拒绝将"那东西"放进房东太太拿来的一个褐色大纸袋子里去。于是海勒太太声称要将它拿给凯莱斯基先生——她眼睛翻白，脸庞漆黑，像极了艾尔·乔森[①]。

对于这个凯莱斯基先生，莉娅一无所知。她妈妈曾经非常具体地问过，莉娅向她保证，这幢房子里绝对没住男人。她根本就没注意到那间小房间，就位于铺了混凝土的后院的一角，缩在洗衣房旁边，那便是伊沙伊·凯莱斯基睡觉

[①] 艾尔·乔森，1886年5月26日生于美国路易斯安那州，20世纪初百老汇舞台和银幕上最有名的黑人歌星和演员之一。

的地方了。他不是食宿全包,所以从未上桌。

莉娅坐在她的解剖板前,等待着神秘的凯莱斯基先生——角鲨横卧在解剖板上,神经系统被胡乱地切开,暴露在外。她拿出笔记本,开始勾勒角鲨苍白的神经系统。由于她总是拿块橡皮擦个没完,所以连已经解剖开的角鲨身上也沾满了橡皮屑和纸屑。

当伊沙伊听到她招呼自己"进来"的时候,映入他眼帘的就是这副情景:一个样子古板、严肃的年轻女子,身着黑色衣服,正对着一条死鱼写写画画。对于伊沙伊来说,这副情景很有吸引力。不过,他并非像莉娅后来在一些场合恶作剧式地那样自我介绍的:"我叫凯莱斯基,我哥哥在莫斯科闹革命呢。"

莉娅原以为凯莱斯基是个腆着肚皮的老头子。不过真实的凯莱斯基看起来可真不像什么"先生",他就是个小不点,乌黑的卷发,小小的双手,一张既不那么男性化,又不是非常女性化,介于漂亮与帅气之间的宽阔的嘴巴。他着实生得漂亮,唯一美中不足的便是他的皮肤了,但即便那一点也很是有趣,因为纹理粗糙,看起来有点像是柠檬。

伊沙伊穿着尖头皮鞋的双脚一刻也不消停。他露齿而笑,不是自嘲,便是笑她——反正不清楚他在笑什么。他的手腕细得像女人一样。

"戈德斯坦小姐。"

她实在没什么表演天赋——她往后靠了靠,削起了铅笔,自始至终都斜眼看着她污迹斑斑的画作,双颊滚烫。但是,谁又知道正常情况下她的脸色并非如此呢?

"我是凯莱斯基。"

"进来,"她说,"有什么意见就提吧。"

他往房间里挪了挪身子,很得体地让房门大开着。莉娅可以听得到楼道里传来实习教师们的声音。

"你名气不小,"他说,"一开始他们光议论说你话少,紧接着说你如何用功,现在你给他们带回来这么重的味道。他们非常喜欢你。"

莉娅听到楼梯上传来一阵喧闹声,先是急促的低语,紧接着便从前厅传来厚底皮鞋踩在油地毡上的声音。

伊沙伊咧嘴笑了。"看看你让大家多么兴奋。你来之前,他们彼此从来不说话。海勒太太唯一愿意做的事,就是怀念自己的警察局局长丈夫,对每个人都说有仆人伺候多么多么好——'有仆人的时候，我的皮肤光滑细嫩。'而那些学生一脸木讷，不知道说什么好，只好频频举杯。"

他一直说个没完。莉娅心想，这辈子还从未听谁说过如此多的话，就连维斯勃拉姆也没有，也从未见过谁给人如此困惑、如此矛盾的印象——他似乎是自信和羞怯的混合体——他的话里充满了自信（那么有趣，那么轻灵，有着一种绵绵细雨般飘忽的韵律），但他的身体语言看起来好像害怕遭到拒绝——一双小脚前后移动，双手焦躁不安地彼此轻拍着，黑色的双眼一旦触碰到莉娅的眼神，便瞬间躲开。他的言谈举止，尽管使人感到莫名其妙，整体而言还是蛮讨人喜欢。

他走过来，站在她身后，看着那条狗鲨。

"我们准备召开一个关于德国的会议，"他说，"就今晚。你有兴趣一起来吗？"

此时浮现在莉娅眼前的，居然是莱茵河上的古堡。

12

罗莎·凯莱斯基睁开双眼，打量着她的后院——这里脏，乱，差，混凝土小路，草坪中央是辆锈迹斑斑的大篷车。一根晾衣绳斜拉在一角，绳子下方的玫瑰花与晾晒在上面的被单乱成一团。木栅栏高高的大门两侧，各放着一个44加仑的桶，里面装满了各种破铜烂铁。踏进这片独特的天地15分钟后，莉娅·戈德斯坦便对它的杂乱感到由衷的震惊：白菜地里杂草丛生，锈蚀的三轮车缠绕在百香果丛中。然而罗莎却不以为意，她悠然地坐在四处开裂的混凝土台阶上，品味着来自邦迪海滩的海风，还有晾干的被单那迷人的幽香。当她睁开眼睛，呈现在她眼前的还有青色的橘子，她丈夫正在用巴索擦铜水擦洗的一口大锅——这口黄铜大锅已遍身铜锈，泛着灿烂的光芒。

伊沙伊带个女孩回来见他们，罗莎既感到好奇，又有几分不耐烦，并且，因为她不得不停止晒太阳，结束自己的白日梦，所以颇有几分恼火。作为一个

50岁出头的女人,她保养得还算不错,身架高大,体型匀称。尽管她穿的是件旧罩衫,头发乱蓬蓬的需要梳理,但仍然称得上漂亮。

"我正打算给阿波洗个澡。"她说道,但仍坐在原地没动弹。透过橘子树的枝叶,她抬眼看了看天空,想象中可以看见铜锅的金色光芒沐浴着青色的果子。

"我得换下衣服。"过了会儿她又说道。"你也得换了,"她对丈夫说,"那些短裤。"但她忽然自顾自笑了起来。"如果非要穿短裤的话,你应该把腿晒黑点。"

莱尼·凯莱斯基并没有搭理她。他一门心思全扑在那口放置在沉重的铸铁基座上的大铜锅。而她在琢磨,哪个收破烂的会将这么个垃圾搬回家,还一个劲地擦啊洗啊,就因为它看起来蛮漂亮?"马克一定笑话你了。"她说。

莱尼抬起头,咧嘴笑了。他一头灰白的浓发,猫头鹰式的双眉有着尼古丁的颜色。满脸的皱纹如皱巴巴的纸袋子,肩膀宽阔,胸腔厚实,双腿却瘦骨伶仃,在罗莎看来,有点像只自大的小麻雀。他比罗莎要矮2英寸多,而且看起来也要老很多。两人刚在一起的时候,他们都在演艺圈混饭吃,跟随帐篷剧团到全国各地的小镇巡演,那时候她还叫罗莎琳德,而他叫莱昂纳多,他还没有表露出任何对于漂亮事物的兴趣。甚至于,她还得教他该如何衣着得体。

罗莎打了个呵欠。"我得换下衣服。"然后(是不是迟了点?),她听到了院门嘎吱打开的声音。忽然间,她感到非常恼火,没兴趣跟任何人说话,看着院门口的女孩——这个儿子带回来的第一个女孩——一声不吭,然而眼带挑剔。她很喜欢她朴素的美,不过,她觉得儿子要是知道这身简朴的灰色丝绸裙子单单成本价值几何的话,很可能会大吃一惊。她侧着脸,让伊沙伊亲了一下,并告诉他气色很不好,没有血色。罗莎在想,他将这姑娘带回家,难道就因为她是个犹太人吗?他们围在铜锅周围,小狗阿波跳到伊沙伊身上,紧接着又跳到莉娅跟前,冲着她的脚嗅个没完。

伊沙伊逗起了父亲。

"把它给化了?"莱尼说,一边冲着莉娅笑着,"把这么个东西给化了?这么个传家宝?"至于他们可能早已融化了的30口大锅,他什么也没说。天还没黑,他便会四处招摇,表演吞火,或者将铁条折弯。

"真恶心。"罗莎说。她因为不乐意,所以可以说是双倍的恼火。"你要是觉得它漂亮,那你肯定是没动脑子。倘若你每天都得在它身上耗时费力,那么无论如何你不能说它漂亮。"

莉娅灰色的眼睛警惕地看了她一眼,然后将目光挪开了。

"啊,"伊沙伊拿胳膊轻轻顶了顶父亲,"马克思主义者的批评。"

"马克思主义者,也许吧,"罗莎站起身,试图挤出个笑脸,"但如果说我是个共产主义者,那绝对不可能。你不要拿我开玩笑。"她抬手拨弄了一下儿子的头。"你这个软蛋。看看你的衣服。你是不是觉得它们更有魅力?过来跟我坐着,莉娅。来晒晒太阳。莉娅穿得很漂亮。"她对两个站着的男人说——如同往常一样,他们站在阴凉处。"坐这儿,混凝土上是干净的。左派通常很邋遢,"她问莉娅,"你注意到没有?我还在党内的时候,他们认为我轻佻,不信任我,就因为我的着装。"

"别听她的,莉娅,"莱尼叫道,"这是她最爱唠叨的话题。"

"他们的衣着让人感觉毫无希望。我跟他们说,那才是资本主义,那才是凋敝萧条,不是社会主义。闹革命的时候,人们都应该衣着光鲜,彩带,红旗,气球,得处处充满快乐、友爱,而不应该跟葬礼似的。你喜欢野餐吗?"

莉娅·戈德斯坦绽开了笑脸。"是,喜欢,非常喜欢。"

"等哪天你有空,愿意过来跟我一起去野餐吗?"

"愿意。"

"好极了,"罗莎笑道,"现在我开心了。"她朗声笑了起来。"我道歉,刚刚情绪不好。"

两个女人坐在混凝土台阶上,相视而笑。

13

那天晚上,离开凯莱斯基家的时候,莉娅头痛欲裂。整个晚上,她笑得太多,听了太多故事,吃下了太多特别的食物。当然会有不那么争吵的时候,会有粗俗的部分,大家的情绪也会不断变化,一会儿忧伤悲观,一会儿无忧无虑,接着又重回忧郁,那让她感觉有几分迷茫,几分晕眩。在橘子树下的草地上，她喝过一杯甜酒，轻拍狗儿，听罗莎讲起自己的故事，她年轻的妈妈如何离她父亲，如何从波兰一路徒步来到维也纳，他们如何找到她妈妈的叔叔，发现他已经打点好行装，准备前往澳大利亚，她们又是如何跟他一道来到这里。她的叔叔是个文化人，很不喜欢澳大利亚，不到一年时间，他便收拾自己的书籍，拖家带口，远涉重洋，这一次他的目的地是巴勒斯坦。罗莎的妈妈原本也想随行，但叔叔不愿意替她出路费——因为她找了个异教徒做男朋友，所以不再受宠。后来，那个异教徒离开了她，于是她又另外找了一个，一个靠表演吞火谋生的男人。故事很长很长，而她的丈夫和儿子坐在树影下，喝着啤酒，不时地拿她打趣。

共产党批判托洛茨基①之后，罗莎便脱党了。说到这一段的时候，她开始莫名其妙地哭泣。莉娅有点不知所措，罗莎的举动完全超出了她可理解的范畴，不知该如何安慰她，很是无能为力，只好轻轻拍着她蜜糖色的手背，狗儿则跳起来，舔了一下她的脸。

接着，莱尼宣称要表演牙拧钢筋。罗莎停止了哭泣，揶揄说他是个想讨年轻姑娘欢心的老头子。莉娅羞了个大红脸，觉得很不自在。她看了看伊沙伊，只见他坐在洗衣房的台阶上，正对着自己笑呢，又朝着他矮小而强悍的父亲的方向扬了扬眉头——他正在其中一个44加仑的桶里翻寻，试图找根称手的钢筋。

"太细了，"当父亲拿起一根双头螺栓的时候，伊沙伊冲他叫道，"换根粗点的，粗点的。"

莱尼皱了下眉头，有点犹豫，不过还是回到桶边。最终，他找到一根钢筋，伊沙伊很满意，鼓掌欢呼。狗儿也围着院子一圈一圈地撒着欢，边跑边叫。而此时，罗莎却完全沉静了下来，扬起漂亮的脸蛋，迎着倾泻而下的阳光。

"喜欢跳舞吗？"她问莉娅，但莱尼已经站在她们面前。他坚持要求莉娅将那根钢筋拿在手上掂量掂量，尽管上面满是油污。

他将钢筋放在两排黄牙中间，闭上了双眼，像个举重运动员似的摆开骑马蹲裆式，然后抡开双手，使劲地拧住钢筋，往下掰。

---

① 前苏联托洛茨基集团领袖，后被开除出党。

钢筋开始弯曲，但当时莱尼做了个鬼脸。他将钢筋从嘴里拿了出来，冲手上吐了一口。他看了看吐在手里的东西，抬起头，咧嘴笑了——他的两颗牙被咯断了。

"你这个蠢货，"罗莎·凯莱斯基说，"哦，你这个蠢货。"不过对于丈夫的牙齿，她似乎并不在意。莱尼自己也觉得没什么，他拿啤酒漱了漱口，就又到儿子身边坐下。

罗莎开始打听她的家庭情况。当听说他们完全不遵守犹太人的习俗，甚至连逾越节都不当回事的时候，故意装出一副大惊失色的样子——莉娅从未听过什么逾越节薄饼，从未尝过什么苦草药，也从未急不可耐地等着可以吃赫罗塞思①的那一刻的到来。

"哈，"罗莎冲儿子喊道，"这么说你给妈妈带回一个很好的犹太姑娘。"

伊沙伊看起来有点不自在，但依然笑颜以对。

"一个长老会教徒，一个冒牌的犹太姑娘。哦，天哪！"她说着笑了起来。尴尬如潮袭来，但又不得不强颜欢笑，莉娅的脸因而拧得生疼。

"闭嘴，罗莎。"伊沙伊忽然拉下了脸，严肃地说道。

"不要冲我嚷嚷什么'闭嘴'，先生，"罗莎激烈地反驳道，"去洗洗你的嘴。"

火药味十足的双方都陷入了沉默，一时间，凯莱斯基一家陷入混乱。接着，莱尼向莉娅解释说其实自己也并非地道的犹太人，他母亲不是地道的犹太姑娘，而是巴拉腊特一个跳舞的，她剽窃了洛拉·蒙特兹的蜘蛛舞。

"她叫麦克唐纳德。你绝对没见过如此讲究卫生的女人。我们家什么都有两套，两个水槽，两套做饭的锅碗瓢盆。等到60岁的时候，她看起来真像个犹太人了，"他咯咯笑道，"她的鼻子变长了。非常虔诚。父亲去世以后，我们得一连好几个月坐在地板上。可怜的亲爱的希拉，哦，天哪。"

"一个令人讨厌的老太婆。"罗莎说。

"是不那么讨人喜欢。"莱尼承认道，他将手指伸进嘴里，摸摸刚刚咯断的牙齿。"把我一颗金牙也给咯断了。"

---

① 犹太教逾越节晚餐时吃的由苹果、坚果等调制的糊状食物。

"猫都上哪儿去了?"罗莎忽然问道,"它们哪儿去了?"狗儿从她腿上跳下来,竖起耳朵,又开始绕着院子跑了起来。"我们得给它洗——个——澡,"她宣称,"来这边,莉娅。"

"现在给它洗澡太晚了。天气太冷了。"莱尼说着站起身,拎着两个空啤酒瓶子,朝垃圾桶走去。

但他们无论如何还是给狗儿洗了个澡。洗完之后,大家都嬉笑着四散逃开,以免狗儿抖动身子将水全都溅到他们的衣服上。草坪上有一块被狗儿挠出来的空地,它窜过去,在灰堆里打了几个滚。目睹这一切,莉娅不禁难过,觉得自己就像一条没了狗味儿的狗一般。她很羡慕凯莱斯基一家,羡慕他们之间无所顾忌的玩笑,他们说来就来的脾气,他们没放酵粉的面包,他们镶着金牙的嘴,他们书呆子气的叔叔,还有他们冒牌的犹太舞女。相比之下,自己的生活是那么的苍白,那么的乏味。她觉得自己无趣至极,没有过去,甚至也没有个性。她多么希望自己能像那条狗一样,可以恣意地在灰堆里打滚,将自己的下颌在沙土里蹭个够,让那狗的气息,重新回到自己的身上。

前往有轨电车站的路上,伊沙伊握住了她的手,她并没有将手抽回来——早上她曾设想过这样的情景——与预期的恰恰相反,她发现自己紧紧地握住了他的手。两个人其实都误解了她的情感,而此误解会一直持续下去,非但没有减弱,反而在1930年剩下的时间里越发严重,直至1931年达到极致——这一年,她嫁给了伊沙伊·凯莱斯基,而实际上,她真正爱的人,却是罗莎。

14

对于她来说,写信是一种折磨。有时候,她会花一小时坐在那里,为一句话而纠结不已。她不能说自己跟一个身高不及自己肩膀的小伙子跳狐步舞,也不能说这个年轻人还是个社会主义分子,更不能说在一个芬芳甜蜜的晚上,她走过一幢幢岁月斑驳的房子,它们狭小的花园里,赤素馨花葳蕤茂盛,听到这个年轻人在一个破旧的礼堂里,对着一群工人发表演讲,工人们笨重的靴子声在礼堂里回响。她父亲对社会主义分子可没有兴趣,但是,倘若他明白伊沙伊要花多大气力克服自己的羞怯,他又怎能不被打动呢?他一张嘴,她就清晰地听出他的嗓子因为恐惧而干涩,仿佛喉部的薄膜粘在了一起,令他窒息。他绞着小巧的双手,闭上双眼。顷刻间,听众们安静了下来。她不知道事情就是如此,伊沙伊总是面临这样的情况,总是遇到这种恐惧得几乎张不开嘴的情形,他能让一大群聚集在一起的人希望他一切安好,希望他取得成功,甚至于,他们宁可自己喉咙发干地坐着,双手紧攥,也祈祷他能够口若悬河,滔滔不绝。然后,他的脚就像一个乐队指挥一样,踌躇地轻击三下,于是(他仿佛感觉到台下的听众们轻叹一声,俯身向前),他开始演讲,轻灵、热切,而又极具个人色彩。会议结束之后,她留在自己座位上,四肢瘫软,仿佛被抽空了一般。她看到大块头的工人们走上前去,热切地和他握手——他们的胳膊几乎跟伊沙伊皮包骨头的腿差不多粗。

她也不能说这个年轻人让她自惭形秽。几乎所有方面,几乎每时每刻,他都让自己诅咒从前的生活残缺不全,少言寡语,没有想法,也没有欢笑。马尔文路上的家里没什么书,有的话也只是些小说,藏在她父母那间霉味扑鼻的大卧室里,她很少涉足,后来也只是偷偷进去过,也许是为了发掘点夫妻生活的秘密。(除了一小瓶贴着蓝色标签、油乎乎的盖子上沾满灰尘的凡士林,两本沃尔特·司各特①著的传奇故事之外,她什么也没发现。一成不变的总是那两本书——她要是对书本稍有一点好奇心——她会发现书里夹着一个小信封,里面有个橡胶避孕套。)

她曾徒步穿越悉尼的公共领地——新鞋子将她高足弓的脚磨出了水泡——看到人们居住在用瓦楞纸板盒子搭成的简陋窝棚里,在乔治街,她还看到一个穿着寒酸的小仙子衣裳的小女孩,背上的羽翼小得如同两只麻雀翅膀,一只手里拿着个罐头盒,另一只手拿着根银色的魔杖,正在乞讨。这些事情让她深受感动,却无法写进信里。但是,这绝不是她的全部秘密:她开始协助伊沙伊做些工党的事情。会议结束之后,她会帮他打扫会议室,灰色的丝绸裙子也因此沾上了油印机的油墨。她不仅不能将这件事告诉父亲,伊沙伊甚至提醒她连罗

---

① 沃尔特·司各特(1771—1832),苏格兰历史小说家、诗人。

莎也不能说,否则的话,他说,罗莎一定会嘲弄她是个改良主义分子。

对于一个向来因自己的诚实而自豪的人来说,这些负担确实过于沉重。

15

她并不知道自己已经爱上了罗莎,只晓得被叫下楼接电话的时候,心里感到莫名的轻快。

"要是干扰学习的话,你就不要过来。"罗莎总是这么说。

"没有,没有。刚刚做完了。"

她会再跑上楼,又跑回楼下来熨衬衫,接着再回到楼上去擦皮鞋,当出租车在门外面嘟嘟按着喇叭的时候,通常情况下干净整洁的房间已经乱作一团,到处都是书、袜子、扔掉的衬裙和不打算穿的裙子,然后她上气不接下气地赶到出租车前。此时此刻,她笑着倒在罗莎身旁的座位上,根本不去想野餐之后自己会多么内疚、多么恼火——到那个时候,她将不得不步履沉重地踏进自己的房间,嫌恶地面对自己怠懒的证据。

她们到处都野餐过,世纪公园,库珀公园,但最常去的地方还是海港附近。她们搭乘轮渡,去曼利,去塔伦加公园,去莫斯曼还有克莱莫。她们总是坐在船头,正对着渡船船长,手扶着帽子,感受着丝绒般柔软的海风,一脸陶醉。那时,当起航的铃声响起,她们便提着野餐篮子和毯子,咔嗒咔嗒地走下楼梯,去看被抛在身后的港湾——它如同一幅挂在宽敞的木门廊里的画,秀美迷人。

她们会沿着牵牛花和野生马樱丹掩映的小路前行,然后,铺开野餐毯,摘下帽子,让3月和煦的阳光照射在她们高高扬起的面颊上。跟罗莎待在一起的时候,她觉得世界如同甜美的热带水果一般,即将爆裂开来,将它的籽撒进她捧着的手里。

罗莎喜欢她的年轻,为她的年轻欢呼喝彩。然而莉娅觉得,似乎两人中间罗莎才是年轻的那位,她对世界的热爱让莉娅觉得自己老态龙钟、呆若木鸡。

罗莎充满了激情和热情，会忽然狂风暴雨般大发脾气，同样也会忽然像个孩子似的（莉娅这么觉得）欢呼雀跃。例如，总是罗莎停下脚步，指着天上斑斑卷云，说："冰晶。"而莉娅甚至没发现。她一边将野餐毯铺在开满白花的苜蓿草上，一边说："哦，莉娅，我爱这座城市。真是太漂亮了。每当我感到不开心的时候，我就到海湾来，这里永远都是漂亮的。而且，现在我可以跟一个对此全然不知的人分享它，就更棒了。"

罗莎没有告诉莉娅自己曾经如何在痛苦中挣扎，而且，正因为如此，她得一次次地远行，空虚的日子，所有那些日子，她不再是那个名叫罗莎林德的舞女的那些年。她就那么活着，对虚度的光阴抱有一种近乎绝望的观念，而且有时候看起来她活着的唯一目的，就是为了看儿子写给自己的信——她真的爱他，可她居然如此漫不经心地将他推进了革命的怀抱。

对于这些，莉娅浑然不觉。她喜欢罗莎坐在毯子上的样子，喜欢她四肢的松弛，喜欢她右手握着左手大拇指那种很特别的端着手的样子，喜欢她蓝色的眼睛周围细密的皱纹，喜欢她阔大的嘴，还有风中凌乱的蜜色卷发。

她们吃着用报纸包来的对虾，喝着葡萄酒：莉娅一杯足矣，剩下的全归罗莎。

正是这一杯葡萄酒的作用，第三次野餐的时候，莉娅开始藏不住秘密了。

"不，"当莉娅第一次向她袒露心声的时候，罗莎说，"你既不乏味，也不愚蠢。你很年轻。当然，你什么都不懂。你还是个小宝贝。不要笑。你有着非常炙热丰富的情感，只是你还不知道该如何为它们的辩护。你的余生都会为自己丰富炙热的情感寻找正当性。我一直留心观察你，你到我家来的那天——你坐的样子如此温顺，你的手——是这个样子——搁在大腿上，低眉顺眼，非常谦卑的样子。而内心深处，我知道，你心潮翻涌，有着无数的话希望能够一吐为快。你一点儿也不温顺。告诉我，这辈子你究竟想干点什么？"

莉娅的手刚刚抓过对虾，黏糊糊的。因为葡萄酒的作用，思绪倍感放松。她撕了块面包，扔向鸥群——它们有着橙色的脚，成群结队，彼此挤来搡去。

"我希望，"她看着那些彼此争抢的海鸥，但似乎又没有真正看着它们，说道，"能够做件真正的好事。"

"我知道你是个危险的女孩子。"罗莎说着笑了起来。见到她非常羞怯，非常尴尬，接着又很温和地问道："那么，什么样的事情呢？"

"我不知道。"姑娘说。

"就只一件?"

"一件就足够了,不是吗?"

"我不知道。"罗莎替自己又斟了些酒,躺在毯子上。她一只手端着酒杯,一只手在眼前搭起凉棚。"我年轻的时候,跟你一个样。品行端正,一本正经。不过后来我的个性出了问题。我脱党的真正原因其实跟他们如何对待托洛茨基没有什么关系(托洛茨基自己也不是圣徒)。真正的原因是,外面的天空如此美丽,我不能一辈子待在阴暗的屋子里。我无法相信这里会有一场革命。我把责任都推给那些粗鲁莽撞、镶着金牙的工人,但实际上,真正的原因是天空。看看这天空。它没什么历史。不过,这就是你选择学医的原因吗?要做件好事?"

莉娅双腿交叉的坐着,双手叠放在裙子的褶皱里——裙子堆在地上,像只雀儿的窝。她红着脸,尽管很想低下头,但这一次她没有这样做。"这样是不是很傻?"

"一点儿也不傻。不过,干吗非得当医生呢?干吗不选择当个面包师呢?"

姑娘笑了。

"为什么不?你难道没闻到过面包的香味吗?"罗莎闭上眼睛,吸着鼻子,鼻翼一张一翕,想象着一条条面包散发的香味。"你希望自己的人生有点价值。我也一样。于是我入党了。当然,我得四处奔波,永远在路上,但只要我会做的,什么工作我都愿意干。我丈夫觉得我疯了,但我为党承担了很多乏味而又卑贱的工作,我觉得作为一名舞女,什么价值也没有。但实际上舞女,如同面包师……各行各业的人一样,都有着自己的价值。"

罗莎慢慢地坐起身,擦了擦眼睛。"我要告诉你我为什么脱党,告诉你真正的原因——因为他们从来就不把一个舞女当回事。他们根本无法想象我其实是个认真的人。对于他们来说,我不够邋遢。相信吗?"

"我相信,罗莎。"莉娅认真地说。

"这是个谎言。"罗莎说,她看着远处的港湾,一艘邮轮正从码头那边驶出来,绕过岬角,船舷上,五颜六色的彩带依然随风飘荡。"我已经习惯这么说了,连我自己也信以为真了。"她转过头来,凝视着莉娅,眼神如此凶悍。莉娅怯生生地躲开她的目光,拨弄着一条面包。"那些狗杂种把我给踢了出来。"

莉娅泛红了脸。

"就因为，"罗莎说，"他们都是些假道学，伪君子，就因为我跟一位已婚的同事有了婚外情。我们经常出来野餐，就像现在这样，彼此说点小秘密之类的。但他们不开除他，他是男人。他们把我给开除了。没错。他的资格也非常老。那也是为什么我无法原谅他们的原因。"她渴极了似的将杯子里的酒一股脑儿灌进肚子，然后又满上了。"所以现在，亲爱的，你知道我的秘密了。是不是很吃惊？"

"没有，"尽管大吃一惊，但莉娅还是假装满不在乎地说，"一点儿也没觉得。"她接着说道，仿佛每天都听到类似事情似的。"我在想你在莫斯科的儿子，约瑟夫。"

"他还能怎么办？"她揉着眼睛，恼火地说，"除了成为一个马克思主义者，他还能有什么别的选择？起码比某些优柔寡断的社会民主党分子好。"为了强调这一点，她将一个对虾头扔给一只正在觅食的海鸥。

"哦，罗莎！"

"没错，我知道伊沙伊是你的朋友，但他更是我的儿子。"这一次她扔出去的是酒瓶塞。

"他人很和蔼，"莉娅说，"那才是最重要的。"

罗莎的脸仿佛经历过某种脱胎换骨的变化——蜕去了疲倦痛苦的皱纹，皮肤变得紧致，笑容极其灿烂。这种时候，莉娅总是感到由衷的快乐。

"那才是最重要的？和蔼？"

"是啊。"

"是啊，"罗莎晃动脑袋，将头发抖开，说道，"和蔼，跳舞。我们能达成共识吗？"

莉娅不好说可以，不过选择了微笑以对。

"我要教你跳舞。"罗莎说话的时候居然有几分羞怯，这让莉娅颇感不解。"到时候你就知道我在说什么了。"莉娅真正意识到教她跳舞对罗莎来说究竟有多重要已是一周后的事情了，但此时此刻，她只能报之以微笑，为罗莎终于平复这一通激烈的情绪爆发而松了口气。

然而，即使如此，当她们心满意足地坐着拖船，驶回皮尔蒙特的时候，一个男人来到她们跟前，冲她们讨钱。他眼睑低垂，鞋底上绑着硬纸板，样子还很年轻，不会超过30岁。罗莎给了他些钱，他便走开了。

她们目送他步履沉重地沿着护堤边的小路，漫无目的地兜着圈。

"我忽然感到很震惊，"罗莎说，她的笑容忽然之间崩塌了，"我们得有多邪恶啊。"她低头看着对虾的空壳，拧下来的虾头，又长又细的触须，还有那些乱七八糟的残渣——也许只有苍蝇才会光顾它们——不禁打了个冷战。

16

秘密重重叠叠，层层包裹，如同一个盒子套着另一个盒子，而在这个秘密世界的正中心，在最终的盒子里，芬芳如檀香木，莉娅尽情地舞蹈着，感觉到自己的心在悸动，腺体在分泌，品味着怠懒的肌肉从未有过的甜蜜的酸痛，她心里清楚——在她表情严肃、内心满足的老师的眼皮底下——自己正变得越发美丽。

在这个最终的盒子里，故事无关乎道德。它们不过是乡间礼堂、摇晃着的帐篷里的舞蹈故事而已。罗莎琳德在这里为矿工们舞蹈。莱昂纳多则在雷鸣的掌声里拧弯铁条，表演吞火。而现在，他开着货车，在悉尼走街串巷，根本不知道，他的老婆在家里，在他的屋子里，为他们过去经历的艰难困苦涂上了一层浪漫的色彩，将那些乡间礼堂变成了金碧辉煌的剧院——他们从未有过这样的好运。

事情潜滋暗长，历时数月。不过到了崭露头角的时候，已然无可挽回了。两个女人都深陷其中，不能自拔。所以，当莱尼发现她们的时候——有天中午他回到家，满心里想着的都是奶酪和泡菜——他已无力阻止了。他打开那间空房间的门，发现莉娅·戈德斯坦正随着卢·罗达娜管弦乐队的节奏，丢开一条花围巾，露出她紧紧裹在连衣裤里的小巧的乳房。

谁也没有说话。只有留声机发出咔咔的声响。莱尼从他蓝色的外套里摸出香烟，将汗湿的火柴一根一根扔了，但仍将一切尽收眼底——电热器在屋子的一角散发着热量，发条留声机搁在空着的壁炉上，小姑娘修长的腿、汗津津的上嘴唇，窗户上蛛网密布，唱片簿摊开在窗前的小桌上——最后，还有他妻子恳求的眼神——尽管她站在那里，脸上挂着笑。

"你把火柴搁哪儿了？"他对妻子说，"带我去找。"

"你知道在哪儿。"她说，并不希望和他单独相处。

"带我去找。"他说。

罗莎笑了，笑得很响，很刺耳，随着他出了房间。莉娅将留声机的唱臂提了起来，再次拧紧了发条。

她能听得到莱尼愤怒的声音。她将唱针从唱臂上摘下来，从一个小锡盒里找到一个更灵敏的换上。

17

罗莎远远地将火柴递给了他，始终与他保持一臂距离，看着他将香烟点上。他四处张望着找烟灰缸。而她如所有妇女杂志上温柔贤惠的妻子那样，从水槽里一堆没洗的盘子里找出来一个，在水龙头上冲了冲，抹干。烟灰将茶巾染得脏兮兮的，不过她在心里为自己辩护道：那又怎样？

"为什么？"他问。她在桌前坐下，但他并没有选择同样坐下，而是依在厨房的门上，双手合抱在胸前。她将椅子上的一个没洗的烤锅拿开，以便他有地方可坐，但他无声地看着她，并没有挪过去。

"为什么？"他再次问道。

"什么为什么？"

"为什么？有什么用？难道你是个跳舞的医生？"

罗莎耸了耸肩。

"给她灌输这些垃圾，她家人会怎么说你？"

她很想说这不是垃圾，不可以说她新的快乐是垃圾。

"她父母会怎么说？她是来读书上学的。要是她功课学不好，你什么感受？"

"她想要……"罗莎开口道,但她没有勇气正视丈夫的眼睛。她多么希望自己将厨房收拾得稍稍干净一点——只是,油乎乎的煎锅里,她也摞了两个盘子。

"你希望那样,对吗?"莱尼说,"你希望她功课不及格?你心里是那么想的,是吗?"

罗莎再一次耸了耸肩。

"你强迫她做这做那。她根本不知道如何拒绝别人。就像逾越节那次一样。"

"跟逾越节那次完全不一样,"罗莎说,"逾越节那次根本就不是我的主意。"她开始感到愧疚,但她错了。这是他设的陷阱。"是她自己想学。"她压低声音,害怕莉娅听到他们的对话。

"她自己想学,她自己想学。"

"确实是她自己想学。"

"她是想,想到都逃走了。瞧瞧她有多想学。"

毫无疑问逾越节那次是个错误,但谁又知道呢?谁也不知道。直到事情发生之后。小姑娘一开始还那么开心,那么充满期待。逾越节前夜,他们还一起打扫屋子,把所有的面包都扔了。莉娅对什么都很好奇。为什么这样?为什么那样?他们一起做的赫罗塞思,煮的鸡蛋。罗莎还告诉她托盘该怎么摆放。他们浆洗了白色的桌布,并将桌子布置好。

逾越节当天,她穿着一身新衣裳过来了。那天差点就成了一个真正的逾越节。莱尼的父亲和弟弟都来了。老人很虚弱,颤颤巍巍,但他读起经文来,声音洪亮,字正腔圆。她不喜欢这老头,当然老头也不喜欢她,但他臭烘烘的、掉牙瘪腮的嘴滔滔不绝——如此的清晰,如此的明净,让她不再讨厌他了,甚至庆幸他能来。

一开始吃苦菜①的时候,就出了岔子。那时她对小姑娘还不是很了解,

---

① 苦菜是犹太教逾越节上必吃的七道菜之一,以纪念当年在埃及犹太先祖用来将羊血涂在门楣上的牛膝草。其他六样分别为:烤羊骨,纪念在逾越节被杀的羔羊;蛋,纪念他们带去献祭被杀的祭牲、纪念圣殿被毁;赫罗塞思,碎泥状物,由苹果、干果、肉桂、红酒和姜制成。也可以用枣子、干果和苹果。纪念他们的先祖在埃及制造砖瓦;苦菜,按照各地传统使用苣荬菜、小红萝卜、黑萝卜、辣根等合色色拉菜,纪念他们的先祖在埃及吃苦,精神和肉体受压迫,他们先祖的孩子也被杀死;盐水,纪念在埃及为奴的先祖所留的眼泪和汗水;无酵饼,三块无酵饼象征亚伯拉罕、艾萨克、雅各布三位族长。

自然更谈不上理解她。小姑娘吃苦菜的时候,她一直看着,所以当她脸色大变时,她还以为是因为苦菜的味道太苦的缘故。就在老头子打算开始诵经("这是象征苦难的面包……")的同时,莉娅忽然挪开椅子,站起身,冲出了屋子。感谢上帝,老东西的耳朵已经不太好使,永远不会听到莉娅跨出门槛时呕吐、咳嗽的声音。但他不是瞎子。他看到罗莎追了出去。罗莎还未迈下门前的台阶,便听到他如同一只困在笼子里的鸟儿一样,火冒三丈地发出嘎嘎的抱怨声。

她发现莉娅躲在厕所后面,抱着肩膀,一耸一耸地在抽泣。她将她颤栗着的身体搂在怀里,轻轻地抱着她。

"怎么了,我的小莉娅?到底怎么了?"

莉娅一直不停地哭。"我是个骗子,"她说,"我是个冒牌货,冒牌货,冒牌货。我什么都不是。"

"你就是天空。"罗莎说,并试图找到更合适的话来安慰她。她将小姑娘的头搂在胸前。"你就是天空。"她指的是广袤、无边、澄净、湛蓝的天空,没有历史,清明,敞亮,没有低沉的云团。

但她并未解释,无论是她所谓的天空,还是她的臂弯,都不能带给莉娅任何安慰。

此刻,厨房里,她丈夫走过来,在她身边的空椅子上坐下。他将自己脏兮兮的手背轻轻贴在她的脸颊上。"她还很年轻,"他柔声道,"你会毁了她的。"

"好吧。"她说,但她没有作出任何承诺。

"要想找乐子的话,你有很多别的选择。"他说着抬眼环视了一下厨房。厨房里,壁橱的门敞开着,面粉泼洒在外面,还有一沓沓发黄的报纸。

"是啊。"她应道。她替他找了些奶酪和酸菜,然后目送他走向自己的货车。她对他从老塔拉穆拉神学院拉回来的那车原本用作屋顶的铅板蓬大加赞赏,而且答应晚饭给他做肉和布丁。对于他们的谈话,莉娅·戈德斯坦一字不落地听在耳朵里,她将留声机的唱头准备停当,当罗莎回到空房间的时候,发现自己的学生正随着卢·罗达娜《盛开的雏菊》的节奏,挑逗地扭动着屁股。

18

10月，莉娅·戈德斯坦不得不放弃跳舞。期末考试即将到来。她晚上还得熬夜干活，复印传单，给信封填上地址，再沿着一条条沉闷乏味的街道，往信箱里塞竞选资料。她觉得自己卷入了一场善与恶的斗争。对于她来说，它已经不再是一个理论了。最后几周更加忙乱，伊沙伊还遭到新禁卫军的殴打，他们将他从高露洁棕榄公司外的讲坛上拖下来，对他拳打脚踢。他躺在地上，像个孩子似的尖叫，声音又高又尖，可怕极了，尽管后来他为此感到很难堪，但让莉娅更加崇敬他。对于那些大块头的男人，新禁卫军、警察、留着胡子的法警、归国老兵勋章获得者等，她还由此生出极度的仇恨。所以，当杰克·朗最终当选，当她终于面对面见到他，他的大块头让她感到很不舒服，还有他沙哑的嗓音，宽阔的肩膀：这个社会主义大救星看起来像个法警。

当然，朗成功当选之后，会有各式各样的聚会。不过，她更愿意记住的是她期末考试第一周里，罗莎和莱尼为庆祝罗莎的生日而举办的聚会。

"都是我的蠢朋友。"罗莎做着鬼脸，向她介绍道。仅此一句话，顷刻之间，既奉承了她的演艺界的同事，同时又彻底将他们否定了。

罗莎的那些愚蠢的同事有着艳红的嘴唇和宽大的帽子，就像是会走路的剪贴簿。有跳各种舞蹈的，有小演员，有二流的歌舞表演者，还有穿着宽大翻领服装的小矮人——他们能连着讲三个小时的笑话，而且绝不重复。他们挤满了屋子，连大篷车周围也都是人，还有一些实在挤不下，干脆站到了街上。他们抚弄着伊沙伊的下巴，还把他当成个孩子，七嘴八舌地各讲各的话。莉娅被他们深深吸引，没有注意到罗莎其实已经不耐烦了，对这些索然无味的闲聊非常不满，因为它们会让她记起自己被开除出党之前的时光——还在党内的时候，她的朋友可都是些一本正经的人。

默文·沙利文开着一辆宽大的黑色别克车赶到，还带来了两个漂亮的女演员，一大箱香槟，每瓶酒上都缠绕着银色彩带。罗莎假装对他的到来倍感荣幸——她的虚伪实在令人眩目,连她自己也吃惊不已。

傍晚时分,大家都来到邦迪海滩,漫步在绵延的沙滩上,对人生种种残酷的现实,表现得很轻蔑,而这种轻蔑,又是如此的瑰丽。也正是这天,默文·沙利文听说莉娅曾跟随罗莎学过舞蹈,便煞有介事地给了她一张自己的名片——如同婚礼请柬一样的一张毛边纸杰作。"英雄总归会有用武之地的。"他说,并让她把名片放到手袋里。

詹妮弗·沃拉梅唱了首粗俗的关于小鸟的歌曲,莉娅则借着一杯雪利甜酒,壮着胆在洗衣房后面亲了伊沙伊的脸颊。这是一次货真价实的成功——当这光滑的肌肤被暴徒的拳头打得青一块紫一块的时候,她是如此的感同身受,同时也发觉它那种让人心烦意乱的吸引力。这一吻,让她浑身颤栗,但她通过大笑来加以掩饰。

19

那年圣诞节,当她回到了马尔文路的家,莉娅·戈德斯坦还没有意识到自己已经踏上一条成为蛇舞娘的道路。在那个怪异的屋子里,她感到无所适从,不知道人生会去向哪里。她感到厌烦、孤独。听着被放大的刀叉碰撞的声音,在这种寡淡得如同她母亲的清炖肉汤一样的气氛之中,她发现自己是多么渴望凯莱斯基一家子的那种粗糙,多么渴望大块大块的土豆和厚片的香肠,多么渴望不是拿刀去切而是直接用手去撕,多么渴望桌布上撒满了面包屑,多么渴望说起话来夸大其词,多么渴望大家相互指责,互不买账。甚至于,凯莱斯基家男人们走路的样子,他们的小个子,他们弱小的体格,他们如同麻雀般快速扭动的脑袋,他们滴溜溜转的眼睛,还有他们满带嘲讽地撇嘴的样子,所有这些,在她的脑子里反复净化——过滤掉一点这个,忽略掉一点那个——直到他们的皮肤经过反复抛光,变成了温润的象牙色,凯莱斯基一家摇身一变,成为了精巧的人物,像是巴厘岛上的寺庙里一尊尊小巧的菩萨一样,一方面有着种种粗俗不堪的举止,一方面又是如此的精雕细凿,须得拿包裹珠宝用的那种精细的薄绵纸包裹起来,如同约瑟夫·凯莱斯基翻译的恩格斯的作品一样——罗莎曾经骄傲地拿给她看。

没错,她妈妈发现莉娅失去了原有的一些特质,但她更愿意将其归咎于悉尼,认为是这座城市让女儿变得话多且偏执。倘若她知道与蛇脱不了干系的话,那么她自然也会连蛇一并怪罪。但蛇不是因,而只能算是果,不是伊甸园里诱使亚当夏娃偷吃禁果的那条蛇,而是一条普普通通的蛇。如果我们怪罪别人的时候能够稍稍严谨一点,那么你会知道:真正应该责怪的,其实是鸡。

很快你就会发现自己周围到处都是鸡,它们肆意拉屎,啄人,在供它们喝的水里打滚。不过,在谈及那些肮脏的情形之前,也许我该先说说我个人关于鸡的经历——我指的并非同鸡打交道过程中遇到的种种麻烦,比如虱子、虫子、鸡痘、白痢或腹泻等——围绕这些话题,龚谢应那个原本沉默寡言的表弟跟我讲了很多,一辈子都够用了。我也不打算跟你争论究竟哪个品种更优良,是普利茅斯芦花鸡、罗得岛红鸡、泰和鸡、白来杭鸡,还是澳洲黑鸡,尽管我一直觉得白来杭鸡可谓是物种退化极具代表性的例子。而且,夫人,我也不会在你反对机械化养鸡的抗议书上签名。我只想说说1931年2月的那个夏天发生的一件事情,那个时候,莉娅正躲在自己马尔文路的房间里,假装是个社会主义分子。

那个时候,我依然在维多利亚州中部游荡,给我儿子一种假象,好像悉尼和他母亲,远在墨尔本2万英里之外。

我知道我跟你说过,我早已不做汽车销售了,但1931年2月,正当我手按着帽子以防滚烫的热风将沙尘吹进眼里,走下伍登德邮政所前的台阶的时候,迎面遇到了伯特·麦卡洛克,他是当地的福特汽车经销商。

这年头,经销商是个很微妙的词:它会让人联想到机智、聪明、有钱、资产雄厚,简而言之,都与伯特搭不上界——伯特生来就是个铁匠,但他多才多艺,万事皆通,不仅是聪明的车匠,一流的焊工,还是天赋异禀的管道工。他能不借助于任何工具,直接用又黑又油的拇指和食指拿起滚烫的铁块——即便铁块已经在他的焊接炬下炙烤了半小时——却能不被烫伤。据他介绍,诀窍在于手指上的那层油具有一定的保护作用,另一方面乃在于他捏铁块的手法至轻至柔。

伯特告诉我,莫里森斯有个潜在客户,是个手上戴着好几个银戒指的女人，她确定了要买辆福特A型车。但他在某些方面惹恼过这个女人。现在她根本不愿意搭理他。所以他问我，愿不愿意接手这单买卖。有50镑的赚头。

与我一样，伯特也非常需要做成这笔买卖。屋外，北风肆虐，我还没来得及细想，他老婆便把我两个孩子领进了他们的窝棚。窝棚是泥土地面，伯特在这里干些焊工的活，他老婆则在这里接接电话，记记账。本来我想带上孩子们一道，但她把他们藏了起来，我猜一定是害怕又给这单买卖增添新的不确定因素吧——看得出来，麦卡洛克家的日子也不太好过。

接下来，我所知道的便是坐在一辆崭新的福特A型车的驾驶座上，伯特还给了我一幅地图——他用拇指和食指小心翼翼地捏着它，仿佛它是一块刚刚焊好的多孔通风接头似的——地图手绘在一个软木垫上，标明了如何前往莫里森斯的亚当森小姐的庄园。

伯特面相很好，圆润，方正，一圈白发，黑黑的脑门，戴着副无框眼镜，不管穿不穿蓝色的汗衫，都让他有种傲然孑立的气质。不过，滚烫浓腻的茶水已将他下面的牙齿熏黑蚀坏，所以当他眨着眼睛咧着嘴冲我笑的时候，他的脸有种嘴歪眼斜、凶神恶煞的味道——都拜他那嘴牙齿所赐。不过，对于一个如此渴望赚钱，同时又如此害怕失败的家伙来说，着实让人感到不自在。

"考验你的时候到了，吉姆老弟。"

"为什么那么说？"

"她是个老处女，"他猥亵地笑道，"而且是个同性恋。"

对于男女之事，伯特有着一种健康正常的兴趣。好多年前，是他告诉我彼此中意的女人私下里都干些什么，所以我猜我得相信关于亚当森小姐的性偏好，他应该没错。但真正有趣的是，女人们究竟该把她们的舌头放在什么部位，这个微妙而又私密的问题，让所有伍登德人都魂牵梦绕，流言蜚语的热浪像一件斗篷，将这个女人紧紧包裹，而且包裹得非常彻底——尽管他们都在窃笑，指指点点——原本应该一清二楚的事情，如此一来，也变得面目不清，无法分辨了——亚当森小姐可不是一满袋子弹珠。

他们痴迷的是性，但我很快发现，亚当森小姐着迷的则是鸡。

我并不是马上就意识到的。当然，一开始我被她的样子吓了一跳，她给人的第一印象既古怪，又有一种贵族气派。最令我难忘的，是她的手。她的这双手丝毫没有贵族气，又大又宽，手指粗笨，像农民的手一样强壮。而且，她的手指上满是大块的死皮、裂口，起了许多倒刺，三个华丽的大银戒指早已失去了其古典的意蕴，扭曲变形，锈蚀成暗黑色了。她的脸庞结实，下颌宽厚，鼻子肥大，不过帅气十足。灰色的头发极有光泽，只简单地将周边修了修。她穿了件褪色的男式工装衬衫和一条肥大的哔叽布裤子，对于那天的天气来说，有些厚了，不合时宜。据我估计，她大概50岁左右。

我立马就喜欢上她了。

我当然会喜欢她。我见过伯特老婆的眼睛，看我的时候那种近乎慌乱的眼神。看着她将我的两个孩子拢到身边，忽然之间我意识到，他们是多么的衣衫褴褛，饱受艰辛。我当然会喜欢亚当森小姐。我要向她推销汽车。倘若有必要的话，我甚至愿意爱上她。我满腹胀气，周遭热浪翻滚，一切仿佛都带有一种稍显不真实的焦距，灌木叶子的边缘看起来锋利异常，似乎足以将手指切下。

她待我礼貌有加。她不属于那种端出司康饼来招待你的类型——她在自己闪亮的小屋子门口挡住了我——不过也不属于那种连演示一下的机会都不给就将我打发走的类型。她想了想（然后命令道），没准我们可以绕到后面的分界线附近去看看，她知道不久前的洪水肯定早已将那儿的篱笆给冲垮了。她很礼貌地问我，A型车能不能涉水开过她家的那条河。鉴于我已经察看过涉水过河的位置，我甚至比她更有礼貌地回答说没有问题，让她放心。每次有望做成一单买卖的时候，我的后颈就有种特别的感觉，这次也不例外——那种滑腻的、麻嗖嗖的感觉，既锋利又光滑，既冷静又兴奋，既恼人又慰藉，种种矛盾的感觉同时涌来。对于她身上散发出来的霉味，或者她带进车内的酸臭的泥浆，我丝毫也不介意。我的眼睛被她的银戒指和粗壮的手所深深吸引——它们背后究竟纠缠着多少故事，实在耐人寻味。

河深不过1英尺，河床上也只是些鹅卵石。我们轻松涉水而过，连鞋子都没有湿。

问题是，我们在她屋后的分界线那边耗费了太久的时间。顺便说一下，这是我见过的最不堪的篱笆了，像条脏兮兮的裤衩，与她屋前的篱笆，她漆成绿色的小屋，大门紧闭的窝棚，还有堆得整整齐齐的干草垛，形成了鲜明的对比——屋后的篱笆被一丛颇不寻常的荆条和枸杞挤到了一旁，松松垮垮，垂头丧气，像个稻草人身上半披半挂的毛衣似的，几乎消失在视野中（可能很久很久以前，这堵篱笆也扎得很紧很结实，六根明晃晃的铁丝绷得很紧，几乎可以弹上一曲)——东倒西歪,七零八落,连根完整的铁丝也不见了,我发誓,绝对找不到一根长过一码的铁丝,而且大多已锈迹斑斑,轻轻用手一拧便应声而断,有些不过是捆扎用的细铁丝,当然也有一些带刺的铁丝,不过都已经老态龙钟,由不得你不去想它究竟有多少年头了。篱笆桩也好不到哪儿去,大多数已经烂到齐地面了,整个状况糟糕透顶。我东拼西凑,到处找称手点儿的铁丝帮她修补修补,转眼间一个小时便过去了。我的感觉告诉我,这单买卖已经到手了。我心里早已开始盘算着怎么上餐厅去吃早餐,上饭店去享受晚餐,各式烤肉和布丁,我要给自己来杯啤酒,还要给孩子们点份绿果冻。

篱笆修得尽可能的好了。我们回到车上,亚当森小姐将她宽阔的皮带紧了一格,开始赞不绝口——没有一个字跟鸡或者修理篱笆有关。甚至对汽车的油漆,她也不吝溢美之词,坚持说黑色既厚重,又漂亮。倘若没有什么反复的话,50镑到手了。

我们顺原路返回,来到过河的那个路口。我放慢车速,驶过乱蓬蓬的草丛和绵软细密的稗草,没有撞上一个隐藏的石头或树桩。

一个小时前,这里还是条令人愉快的小溪流,现在却摇身一变成为波涛汹涌的激流,折断的树枝横七竖八交缠在一起,激流深处,巨石相互摩擦碰撞,发出碎石机般的隆隆巨响。任何对这一地区稍有了解的人都知道,这种情况并不奇怪——看似蓝天白云,天高气爽,但山上的雷暴说来就来。当时,对此我还一无所知,但亚当森小姐在这里已经生活了20年了,她是肯定知道的。尽管如此,她还是扭过头来瞪眼看着我。

"你这个修补匠。"她说。

车来到了过河的路口。我已完全迷失了方向,根本不明白为什么原本涓涓细流,顷刻之间摇身一变,山洪暴发。忽然之间,在没有任何预兆的情况下,面对周遭完全变了样的一切,我像个乡巴佬似的,彻底懵了,面对山洪,不像是开着车,而仿佛是划着一叶扁舟。

"夫人?"尽管我在跟她说话,但眼睛却死死地盯着凶神恶煞般的河水——它们奔腾恣肆,浊浪滔天。

"你这个讨厌的小炉匠,"她说,"小炉匠的鬼把戏。"她咆哮着。"不过,"她瞪着眼睛,充满敌意,忽然嘴唇紧抿,表情严厉,"我绝对不会买你的车!"

我知道她是个同性恋，但我根本没有想到她会如此不可理喻，即便她因为山洪暴发而对我大加指责的时候也没有想到这一点。不过，现在已经再明显不过了，我已经提醒你了，但是如果坐在那里的人是你，而且你满脑子都是惊讶，担心该如何回到两个孩子身边——一个嗓子发炎了，还在发烧，另一个可能会号啕大哭，直到把自己哭伤为止——完全不明白究竟怎么回事，原本一条平静的溪流，天空上也不曾有半朵乌云，怎么忽然之间就变成了这样。而且，如果你坐在我旁边，跟我一样晕头转向，不明就里，那么，"小炉匠"这样颇具诬蔑性的指责，如果你愿意劳烦接受的话，那它也只能是乱作一团的战场上又一发炮弹而已，断不会觉得它比那条河本身更疯狂，更不合情理。

所以，我不怀疑她神志清醒，一点也不。事实上，恰恰相反：她看着我，仿佛是在打量某种蚂蚁，或某种低等生物。而且，她看我的眼神是如此的自信，尽管实际上她的裤子明显大了两号，我却对她深信不疑。她身上有股难闻的味道，但她却有着那习惯于决定这个世界该如何运转的眼神。就在那时，我已经彻底放弃了任何做成买卖的希望了。

我失望透顶，失望得想哭。我只想和我的家人在一起。我想到了儿子，想到他在陌生的地方，夜色一定会让他放声痛哭。我考虑过涉水趟过河去，就在此想法闪过脑际之时，只见一截大小不亚于撞锤的树木，仿佛在其咆哮的引擎的驱动下，横冲直撞着顺流而下。

我想事情大概到此为止了。但是，实际上，哎，一切才刚刚开始。奔腾咆哮的河水只不过打着了亚当森小姐疯狂的引擎，而这个引擎点火（伴随着粗暴的咳嗽、谩骂，还有轻微的爆裂声）、启动之后，便一刻不停地轰鸣起来，打算在漆黑的夜里，沿着一条道，来来回回，恣肆驰骋，而起点和终点却是相同的——那便是鸡。

一开始，我并没有注意到。我并没有发现她只是以一种非常独特的方式谈论自己的鸡。她很替它们担心。那只能说完全正常。她说梅齐根本不知道怎么照看它们。但她一点儿也不生梅齐的气，让她火冒三丈的是我，因为是我把她骗过河的。

她从口袋里掏出一个小本子，把她的喂养计划翻给我看，全是些极小极小的方框和箭头，彼此纵横交错。即便如此，我也没有觉得她疯了，只觉得她不是很友好。她指责说我根本看不明白这些图示。她说的没错。她说的方式远算不上歇斯底里,而是,如果你愿意听的话,我得说,她的说话方式更像是为了证明我的低劣和愚蠢,根本就理解不了鸡。我对自己的无知原本就非常敏感,之前我也承认过。在她的攻击面前,我轻易地溃不成军。

也许后来她停下了,但我根本不记得了。

薄暮时分,一个女人提着煤油灯来到岔路口,并晃了晃灯。亚当森小姐走下车,冲咆哮的河水尖声嚷了些指示。显然梅齐听不见她说了些什么,但亚当森小姐坚持冲着灯光大声呼喊,直到它最终消失不见。

夜幕降临的时候,我真正开始意识到自己跟一个疯女人困在一起了。那时候,她已经横躺在车子的后排座位上,抽着烟,泥泞的靴子直接蹭在车内衬上。

"我们根本无权,"她一边又点了根香烟(我没有问她究竟往哪儿弹烟灰,又往哪儿扔烟屁股),一边说道,"我们根本无权让它们显得那么傻。上帝创造它们的时候,可没让它们那么傻,都是人干的好事。我们在这儿所要做的,不过修理受损的地方而已。"

"什么受损的地方?"我问,但心里想的却是她给伯特的车内衬造成的损坏。

闻听此言,她从后座上坐起身来。车窗外,月亮初升。借着月光,我可以清楚地看到她。"你脑子是不是什么都装不进、留不住,小炉匠?"

紧接着,她又开始了她车辘辘似的唠叨,在她那条单一的小道上循环往复。大半个晚上就只听到她不停地咆哮,而我则迷迷糊糊,噩梦连连。

总结下来,她认为鸡有理由感到不满。她发现它们的满足、愚蠢都不是天生的。她旁征博引,跟我讲鸡的历史、品种、亚洲原鸡,各类著作。她说她也有些原鸡——我敢保证她并无任何粗俗的意味——它们能给来亨鸡注入些许活力。她说它们蠢蠢欲动,渴望着为了自由,为了苦难,为了生命,为了爱,振翅高飞。她将我摇醒,确保她所说的每一句话我都能入脑入心。

我有三天没吃饭了,我跟她说了这个情况,但她不为所动,根本不允许我通过睡眠来逃避饥饿。

破晓时分,我们看到一个身材纤弱、穿着一身黑色爱德华时代服装的中年妇女。她站在河对岸,此时的河水已经退去了很多。她因为胸衣太紧而显得饱受挤压,脚上的靴子有着高高的花边,戴了顶黑色的网状小帽,手里提着个水桶,不停地叫喊着、指点着,不过我根本不知道她在干什么。

那个让她兴奋的东西,因为河畔一排高大的黑檀的遮挡而模糊不清。后来，透过清晨的薄雾，我见证了一个重要时刻——至少在毒草和猛兽的历史上，算得上如此。

一开始，我以为它们是葵花凤头鹦鹉。

事实并非如此。它们是白色来亨鸡，世界上最愚蠢的鸡。它们在夏日黏稠的空气里，笨拙地飞翔。

亚当森小姐站在我身边。"看。"她对我说，她的眼神不再冰冷刺骨、凶神恶煞，而是湿润的，闪着光，如同受了委屈的孩子一样，充满着伤痛。"看，小炉匠，"她说，"快看。"

那里，它们一如往常：无知，愚蠢，怨恨，自由地、无拘无束地飞翔着。它们在空中盘旋，一双双过于宽大的翅膀快速地扑打着——同样体型的鸟绝不会如此快速地扑动翅膀。它们沿着河畔黑檀林子的中间地带，尾随着它们最有主见的那一只，朝南飞去。

它们是曾经给威默拉的麦田带来重大麻烦的野鸡的先祖，是即将在莉娅·戈德斯坦故事中出场亮相的来亨鸡的先祖。

20

回到悉尼当天，莉娅就和伊沙伊一道去邦迪了。世界仿佛绽放着野餐的光芒，莉娅对看到的一切都感到欣喜不已。邦迪平淡无奇的街道并未让她感到沮丧。她爱它们的脏乱，爱它们的粗鲁。她喜欢生长在绿化带里的雀稗，有着铁锈色花蕊的白色苜蓿花，伸出铁栅栏的荨麻。小路旁，一个穿着棉衬衣的男人躺在餐椅里昏昏欲睡，拐角处，一只母山羊拖着链子哗啦啦的跑了过来，后面追着个女人，顶着一头周日做礼拜时才梳的卷发，身上罩着她丈夫的晨衣。

"你这个杂种。"女人冲那头聪明的山羊嚷道。"真是好天气。"紧接着她又对莉娅说，甚至似乎没有注意到伊沙伊——这个莉娅快乐的源泉，正忙于扮着小鸡仔，不是随便哪个人的鸡仔，而是莱尼和罗莎的新房客的鸡仔。

头天晚上，在中央火车站的月台上，他试图吻她，但她发现自己不由自主地躲避他。她能真切地感受到自己因为失望而退缩——理想中如象牙般光洁的伊沙伊和真实的伊沙伊之间，有着几乎不可逾越的距离——这个貌似可怕实则无害的小人儿，袖子好像破布娃娃似的，身上和头发都很脏（她皱起了鼻头），亟须好好洗上一洗。

但她忘了：伊沙伊非常有趣。此刻，他好似一只矮脚鸡，夸张地张开两只翅膀，奋力地拍打着，把莉娅逗得开心地笑了起来。上帝啊，这是怎样的一只鸡仔啊。他披上羽毛，戴上鸡冠，咯咯地叫着，咯咯地笑着，在苜蓿丛里东抓抓西挠挠，在人行道的石头路面上，咔哒咔哒地敲击着自己尖头皮鞋。

"特迪的鸡仔，"他轻声说道，"决不站在人行道的裂缝上。"

"特迪的鸡仔，"他跳上一堵矮砖墙，"搭上电车上邦迪。"

鸡仔坐在电车座位上，表演得出神入化。它将头缩起来，居然漫不经心地打起了盹。当年（现在已经成为历史了），那些房客从纽敦被赶出来的时候，他们的鸡仔就是这样打着盹，一路来到邦迪，它们自由迁徙的权利，受到了电车轨道联盟三个激进分子的保护，其中之一——名气很响的亚瑟·麦凯——坚持要为公鸡支付全额车费。

"我简直有点迫不及待，"莉娅说——挽住伊沙伊胳膊的时候，她能感觉到他有多开心——"太想见到你们那些大名鼎鼎的鸡仔了。"

其实，她就是想躲也躲不开。新房客的鸡，如同侵略军一样占领了罗莎的房前屋后。屋前的篱笆——原本就没多漂亮——现在缠满了拦鸡的铁丝网，丑陋不堪。而且，房前原本就所剩无几的草坪成了它们的乐园，它们在上面抓挠啄咬。混凝土小路上，房子四周围，到处斑斑点点，都是鸡粪——在早已面目全非的后院里，正位于房子和大篷车中间——她目睹了一幕血腥的屠杀：清澈湛蓝的天空下，一只被剁去头的罗得岛红鸡，在它生命的最后时刻，喷射出一注鲜红的血柱，然后像喝醉一样，跌跌撞撞，伏身倒地，在灰土里抽搐着。

一个身着圆领羊毛衫、哔叽裤子的男人站在一旁，一脸疑惑地看着痛苦挣扎的公鸡。他有一个酒鬼式的大鼻子，鼻头上布满了细密的毛细血管——当见到伊沙伊，他用上嘴唇紧紧抿住下嘴唇——这个举动即刻让他显得既谦卑又狡黠。他拿斧头拨了拨那只咽了气的公鸡。

伊沙伊将莉娅介绍给他认识。特德称她"太太"。他蹲下身子，拨弄着他在莱尼的大锅下面点起的一小丛火苗。锅底被熏出了一道道黑印，锅里是黑糊糊的、冒着蒸汽的热水。

"等会儿，"特德说，"有东西给你。"他站起身，消失在屋子里。一个女人正怒气冲冲地对他大喊大叫，伊沙伊和莉娅站在屋外也听得清楚。

"是个老好人。"伊沙伊说。

"希德和罗莎哪儿去了？"

伊沙伊冲大篷车点了点头，看见莉娅一脸迷惑的神情，解释道："特德有老婆，还有四个孩子。"

"哦。"看着死鸡，莉娅心里在想，如何才能从杰克·朗的世界中脱身。

"给你们的。"特德说。回来的时候，他手里端着个有缺口的碗，里面堆满了鸡蛋。"给你爸妈的，都是刚下的，可新鲜了。"

他们朝着大篷车那边刚走了几步，特德便将那只无头公鸡扔进大锅里，一股鸡毛熏蒸的臭气扑鼻而来。

21

凯莱斯基家有这样那样的不和谐不会令人感到意外，然而，当莉娅发现大篷车里那种痛苦的沉闷气氛时，还是非常吃惊——大篷车的地板上，度假时留下的沙子还在，那些曾经卡在伊沙伊的脚趾间、粘在罗莎棕褐色的小腿肚上的沙子，依然冰冷，锋利，粗糙。

罗莎看上去像是病了一样，脸色蜡黄，眼角、嘴角原本生动可爱的皱纹，仿佛又加深了好多，在她脸上纵横交错，呈现出一副很不开心样子。尽管她热情地拥抱莉娅，试图对她的到来表现得兴高采烈，但她眼神依然黯淡，仿佛是她内心阴郁的空间开向外部世界的一扇窗户。他们挤进大篷车，围坐在一张小桌子前，头顶便是吊柜，很别扭地挂在墙上，让人倍感压抑。

回悉尼的时候，莉娅曾经信誓旦旦，一定要好好学习，不再野餐，也不再跳舞。不过，在大篷车里还没待上5分钟，她已经打定主意要拉上罗莎出去野餐了。

"这么说,"她说,像个聪明伶俐的护士,"你有新房客了,罗莎。"

"我讨厌他们,"罗莎嘴里发出嘶嘶声,厌恶地说道,"我想收回房子。"

莱尼叹了口气,禁闭双眼。"你要是想让他们走,"他说,"只要跟他们说一声就行了。"他点上根烟,做了个鬼脸,又将烟灭了。

"我为什么要跟他们说?他,"罗莎伸出根手指头,指着夸张地瞪着铁皮车顶的儿子,"让他们上这儿来的是他。"

"你的记性真是糟透了,罗莎,"伊沙伊说,"是谁把房子让给他们住的?"

"大篷车他们怎么住?两个人就已经够挤了。"

莱尼一直试图捕捉莉娅的眼神。他在偷偷取笑自己的妻子。莉娅有些尴尬,她握住罗莎的手,轻轻抚摸着,但是这只手仿佛根本就未与罗莎的身体相连。"待在这个该死的小盒子里,简直就是坐牢。"这番话,她似乎并非特定针对哪个人。"进不了花园,连冲个澡也得征得他们同意。淋浴的地方被弄得又脏又臭。厨房里连墙上都是油……"

"谁的油?"莱尼说。

"气味难闻之极。简直恨死了。"

"罗莎,"莱尼说,"你这样很自私。"但他还是伸出手,碰了碰她的肩膀。而罗莎一扭肩膀,将他的手甩开了。

"我当然自私了,"她忽然火冒三丈地嚷道,"我从来都是自私的。"

"是你把屋子让给他们的。"伊沙伊说。这时候莉娅开始感到全身不适,一股极端的厌恶感传遍全身,让她不禁打了个冷战。

"我能怎么办?你愚蠢的慈悲,让我不可能有别的选择。你就是个软蛋。你自己很清楚。"

伊沙伊面孔紧绷,漂亮的嘴巴也走了样,像一个豁口。"谁有股票,谁有股份?某些马克思主义者!"

"我是有。"罗莎叫道。莉娅想塞起耳朵,想逃走,想躲开这噩梦般的一幕。"我是有。"

"你让莉娅很难堪。"莱尼说。但罗莎瞪着自己的儿子,母子关系变得极为糟糕。

"约瑟夫永远都不会这样对我,"她说,"一个真正的社会主义者做事从来不会情绪化。"

伊沙伊霍地站了起来，满脸煞白。"闭嘴！"他尖叫道，因为痛恨而面目狰狞。"你他妈的闭嘴！"

莱尼也站起身来。莉娅捂住了耳朵。伊沙伊冲出大篷车，车身随着他的脚步不断摇晃。他们听到他沿着小路跑了出去，紧接着传来院门的吱嘎声。

"快去找他，莉娅，"罗莎疲倦地说道，"快去找他。告诉他，你爱他。"

她走之后，夫妻俩重又回到两天来一直在讨论的问题。他们循环往复，说个没完，但他们谈话的中心却是一个空洞——一片虚无——收破烂的生意再也做不下去了。

22

在几株枝干肥厚、叶片形如耳垂般胖嘟嘟的植物间，她找到了他。只见他高高地站在塔玛拉玛的悬崖上，那里满是霍德利糖果店的玻璃包装纸，湿乎乎的，仿佛用过的避孕套，滑腻腻、油乎乎的——很恶心的东西——之前有一天她就发现了这个地方。那天，她像个舞蹈演员那样迈着步子，高高地昂着头，优雅地扬起手臂，如同一只滑翔着的海鸥，不知不觉便来到这里。那天罗莎心情不错，她还看到了另外一种名叫海滨苹果的植物，同样也是枝干肥厚，横七竖八地长在悬崖的一角，仿佛布商柜台上悬挂着的鲜艳的粉红色的茧绸。

他缩在一块饱经风雨的软黄石下面，下方100英尺左右的地方，便是波涛汹涌的大海。如果说他的胳膊纤弱得像女孩子一般，他痛苦的方式却是男人式的，更愿意独自面对，而耻于在人前掉眼泪。或者，莉娅觉得，选择躲在岩石下面，如同一只离开畜群的动物，眼睁睁看着痛苦的黑球。在她看来，这种面对痛苦的态度非常老派——逃离社会，好像一个人因为懦弱或无能，便会遭到灭顶之灾似的。

南边，天空上飘着蓝色的雷雨云。悬崖下方，邦迪海滩的沙子泛着奇怪的深黄色的光芒。罗莎生日派对那天，她希望自己要是站在悬崖上该有多好啊，那样她就可以看到大队人马从海滩上走过：紫色的，黄色的，黑色的，还有粉红色的，罗莎那些傻得可爱的朋友们，沿着沙滩一路走过，吵吵闹闹，空虚无聊。

她选了一条让伊沙伊能够清楚地看到自己正朝他走去的路线，以便他有足够的时间让自己镇静下来。她低头向前，一只手扶着帽子，另外一只手拽着衣服——海风放肆地将她的裙摆掀起来，她那舞蹈演员般修长的双腿暴露在光天化日之下。

当她来到那块岩石旁时，他已坐直了身子，一副羞怯的样子。她在他身边坐下来，握住他的手，不像是一个恋人，而更像是一个陌生人，完全出于一时冲动。而且，她脑子里也闪过一个疑问：这样的肌肤，真的能变得永远熟悉亲切起来吗？真的可能不再总是有点陌生吗？

"跟我妈说话，"伊沙伊说，并没有看着她，"跟我妈说话，你永远都别想占上风。你一开口，就已经受制于她了。"

"你知道我是怎么看的吗？"莉娅终于开口道。

"你是怎么看的？"

"我觉得那些鸡让所有人都不开心。"尽管她说话时脸上一直挂着笑，但她非常严肃。伊沙伊侍弄那些鸡的时候，它们毛色雪白，黑溜溜的眼珠子透着股聪明，而现在，它们形象凶恶，眼露疯光，就连红色的鸡冠看起来也令人恶心。

伊沙伊恼火地耸了耸肩。

"她从来都是这个样子，"他说，"永远都是约瑟夫，他从来不会做错事。不管我怎么努力都无济于事——我总是错的。哦，戈德斯坦，要是你见过我那个虚伪的哥哥就好了。她爱他，觉得他天下无双。你见到过她怎么拿棉纸将他那些无趣至极的翻译书包起来的吗？上帝啊！他真是个骗子。"

"伊沙伊，干吗不跟我说说罗莎呢？"

"我正在跟你说啊，戈德斯坦，"他说道，"现在就在跟你说。"

"她看起来很不快乐，病恹恹的，很痛苦。你爸爸的样子也很滑稽——失望，而又苦涩。"

"我记不起来了。"

莉娅满脸疑惑地看着他。

"你怎么会记不起来呢?"

"我记不起来了。就要刮南风了。"他将她拽了起来,二人缓步往朝邦迪走去。"你不知道我有多忙,也不明白我究竟是干什么的,你甚至还没有问过。"

他侧过脸来,怪怪地看了她一眼。"比起罗莎和莱尼,我有更多的事情要操心。"他从口袋里掏出自己脏兮兮的双手,掰着纤细的手指头,一件一件的数了起来。"我每天都要上课,早上五点钟就得起床,备课,八点半到学校,一直忙到下午四点,接着还要处理本地支部的工作,然后,"他有些犹豫,"还有其他事情。"

"我准备带罗莎去野餐。"

"莉娅,告诉你个秘密。我在为UWU工作。"

"哦,"她说,"知道了。"实际上她根本就不知道那是什么。

"失业工人联合会。"

"不错。"她说,还是不太明白这意味着什么,因为UWU的人多数是共产主义者,伊沙伊身为其中一员,已足以被工党除名。

"我替他们训练演讲的人。"他说。

"你是个很棒的演说家,伊沙伊。"

他们一路往回走,到了坎贝尔大道的时候,他开始发泄对朗的不满,说他是个彻头彻尾的骗子,而莉娅——她依然记得当初为了让朗成功当选,他们曾经没日没夜地工作——对所有那些美好的未来,忽然感到厌烦和恶心。

坎贝尔大道上,人群来穿梭,摩肩接踵,汗渍的人行道上,双筒冰激凌肆意滴洒。伊沙伊依然滔滔不绝,而且指指点点,不停地跟街上的人撞在一起。

"伊沙伊。"当他终于停下来喘口气的时候,她说。

"怎么?"他咧着嘴,笑着问道。

"罗莎当初对杰克·朗的评价完全是对的?"

"是啊。"

"唔,你为什么不告诉她?"

"我会告诉她的,"他说,"我保证。"接着,他又跟她说起在格列勃给UWU做演讲培训的时候,一个名叫比尔·达西的人是如何将他介绍给学生的:

"你们这帮家伙,总觉得自己站在讲台上的时候不能给人留下深刻印象。唔,我希望你们瞪大眼睛看着这个小个子,刚刚他进来的时候,我看到你们有些人在偷笑。唔,现在你们可以不用担心了,因为他是我们最厉害的小块头演说家,所以你们最好老老实实坐好了,听听他是如何让你们振聋发聩的,倘若你们洗耳恭听的话,没准从他这儿能够学会一鳞半爪。"

莉娅忍不住笑了起来。

"有一天你会为我感到骄傲的。"他说。

"现在我就已经为你感到骄傲了。"她说着,表情忽然凝重起来。尽管世界如此不堪,但依然有人竭力试着去做点体面的事情,这让她尤为开心。她不知道自己究竟哪儿不对劲,不知道为什么对于眼前的这个男人,自己的情感会经历如此忽冷忽热的跌宕起伏——此刻,这个男人正羞怯地抓住她的手,和她一起钻进一处公共汽车候车亭。

直到那时候,他才告诉她一直隐瞒的事——他失业了。朗那帮人冷酷无情,恩将仇报,不仅将他开除出党,而且一并革除他在公立学校的教职。在格列勃的时候,由于警察驱赶示威人群,他曾经与警察发生冲突并遭到逮捕,他们正是利用他新的犯罪记录,对他进行打击报复。

"哦,伊沙伊。这帮杂种。"

候车亭是个残破不堪的地方。醉汉在里面小便,某人还在凳子上刻了"要面包不要子弹"的字样,字母歪歪斜斜,参差不齐。她将伊沙伊搂在怀里。他油乎乎的头发散发着难闻的气味,与候车亭散发出来的尿臊味,在她脑子里混为一团。对于这样一个邪恶、没有爱的世界来说,这真是一道股恰如其分的香味。

几个小男孩从他们身旁跑过。"哦嚯——哦嚯,"他们冲拥抱在一起的恋人起哄,"哦嚯——哦嚯。"

莉娅充耳不闻。

让她吃惊的是,当她最终抬眼看着伊沙伊的时候,发现他居然咧着嘴在笑。

"我已经入党了。"他说。她记得自己当时想,至少罗莎会很开心。

23

但罗莎并不开心。她给他扣了两顶帽子：一项是极"左"分子，一顶是冒险主义者。那两顶帽子好像是专门用来形容他跟警察干仗的行为的。

不过紧接着，当所有人再次挤坐在桌子前时，他们才意识到现实处境的惨淡无望，又都陷入沉默中了。

莉娅脑子快速地转动起来。她想过给父亲拍份电报要些钱，不过后来还算得体，打消了这个想法。

"那么，接下来会怎样？"她问道。

没有人回答她，因为根本没有这个必要。她自己完全知道下一步会怎样：他们将不得不靠别人的施舍过日子。政府的走狗们肯定会在屋子周围转悠，肯定会问鸡和房客究竟是怎么回事。倘若他们对任何一项收取费用，那就别指望从政府处获得施舍。罗莎需要费尽口舌地对付戴着皮帽、打着官腔的间谍们——那些人是决不会相信他们没有收入来源的，即便他们信了，日子也将苦不堪言，他们得长途跋涉到七号码头去领饭票，再横穿整个悉尼，到城市的另一头领取一麻袋食品——没有蔬菜，也没有水果，只有一块不知道从哪里割下来的肉。

"我觉得，莱尼，"莉娅说，"你得把房子租出去，收租。"

莱尼用手捋了捋钢丝一般的灰白头发，微微张开嘴，假牙——莉娅之前从未注意到它们——发出轻微的咔哒声。

"莉娅，莉娅，"罗莎说，"你真的觉得我们应该将他们赶走？"

"我们绝对不会干这种事的，"莱尼平静地说，"那会要了我们的命。"

"但你总归得想点办法。"对于凯莱斯基一家人，莉娅有点失去耐性，而且已经不是第一次了。对于她来说，他们如同孩童一般，根本爱莫能助。而现在，他们似乎正在经历某种只属于他们家庭内部的情感，而她则被彻底排除在外。

罗莎伸手抱住伊沙伊,将他紧紧地搂进怀里。"你是个好孩子,伊沙伊。"

"一个极'左'分子。"他提醒道,但母子俩的脸颊,依然紧紧地贴在一起。

"极'左'分子总比孟什维克要好。"罗莎·凯莱斯基说。

莉娅已经忘记了孟什维克是什么意思,不过,对此她毫不关心。她不知道俄国人的内部政治斗争与邦迪的一辆大篷车有什么干系——这儿面临的问题必须马上解决,也就是说,无论如何,得想办法养活倔强的凯莱斯基一家。他们擤着鼻涕,彼此相视而笑,根本没有察觉到,与他们在一起的,乃是一个充满雄心的姑娘——尽管这雄心是那么危险——她想做一件货真价实的好事。

24

每当想到默文·沙利文,莉娅就会想到液体,水,泪,汗,他那张宽阔、英俊的脸整个儿被液体包裹起来,而脸本身笼罩在一抹细密的水珠之中,无从得见,让他看起来多愁善感,又或眼泪汪汪,实际上他两样都挨不着边。

那天下午,他在邦迪将名片给了她之后,她便一直带在身边。

"世事难料。"当时他这样说道。

"世事难料。"每次打算将那张名片扔掉的时候,她都对自己重复一遍。

她最终找到了他的办公室,位于伊丽莎白街幽暗的尽头,一个拱廊上的五楼,离市中心不远。

门牌上赫然写着"默文·沙利文演艺经纪"几个大字,不过室内凌乱不堪:文件柜敞开着,物品散落在外;泛黄的剪报、照片、信件散落在地毯上——地毯上有着明显的压痕,显然最近新搬开一张桌子或椅子;一件女装悬在挂镜线上,上面缀满了金光闪闪的亮片。

就在这一片杂乱之中,默文·沙利文弯腰驼背,坐在一个金属废纸篓前,吃着一块肉馅饼。馅饼里的汤汁淋漓而下,如雨点般滴打在废纸篓里皱巴巴的纸团上——他的左手小心翼翼地放在胸前,不允许自己的真丝领带粘上一丁点儿油星。

她将自己的鹧鸪服放在一个纸袋子里,一起带来了。

"沙利文先生,"她张口说道,"我叫莉娅·戈德斯坦,我们在邦迪见过,在罗莎·凯莱斯基的生日派对上。你给过我名片,让我有事来找你。"

默文·沙利文什么也没回答。实际上他连头也没抬一下。他是那种只要集中精力做一件事便心无旁骛的人,手里的肉馅饼不允许他有任何分心。

默文·沙利文将今天的成功,都归因于他对手头的事情总是专心致志——尽管他的成功令人生疑。

莉娅等着他作出反应。要是有把椅子的话,她会选择坐下来,可屋子里根本没有第二把椅子,所以她只好犹豫地站在门口,不安地等待着。她看着默文·沙利文心满意足地吃完肉馅饼,又拿剪报仔细地擦着手指。

然后,他站起身,整理了一下西装。

"沙利文先生……"莉娅再次开口道。

"离开罗曼诺已经很久了,"默文·沙利文说,"焗龙虾,法国香槟,可丽饼,'是,先生','不,先生'。上次见你,姑娘,也是好久远的事了。你不想成为律师了吗?"

"是医生,"莉娅说,"你知道,伊沙伊失业了,而且……"

默文·沙利文抬起手阻止她继续往下说。"饶了我吧,求你了。我成天听到的都是这些故事。求你了。"

"你说过你会替我找工作的。"

"这一行我不干了,"默文·沙利文说道,示意莉娅可以坐到废纸篓旁的椅子上去。"我玩完了,一分钱也挣不到了。"

莉娅看着这张光彩英俊的脸,误将他脸上的汗水当成了眼泪。此时此刻,尽管自己被失望所笼罩,她还是替他感到难过。

"那太糟糕了!"她说。

默文·沙利文似乎没有体察到她的同情。"我这儿每天都有像你一样的女孩子。跳舞的多到不值钱,姑娘,我向你保证。一文不值。不信的话,你可以去全明星,去找吉姆·沙曼聊聊看,问问他跳舞的怎么样。所有人都觉得自己是明星的料子。他们上这儿来,想要跟我争论不休。管他的,反正我也不干了,我又要上路了。谁会想得到呢?50岁的人了,还要四处漂泊。上帝都会掉眼泪的。"

"我什么都愿意做,"莉娅说,"我学东西很快的。"

"跳舞的实在是太麻烦了,"默文说,"要是给我一个好点的歌手,一个胖女人,或者一个变魔术的都成。我干吗自找麻烦,跟跳舞的掰扯不清呢?"

"我带戏服了。"

"戏服又能怎样?"

"是套鸸鹋服,"莉娅说着,将那件缀满羽毛的戏服举了起来,"你不记得罗莎·凯莱斯基的鸸鹋舞了吗?"

"这些羽毛难道就会让你配合?关键问题是你的年龄,姑娘。你会觉得自己什么都懂。给你一个礼拜的时间,你就觉得自己是个人物了。你会对我指手画脚,教我怎么做生意,跟我唇枪舌剑,不是头痛就是身体不舒服,但凡有个长相体面的臭小子坐在第一排,冲你抛个媚眼,你就会魂不守舍,坠入爱河。"

他站起身,盯着地板上的一张照片,停了下来,弯腰将它拣起来。"普吕尼耶拍的,"他说着将照片递给了莉娅,照片上,默文·沙利文左右两侧各有一名漂亮的女人。"那时候我就像国王,"他说,"希拉·布拉德伯里是我的,左边的这个就是她,每周要价一百镑。不过现在她已经成了个酒鬼,如果你想瞅瞅她什么样,可以趁早饭的时候,那时候她还抖个不停。"

"我从不喝酒。"

"可我能相信你吗?"默文·沙利文柔声说道,他眼泪汪汪,上唇肿胀。"你还在上大学,你觉得自己有头脑,会跳舞,你会成天跟我争辩个没完没了。我已经老了,不想成天争来争去了,姑娘。默文知道什么是对的。你是个好孩子。"他说着走过来,站在莉娅身后看着照片。他贴得很近,但她一点儿也不害怕。不过,当她感觉到他的手在自己的脖子上游走的时候,她知道,他究竟想要什么了——尽管对此她感到很吃惊。

"你会合作吗?"默文·沙利文说,"问题的关键在这儿。"

他们位于街面五楼之上。外面正下着淅淅沥沥的小雨,周遭的世界因此而模糊了边界。莉娅不禁战栗了一下。

"你知道的。"他说着将手从她脖子上拿开。

他们站在那里,专注地看着普吕尼耶的照片中的默文·沙利文和两个女人。照片里有张桌子,上面放着插满玫瑰的花瓶。默文左肩的位置,侍者穿着黑裤子的两条腿翩然飘过。那个尚未酗酒的女人将一只手搭在默文的右肩上。莉娅仿佛迷失在照片黑与灰的世界里,懵懵懂懂地作出自己的决定。

"好吧。"她说。

"你不会跟我强词夺理。"默文·沙利文一边说着,一边将她的身子扭了过来,让她面朝自己。她的鼻子正巧对着他华丽的领带——那是条大号的领带,领结也打得饱满圆润。"一路上会很辛苦,"他说,"那些小镇,一个个破烂不堪。我们只能睡在大篷车里。根本就没什么诱人之处,只有又苦又累的工作。"他绽开了笑脸,拿宽大的手背从她乳房上轻轻划过。倘若再次遇到此情此景,没准她会懊悔得流泪。"我们的魔术师是个娘娘腔。"他说着抓起她的手,放在自己裤裆里那个硬邦邦的东西上。"而且,我不可能像对专业人员那样付你工资。每周2镑到顶了。"

"3镑。"想到罗莎和莱尼,莉娅说。

"3镑。"默文·沙利文一边解着她裙子上的纽扣,一边应道。"为了你这双腿。"

正如希拉·布拉德伯里可以证明的那样,默文·沙利文是个流氓恶棍,是个不要脸的狗杂种,但确实也是个技巧一流的情人——尽管不能完全否认他的脸已经昭示了他湿漉漉的情感。他做爱的方式粗野而持久,5分钟之前,莉娅还是个处女,现在却在丽莎白街,四仰八叉地躺在一张桌子上,发出细小的雀儿啁啾声,一开始她丝毫没有意识到这个声音居然是自己发出的。默文·沙利文曾经是个踢踏舞演员。他颇富才情,独自置身于聚光灯下,仅此一点便暗示着,很可能有观众会见证这一事件;而莉娅,置身于黑暗之中,像一辆颠簸在金属轮毂上的电车,当她在湿冷的柏油路上飞驰时,一股快感如同电流般传遍全身。

完事之后,他立马摆出秉公办事的样子。"好了,"他说,"现在你可以跳舞了。"

"你已经雇我了。"

"天哪,"他说,"你已经跟我抢嘴了。"

"你说3镑的。"

"听着,姑娘,我甚至都不知道你会跳舞。现在,拜托你,就算是帮默文大叔一个忙，戴上你的羽毛。希望你站着的时候比你躺着的时候能做得稍稍好点儿。"

她跳起了舞，没有伴奏，只有满心的仇恨。

"好了，"他说，"周三上午，在拱廊下面等我，记得带张照片，我得拿去让他们画海报。"

25

她年方十九，目光清澈，是那么年轻，就算想想也叫罗莎无法忍受。她无声地将自己的手搁在莉娅的手旁边，仿佛摆在油乎乎的桌面上的证据，已足够具有说服力了：一个腐朽堕落，另一个单纯无辜。

莉娅的眼眉没有一丝儿皱纹，那么光洁。罗莎拿指尖轻轻划过，从她的鼻梁一直划至她乌黑、浓密的头发——在任何光线里，你也无法透过这一头卷发，看到下方的头皮。

罗莎张开嘴，想说点什么，很快又闭上了。能说什么呢？如何才能将那些舞蹈收回？如何才能将那些刺耳愚蠢的音乐倒卷回去？

当年失去约瑟夫也是如出一辙，都是由于她那张愚蠢的嘴。但你可以在神志清醒的情况下因为列宁而失去一个人，却不能如此轻易地因为默文·沙利文而放弃一个人。

莱尼蜷成一团，胡子拉碴，神情抑郁，一言不发。她不敢正视他的眼睛。她知道从中可以读出多少的责备。她已经够自责了。

他们就这样坐着，一声不响。西风猛烈地吹打着狭小的大篷车，雨滴沿着车顶的缝隙漏进了车内。

关于莉娅的决定，罗莎很想说点儿自己的感受。比如：为了帮助别人而改变自己的职业规划——而且别人根本没有提出这样的要求——实际上是一种极为自大的表现，更何况她要帮的这些人远比她要更加坚韧不拔——无论如何——他们一辈子风风雨雨，艰难困苦，全都熬过来了，从来也没有得到如此巨大的善意——这个目光澄明、闪闪发光的"好事"可真够要命的。

然而，她没有任何信心开口说这些，因为莉娅固执地拒绝承认莱尼和罗莎与她的决定有任何关系。至于给他们寄钱，她什么也没说，甚至半点暗示也没有，所以谁也不便问她这个尴尬的问题，或者说她挣的钱其实自己也要开支，即使为了他们而饿肚子，凭一个舞女的工资，她也不可能养活他们。

这次家庭会议究竟有多混乱，恐怕你想象一下罗莎便一清二楚了。大篷车在风雨中飘摇，罗莎的话开始有点严肃，甚至严厉。自始至终，她一直轻轻抚摸着莉娅光滑的、有着粉红色指甲的手，两个女人都眼含泪水。

罗莎和莱尼，或共同，或单独，恳求莉娅重新考虑自己的决定。他们说默文·沙利文如何如何不堪，说四处奔走演出如何如何乏味。但所有这些都在她光滑而无忧无虑的肌肤上滑走了——像所有年轻的肌肤一般，她的皮肤薄如蝉翼，吹弹即破，但又厚如牛皮。

对于此番人生大胆的转向，莉娅感到莫名的亢奋。她不愿承认自己的行为有什么惊天动地之处，故意表现出一副满不在乎的样子，试图平复怦怦直跳的心脏。

"医生，"她问罗莎，"怎么就比舞女高人一等呢？"

罗莎感到不寒而栗，自己曾经说过话，现在变成匕首，用来对付自己了。

"等账单到手的时候，"莱尼说，"你就知道差别在什么地方了。"

"莉娅，如果你这么做是为了我们……"罗莎终于忍不住这样说道。

"不，罗莎，不是为了你们。"她觉得确实如此，尽管她感到有点儿害怕，害怕自己所做的一切，但同时，她也感到一种由衷的轻松。她太蠢了，当不了医生。她感到如此力不从心，再也忍受不了又一年这样的生活了。她周遭所有的一切仿佛串通一气，专门让她感到愚不可及，即便自己如此钦佩的伊沙伊也是如此。

"我还是个小姑娘的时候，"罗莎说，"总是梦想着有一天，我妈妈会病倒，会老去，我就可以照顾她了。我会跟她说，妈妈，我会照顾你的。她会开心地冲着我笑，她喜欢我对她说这些。她会将我对她说的话说给别人听，想让他们知道我是个多么好的姑娘。等我长大之后，我真的照顾她，而且我很愿意照顾她。但后来我在想，莉娅，我根本不觉得那是什么令人愉快的幸福，反倒类似于一种报复：'你终于落到我手里了。现在，我让你洗手你就得洗手了。

"现在，你得自个儿吃饭了，就是这样的饭菜——我做的，没有征求过你的意见——因为我很忙，而你就是个大麻烦。'"

"那么，"莱尼说，"你到底要说什么？"他将香烟掐灭，没有放进烟灰缸里，而是直接放在了桌子上，与其他已经掐灭的烟头整齐地排成一排，所有这些烟头都是恰好抽到同一位置的时候被掐灭的。

"我要说的是，所有年轻人都梦想着有一天能够控制他们的父母。他们会像乌鸦一样耐心地等待，直到他们渐渐变得虚弱。"

"可你们并非我的父母，罗莎。"

"那么我就不这么去想了。我们没要求你这么去做。"她抬起眼睛，恰好遇见莱尼的目光。他慢慢地点了点头。看到没！他似乎在说。看到没！

"是吗？"罗莎火药味十足地问道，"什么意思？"

但莱尼什么也没说。他用舌头舔着豁了的牙齿，然后用一个男人审慎的眼神，仔细打量着她。

"你这么做于事无补，"罗莎对莉娅说，"明白吗？太天真了，听起来简直太天真了。世界不会因为你而发生任何改变。"

"我没打算改变世界。罗莎，罗莎，不要哭。凯莱斯基一家子才是要改变世界的人。我们戈德斯坦家人就卑微多了。"

"卑微。听她说的，莱尼。我真想给你一巴掌。你爸爸会怎么看我们？"

"现在想这些为时晚矣。"莱尼说。

"我给他寄了张单子，"莉娅说，她爸爸对凯莱斯基一家还一无所知，"分两栏，一栏是好的方面，一栏是不好的方面。"

"你肯定遗漏了些东西。"

"你怎么知道，罗莎？你又没看到我的单子。"

"你还太年轻，很多东西你都还不明白，这些你全都遗漏了，因为你从来都没有做过舞女。你所听到的，无非是我的一些愚蠢至极的故事罢了。我真后悔告诉过你。"

"罗莎，罗莎，不要哭。"

"我没有哭。你这样做是浪费生命，一文不值。你会躺在贝纳拉某个垃圾堆或者老鼠洞一样的床上，满身跳蚤，根本不敢入睡，因为一旦睡着，你就会将自己挠得面目全非,肚皮上,腿上——你来跟她说,莱尼——那样的话,观众就会看到。不过你还是会倒头睡去,因为你实在是太累了。尽管车胎没气了,你还是得照常上路,开上100千米。你还得演出,尽管你已经筋疲力尽,累到连街上的醉鬼叫你的名字你也置若罔闻,累到完全忘记了恐惧,哪怕他们往水沟里砸啤酒瓶、冲着你展示在他们面前的身体大喊污言秽语。于是你沉沉睡去,凌晨4点便醒过来,因为碰巧是个赶集的日子,外面的牛群正在哞哞叫,你将自己全身抓了个遍,又为了表演不得不用化妆品涂满全身,谁会替你付化妆的账单?莱尼,你来跟她说。"

"还是你说吧。"莱尼说。

"当你醒过来,看着自己的脸,发现已出现一道皱纹,就在这里,"她用如同手术刀一般轻薄、锐利的指甲,指着莉娅嘴角的位置,"你想想看,做名医生该有多好,听信一个乏味的老女人讲她伤感的故事,该是多么愚蠢。"

"哦,罗莎,说来你可能不信。我不想做什么医生,我想成为一名舞女。"

"做舞女也可以。蒂沃利,女王陛下,甚至罗曼诺都可以,就是不要跟默文·沙利文一道。他就是头狼,可怜的伊沙伊待在悉尼,肯定会因为嫉妒而疯掉。我想你会嫁给他的。"

"哦,罗莎。"

"嫁给他吧,"罗莎说着,猛地一把将她搂进怀里,"嫁给他。跟我们一起留在这儿,莉娅。"

莱尼隔着桌子,伸出手,紧紧地抓住了莉娅的手。他打翻了烟灰缸,又将有意排成一行的烟头弄得七零八落。

"留下来,莉娅。"

莉娅泪流满面。事情发展得太快,这样一种既幸福又痛苦的剧烈高潮,让她沉浸在某种近乎狂喜的情绪之中。那一瞬间,在风雨飘摇的大篷车里,她在想,自己已经体味到人间所有的痛苦与幸福。她放声大哭,泪雨滂沱。这是她最后一次哭得像个孩子。

26

她自己家人的吵闹乃在预料之中。不过,第一封慌慌张张的电报之后,这种吵闹便如潮水般慢慢退去(焦虑,不安,无法写信,生活一无是处。爱你的父亲。)

莉娅给家里写了封长信,信中,她详细介绍了凯莱斯基家的每一个人,并对自己的两件看似鲁莽的举动作出了解释,说明了动机。拿到这样一个经过深思熟虑的证言,说明女儿对自己的行为是严肃的,希德·戈德斯坦便不再继续发他情绪夸张的电报,转而写了一封长信。

多年以来,莉娅都将这封信视为珍宝,不仅仅因为父亲工整的手写花体字看起来比往常要更加字斟句酌,还因为其中包含一系列很好的建议。比如:但凡有空就不要放弃阅读;要时刻保持警惕;每到一个市镇都要来信告诉我市容市貌,这比英文写作还能够训练你;这样将有助于你形成一个批判的思维框架——描述一件事物就是要问它是如何成为它的。好比一匹马、一座建筑或一个鼻子,它们是如何成为现在的样子。我不会给钱给你,以免伤害你的自尊,但万一遇到困难,请你相信父母一直在这儿,随时愿意伸出援手;代我向你丈夫问好,并祝他万事如意,希望有机会我们能见见这位年轻人。

顺便说一下,整封信简直就是一件言不由衷的杰作。实际上,希德·戈德斯坦非常沮丧、痛苦而又难过,但他明智地仔细权衡过,向女儿发火只会将她从自己身边推得更远。你可以从他烦躁的附言里一窥他的真实情感:"我想不明白,"他用更宽、更粗的笔法写道,"你怎么能让维斯勃拉姆失望呢?难道你已经忘记他着急替你租房子的情景了吗?"

27

我猜,那些行文反常的信件现在都已不知所踪了——被扔在抽屉里,与开裂的橡皮筋、结满铜绿的门钥匙为伴,或者,可能更糟,成为挑剔的侄孙女们的收藏之一——当初花个2便士就能寄信,她们对此惊奇不已;而对于她们的姑姥姥没有沿着齿孔用心地将邮票撕开,她们很是遗憾——为此,她们还曾经专门咨询过邮票经销商。她不像罗莎一样,小心翼翼地撕开邮票一角,然后将邮票上的国王头朝下地粘在信封上。相反,她撕邮票的方式极其随便,看到她考究的花体字,谁也无法想象她会这样。

侄孙女们会仔细查看邮戳上的日期:这些齿孔撕得歪歪斜斜的邮票是冬天里从维多利亚州寄出的——她们跳舞的姑姥姥漂亮的手上长满了冻疮。

遵照父亲的要求,莉娅努力地忘记自己究竟是在给谁写信。她仿佛看不见他哀伤的眼神,他严肃的嘴角,他黯淡的沉默,以及他对不调和的恐惧。她做梦都不能想象自己会当着他的面说出她写在信中的事,相应的,他的来信也包含了许多原本不敢想象的内容。他的用词也开始轻率起来,与他讲话的风格完全不同。我并不是说他用词不正确或不准确——终其一生,他都是个书呆子——但他写起信来可谓长篇大论,毫不吝惜纸张和墨水,这一点从贴在他的马尼拉纸制长信封上的邮票金额上便可得到证明,那种很少见到的黑色1先令面额的笑翠鸟邮票,可以直接归因于他新近养成的唠叨的习惯。

希德·戈德斯坦的信连篇累牍,往往写了一页又一页,探讨他生命的本真,他的生意,萧条的经济,最后还有他犹太人的身份,内容常常语无伦次,却又有一种打动人心的脆弱。"对于你来说,仅仅说它没准'有用',或者'令人欣慰',或者觉得连最简单的意第绪语单词都不认识有点傻,又或者过逾越节的时候感觉自己像个局外人,这些是远远不够的。严格意义上来讲,你反正已经不再是犹太人了,因为你母亲不是犹太人。有没有上帝,或者如果确有上帝存在的话,那么他是否如犹太人一直被教诲的那样行事等诸多重要问题，你毫不关心。显然，我已经尽最大努力，作出了最优的选择。"他们讨论了世俗的状态。莉娅颇赞许马克思，而希德则对他所认识的共产主义者颇有微词，说他们主张的那一套，没给良善留下任何空间。莉娅据理力争。而她父亲则写到俄国的反犹太主义，由此暴露出明斯克的犹太人完全没有尊严的生活状态。与此同时，他们也会描述自己的所见所闻，那些更加市井的生活情景：路边的荆棘丛，或者拥挤的巴士上一个吹萨克斯的人，等等。

莉娅信封上的邮戳清晰地记录着默文·沙利文的雪弗兰汽车的进度。他们先是一路向南，前往巴特曼斯贝，稍作停留后，激情不再，第二天他们翻山越岭，来到亚斯，重新振作精神。他们在奥伯里一定取得了极大的成功，因为经由奥伯里邮政所收发的信件为数不少，甚至还难得有一封伊沙伊写的信。他的字很特别，一圈一圈的："y"和"g"的尾巴拖得很长，与下面两行字纠缠在一起，而"t"上的一横则将自己猛抛向上面一行字的下方，似乎是下划线，又似乎在强调某个重点，但事实上并无此意。因此尽管他的信不长，读起来却磕磕巴巴，你总会有一系列的误解，总要停下来仔细辨认一番。

但是，伊沙伊的信读起来令人如此沮丧，并非因为他的字，而缘于他从来都不会敞开心扉，袒露自己的真实想法。有些事情，一般人可能会暴跳如雷，他却轻易地原谅了自己的妻子，不会老想着，甚至提都不提。他的话总是那么平淡，简短，仓促：好比一个不戴隔热手套炒菜的人，倘若你明白他意之所指，便好理解多了。

比如，寄自谢珀顿的一张简短的便条上，她忏悔道："我又做了，倘若我没有勇气告诉你，那么我将不再是你的妻子，而是个骗子，是个说谎的人，而不仅仅是不忠了。"

离开他的时间越久，她对于他的理想化便越严重。她认为他是个"好人，一个纯粹的好人；正因为此，我才爱你，而且永远不会爱上其他人。我为你感到骄傲，我亲爱的伊沙伊。每当我看到人们背着大包小包，在灰尘弥漫的道路上艰难跋涉的时候，我知道，起码有个人正在做着有用的事。我爱你。"

他曾经四度爬货运列车来找她，指关节因为捶墙而血流不止。其中两次找到了她，一次在本纳腊，他到的时候，载着他们的小货车正准备离去；还有一次，又是在谢珀顿，他们一起待了个晚上，两个人都像新婚之夜一样，热泪盈眶。第二天早饭的时候，默文·沙利文这个水鬼似的家伙淫荡地冲伊沙伊眨了眨眼睛，问他多大年纪。

他不能告诉她。他还没有足够的勇气。她那么看重他的善良，认为他所从事的事业意义非凡，他不能告诉她究竟发生了什么——实际上，同他妈妈一样，他也被澳大利亚共产党开除出党了。

28

唯一例外的是，澳大利亚共产党新南威尔士党支部的委员们都是些正派人。由于拿不出任何证据支撑他们的指控，他们颇有些难为情，不过他们深信证据定然存在。正是共产国际告诉他们存在这样的证据。

必须意识到，他们常常觉得共产国际已经彻底忘记了澳大利亚还有共产党这一事实，你才能够真正理解此举对于他们究竟有多大影响。当然，共产国际并没有对具体某个党员同志感兴趣的习惯。所以，当他们被告知澳大利人伊沙伊·凯莱斯基沉溺于反革命活动的时候，他们不仅信以为真，而且坚信他的反革命活动一定极为恶劣。

这是个误解，但这个误解将在伊沙伊的生命中扮演极为重要的角色，甚至于有好几个月的时间，这个误解就是他生活的全部。不过在这个问题上，他得到了母亲毫无保留的支持。

"抗争到底，"她说，"倘若你低头认罪，那么你一辈子都会感到遗憾的。你到底做了什么？要么就是说了什么？不要摇头。总有些什么事。"

他像个买了辆不尽如人意的沃克斯豪尔汽车的倒霉蛋，站在市政厅前，身后放着块黑板，上面洋洋洒洒写满了自己上当受骗的故事，控诉自己的不幸。他言辞猛烈，咄咄逼人，气势汹汹，任何愿意听他说话的同志都会被他弄得丈二和尚摸不着头脑。1931年8月，有那么一阵子，位于苏塞克斯街的澳大利亚共产党总部大门连着锁了好几个星期，需要敲击暗号才能获准入内。这可不是为了防范法西斯分子或者澳大利亚情报部门，而是为了对付绝不轻言放弃的伊沙伊·凯莱斯基。

他给《论坛报》的信从未获准刊登,而写给共产国际的信,在跨洋过海送抵世界的另一端之前,早就被情报人员拆开,一一抄写下来。

那一年,伊沙伊饱受折磨,整个儿变了个人。他走在街上,走在伙伴们中间,尽管并非伤痕累累,也非一瘸一拐,只是,他的笑容里有一种厌倦之情,有时候让人觉得他在撇着嘴。

他试图靠莉娅寄来的那点钱来打发生活,但仍然捉襟见肘,所以当德·格鲁特挥刀斩断悉尼海港大桥上的彩带的时候①,伊沙伊就在现场——他和莱尼正在那儿卖花花绿绿的气球。

"买个气球吧,"莉娅的丈夫叫卖道,"买个气球吧。"

29

莉娅·戈德斯坦和我儿子似乎都将我的隐身术解读为一种机灵的特技,觉得没准能派上用场。即便置身于万丈深渊的边缘,他们丝毫也不会颤抖,也无意追问事情的实质。莉娅已经动手往我的外套上缝金光闪闪的亮片,查尔斯则当着巴瑞·爱德华兹先生那双狐疑的眼睛,试图从教室里消失了——他这样做显然好斗过了头——全班28个小孩看到查尔斯·白杰瑞居然以一种如此怪诞的方式站立着,便忽然爆发出一阵疯狂的骂声和不满的嘘声来。

巴瑞·爱德华兹一边拿绳子将我儿子惨白的双腿捆起来,一边咯咯地笑着。

尽管绳子勒出的印子又红又痛,但我儿子回到露营地之后,便又和妹妹玩

---

① 悉尼海港大桥于1932年3月19日举行开通仪式,当天保皇党人士不满大桥由新南威尔士州长杰克·朗(Jack Lang)主持开幕,没有邀请代表英皇的州总督主持,发生抢剪彩的事件,极右爱尔兰军人弗朗西斯·德·格鲁特(Francis de Groot)上校策马上桥,挥刀将彩带斩断,事后他被罚款5镑,为大桥的历史增添了有趣的一页。

起了隐身游戏，简直近乎痴迷。他一个劲地往上拽自己又旧又怪的袜子（一只是浅蓝色的，另一只织有棕色钻石状花纹），但袜子却一个劲往下出溜。它们老是滑下来，露出爱德华兹在他腿上留下的杰作。

"我要一双吊袜带。"他大声说。

"吊袜带是什么东西？"

"吊住袜子，不让它们往下掉。"

我儿子的性子很倔，向来如此。如果说当初那瓶乳状毒药——卡尔顿的女演员帮忙买的、装在威士忌瓶子里凝脂一样的东西——未能将他强行扭送出他妈妈的子宫，那么巴瑞·爱德华兹拿根绳子自然也不可能改变他的意志。他决心要双吊袜带，一开始是为了不让我看到他身上的伤痕，不让我发现他一直在玩我禁止他玩的隐身游戏；后来他似乎意识到——忽然之间，但非常清晰——吊袜带仿佛是他生活中欠缺的某种元素。长大成人之后，他会对电子产品、高保真、业余无线电、装在黑色盒子里的有着精致按钮的小玩意儿、泛光的拨号盘、难懂的电线接线图，以及它们那套话语体系，抱有类似的态度，仿佛这些产品以及与其相关的种种仪式，给他的生活带来了梦寐以求的改变。

天色渐晚，空气潮湿，如同石头垒的教堂那偷工减料的防潮层一样。乌鸦在山楂溪黑魆魆的水面上哀鸣。查尔斯手持一根粗重的树枝，使劲抽打着一排高大的黑檀篱笆。

他满心里想着的都是吊袜带，想着要是有它的话，他的袜子就会利索地包裹着自己胖嘟嘟的小腿。妹妹好奇地看着他，很想知道吊袜带是如何将袜子吊起来的。他停下手中的树枝，一本正经地解释给她听，让这么个简单的小玩意儿显得神秘异常。他又一次将袜子拽上去，然后将袜口卷起了1英寸。

"隐身的话，"他说，"吊袜带就看不出来了。"

索妮娅知道他对吊袜带的认识完全是错的，但她不能直接告诉他。在查尔斯眼里，我的隐身术是全新的机会，可以用来逃跑、复仇、战胜对手——最为重要的是——可以用来赚钱。索妮娅则完全不同，她知道我的隐身术可不是什么鬼把戏。她曾经拿小手在我的皮肤上无声而狐疑地滑过，紧紧地抱住我的大腿，又或拿着与我同时消失的怀表，好奇地打量着刻着数字的表盘。

"要是隐身的话，"她问陷入吊袜带崇拜之中的哥哥，"你会上哪儿去？"

"哪儿也不去,"查尔斯一边继续抽打着篱笆,一边说道,"只是看不见了而已。"

龚谢应的龙不是什么满身鳞甲的庞然怪物,随便什么傻瓜都能看到。它只是一个很小很小的东西,一条细线般粗细、滑溜溜的虫子而已。甚至于连我也不曾一窥其真面目,它便溜进我女儿的身体,深入她的内脏,在那里扎下了根。

"你应该上天堂,"她低声说道,"去见耶稣。"

"真是个怪人。"

"你根本就隐不了身。"

"我可以。你要是帮我的话,我就可以。求你了,索妮娅。"

"休想。"

"求——你——了。"查尔斯一把搂住妹妹——这是一个生硬的拥抱,仿佛是用桉树的根雕琢而成,他硕大而怪异的脑袋歪向一边,觍颜哀求道:"你帮我拿着这个。"他说着将手里的树枝放在她的腿上——索妮娅穿了件带褶皱的裙子,他直接将树枝放在了裙子的褶皱上——他拉过她的小手,握住树枝。"朝我跑过来,边跑边说'请冲中国佬'。"

"我才不干。"

"那么打我,"查尔斯说,"使劲打。"

"不。"索妮娅说着走开了,树枝掉在地上。

"你想要什么?"查尔斯讨好地问。

索妮娅什么也没说。

"我想要双吊袜带。"查尔斯语气坚决地说,然后大步走在妹妹前面,让她一个人在最后一缕夕阳中,快步走向我替莉娅·戈德斯坦搭的小麻袋帐篷——莉娅·戈德斯坦正忙着往我最好的西服上缝金光闪闪的亮片,同时跟我争论剪报上那些关于我的吹捧文章。

"简直谎话连篇,白杰瑞先生,"她一边又往穿梭不停的针上穿了块亮片,一边说,"我从来就没有去过所谓快乐的巴黎,随便你给它取个多么花哨的名字。不管怎样,我也不会拿条致命的毒蛇跳舞。而且,报道没有任何关于你以及你演出的内容,实际上你是多么想通过它们给我留下深刻的印象。"

我看着那些亮片,很是心烦,原本以为我已经让她明白了其中的价值,现在看来我根本没有做到。不管在谁看来,这都是一篇第一流的捧场文章。

我试图给她介绍广告的性质。她颇为耐心地听着。我告诉她我是如何每到一个地方都受到报纸的追捧，告诉她优秀的编辑都希望稍作夸张——就好比说，色彩会更加绚丽多姿。我认为，这也是为什么我能够为她争取来一篇头版的报道，而她却做不到。报社的编辑谁也不知道默文·沙利文是何许人，但现在，所有本迪戈人都将会知道莉娅·莱奥达——这是我给她取的艺名。

"唔，"她举起我的西装，对着煤油灯，挑剔地看着，"我不想跟你多费口舌，白杰瑞先生。你人不错。但是，如果我不能诚实地表演的话，那么我根本就不愿意表演。演出很棒，一点儿也不像某些让你感到羞愧的老式飞机，我没有任何冒犯的意思，但我没必要撒谎。我们在迈尼恩演出了10场，所有人都看过我们的表演，有些还看了两次。现在，我们又增加了你的表演项目，白杰瑞先生，你的表演真正令人叹为观止。我觉得你远远低估了自己表演的效果。"

那篇捧场文章的目的是为了让我所谓的表演可有可无，但她一脸坚毅的表情，根本无从对她实话实说。我张开嘴，准备如实相告，不想去管结果会怎样，但就在这个当口，我儿子却从门口冲了进来，嚷着要双吊袜带。

我跟他说别指望什么吊袜带，但莉娅坐在我替她搭的床上（两根篱笆桩撑开一张麻布袋），已经从她的小藤条针线盒里翻出些黑色的橡皮筋来了。

查尔斯没敢正眼看我。他鼓起下嘴唇，像个胖嘟嘟的小天使，走到莉娅身边坐了下来。而索妮娅来到我身边，蹲下身子，抱着我的小腿，研究起我的鞋带来。

30

查尔斯按照指示，给蛇涂了些油，然后一条一条地将它们拎出来拉屎。蛇是好干净的动物，对在什么地方拉屎很挑剔。我儿子将它们放在一片草地上，等着它们慢慢排出一颗颗黑而硬的粪球。他不时地整理着自己的袜子，查看吊袜带在他腿上勒出的印痕——红色印痕的样子很奇怪。

索妮娅就着溪水洗刷盘碟，小心翼翼地，生怕打碎。她用溪水里的沙子将碟子上的油腻擦拭干净，而莉娅在一旁用汽油和软布清洁她唯一的唱片。她不辞辛劳，练习各种各样的舞姿，并将鸸鹋羽毛演出服摊在阳光下晾晒。

　　我穿上缀满亮片的西服，很能吸引人的眼球。

　　喜鹊们在枝头欢快地咯咯叫着，一只只羽毛光鲜，而我就像一个上了年纪的农场主，不知怎么，忽然想到格斯·豪瑟，他第一次坐上汽车驾驶座，什么都还没做呢，便知道他们会撞车。他们僵直地扶着方向盘，毫不示弱地目视前方。只有某个干过龌龊勾当的人，方才有手腕让他们松手。他们散发出一种难闻的气息——那种因为过度自负而吃亏遭罪，现在必须付出代价的人所特有的气息。他们的眼睛四处寻找着篱笆和树木，谁也无法从他们手中夺过方向盘。

　　"这里人口众多，"莉娅跟我说，"而且有的是钞票，我们要把看家的本领全部使出来，否则决不离开。"

　　由于预测到我们可能会遭遇大麻烦，所以我说服我的伙伴，让我去为我们的首次演出商量个合适的地方。

31

　　我曾听过有人将本迪戈描述成一个土里土气的地方。他们说到谢珀顿、亚腊拉的时候也是同样的口气。这些人根本就没到过本迪戈，不知道自己在说些什么。本迪戈的市政厅决不输给佛罗伦萨；法院就算放在凡尔赛也不会显得寒酸。即使街上有农场主，即使海耶斯街上有要价2镑6便士、仅有三道菜的幽暗的小餐馆，即使有专门服务于诺菲尔德铜网筛和牛灌药的合作社，这些也更改不了一个事实——本迪戈是个属于黄金时代的城市。即使前往氦肥市场的路上牛群横行，也丝毫不能削弱街道的恢宏气势，丝毫不会减少街道的宽广。甚至于，哞哞叫的牛群都能看出来——即使它们无法理解——克兰岔道口附近那座巨大的白色喷泉，昭示着（就我所知，现在依然昭示着）终将有一天，这里还会回到往日的辉煌，人们会再次筑起婚礼蛋糕似的律师楼，不管是酒店还是艺术学校都要建起塔楼。你可以学学我的选择,就像市民们试图做到的那样,忽略那些拖曳着脚步从城里走过的人,他们脚底绑着厚纸板,佝偻着背,扛着蔗糖袋子,身上的罐头盒子叮当作响。

本迪戈不缺可供表演杂耍的场所。比如,市政厅(现在已经没了)附近就有一个不错的大地方,是个很好的圆形阶梯式楼座,配备有电动幕布,还有一组灯光——管理员名叫佩里·托马森,是个报贩子,同时也是个狂热的板球迷,为了向我展示灯光,他费了九牛二虎之力,而且在此之前,他执意向我演示该如何正确运用腕力击出一个外曲线球,还告诉我他正在收听墨尔本电台的一个体育竞猜类节目。他瘦高个,弓腰驼背,动作笨拙,实难想象他挥得动板球拍,更别提要他爬上50码高的梯子,给我演示聚光灯、调光器、泛光灯之类的复杂装置了。他将鸽子爪似的两条瘦长腿缠绕在梯级之间,嘴里念叨着那些让澳大利亚跻身世界体育强国的运动员的名字,口袋里的钢镚叮叮当当撒了一地。他很机灵,说话间还知道将内莉·梅尔巴女爵[①]、莫·麦考伊列入自己的名单,可能因为(我猜测)他俩都曾经在这个礼堂里演出过。他答应给我看麦考伊的吊带(可能纯粹是为了开开玩笑,落在了化妆间),不过我偷偷溜到了街上。我可不想像个白痴似的在如此引人注目的地点演出。相反,我预定了机械学院的一个礼堂,位于天主教神学院后门后面的巷道里,木质结构,小巧玲珑。我用2先令就将这地方租了下来,不过得签个承诺书,保证不举行政治集会。

演出场地的位置太过糟糕,怎么向莉娅解释是个问题,我只好撒谎。不过,在她演艺生涯的这个阶段,莉娅对礼堂还比较天真无知,自己甚至从未租过类似地方。

于是乎,才发生了这样一幕——一个雨夜的7点钟,我站在一面蚊蝇密布的镜子前,瑟瑟发抖,头顶光秃秃的铁皮屋顶上满是忙着织网的蜘蛛。

莉娅一边沏茶,一边柔声告诉我如何克服怯场的心理,但问题的关键不在于怯场:如果只是玩玩杂耍或者拿着纸牌变变戏法,我会很自在的。我很喜欢外套上缀的那些亮片,觉得它们很对口味,因为它们给我罩上一层炫目的光环,绝不亚于当年的气氛——那时候,我怀揣梦想,手持一柄沙夫茨伯里专利雨伞,沿着吉朗的赖里街漫步而行。

---

① 澳大利亚女高音歌唱家。

32

查尔斯在敞开的入口处昂首挺胸,来回走动,崭新的靴子随着他的脚步吱吱作响,靴头的钢片、靴跟咔嗒咔嗒地磕打在地面上,吊袜带将他的袜子高高吊起,紧紧地裹在他受伤的小腿上,粗花呢短裤来回蹭着膝盖,趾高气扬的下巴下面,外套紧紧地扣在身上,抹了油的头发平整地贴在头皮上,闪闪发亮,发线如同刀切一般,一丝不苟,纽扣似的小眼睛里,燃烧着火龙般的光芒。

他胸前捧着个果酱罐,不停地摇晃着——远比监督别人擦黑板的班长还要得意——盒子里11个1先令的钢镚上上下下,哐啷啷直响。让他高兴(有点得意洋洋)的是,那个讨厌的老师,那个咯咯傻笑、用绳子将自己捆起来的家伙,巴瑞·爱德华兹先生——大人们好像都将他唤作"A加B"——也置身于观众之中。

所以,查尔斯一直在门前晃悠,等待着复仇,或者起码是洗冤的机会。很快,他秃顶的父亲就会将自己装扮起来——巴瑞·爱德华兹对此大加嘲笑,将他与落地灯和芭蕾舞女演员相比。

小礼堂的墙和天花板都钉上了一排排的企口板,只是阴错阳差地都涂上了涂料。每面墙上,原本用来挂相框的线上空荡荡,每隔6英尺就有好心人给它装上了各色彩灯(蓝色的,黄色的,绿色的)。

就在这鬼魅似的灯光里,11个付费前来看表演的人——全都是道格拉斯信用党的忠实信徒,全都从沙姆罗克酒店的一个酒吧那边过来的,他们坐着,咳嗽,清嗓子,吐痰,声如洪钟地聊着天,谈话内容乃是关于鹰隼保龄球俱乐部的事情,这家俱乐部早已于5年前搬走了,但他们的横幅依然在舞台口的风里翻腾。

索妮娅站在后台茶水间的一个椅子上,手放在厚实的黄铜开关上方,当她爸爸移身至耶稣臂膀中的时候,她得迅速关掉礼堂里所有的灯光,让那里变成漆黑一片——她深信爸爸一定能做到。她将手从开关上拿开,不安地在自己的胳膊上压了压，对自己的力量感到很没把握。

莉娅裹在一件满是虫眼的红色长袍里，袍子下面便是鹌鹑羽毛戏服，体态显得很粗笨。冷不丁的，她打了个寒战。她伸手摸了摸腿，知道不是因为冷的缘故。她失望地跺着脚，宣称自己紧张得有点麻木了，而且恨透了这样的生活，随时都有可能呕吐。她的鞋上，一大块银色涂饰剥落了，露出鲜红的斜杠，像一道伤口。

"求你了，白杰瑞先生，"她说，"千万不要让我失望。"说着便登台了，我甚至连逃跑的机会都没有，只能坐在椅子里，缩成一团。我看着她袍子的后摆消失在放茶壶的拐角处，紧接着她便站到了台上，一本正经地说起话来。她的嗓子很紧，显然有些焦虑，对着台下的观众，她公开承认我让报纸登出来的那些都是谎话。令人胆寒的是，这个出其不意的包袱并未达到预期效果，台下是令人毛骨悚然的沉默：不会有毒蛇，也没有所谓快乐的巴黎。他们跺起了靴子。查尔斯紧张地将他的几枚钢镚儿晃得直响。

"但是，"蛇舞娘继续说道（查尔斯的靴子咯吱响了一下），"我确实是个跳舞的。"

台下，掌声雷动。

"而且，我会与毒蛇共舞。我会与两条红腹黑蛇跳舞，还会与一条蟒蛇跳舞，那是条巨蟒，足以让成年人窒息而亡。如果觉得这些还不过瘾的话，现在就可以退票走人。"

查尔斯将他的果酱罐静静地捧在胸前，不过他用不着担心：没有人想退票。倒是有几个想来点喝的，另外一些想看看莉娅的大腿。他们兴致不错，甚至连屋顶漏雨也没人抱怨。

"不过。"莉娅的嗓子忽然圆润起来，可能台下观众的肯定让她感到某种程度的滋润吧。"不过，"她继续说道，"远不止这些。"她对我的表演信心十足，让我几乎没有勇气继续听下去。我堵上耳朵，不停地做深呼吸。我站起身，索妮娅正笑眯眯地看着我。她从椅子上跳下来，亲了亲我的手，然后又跳回到椅子上，神情戒备地回到了那可怕的开关旁——它将助我成为众所瞩目的中心。

莉娅终于结束了对我的赞歌。观众的掌声很热烈，更有人打起了唿哨。我抬脚走向舞台。台阶上：莉娅，粉红色的莉娅，热情洋溢的莉娅。她拍了拍我的秃头，台下的观众哄然大笑，而我却脚底拌蒜（我一脚踏空），跌跌撞撞地来到尘土密布的舞台。

我站在舞台上。

我就傻呵呵地站在那儿，什么也没做。台下的观众也没有任何动静。我们彼此打量着对方。我眨巴眼睛，盯着台下那令人痛苦的一片幽暗。

查尔斯站在礼堂后方，靴子吱吱作响。都是因为他，我才摆出招龙的架势，一只脚放在膝盖上，伸着手，等等。我想强调的是，仅仅这个姿势，没别的什么话，就好比一枚未上弹药的手榴弹，根本无伤大雅。

"白杰瑞！"巴瑞·爱德华兹在黑暗中咆哮道，我瞄了他一眼。"我敢发誓这家伙一定姓白杰瑞。"

整个礼堂里的人全都窃笑起来。查尔斯的靴子吱吱地响，期待着一个痛快淋漓的复仇。他内心深处的恶龙舒展了一下筋骨。

"哈哈，"A加B说，"两个跳芭蕾舞的娘儿们，两根灯柱子。不是一个，是两个。"

"闭嘴，A加B，"有个妇女呵斥道，"我们是来看他的表演的，不是你的。"

"对不起，凯瑟琳，"爱德华兹哽着嗓子说，"一万个抱歉，不过我想你来这儿，纯粹是为了喝啤酒吧。"

在他们看来这话有趣极了。他们笑了好大一会儿。笑声好不容易平息之后，我依然站在原地，紧闭双眼。

"上帝啊，帮帮我们吧，他要睡着了。"

我睁开了眼睛。

"他又醒过来了，"他们尖叫道，"他又醒过来了。"

忽然间，一丛羽毛如风般扫过，我的头被狠狠地扇了一下，背上也被猛地推了一把。我重重地摔在地上。四字脏话脱口而出，不过被台下观众的鼓噪声、尖叫声彻底淹没了。一只硕大的鸸鹋开始在我身上舞蹈，将它穿着网纹袜的腿高高抬起，踩在我的手和腿上。我一边往后缩，一边爬行，但依然无法逃脱最后的羞辱——一个仿造的鸸鹋大嘴，重重地啄在我粘满尘土的后背上。

"滚下去。"鸸鹋一边发出嘘声，一边用嘴打开留声机。

"滚下去。"兴高采烈的观众跟着起哄。本迪戈机械学院的这个小礼堂可能有许许多多的毛病，但毫无疑问，音响效果不好肯定不在其中。

"哦，上帝，"A加B吼道，"上帝啊，救救我吧，简直太棒了。"

查尔斯痛苦地张大嘴巴。

我的儿子紧攥着双手，复仇给他一种缠绕在一起的幻觉，如同索妮娅心中飘荡的天使一般醒目——他们在她的脑海中拍动着翅膀，仿佛受惊的鸽子，却发现鸽笼的门紧闭。

我狼狈地爬下舞台，将表演整个儿交给了莉娅·戈德斯坦。女儿从椅子上跳下来，握着我的手，但我实在不想接受孩子们羞怯的同情。我这么说并不是因为儿子对我表现出丝毫的同情，他甚至连看也不愿多看我一眼。他将自己宝贝的果酱罐放在茶水间的水槽上，然后坐在楼梯上，从那里，他可以一脸崇拜地注视着莉娅，却不会干扰她的表演。

鹌鹑舞获得了巨大的成功。小鹌鹑孵出来的时候，他们都为莉娅聪明至极的表演而鼓掌（查尔斯也大声鼓掌）。当她跳起面纱舞的时候，刚刚那个大叫大嚷的妇女也为她吹起了口哨（查尔斯则兴奋地跺脚）。踢踏舞也同样广受欢迎。当她再次返台，准备表演最后的压轴节目——蛇舞——的时候，整个礼堂鸦雀无声，兴奋得仿佛在战栗。

我攥紧拳头，双手血流不止，原本我该给这跳舞的娘们的小鹰钩鼻子狠狠来上一拳。我太嫉妒了，根本不愿看她，所以我也错过了形势急转直下的那一刻。很有可能，像我之前见过的那样，她在手里抓着一大把各种蛇类，然后让它们一条条落在自己头上。这个表演被称之为蛇浴。不管怎么说，为了赢得那个大嗓门的女人的肯定，她的行为实在过于大胆了——那女人扯着嗓子，宣称蛇的毒牙显然已被拔掉了，毒液也早没了，表演是明目张胆的欺诈。不过，并非她的这番话让整个表演停了下来。莉娅没有简单明了地告诉她，无论是拔去毒牙还是去除毒液，技术上都是非常困难的——后来遇到类似情形她就经常这么处理——她可以解释，此类手术需要高度的精确性，不仅对蛇的健康有害，蛇也会因此而失去快乐。真正让表演中断的是A加B对所谓欺诈这一指责的补充说明，而且他用手按在胡子上，掩着嘴，用极低的声音说出来。我并没有听清他的整句话，但确实听到他说"三除二"——可能你有所不知，这是句同韵俚语。

留声机正播放着《蓝色多瑙河》——这首曲子在接下来的好几个月里，都将是莉娅的伴奏曲——但唱臂艰难地划过唱片，卡在了某个位置，留下一连串的咔哒咔哒声。

莉娅身着一件伊斯兰风格的女装，上面装饰着薄纱和许多小疙瘩。她站在舞台上，双手搁在屁股上，脑袋用力地伸向前方，不住地颤抖。她让人把灯打开，找到那个留着浓密黑胡子的男人。他似乎没有因为成为众人注目的焦点而稍感不安。他志得意满地将手搁在大腿上，若无其事地嚼起自己浓密的胡须。

"你说什么我全听到了，"莉娅·戈德斯坦说，"而且我也听到了你的名字了。"

"听到了又怎样？"原来那个大嗓门的女人实际上很瘦小，又干又老，仿如一只陈年的鸢尾花的球茎。她肩上搭着条狐皮披肩，头上则满满当当地戴了顶硕大的皮帽子。"他说什么有什么打紧？关键在于，犹太人也罢，不是犹太人也罢，反正它们的毒液都没了。"她用自己瘦削的胳膊肘轻轻碰了碰她的大胡子伙伴。"犹太人也罢，不是犹太人也罢，"她对A加B说，"有什么两样？"

礼堂里，恶龙正疯狂繁殖：它们借助腐烂的橘子皮和泄露的煤气，成功将自己的活动隐藏了起来。莉娅觉察到了动静，五脏六腑仿佛都紧紧纠结在一起。

"没什么'两样'，凯瑟琳，"我们的教育家故意语带嘲讽地说，"除非她又开始以假乱真，诈骗钱财。倘若如此，"他冲浑身颤抖的莉娅说，"那么，说它是什么都不为过。这里，就在本迪戈，我们有了本次世界经济危机最好的注脚。你，女士，"他对莉娅·戈德斯坦说，"就是一幅讽刺画。"

"你叫A加B。"莉娅说。

"分量没错，"那个女人说道，"不过，他是哪天出生的你知道吗？"

"闭嘴，凯茜，"礼堂后排一个身着灰色工作服，和她一样饱经风霜的男人冲她喊道，"不要再得寸进尺了。"

"他们叫你A加B，因为你是道格拉斯信用党的跟屁虫。只是，那不过是个骗局。"莉娅开始了长达5分钟的猛烈攻击，对象主要是道格拉斯信用党的整个体系，还有她刚刚了解到的有关这个党的简要历史，抨击的重点是其衍生自社会信用理论的种种观点，至于社会信用理论所有激进的、人道主义的方面，他们全部拒之门外。她还进一步暗示，道格拉斯信用党的那套理论，是法西斯分子、反犹分子的温床，更为糟糕的是，其可行性的最主要的证据（A加B在其中起到核心的作用)乃是一个把戏、一个骗局,远比与毒蛇和毒液有关的任何事情都要严重得多。"简直数不胜数。"她这样总结道。

"完全一副犹太人的口气,"A加B说,"总是加加减减。"

"加加减减,"戴着皮帽子的凯瑟琳牢骚满腹地附和道,"真是对极了。"

"闭嘴,凯茜,"身着灰工装人说,"你真叫人讨厌。"

"加加减减,"A加B说,"跟行骗的时候一个样。"

"回答问题。"莉娅尖声叫道。

"闭嘴,凯茜。"坐在后排的那个人再次叫道,说完从椅子上摔了下去。

"没错,我是个犹太人。"莉娅说。她将查尔斯喊到身边(这是他第一次走上舞台),在他涨得通红的耳朵边低声说了几句话,然后他便回到后台,将盛钱的那个果酱罐拿了出来。莉娅接过罐子,将里面的11先令一股脑儿倒进了装蛇的帆布袋里,然后将剩下的两条黑蛇——大家争论不休的时候,它们一直温顺地缠绕在女主人温暖的身子上——取下来,与舞台上其他蛇放在一起。

"我是犹太人,我才不要法西斯分子的钱。"她气得说话都不太利索了。而我,几分钟前还想给她可爱的小鼻子上狠狠揍上一拳,现在却对她的勇气佩服得五体投地。她,如此柔软、如此充满美感地站在那里,一袭伊斯兰风格的女装,弱不禁风,乳房小巧,浑身不住地颤抖,原本总是紧抿着的下唇,此时也失去了控制。

巴瑞·爱德华兹刚才还被这个颇通文墨、敏思善辩的蛇舞女抢白得惊慌失措,现在他可以露出自信的笑容了。他有一种恶霸般狡猾的敏感——通过她的声音,他便敏锐的觉察到了,根本不去想查尔斯·白杰瑞正拿着蛇朝他走过来。而对于查尔斯来说,那个晚上,他体会到作为一名驯蛇人那令人战栗的魔力。此后,终其一生,他都能感受到此种魔力,但从未如此强烈,如此真切——现在,当他将长满疣子的手伸进袋子,甜美地滑过正在酣睡的巨蟒,在那些蜷成一团的黑蛇间摸索,仿佛能嗅到一股朋友般的气息。他脏兮兮的小手摸到1先令,然后把它拿出来,递给了A加B。

吊袜带让他的腿痒酥酥的,不过这是一种颇令人愉快的感觉,让他有种甜蜜的期待,期待着能够伸手轻轻地挠上一挠。

巴瑞·爱德华兹伸出手——一双被尼古丁熏得焦黄、如同钳子般的手——

贪婪地准备接过那1先令,而就在那一刹那,查尔斯(你这个小杂种!)却又将硬币丢回到袋子里。

那个晚上,我儿子这个小鬼头多么可爱啊!看着老师那张小心提防的脸,他露出如天使般甜美的笑容。

没有谁敢伸手进装蛇的袋子。查尔斯自得其乐,似乎要把这个小把戏玩上几分钟,甚至几个小时。但莉娅朝他大叫,让他将1先令还给A加B,他只好照办。人们拖动椅子,收拾外套,朝大门蜂拥而去,但又回到巴瑞·爱德华兹的身旁——他依然固执地坐在椅子上。

于是,查尔斯开始将他可爱的蛇一条条放在巴瑞·爱德华兹的脚边。他拎起一条小小的黑蛇,向人们展示着它油亮的红肚皮,还有它光滑的小脑袋。他任由它在自己脖子上游走,接着将它放到地板上,就像小孩子玩自己的汽车玩具一样。他仔细地将它对准了爱德华兹又怪又旧的鞋子,然后眼睁睁看着这双鞋子,一只追着一只,朝大门落荒而去。

倘若将机械学院的小礼堂想象成一个黄色木盒子,四周挂镜线上冷冰冰、病恹恹的灯泡则如同挂在颈脖上的项链。礼堂中间,杂乱无章地摆着一些木椅子。就在椅子中间,一个下巴突出的小男孩身穿短裤,蹲在地板上,正温声细语地逗弄着一条红腹黑蛇。

33

那个晚上,我们都是魔术师。我们展望未来,我们回忆过去。我们的话,璀璨夺目,如同碎裂的玻璃般漫空飞溅。对于这个跳舞的女人,我实在知之甚少,还满以为这样很正常。

天哪,对于莉娅来说,打开话匣子,痛痛快快地说上一通(千金难买的话),实在是太不容易了,好比哈雷彗星一样难得一见,得碰巧15个不同的条件同时具备,下面我谨列出其中的8个。

1.散散步。

2.刚刚经历过什么有惊无险的事情。
3.喝了点麦克威廉斯雪莉酒或者类似酒类。
4.准时收到来信。
5.眼下没什么不确定的麻烦,比如,不用搬营地,或租用新的演出场地。
6.水坑干涸,泥迹罕有。
7.没人生病。
8.她自己情绪有点躁动不安,但又不至于一触即发。

当这些条件全部满足的时候,她喜欢的说话方式便完全不同于她平常那种公事公办、硬邦邦如同钢锯似的风格。尽管不能说她的话辞藻华丽,但确实让人有种多愁善感、妙语连珠的感觉,可以说既充满着乐观情绪,又包含着懊恼悔恨。

所以当她呼唤伊沙伊的时候,我发誓他仿佛就站在我眼前,就在火堆边的阴影之中,一双大眼睛因为伤心而噙满泪水,生气地拿尖尖的脚踢着一颗肥硕的洋蓟,而那棵洋蓟固执地不肯轻易离开土地。

他,就是她口中的那个"好人"。

莉娅的头脑里仿佛有个怪兽的世界,迄今为止,这个世界尚无任何灰色的阴影,而默文·沙利文无疑是被称为"恶人"的那一个。她无法直白地将自己的意思说出口,但已足够明了,让我觉得自己仿佛也和他同床而眠,看着他苍白黯淡的假面,而他的尖刺怪异地振动,激起了我彻骨的仇恨,于是我生出丰满的胸脯,紧紧地压在他厚实而多毛的胸脯上,尖尖的指甲深深地扎进他的屁股。善与恶,力量与软弱,她将它们一一配对,又彼此对立,纠缠在一起,让我头晕目眩。

我向她说起了杰克和莫莉,展示那首关于鹦鹉的诗。当她在我面前将菲比彻底摧毁,将她当作一只廉价的赛璐珞洋娃娃一样,撕成碎片,胳膊扔进黑莓丛,头发抛入火堆,我听着,倍感轻松。

"是她自筑樊笼,"她对我说,"她不过是一个被宠坏了的小毛孩。"

火堆散发出一股令人愉快、迷醉的烟。我忙着搬出些说辞,替我不知所踪的妻子辩护。我迅速编了几个谎话——都是些偷工减料的玩意儿,尽管五彩缤纷,盖子却很不合适。我谈到飞机、汽车,种种澳大利亚的产品,一开始都是如此的前途无量。当我说到它们都以失败而告终的时候,莉娅后来跟我说,它们听起来就好似一只小麻雀，从它们的巢中掉落下来，默然死去。

她跟我说起了她父亲的外套，维斯勃拉姆殷红的嘴唇和肥大的屁股，罗莎头发下白色的头皮，还有壮观的画布，马克思制造的一个个庞大而复杂的灰色模型——不过她马上就承认，自己怎么也参透不了。

我就没这么坦诚。我有点"遮遮掩掩"（正如莉娅后来所说的）。尽管电池沉甸甸地坠在我的腿上，但是关于电腰带，我只字未提；我也没有提及鬼魂和蛇。

"直到你上台表演前，白杰瑞先生。"在广袤的星空下，莉娅说，"我一直都不怎么喜欢你。"

"直到你表演结束前，戈德斯坦小姐，我一直都不怎么喜欢你。"

"天哪，你真有趣，白杰瑞先生。"她快乐地掐断一截桉树枝，扔进火堆。"你真该瞅瞅你自己。"

夜色里，我在泥地上画了幅地图。

她说："一开始我觉得你是个游手好闲的家伙，不好意思。不过，当我看到你站在舞台上的时候，我改变了自己的看法。"

我问她为什么，这一次，她对拨开现实油腻的毛发，寻找真相，没有表现出丝毫兴趣。

"我不知道，"她说，"真的。对不起，我看不到你的脸。过来，坐到这边来。"

我走过去，和她并肩坐在一截树木上。黑暗中，她冲我咧嘴而笑。"我差点儿就成了名医生。"她说。

"千真万确？"

"当然。把酒瓶递给我。我对这玩意儿有偏见。这东西对你没好处。一点好处也没有，百无一是。"她说着直奔问题的核心。"你多大年纪，白杰瑞先生？"

"40岁。"我撒谎道。

"我24岁。"她也没说实话。

是的，我知道我曾经发誓绝不欺骗，但那依然是个谎言。

"我对很多事情有偏见。"她坐在一截树木上静静地说。篝火堆熊熊，山楂溪潺潺。

"我对我自己有点儿偏见。"我说。

"我这个人偏见得厉害,"她说,"不过,看在上帝分上,小心为妙。"

34

她写道:

> 亲爱的伊沙伊,我爱你,想你。我又做了,我恨我自己。在这件事情上撒谎毫无意义。我必须得告诉你,如果你能够,你一定要原谅我。而且,我还向陌生人提到了你——原本我不该说,实际上我也不是故意的。你是我唯一在乎、唯一尊敬的男人。我们有着共同的信仰,共同的立场。你是那么勇敢,那么善良!我知道我的信只会给你带来痛苦。
>
> 两天前,我梦见了你。你穿着件怪怪的黑西服,袖子完全走样,而且你还一副哭哭啼啼的样子。当我想要安慰你一下,你居然都不认识我了。我从梦里哭醒了。
>
> 不管怎样,还是汇过来些钱。本该多一点,只是我买酒浪费了4先令。伊沙伊,有一天,我们会像平凡人一样,我们会有所房子,有个乌溜溜大眼睛的孩子,罗莎和莱尼会逗着他玩。我对什么都感到恐惧,一切似乎都如此幽暗和无知。我试着读读葛兰西①,但是实在太累了。我的大脑开始生锈,塞满了无用的垃圾。请你一定要当心。像往常一样,随信捎来份地图,让你知道我们扎营的位置,如果你的工作恰好需要途经这个方向,你可以循图找到我。千万不要专门跑一趟。除非恰好党的工作需要你上这一带来。我估计还要在本迪戈待些日子。
>
> 爱你的妻子,
>
> 莉娅

---

① 安东尼奥·葛兰西(1891—1937),意大利共产党领袖。葛兰西奠定了意大利马克思主义文艺理论的基础。他的文艺理论著作大多写于狱中,战后得到广泛的传播和研究。

35

清晨的肌理透着粉红色，如同虹鳟鱼般有股泥土的味道，而我则是卧室王子，谎言之王。建造房屋的冲动再次回到了我身上，透过想象中的窗户，可能还有门廊，我打量着这个世界。莉娅在她的宫殿里打鼾，我的眼里几乎没了我的两个孩，尽管我肯定替他们穿上了衣服，检查过他们的鞋袜，还有指甲，替查尔斯梳好了头，替索妮娅重新系好了她辫子上的缎带。

至于开车送他们上学，我更是全无印象。我沉浸在一种幻觉之中，只觉得这一天是属于我的。实际上，它属于我儿子。正是在这一天，1931年9月23日，他为自己增加了一张决定成败的牌——他爬上一棵高大的桉树，下来的时候，手里多了只黄尾黑凤头鹦鹉。单凭口述，听起来似乎并非难事。但儿子抓到的这只，可不是葵花凤头鹦鹉，那种鸟儿人们经常逮到，装进笼子，然后教会它讲几句话。儿子逮到的这只凤头鹦鹉很大，有时也被称为送葬鹦鹉，倘若你观察过这些魔鬼似的鸟儿将枝条撕成碎片，看过它们栖息在河畔的麻黄树顶上嘶鸣，或者近距离观察过它们怪诞的面孔（更像是只恶考拉，而不是只鸟），那么不用我来告诉你，你就会知道，它绝非一只容易逮到、容易驯养的鸟儿。

逮住这样一只鸟儿，并非他自己的选择，而是因为巴瑞·爱德华兹的冷嘲热讽。当时他们正在学校的操场上，观察着树上的鸟儿。白杰瑞对付动物很有一套，他说，他会替大家逮只凤头鹦鹉下来的。

我儿子手上长满疣子，口气难闻，但他并不傻。他知道自己别无选择，在与自己老师的这场游戏中，他只能痛下赌注。他曾拿蛇将他逐出剧场，现在，他要用凤头鹦鹉再次羞辱他。

所以说，凤头鹦鹉只是一种手段，而不是目的，是一件复仇的工具，是游戏中的一张牌。但是，当查尔斯最终爬上80英尺高的树梢，用他非常有用的两条罗圈腿紧紧地缠绕着粗糙的桉树，一步步小心地朝着目标进发的时候，他已经忘记了获取这个工具的最终目的是什么了，禁不住开心地咕咕乱叫。

他在操场上那棵桉树高高的树梢上摇荡。索妮娅站在那里,全校的学生都站在那里——当时正值休息——他们一个个念叨着古怪的自学祈祷词,向温和的我主耶稣轻声祈祷。

校长冲爱德华兹先生大叫大嚷,而爱德华兹先生咬着胡子,试图让校长别当着这么多学生的面冲自己怒吼,但校长还是叫沃特金斯小姐拉响了消防警报,然后急不可待地——他还年轻——试图亲自爬上树去,结果却扯烂了自己弗莱彻·琼斯牌裤子,露出了屁股。沃特金斯小姐只好将全校女生召集到避难棚前,临时来个集合训练。

操场上一片混乱,但很难对查尔斯的意识形成干扰,因为他拥有一种独特的专注的力量。下面的骚动反倒让他热血沸腾,他一点点朝着目标挪近,逐渐与那黑褐色的眼睛和环绕在其周围精致的粉色融为一体。我儿子内心充满了爱,却不懂得该如何恰当的表达;他只是没有掌握其中的奥妙,就连拥抱一下自己可爱的妹妹也很笨拙。但是,当他遇到这样一只啄子如钢铁般坚硬的鸟儿时,他的爱如此自然地流淌,像一张网,一张编织细密的网,那只鸟儿仿佛感知到了这一切,并坦然接受。当他抓住那只鸟儿,它轻轻地叫了一声,不是黄尾黑凤头鹦鹉那种沙哑刺耳的噪音,而是轻声的啼鸣,更像是新生的小狗发出的叫声——在查尔斯张开的爱之网面前,它缴械投降。

查尔斯顺着本迪戈志愿消防队的梯子走了下来,迎接他的是雷鸣般的欢呼,还有巴瑞·爱德华兹的关心,他的关心乃是因为焦虑——恰恰相反,自那天以后,他再也没有为难过他了。那天下午,我儿子与凤头鹦鹉坐在教室里——它进入了完全陌生的世界,受到了皇室般的礼遇,有人奉上哈克豆荚、松果等礼品,它还获准在教室里尖声鸣叫甚至拉屎,因而让人有种幻觉,仿佛它是个神灵,迷信的野蛮人正等待着它的到来。

36

我的心情好极了。请假去了趟岬角,发现有许多可以用来做屋顶排水沟的材料。回营地的路上,我又顺手牵羊从农场主的栅栏底部拆了20码的围墙铁丝。这辈子,我从未买过一根钉子,我永远都想不明白,成百上千千米的围墙铁丝撂在那儿供你使用,为什么还有人非要自寻烦恼。八个口径的最合适,一头剪成坡口,一头拧弯,就是你要用的钉子了。

我一边开着车子往露营的地方赶,一边想着如何建座带漂亮窗户的塔楼。

我停好道奇车,发现莉娅正用一只4加仑的桶煮东西。她没有抬头跟我打招呼,我想她可能是在洗她的一些妇女用品,最好不要打扰。于是我自个儿上一边去忙活那些做排水沟的材料和围墙铁丝了。当身后忽然传来莉娅的声音,着实吓我一跳。

"第一,"她说,"我喝多了;第二,类似的事情再也不会发生了;第三,我并不爱你。"

我将剩下的做排水沟的材料径直扔在地上,试图掩饰自己的惶惑。

"听到我的话了吗?"她问道。

"听到了。"

"很好。"说着她又走回到火堆旁——后来我才发现的——惩罚似的煮着她的外套。

我摆弄了会儿围墙铁丝,拧了几根钉子。我喜欢自己动手做东西。做东西总有一种让人宽心的效果,最简单的事情最能让人平静下来。农场主的铁丝在我的钳子里如铅丝般柔软。我做了三根钉子,每根都一模一样。

"你在干什么?"

"做钉子。"

"帐篷脏死了,"她说(事实并非如此),"还有你的小货车也一样。真不知道你这个样子怎么过日子。过来,拿开你的钉子,帮我把床垫抬一下。

你有多长时间没晒一晒它了?多久没给孩子们洗衣服了?都跟橘子皮差不多了!"

她将道奇车后排的托盘清空,然后擦洗起来。我拎着些做排水沟的材料,朝她的小屋走过去,顺手提了个空油桶垫在脚下,开始测量排水沟的长度。不一会儿工夫,她便抱着湿乎乎的胳膊,站在我身后。她伸着脖子,看起来似乎长了很多,肩膀更塌了,眼睛似乎也大了不少。

"对不起,你这是在干吗?"

"修一下。"

"你才跟我睡了一次,就觉得拥有我了。"

"没这个意思。"哪怕只见过她一次,你就会知道她是不可能被谁拥有的。"只是弄个地方。"

"这儿不是你的地方,而且永远都不会成为你的地方。"

这种语气我很熟悉。她走进帐篷时的语气极为令人讨厌,这可不是糖果纸式的甜丝丝的说话方式,而更像是用钢锯锯断东西。

"这是公共土地,"我说,"是块保留地,倘若我拿出张采矿用地许可证,而且只要能够证明我继续履行租约,那么我就有权在这儿建个小屋。"

"瞧瞧你,土地——房子,房子——土地,你克制不住想这些,是不是,白杰瑞先生?你真够执着的。真的。你以为搭个小窝棚,然后这块地就变成你的了,可你做不到,永远都不可能。你在听我说话吗?"

我不想发火。"莉娅,我究竟做错什么了,你非得这样对我?"

"忘记我们所做的一切。事情非常清楚。这块地是偷来的。整个国家都是偷来的。说什么在英国人到来之前这里根本无人居住,整个国家都建立在一个谎言之上。要说这块土地属于谁,那也应该属于黑人。看起来像你的地方吗?觉得像你的地方吗?难道你看不出来,即便那些树,也跟你毫无干系。"

"这是我的国家,"我平静地说,"即便它不是你的。"

"对不起,什么意思?"她将双手放在屁股上。

我在排水沟上划了道线,将它扔在地上。"你是个犹太人,你根本就没有国家。"

"我们当然有自己的国家,只是被人窃取了而已。"

"够厉害。你到底想要我怎么办?"

"我不需要你做任何事。我不需要什么小屋,连根钉子也不需要。"

"莉娅。"我伸出了手。

她将我的手一把扫开。

"别碰我,"她说,"你胆敢再碰我一下,我就走,马上就走。"她走到煮衣服的煤油桶旁,僵直的脊背下面,双腿在颤抖。接着,她伸手将煮沸的衣服从水里捞出来。

我不能被人冷落在一旁,傻愣愣地站着。大多数人火冒三丈都源于受到冷落,或者善意遭到拒绝,又或者和解之意被人轻蔑以对。"如果不能碰你,以后会怎样?"

"我怎么知道?"她说着,将衣服重新丢回桶里。"你对自己到底有没有一点想法?你看不看点书?除了女人的身体,你脑子里还想点什么别的?"忽然之间,她眼泪滂沱,骂我是个流氓。

倘若你指望我会将她搂进怀里,安慰她,哄她不要哭了,轻抚她的头发,对着她的耳朵温柔地说些情话,那么你就看错人了。事实上,我大发脾气。不是慢吞吞地,也不是干净利索地,而是像个发条上过头的钟,突然炸得七零八落,原本咬合紧密的齿轮、隼轴,现在都成了致命的弹片。我不想重复我说的那些难听话。不过,其中的主旨非常重要:我没有主动邀请莉娅到我的帐篷里来或者上我的床,在这两个问题上,她不能攻击我。

我转身,背对着她,继续将排水沟钉到小屋上,锯木板,拧钉子,玩着命地干活。我像个在酒吧里跟人发生争斗并一直扭打到街上的疯子,所以当她向我道歉的时候,完全出乎我的意料。

她根本不像一个正在向人道歉的女人。她的眼神坚定,举止沉稳。道歉还是放弃,想来谁都看得明白。

确实是个像那么回事的道歉,而且时间还不短——虽然并非由于她喜欢唠叨。她确实有很多话要说。在一些比较复杂的问题上,她没有将自己的想法说清楚,或许是我没有给予足够的注意,其中,所谓女人的身体,恐怕是最重要的一个。其他一些问题上,我理解得要稍稍好一点——她承认,她经历所有的冲突中,最激烈的便是软弱与力量。她觉得自己是与软弱联手,共同对抗力量。然而(让她感到荒谬的),一生中,男性身体的力量既深深吸引着她,同时也让她感到极度恐惧(以警察、法警、军队和默文·沙利文等形式)。因此,她之通奸,是一种更为复杂的背叛,她承认自己将责任推卸给我有失公允。

尽管她解剖过角鲨,但我敢打赌,她对角鲨中枢神经系统的勾画,远没有她对自己神经系统的剖析来得深刻。我很受触动,从油桶上跳下来,不假思索地便跟她说起了掏心窝的话。我承认自己不识字,所以,周遭的一切对我来说确实总是有点格格不入。很多时候,这一点让我情绪低落,让我渴望生活稍有不同。也正因为如此,我偏爱小窗户的房子等东西。

跟你说这些事情,我得尽可能冷淡。我得退后一步,保持距离。对不起,不过我们的手都在颤抖,我的,还有莉娅的,我们袒露出来的一切彼此呼应,湿漉漉地泛着光,在阳光中,敏感而脆弱。

我们彼此看着,目光如此敏锐地集中,以至于视线的边缘逐渐模糊不清,仿佛抹上了一层凡士林。

我们钻进了被窝。倘若有窗帘的话,一定是拉上了。

37

真正吸引我的,不是年轻女人的身体,她们结实的乳房,翘凸的屁股,尚未皱缩的臀部和隆起的肚皮,等等。真正吸引我的,是她们对于生活的期待。我像个吸血鬼一样,张着黑色的大嘴,伸着粉红的舌头,如痴如醉地啜饮着这一切。我窃取她们的激情,她们的狂热,她们的错误,她们的误解,将这些视为远比她们所受的良好教育更为宝贵的东西。

周五的下午,本迪戈邮政所前的台阶上可不是什么私密的场所。当你听到莉娅冲我尖叫的时候——作为一个碰巧路过的旁观者——你会觉得我的新情人压根儿就是个悍妇,还没有我儿子逮的那只大脑袋、黄尾巴的黑凤头鹦鹉有魅力——它被我儿子临时拴在小货车的外部后视镜上,它的尾翎恰好与莉娅手中的电报纸一个颜色,只是,无论是悠闲地停下脚步张望的神父,还是两个用网兜装满香肠、衣着整洁的家庭妇女,都没有注意到这一可爱的巧合。那两个家庭妇女丝毫也不掩饰她们对这个犹太女人、她银色的鞋子、还有这个面相粗鲁、一直拽着她往小货车走去的男孩的好奇。

瞧，莉娅挥动着电报。她真是个迷人的精灵，她的整个灵魂因为爱、因为恐惧而颤抖，在善与恶、软弱与坚强、责任与放纵、原始的欲望与高雅的禁欲之间挣扎。

而她周围的人烦恼的，无非是香肠与牛脚油之类的生活琐事。

"你可以一拳将他打倒，"她说，"你觉得自己比他健壮，可以掌控他，但你永远都办不到。"

你一定已经知道了，电报是伊沙伊拍过来的——妻子的不忠令他怒火中烧，很快他就要上本迪戈兴师问罪来了，而我——顾不得儿子的抗议，一把将凤头鹦鹉扔到小货车的后面——却爱上了他的妻子。

38

整个世界潮湿一片，散发着腐臭的黄油味。他们挤在大篷车里，悲惨的如同几只落汤鸡。伊沙伊拒绝了同志们的陪伴，这里就是他个人世界的大小。在这个狭小的范围里，他就像一个行将就木的晚期病人，连个靠垫也没有，皮包骨头，肌肤蜡黄，全身上下到处都是青紫、淤块，怕是任何垫子都无法保护他。

妻子的来信，实在是往他伤口上撒盐。他花了她的钱；他恨透了她。当然，可能反之亦然。然而，他盼着她寄来一封不太可能的信，一封措辞特别、如同鸦片酊一般的信。

不过，他要的不是仅仅一封信，而是两封。这第二封信的邮票不是打孔的，而是直接剪开的。偶尔睡意蒙眬的时候，他会想象剪开这些邮票的剪刀。现在，此时此刻，他就想象着他们正从整张整张的邮票上往下剪。那个同志戴着手套，手指冻得通红，满是冻疮。邮票没有粘胶，她就拿个刷子从一小罐糨糊里蘸取。信封上，有我的名字。两个月之后，这封信就会送达我的手中。

准确地说是61天。他设想这封信漂洋过海，不耐烦地看着它在一个个港口间磨蹭——无能的官员搞的那些毫无必要的消防演练，导致船期耽搁。

罗莎没有给予他任何安慰。也许她心怀同情，但批评澳大利亚共产党对她于事无补。不过，叫她完全置之不理，她也做不到——她禁不住回忆起当初种种，自己耳闻目睹的共产主义者的愚蠢、野心和贪婪。她在等大儿子的来信时，对共产国际更是没有一句好话。

只有从父亲那里，他才获得少许安慰。在这些漫长而乏味的日子里，他无法集中精力看书，除了睡觉，什么也不想干，只有她的来信才能将他唤醒。对于这个自己常常轻视的人，他开始有了真正的同情。现在，他们一起做三明治。伊沙伊在两个手掌上各放一片面包，父亲耐心而又毫无怨言地抹上融化了的黄油。两片全部抹好之后，伊沙伊依然伸着手，等着父亲将这两片抹好黄油的面包放到地板上的一张报纸上，再将那条快要发霉的面包架在膝盖上，切下两片，放到伊沙伊的手上，再次重复前面的过程。

让伊沙伊恼火的是，父亲居然如此温顺地接受这样的麻烦，甚至提都不提要用一下桌子——罗莎正坐在桌子前。

罗莎霸占着桌子。她正在接受多拉的访谈。由于屁股出乎意料的像吹气球一样肥了起来，多拉的演艺生涯早早收场，改行当了一名算命者，现在已经小有名气。

多拉的胳膊、大腿还有脸蛋也模仿她的臀部，迅速肥了起来，只是尚未失去她娇好的肤色（"真是白里透红"），这是她一直以来都引以为豪的。她小心翼翼地坐在椅子上，身旁的桌子上放了个大大的藤条筐。她叹了口气，冲罗莎含糊地笑了笑。罗莎还没猜出筐子里装的什么东西，机械地还了她一个笑脸。这个笑脸传递出一种善意，但没有多少真情实感：这两个女人相识太久，知根知底，彼此都说过对方不少闲言碎语。

筐子里忽然动了动。罗莎头上裹着条红围巾，顷刻间竖起了脖子。不过她的兴趣很快就被多拉掏出来的一个花哨的小钱包吸引了过去。这个钱包由许多小珠子和引人注目的花卉图案制成。罗莎低声嘟囔，赞不绝口。多拉的笑容似乎稍稍有所聚焦。

这个算命的女人手指上戴了太多的戒指。这些戒指自她手指还很瘦削的时候便一直戴着，如今，戒指周围包裹着一圈隆起的肥肉，如同即将吞噬年代久远的围墙铁丝的树皮。但是，这一次，罗莎又没能仔细乃至挑剔地研究一番，因为这双手此时伸进漂亮的钱包里，掏出各色麦子，随手撒在桌上。麦子五颜六色，一如钱包上的珠子，明亮动人。

　　罗莎的手一直放在桌子下面，静静地看着。她很自责，觉得愚蠢透顶，正如一个已婚男人忽然之间从妓院镜子中瞥见自己的身影，可能会对自己有个更加客观的评价。

　　她看了一眼那两个男人，发现他们确实都在冲自己笑。

　　"要是不喜欢，"她对儿子说，"没谁强迫你留下。"她猜测他们在嘲笑自己。事实上，他们笑只是因为他们已经猜到筐子里装的是什么，都在等着看她的反应。

　　1分钟不到的时间，当罗莎看到那只鸡，她并没有大声尖叫，只是静静地屏住呼吸，气焰明显没有刚才那么嚣张了。

　　"我过敏。"她对多拉柔声说道，眼神里充满了哀求，让她将鸡放回去。

　　"对未来你可不能过敏。"一点儿也不善解人意的胖女人说着，将那只白色的毛茸茸的小东西捧到手里，笨笨的小鸡也趁势爬到她身上，仿佛她的胸脯凭空长出个有羽毛的东西来了。

　　"它眼睛看不到。"多拉一副泄漏天机的口气。

　　"啊，"伊沙伊说，"那么未来也看不到了？"

　　"不，"多拉纠正道，"未来是可以看到的。看不到的是我们，是这只鸡。"

　　"让我相信一只鸡，我做不到。"罗莎说，希望能从丈夫那里得到些支持。而莱尼，最擅长的便是玩报复的小把戏，忽然忙着切起面包来了。

　　"信还是不信，"多拉将鸡放到桌子上，匆匆回应道，"没什么差别。"那只鸡蜷缩起身子，软绵绵的。"又不是降神会，非得你相信。你还游泳吗？"

　　"不，不游了。"

　　"我游，每天早上都游。"小鸡站了起来，开始用喙在桌子上乱啄。

　　"我就睡觉。"罗莎说。

　　"啊，呐，你看。它把一颗绿色的吃下去了。你得拿笔记下来。"

　　"得你写，多拉。我掏钱请你来的。"

　　"不，不，得你写。快点，现在是蓝色的。"

"我不写,"罗莎坚决地抱着胳膊,往后靠在大篷车的车厢上。"简直傻透了。我过敏。"

"随你吧。"多拉气呼呼地说。她掏出一支修长的玳瑁色钢笔(罗莎竭力克制自己的喜爱之情),写下那只瞎眼小鸡啄食的每一粒麦子的颜色,那些被啄飞了的麦粒则不作记录。"说来听听,为什么不游泳了?当初刚来这儿的时候,你可是一直游泳的啊。记得你告诉我说,每天都游的。"

"它闻得出颜色吗?"罗莎问道。

"它能闻到气味,闻不出颜色。"

"不过,颜色是有气味的。我能闻出黄色来。"

"黄色什么气味,亲爱的?"

"黄色当然就是黄色的气味——还能是什么气味?你在记下麦粒的颜色吗?这支笔可真漂亮,"她说,"我想它又啄了颗绿色的。"

"你的其他生意怎么样,多拉?"伊沙伊问道。他手掌上的面包上现在放着些奶酪,还有撕碎的生菜。

"你该叫拉蒂默小姐。"罗莎说。

"没关系,"多拉说,"叫我戴维斯太太。"她又作了补充。"不是很好。"她朝大篷车尾忙个不停的父子俩说。

"这么说算命要比灌肠更受欢迎?"

"没错,来日财富方更多,"她咯咯笑道,"那是我的名言之一,也是我的一个口号。我觉得成功会让一个人变得有些美国化,你觉得呢?"(伊沙伊皱起眉头。)"呐,亲爱的,"她对自己的顾客说,"我们已经在表格里记下了10种颜色,所以我们可以把小鸡放回它的小窝里去了。对于算命的人来说,"她对伊沙伊说,"年成不好反而是好年成。罗莎担心钱的问题,还担心她儿子。"

"我就是她儿子。"

"另一个儿子,你哥哥,聪明的那个,雅各布。"

"聪明?"伊沙伊问道,"谁跟你说他聪明?"

罗莎的脸红了。"真是个忌妒心重的孩子,"她嘟囔道,"打小就这样。"

"聪明?约瑟夫,我哥哥?聪明?"

"添乱的总是这一个。"罗莎低声说。"往他哥哥的燕麦片里放钢丝绒。

你明白吗？相同的形状，想把哥哥给杀了。他哥哥现在在俄国，"她提高嗓门，"谁知道他怎么样，但这一个就只知道操心他自己。他倒是又安全又健康。老婆给他寄钱，自己不用干活，阔得很。他周围的人，哪一个不是劳心命。他呢，就跟国王似的。他爸爸天天做三明治卖。看看，儿子在干什么？就知道把两只手伸着。"

"随他去吧，罗莎，"莱尼说，"你知道他为什么心烦。"

"他被开除了。从什么地方？从一个一无是处的地方。"

"你为什么老是挑他的毛病？随他去吧。跟你的鸡说话去，去跟它说闲话去。"然后，他悄悄地对儿子说："出去走走吧，这些我来做就行了。没准能碰到邮递员。"

罗莎回过头来，继续跟多拉讨论。多拉正拿出一本厚厚的书，像一本电话号码簿，其中解释了鸡啄食的不同颜色分别代表什么意义。

"他不会把邮件给我的，"伊沙伊对父亲说，"他说邮件必须投进信箱。倘若我站在门口，伸手冲他要邮件，他是不会给我的。'我怎么知道这就是你的邮箱？'他就是个小官僚，行使着自己那点可怜的权力。"

"为了孩子，"多拉对罗莎说，"你吃了不少苦头。"

"缝了十六针。生这一个。我整个儿被剖开了。"

"哦，妈的。"伊沙伊说着，走出了大篷车。罗莎耸了耸肩。莱尼将三明治的顶层面包一一盖上，准备上环形码头去卖。伊沙伊等在屋檐下，直到看见邮递员将两个信封丢进小小的锡铁信箱。两封信都不是航空邮件，走过去的时候他没有丝毫期待。

第一封（"亲爱的伊沙伊，我又做了"）是莉娅写来的，尽管他并未立即拆开。第二封，事实上，是他等了好久的一封。它的邮票不是剪开的，而是打孔的，上面的图案是英国国王，信是苏塞克斯街的同志们写给他的，请他过去一趟，处理些与他党籍有关的事情。

他的第一感觉是放松，是快乐。但是，当他在蒙蒙细雨中步行6千米之后，他所感觉到的便只有寒冷和淡淡的酸楚了。他在心里一遍遍默念着准备对同志们发表的简短演讲，不断修改，又忘得一干二净，然后重新组织一篇。他期待着他们会向自己郑重道歉。

然而，当他置身于苏塞克斯街四楼那些狭小的房间的时候，事情变得很明显，不会有什么决议，也不会有什么讨论，更不会有什么道歉。他们让他来，反而是要他写一份关于日本军国主义的小册子，并且毫无表情地说，失业工人工会需要找个人帮他们培训基层讲演的人。

他本该感到开心。他是多么渴望开心起来。看着这两个同志和另外一位头发灰白的女同志——他曾经那么敬重她，以她为榜样，但现在发现，他们根本就没有勇气正视自己的眼睛。不是因为犯了错误，而是因为他们根本就不知道错在哪里。他们都是正派人，做违背自己原则的事情让他们深感尴尬。他也竭力不去鄙视他们。

外套湿透了，他开始颤抖。莉娅信上的字浸水之后，墨水花开了，整封信变得模糊不清，蓝色的字毛茸茸的，很温柔，与它的内容那么不协调。

39

我们，白杰瑞一家子，躺在小货车里。孩子们用脚踢我，胳膊肘磕打在我的眼睛上。

"你爱伊沙伊吗？"索妮娅问我。

"我不知道，索妮娅。我见都没见过他。"

"莉娅爱伊沙伊。"

"是的，我知道。"

"伊沙伊是莉娅的丈夫，"查尔斯说，"他们结婚了，但不是在教堂结的。伊沙伊是个共产主义者。他不信神。"

"我知道，"索妮娅说，"你爱伊沙伊吗，查尔斯？"

"不爱，"查尔斯说，"我希望他滚远点。"

我趴着，透过车后一道缝看出去。那个麻袋搭成的窝棚在煤油灯的映衬下泛着黄光。莉娅穿着白色衣服，正坐在床上写信。整个窝棚如同笼罩在她头上的一袭面纱。查尔斯放了个屁。索妮娅咯咯笑了。而我，则再次像个傻子一样，坠入爱河。

40

　　伊沙伊站在那里,就站在门里,好多分钟。他的妻子正在写信,不耐烦地用笔戳着纸面——她必须以这样的方式,建构他那些忌妒的梦的模糊轮廓。他的眼睛因为长途跋涉而布满血丝。他看着脏兮兮的地面,床边行李箱里零零碎碎的物件,还有一张用针别在麻袋墙上的小小的黑白照片。照片是生日聚会上与罗莎的傻朋友们拍的。正是这张照片,让他的心定了下来。

　　她抬起头,冲他笑。对他来说,她既无所谓年轻,也无所谓年老,只是非常漂亮。

　　他像只麻雀般虚弱,小脸煞白,双唇绽红,穿着那套亮闪闪的黑西装,口袋里还塞了好几本书,鼓鼓囊囊的。

　　"你自己找过来的?"

　　"你的地图很管用,戈德斯坦。"尽管咧嘴在笑,但他已经有点急躁了,因为他感到如此难为情。他怒气冲冲地使劲推动一根撑起窝棚的树杆。

　　莉娅很想让他不要摇那根树杆,但忍住了没说,而是拍了拍床,让他坐下。当他终于落座——她猜他很不情愿——她握住他的手。

　　"一身臭味。"她使劲捏着他的手说。

　　"全是汗。跳火车来的。"他盯着她的眼睛,试图从中找到一些能让自己安心的东西。"他在哪儿?"

　　"在小货车里,跟他的两个孩子在一起。"

　　他点点头。尽管离开悉尼的时候他怒不可遏,但一路走来,他已经说服自己坚强起来,积极面对,他已经驱除了心头的妒火。躲在火车上,走过一千米又一千米,他耐心地重建着自己的生活,至少在想象中如此。但是,这一刻,在一阵奔腾汹涌的情感面前,所有这些良好的愿望都漂走了,如同泛滥的河水里的破行李箱一样。他是那么想要去伤害其他人。

　　"你们就是在这儿做的?"

"伊沙伊,求你了。"

他确实停下了,但在此之前,他已品尝到伤害别人所带来的精美的味道,又经历了如此强烈地使人迷醉的感觉,他有点眩晕。

他一把将她抓起来,紧紧地搂进怀里。这样的拥抱粗暴而又霸道,加上他被雨淋湿的外套,更是冷冰湿黏,不过莉娅还是尽量不去嫌恶它。

"你的嘴唇硬邦邦的。"他指责道。

她耸了耸肩。"那你希望怎样?"她很想扮个笑脸,只是现在她已经和他一样恼火,恼火自己如此温柔体贴地给他写信的那个男人,居然会有如此潮湿而冰冷的拥抱方式。

她抬起头,看见他噘起记忆中那可爱的嘴唇,露出了满嘴的牙齿。

"伊沙伊,出了什么事?"

"你把我当成什么了?"他嘶哑着嗓子问道,"你觉得我还能承受多少?"

"我保证……"

"我从来没要求你保证过什么。"

"……对你实话实说,绝不向你撒谎,伊沙伊。"

"我不想做你忏悔的对象。"

"难道你要我对你撒谎?"

"我要你跟我一起回家。"他将手放在她的手上,很温柔,没有强迫之意,声音中也没有丝毫责备。但是,莉娅感觉自己从他身边缩了回来。她不想回家。对于她来说,向自己承认这一点实在太过震惊了:她无法忍受自己的自私,于是寻找诸多借口,然而借口之间互相矛盾,全然不能说明任何问题。

相比较而言,事实很简单。莉娅非常享受自己的生活。她喜欢四处旅行,并且乐在其中,甚至于,她更加享受给每个人的信里所提到的生活,尤其是给她爸爸的信里所描述的一切。现在,透过他们的已经泛黄的信纸,你依然能够感觉到其中的快乐:生活中至小至微的细节,挤满了面包师、小店主和过路的畜牧工的城镇街道。信中所描述的生活,如果说谈不上意义的话,却有一种模式和形状。在这里,在信中,她几近承认了自己为什么会一直到处奔走,以及她从中究竟收获了什么。然而,当伊沙伊告诉她,从经济上来说,继续跳舞已经没有必要了的时候——或许并非实情——她无法向他承认自己不想放弃这样的生活。

而且，当她貌似亲密，实则尴尬地躺在床上，躺在他身边，不自觉地拿条毯子将自己与他的身体隔开，连她自己也感到吃惊，想到他的皮肤，她再次感到战栗。记忆中，她曾经给它涂过肥皂、擦拭过，然而现在，不可否认的是，她感到由衷的愧疚与混乱，因为她觉得排斥他的皮肤是个错误。作为朋友，她曾经很喜欢他的皮肤。而现在，作为妻子，她没有任何理由不喜欢。而且，比起粗糙的毯子，他的皮肤更让他们彼此疏远，促使他们谈论一些看似万无一失的话题。直到那个时候，她才知悉他在澳大利亚共产党里所经受的种种磨难。她没有问他为什么一直瞒着自己，不过，当她注视着他，看到他说到自己最终沉冤昭雪时眼里坚定的光芒时，她想到的，不是他的胜利并无多少值得可庆可贺之处，而是他被逐出党期间所感受到的耻辱，她还记得——在塔玛拉玛那天——他痛苦地蜷缩在海边岩洞里的样子。

他一边说话，一边握着她的手，并且开始轻轻抚摸她的胳膊。拒绝这样的亲密让她感到很羞愧。她只好问他如何才得以沉冤昭雪，以分散他的注意力。他们俩，在很多方面都非常相似，听着他解决问题的方法，她不禁莞尔。肯定是有原因的。凡事都有原因。苏塞克斯街的同志们一无所知，所以他被开除出党的原因肯定源自澳大利亚之外。他猜测有另外一个同名同姓的伊沙多尔·凯莱斯基，并且开始搜集从1911年至今各类左派分子的报纸杂志。这件事受到约瑟夫过去的老朋友以及政治学者们的热情帮助，但党内同志却无人施以援手。当他最终找到了那篇他已经知道从理论上来说一定存在的文章之后，他说，他感觉自己像个天文学家，在用望远镜发现一颗星星之前，早已通过数学计算推理出它的存在了。那篇1923年的文章刊登在一本很不起眼的英国马克思主义期刊（《新时代》）上，文章对列宁多有批评，但对托洛茨基同志却满怀好感。文章对澳大利亚的一些问题也有所关注。后来他直接给共产国际写信，指出这篇文章发表的时候他才12岁，从未去过伦敦。简而言之，他根本就不是他们以为的那个伊·凯莱斯基。

"那么，到底是谁，"莉娅问道，"把你牵扯进去的呢？"

不过，在他看来这不是什么牵扯，而是作为一个政党非常正确的做法，因为它不希望犯错误。听到他自信地说着"正确""不正确"，莉娅感到由衷的不安。

"这个伊·凯莱斯基,"她继续问道,"到底是谁?他后来怎样?"

"他将会被逐出党。"

"倘若他生活在俄国呢?"

"结果没什么两样。"

"投进监狱!"

"戈德斯坦,戈德斯坦,你在看资本主义分子的报纸。"

"看看你的脸。你知道我说的没错。"

"或许确实存在针对反革命分子的审判。除此之外,他们还能怎么办?"

"伊沙伊,看着我。"

"我正看着你啊,妈的。"

莉娅握住丈夫的手,看着他的眼睛。她慢慢地点着头,知道自己的判断一定没错:那篇文章就是约瑟夫·凯莱斯基所写,1923年的时候他住在伦敦,现在,莫斯科方面已经知道他了,她推测,他的处境一定极为艰难。她感到既同情又恶心,两种矛盾的情绪交织在一起,如潮水般袭来,让她禁不住全身发抖。

"可怜的伊沙伊,"她说,"可怜的,可怜的小伊沙伊。"

自此开始,尽管谈话继续进行,但他们彼此之间的误解却一层层加深,直到最后,他们勉强而冷冰冰地做了次爱,莉娅泪流满面,伊沙伊不明所以地问她怎么了?

他出来小便的时候,我就站在他旁边,完全可以伸腿将他绊倒。

41

那是个奇怪的早晨,阳光明媚,大风肆虐。桉树在我们帐篷的上方摇摆,露出泛着银光的叶背,如同无数柄耀眼的尖刀。野草如同镜子一般,甚至于,就连我们漫无目的用脚踢着的鹅卵石,也嵌满了闪闪发光的云母。我们坐在一片矛盾的天空（柔和而蓝白色）下，假装一切都如同往常一样。

莉娅坐在我给她装屋顶排水管时用来踮脚的汽油桶上，背靠着她那间小屋的门框。1923年10月号的《新时代》在风中哗啦啦直响，像被逮住的鸽子或算命的鸡一样拍打着翅膀。她按平书页，将它们放在腿上。

现在，她将食指放在下面一排细白的牙齿上，看着我们，只有深陷的眼窝和浓重的黑眼圈告诉我们，她这一夜究竟经历了什么。

她坐在油桶上，试图写一封信，不是通常意义上那种写给某个真实的人的信，而是一种想象的构思，逻辑无懈可击，如冰雪般晶莹剔透，一封事实环环相扣、公正合理、结论水到渠成的信。她无法将这封信寄给任何人，无论怎样，她的情绪已经焦虑至极，根本无法心平气和地将那些相互矛盾的元素相安无事地放在一起：

> 如果他因为恐惧和软弱而背叛了自己的哥哥，那么我是否应该抛弃（背叛）他？这难道不是错上加错？为什么我因为他的软弱就排斥他？我究竟是怎么了，为什么会不喜欢他的皮肤了呢？我的皮肤难道就白璧无瑕吗？我给他写信的时候是不是一直在撒谎？现在却希望以他的皮肤为借口，将曾经说过的话全盘收回？我排斥的是他的皮肤吗？是不是什么别的东西？我是不是只是希望他的皮肤充当替罪羊，替我顶代别的什么东西？他的皮肤成为问题多久了？当初在海勒太太家见到他的时候，我还觉得他长得很漂亮，很机智呢。如果他是我丈夫，他杀了人（似乎可能性非常大），我就应该和他站在一起。如果受害者是他自己的哥哥，又该如何？我不苛求他尽善尽美，只是希望他的动机良好。

约瑟夫·凯莱斯基于1922年写的那篇文章在她的腿上不停地拍打着，她假装看得很认真。而伊沙伊·凯莱斯基站在一棵桉树下，跟赫伯特·白杰瑞说着话。我敢保证，面对这样的对手，无论是长相还是人品，白杰瑞都未曾作好准备。

夜里的时候，我偷偷打量了一番，觉得从身体上来说，他比我差远了，然而此刻，我被他的脸深深吸引，舍不得将眼睛挪开。他的脸实在太有异国情调,太精致,太像个女孩子了:长长的睫毛,清澈的眼睛,乌黑的卷发,如弓一般弯曲的双唇,不过,这绝不是一张软绵绵的脸。他闪米特人英俊的面部轮廓,仿如一弯新月,又好似一张竖琴,将他的鼻子、下巴、脸颊都塑造得分外俊美。他的皮肤,我向你保证,似乎并无特别之处。

他跟我握了握手。他有一双小巧却又结实的手,讲起话来抑扬顿挫,热情洋溢,声音不大,飘忽不定。我被他深深迷住了,一下子解除了武装,而莉娅——倘若她漂亮的手上拿顶黑色的法官帽的话,我会更加理解她——呆呆地看着前方。她丈夫问了我一些有关飞行员的经历,对于澳大利亚的汽车工业,他很有见地,而且认为霍顿汽车①落入通用汽车之手,实在是件再糟不过的事。

我曾经亲耳听过梅尔巴唱歌,她吐出的第一个音符就让我意识到她拥有超凡的天赋。伊沙伊给我同样的感觉,尽管我甚至不知道他的天赋究竟在哪个方面。倘若你把他的这个天赋赋予我的话,我会用它来销售汽车,一天一辆肯定毫不费力。

那是个阳光明媚、摇曳多姿的一天,我们有着那么多的共通之处,我甚至不能假装明白这一切。我无法想象伊沙伊对莉娅的想法一清二楚。不过,后来我发现,倘若认为对于她的混乱状况他完全无知无觉,似乎也不合乎常理。

他做了件很怪异的事。容我慢慢道来。

查尔斯坐在小货车的引擎盖上。凤头鹦鹉系在一根暗褐色的链子上,链子的另一头拴在后视镜上,它站在那里,打量着镜中的自己,凄叫哀嚎,甚至对着镜子扑打啄咬。(如果你习惯性地想到的是一只白色的凤头鹦鹉,我必须得提请你调整一下,这可是只身长3英尺、通体葬礼般的黑色羽毛的鹦鹉,此刻,它正紧扣着黄色的扇形尾翎,将其夹在尾巴下面。)

伊沙伊双手插在口袋里——他的西服外套里鼓鼓囊囊地塞满了书——来到查尔斯面前。查尔斯打从知道有他这么个人起就不喜欢他。正如多年以后,查尔斯不先讨好一番,绝不敢从凶猛或受惊吓的动物前走过一样,在我看来,伊沙伊上前去找我满腹狐疑、充满敌意的儿子,与此颇有相似之处。

伊沙伊朝凤头鹦鹉伸出他小巧的手,只见它将凶猛的脑袋歪向一侧,仔

---

① 澳大利亚本土汽车品牌,创立于1856年,总部位于墨尔本,1931年被美国通用汽车收购。

细打量着这个送上门来的美食。这时候,伊沙伊开始围绕凤头鹦鹉卖弄起学问来,包括与凤头鹦鹉之间有亲缘关系的红尾黑凤头鹦鹉(当时他用的是个饶舌的法语词)是首个拥有插图的澳洲鹦鹉。这幅小小的素描不是约瑟夫·班克斯所作,而是由他的绘图师,一个名叫帕克斯或者帕克森的小伙子于1770年所画。不过,这些信息并非仅仅都是历史(否则查尔斯很快就会没有耐心),而是包罗万象,涉及凤头鹦鹉的饲养、饮食习惯,还有它们偏好对处迁徙的生活习性,等等。我儿子将他听到的一切都牢记于心。最终,无论如何,他觉得自己有责任稍作回报。"它会啄人。"他老实交代道。

"是的。"伊沙伊说。"是的。"他补充道,但仍将手指朝它伸了过去,仿佛那是份鸡蛋三明治。他不是傻子。他不仅知道这是只雌鸟(查尔斯就不知道),而且知道它的喙硬到足以啄碎松果、哈克豆荚。所以,他为什么要作出这样的牺牲?为了博得查尔斯或一直沉默的索妮娅的崇敬?或者是为了莉娅?她一直坐在那里,和那篇后来让约瑟夫·凯莱斯基遭到审判的文章待在一起,腿上的杂志在风中如白色的翅膀一样拍动着。又或者,他是为了将自己的勇气贬损至如此不足一提的噱头?

莉娅平静地看着他,继而拿手抹了下眼睛,打了个哈欠。桉树在她头顶随风摇曳,木麻黄树的针叶沙沙而下,一切了无寓意,无非是告诉人们这是个多风的天气。

凤头鹦鹉最终笑纳了送到它嘴边的美食,伊沙伊发出一声怪而高的啸叫。查尔斯在它头上狠狠拍了一巴掌,它才将手指松开。鲜血淋漓而下。

我想,我们全都将目光投向了莉娅。这也是为什么我很确信我们远比我们自以为的要更清楚。我们不约而同地看向她,而她,听到伊沙伊痛苦的啸叫声,抬头看到血从他的手指上流出,居然又将头低了下去。

这是为数不多的查尔斯能够清晰记得的童年情景之一(对于其他人来说,有关那天的记忆不过是虚构的怠慢,假象的苦难),而且,在本迪戈的这一天,他也亲眼目睹了鲜血顺着那只被撕裂的手指流淌下来,另外,我还得感谢他清楚地记得是我用一根脏兮兮的手指紧紧地按在伤口上。

这一天注定不会是个简单的日子。正当莉娅低头继续看她的杂志,正当伊沙伊仍然翘着受伤的手指,就在凤头鹦鹉舒展身体,振动翅膀,悬浮在道奇车的引擎盖上方,黄色的尾翎像只喇叭似的在身体下方张开之前,一辆黑色的雪佛兰轿车碾过乱石，在我们的营地前停了下来，车顶上载有无线天线，仿如一幅简笔勾勒的刀刃。

来的是本迪戈镇的警察。

作为一名汽车推销员，与警察打交道的机会很多，尤其是考虑到要给汽车登记上牌。直到那天，我和警察们一直都相处甚欢。给巴赖特干活的时候，我们通常在圣诞节给他们送瓶格罗格酒，也没什么见不得人的勾当，但足以让我很快地通过层层关卡拿到车牌。简而言之，我不会像莉娅现在那样，浑身哆嗦得跟片树叶似的，也不会像伊沙伊那样，半月形的脸上写满了嘲讽。

但是，警察上这儿来不是为了询问什么汽车登记上牌的事（不过他们走之前，还是记下了我的车牌）。他们来是通知一个鼓吹共产主义的人和他的同伙离开本迪戈。执行这个任务的时候，他们显得既不耐烦，又一本正经，后来我才发现他们都是这副德性。他们谁也没有搜查，也没有问为什么他们为之而来的人手指血流如注。他们给了我们60分钟收拾的时间，一切来得过于突然，我甚至连申辩都来不及。他们叫我"秃子"的时候，我连拳头都没举一下。

甚至于，他们离开之后，我也没来得及事后检讨一番，因为此时我发现伊沙伊的火气全部集中到了我身上。他觉得是我向当地警察告的密，好像是我趁夜黑，神不知鬼不觉地干了这件事，是我步行5英里前往本迪戈，就像科诺背叛凯利帮[①]一样。真是屁话。我见过很多酒鬼像他这样怒气冲天，说出来的话都是最后通牒，手里握着碎酒瓶子，或者从汽车座位底下拽出刀子或猎枪。但现在才上午9点，没有任何酒精可以让这种失去理智的愤怒显得合乎情理。

10分钟前还很讨人喜欢的男人，现在变成了一只满腹仇恨的小麻雀，如果可以的话，我很乐意给它喂点带毒的麦子。他将血溅到我干净的衬衫上，这几乎同他现在下达的愚蠢的最后通牒一样令我恼火——他要求莉娅立刻在我和他之间作出选择，一次了结。

莉娅从油桶边走了过来——她去那边取杂志。

"过来，"她抓住他的胳膊说，"我有话要跟你说。"

[①] 凯利是澳大利亚历史上著名的对抗政府的民间英雄，可参考彼得·凯利的同名小说《凯利帮》。

"有话就在这儿说。"伊沙伊说。

"伊沙伊,求你了。"

"就在这儿说,"他说,"有什么不可以说的呢?"

"好吧。"莉娅·戈德斯坦说,此刻她已经不再公平,也不再保持理性了。"好吧。"

正是那个时候,当着所有人的面,她告诉他,她无法忍受他的皮肤。

我想到一簇疤痕累累的组织被硬生生地撕开、扯碎。与之相比,划破手指的痛苦,如同年轻人的恶作剧一般,根本微不足道。

42

"是什么给予你力量,白杰瑞先生?"逃亡的路上,莉娅问我。我们匆忙收拾了些家当,丁零当啷地一路往北,沿途小镇的警察都把我们想象成反革命了,一路追踪。希思科特,纳甘比,塔图拉,凯阿布勒姆,谢珀顿,他们早就等着我们的到来。他们看着我们进城,看着我们买了个馅饼、几加仑汽油。在纳甘比,还没等他们赶到,我们便已经将帐篷搭好,几个抹着头油的爱尔兰人,满嘴的卷心菜汤味。他们对我们的名字很熟悉,对我们要干的事也了如指掌。他们告诉我们,说我们企图推翻合法政府。我们只好收拾家什继续前进,穿州越境,就像中国人传说中的无足鸟,永无落地栖息的那一天。

"是什么给予你力量?"当我打着方向盘,驶上一条没有任何路标的石子路的时候,她再次问道——这条路将确保我们能迅速逃离浆果之乡残暴的警察?

我试图给她一个回答。车子重重地冲进路面的一个深坑里。我口干舌燥,嘴里的灰尘如泥一般黏糊糊地塞满了我的嗓子眼。

"没什么东西,"她说,"给予你力量,白杰瑞先生。你正行驶在滚烫的石子路上,速度得快点。给予你力量的,不过是你那条脏兮兮的腰带而已,对不起,不过这是事实。你完全被一个小玩意儿支撑着。这个小玩意儿无所信仰,也无任何想法,它就是一个产品,制作它的工人提供的,不过是个没头脑的东西罢了。"

"它能预防头晕。"

"头晕,你说说看,是恐惧吧。电池上的铜锈把你的腿都染绿了。看到了吗?"

"'给予力量'是什么意思?"查尔斯好奇地问道,他坐在后排一摞床单被褥上,身体前倾,像个冒牌的苏丹。莉娅用木炭在他脸上画了一条细细的小胡子,现在,也是莉娅不厌其烦地回答他的问题,而且长篇大论,连我都从中获益匪浅。

"我们所有人的问题在于,"在满足了我儿子的好奇心之后,她继续说道,"我们全仰赖于各种各样的工具,而像我丈夫这样的人,"她咽了口吐沫,"不管他有什么缺点,"说着停顿了好长时间,"给予他力量的东西,远要坚实可靠得多。"

"那么给予你力量的是什么呢,凯莱斯基太太?"

"到处漂着。"她说着露出自己白净的双脚。"这一点我承认。我才是在滚烫的石子路上跳舞的那个人,不是你:一个镇子到另一个镇子,跳舞,写信。我没办法在一个地方静静地待着。这不是个可以躺倒休息的国度。这里是黑人的国度:尖利的石头、岩石、棍棒、牛蚁、苍蝇。我们只能像个旅行者似的四处游走。黑人可以躺倒休息,但我们不行,我们必须永不停歇。那就是为什么我不能像我丈夫希望的那样跟他回家,"她宣称,试图从一个简单的理论中寻找慰藉,"因为我很自私,迷上了四处漂荡。"

其实,她对自己的认知完全错了——给予她力量的,其实是那件出了名的外套上丝丝缕缕的线,是她将它们编织成一件全新的、个人的东西,远比从前酸臭的那件要更精细——即便不能说她对其全然不明白,但至少她的理解是片面的。利用外套上的线,她将善良编织成一套实践起来很简单的哲学,就像给罗莎寄钱,路上遇见背包的人便捎上一程,教我读书识字,把自己的食物分给别人,全神贯注于别人的孩子,等等。她所做的一切,与伊沙伊宏大的梦想之间毫无共同之处,倒是类似于她成天挂在嘴边的宝贝,依在他巨大而光滑的灰色帆布帐篷旁狼吞虎咽——帐篷沐浴在金色阳光下,如同错综复杂的蚁穴。

"给予我丈夫力量的,是一个更加美好的世界,你知道吗,而不是恐惧或者自私。"

"是啊。"

"他很有可能害死了他哥哥，"她仿佛自言自语道，"他觉得这么做是允许的，也是合情合理的。他认为自己的做法没什么错。"

"那比仰赖一根腰带而获得力量更好？"

"可能吧，"她打了个冷战，试图将满是划痕的车窗帘子拉上，"至少动机更好。他的动机是出于仁慈，而非恐惧。"

"可他干吗非要将他哥哥牵扯进来呢？"

"不是牵扯。"

"共产主义难道是俄国人的专利？他为什么非要向他们去解释？"

"这是门科学。"说这句话的时候，连她自己也不确信。"而俄国人第一个试验成功了。所以你得去问他，白杰瑞先生，"她无望地说，"我也不明白。"

"我喜欢他。"我说。

"大家都喜欢他。"她说着坐直身子，一双光溜溜的胳膊抱在胸前，也不再对车外蹦跳着跑过的野兔抱有好奇——我们正穿过一片长满欧洲蕨的围场。

"没有人问我，"后排传来一个声音，"没有人问我是什么寄予我力量。"

给予我儿子力量的，似乎是他和凤冠鹦鹉之间的新友情。莉娅转过身子，愧疚，疲乏，目光坚毅，她越过座椅靠背，笨拙地将他搂在怀里，泪水顺着她的脸颊倾泻而下，她告诉他，他是个好孩子。

"我不会伤害她的，是吗，莉娅？"

"不会的，查尔斯。我知道你不会的。"

"我不会让她失望的。"

"不会的。"

"我知道是什么给予索妮娅力量。"查尔斯搂住莉娅的脖子，低声说道。

我转过头，看着我女儿。睡梦中的她，脸上挂着甜蜜的微笑。

"隐身。"查尔斯鬼头鬼脑地说，想看看其他人会有什么反应。"她一直都在尝试，"小的告密者低声说道，"她向耶稣祈祷让她能够隐身。"

我忍不住笑了起来。对于基督教的上帝的法力，我从来就没有太高的评价：电十字架，圣画，乡间足球比赛上的爱尔兰牧师。

"耶稣可不懂其中的窍门。"我说。

"我跟她说了。"查尔斯说。

"那么她该向谁祈祷呢,白杰瑞先生?"自本迪戈的惨败以后,莉娅一次也没有提及我的表演。

"反正不向耶稣祈祷,那一点我可以向你保证。"

"那么,"她很坚持,"你向谁祈祷?"

"马蒂尔达。"我咧嘴笑道。

她眉头一皱。

"恐惧女神。"

莉娅没有笑,而是将手放在我的膝盖上。"你会害怕吗,白杰瑞先生?"

"有时候会。"

"我们买点酒吧,"她忽然说,"我们在维奥莉特镇买点酒吧。"

43

没错,酒精给予我们力量。而且,倘若不是因为这个(以及被迫在贝纳拉买的一盒避孕套),我们的油箱里肯定会有足够的汽油穿过州界,口袋里还会剩下5先令,从而重获自由,可以光明正大地挣钱,用不着维多利亚州警察的帮忙。

唉,我们的车到沃东加就没油了。令查尔斯永远感到骄傲,同时也是永恒的耻辱的是,他不得不将自己的黄尾黑凤头鹦鹉卖给宠物店的那个人——我们将会在他的合法宅业前停下来稍事休息。

这件事本身并无特别之处,除了应该让你看看我儿子一路将价钱由10先令提高至1镑时的表情。他的脸好像肿了起来,仿佛涨满气或者灌满液体;皮肤透着点粉红色,绷得紧紧的;眼睛湿润,泛着光;在那个怪异而又不确定的时刻,他的嘴唇抽搐——希望今生我再也不必面对这样的时刻——在骄傲的驱使下,因为放松而近乎放纵,这种时候,既可能爆发出最灿烂的笑容,也可能自我沦陷,或自我吞噬,一顿自我憎恨的苦涩大餐,足以给予一个人永恒的力量。

44

我很想在我的历史中塞满了不起的男男女女,哲学家、科学家、知识分子、艺术家,等等,但我得承认如此的弥天大谎自己力不能及。我的故事注定要与白杰瑞&戈德斯坦剧团(戏剧演出)1930年代的漂泊绑在一起,仿佛叮在名作上的苍蝇,在画框的花饰上爬来爬去,抱怨我们的腿如同灌了铅一般,抱怨镀金的表面让我们的眼睛疲乏不堪,为生活的本质和我们在世界上的位置争论不休,同时——现在我知道了——尼尔斯·波尔①正假定中微子的存在,物质本身被证明没有实体,而希特勒——那只黑色的蜘蛛——正在编织着他邪恶的谎言。

谎言,梦想,幻想——它们无所不在。我们随手将它们拨到一边,就像穿过花园小径时不经意地拨开蜘蛛网一般。当然,它们会缠住我们,粘在我们的衣服上,追在我们屁股后面,但我们实在吵得不亦乐乎,以至于无暇顾及它们的存在。

所以,当亚瑟·丹普斯特尔发现铀235的时候,我正忙着学习如何成为一个滑稽的人,或拿龙开玩笑,或站在新南威尔士州拜林根一个灰尘密布的舞台上,面对一只啄我屁股的鸸鹋,装得像个傻子,逗台下的观众开心。

我在道奇车柔软的顶棚上画了幅澳大利亚地图,又用红笔将我们走过的路线标出来。车上写着"白杰瑞&戈德斯坦剧团(戏剧演出)",后来我又加上了"&宠物供应商",主要是为了向查尔斯表达谢意,我们能够幸存下来,他发挥了重要作用。

查尔斯长得又高又壮,不过样子笨拙——小腿弯曲罗圈,大腿结实得像个赶牛车的。他的身躯偏长,脑袋硕大,下巴结实有力,一脸疼痛难耐的粉刺。

---

① 尼尔斯·波尔(1885—1962),丹麦物理学家。

正处青春期的他颇感痛苦，只能用自己变声的嗓子，对着各种动物说话。这个年龄的男孩子，本该手淫或者偷窥游泳池更衣室里的女孩子，而他却只能抚摸色彩瑰丽的鹦鹉，或者劝说地毯下的蛇放弃自由。

我们漂泊在北部河流流域时，曾经一度极为艰难，是14岁的查尔斯向一位迷人的美国老人兜售鸟雀，才让我们渡过难关。这个美国人叫帕森，戴着副泰迪·罗斯福那样的无框眼镜。当然，他就是在抢劫我们，但我们别无选择。帝王鹦鹉每只1先令，粉红凤头鹦鹉每只6便士。我们住在格拉夫顿，楹树淡紫色的花如地毯一般铺满大街，查尔斯每天都会带上他的网兜和爬树的靴子，不苟言笑地出门。

其他人都得为此付出代价——我们统统都得看查尔斯的眼色，忍受他摔车门，跺脚，哭鼻子。

也是在格拉夫顿，我替索妮娅买了一件漂亮的白色裙子，这样她就可以去上圣公会主日学校了。舞台下穿得很简单的莉娅，对此很不认可。我个人从来不信教，但我觉得这种东西并无坏处。我宁愿自己的女儿向耶稣祈祷，唱圣诞歌曲，也不希望她跟什么龙调情。而且，我没有任何理由反对一件漂亮的衣服，我非常愿意将自己的女儿打扮得漂漂亮亮，替她梳好头发，扎好缎带。但我的做法并未受到认可，后来情绪激动的时候，莉娅冲我大嚷大叫："你看到的只是她漂亮的衣服，而不是她这个人。她对于你来说只是皮囊。"

唔，皮囊。

我们无可回避。自从她丈夫戴着眼镜，蒙着面罩，离开了我们的营地之后，皮囊便一直困扰着我这个清教徒似的搭档，她的内心深感愧疚，拿一个站不稳脚的理由来拒绝自己的丈夫，其中原因怕是连她自己也不甚明了。她将所有的责任都推给那个可怜的外壳，不允许自己深究。

她依然坚持每周给伊沙伊写信，但只字不提什么皮囊。她饱受困扰带来的压力，最终都由我来承受。

45

索妮娅穿着漂亮的裙子上主日学校去了,查尔斯则被老师的运木车载着前往梅普尔顿,据说那儿的邮政所的厕所里有条太攀蛇,让他去帮忙抓走。莉娅和我——手头暂时宽裕——钻进了楠伯的唐纳德森商业酒店的被窝里。正值潮湿的季节,帐子外黑压压地叮满了蚊子,空气却因为路前方的糖厂而带着股甜丝丝的味道。

一个浪漫的下午,万事俱备。我们甚至还买了瓶班达伯格兰姆酒。然后,伊沙伊和他的皮囊油腻腻地遛进房间,滑进被窝,我发现我的爱人用她灰色的眼睛,心事重重地凝视着我——倘若她的眼神聚焦更为集中的话,恐怕足以将我光头上的脑壳都削了去,让我狗鲨般的灵魂里臭不可闻的秘密暴露无遗。

"我跟你老婆,"她终于开口问道,"有哪些方面相像?"她说着,用胳膊撑起上身,露出她的一个小缺陷——她左胸的乳头总是习惯性地内陷进去,不过洗澡的时候,或者我吮一吮,它又会凸出来,仿佛是为有一天喂孩子吃奶作好准备。有时候我们会探讨一下这种可能性,探讨一下不着边际的未来,不过今天显然不合适。今天,那只乳头依然内陷着。

"让我来告诉你有哪些方面吧,"她说,"是肌肤。把兰姆酒递给我。"

"没了。"

"让我看看。"

我将手沿着蚊帐的下沿伸了出去,将空酒瓶拿到床上,对着光举起来。瓶子是空的,但她还是试图从中沥出几滴残酒来。

"年轻女人的肌肤,"她说,"你离开她的时候,她23岁。"

"是她离开我。"

"这是你的说法,可是有谁会信呢?你还跟格拉夫顿的报纸说你当过兵呢。不管怎么信口雌黄,你自己都相信,因为你什么都不相信,你只相信你身上系的那玩意儿。你对人根本就不在乎,你只在乎肌肤。"

"莉娅，莉娅，我爱你。"

"肌肤，"她说，"肌肤，老实告诉我吧——肌肤的感觉。"

"让我……"

"有一天，当它松弛，下垂，你就会弃我而去，换个新人。"

"让我跟你讲个故事。"

"别碰我。"

"一个故事。"

"一个谎言。"

"一个真实的故事，关于我是如何得到这根电磁腰带的。"

"你是怎么得到这个玩意儿，并对之顶礼膜拜的。"

"它与肌肤有关。你到底想不想听？"

"想听。"她将信将疑地说，害怕又有什么陷阱。

故事大致如下。多数是谎言，但我根本想不出什么别的方式来说服莉娅·戈德斯坦，我爱的是她的人，而不是她的肌肤。

46

莫莉是个有头脑的人。她向来如此，虽然她耗费大半辈子的时间假装自己不是这样。"你绝对是块做生意的好料子。"埃斯特夫人曾经对她这样说过。埃斯特夫人，愿她灵魂安息，说得一点儿也没错。

相较于希斯巴诺·苏莎，她更喜欢开着T型车回家。毫无疑问，希斯巴诺·苏莎是款好车，但它的车门上没有喷上"回飞镖出租"几个大字，没有商业牌照，车顶上也没有"暂不载客"的招牌。她自己并不拉客，而是为自己的职业感到高兴，同时享受着藏在后座下一个小小的棉布口袋里散发出的熏衣草的香味。

从弗莱明顿路拐到巴拉腊特路，然后朝着秣市街方向开过来，她意识到自己有点累了。于是，在拐角处避让一辆拐进木料场的四轮马车的时候，她看了看后视镜中的自己,没有丝毫倦意,很是开心。她是个漂亮的女人,稍显丰满,但依然漂亮。她拍了拍头上的钟形帽子,想着自己是不是太冷酷了。那天下午,她将英奇·奥戴尔开除了,不过,看她的样子,还真不像狠得下心的人。英奇·奥戴尔是个小个子,老是叼着火柴棒,一副神气活现的样子,脑子有点慢。她不想欺骗大家,英奇却将大家给骗了。她为他难过,更为他的妻子难过,还给她寄了张20镑的支票过去。对于那些遭遇不幸的人,她总是心怀同情。而对于那些犯错误的人,她绝不心慈手软。每当想起英奇傲慢无礼的样子,帽子扣在后脑勺上,手插在口袋里,她就不由自主地抿紧嘴——这副样子她未能在后视镜中看到,因为那辆马车终于顺利拐进木料场,她也快到秣市街的拐角处了。

当她沿着场地边的小路一直往前(那天下午,我也是在同一条小路上碰到了霍拉斯),在看到查尔斯之前,她先看到了那头公牛。黑色的大家伙额头上有块白色的标记,没了一只耳朵。那畜生的自尊受到伤害,奋力地用蹄子刨着地,口沫淋漓,堵住了路,恶狠狠地瞪着出租车。她想到了杰克,他已经成为那些叫人迷惑、狂暴的梦的主题。恍惚间,她感觉自己拍了拍已经天人永隔的丈夫的脸。至于自己为什么会这样,她不是那种凡事都要问个究竟的人。

那头公牛让她非常恼火。她停下车,不停地按着喇叭,见它一动不动,她走下车,拎着根手摇曲柄走近它。那畜生犹豫了一下,抽身后退,踢了踢蹄子,绕开车子,朝大路走去。

她忽然意识到自己的做法有多危险,不禁后怕。直到那时,她才看到查尔斯站在小路中间,光着小脚丫,满脸泥土,鼻涕冒着泡。

她已经知道发生什么了。她听到玛里拜农河边的屋子里传来的低语声,知道肯定有什么糟糕的事正在进行中。对她来说,她的女儿仿如一个陌生人,而那个串通一气的诗人(他小便的时候从来不将马桶坐垫掀起来)根本不敢正视她的眼睛。她已经用一个做盘点的眼睛,静静地观察了安奈特·戴维森很久,并且试图通过那张宽阔的红嘴巴,权衡她究竟有多阴险。

她将查尔斯从路上拎起来,一边逗他说话,叫他小宝宝、小男子汉,一边也在为可能的糟糕情况作着准备。她加快车速,驶向住处。她注意到飞机不见了,然后抱着放声痛哭的胖外孙,进了家门。

屋子里仿佛是谋杀现场。油毡桌布上的面包屑见证了这里发生的一切。一只没洗的煎锅上,苍蝇乱飞。索妮娅在她的婴儿床里哭喊着,需要更换尿布。她看到了我正衣衫褴褛地躺在床底下,脑袋上流着血——附近一地的碎玻璃想必是罪魁祸首。她还在旁边发现一把斧头,斧刃残缺不全,完全走样,显然刚刚与那些诗集有过一场恶战。

"上帝啊,救救我们吧。"她说。"愿上帝惩罚她们。"她嘟哝道。"希望她们天打雷劈。有莫莉呢,"她说,"有莫莉呢。"

她按照事物自有的逻辑,将一切重新安顿得井井有条。首先是照顾好查尔斯。她洗了口锅,热了些牛奶,再将其倒进一个大杯子里,又加入一大份她的薄荷酒。她将他抱坐在自己膝盖上,跟他说话,让他慢慢地平静下来,还脱掉他的鞋袜,玩起了小猪逛市场的游戏。当她发现薄荷酒的作用发挥得太慢时,又给他加了一杯。也许她过于慷慨了,因为查尔斯第二杯还没喝完便睡着了。她将他和衣放到床上,再替索妮娅换上尿布。

一切我都听在耳里,但我无动于衷。我整个人都置身于自己那个癫狂的世界里,旋转的飞机,机翼支撑杆,飞转的引擎,牵引的绳索,还有塔楼裂开的房子。从不哭鼻子的赫伯特·白杰瑞,像个孩子似的抽泣着。

她一边收拾卧室一边对我说话。她将菲比落下的一些零碎的物品(三件裙子,一条真丝围巾,两件衬裙,字迹潦草的诗集皱皱巴巴地扔在地上,一个没倒的夜壶,一个花瓶,好多支唇膏,还有结婚那天穿的礼服)扔掉,并跟我说。

"你就是个受气包,可怜人。别介意,也别难过。上帝会怜悯你的。有莫莉呢。我的天哪,你看看。"她一边说着话,一边将各种东西扔出房间,像个陀螺一样忙个不停。她将床单扯下来,还将墙上挂的画也摘下来。"你会明白,"她说,"你会明白。终于解脱了。黄毛丫头就是难捉摸,被宠坏了。"

她将那些破烂拿到河边,用高跟鞋将它们统统踩进淤泥里,没踩进去的,她就直接扔进油乎乎的河水里。

她在门外脱下沾满泥的鞋袜,将它们扔进门口的垃圾桶,仿佛它们也遭到了污染。然后,她点燃柴炉,将炉膛塞满,通了通炉栅,又将碟子洗好。她干起活来满怀热情,锅碗瓢盆在她手里哗啦哗啦直响。"她们迟早会没命的,"她说,"你会看到的。你是个好人。太好了,太善良了。自个儿动手,"她说,"替她盖房子,让她丰衣足食。对你是种解脱,真是求之不得。"

于是,莫莉开始着手整理。首先是将屋子打扫干净。"觉得我傻,"她一边抹着铺着油布的桌子，一边说道，"瞧不起我。真是可笑。"

然后，她过来帮我擦洗伤口。我闻到了消毒剂和天鹅绒牌肥皂的气味。我的脑子不对劲，一会像个孩子似地号啕大哭，一会大喊大叫，紧紧地搂着她，一会像个武士般愤怒，一会又像个女孩子一样咯咯笑。她将我劝到床上。我坐起身，开始像个大人似的说话。我告诉她我失业了，正说着，忽然眼前一黑。我想将头磕在墙上，磕碎为止。

我冲到那些鸟笼旁，将它们统统放了。我将它们从笼子里嘘出来，仿佛这是个魔术，能够将我的妻子变回来。有只鹦鹉迟迟不肯离去，我索性将它脖子拧断。不单单是拧断它的脖子，更将它的脑袋扯了下来。莫莉重新将我弄回到床上，洗干净我手上的鲜血和羽毛。她脱掉我的衣服。我没有了虚荣，也无所谓谦逊。她替我穿上睡衣，坐在床沿上，用条热腾腾的湿毛巾替我擦了把脸。

"这就好比死亡。"她说。"就是这么回事，死亡。伤心啊。你可以号啕大哭。杰克去世的时候，我哭啊哭啊。就当她死了，"她说，"没了。可怜的人，你就是个受气包。惹一身的泥，一身她脚上的泥。至高无上的大小姐，还给你扔下两个孩子。"

我在一间黑屋子里醒来，重又一头栽进深渊。莫莉坐在厨房里。她将炉门大开着，我可以看见火苗飘曳。她走进房间，穿着粉色的睡衣，软绵绵、毛茸茸的拖鞋，头发整洁地向后梳着。

她坐在床沿上，将我搂在怀里。

直到今天，我依然确信，对于所发生的一切，她并没有计划。她无疑会排斥作这样的计划。倘若有人建议她做这样的事情，估计她会火冒三丈。或许我干过，但我已经不记得了。不管怎样，反正就在我寻找安慰，而她又极力希望给予我安慰的时候，我的头不知不觉地枕在了她的胸脯上。屋外，北风呼啸，摇晃着那幢令我耻辱的小房子。黑暗和大风将我们同现实、同她的上帝、同神父和满是灰尘的忏悔室，彻底隔绝开来，此刻的莫莉是睡眠天使，对于那项权利、那个角色，她宣称得理直气壮。"为了哄他睡下。"她对自己的上帝说，我希望她的上帝听到了她的话。我希望他看到她抛开腰带，听到它重重地掉在地板上，拖鞋扑通落地，睡衣如轻语般滑落；我希望他看到她的身体，胖嘟嘟的胳膊，紧身红色胸衣在她肥硕的肚皮上勒出的印子，切除阑尾时留下的疤痕，她大腿上的蓝色血管，还有她下垂的屁股上的肉窝。希望他能够看到它们,并且觉得它们很美。

"进来吧,"她说,"可怜的宝贝。"

"莫莉,莫莉,怎么回事?"

"嘘,嘘,慢点儿,放松点。妈妈感觉到你了,慢点儿,放松点。"

不,我亲爱的莉娅,我不会辩称正常,并从抽屉中翻出我的出生证明,说什么她仅仅比我年长6岁而已。因为非要说我们之间发生的一切很正常,只能是不得要领。我们自己也没觉得这样正常,相反,我们俩都觉得这样很反常,很特别,既美妙至极,也令人尴尬至极。而且不仅仅发生了这么一次,而是自此拉开了我人生一个新阶段的序幕,在此阶段里,我不是我自以为的那个我,而她也不是她自以为的那个她。

我要告诉你,我们从来不曾那样轻松随意,我们不会一起醒来,不会将衣服信手扔在地板上,相拥着倒在床上。我们必须履行严格的仪式(就像她向她的上帝祈祷时说的拉丁祈文一样刻板),必须得说某些话,这些话所发挥的作用,不在于其本身的含义,而像一把把能开门的形状怪异的钥匙,没有它们,房门就会紧锁。

如你所想,我们的早晨比较正常,两个人分别从各自的床上醒来。生活所迫,所以早餐还是得做,炉子还是得点上,莫莉的车子还是得发动,她去工作的时候,还会正式而又友好地与我道别。

我待在家里,躲着外面的世界——置身于其中,我就是个傻子,是个戴绿帽子的窝囊废,是个没有工作和妻子的男人。我在膝盖上盖床毯子,缩成一团,坐在屋子外面晒太阳,除了我慢吞吞地剥好准备用来做晚餐的豌豆之外,再也不会有什么未来。

当我最终开着辆新的道奇小货车,冒险回到这个世界,我就像个病人一般虚弱而又神经质,也不奇怪没有雇主愿意录用我。我不看报纸,因而我的命运与其他人的命运之间,不再有任何关联。

但是,这也是一点进步。亲爱的,接下来会有更多的身体来款待你的。为什么你的眼睛如此炯炯有神,鼻子却皱得不成样子?

47

哦，作为一个男人，享受别人的照顾是件多么惬意的事啊。如果我自甘沉沦，任由自己变成一个招人可怜的人，一个精神崩溃的人，一个再也没有任何梦想的人，那么我就不会恢复自我，呈现给你的就是那枚肮脏的硬币的另外一面：跟莫莉在一起的那些年，我用不着拼命干活，用不着刻意讨好，用不着搞什么推销，除了坐着晒太阳或者坐在炉边烤火，我用不着做任何事。我仿佛过上了我从未享受到的童年，有人娇宠着，有人溺爱着，有人纵容着，如果说我的灵魂深处有道伤口的话，如果说昏黄的暮色和从制革厂冒出的白色烟雾有时让我忧伤的话——当时我等待着岳母的车前灯在围场上颠簸，如同摩托车的灯光在高低不平的道路上闪烁一般——我敢保证，那绝对是童年时的天性使然：某种灯光总是令人忧伤，夜晚总是充满凶险的幻影，就连看到蚂蚁爬上窗台也足以让人生出无法说明的恐惧来。

我的两个孩子小脸脏兮兮的，到处疯跑，还常常饿肚子。

晚上，我们就吃布丁。

等我两个孩子都沉沉睡去，我们小小的仪式便如期开始，一切各就其位，按部就班。用如此冷的水刷牙，赫伯特，会伤到牙齿。去撒泡尿，厕所真是臭得出奇。跟你岳母道个晚安，快点上床吧。

她坐在炉子旁，等着，又晃了晃身子，稍稍转过来一点，以便于她能发问：

"睡不着？"

"没，还没睡着。"

"我去拿点热牛奶。"

因为奶油的缘故，热牛奶泛着淡黄色，盛在一个厚实的带缺口的杯子里。这个杯子从伦敦来到品特岬，再到吉朗，然后又抵达玛里拜农河，来到我的床畔，叮当一声放在大理石台面的梳妆台上，就在我那块表盘泛着荧光、皮表带散发着汗臭味的腕表旁边。

牛奶没什么作用，但作为我们仪式的一部分，必须得用到它，因为举起杯子是仪式的另外一部分。

"你必须得睡，可怜的人。我替你擦把脸。"

"唔，谢谢。"

没错，一步一步，穿过这道门，走过这条过道，我们的钥匙叮当作响，我们继续向前，直到顺利打开最后一道门——作为付出最大努力的回报，我们获准用温柔缠绵的吻将彼此覆盖。而刚喝了一半的牛奶上，结了一层淡黄色的奶皮，幻化成一张可以食用的衰老的脸。

如同田园牧歌一般，我们褪去了衣裳——我从未责怪那些挂在墙上的圣画，他们看着我们，心怀仁慈：耶稣好像药店橱窗里的广告一样袒露着心脏；马利亚则升入了天堂。我喜欢有他们作陪。倘若莫莉将它们摘下来，恐怕我还真不乐意呢。

不，要怪就怪埃森登的那个爱尔兰人。由于胃一直痛，她很担心，便向他作了忏悔。岂料她的胃痛不过是因为招了风，这种小毛病，药用炭片剂就能治好。不过到那时，爱尔兰人该做的都做了，最终的决定是，莫莉不可以阻止我同妻子复合。

布丁让我变得虚胖，我的手也比从前柔软了许多。她替我买了辆崭新的道奇车，再带我上利特·伯克街的史多比服装店做了套西服。她抹着眼泪，将她自己的电磁腰带摘下来，替我系上。她还替查尔斯织了件毛衣，替索妮娅织了双袜子，以及一顶巴拉克拉法帽。最后，再也没有什么可做的，她便煮了壶浓浓的红茶——只需要15分钟——又递给我两盒印着小猫咪画像的蛋糕。

她站在我从卫理公会派偷来的那座古老的教堂大厅前，拨着入侵院落的高大蒲草。她穿了件过时的乳白色长裙，在清晨阴冷的风中飘荡。她的唇上涂了太多的口红，脸上又抹了太多的粉，就像是因为冒险而受损的飞蛾的翅膀。她染成金黄色的头发上插着一朵用布做的、乳白色的玫瑰花。她伸出戴着长手套的胳膊，挥手与我们道别。

道奇车的新变速箱还有点僵，挂一挡的时候很不顺当。

查尔斯穿着他的新靴子，一个劲地踢着车厢的地板。

现在，莫莉的灵魂保证是安全而又健康的，她笨拙地退回到那座孤独的屋子里。

我调转车头，开了回来。不过两天之后，我们还是永久地别离了。我朝着悉尼路进发，带着她的护身符，圣克里斯多夫，让我感受到的不是庇护，而更多的是一种令人感伤的情感。

48

我对宗教的态度不像那些一本正经的人。索妮娅要求举行五次坚振礼，我也没觉得有什么值得大惊小怪的，直到有一天，巴拉腊特圣公会的人提请我注意时，我才意识到这个问题。那是1934年，当白杰瑞&戈德斯坦剧团的道奇车丢失的时候，我女儿决定再施一次坚振礼。

我没有反对。反正她的衣服是现成的。

我忘了那个牧师的名字，但我清晰地记得他给我的那种熬出来的糖果。他的屋子里高高地堆放着各种纸箱和大玻璃罐，玻璃罐里装满各式东西，桉树果子，黑人婴儿，薄荷糖，胶冻，甚至还有交通红绿灯。他没有多作解释，不过我以前见过类似的情况：由于天生的欲望无法得到满足，只能用一些怪诞的方式予以宣泄，有些神职人员会钟情于贸易。这一个显然痴迷于大批地买东西。他让我尝了尝他喜欢的果酱的味道，一种塞维利亚柑橘，满满一桶，4加仑，足够他享用一辈子了。整体而言，他是个和蔼可亲的人，高高的额头，一头浓密的卷发，浓密的眉毛，蓝色的眼睛清澈明亮，一张小小的、天真无邪的嘴，怕是自从他童年起就没什么变化。

他没有马上跟我讨论所谓的邪教异端（他脑子里也没什么别的东西），而是向我展示一瓶瓶装在细颈坛里的水，那是他采购自70英里外的墨尔本。他在浴室里向我演示了墨尔本的水和巴拉腊特的水之间软度的差异：他露出自己瘦削、多毛的手腕和胳膊，左边涂上巴拉腊特的水，右边涂上墨尔本的水。

然后，我们坐在门廊上，看着我漂亮的女儿和他的儿子在外面疯玩。铅灯透过窗户，照在坑洼不平的草地上，她翻着跟头，短裤露出来了也懒得去管。

他很想知道，关于女儿如此频繁地施坚振礼这件事，我是否知情？

你不可能一边吃着别人的薄荷糖，一边还对别人粗鲁无礼。我只好承认在另外几个镇子的时候，曾见过她穿着坚振礼服，在塞尔是跟天主教徒们一起，在亚斯是和卫公理派教徒们一起。我皮夹子里就有几张照片——我漂亮的女儿手持祈祷书，看着镜头，有时候是一个人，在塞尔拍的那张是站在一个类似红砖谷仓式样的建筑前，与那些有着爱尔兰式的眉毛、苍白皮肤、乌黑头发的人站成一排，在阳光下眯缝着眼睛。

我笃信宗教吗？神父问我。他又递过来一份薄荷糖，不过我谢绝了。

上帝吗？

他的嘴里含着薄荷糖，额头皱纹密布，微微点着硕大的脑袋。

我承认自己不信仰上帝。

无论如何，我不会将自己的信仰问题与女儿施坚振礼的事混淆在一起。看着她遗传自她母亲的绿眼睛泛着光——那是因为激情而绝非自私，戴着手套的小手紧紧捧着《圣经》，我承认从中获得巨大的快乐。对于她的虔诚，我只感到嫉妒，就像我嫉妒她无忧无虑、胳膊缠绕在一起的睡眠一样。

神父并未立即直奔主题。现在我知道他一定是忙着吃薄荷糖呢，他得将糖果吮成合适的大小，否则不方便说话，但当时我对他皱着眉头、一副全神贯注的样子感到迷惑，不知道他为什么莫名其妙地不说话，而且吞咽个不停。最终，他将嘴里的糖果吮到合适的大小，可以向我解释女儿参与邪教异端的事了——他确信她是从塞尔那边的天主教教区学来的。他还让我看了张从我女儿那儿拿来的圣画：圣母升天。

真是个美人。

圣母立于云端，画面的下方是一脸虔诚的信众，他们抬头仰望，却无法一窥圣颜。

索妮娅向神父保证，她自己也希望这么做，而且她的父亲赫伯特·白杰瑞（他已身在天堂）只要愿意，随时都可以办到。

"哦，天哪。"

"哦，天哪。"神父对我的反应深表赞同，狠狠地咬了咬嘴里的薄荷糖，糖果在他嘴里直接碎了。

我看着女儿。我无法想象她小小的脑袋里有哪些星座在旋转，不知道她究竟在别针上嵌上了多少个天使，更不用提她究竟在自己断了的指甲边沿楔入了多少个天使。

我答应他一定尽快处理这个麻烦事,同时也向他解释说我们刚到巴拉腊特,正忙着安顿下来。

所以,如果我任由女儿在新修剪过的草地上天真烂漫地翻跟头,我就得着手解释我们到底是如何来到黄金之城的。

49

到了1934年11月,我已经完全变了个人。我不用动嘴皮就能阅读了。我是一条年老力衰的巨蟒,蜕去了不透明的皮,再一次精神抖擞,身体柔韧,不再失明,于是令人恐惧、光怪陆离的世界再一次呈现在眼前。对于罗莎的信,还有莉娅的长篇大论,我已经感到乏味。我开始阅读报纸,带着一个骗子的敏感审视着其他骗子的作品。路上搭车的一个威廉斯顿的失业锅炉制造工,绝不只是个留着鼻涕、谈吐风趣、对马颇有研究的人,他还是一个不公平的象征。从铁路警察——最近他们还狠狠地揍了他一顿——直到阿道夫·希特勒和墨索里尼,这种不公平贯穿始终。

澳大利亚人仍然在忍饥挨饿,尽管报纸新闻对此矢口否认。当澳大利亚的汽车工业最终缴械投降的时候,通用汽车发动媒体攻势,对自己的胜利大肆宣扬。

我已经成为一名伪专家,准备作最后一搏。

每到一个地方,我都自己动手搭个小屋,离开的时候就留下来供别人遮风挡雨。像我这样一个人,几乎不可能满足于这点可怜的善行,但我着实也想不出什么更好的善举。我猛烈批评共产主义分子没脑子,斥责工党推行的是种族主义。与此同时,对于伊沙伊,我又深感嫉妒,他的信令我恼火,让我深受刺激,而且对我指手画脚,如同夹在白杰瑞和戈德斯坦肌肤之间的沙子。

正是基于这样的情绪,我跟铁路警察较上了劲。

倘若铁路警察只不过是一群软弱而又没有原则的人,纯粹是为了混口饭吃，我不会放把他们在心上。上帝知道，我过去是、现在是、而且永远都是软弱而没有原则的。但是，铁路警察不可以在教养面前打马虎眼，不可以像流氓那样替自己开脱，挥舞3英尺长的警棍，享受着放肆的快乐。他们将人们从地毯上都是羊粪的车上驱赶下来，还觉得自己所做的事无比正义。

我和他们的较劲事先并未准备，实际上始于偶然。我们带着一袋玫瑰鹦鹉前往墨尔本，在马尔登和本迪戈之间的一个地方停了下来，向一群在铁道线附近乱转的背着包的流浪汉们问路。他们正准备上谢珀顿去摘水果。沿着铁路往前50码的地方，我可以看出堵塞的原因——六名铁路警察正靠在一个侧线的站台上。他们腆着土豆似的大肚腩，颇像是靠在酒吧的吧台上。

流浪汉中有个共产主义分子。他临时组建了个代表团，与警察们进行了商议，但没有促成什么有用的结果——警察们骂骂咧咧地说倘若这帮穷鬼胆敢爬火车，非把他们给灭了不可。所以这群人现在乱作一团，有的说干脆拼了，有的准备留下来，有的则打算步行前往马尔登去领救济。

我并没有像个好人那样去做我要做的一切。相反，我往鞋上吐了口吐沫，摇头晃脑地迈着步子，眼里闪着下流的光芒，脸上却挂着迷人的笑容。当我沿着铁轨，走过去同这些流氓说话的时候，我是道道地地我父亲的儿子。那个阳光明媚的早晨，我对自己有着一种多年未见的幻觉：我可以再次见到赫伯特·白杰瑞了。铁道铺路石嘎吱嘎吱的响声让我很高兴，同样让我受用的，还有我油光锃亮的鞋子，我的头也刚刚刮过，帅气十足。我端起一副准将的架势，舞动着手里的银头手杖，那是我扮演白痴时用的道具。我能感觉到莉娅的眼睛（湿润，明亮，圆睁）仿佛穿透我挺拔、宽阔的后背，但我这么做并非为了赢得她的崇拜。我完全是为了我自己。

我冲身着蓝色制服的绅士们轻轻抬了抬我的阿库巴帽子——他们在侧线边闲荡，喝着保温杯里的茶。我同他们的对手说话的时候，他们当然尽收眼底，但他们也同样看到我朝他们一步步走过来（需要我再次强调正确的走路方法的重要性吗？）。该如何应付我，他们心里没底。或许他们觉得我是个微服私访的巡查员，他们居然给我端茶倒水，并且在我的要求下，将剩下的弄脏了的方糖给扔了。

直到此刻，我依然是个成功的演员：我懂得在舞台上沉默的重要性，如何通过沉默来引起悬念，然后激发出歇斯底里的兴奋。我用一个伪装的沉默来检验他们。个头最小的那个最危险。他不是别人，正是约翰·奥利佛·奥多德，就是后来让伊沙伊在奥伯里吃了大亏的那个人。他属于那种少有的、热衷于暴力的流氓，矮个，宽肩膀，小眼睛，此类长相的人，经常被误认为同性恋——他本应该表情冷漠，满脸横肉，只有同性恋方能解释其不合常理的多愁善感。

其他几个，毫无疑问都是些浑蛋。他们勾肩搭背，一个个脖子结实，胳膊粗壮，但凡一声令下，他们便会唯命是从。我的小把戏让他们急躁而又迟疑不决。约翰·奥利佛·奥多德比他的"伙计们"要大十来岁，所以我的话也是对着他说的。我告诉他那些等在铁轨上的人的数量，说他们只希望在果园里找份合法的工作，他们只临时占用一下运送已屠宰或还未屠宰的牲口的车厢，不会给州政府或私人企业造成经济损失，而且，如果约翰·奥利佛·奥多德能够高抬贵手，这些目前碌碌无用的人没准就会创造价值，给州政府带来好处。

对他说话的时候，我尽可能和颜悦色。这样的态度，恐怕推销一辆福特车甚至一架大炮都会成功。我不允许他随随便便就讨厌我。我像抚慰一个丑婆娘般抚慰着这个狗杂种，直到我的要求让他厌烦地将头扭到了一边。

"说得非常好，白杰瑞先生。"奥多德最终说道（很谨慎，很谨慎）。他扯下根鼻毛，拿在手里打量了一秒钟。"我敢说。但我们是警察，我们有我们的命令，我们得执行命令。"

他呆头呆脑的下属拖着脚后跟来回鼓捣着铺路石，以此强调他们头儿所说的话不容置疑。

"倘若你们坚持执行命令的话，奥多德先生，我会操练他们半天，然后直接杀过来，像滚烫的尖刀划过猪油一样，"我笑着说道，"横扫你们的驻地。"说这些话的时候，我力图让自己像他。当然，像他，超过一半的原因是为了搞清楚这个可恶的奥多德，这个短胳膊、粗手腕的家伙，如何变得如畜生一样，是为了想象他从小生活的悲惨的小窝棚，他缩在麻袋缝成的被子里过夜的时光，他年少时寒冷彻骨的早晨，孤独无依的黄昏，他倔强的父亲，干瘪失望的母亲。这样的感受是假装不出来的，奥多德知道，此时我在威胁他，而且我也像他。这一点大大地动摇了他。

"那倒不一定。"他说着自个儿笑了起来。

"会的。"

"拜托，白杰瑞先生，那些混蛋全他妈是共产分子。"

"你没听说过我是吧？"我问道，随口将嘴里的茶叶精准地吐在他脚边。他倒也及时地往旁边挪了一步，躲开了。

"还真没有。"

"你应该熟悉世界工人国际吧？"哦，杜撰这么个信仰，这么个会员身份，看着他面对我可爱而炫目的谎言，眨巴着小眼睛，是件多么让人开心的事啊。

"你不会是世界产业工人工会的成员吧？"

"我是人类的一员，先生，你不可以像对待牲口似的对待这些人。"我挺直了身子。我介绍了自己在世界产业工人工会的辉煌履职经历，并曾经短暂巡访过芝加哥和佩思。"必要的话你可以记下来，"我对那个金发的呆子说——他正认真地将我的话一一记录下来，"誊写一份，我可以签字确认。"

没等手下让自己出丑，奥多德便一把夺过笔记本。

"好不好？"我问奥多德。他没有回答。"我给你们半小时时间拿主意。如果你们不能给我们一个理由，让我们改变想法，我们就会杀过来，让你们好看。"

"你们不是还得先操练？"那个被夺走笔记本的家伙嘲笑道。

"那是在我把你们放在眼里之前，孩子。"

然后，我沿着铁道，回到原处，向那些人汇报事情的进展。我挥舞着手杖。一只可爱的喜鹊清脆欢快地叫着，仿佛天使在水晶瓶里发出咕噜咕噜的声音。

50

除了3人,聚集在侧线边的50个人都想好好干上一架。不想打架的人中有个上了年纪的老头,人们都称之为"博士",他披上蓝褂子,打了个呼哨,将他那条跛腿的小猎犬唤过来,郑重地希望大家一切顺利。他做了个简短的讲话,其中点缀着许多经典的典故。另外两个跟谁也没打招呼就逃走了,慢慢地从那几个依然懒洋洋地靠在侧线站台上的铁路警察身边走过。奥多德喊他们。他们放慢脚步,停了下来。其中那个高个、驼背的家伙放下背包,递给自己的同伴,然后跨过铁路,被那几个恶棍团团围住,足足3分多钟。最终,他和他的同伴还是离开了。

奥多德知道这些流浪汉非常团结。我看了看表,慢慢啜了口茶。

莉娅将那个共产分子叫到一排44加仑的黑色油桶旁。她低着头听他说话,然后抬起她的黑眼睛,平静地问了些她关心的问题。看得出来,这些流浪汉都很渴望孩子柔软的肌肤和娇小、扭动着的身躯,从他们的眼神就可以看出来这一点,即便那些没有注意到查尔斯和索妮娅的人,也都"该死的一个样"。想家的心情全都写在脸上。

有个名叫克劳特的大块头山里人操着一把斧头,削了好多根短棍。他每将一根铁皮木削得尺寸合适,每敲下一根篱笆桩上开裂的碎片,都会将斧头在头上挥舞几圈,然后重重地砸在铁轨上。然而,尽管克劳特炫耀暴力,却无法否认那是令人愉快的一天,安静惬意,阳光明媚,唯一美中不足的是,太多的绿头苍蝇聚集在山里人大汗淋漓、油光黝黑的背上,要么就在那些昏昏欲睡、哈欠连天的人的嘴边飞来飞去,黑压压一片。

整点刚过20分钟,我们听见一列火车隆隆驶来,不过不是我们要爬的那趟。它自下面的冲积平原高速驶来,此刻放慢了速度,扑哧扑哧地朝着我们所在的山顶费力地爬了上来。这个地点,距离本迪戈15英里,全澳大利亚的流浪汉都知道它叫"步行者之山",因为你能够——不管从山顶的哪一边——以步行速度轻松地爬上行使中的列车。

奥多得此刻站起身,踱着步子朝我们走过来。克劳特估计时候到了,开始向大家分发他的短棍——短棍的两头都被他不怀好意地削得很尖,说是"用来玩掷铁环"。奥多德很小心地走着,极专心地盯着自己的靴子,生怕蹭坏了似的。当他最终抬起头,我才明白他一直想掩饰什么——一种我无法理解的洋洋得意的笑容。

"好吧,白杰瑞先生,"他对我说,"你赢了。"

人们开心地欢呼。有的甚至拍了拍奥多德的背。

"现在有趟车马上就到了,"奥多德大声叫道,"你们全都可以上车。"

"那是去巴拉腊特的,"共产分子挤出人群,大喊道,"我们要去的是谢珀顿,方向不对。"

奥多德有些忍俊不禁。他咧嘴笑了起来。"够厉害。"他说道。此刻,他已经能在人群中感到一种犹疑的情绪——有的在徘徊,有的提起包又放下,有的跟同伴低语,有的骂娘,有的吐痰。他们接受还是反对爬这趟车的态度,都清楚地反映在他们迷茫恼怒的眼睛里。

"要么这趟车,要么就甭想了。"奥多德说。他是个聪明的杂种。他知道他们不想上巴拉腊特去,但他给予他们一点小小的胜利,这样足以让他们态度软化,斗意涣散。他冲我笑着,就像先前我冲他笑一样。他试图让他们去做与他们意愿完全相反的事。

"巴拉腊特根本就没什么工作可干。"我说。

他的嘴,如同一道冰冷的裂口,将他脸上的笑容吞噬。"哪儿都有工作,"他说,"只要他们愿意干。"

山脚处,列车的车头已清晰可见。一些人开始查看自己的行李,整整担子,紧紧带子,拉拉捆绳,又将烟头踢开。他们走过来,跟我握手道别。他们举起索妮娅,一个劲地亲她,紧紧地抱着她,直到她嗷嗷叫痛。他们拨弄着查尔斯的头。尽管我们败下阵来,但至少我们内心深处感到非常温暖——我们赢得了最重要的战争,我们这么想。

火车驶近,司机和司炉将我们尽收眼底。

有几节运绵羊的货车车厢,很脏,却是空的。人们都在等着这种封闭的车厢,可以很从容地将车厢门推开,乘坐起来也更安全。正当他们陆陆续续爬上火车的时候,我看到了莉娅。她一只手拿着装蛇的袋子,另一只手拉着放声痛哭的查尔斯,朝我飞跑过来。

"快点,"她尖叫道,"上车。"

我大笑。

"上车,"她说,"看在上帝分上,求你了。"

我发现奥多德正站在我的身后。"奉劝你还是上车吧,白杰瑞先生。"他说。

"快点。"莉娅说。她没有耽搁,先是帮我儿子爬上车,紧接着是我女儿,然后她自己也爬了上去。我沿着铁道,踉踉跄跄,绊倒在废弃的枕木上,奥多德如影随形地跟在我身边。我看到路旁,奥多德的马仔们正对我的道奇车下手。此刻,他们刚刚划破轮胎,他们用的截枝钩刀如剃刀般锋利。他们对着车厢四壁一通乱戳,正如奥多德所说的,"如同滚烫的刀子划过猪油一般"。

他开始放声大笑,无可抑制、歇斯底里地大笑。眼泪顺着他的脸颊滚落,根本无法正常说话,哪怕一分钟也做不到。待他终于站定,我们已慢慢驶离,查尔斯还在为他失去的玫瑰鹦鹉哭闹。火车车轮将他最后胜利的呼号也彻底抹去。

我就那样失去我唯一的财产,彻底地失去了。两周后,我重返故地,看到这帮"马仔"究竟把它摧残成什么样子。他们并没有愚蠢到将其据为己有,而是索性将它摧毁。他们用斧头对付车身。对于发动机,他们既没有动用扳子,也没有动用钳子,而是直接用的大锤。

一切都散发着死鹦鹉的臭气。

51

毫无疑问——对于历史,我有一种推销员式的观念。我不是指历史的进程或意义,而是指其时间的尺度,其脉动,其间隔,其顶点,其低谷,其波峰,其高潮。我并非生于土星附近某个马克思主义星球,那里一天的长度相当于地球上的一年,需要一个世纪的时间方能得窥历史的必然性。我来自金星,来自火星,我一天非常短暂和忙碌,旋转的时钟上的间隔,完全受做成一单生意所需的时间的支配,那才是我最基本的时间单位。即使我曾吹嘘说向那些自以为是的家伙们推销福特车时多有耐心,洗牌,讲故事,教终生未嫁的老阿姨怎么开车,我所说的也不过是我生命中某一两天的事,然后口袋里揣着订单扬长而去。

我和伊沙伊是完全不同的人——他邋遢的口袋里放着的是以20年为计量单位的时钟。

没错,是我挑起同臭名昭著的约翰·奥利佛·奥多德的较量,并将流浪汉组织起来与他对抗的,但是,当斗争以失败而告终时,我无法像莉娅哀求我的那样(她的大眼睛里噙满泪水),重新较量一番。看在上帝分上,我失去了一辆车。但是,那天,置身于货车车厢里,莉娅无暇顾及汽车、赚钱之类的琐事。她胃口全无,不吃不喝,甚至用不着呼吸。她满脑子就只有一个念头,我们得跟对手再较量一番。

她是个目放光芒的圣徒,而我是个骗子,二流子。我将一家人带到克雷格旅馆的酒吧,在那里表演玩蛇挣钱。

莉娅屈服了,尽管怒目圆睁——她在欺骗和消遣之间划了道界限,只是我从未清晰地看到过。

这个把戏我们玩过好多次,每当绝望的时候我们都会玩上一把。每个人都要参与其中:先要由不情不愿的莉娅将蛇放进酒吧,然后由我负责将蛇找到,并且指出它是条剧毒无比的蛇,再由喝着柠檬汁的索妮娅宣称有个男孩可以将它抓住,紧接着她会将查尔斯找来,最后,查尔斯将蛇逮住,领受赏钱(而且,人们必定赞叹不已)。

不过,这个把戏确实存在一定危险。在罗克汉普顿,一个醉醺醺的警察用一把税官的手枪,将我们最好的一条黑蛇打得血肉模糊。在金皮,一个银行职员用根台球棍将我们的蛇打翻在地。

在巴拉腊特,我们得重新购置很多东西,所以仅仅一间酒吧绝对不敷所需,我们从巴托利山一直往东,直至利迪亚德街上那些时尚一点的酒吧。我们像一群贪婪的蚂蚁,行动迅速,力争赶在风声走漏之前多跑些酒吧。白杰瑞一家大小忙得脸颊绯红,但莉娅修长的脖子上发了一大片疹子,出卖了她的真实情感。

　　我的口袋如同潮湿的鸟窝,塞满了皱巴巴的钞票,幽幽地散发着巴拉腊特苦啤特有的气味。我的手杖敲击在斯图尔特街的人行道上,咔哒,咔哒,轻轻的金属声与查尔斯笨重的靴子声交织在一起——他的脚跟先着地,踏出军人的节拍。在他后面是索妮娅,她白色的袜子一看便知缺副吊袜带。紧随其后的是莉娅,她的黑色手提包里鼓鼓囊囊地塞着条危险的蛇,她一直在担心它待在里面舒不舒服。莉娅身上穿的还是她逃走时的那件薄薄的碎花连衣裙,裙子在货车车厢的地板上弄脏了一大块,非常扎眼,头上戴着顶宽边草帽,然而,再宽的帽檐也无法遮住她那双大大的灰眼睛里跳跃的怒火,必须说明一下,我们的舞蹈家现在走路已经一瘸一拐了。我很想跟她建议,她脚上总是习惯性地生出水泡来,不是因为鞋子不合脚,而是跟她整洁的夏装领子下的丘疹同病同源。

　　查尔斯退后一步,靠在墙上。其他人通过旋转玻璃门,很有风度地进入克雷格酒店,迅速咨询了一下前台,然后直达酒店的酒吧——我紧贴在莉娅身后不到3英寸的地方,以防她身后的污渍暴露在众目睽睽之下。

　　下午这个时间正适合安静地打个盹,那些蛰伏在酒吧里的人也是如此。只有一点轻微的声音表明女招待并没有闲着,没有狂野的笑声或娘儿们聚会时的尖叫声吵人耳膜——敏感的客人可以悠闲地翻看知名赛马的照片,其他一些酒客则彼此轻声地说说话,或者翻翻自个儿的《信使邮报》,考虑到这个时间段,翻报纸的时候也尽可能小声。

　　我们的蛇,无疑会打破这样的宁静。但很快人们就找到正在街上拉开架势表演的查尔斯,而且他很快就被介绍给了脸色苍白的酒吧女招待,阴沉的酒吧老板紧接着也知道了。于是,那些留下来的酒徒发现自己与一群忽然很健谈的人挤成一团,一条蛇(一条幼年蟒蛇)正沿着滑溜的油地毡,朝一个长相特别、穿着黄格子西装的人爬过去。他是个秃顶,留着小山羊胡,颧骨高耸,一张苦行僧似的脸,鼻梁上架着副金丝边眼镜,眼窝深陷,眼神深邃。如同往常一样,查尔斯涨红着脸,近乎偏执地进行着自己的谈判,而他谈判的对象,则将一根戴着金戒指的手指放在苍白的下嘴唇上,翻着眼珠子,自顾自地跟自己沉默地对着话,仿佛正在心算23乘48等于多少。

　　一看即知,老板不是那种几个子儿便能打发的人。并不是说他很难讲价钱,而是他根本不开价。他用惺忪的睡眼怀疑地打量着查尔斯。我告诉他那是条毒蛇——我敢这么说全靠巴拉腊特不产蟒蛇。蛇忽然停住,从油地毡上昂起头来,对着乌烟瘴气的空气吐着信子。

"该死。"身着黄格子西装的家伙骂道。他操一口纯正的美音。

老板眨着他蜥蜴似的眼睛;蛇平躺着,像根掉在地上的树棍。最终,1镑绿色的钞票几经传递,装入我儿子的口袋。

"该死。你是莉-安妮,跳蛇舞的,我看过你的演出。"他捡起帽子,从蛇身上迈过,轻巧地滑行了两步,穿过屋子,向我满脸通红的爱人伸出手,此刻她正缩成一团,背靠着一些赛马的照片,装出一副很怕蛇的样子。"我叫内森·希克,"他说着,奸诈却又迷人地笑了起来,露出满嘴的金牙,"我在昆士兰州的楠伯看过你的表演。"

我没有留意查尔斯是什么时候离开的,但斯图尔特街上的尖叫声告诉我,蟒蛇已经随他一起到外面去了。

内森·希克看起来毫不做作。他围着桌子忙碌了一番,坚持要莉娅坐下说话。他伸出苍白的手,冲我迷人一笑,金光灿烂却又难掩疲惫。

"白杰瑞。"我说,眼睛一直留意老板的动态。

"知道,知道。"这个闪亮的美国佬说。他拍着自己小小的圆肚皮,看起来像是一个塞进裤子里的小巧的坐垫。"先生,你是个有趣的人。非常非常有趣。"看着身着开襟羊毛衫的老板走过来,我实在无心听他说话。我盯着门口,同时冲内森·希克笑了笑。"是的,先生,我看过你的表演。你得看看她的表演。"他对一脸阴沉的老板说——后者已堵住了我的出口。"你该看看这位年轻的女士表演耍蛇。"

老板有着他这个阶层特有的红润气色和迟钝潮湿的眼睛。"刚刚我已经看过了,希克先生。"

内森·希克眨了眨眼睛,将嘴拢成个"O"形。多么蹩脚的表演。我有九成把握是他将我们出卖给了老板,然后又摆出一副要拯救我们于水火之中的架势,好让我们对他感激涕零。

他递给老板1镑崭新的钞票,又点了一连串的饮品,打发索妮娅去叫她哥哥,还对酒吧女招待说如此有天赋的演员光临他的酒吧,算他三生有幸。希克说起废话来滔滔不绝,实在闻所未闻,而且,在这一点上,作为一名美国人他有明显的优势,因此,有什么想法他也直言不讳。相比较而言,澳大利亚人缺乏自信,两个国家之间的差异,不在于钢厂或者油井,乃在于此。

希克还有一种特殊的耳背症状,这是美国人针对澳大利亚人专门习得的(与城里人听乡下人说话时耳背没有什么不同)。它源自于不太了解他们说话的节奏,以及想当然地认为,倘若他们足够聪明的话,绝对不会待在他们现在生活的地方。

所以,尽管内森·希克对我们很友善,却不理解我们含讥带讽的话,误以为全都发自内心,所以兴致勃勃地提出质疑,在酒吧里搬出各式名人来自我标榜,大肆批评自己刚刚称赞过的表演,毫不谦虚地提出各式"改进"建议,还邀请我们加入他的剧团——他们很快将在墨尔本表演的蒂沃利合唱团,紧接着又有了更好的想法,说要请我们去试演一下。

对于一个刚刚失去10只玫瑰鹦鹉和道奇小货车的人来说,这是件非常头疼的事。内森点了不掺水的杜松子酒,因此我们也跟着点了同样的东西。莉娅脖子上因为生气而发出来的疹斑渐渐褪去,仅留下一圈玫瑰色的红晕。隔着洒满杜松子酒的桌子,她静静地朝我举杯,就连她维多利亚式的肩膀线条也松弛了许多。

内森·希克想将我们的表演引进美国,大约他是这么说的。我冲莉娅做鬼脸的时候,碰巧被他逮个正着,于是他装腔作势地表现出很受伤的样子,甚至掏出一个烫金的小本子,里面记着:"莉-安妮,蛇"。据他说,他准备找我们聊聊的时候,我们已经离开楠伯了。他满脑子都是点子。不过,大多数点子——他自己也承认——都很差劲。

已经5点多了,酒吧开始人满为患。在巴拉腊特,酒客们只有一个小时的豪饮时间,之后酒吧便关门打烊,他们就会被赶到街上。

"该死,莉-安妮,"内森·希克叫道,现在他被无数的酒客所包围,仿佛置身于丛林之中,"该死,我知道,我不是艺术家。我只是提个建议。听着,只是举个例子。如果你们想演出,比如说,去德克萨斯的达拉斯,那么你们得有个噱头。你们是澳大利亚人,所以你们得有一个澳大利亚式的噱头。你们的表演中得有某种东西,不是蛇——哪儿的蛇都一个样。鸵鸟也不行。得是某种澳大利亚特有的东西。"

"那叫鸸鹋。"

"谁在乎？这是美国观众。难道你准备对他们说，女士们，先生门，虽然你们认为它是只鸵鸟，但它其实是只鸸鹋？赫比能就此编出一幕喜剧吗？"他扬起金丝边眼镜后面灰白的眉毛。他一边考虑着让我编幕喜剧，一边瞪大着眼睛，将大家一个个扫了一遍。我很疑惑，为什么我那么讨厌亨利·福特，却一直很喜欢美国。"不行。"内森用他戴着戒指的手将这个主意拍成碎片。"不行，你们的表演中必须得有澳大利亚元素。"

"袋鼠。"查尔斯说着，暂时停住一直踢着桌子的脚。

"对，"内森·希克冲我满脸涨红的儿子点了点头说，"但也不对。大战结束的时候，我曾经运了一群拳击袋鼠到美国中西部，可是根本没人感兴趣。袋鼠是种残忍的动物，赫比，你知道吗？真的，它们真的很残忍。它们会把同类的内脏掏出来——对不起，莉-安妮——但事实真的如此。你不能在供家庭娱乐的表演中使用那样的动物，我相信你们明白这一点。"他说着，显然相信我们知道这回事。"现在，你们的两个孩子再也不可以满巴拉腊特乱跑，在一些二流的酒店里耍那些糟糕的把戏。我也不可以了。如果杰克·本尼看到我在这儿，一定会说，内森在巴拉腊特干什么。我会回答他：杰克，我在谋生。他给我的回答一定是：内森，那不是谋生，那是找死。我的回答是：我不知道。我们都老了，这些事情我们都做不了。我想做的，便是为美国引进一出澳大利亚的表演。这是个了不起的国家，但它几乎尚未开发，还是蛮荒之地。你们的人根本都没有意识到你们有什么可推销的。"

"袋熊，"查尔斯说，"还有考拉。"

"袋熊有问题，"内森·希克说，"1929年的时候，我对袋熊很感兴趣，还跑到你们悉尼的动物园，专程去看袋熊。那些家伙说袋熊可以训练，可是，天哪，赫比，我可不是故意要冒犯……莉-安妮……可是袋熊真的没有明星之才。在匹兹堡的话，他们一定会笑话你的。你明白我的意思吗，嗯？匹兹堡？"

我们不明白他在说什么。

"他们会嘲笑你，嘲笑你的袋熊。还有考拉——没错，考拉可爱极了，但它们爱放屁，而且成天都昏昏欲睡，根本没办法一起表演。考拉不适合商业利用。你得有什么非常独创的东西。也许，应该在你们的表演中加进去一些土著。让他们跳战阵舞？将你绑起来？然后赫比再去英雄救美？不，这些远远不够。我喜欢的还是野生动物,那也是我觉得你们俩可以找到突破点的地方。"

那么,清教徒似的莉娅是怎么看内森·希克的呢?莉娅·戈德斯坦,那个对伊沙伊崇拜之至,随后又担心身体伦理的人,也是同一个莉娅·戈德斯坦,坐在扶手椅中,就着杜松子酒和水,朝他笑脸相迎。她对内森·希克恶俗的西装、戴着戒指的手都近乎着迷。她喜欢他饶舌地反反复复地提醒,就像喜欢愚友聚会之后的残羹冷炙一样。即使当他穿过酒吧时,不小心一脚踩在蛇身上,即使他张开镶满金牙的嘴,流露出一副欺诈的嘴脸,她依然喜欢他。

莉娅很快便晕头转向,光靠杜松子酒是无法解释清楚的。

她大笑不止,那种疯狂的、喘着粗气、招牌式的大笑,即便在那种喧闹的酒吧也吸引来无数的目光,但她毫不在乎。她的话多了起来,几乎(对她而言)算得上喋喋不休。她讲了一个关于罗莎的故事,还有一个关于蛇的故事;她抓着我的手,拍着我的脑袋。当我们跌跌撞撞走出来,来到如杜松子酒般明亮的大街上的时候,她已经喜欢内森到亲吻他的地步了,先是一边脸蛋,接着是另外一边。她的举动让他深陷的眼睛绽放出宝石般的光芒,而她的眼睛也同样泛着光,意识到自己的小礼物居然如此重要。

对于我们来说,内森也有软肋。他会持续地,一一暴露出来。在巴拉腊特,他拿他的烂节目剥削我们,要我们连轴转,但他仍然喜欢我们。他很孤独,有过三次失败的婚姻,几个孩子不是在医院,就是在监狱,但他是个乐天派。很快,在我们嘴里,他就成了亲爱的内森,该死的内森,可怜的内森,内森不闭嘴,内森不回家。

渐渐地,我喜欢上了这个面如刀削的杂种和他的计划,而且我感觉莉娅也是如此。她工作得很卖力,而且也比从前更爱笑了,说些笨拙的笑话,但写自巴拉腊特的信反映出她真实的精神状态:他们缺乏快乐。她在一个大城市拥有一份真正的工作,每天有3场演出,《信使邮报》上曾有多篇报道,新排了极具澳大利亚风情的节目,这都不重要。所有这些,似乎只是泡沫。

她给罗莎写信说:"我得到的教训是,你所说的一切终将会发生,肯定会发生。我在尚不具备能力的时候便宣称自己是一名舞者。我没有技术,没有经验,一无所有。然而,今天,我从这里,从巴拉腊特给你写信,告诉你我们的节目,告诉你我在乳头上贴着亮片,但是一个普普通通的美国佬告诉我说我已经过时了。一路走来,我是多么可悲。我就像一个上帝赠与三个愿望的人,而我所求的,居然全都是冰激凌。我浪费大把时间,试图从一件无法给我满足的事情上获得深度的满足。嚯—哼嗨!"

根据这封信,你可以讽刺地说,收到伊沙伊出事的电报简直就是来自上帝的礼物。

52

莉娅真切地感觉到火车挣扎着将她狠狠地拽离巴拉腊特。她看到眼睛干涩的赫伯特·白杰瑞站着,将自己埋在阿库巴帽子的阴影中,冲她挥手道别,黯淡,拘谨,没有一丝笑意。站在他身后的内森·希克拧着脸,露出满嘴金牙,一脸的遗憾。当然,希克先生光着脑袋,因为他将自己的巴拿马草帽给了莉娅("女人出门可不能没有帽子"),而且将帽带换成一根酒红色的蝴蝶结——"碰巧"他口袋里就有一根。亲爱的希克先生,她在心里不住回想。亲爱的希克先生是个好人,虽然,自相矛盾的是,他很不诚实。他只给他们配了不到一名舞台工作人员,关于蒂沃利合唱团也多有不实之词,但他到车站送行,还给自己一顶漂亮的帽子,现在又站在那里,苦行僧般干瘦的眼窝里,泪光闪闪。索妮娅拿一块手帕捂着嘴。她是假装在哭吗?莉娅不是很喜欢她,在莉娅看来(也曾经说过),她被自己的美丽,以及她父亲急切需要异性伴侣的孤独给娇惯坏了。她是身体的产物,受到太多的抚慰、关爱及纵容,本应该多受点责骂,屁股上多挨几巴掌才对,而不应该肆无忌惮地使着小女人的性子,她的那个招人耳目的宗教信仰只是例证之一。她甚至获准在车厢里做祷告:亲爱的主啊,保佑莉娅平安抵达悉尼,保佑伊沙伊快点好起来吧。阿门。

莉娅坐在座位上,烦躁不安地扭动着身子。她扫了一眼车厢里的其他乘客:几个形象特别、恐怕再也不会见到的老妇人——厚厚的袜子,低垂的衬裤,松松垮垮的羊毛衫,红彤彤的脸庞,动物的皮毛,粉尘,胃胀气,当她们翻找火车票,彼此叫着梅、戈特的时候,所有的一切都在不断的调整再调整之中。她们散发着一种尘土和愚昧的气息,就像久未通风的起居室。

莉娅的脸颊上沾满了茶树油,那是查尔斯的道别之吻留下的。实际上,查尔斯亲她的这一吻,将伴随她一生,因为无论何时何地,但凡闻到茶树油的气味,她都无法不想起查尔斯那张长满粉刺的脸,散发着芬芳,闪耀生辉。他要她答应一定会回来,而她则像个老谋深算的律师,小心地措辞。对于自己许下的诺言,她深感羞愧,至于自己所做的一切,究竟是对还是错,她也全无把握。她满心都是歉意,迫不及待地等着上车。然而,当火车真的拖曳着她,慢慢离开了巴拉腊特的时候,她才更多地意识到,自己最终做了件好事,某件不太自私的事,某件并非一味满足自己那种没心没肺的享乐主义的事——四处漂泊的快乐,肌肤之亲带来的战栗,类似于感官论者对于描摹的迷恋。她并不喜欢伊沙伊,正因如此,她很乐意去帮助他。然而,即使她品味着这个好的决定给自己带来的那点快乐之时,她也不忘反躬自省,对自己的骄矜和伪善严加苛责。

坐在火车上,她感到很惊奇,仿佛一个以为自己被反锁在房间里的小孩,结果却发现房门并未锁上,她站在走廊里,犹豫不决,不知道是不是该待在房间里,跟自己的洋娃娃和书本在一起更好。

她没想到如此轻松便获得了自由。毫无疑问,她曾经坚决地宣布过自己的打算,然而,令她颇感意外的是,居然没有人对此提出疑义。她原本以为赫伯特·白杰瑞会猛烈地反对。可是,赫伯特·白杰瑞根本就不知道这一点,而且他也没有如她那样清楚地猜想到,一旦她再次和伊沙伊走到一起,再想将他们分开就不容易了。后来,当赫伯特·白杰瑞明白自己选择沉默乃是基于一个错误的假设之上,他便对自己当时未提出异议倍感遗憾。

而且,这也绝非一个简单的遗憾而已,它如同一根螺丝,在他的心里永不停歇地拧啊拧啊,让他感到锥心刺骨的痛。

莉娅并未高估希克轻松的情绪,从而贬低白杰瑞的沉默。她经常躺在赫伯特的臂弯里,足以真切地感受他,通过潜移默化便能近乎彻底地了解一个人的品性。他们曾经相濡以沫。她知道拒绝表露情感并非因为没心没肺,而更像是一堵情感的堤坝,她自己也曾经在堤坝内深不可测的水中无声地凫游。作为鼓动者的赫伯特,在他夸夸其谈、大声表达自己观点的时候,是从未表露出性格的这一面的。

列车震颤着驶下巴拉腊特的群山,穿行在广袤的过度开垦的土地上。此情此景,没来由地在她的心里激起了一阵忧伤,只是这忧伤与她自己的经历毫不相干。没错,她确实曾经在所有这些光秃秃的山沟沟里的小镇上演出过,一开始是与默文·沙利文,后来则是与白杰瑞&戈德斯坦,霜冷风寒的夜晚,在凋敝破旧的礼堂里,种土豆的农夫们使劲地拍着他们厚实的长满老茧的手(一种类似拍打在垫子上发出的声音)。不过她用赫伯特的眼光打量着这片风景。他的,而非自己的。对于这个地方,她没有任何感情,唯一感受到的只有他告诉她的一切:他是如何飞到这里,如何迫降,如何在班噶瑞将一辆汽车推销给了一个土老帽。即使巴拉腊特在她眼里也是如此。她看着它,就像看着一幅三度曝光的照片:那是格里格森大夫曾经开车驶过的街道,是埃斯特太太曾经穿行于其中的街道,也是马车拽着莫莉母亲的棺材穿过的街道。她所看到的一切,都与她自己没有任何关系。

今晚,她就能在墨尔本见到爸爸了,她准备问问(她要拿出纸笔,记下他所说的话)他的真实感受,问问他为什么抛弃本民族的种种仪式——在异国他乡,这些本民族的仪式原本可能给予他们更多的力量。为什么他要拒绝自己的(还有她的)这一点安慰。

她同样无法理解车厢里的那几个老妇人,尽管认得她们翻出来的拉明顿蛋糕(皱巴巴地包在防油纸里),可以叫得出它们的名称,但这些在她内心深处激不起任何涟漪。她听着她们没完没了地谈论着国家的干旱,好像这是她们唯一能够找到的话题,或者,也许并非真正的谈话,而是一系列的呼叫与应答,如同日落前聒噪的乌鸦。"干旱"这个词一再被提及,与其他词连接在一起,然后陷入沉寂,紧接着被腐蚀(风—化)这个话题所替代——她们咂吧着舌头,拉长音调,风化一词在她们的嘴里听起来好像是别的什么意思。铁道部门在她们脑袋后面的车厢壁上挂了几幅画,是墨尔本另外一边长满羊齿草的林间空地和幽暗阴冷的绿地,戈德斯坦一家曾经开车去过,在那儿寻找林间小路,他们一个紧随着一个,或默然行走,寂静无声,或不约而同,停下脚步,或凝神聚气,听一只铃鸟的啼鸣,或快步向前,奔向一片空地,或掬起清泉,一尝其清冽的味道。

她感到孤独,周遭的一切都与自己没有关系。

她拿出信纸——出门在外,她从来都随身携带——动笔写起信来,由此开始了一个漫长而又错综复杂的通信历程。

我亲爱的赫伯特,信的开头这样写道。

她从来没有如此温柔地称呼过我。

53

让她意外的是,妈妈没有来,而更让她大吃一惊的是,希德·戈德斯坦将包裹递给自己的时候,维斯勃拉姆就站在他身旁,咧嘴大笑,跺着大脚。希德急切地将包裹递给女儿,如此得意洋洋地、又如此莫名其妙地为女儿穿的那件单薄寒酸的棉布连衣裙而开心,以至于久别重逢的拥抱也显得笨拙,仿佛是要护着包裹,而非其他。他一口气问了太多事情,又是问行李和行程,又是担心站台票(维斯勃拉姆把他们的站台票弄丢了),又是担心伊沙伊,所有的关切,最终汇聚成一个胜利的音符,便是那个包裹和莉娅身上的衣服。

"看到没有,维斯勃拉姆,"希德·戈德斯坦说,"看到没有,我跟你说过。我说过她肯定两手空空的回来,什么都不会带,穿上试试,穿上试试。"他对女儿说。"我就料到你还是这么瘦。是不是,维斯勃拉姆,我有没有跟你说过?"

维斯勃拉姆点点头,冲莉娅笑着。他长胖了,凸起的肚皮将衬衫撑得满满当当,很是不雅。"穿上试试。"他点头说道。可怜的维斯勃拉姆实在丑得可怕,就连莉娅也不得不一再感到震惊,又对他深表同情。人们都停下脚步,不敢相信会有长相如此丑陋之人,就连与她同车厢那个灰头土脸的老妇人也吃惊地张大嘴巴,瞪眼看着蔚为奇观的维斯勃拉姆从希德手里拿过包裹,然后,就在斯宾塞街的一号站台上,解开带子,将一件灰色的丝绸连衣裙递给莉娅。他将连衣裙按在莉娅的肩膀上,让她——她忍不住笑了起来,同时也感到很是难为情——看着雀巢巧克力展示柜后面的镜子中的自己。连衣裙宽肩,窄臀,很时尚。

"最新款,"维斯勃拉姆鹦鹉学舌地模仿希德告诉过他的话,"你爸爸懂行。他就是干这个的。你摸摸看,摸摸看。"

莉娅摸了摸。

"丝绸的。"他说,好像她犯了什么错似的。

"非常好。"

"丝绸的,蚕宝宝产的。"他几乎生气地说,使劲地点着大脑袋,怪模怪样地眨着眼睛,像是对在暗号。

莉娅突然意识到,他是在暗示自己赶快亲亲爸爸,当她测试自己的判断是否对头的时候,她发现——维斯勃拉姆对自己报以多么灿烂的笑容啊——她的判断没错,让她震惊的是,他居然会以这样一种主人翁式的态度。

"换上。"维斯勃拉姆一边嘱咐,一边打算不出示站台票便趁乱挤出大门。检票员试图拦住他,但他喊着(莉娅觉得很粗鲁)"过来,过来,你可以上这儿来换",急忙挤出了门。

希德的站台票引起了一场不小的骚动,但最终还是找到了,原来是塞在维斯勃拉姆的口袋里,里面还有他自己的站台票。

"那儿有个不错的女厕所,就在火车站里,"维斯勃拉姆说(他迈着重步走开,转身又走了回来),"我有个科拉克的朋友,她经常来这儿,跟我说弗林德斯街的某些厕所脏得不得了,令人作呕,那样的厕所你连狗都不会让它去的,但为了大家,他们不怕麻烦,所以这儿的女厕所总是干干净净,手纸不成问题,而且每天拖四次地,她跟我是这么说的。打扫卫生的女工有个姊妹在科拉克,我的朋友也是这么着才知道的。我跟你爸爸说如果你想换下衣服,那么这是最好的地方,因为你最好能穿着新衣服上萨伏伊。你能找到入口处的。非常聪明,"他一边说,一边拿他脏兮兮的手指头捻了捻衣料。"真丝的。"

莉娅逃也似的钻进女厕所,在那里坐了好长时间,试图平服烦躁的心情。她当然喜欢维斯勃拉姆,但她同样希望见到妈妈,见到妹妹们。她有三年时间都没有见到她们了,上一次见她们还是圣诞节,当时她正和伊沙伊热恋,一直躲在自己的房间里。而现在,她来到这里也是因为伊沙伊在奥伯里受了伤,而且伤势严重。那两个大男人跟放假的小学生似的,相互推推搡搡,大声嚷嚷,很不合适,尤其考虑到她回来的原因,乃是因为发生了如此糟糕的事情。

她一现身,便引来无数赞扬。她知道自己穿上这件连衣裙确实很漂亮,而且这件裙子确实也很适合自己。她迈着舞者的步伐,沿着萨伏伊广场酒店的台阶拾级而上,她能感觉到看门人目不转睛看着自己的眼睛。她不施粉黛,而且眼窝有点儿凹陷，但她知道自己是个引人注目的人物。她举手投足之间颇有点名人的风范。而且，尽管感到内疚而烦躁，但她同时也渴望类似萨伏伊这样丰富多彩的地方——经过几年数硬币、吃班戈瑞鳟鱼和猪油，以及发霉的面包蘸黄糖浆的日子，她着实期待着白净的桌布、长长的菜单，还有那种在玻璃杯沿涂着一圈蜜糖的美式鸡尾酒。不仅对她来说这是件隆重的事情，对她爸爸来说也一样，因为通常情况下他不会如此铺张。

"想吃什么就点什么，"走向餐厅的时候，他在她耳边低声说，"随便什么，只管点。牛肉，鸡肉，随便你想吃什么。"

身着黑色西装的服务生伺候在左右，尽管她觉得领班打量维斯勃拉姆的眼神充满了怀疑——他的衣服上显然还留有不怎么样的伙食的残渍。

他们选了一张可以俯瞰斯宾塞街的桌子坐下，正如维斯勃拉姆所指，3个小时后，他们就可以看见莉娅要搭的那趟火车进车站。尽管希德让他要杯苏格兰威士忌，他还是点了杯科里奥威士忌。于是希德自己也要了杯科里奥。维斯勃拉姆让他点杯苏格兰，说是不要因为他而亏待自己，说他喝科里奥威士忌是因为他喜欢，而不是因为它便宜，如果希德——酒水侍者将自己的重心从一只脚换到另外一只——如果希德喜欢苏格兰威士忌的话，那么他就该叫苏格兰威士忌，因为他的女儿，著名的舞蹈家——酒水侍者叹了口气——不是每天都为他祝酒的。希德最终让步，要了杯苏格兰威士忌。莉娅点了杯皮渣白兰地。而维斯勃拉姆在侍者正要离开的当口，才将自己的酒改成了苏格兰威士忌。

"真的，"维斯勃拉姆对莉娅说，"我喜欢科里奥威士忌是因为已经习惯了。每晚一杯，我坐在阳台上，看着城市灿烂的灯火。那个味道我习惯了。只是，如果我喝科里奥威士忌，你爸喝苏格兰威士忌，你知道，这会扫了他的兴。整顿饭他都得担心我，想着科里奥威士忌会刺嗓子，而他的苏格兰威士忌则要顺滑很多，这样一来，他便不会快乐了，因为他所品尝到的，不是苏格兰威士忌的顺滑，而是他想象中的科里奥威士忌的粗糙，尽管实际上一点儿也不粗糙，但他就是要这么想。现在，告诉我，莉娅，你跟那家伙散了，是吗？"

"你是指谁？"她一直看着维斯勃拉姆，觉得他简直像是爱上了爸爸，他说话的方式透着令人尴尬的痴迷，因为他爱希德·戈德斯坦超过世上任何人，而且她意识到，一直以来他说话都是这副口吻。在马尔文路他们家的晚餐桌上，他也是这副口吻，不过那时候她年纪还小，大家也没当回事，所有人都冲着维斯勃拉姆笑，不过现在看起来，这样做很没有礼貌——他怎么可以在伊迪丝·戈德斯坦的餐桌上对希德·戈德斯坦含情脉脉呢？

"你是指谁？"她问道，实际上她对这个问题并未上心，在意的仍是自家的不正常，想到自己已彻底摆脱，不禁心头打了个冷战。

"白杰瑞，就是那个曾经跟你合伙的家伙。你跟他已经没什么关系了吧？"

"哦，不，维斯勃拉姆。不，我想还不好这么说。"

"可是，"维斯勃拉姆一边说着，一边将餐巾塞进领口，然后拿起了菜单，"你爸说，现在你要回到丈夫身边，他跟警察发生了些矛盾。他的照片都登上报纸了。真是个俊俏的孩子。"他说："你爸很替你担心。"

"维斯勃拉姆，维斯勃拉姆，"希德·戈德斯坦说，"莉娅，别听他的。她每周都给我写信，有时候一周三封。"他对维斯勃拉姆说，拽下他手里的菜单，让他仔细听。"她经常给我写信，对我无话不说。"

"你给我看过的，"维斯勃拉姆说，"非常好。"他又对莉娅说："非常有想法。"

"我只给他看过一封。"希德对莉娅抱歉地说，他掏出手帕擦着眼镜，硕大的眼皮柔软而脆弱地裸露着，如剥了壳的软体动物。"你丈夫的情况怎么样？两条腿都要残废了？"

皮渣白兰地恰在此时送达，莉娅疑惑地看着它。对于父亲的问题，她摇了摇头，而维斯勃拉姆对侍者来的苏格兰白兰地吹毛求疵。她知道，父亲应该不会问伤得有多重，这样的事情，只能在信里说。

"妈妈呢？"

"在家，"他回答道，并再次感到很不好意思，"她让我问候你，还有格瑞丝和纳迪娅。纳迪娅的文秘课程学得很不错。"

"告诉我，"莉娅说，"她们为什么没来？"

"是我的错，"维斯勃拉姆说，"今晚很特别，是周二。每周二，你爸和我都会进城一起吃晚饭。"

"那么我妈为什么不能来？"

"今天是周二。"维斯勃拉姆坚决地说。莉娅看到父亲的表情很不自在，他拿餐巾擦拭着叉尖——这是租住膳宿公寓留下的习惯，每当紧张或焦虑的时候，他仍会不由自主地表现出来。每周的这个晚上都是属于维斯勃拉姆的，正如那套维斯勃拉姆的西装一样,这个晚上,是绝不容许轻易从他那里夺走的。

"他每天都属于你们,"维斯勃拉姆会说,"周一、周三,天天如此,属于我的只有周二。"

"那么,告诉我,"她父亲说,"希克先生怎么样?白杰瑞不能跟你一起演出了,下一步他怎么打算?"

尽管很烦躁,她还是替他编了一套说辞,不像是面对面的对话,而更像一封信。女儿回答自己问题的时候,希德双手放在膝盖上,静静地、耐心地等待着,即便维斯勃拉姆也力图不去打断她,尽管他还是忍不住对牡蛎大惊小怪,然后又对猪肉大发评论。维斯勃拉姆点猪肉的时候过于招摇、过于大声,邻桌的一位60多岁、花团锦簇的大个头女人和两个西装革履的年轻绅士都忍不住咯咯地笑——而且,莉娅听到——他们还说了一个关于犹太人与猪肉的笑话。

"呃,"维斯勃拉姆说,"我喜欢一大块上好的炸猪排。"这句话又让邻桌的几位一阵爆笑。

"不管怎样,"莉娅说,"我都想跟妈妈说几句话,打个电话。"

她将自己的皮渣白兰地推到一边,仿佛这玩意儿此时显得太过昂贵、太过轻佻了,她只是以为自己想要它,像个被宠坏的孩子哭着要复活节演出上的样品包似的。她笨拙地从椅子上站起身。"对不起,"她对他们俩说,"我失陪一会儿。"看到爸爸也准备站起来,她解释道:"只是打个电话,没别的。"

然而,当她走下豪华的楼梯,来到酒店大堂准备打电话的时候,发现父亲就站在自己后面,手里不安地攥着餐巾。

"求你了,"他说,"求你了,不要打。"

酒店大堂宽敞开阔,地上铺着黑白方格相间的大理石。他们并肩而立,像是棋盘上两枚短兵相接的棋子,上了年纪的门房就在一旁,留着基奇纳勋爵式的胡子[①],楼梯阴影里还有个人,穿着哈里斯毛料衣服,坐在很不舒服的高背椅中,两人对这对父女充满好奇,但他们一概视若不见。

[①] 基奇纳勋爵曾任英国国防大臣。1914年,英国以他为形象创作了一幅征兵海报,两撇胡子神气活现地高高翘起,眼睛直直地盯着前方,标题直截了当:"英国人民需要你!参加你祖国的军队吧!"下面小字一行:"上帝保佑吾王!"这幅海报后来招来无数的模仿者。

"她根本就不知道。"希德低声说。

"不知道什么?"

"我怎么可以告诉她?想想看我会有多少麻烦。"他试图将餐巾塞进裤子口袋,可是,要么是他口袋太小,要么是餐巾太大,总之没有成功,他索性抽了出来。

"什么麻烦?怎么会有麻烦?"莉娅头戴内森·希克的巴拿马草帽,专横地问道。她从父亲手里拿过餐巾,仔细叠好。

"每周这个晚上都属于维斯博纳姆。我已经跟你说过了。过来点,我们挡在路上了。过来这边,莉娅。维斯勃拉姆是个孤独可怜的人。他的生活再也没有别的什么了。你不能剥夺属于他的星期二。他是不会答应的。"

"给你。"她将紧紧叠好的餐巾递还给他。他失魂落魄地接了过去。

"莉娅,你会见到你妈的,很快就能见到。我们会过来看你。我向你保证。"

"为什么不可以这个晚上既属于他,妈妈也可以一块儿来这儿呢?还有纳迪娅?"

父亲完全没有勇气面对她的目光。他既感到羞耻,但又无所谓羞耻。"莉娅,他们全都在听着。"

"让他们听好了。"她瞪了一眼,但那个门房依然无耻地拒绝隐藏自己的好奇心。"你的意思是,"她压低了声音,"妈妈压根儿就不知道我在墨尔本?"

"他就是个异乡人,莉娅。年复一年,都是孤家寡人,越来越与周围格格不入。没有人愿意劳神跟他啰唆。对所有人来说,他都是个麻烦。没哪件事情他是顺当的,而且自尊心强,太好强了。"

"可我一直以为你很喜欢他。"

"是的,是的。喜欢他。大好人一个,又非常善良。但你绝对不能从这儿给你妈打电话。我给你钱,到了悉尼以后再打给她。痛痛快快跟她好好聊聊,只要你乐意,一个小时都没有问题。拿着,10镑。到了悉尼再拿这些钱给你妈打电话。"

"这儿便宜多了。"在餐厅的时候,她就已经被菜单上的价钱吓着了。"我从这儿打,但告诉她是从悉尼打过去的不就行了吗。"

"不行,不行。"希德·戈德斯坦说,真的吃惊不小。"你绝不可以对你妈妈撒谎，永远不可以。"

莉娅深深地吸了口气，才忍住没有对爸爸说他是个伪君子。她只能自我安慰似的，说她无法理解他——她这么说让他很懊恼。

"你怎么会无法理解呢，亲爱的？怎么会理解不了呢？我们相互写了上百封信，你却说你无法理解。你很聪明，想象力丰富，又善于思考。唔，请你想一想。如果你想想维斯勃拉姆的话，你就会明白为什么你现在不能给你妈妈打电话，为什么我不能告诉她，为什么他不希望她也一道来这儿。想一想吧，求你了。"

"爸爸，我还是无法理解。我真的理解不了。"

现在，轮到他倒吸一口冷气了。"你要去照料你的丈夫，而事实上你根本不和他生活在一起。为什么？"

"这是明摆着的事情。"她生气地说。

"没错，他需要你。你爱他，但这只是从最宽泛的意义上来说。"

她试图反驳，但现在轮到她不敢正视他的眼睛了。她在想自己没准不经意地向他作过什么忏悔。

"从最宽泛的角度，"他坚持道，"也就是说从一个人爱其同胞的角度来说。对于这样的爱，我从未有过丝毫的轻视。他是个活生生的人，他现在有困难，你当然应该去帮忙。你选择去，让我感到非常自豪。"

"没什么值得自豪的，"她辩解道。

"我这边的情况，"她父亲苍然笑道，"也是如此。"

"什么？"

"维斯勃拉姆，"他说得极轻，她几乎听不见，"维斯勃拉姆也是如此。"

"不。"这个字如同一声枪响，回荡在他们谈话的那个混乱的走廊里。它如同被告席上发出的一声呼喊，从法庭的后方传来，这一声脆响，远比诱发它的判决更令人感到不寒而栗。她仿佛得窥自己不想要、也未曾猜到的未来。即便市侩气十足的留着胡子的门房也垂下眼睛，转过身去——连他也被这一声呼喊给深深刺痛。

"人性中的这一点很好，"希德·戈德斯坦说，"可以说是人性中最好的一方面了。"他双手紧握她的肩膀，灰色的眼睛里充满着如一只小小的硬球般强烈的情感。"我为你感到骄傲。"

维斯勃拉姆这时也找了过来,很自然地,将父女俩掰开。他赶在莉娅前面上楼梯,又独占似地紧紧攥着他朋友的袖子。

至于晚餐,莉娅选择了忍耐。她嫌恶地看着维斯勃拉姆,仿佛他是个没长大的孩子,一个讨人嫌的纠缠不清的家伙,一个靠她父亲情感维持生存的寄生虫,在这两人的关系中,她根本看不到哪怕一点好的方面。整个晚餐过程中,她极少开口说话,只有她父亲注意到了这一点——他时不时越过桌子,痛苦地看她一眼。

后来,登上驶往悉尼的火车时,她才知道,自己决定去做的事根本无所谓好。她在二等车厢的门口拥抱了父亲,然而内心深处恨不能拔腿就走,穿过十字转门,将车票撕成碎片,像个自由的女人一样走在斯宾塞街上。然而,她没有这样做,而是写了封信。她在火车尚未抵达墨尔本北的时候动的笔。信是写给赫伯特·白杰瑞的,在信中,她痛快淋漓地表达了自己对于漂泊生活的喜爱,如同陀螺般四处走动,五颜六色,丰富多彩,还有到处流浪的快乐。"对于我心爱的东西,"她写道,"我没有珍视。"

54

我的两个孩子因为谎言而来到这个世界,他们吮吸着梦的乳汁,在恶龙的侵扰中慢慢长大,他们不可能像普通孩子一样,只会异乎寻常。倘若他们能够博览群书,交游贤士,从中汲取营养,恐怕他们会享得应有的声名。他们不仅拥有超人的创造力,同时也有着坚韧不拔的性格。倘若他们的童年不是辗转于一个又一个糟糕透顶的学校,每天晚上在我的道奇车的后车厢中无书可读、虚度时日的话,你读到的这段历史,内容就不会是关于我是一名多么失败的飞行员、他们的母亲是一名多么失败的诗人,而是关于两个受我监护的人,我的两个孩子,我的两个如鬼如魅的孩子,他们是如何在历史中占据一席之地的。

然而,实际情况是他们既无书可读,也没有任何一个有头脑的客人。与那些需要靠别人的小费讨生活的人一样,他们只能遇到什么便用什么,因陋就简地创造自己的生活和未来。他们从篱笆铁丝中总结出自己的人生哲学，两个人的性格都变得有些反常，一个沉溺于飞鸟和蛇蝎，另外一个则一心向神，忘情于生命虚无本质。关于飞鸟和蛇蝎，且听后续详细道来，但有关上帝的种种，我们不会过多涉及。现在想来，我觉得查尔斯和索妮娅之间的差别乃在于，查尔斯发现自己隐身的努力没有什么结果，便立即将自己的注意力转移到更有用的事情上，然而索妮娅不会轻言放弃，她如同一个在台风中幸免于难的人，再也无法相信房子足够结实、树木足够稳固了。她感觉自己仿佛行走在一片1英寸厚的冰面上，四周到处都是裂缝。她才11岁，从不会将她的圣画藏起来不让我知道。倘若她想将自己打扮成圣母马利亚的样子，我也不会反对。我孤独而痛苦。每天晚上，我要替她梳头100下，还要将她紧紧地搂在怀里。我跟内森说起衣服的事，他让掌管他服装道具的女人替她做了件蓝色的袍子，就是塞尔的天主教圣画中圣母马利亚身上的那种袍子。

亲爱的内森。他对我很好。现在，我成了那个不愿睡觉、不愿闭嘴的人。他陪我打牌，听我唠叨莉娅·戈德斯坦的点点滴滴，直到路过的淘粪工宣布已经天亮。我于他的演出百无一用，但他却雇我做他的司机。我开着车，送他到处谈生意，有时候，如果星期天没有演出的话，会送他去钓鱼。他喜欢钓鱼。

有一次，就是送他去巴拉腊特附近的克伦斯钓鱼，结果出了事故。事情是这样的。

内森和我坐在一座陡峭的山梁下，山崖光滑得如同树皮一样。一条小溪沿着山脚，穿过岩石密布的桉树林，蜿蜒而过。这条小溪因盛产黑鱼而闻名。内森穿着灯笼裤，秃头上戴了顶猎鹿帽，将他那些不同寻常的美式鱼饵一字排开——都是他从一个叔叔处继承来的。内森对此其实不甚了了，哪个对哪个，什么时候用，怎么用，他并不太在行。但谁又能怀疑这些装置的效果呢？它们装在一个极漂亮的藤条盒子里，盒上有盖，内有各式五颜六色的机械鱼饵和钓鱼工具：有章鱼，粉红色的脑袋晶莹剔透，上面还悬着羽毛，有令人炫目的银色旋转器，有嵌着宝石的铜刀片，通体粘满柔软的羽毛，装点得像只孔雀一般，还有透明的泡泡，所有这些，都是如此漂亮，你根本无法想象，它们的目的居然是为了置鱼儿于死地。

内森向来乐观。他点上烟斗，自顾自摆弄着自己的家当，我点了堆篝火。真正钓鱼要等到晚上，所以整个下午我们只能东扯西拉，当然多数与莉娅·戈德斯坦有关。

查尔斯和索妮娅爬到山梁上去了。我打开一瓶巴拉腊特伯蒂酒厂颇负盛名的产品,靠在一棵树上,听着别克车滚烫的散热器在清冷的空气中静静地冷却、收缩。两个孩子我一点儿也不担心。这样的灌木丛,他们很熟悉。

索妮娅照着圣画上圣母的样子,将自己身上的长袍整理了一下。她将长袍拽至头顶,盘成一顶帽子,只露出一点儿赤褐色的头发,又将斗篷绕在肩膀上,而且一直拽着那件白色的短裙,只是不管她怎么想办法,它总还是会拖下来——当圣母在云端飞舞,无数信众仰天惊叹之时,她的云裳也是这副样子。

查尔斯不耐烦地看着她。对于类似那些毫无意义的东西,他早已不以为然。他希望妹妹能够在下面托他一把,帮他爬上一根很难够着的树枝,那里有只粉红鼻头的负鼠吸引着他。他像足球比赛中的球员一样,试图干扰正要抬脚射门的对手。当索妮娅模仿圣画中的样子紧握双手,查尔斯故意发出呕吐的声音,挥着手,冲妹妹不屑地叫嚷着。

但索妮娅不为所动,依然一丝不苟地整理着自己的衣裳。

查尔斯叹了口气,背靠着一棵树蹲在地上。他抠着一个树疙瘩,又抬头看着如伞般遮天蔽日的树冠,看着鸟儿在其间振翅穿梭,仅仅一个侧影,他就能认出大多数是什么鸟,即便最小的也不例外。他知道妹妹的倔强绝不在自己之下,只好耐心地等待仪式的结束。他打了个哈欠,闭上眼睛。只是,当他睁开眼睛时,我的女儿已经不见了。

可以想象查尔斯一定瞠目结舌。他喊着索妮娅的名字,声音节制而有礼貌。

"天哪,"他说,"天哪。"粉红鼻头的负鼠早已被他抛诸脑后,他坐在那里,等着妹妹回来。他向来很有耐心,他等待着,看着树影渐渐拉长,看着绚烂的黄昏渐渐变成了黑夜,头脑中一片空白。

当他最后回到我们的营地,天已经黑了。

你有可能不知道,克伦斯这地方,到处都是矿井。

55

我记得张伯伦夫人的案子,几乎可以肯定,她被判犯谋杀罪,是因为在失去孩子之后,她没有表现出足够的悲伤,没有哀嚎痛哭,没有悲伤得大把大把地扯下自己的头发。因此,人们普遍嘲笑她是个怪异的母亲,是个恶魔。

我只能祈求,我的陪审团和她的不一样,祈求他们拥有与他们所担任务相匹配的想象力,因为我不会在你面前尖叫,也不会呻吟。

相反,让我告诉你:

我被指打了儿子,对他的听力造成永久的伤害。

举行了葬礼,却没有灵柩。

葬礼上,发生了一场小小的混乱,不过我们用不着多想。这个混乱的结果便是,我的朋友内森·希克开车将我送到森伯里,让我接受医生的照料。也许,在他看来,悲伤是个医学问题。

56

火车并未整齐地从伊沙伊的腿上碾过,而是将他的腿生生撕开了,骨头折断,血肉模糊;右腿膝盖以上,左侧大腿,均未幸免。然后,如同一些希望留下点记号的科西嘉流氓一样,他的一只食指指背也像被锋利的剃刀划了一下,留下了一道深深的口子。

尽管《奥伯里新闻报》说他爬货运火车,但事实并非如此。实际情况是,他搭乘的火车遭到约翰·奥利佛·奥多德的埋伏,他弃车而逃(那趟车被拖进一条侧线,以便为新的进取精神号列车让道)。

伊沙伊逃出车厢，撒腿狂奔之时，进取精神号恰从南面隆隆驶来，他的尖头皮鞋踩在一颗螺钉上，摔倒了。仓促之中，列车紧急制动，火星在轮毂下飞溅。司机吓得满脸煞白，双眼圆瞪，当车子从伊沙伊腿上撕扯而过的时候，他不禁无声地抽泣起来。

司机名叫杰克·费希，是个羞怯、消极的人，从来都觉得自己是个懦弱之辈。然而，正是他掉头沿着嘶嘶作响的列车跑了200多码，正是他将那些暴徒推到一边，不顾伊沙伊痛苦的尖叫和血流如注，替他绑上了止血带。

那个晚上，发生在杰克·费希身上的事精彩之极——尽管事情的背景令人如此痛苦，但丝毫也不能减少其精彩程度。他无法向任何人解释，但是，当他抱那个血肉模糊的身躯，撒腿狂奔，跌跌撞撞，他的眼里却满含着甜蜜，他真切地感受到信徒们所说的上帝，而将那团衣衫褴褛的血肉之躯，那个人，抱在怀里的体验，所有那些鲜血，跳动的心脏，前往奥伯里的最后二十千米伴随着撕心裂肺的尖叫的路程，单单这一路的恐惧和害怕，都给予他一种生命的安慰，而这，他原本是无权抱有任何期待的。他所做的一切，无关乎成为英雄，无关乎获得勋章，无关乎拍照登报，所有这些，无非是让他不自在，令他尴尬而已，也与他戏剧性地进入奥伯里站的记忆无关——进取精神号停在人头攒动的站台半中腰，司机抱着身受重伤、已经失去知觉的可怜的伊沙伊·凯莱斯基跳下了车。一个人如果醒来时发现自己赤身裸体地睡在教堂里，其感觉应该颇类似于杰克·费希经历这一切时的感受。

此次经历并未改变杰克·费希的个性，也未让他变得温和、风雅，或者稍稍善解人意一点。因为也是他给奥伯里基地医院的伊沙伊写信说："我很高兴能帮助你，尽管听说你是个共产分子。"

伊沙伊待在奥伯里基地医院的漫长日子里，这封信几乎是唯一能够让他莞尔的东西——双腿截去的部分仍然疼痛，这是吗啡所无法阻止的，而留下来的部分受到感染，不得不一遍遍地换药、包扎，疼痛难忍。

在奥伯里，他与绝望作着斗争。回到悉尼的家后，情况更加糟糕——为了他，租客全部被赶走了。他被安顿在当年莉娅学跳舞的屋子里，父母准备就在那里照料他。被租客们熏得油迹斑斑的墙壁重新涂上了一层炫目的、"令人心情愉悦"的黄色。旧壁炉的上方挂着幅向日葵，而壁炉的位置则装上了一个大块头的电暖器。脏兮兮的窗户挂上了蓝色的带褶皱边的窗帘。他们试图用古董、有框相片来赋予这间屋子以全新的历史,但多年的流浪生活中,他们从未装点过任何房间,所以最终的效果却是不着调,不协调,有点儿令人绝望。当此时节,任何人恐怕都难以变得勇敢。年迈的父母不得不面对他的残肢恢复缓慢这一丑陋而糟糕的事实,让他深感惭愧。他曾经是他们的希望。他觉得自己身上包含着他们所有最好的方面,觉得自己远比那个消失在热气升腾的革命大熔炉里的哥哥更能真实地体现他们所有优点,这么想是不是有点过于狂妄?也许吧,不过,他们反正没有讨论过哥哥,这个绝对不可触及的伤痛,进一步加深了他的绝望感。

他的身体令他难过。如果说莉娅透过他橘子皮似的肌肤窥见了冷酷无情的东西,他却没有。他曾经为自己的身体而深感自豪,为其并不明显的坚韧,为其有经得住饥饿和暴力的能力。他曾经对自己的身体喜爱有加,但同时又觉得它可以被视为丑陋。机会允许的时候,他曾带着爱人似的惊奇而又温柔的眼神,打量过镜子中自己脆弱、白中透蓝的皮肤。他曾经一直以为自己的思想会让自己失望,会因为恐惧或惶恐而失去自我,反倒从未想过会对自己的身体感到失望。而且,尽管他痛苦的重要原因之一是担心钱的问题,但这些都远非看到父母面对自己伤残时阴翳的眼神给他的感受所能比拟。

然而,他终归还是要接受照料,得有人替他换衣服,得有人将他抬进卫生间——需要气喘吁吁的罗莎和患类风湿的莱尼用钢管办公椅,像推雪橇一样将他推进浴室和卫生间——令他倍感耻辱,内疚和愤怒。

他们从来就不是一个温情脉脉的家庭。他们聪明,喜欢冷嘲热讽,好斗,现在表现出来的温情,对他是又一个痛苦的源头。

所以,坚持要给莉娅拍电报的是伊沙伊。而罗莎——觉得是自己促成了他们的婚姻,内心深感愧疚——坚决反对。

"别去烦她,别去烦她。我们能应付。她有她的生活,伊沙伊。"

"让他去拍吧。"莱尼说。"她有权知道。但不要向她提任何要求,"他对儿子说,"只是告诉她一声,让她知道。"

毫无疑问,围坐在伊沙伊的病榻前,讨论电报该如何遣词造句的时候,他们很清楚会发生什么。他们的措辞,一如那些不想为自己的行为负责的人。

伊沙伊内心深处对自己的满腔怒火也很不认同,所以极力克制。然而,这种失败主义者的负面情绪,在其自怜自艾中,如同鼻涕虫一样胀大。但到最终，他认同与否已无关紧要。甚至于，送奶工趿拉着破旧的沙地鞋，软绵绵地从他的窗前跑过的脚步声，也足以令他火冒三丈。而且，党内的同志们来看他的那些晚上或者周末——有时候有10到12个人，他们坐在他的房间里，抽烟，喝水，聊天——他只好竭力不让自己流露出厌烦的语气。有些比较敏感的人，从他黑色的眼眸中读出了这种情绪，很快便找借口不再来了，或者仍然会过来，但不会久留。

不过，多数时候，他仍备受尊敬，因为他的勇气，他的坚韧，还有他的不自怨自艾——尽管他仍要学着适应截肢后的疼痛，将其转化成一种可以忍受的东西，但他已经着手为澳大利亚共产党和失业工人协会编写宣传小册子了。与此同时，他开始疯狂地阅读。

在妻子到来之前，他只能压抑自己的真实情感。直到一个冬日的下午，妻子出现在他眼前，身着一件昂贵的灰色丝绸连衣裙，头戴一顶系了酒红色丝带的巴拿马草帽。

她站在门廊里。他发现了她，大感意外——因为他对她并没什么好心——确实非常漂亮，一种朴素但精致的美，微微内陷的眼窝，笼罩着黯影的眼神，让她的双唇嵌上了一层忧伤、近乎苦涩的边。或许美，就是这个样子吧。

莉娅站在她曾经学跳舞的那个房间的门廊里，眼睛不由自主地投向房间里那个被褥凌乱、模糊不清的角落。

"怎么会这样，凯莱斯基。"她哽咽道。

这一刻，有着无限的温柔与羞怯，而情感远较当初更加忧郁、更为微妙——当年，在海勒太太家，她装腔作势地端坐在解剖得面目全非的狗鲨前，那是他们第一次见面。

他们的问题乃在于，他们过于相信科学和理性，两个人都是如此，他们认为自己能够——像马克思主义者一样，改变河流的走向——阻止人类原始情感的洪水泛滥和地动山摇。他们并肩而坐，说着他们自认为是真理的话。但伊沙伊爱恨纠缠，而莉娅向他解释自己的条件，也无法帮助他。莉娅告诉他自己回来是照顾他的，照她的说法，就是希望对他"有点用处"，而不是回来做他的性伴侣，否则的话她会觉得那样有点欺骗性质。她没有提及身体这个话题，但它并未被遗忘，是伊沙伊选择用一把锋利的刀子，对准他们俩痛下狠手。当她替他的残肢更换绷带的时候——对于自己的残废，他倍感耻辱——尽量无视他勃起的阴茎。

她很有用处。她发现凯莱斯基一家的经济状况窘迫得惊人，于是回来后第一周，她便向父亲借了500镑。这些钱多数用于偿还莱尼四处筹措的贷款。她又买了辆轮椅。仅余的20镑，她买了些碗和饼模，晚上，她学着烘焙口味丰富的犹太饼，第二天再让莱尼拿出去卖。她让伊沙伊出席他原本绝不可能出席的会议，安排司机，推着他上这儿，带着他去那儿，站在讲台上陪在他左右，而他用自己强大得可怕的天分，为一个全新的世界提供服务。但她付出的代价，则是成为他所有怒火的中心。而这一点，与他对正常人行动自由的妒忌并无多大关系，倒更多源于她可以照顾他，却并不爱他这一事实。

罗莎和莱尼住在他们的大篷车里，爱莫能助，但能够听见儿子和媳妇之间痛苦的争吵。他们在各自的床上痛苦地呻吟，将头深深埋进枕头里，两个人东扯西拉地说着闲话，目的就是要将儿子痛苦的声音阻隔在车厢外。

"求你了，"罗莎听到，"求你快点走吧。我宁愿像只蜗牛一样爬行。我宁愿睡在地板上，草席上。我宁愿孤独寂寞，将屎拉在裤子里。求你走吧。"

紧接着，她会听到抽泣的声音，一种可怕的哽咽之声，一开始她以为是呕吐，但她后来知道，那是儿子在哀求莉娅·戈德斯坦留下来。

莉娅·戈德斯坦就是那样，替自己和凯莱斯基一家筑造了一个小小的地狱，仿佛一个小孩，轻易便爬进一个老式冰箱，关上了门，却发现里面没有相应的插闩。

不过，和从前一样，她还是通过写信而获得了救赎，她继续跟我通信，而且使用了我教给她的一些手法——当初我教她的时候，她即刻表示强烈反对。现在，她开始创造自己藩篱之外的生活，送给我一片片天空（湛蓝，且饱蕴着生命），以营造快乐的氛围，并维持这样的快乐，上百次地写信告诉我她的那些傻呵呵的朋友——她得先创造出这些朋友。她将他们放在塔玛拉玛深黄色的海滩上——身着靛蓝色、深红色、紫罗兰色和翠绿色的服装，这些从未来过世上的人，漫步在她窃取自1923年的海滩上。

57

倘若你在1937年见到我,一定会觉得我完了。我没有像样的衣服,双手颤抖。我不再将脑袋刮得锃亮,头上长满了花白纤弱的毛发。不过,我依然年轻,不过51岁。我的眼睛依然很好,肌肉也很强健,可以骑着自行车,从南巴卡一直到格拉夫顿。

我在南巴卡当过加油工,修过自行车。休年假的时候,我就启程出发,长途跋涉来到格拉夫顿。我并非乐在其中,而是去见见通用汽车经销商,一个名叫刘易斯的先生。我多次替他加油,而他曾邀请我上格拉夫顿的话一定要去他那儿坐坐。我正想找份工作。

格拉夫顿是个繁华的小镇。那里盛产甘蔗、木材,克拉伦斯河沿岸,平原丰饶。当我看见"龚氏父子:日用百货"的招牌时,我的脑子里已经开始建筑自己的大厦了。招牌就矗立在大桥旁,煞有介事,我曾经不下20次途经此地,但从未注意到它。

我不敢相信龚谢应还在人世,但是,当我到百货店去的时候,他们告诉我说老人正在睡觉。我应该明天上午再来。我留了张名片,然后找了个地方住下来。尽管天气尚未热起来,但我辗转反侧,整夜无法入睡,第二天一大早,百货店还没开门我就到了。我等在那里,看着他们拿着软管冲洗混凝土地面,并将他们的商品一一挂在宽敞的滑动门前。

一个年轻的姑娘——当然是中国人,不过带着浓重的澳大利亚口音——将我领到后面,沿着一条高而窄的过道,爬上一架又老又破的楼梯,来到一个小房间,一个苍老的中国人端坐在那里,克拉伦斯河慵懒地从他身后流过。

房间里空荡荡的,只有一张靠墙的单人床,一张靠窗的简单的木桌子。墙上挂满了许多相框和各式华人协会的广告;全都是窄窄的黑边框。小姑娘轻快地跑下楼梯,将我一个人留了下来。老人穿着件不合时宜的三件套西装,皱缩得像一枚中国梅子,白衬衫的领子松松垮垮地绕在他脖子周围,垂拂的领带后，领扣一览无余。和所有老人一样，他手部的皮肤透明，但双手颤抖着的，却是我这个年纪轻的人。

当我走进房间的时候，他抬头看了我一眼，眼神敏捷而睿智，然后继续写自己的东西。

他终于开口说话了，声音不像碎石沙砾，而更像一杯茉莉花茶，清淡，绵薄。而且吐字清晰，英文字正腔圆。

"抱歉，"他一边小心翼翼地站起身，一边说道，"我得方便一下。"

我退后一步，以免挡住他的路，但他并未走出房间，而是转过身，解开纽扣，朝着一个夜壶里尿了起来。夜壶就搁在桌子后面，他尿之前壶里已经颇有内容，尿完之后也并未增加多少。我转身研究起墙上的相框。1923年至1926年，查理·龚曾任格拉夫顿华人商业和文化协会会长。那些表情严肃的合影从未超过5个人。

"还不如不加入。"龚谢应扣上扣子，重新落座，语气颇为轻松。"我猜你不要放麦芽糖？是不是？放不放都一样。"

"你是龚谢应？"

"是的，没错。请坐。就坐在这截木头上。把它挪过来，就是那样。他们跟我说，我们从前见过，但我不记得你叫什么了。我81岁了，所以很多事情都记不住了。我在哪里有幸见过你？"

"墨尔本，1895年。"

"啊，墨尔本，没错，没错。"他用脚将夜壶往桌子底下又推了推。

"汪太太是你表妹。"

"汪太太，啊，对的。"

"这桩生意是你在1896年买下来的。"

"不是这个。另外一个，还在河下游。不过我差不多是那个时间来格拉夫顿的。没错。那个我是不会忘记的。"

"还有，你曾经帮一个中医当翻译。"

"可怜的秦先生，是的，没错。"

"我是赫伯特·白杰瑞。你肯定还记得我。"

"不，不。"他摇着头。

"那时我还是个小孩子。你在市场上发现了我。还记得东部市场吗？我还是个小孩子。你叫我'我的小英国佬'。我睡在汪家，跟老兴住一个房间。"

他的眼睛阴云密布，似乎已经不再试图去回忆了。他摆弄着自己的自来水笔，看着桌子上的书。我没完没了地说啊说，将所有记得的事情和盘托出。我说了他曾经教会我的一切，还向他展示了我擦得锃亮的皮鞋。他笑着点了点头。我告诉他自己是如何吃粥的，他又是如何喝白兰地的，他脸上的笑容荡漾开来，继而咧嘴大笑，糯米纸似的皮肤皱缩得如旧纸袋一般。我变得越发兴奋。每想起一件事都能让他会心地点头。我的牙齿又痛了起来，不过那点痛未能阻止我继续往下说。我说起了他的马。他接话说是匹黑马，说当年非常喜爱那匹马，并且告诉我当初是如何讨价还价为它买下的。我急不可耐，顾不得礼貌，打断他洋洋自得的回忆，跟他说起那个早晨，他带着我，就是这匹马拉的车，点了堆火。我跟他说起了那个地方，说起了那个地方的岩石、蓟草，还跟他说起他是如何抹上头油，将头发顺服地贴在头上。

他打断我的话，再次小便。我一边研究中澳友谊协会，一边听他淋漓的小便声。1931年的时候，协会曾在布里斯班召开过一次全国性会议。

"是的。"龚谢应说。他一边落座，一边将裤子往上提了提。"没错，没错，我记得。那时候我还年轻，精力充沛，而且还没有成家。现在，我连曾孙辈都有了。我为他们将一生经历都写了下来，我所有的秘密，"他笑着说道，"都写在这本书里。我得中英文各写一遍，年轻一辈根本看不懂汉语——他们已经是地地道道的澳大利亚人了。"

"你还教我隐身术。"

他笑了，但我知道那种中国式的笑容。它不传递任何意义。我又重复了一遍。

"不，"他说，"不，不。我可不是魔术师。隐身？你是那个意思吗？不，不，我只教过你擦鞋。"

"你教我隐身，消失。"我坚持道。

"哦，没这回事。"

"你不记得了？你说，'我教你这个，'既因为我爱你，也因为我恨你'。你不喜欢英国人，也不喜欢澳大利亚人。"

"我的孩子都是澳大利亚人。"

"当时你在蓝坪窟。你叔叔阿汉，"我说，"被一辆马车从腿上压了过去。断了的骨头从大腿肉里露了出来。"

"哦,"龚谢应笑道,"我记得你。好汉不吃眼前亏,我们都说你'人小鬼大'。你总是编故事。你跟我说你爸爸已经死了,又说你爸爸如何打你,后来去阿德莱德,说得汪梅眼泪汪汪的。对老兴,你说的又是另外一套,不过我已经忘记了。你是不是要加点麦芽糖?对的,对的,我记得你。老兴说你是个巫师。汪太太很怕你。你讲了个什么蛇的故事,把她给吓着了。她再也不让你住在她家,我只好将你送到我表弟那里,结果我表弟也不想收留你。是的,是的。全记起来了。真是叫人吃惊——你以为记忆全部消失了,结果发现它们还在那儿,一清二楚的。没错,我的小英国佬。人小鬼大。那你后来到底有没有成为巫师?"

"我隐身了。是你教我的。就因为那个,汪太太吓得病倒了。"

他笑着摇了摇头。"我的孩子们跟我说澳大利亚没有巫师,说什么我们都是现代人,再也不会相信如此迷信的东西了。"

刚刚领我上来的小姑娘打断了我们的谈话。她端上来一壶茶,还有两只破了口的结实的杯子。她爷爷介绍说她叫希瑟。她咯咯一笑,沿着楼梯一溜烟跑了。

"不,"龚谢应说,"不,我并非来自什么南坪窟。"他往杯子里倒了杯浓黑的茶,手不颤腕不抖。"我父亲在塔斯马尼亚一个叫加里波第的地方有间铺子。此前他在昆士兰找金子,加入了帕尔默黄金潮,后来成了个小贩。等到结婚的时候,他从加里波第一个从未谋面的亲戚那里盘下了铺子。那个亲戚要回中国,我父亲买下铺子是因为他妈妈从中国给他写信,唠叨个没完,直到他最终将它买下。我在加里波第出生,除了将大拇指变没,"说着他给我表演了一下,"我什么戏法都不会,就连这个还是跟我孙子学来的,他已经是彻头彻尾的澳大利亚人了。"

"但事实就是如此,当时我做到了。"

他摆手让我闭嘴,如同乐队指挥让嘈杂的铜管乐组安静下来一样。"没错,没错,"他说,而且用他们给我取的那个侮辱性的中国名字称呼我,"有可能吧。我不怀疑你说的话。"

"当时有好多人在场。"

"安静,"龚谢应说,"你的话太多了。"

"那么,你有什么不可告人的秘密,龚先生?"我用手拨了拨他的书,好厚的一本,黑色、红色、金色,都是龙的颜色。

"一个店主的秘密。"他一边说着,一边将书推到我够不着的地方。他没有正视我的眼睛,神经质地用脚将夜壶挪了挪地方。

"那时候你还是个小孩子。"他说着往浓黑的茶里放了3块糖,轻轻搅拌着。"你误解了我要教给你的东西。我对你很好,但你根本不懂。可能你吃过太多苦,也可能你是那种看到什么都朝变戏法方向想的人,觉得所有事都非人们表面上说的那样。我想教你一些实用的东西,这样的话你就不会受骗上当,成为老兴说的那类人。他是个迷信的人,乡下来的穷苦人,我并不相信他的话。估计我告诉过你,不要去招龙。那时候我的英文并没有我自以为的那么好,所以你理解错了。龙,小鬼头,在我妈妈嘴里就是恐怖的故事。而且,我妈妈那个村子也是这么称呼撒谎的人。在福建,所谓'播龙种',意思就是播弄是非,造谣。我妈妈也将放进汤圆里的白砂糖称为'龙蛋',但她究竟为什么这么叫,我也说不出个所以然。"

他将盛方糖的碗朝我推过来。"还不错,"看到我的手抖个不停,他说,"不是白砂糖。"然后他仰着头哈哈大笑。

但我的手抖与糖根本没有任何关系,不管是精糖还是粗糖。在森伯里的时候我便患上了这个毛病,再也没好过。"我可爱的小女儿没了,"我说,"我招了次龙,结果女儿没了。"

龚谢应警惕地看着我。"你想要什么?"他将椅子往后挪了一两英寸,满怀期待地看着房门口。

我试图让自己平静下来。我端起茶杯,但手抖得非常厉害,洒得满桌子都是。龚谢应将他的书挪到离我更远的地方。

"我什么也告诉不了你,白杰瑞先生。"他将书拿起来,搁在大腿上。"如果你所言非虚,那么你才是巫师,而不是我。可怜的老兴说得没错。他上吊自杀了,你知道吗?"

我的手剧烈地颤抖着,无法控制。我将它放在桌子上,抓住桌沿以稳定身体,然而连桌子也随着我的身子摇晃了起来,没盖上盖子的墨水瓶和对面茶杯里的茶随之荡漾起来,激起层层涟漪。龚谢应拿起墨水瓶,慢慢地将它的盖子拧紧。

"如果一件东西能够隐身,自然它也能够再现。"

"你是巫师,小鬼头,不是我。我只是个生意人。"

既然他能够待我如慈父,那就意味着他会善待自己的儿子。他曾经将我搁在瘦骨嶙峋的膝盖上,拽我的脚趾头。他曾经让我闻白兰地的香味,在我皱起鼻头时放声大笑。他曾经跟我玩把戏,结果发现我耳朵里塞满了一大把泥土。他曾经骄傲地牵着我的手,带我参加队列,他称之为"走方阵"。他给我穿上水手服。而现在,他满脸皱纹,面容皱缩,脑门光光,但眼睛依然炯炯有神,胆敢断然拒绝我。

临走的时候,我既没有喝他的茶,也没和他握手道别。

58

我的心情糟透了。我走回住处,和衣躺到床上,想着中国人一直小心翼翼不让我碰的那本书。那不是一本普通的练习本,也绝非日记或者账本,更不是那种你可以在报贩或者文具商的柜台上随便就能买到的东西。它包裹在黑色牛皮封面里,有鲜红的书脊。封面上有一块被红色的边线环绕的金色嵌板,上书三个汉字。

女房东没敲门便推门而入。她要我把脚从她的床单上拿开,并讨要房钱。我脱掉鞋子,把房钱给了她,满脑子都是那本书。她问我是不是不舒服,不过等到她走了之后,我才回过神来。不过,至于我的身体,实在也没什么好说的。我的身体已经不复当年了。

59

蓝花楹树的薄雾,让11月的格拉夫顿有种缥缈的感觉,我甚至不敢确信,1937年我去过的那个格拉夫顿,就是现在这个克拉伦斯河畔完全根植于伐木业之上的格拉夫顿。

但小镇有些地方我却非常清楚:那条我来来回回经过许多次的桥。桥下,大河奔流,但丑陋的钢梁挡住了你的视线,根本无法一睹河水的真容。

正是在那条轰鸣的桥上,我决定去偷《龙之书》。暮色渐退,黑夜来临。我在街上徘徊,一幢幢房子里,家家户户都在用晚餐。我踟蹰在树下,逡巡在街角的铺子里,漫步在地上厚厚的紫色楹树花瓣上。知了在树梢嘶啾,空气中有种甜甜淡淡的发霉的气味。我上通用汽车经销商那儿去了一趟,但什么也没见着,车棚的门全都合上了,落了锁。我从借宿的地方拿上自行车,骑在公路上,差点被一辆阿诺特饼干公司的货车给压死。我骑过那条弯曲的桥,又回来了。

穿过克拉伦斯河陡峭的河岸上丛生的野草,我慢慢爬到百货店的后面。龚氏一家都在楼下,坐在厨房里。女儿们正在做作业,两个儿子蹲在无线电旁。这样的天伦之乐,像一把刀子,刺痛了我的心,我想到了你,莉娅,想到了你的乳头。

屋后有很多装糖浆的空桶,蚊子在它们锈迹斑斑的盖子里繁殖。我爬上一个糖桶,再顺势爬上那条通往老人房间的窄窄的过道。

我的鞋擦得锃亮,鞋底柔软;那不是我的皮鞋发出声响,而是中国人脏兮兮的地板。我在他的桌子上胡乱摸索。茶杯还在那儿,龚谢应也在。我可以听到他的呼吸,碰到了他的钢笔——我之前见到过,现在依然能够看到,黑色,带条细细的如结婚戒指似的金环——钢笔顺势滚到地上,像一枚小小的炸弹,发出巨大的声响。

他喊起我那个侮辱性的中国名字,声音不大,非常微弱。

我拿到了《龙之书》。

对于那本书，我怀抱极大的期待，而他显然与我有同样的想法。他像一只蜘蛛般死死抓住我，又如一个没有头发的猎人，扑通一声自天花板而降，散发着蒜臭味。当你与一个大师级的魔术师过招的时候，你不能急于求成。你知道他都擅长什么，知道他轻易就能从你手中如黄鳝般溜走，而且掌握了不利于你的情报。我双手紧紧掐住他的脖子。书掉到了地板上。你根本无法想象一个人在那种情况下居然还能够挣脱——我的十指紧紧相扣，像打高尔夫的人紧握球杆一般——纵然如此，他还是挣脱了，呲呲喘着气。我摸索着找到书，他的手也已经抓在书上了。正如他们后来所说的，我们发生了打斗。

过了会儿，我忽然意识到龚谢应不见了。我一只手里拿着《龙之书》，另一只手里则是他的一根仍在流血的手指头。

60

倘若我没有放肆地大笑，恐怕我永远也不会被告上法庭，永远也不会知道那个发霉的迷宫——格拉夫顿监狱。回到寄宿的房间，我没想到自己会笑出声来。我光着脚穿过走廊，路上既没有小便也没有冲洗，悄没声息地将门打开——《龙之书》塞在我的费尔岛毛衫里面。

进屋之后，我将房门反锁，并用一把椅子将门把手顶住，然后坐在床上，开始研究这本书。我的手无法稳稳地将书捧住，只好起身，将这厚厚一大本书放在衣柜上。

书的左侧写的是汉字，右侧则是英文。

那个晚上，一个白蚁巢破了，长着翅膀的小虫子穿过窗纱，如饥似渴地扑向灯光，抛去它们的翅膀，在我流着汗、泛着明晃晃白光的脸上爬来爬去。

我不顾一切地读了起来：

> 这是我做生意的秘诀，我担心你，我的儿子们，还没有深刻领

会。因此，我替你们将其写下来。以供参考。

一、进货，首先要考虑需求。不要大量存货，一则怕生虫子，二则怕变质。如果货物销售情况良好，有利可图，则另当别论。或者，如果价格出奇的便宜，则无妨大量购入。

英文写的部分并不比汉语写的部分更容易理解，我感觉自己在读天书，如破译密码般难懂。

二、待客以礼，耐心服务。要尽可能耐心地让顾客多看样品。
三、替顾客包装物品时，确保不要弄错，等等。
四、如果顾客太多，一时无法兼顾，一定要礼貌地请……（后面的部分被一种褐色的黏液遮住了）。
五、当顾客买起东西毫无节制的时候，等等。
六、打烊之后，谨记锁门，谨防火烛。

看到这里，我已经忍不住咯咯地笑了。隔壁有个傻子擂起了墙。当然，因为咯咯笑个没完，我根本无法继续看下去。我本应骑回楠巴卡，那儿有个妙极了的寡妇，是家贝壳店的老板，有着一双热烈而浪漫的眼睛。

七、谨防大雨。哈哈哈。洪水导致的损失是不可想象的。
八、以德服人，不要以势压人。"御人以口给，屡憎于人。"
九、沉着冷静最值得夸赞。如在这方面有所成，则飞黄腾达指日可待。
十、事不关己，高高挂起。老话说得好，祸从口出。如果一个人能够把握分寸，少管闲事，那么他一辈子都会无忧无虑。谨记。

我放声大笑起来，根本顾不得那些傻子会狂跺我的天花板，狂敲我的房门。后来他们告诉我，我的听众们都以为我把自己给伤到了。

哦，永宁，我的孩子，你一定要好好教导你的两个弟弟阿鲁和阿华,照我说的去做。不要忘记,一个人如果能够子从父业,那么他将被视为孝子。《诗经》里说:"孝孙有庆,报以介福,万寿无疆。"

当他们从我手里将那本黏糊糊的褐色的书拿开的时候,我已经泪流满面。而莫斯警官——那个名闻遐迩的实业家——将龚谢应的那只断指捡起来,放进一个纸袋里。

61

我不知道究竟有多晚。我甚至不能告诉你房子的主人是谁;但此前我曾经描述过——这就是我生造出来吓唬吉朗的那个绘图师的那幢房子——那个指关节长满毛的英国佬——当时他不愿在布拉德菲尔德飞机的设计图下面署上我的名字。

这座房子正位于当初我所说的位置:距离邮政所仅三个门牌,巨石垒就,铅棂窗格,榆树环绕。当莫斯警官的福特车驶上房前的车道时,我看到草坪上点缀着星星点点的水仙花。

屋子里,桌子一头坐着一个人,手缠绷带,一只手指已经不见了。不是我曾经信口胡诌的雷根先生,而是龚谢应先生,他满眼怒火,让我不敢正视。

尽管似乎为时已晚,但直到这个时候,我才开始逐渐意识到,谎言的力量。

不过,请继续读下去,读下去,不要担心我在兰金·唐斯女王监狱度过的那些年月:如同往常一样,我总能找到自我安慰——或是从监狱窗户看出去的片片湛蓝的天空,或是那些通过信件寄来的芥末黄色的谎言——全是莉娅·戈德斯坦创作的。

第三部
BOOK THREE

1

玛乔莉·查菲放下笤帚，蹲坐在屋前游廊的台子上，阳光将台子镶上一道银边。一只老鼠从她的光脚丫上跑过，等它回头再来啃她的大脚趾甲时，她一把将它扫开。玛乔莉45岁光景，她舒舒服服地蹲坐在那里，一双大得出奇的脚平放在满是沙子的地上，瘦削的胳膊环抱着膝盖。就那个姿势，她能一连坐上几个小时，而且，倘若天边的海市蜃楼再次出现的话，她真的会这么一直坐下去。

海市蜃楼当时就出现在屋前车道的尽头。他们的信箱两侧近400码孤零零的道路都被其笼罩。那里，她看到了霍舍姆的正大街，就在马里滚烫的沙子上闪烁。这已经是两年前的事了，就发生在节礼日后第二天。当时她甚至能清楚地看见街上妇女们网袋里的包裹，看到屠夫切下一串香肠，橱窗上他的名字（哈里斯）也清晰可见。她还看见一个上年纪的农夫，弓腰驼背，用根绳子费力地拽着一条猎狐犬，旁边杂货铺的男孩系着白围裙，骑着辆黑色自行车。

仅仅这些，并不足以构成一个秘密。倘若海市蜃楼不过如此，她蛮可以将丈夫喊出来，一起欣赏这独特的景致。

关键是她还看到了别的东西。正是这个"别的东西"，让她满心里都是快乐，一种混杂着幸福和失落的甜蜜，她不能告诉任何人。这个"别的东西"是个年轻的男孩，身穿白色板球服。实际上她也不过只看到他一小会儿。另外一个孩子，就是杂货铺的那个男孩，他将自己黑色的自行车靠在一堵墙上，当他走进老板的店里，自行车哐当一声倒在人行道上。农夫被他的猎狐犬拽走了。然后，身穿白色板球服的男孩从屠夫的橱窗前走过，侧身翻了个跟头便不见了。

正是他侧身翻的这个跟头，他纤细黝黑的胳膊，他无意中流露出来的快乐，穿透了她的心，因为她觉得自己看到的——尽管她知道不可能——是她的丈夫。她知道那绝对不可能是自己丈夫，因为无论是当时，还是此时此刻，她都能听到他的声音,他就在打铁的炉子旁边。他的鼻子长大了,眉毛歪斜了,仿佛一幢地基沉降的房子。然而,那就是她的丈夫,她记得他年轻时的样子,敏捷、漂亮得像只兔子。他曾经在杰帕里特板球队司职边锋,他的那种带有穿透性的传球,优雅,迅捷,勇敢——简直嗖嗖作响——她嫁给他,完全是出于一个年轻姑娘的理由,只是有别于他们所说的那样。

但此刻,她听到有辆摩托车驶近,兴趣立即转向了它。不过,它并非海市蜃楼的一部分,而是一辆真实的摩托车,一个硬邦邦的金属玩意儿,在它身后卷起橙色的绵软如羽毛般的尘土,弥漫在湛蓝的天空中。看着那辆摩托车,她渐渐忘记了身穿白色板球服的男孩,尽管她不知道骑车的人究竟是谁,但她希望它停下来。

"停下。"她说,尽管声音不大,但非常清晰。

摩托车停了下来,就在信箱后面,距离游廊400码的地方。它停在那里,发动机不太有规律地轰鸣着。

骑在车上的人下了车,玛乔莉·查菲感到——这感觉来得非常突然——很恼火。她站起身,捡起笤帚。

她得给来人倒点水喝。

2

摩托车时而轰鸣,时而静谧,时而犹豫不决,时而疾窜,时而没了声响,继而又噼啪作响。查尔斯咬了咬牙,感觉假牙里塞满了沙子。他两侧的肾疼痛难忍。他在腰上缠了条羊毛围巾,又在围巾外面紧紧地系了个腰包,但受伤的双肾依然痛得厉害,而疼痛的原因——那种用小树干一根一根并排建成的路,当地人称之为木排路——似乎看不出有任何变得平坦点儿的迹象。

摩托车没什么问题,一辆1927年的AJS牌H系摩托车,车龄10年。问题出在汽油上。在饱受干旱之苦的马里,这儿是旅行者唯一能够找到水的地方了。

我的儿子那时候17岁,大腿粗壮,双臂结实,垂在塌斜的肩膀两侧。他有一颗如同泥塑木雕般的大脑袋，一双淤青的眼睛倒是炯炯有神——与其说他的眼睛是黑色，还不如说更多的是黄色——眼睛四周一大片淤青，又因为一路风沙侵扰，布满血丝，如同一双澳洲喜鹊的眼睛，野性十足，瞪眼看着面前的一切：大风起兮，漫天黄沙，篱笆墙的顶部都被刮得向外伸了出来。

他的助听器搁在耳朵里，但并未连上。一直以来，他的耳朵里都有各种奇怪的声音，时而刺啦，时而爆鸣，时而哗啵，时而嘶嘶，不管是否连上助听器，都是如此。有了这么只耳朵，他怎么也不会忘记我——那个让悲伤冲昏了头脑的父亲，克伦斯那个可怕的晚上，是他将他的耳朵打坏了。

新的水星牌边斗过于重了些，它更适合大点的摩托车。边斗上挂着招牌，表明他的营生："蛇娃白杰瑞。"还有画得很狰狞的警示语（"小心，内有毒蛇"），倒也是实话实说。

远在一英里地以外的地方，他就看到了那个信箱——远远看上去，不过是个蓝白色的东西，待渐渐驶近，才看清它的真面目——一个4加仑的油桶，旁边焊上个小盖子以遮风挡雨。一条松软的沙子小径，沿着信箱，穿过一排矮小的马里桉树丛，缓缓上升，直达一幢坐落在一片光秃秃的黄土地上的房子——在酷热的阳光下，房子的瓦楞铁皮墙闪闪发光。

查尔斯在信箱前停下车，看了一眼上面的标志。"查菲。"他有些犹豫，不知道查菲会是怎样的人，倘若他多疑，喜欢挖苦人或者粗鲁无礼，倘若他有几个嘲弄自己的儿子，或者嘲笑他滑稽长相的女儿，倘若他们不愿意给他杯水喝，不愿意给他口饭吃，或者虽然给他吃喝，但还是把他赶回到黑暗而不友好的夜色里，根本不管他有没有地方睡觉。

大门不是用木头或钢板造的，而是一个用编篱笆的铁丝绷起来的机巧装置，一连串复杂的线圈和撬杆，目的就是要将铁丝绷得松紧有致，更像是一个陷阱而非门。此前他从未见过如此复杂的系统（一点儿也不奇怪——这是莱斯·查菲那个聪明脑袋的杰作），所以他费了好长时间才将它打开，关上它费的时间甚至更长。

玛乔莉·查菲看到查尔斯解开围巾和腰包，放进边斗里。她见他理了理头发，心里想："是个搞推销的。"

时值3月底，天气依然炎热。麦子早已收割完毕，但都堆放在铁道侧线的麻袋里，被老鼠啃食了不少。地已经犁过，而且已经连着播了两次种子，种子价格不菲,却从未发芽。牧场、抵押物,还有其他一些金额不菲的合同文档,都如噩梦一般,在风中飘零。

摩托车驶近的时候,玛乔莉·查菲试图看清它边斗上的招牌,但她将望远镜忘在壁炉架上了,所以怎么也看不清。

游廊离下面的沙土地仅有2英尺高,但面对陌生人,这一点高度足以赋予她居高临下的优势。如同往常一样,她站在那里,俯视着那辆熄火的摩托车(黑亮亮,金灿灿)——发动机没有干净利索地停下来,而是拖泥带水,仿佛一场喧闹的会议,慢慢才归于安静。

骑车人扣上西服扣子。她看到,他不过还是个孩子。

查尔斯试图看清她的脸,但太阳的光直射他的眼睛,而女人置身于阴影之中。"夫人,您好。"

"你好。"回答单调得如同窗户上的百叶窗。

他眯起双眼,看着她。倘若说他试图在这个躲在阴影中的陌生人的脸上找寻爱,恐怕有些言过其实,不过如果说他希望得到认可,得到接纳,倒基本与事实相符。他是个在陌生人中游走的陌生人,无论是接纳还是拒绝,他都已经适应了。

"够热的?"他问道。

"够热。"

厚重的衣服下,他汗流浃背,但他希望自己看起来像个男人。不过,他同样也想告诉她,我还只是个孩子。我不会伤害你。我想要的,不过是一顿饭、一个睡觉的地方而已。

游廊上的这个女人纹丝不动,她像一只知道有人看着自己的巨蜥一样。她的笤帚在地板上扫过,即便最轻微的触碰也让他联想到巨蜥嗅着空气的分叉的舌头。

"您先生在家吗?"他问道。他知道淤青的眼睛让自己看起来不太正常,本想解释一下。他相信她是个好女人,对自己的孩子一定也非常好,但他开不了口,连他自己也感到惭愧。

"你想要什么?"她问道。

"哦,"他的脸唰地红了,很不自在地抬腿在沙地上画了个弧线,"做点小生意。"

"什么生意？"

一只老鼠从游廊上噌地跑过，她心不在焉地拿笤帚打了一下。老鼠爬上一把生锈的铁锹，沿着瓦楞铁皮墙的横垅（查尔斯看着它，柔软得如一个影子飘过银灰色的墙板），穿过窗户，钻进屋子。她将瓦楞铁皮的窗户支架拿开，窗门哐当一声关上了。

"老鼠很多？"他问道。

"到处都是。"她自我辩护似的说道。

"我刚从杰帕里特过来，"查尔斯说，"那里的老鼠也多得要命。哎呀，真的很多。能把你扣子都啃了。"

"哪儿的扣子都给你啃了。"查尔斯并没有听见她的话，也没有注意到她花衣服的前襟上别着三颗安全别针。"夜里还啃你的脚趾甲。"她说。

查尔斯摆弄着助听器，那是个沉甸甸的铁盒子，将他的西服都坠变形了。助听器在他耳朵里，忽然发出一声咆哮般的巨响，他做了个鬼脸。

"对不起。"他说着将头歪向一侧，仿佛从这个角度，他能够看透阴影。"我耳朵不太好。"

"啊。"她说，忽然间，对他充满了同情。"我没说什么，只是说可恶的老鼠。"

"养猫了吗？"

"养了两只，"她又变得警惕起来，"不过没什么作用。"

尽管尚未获邀走上游廊，但查尔斯已经闻到一股老鼠的酸臭阴湿的气味。"我有比猫更好的东西，夫人。"

"推销的话最好跟我丈夫说，不过他什么都不会买。如果你是要推销什么捕鼠器或者类似的玩意儿，那就不用费事过去了。他在打铁的炉子那边。"她说着，因为要倒杯水给他喝，她再次恼火起来。

沿着滚烫的银灰色墙板，查尔斯转过厨房的拐角，吃力地绕到屋子后方。他本希望男主人不在家。任何时候，他都更愿意与女人打交道，因为再铁石心肠的女人，总归都有柔软的地方。

他小心翼翼，以防踩到一小片已经荒废沙化了的菜地。他穿过一个院子，里面到处都是犁铧、耙齿、松土机等锈迹斑斑的农具，来到一个铁皮墙壁泛着光亮、大门幽暗的棚子前，内心深处不抱任何希望。他的助听器哔啵响了一下，使他未能听到棚子里传出的打铁声，还有白凤头鹦鹉的叫声——共有三只，它们从他头顶飞过，正飞往一个干涸的池塘边的树丛；它们缓慢而有力地扇动着翅膀，恰好与它们的叫声相一致，如同几扇久未上油、嘎吱作响的大门。查尔斯看到了那几只鸟，只感到沮丧——他捕鸟的网全都拿去换汽油了。

　　棚子很大，土坯地面，炉子架在棚子的一端。他先是看到幽暗处烧得红彤彤的铁块，然后才看到农场主本人。他一步步朝着火花四溅的炉子走过去，并未意识到这个棚子有何非同寻常之处——架子上摆满了各式奇形怪状的铁块，而且都贴上了标签，标签上的字写得干净利落。他路过一个钻头模子，还有一架车床，但他没去想为什么一个农场主会有此类设备。他真正注意到的是一辆拖拉机——是用一辆老福特T型车改装而成，结实的链条将动力传送到巨大的钢铁轮子上，非常精巧。

　　"汽油。"蛇娃白杰瑞心里在想。

　　如同大多数农场主一样，他也目光犀利，身材匀称，农活让他变得健壮而结实，然而，最终，他们已不再适应他们的工作，因为他们太喜欢有人做伴了。见到陌生人站在自己的棚子里，他感到由衷的开心，但他并未马上停下手里的活——他正在锻打一个车轮上用的楔子，拖拉机上原来的那根断了，得换上——不过他草草就结束了，将它扔进一桶不知搁了多久的水里，嘶嘶地冒着白烟，随后迫不及待地摘掉围裙，走过来跟查尔斯握手。

　　看到这张脸，查尔斯如释重负，不仅仅因为它冲自己咧嘴而笑，还因为，不管怎样，这是一张友好的脸——它向上高高扬起，稍显扭曲，两撇灰白的眉毛，浅蓝色的眼睛，眼角布满了深深的鱼尾纹。这就是莱斯·查菲，一个架子上放着字典、墙上挂着世界地图的人，如果有什么东西引起他的兴趣，他会习惯性地拿根叉子或者螺丝刀戳戳它们。

　　查尔斯几乎立刻便喜欢上了他。他喜欢他挂在衣服上的银表，那是他在步枪俱乐部赢得的。他喜欢他揣在无领衬衫口袋里的三支不同的钢笔和自动铅笔。但最主要的，他喜欢他高高扬着脸的样子，认真地听着查尔斯想说的话。

　　"果真如此？"当查尔斯有点慌不择言、词不达意地跟他说了些有关蛇的情况，例如说蛇非但没有毒，而且会吃老鼠，他问道，"你就是做这门生意的，是吗？"

　　查尔斯说是这么回事。他开出价格是一加仑汽油，一顿饭，一个睡觉的地方。报价的时候,他担心自己要价太高,而当莱斯·查菲跟他握手说成交的时候,他又为自己开价太低而难过。忽然之间,他的眼里噙满了泪水,彻底暴露了他的真实心理状态,他只好借助于棚子里幽暗的光线来隐藏。

他们走回到屋子里的时候,外面刮起大风。农场主竭力不去想自己遭受风沙之苦的牧场,不过,当沙石直接拍打在你的后脑勺上的时候,自欺欺人实在有点困难。他只好拿年轻来客淤青的眼睛来逃避,想着它背后可能隐含的风流韵事,究竟是发生在农场里还是酒吧里,究竟是谁家的女儿。蛇娃身上有种特别的东西,让他觉得肯定有谁家的女儿牵涉其中,而且十拿九稳。然而他错了。他所看到的,实际上是一种对于爱的渴望,可能一个系着围裙、满手面粉的大块头妇女最能满足他的这种渴望。但莱斯·查菲看到他脖子后面发完青春痘后留下的泛着油光的疤痕,还有他宽大的下颌,感觉他散发出一种气息,清楚地表明他对性有多渴望,仿佛四处弥漫着的老鼠的气味一般——从杰帕里特直至南澳大利亚边陲,老鼠泛滥成灾,成千上万,不计其数——两者之间的这种相似性,不禁让他重又回到了自己一直试图忘记的事情上来了——干旱和鼠患,鼠患和严重透支。

杰帕里特的店铺都散发着一股老鼠的气味,就连肉铺也不例外。在杂货铺里,你能看见它们啃着贴在布洛克奥夫饼干盒子上的纸,将铰链扣住的盖子顶开。在铁道侧线上,它们肆意啃食着一包包的麦子。它们从堆放在最下面的袋子开始啃起,直至将麦堆包啃得轰然倒塌,最终一文不值,一年的劳动葬身鼠腹。人们甚至拿老鼠开起了玩笑,说那些有孩子的人家——他的两个孩子都在吉朗戈登理工学校读书——用火柴盒做成小小的两轮马车,套上四只或者六只这该死的畜生,用来拉车。

正是老鼠让查尔斯骑着摩托车,大老远从悉尼赶来,原本他没打算买摩托车。他在悉尼的报纸上看到有关鼠灾的报道,但他没想到情况会如此严重——它们成群结队,吱吱乱叫,天不怕地不怕,四处都是它们难闻的气味,简直逃无可逃,孩子们的胳膊上、脸上都是它们传播的红疹。

没有人有钱买蛇,他也没本事劝说人们改变固有的想法。所以最终他落得身无分文,孤独凄凉,置身于那些抱有敌意的小镇,只好用他的蟒蛇提供的捕鼠服务换口饭吃,换点汽油,心里知道他的蛇明天就会像节礼日上的饕餮之徒一般肚圆腹胀,倘若他还想吃上口饭,恐怕就得表演耍蛇了。然而正是耍蛇导致了他的眼睛被打得淤青——他业余水平的耍蛇把戏,在杰帕里特的丹·莫菲商务酒店被揭穿了。

查菲家热得像个火炉,一屋子老鼠味和汗臭味。但能够获邀进屋,并被正式介绍给查菲夫人,查尔斯已经感激涕零了。

查菲夫人身材娇小,已经人老珠黄;但她憔悴灰白的双眼,依然能够为了自己的丈夫,表现出或警惕机警或温暖关爱的两种不同的心理状态——在她的口中,丈夫被称之为"孩子他爸"。她坐在黑暗的厨房里,听着丈夫解释蛇娃究竟是做什么生意的时候,就很好地展现出这两种迥然不同的情绪。她壮着胆子,摸了摸其中的一条蛇;而真正让她警觉的不是蛇娃的蟒蛇,而是这些蟒蛇所可能激起的巨大热情。

查菲夫人知道,在丈夫的生活中,热情有多么重要。但她也知道,这种热情必须精确计量,适可而止,如那些药方(江湖郎中们最喜欢),剂量小一点则恰到好处,多了便有性命之虞。查菲夫人看完蛇,将它们还给主人,然后给他倒了杯水,又往她的爱尔兰炖汤里多切了些土豆。

3

现在这个阶段,尚难说我儿子的生活究竟是何种滋味,尽管后来他会将其浪漫化,声称自己对于寄宿如何老到,说什么自己就是为公路而生,从摩尔到米尼普都有他的朋友,但是,凡是愿意看着他那双已然老成的眼睛的人都会发现,事实并非如此:一路走来,他完全如同一个根本就不存在的人,他觉得自己谁也不是,甚至比谁也不是还要糟糕:他羞怯,丑陋,见到男人紧张不安,见到跟自己一般大的孩子心神不宁,见到餐厅女招待又面红耳赤,笨手笨脚,因而是小孩子们最喜欢捉弄的对象。

然而,内心深处,他对自己有着完全相反的看法:他觉得自己与众不同,终有一天会成就大事,绝不仅仅是为了他个人,而是为了整个国家。这些矛盾之处,他的羞怯、自大,以及对关爱的渴望,构成了一个相互牵制的三角,使他成为一个难以理解的人,也使他在紧张的时候好斗,自信的时候结巴,获得别人肯定的时候容易流泪,应保持沉默的时候则变得唐突。

耳背进一步置他于不利之地。因为听不见,有时候他会以为遭人怠慢,而事实上别人并非故意为之。

仅仅这些方面,已足以让他成为一名糟糕的推销员了,然而还有其他不利因素——他是如此渴望告诉别人真相,却又无法言简意赅地表达清楚。在他身上,我见到了自己那种令人眩晕的欲望,试图将真实的自我袒露在朋友面前,将种种纠缠、矛盾、好与坏,都一一掰扯清楚,然后说——这就是我。有天晚上,我跟杰克·麦克格瑞斯在一起的时候就是这么干的。其他场合我也干过类似的事情,但对于查尔斯来说,真相简直是一种近乎偏执的狂热。我不知道这一性格来自何处,但它确实使他成了一名糟糕的推销员。这并不是说,如你可能想象的那样,教授,以为推销员都需要撒谎。而是因为,大多数普通顾客对真相毫无兴趣。

即便像莱斯·查菲这样的人,也很少带来什么好处。

对于我儿子说的每一个字,查菲都兴致勃勃。日落之前,他让我儿子坐在又大又暗的客厅里,并在他面前放了一大盘炖汤。肉上有软骨没剔干净,汤里油花四溢,但查尔斯实在太饿了,脑袋和肚子都已疼痛难忍。他拿起自己的黄色骨柄刀子和生了铜锈的叉子,迫不及待,几乎顾不得查菲两口子是否要做餐前祷告。查菲夫人却递给他一条餐巾,他因此放下刀叉,将其铺在腿上。

就在这时候,莱斯·查菲问他的蟒蛇都是从哪儿弄来的?

现在,倘若查尔斯能够忘记巴布亚的一只孤零零的口袋,还有据报道的一个所谓的海湾里的异象,没准他四个字就可以打发这个问题,在下一个问题到来之前往嘴里塞块土豆。但他不具备如此言简意赅的表达能力,更何况,男女主人的脸上都写满了浓厚的兴趣,所以他希望把一切都说给他们听,不单单是关于蛇的,而且是他自己日复一日,一点点积累起来的种种信息。所以他不仅提到了巴布亚那个孤零零的口袋,还有海湾里的异象,不过他也承认,并非自己读到的,而是在亚拉腊的一个餐馆里听一位老师说的,一位名叫吉布森的先生——一开始他在摩尔,不是教自然科学的,而是教英语的,但他喜欢科学。

我已经将他的话精简了。因为查尔斯每路过一个地方,都会遇上个值得一提甚至深入探究的人。他谈到了很多事情,甚至包括身上这件西装的来历,连袖口上的油渍他也要解释一番,最终他才会说吉布森先生告诉他,海湾里的异象并非他们正在说的蟒蛇——当然大小简直不具有可比性——而是另外一条蟒蛇,或者一条尽管也被通称为蟒蛇,但实际上根本不是蟒蛇的普通蛇。

主人们已经拿店里买来的雪白的面包擦盘子里的汤汁了,查尔斯连一块土豆都还没有送到嘴里,只是,尽管已经不再谈论吉布森先生了,但他依然未能结束他的回答。

他坐在那里,将胳膊放在铺着格子油布的桌子上,一直不停地说啊说。而他的蟒蛇吃了个够,懒洋洋地躺着,疯狂地长肉;它们在麻布墙衬上的洞里慢慢地钻进钻出;躺在莱斯·查菲大老远从吉朗带回来的黑色干海藻铺的窠里,臃肿而又起伏不平。查尔斯看到自己的炖汤上结了一层油膜。他越说越快。一方面,他对主人专心致志地听自己讲话心存感激,另一方面,他又对他们不让自己吃东西非常生气甚至憎恶——尽管他知道自己有这样的感觉很不对。

不过,原本最后他是可以吃上的,因为他的回答,尽管随着它一点点展开,仿佛永无止境,但着实变得越来越细,终于到了结尾部分。倘若他没有注意到男主人俯身向前,一副没羞没臊地看着他青紫的眼睛,在主人提出下一个问题之前,他是有足够的时间往嘴里塞上一口东西的。正如我前面提到过的,他对自己如何受伤这件事羞愧难当,不过倘若有人直截了当地问他是怎么受伤的,那么他别无选择,只好如实相告,连最令他感到耻辱的细节也不会稍有隐瞒。

太阳已经下山,查尔斯回答的过程中,煤油灯也点上了。煤油灯投下了一层深暗的阴影,正是为了寻找这样一个绵软的藏身之处,查尔斯才将椅子往后一拖,笨拙地将头扭向了一边。当他终于将眼睛藏进了阴影之中,逃过他们的视线,查菲两口子便再也无法劝他多吃一口了。他拍了拍肚皮,声称已经吃饱——事实上,他恨不能哭喊着说自己有多失望。

"你是不是,"莱斯·查菲一边吃着客人没吃掉的食物,一边问道,"跟人吵架了?"

查尔斯看着他的主人,一下子呆掉了。

"你是说打架?"

他头痛欲裂,脖子也跟着痛了起来。

"跟人打起来了?"莱斯·查菲手拿刀叉,俯身于堆得满满的盘子上,眉头上挑,满脸期待地说。

查尔斯痛苦地耸了耸肩。

于是,透过油烟笼罩的灯光,玛乔莉·查菲看着眼前的一幕——这一幕将久久停留在她的记忆中,再也没有比"多么可爱的笑容啊!"这句话更能贴切地描述此情此景了。

然而,即便这句话也不足以描述如此神奇的事情。莱斯和玛乔莉·查菲从他们的客人那里得到的笑脸,实际上既是一个恳求,恳求他们不要继续刨根问底,也可视为一种慷慨的回报。但是,它又远不止于此。他那以救世主自居的祖父,倘若拥有此等天赋,一定会令所有维多利亚州人排着队来买他的大炮。

那个晚上,莱斯·查菲会梦见劈木头。他劈开一段铁皮木,在其空心之内,发现了一朵奇迹般地完好无损的红玫瑰。

4

莱斯·查菲属于那种不亲手扯一下绝对不会发现毛线套衫上松了根线头、非得亲手拍拍才相信发现了一匹马的人。如果他遇到个意大利人,他一定会要求对方说几句意大利语,然后还要人家将许多常见的英语单词翻译成意大利语才善罢甘休("那么,意大利语'发电机'是怎么说的?")。如果他吃了份炖汤,他一定要搞清楚它是怎么做出来的,里面放了些什么佐料。这种脾性让他得到一个爱管闲事、好搬弄是非的名声。尽管他发明了好几种犁,还有另外一种设备,专门翻掘马里这地方的土地,很多人大老远从墨尔本赶过来看个究竟,也丝毫不能改变情况。这让他有了个额外的名声,那便是大家都认为他很危险,当然,也不能断言其完全名不副实。

他有台留声机,几张汤米·多尔茜的唱片。他会坐在热烘烘的餐厅里或游廊上,挽起衬衫袖子,解开马甲,趿拉着拖鞋,露出雪白的脚踝,脑袋朝一侧高高扬起,仿佛一只狗正专心地听着某种无法解释的声音。他听唱片,给人的印象不是为了享受,而更像是为了搞明白某种复杂的语言。

莱斯·查菲14岁生日那天便离开了学校，对此他一直感到遗憾。渐渐的，他开始相信，如果他问足够多的人足够多的问题，那么他最终会受到良好的教育。为此，他一直锻炼自己提问的能力。

所以，当妻子摞起盘子时，莱斯一边冲他的客人笑着，一边梳理着自己波浪似的金发，不是出于虚荣，而更像一名优秀的机械师在一台机器被拆解之前，希望一切都井然有序。他捻下梳子上的碎发，很挑剔地扔到地上。

一只逃命的老鼠滑了一下，从橡木上掉下来，打翻了糖罐，紧接着跳下了桌子。

莱斯·查菲坐在煤油灯影里，面带微笑。

查尔斯坐在凳子上，挪了挪身子。他有种预感，觉得有什么事即将发生，但又不知道到底是什么。他们都在等着查菲夫人从厨房回来，它一定会出现的。

她匆匆地走了进来，脚蹬拖鞋，步履轻柔。她拖过椅子坐下，双手叠放在腿上。

"通常情况下，"莱斯·查菲将梳子熟练地插进衬衣口袋，再次开口问道，"一周里面，你都做些什么？"

查尔斯在想，他们会不会给他一片阿司匹林或一片面包，但他决定还是先回答问题。然而，当他回答之后，另一个问题又接踵而至。

他跟红腹黑蛇打交道的经验是什么？它跟青腹的变种之间有何区别？他妈妈嫁给白杰瑞之前是干什么的？他们同米尼普的麦克格瑞斯有什么关系？你爸是干什么的？你怎么看莫·麦伊伊？你准备投谁的票？你觉得佛朗哥将军怎么样？

最后一个问题，查尔斯回答得非常小心，但是，当他发现他的主人既是个民族主义者，又是个社会主义者的时候，便道出了自己真实的想法：他曾遭抢劫，当时他差点儿就去参加反对"佛朗哥这个狗杂种"的战争[1]了。

莱斯当然很感兴趣。他用手掌的边缘将洒在桌上的糖粒拢到一起，扫进糖罐。然后，他将糖罐放到他脑袋后面的架子上。

---

[1] 20世纪40年代，西班牙弗朗西斯科·佛朗哥实行恐怖专制统治，镇压反法西斯革命运动和共产主义运动，引起世界范围的强烈不满。

"那么,"他说,"后来呢?"

查尔斯想着霍舍姆的哈里斯家的屋子——他们早上给他端来了六根羊排,走的时候还给他切了些做午饭。他们在他的奶酪三明治上放上甜甜的小黄瓜,不过他全都给扔了,因为他不喜欢吃黄瓜。现在,他非常后悔。比如说,他可以把黄瓜从三明治上拿下来。甚至于,他可以将奶酪上的黄瓜味儿洗掉。他真是个恶棍。他再也不会把好吃的东西给扔了。即便他不能去掉奶酪上的黄瓜味,至少可以把三明治下面的那片从未碰到黄瓜的面包留下来。

"那你上船了?"莱斯·查菲试探着问。

"不,我见都没见过那艘船。"

"他一定有船票。"查菲夫人暗示道。这是她第一次说话,但查尔斯喜欢她说话时靠向自己的样子。

"我有钱买去伦敦的船票的。"

"没错,"莱斯说,"你有票子,就装在口袋里。"

"在腰包里。"

"在腰包里,你说的没错。后来呢?"

一扇扇百叶窗都被撑开,查尔斯可以听见一只孤单的猫头鹰凄厉的叫声,咕——咕——咕,咕——咕——咕[①]。他正想要片面包。他抬起头,话到嘴边,却看见查菲夫人热切的眼神。他决定还是先讲故事。

5

一开始,他根本没想过要去西班牙。他真正想去的是悉尼,去找妈妈。当火车晃晃悠悠地从悉尼肮脏的后院之间驶过的时候,他觉得自己的生活似乎真的要开始了。他想象着自己的妈妈住在一间类似他在铁道沿线看到的那种房子

[①] Mo-poke,在澳大利亚英语中有"笨人"的意思,此处有一语双关的效果。

里，这非但没有令他感到丝毫沮丧，反倒有点兴奋。他期待着温暖的拥抱和滚烫的泪水，柔软的床，丰盛的晚餐；窗前驶过的列车的隆隆声，只会让他更加幸福。

他带上了自己最后也是最好的两张兔子皮，准备送给她。她可以将它们做成帽子，或者披肩。它们一面硬，一面软，弯曲的时候，发出沙沙的响声，是他品质最好的毛皮了。他从利物浦出发，就快到达目的地时候，他将它们从包裹里拿出来，给一个水手看。

"带给我妈妈的，"他说，"从小我就没见过她了。"

水手建议他不管费多大劲儿，一定要找到妈妈。他自己在孤儿院长大，并且愿意提供帮助，但查尔斯说他已经有个朋友帮忙了。当水手听说那个朋友是名女性的时候，他给了查尔斯一个装在信封里的避孕套，上面盖了个"已经气压测试"的戳，他坚持让查尔斯一定要拿上。

莉娅·戈德斯坦根本没有想到查尔斯会来。如果在街上遇见，很难说她会认得出他来，因为他的个头长大了好多，着装风格也完全是自己的选择——一种城里人穿剩下的作为小费赏赐给他的旧衣服，与一些他自己花大价钱买来的花里胡哨的东西的混合体。因此，他身穿肥大的格子夹克，有着亮蓝色和金色的方块，显然是用大人的家居服改成的，脚蹬笨重的带钉子的工装靴，单从靴子上的洞眼数来看，怕是足有30年了，头戴一顶邮购自《史密斯周刊》的硕大的白色德克萨斯牛仔帽。他随身带着个卷起来的包裹，但并未扛在肩上，而是弄了个皮把手，扣在它本身的带子上，这样一来他便可以将包裹像个行李箱似的提在身体的一侧。他不希望别人把他当成流浪汉。

若是走在街上，莉娅·戈德斯坦肯定认不出他了。但是，她到底还是能认出来——她真的做到了——在她打开门廊上的灯，看到他站在那里，手里还拿着有轨电车的票根之前。一股茶树油的味道，在西风的吹拂下，扑面而来，使她严肃的面庞变得柔软，在她伸手去探电灯的开关之前，她的嘴已经作势要叫他的名字了。

有一瞬间，她担心他会像只小狗似的，冲过遮挡蚊蝇的纱门。但他很好地克制住了自己。一转眼，他便将她紧紧地拥在怀里，而她放声大笑——当然，纱门完好无损。见到他，她非常高兴，远比她想象的还要高兴，尽管如此，她还是嘘声让他压低公鸭似的嗓门和开心的叫喊声，因为屋里正在开会，而且她——她手里还拿着本小册子——是书记员。她竖起手指,放在唇边,告诉他可以一道进来听,因为他们不会(她做了个鬼脸)开太久。

在那间小屋子里,地上、破椅子上、床上,坐满了男男女女,他们将会,或者已然,作为艺术家或作家而闻名遐迩了。他们在此开会,目的是要组织一个展览,以便募集资金,送澳大利亚人去参加反对佛朗哥将军的战争。查尔斯进来的时候,他们冲他温厚地笑了笑,紧接着又回头继续讨论他们的问题去了。查尔斯坐在角落里,靠着墙,脸蛋涨得通红。

围绕有没有无产阶级艺术这个问题,大家进行着激烈的争论。查尔斯惊讶地看到,在他的记忆中极有主见的莉娅居然没有参与其中,而且也未见她记下任何东西。她稍稍靠后地坐在伊沙伊轮椅的一侧,冲查尔斯笑了两次。似乎没有人注意到伊沙伊的残疾,更令查尔斯感到震惊的是,他根本就不屑于在穿着裤子的残肢上盖一条毯子。

查尔斯感到非常别扭,局促不安。他对这间屋子或这种情形几乎全无概念。他不明白为什么男人非得戴着顶毡帽,女人非得穿上绿色的袜子。他也看不懂墙上贴的那些抽象的印刷品,甚至听不懂他们说的话。他听着伊沙伊·凯莱斯基对无产阶级艺术的可能性大肆嘲讽,但他根本不明白他在说些什么。

可是,他曾经捕过兔子,卖过鸟雀。他曾经在西新南威尔士替人扎过篱笆。他可以什么诱饵都不用,单凭一杯水就能捕到玫瑰鹦鹉。他所有的积蓄有105镑6先令2便士。他觉得,在座的大多数人都没有这么多钱。他们根本无权让自己感到如此愚蠢。他想找到一个方法,让此处变得更有利于他。他雄心勃勃,试图让墙上的毕加索或者他们正在争论不休的无产阶级艺术这个问题彻底消失,而他真的做到了——他打开袋子,拿出自己那天下午在坎贝尔大街买的蛇,一条小小的黄绿相间的树蛇,漂亮得令人炫目,而且非常好动。

他坐在角落里,冲莉娅神秘地笑着。很快,会议就散场了,因为所有人都看着那条蛇,没有人能够集中注意力去听别人在说什么。

没过多久,他便跟他们聊起了自己与篱笆承包商的工作,还有他在西部同蛇打交道的经历。毕竟,他是白杰瑞的儿子。

所有人都走了之后,莉娅也离开了一会儿(她得去替莱尼准备可可粉),只剩下查尔斯和伊沙伊在一起。

伊沙伊非常恼火,不是因为查尔斯,而是因为他的同志们。他们的注意力居然如此轻易便从工作上分散开了，跟夏日午后教室里的小孩子没什么两样。他坐在轮椅里，前后摇晃着，点了根烟，试图借此驱赶如潮水般席卷而来的孤独感——每次会议结束之后，只剩下妻子留在自己身边，孤独就会将他吞噬。他烦躁不安，一会儿将烟灰缸扶正，一会儿使劲地咬着嘴唇，试图对这个不速之客表示同情。

"那么，"他说，"你来悉尼有什么打算？"

伊沙伊的话，查尔斯只听到了半句。不过，他通过伊沙伊的表情，反正远比通过他的话语能获得更多的信息。

"我耳朵不太好。"查尔斯不太友好地说。

伊沙伊并未重复自己的问题。此刻，他重又恢复了教师姿态，他有的是时间。他疲倦地点了点头。而在查尔斯眼里，他的疲倦却被解读为一种敌意。

"我想，你觉得我有点像个恶棍。"他说。

伊沙伊摇了摇头。"不。"他说着笑了。

他们呆坐着，面面相觑。查尔斯很快便感到恐慌。如果他不是个白痴的话，他应该能够开口说话。但他不知道该说什么，也不知道该怎么说。

"我记得你，"他近乎哀求地说道，"我们以前见过。我的鹦鹉还把你的手指头给啄了。"

伊沙伊原本想对这个坐立不安的孩子友善一点，但查尔斯却提起了那个他宁愿忘记的日子。

两人再次陷入了沉默。

"我上这儿来是为了找我妈妈。"

伊沙伊说了些什么，但查尔斯没听见。他开始摆弄起自己的助听器，在自己的膝盖上不停地磕着那个金属盒子。

"你还记得我吗？"他问道，"我记得你。那时候我还只是个小孩子。"

"对不起。我累了。"

"我刚进来的时候，你在说什么？"

伊沙伊解释了一番，但几乎从一开始，查尔斯就放弃了要去理解他的话，所以当他再次开口的时候，他讲的完全是另外一个话题。

"我欠莉娅很多。"

"似乎每个人都欠她很多。"伊沙伊只想上床睡觉。他根本不想谈论自己如圣徒一样的妻子,但他确实希望她能来拯救自己。他满怀期待地看着房门。

"我打算带她去看电影。"

事实上,查尔斯原本打算带他们两个人去看电影。他甚至不知道,直到自己说出这句话时,他才改变了主意,将伊沙伊排除在外。"还要带她下馆子。"

"好极了。"伊沙伊·凯莱斯基说,此时他对这个自吹自擂的客人已经完全失去了耐心。他弯下身子,开始收拾散落在床上的打印纸。

"是的。我还打算带她去看中国杂技表演。"

"很好。"伊沙伊将那些纸放进一个暗褐色的文件夹里。

"肯定会很不错。有12个男杂技演员,都来自中国。我有钱。"

"你非常有钱。"

"都是我干活挣来的,每一分每一厘都是。本来我是打算带她上酒吧的,不过我在火车上遇到一个家伙,他说餐馆会更好。"

"那么你得带她上普鲁尼尔。"

"那是什么?"

"普鲁尼尔。喏,我会替你写下来。"伊沙伊·凯莱斯基带着一种于他已经不再新鲜的恶毒说。"那是悉尼最好的餐厅了。"

"这就是我想要的。"

查尔斯拿着伊沙伊写给他的纸片,费力地将餐厅的名字和地址抄到一个小小的带花纹的记事本上。

然而,第二天上午他便将那个地址划掉了,因为莉娅拒绝了他的邀请,而且大声笑了起来。直到那个时候,他才意识到伊沙伊是在愚弄自己,也就再没有试图去喜欢他了。

6

最终,是莉娅写信告诉我,我失踪的儿子又找到了。她绘声绘色地向我描述他已半成熟的脸庞,他的气息,他的衣服,他公鸭似的嗓子,他的蛇,还有他的银行存折。他到来的第一个早晨,她替他做了一顿丰盛的早餐:烤香肠、牛排、腰花、洋葱、鸡蛋、排骨、牛油吐司,还有好多杯茶。她用一个带蓝边的盘子,将这份大得惊人的早餐端给查尔斯。她跟我是这么说的,我不是说她不好,或者说她很少这样,而是说你不能把她的话太当真——到了1938年,我的这位清教徒似的朋友已经撒谎成瘾了,换作另一个对生活同样感到不快乐的女人,可能选择的会是雪利酒瓶。

没错,没错,我是在让你们相信,曾经诚实的莉娅已经变成爱撒谎的莉娅了。我并不是说这种转变发生在一夜之间——这些事不会像那样。她根本没有意识到自己在说谎。她的目的,无非是每天给我带来一点快乐,因为我身陷囹圄。她给我写信。

她没有告诉我,这令她的丈夫极为恼火。如果天气恶劣,她也只字不提。倘若她病了,她不会因此让我担心;她会像没事儿似的给我写信。这些,当然不能称之为撒谎。

直到罗莎生病住院以后,她才真正开始向我撒谎——罗莎患上一种该死的腐病,她的内脏从内到外全烂没了,如同一根被白蚁蛀空了的木头,轻飘而脆弱。是莉娅让罗莎的丈夫和儿子平静下来,是莉娅关心照顾她脾气暴躁的朋友,替她洗那些让她感到极度羞耻的床单和睡衣,坐在她身边,看着她睡去,直到她感觉自己浸透在死亡的气息里。后来,当她想起这几个月,想起自己帮助朋友面对死亡,她会将其视为生命中最为重要的一段时间。

但她对我只字未提。相反,她在信中大谈她和罗莎沿着塔玛拉玛海滩边的悬崖顶上散步。尽管她未提及散步的具体日期,但给人的印象仿佛是一小时或者几分钟前才发生的事似的,就好像罗莎隔着餐桌,坐在她对面,喝着香气飘逸的茶。这些信实在是太美好了，充盈着高远辽阔的天空，镶嵌着金黄灿烂的霞光，每一片小草的叶片似乎都十分清晰，对话的每一个字都准确无误。也许这些事曾经发生过，也许不过是她凭空捏造的。不管怎样，它们都让我有一种触电般不真实的复杂感受，每个被关在牢里的人对这种感受都很熟悉——外面的世界里哪怕最好的东西，都会让我们在苦涩和嫉妒中煎熬。这种爱和痛的错乱极为强烈。所以，尽管我对她的来信感到害怕，却又对其十分渴望。它不是一种简单的幸福，而是一剂极为有效的毒品。

罗莎死了，埋葬了。莉娅将与她有关的东西彻底从屋子里清理出去，铅笔头，旧舞袍，泛黄的信，蕾丝碎布，等等，全都给扔了。没有人阻止她。莱尼和伊沙伊像犹太人那样哀悼。当他们坐在地上的时候，莉娅则坐在桌子前，让罗莎复活。现在，该死的，这已经不仅仅是礼貌不礼貌的问题了。她在给我的信里写到罗莎如何挥动胳膊，如何打嗝，如何迎着阳光昂起她可爱的脸蛋。事情到了这个地步，说明她不再仅仅是为我而做这些了。她也是为了她自己。不到一年的时间，事情彻底失控了，她已经给仅存于想象中的罗莎添了好几个孙辈，做窗帘，种百香果，担心自己患上百日咳，而这一切，都只发生在每天上午9点到11点之间。

曾几何时，当我最终知道真相之后，我恨不能宰了她，因为她的欺骗，因为她让我为了证明不过是一片虚空的事情而动情动性。后面我会告诉你，我是如何带着我的罐子和刀刃登上火车的。但是，此时此刻，当我想起她，我甚至无法想象自己的愤怒。我所感受到的，不过是她周遭虚无缥缈的空气，各式家具冷冰冰的表面，油地毡的光泽，壁橱门闪亮刺眼的黄色，碎了的面包坛子褐色的釉面，空空的瓷水槽里的锈痕，而我的莉娅一个人坐着，给我写信，编织出一个快乐的大家庭。

这是一项危险的工作，她上瘾成痴也就不足为奇了。

而且，尽管她可以忍受莱尼抱怨自己的肚皮（"我五脏六腑全都缠起来了，姑娘"），忍受丈夫那张恶毒的嘴，但她绝不允许任何事情妨碍她写信，甚至于，她写信的时候，连伊沙伊也识相地不去招惹她——他俩现在都选择将其称为"记账"。

别以为在其他方面她会偷奸耍滑。尽管不过25岁，但莉娅却像任何一个不愿多想的寡妇一样，干起活来简直不要命。每天早上，她五点半便起床，帮丈夫穿衣梳洗，替他做好早饭，准备好午餐。六点半出门，她要推着轮椅，沿着邦迪附近陡峭的山坡，一直推到尼尔街，在那里与伊沙伊的校长，一个名叫威尔克斯的先生碰头——这位威尔克斯先生认同保守党的立场。然后他们一道，将这个残疾了的老师抬进车里，再将轻便轮椅绑在备胎上。威尔克斯先生不让他们将轮椅放进车里（尽管那是一辆可折叠的美式轮椅，很容易便可以放进去），而且抱怨轮椅将他的车漆刮坏了。

接着，莉娅要沿着坎贝尔大道，一路小跑着去替莱尼买报纸，然后回家，根本无暇欣赏一下沿途汹涌澎湃的海浪，如果是周一的话就得洗衣服，周二或周五的话则去买东西，因为那段时间正值人民阵线抵抗法西斯，所以常有游行、会议、反战集会、研讨会，还有诸如艺术家反战展览之类的募资活动，作为一个年轻的、没有孩子需要照料的妻子，她总是要忙着组织活动，为某个展览布置展厅，向艺术家们催要画作，从某个工会借个茶罐——他们总是要她付点押金。所有这些琐碎的事，她都做得毫无怨言，但用来"记账"的时间，她绝不出让给任何人。每天的这2个小时，她不接任何电话，也不去开门，甚至连杯茶也不会泡。她坐在餐桌前，庆祝想象中的生日，采摘从未栽种的苹果树上的果实。

甚至于，当查尔斯来悉尼找妈妈，尽管莉娅见到他很高兴，尽管她可能替他做了一顿丰盛的早餐，有牛排，有排骨，有腰花，有火腿，有香肠，有鸡蛋，还有洋葱，尽管她接受他的邀请去看中国男孩子们表演杂技，但她依然不愿意放弃写信，而去帮他找妈妈。

当然，她会感到内疚。她很可能替他煎了面包，还有猪肝，可能没完没了地道歉，也可能端着茶壶围着他转，但无论如何，她绝不放弃"记账"。

相反，她打发莱尼去帮忙寻找——反正莱尼除了研究赛马新闻、为自己的便秘焦心之外，也确实无事可做。

他们是怪诞的一对，一个是身穿深色西装、头戴黑色礼帽（他像莱利街上的小混混一样，将帽檐朝前压在眼睛上方）、身材瘦小、干净利索的犹太人，一个是屁股肥大、脑袋像颗梨似的年轻人，他甚至都不知道将自己又大又红的双手往哪儿搁。当他们终于出门，只剩下她一个人之后，她便可以将这一老一少如实地写进那封抬头为"亲爱的赫伯特"的信里。这一点真实世界的映像，仿佛是缝在印度新娘充满奇幻图案的嫁衣上的一面小镜子。

7

长这么大，查尔斯都没有跟"外国人"说过话。当然，他遇见过英国人，还有教他怎么捕兔子的美国人，但他没有见过真正的外国人。然而，来到悉尼第二天的10点钟，他便坐在邦迪的一间茶室里，整间茶室里到处都是外国人。莱尼替他买了块蛋糕，教他怎么用叉子。叉子很小，很不好用。查尔斯紧紧地夹着双腿，试图将手肘也贴在身上。吃完蛋糕，他们起身前往邦迪邮政所。时候还早，尚不到10点，但已经有个舞厅开门营业了。他们停下脚步，透过它敞开的格子墙，瞄了瞄舞厅里一对对正在滑动着舞步的人。莱尼推了推他，皱起了眉头。查尔斯羞得满脸通红，他是绝没有胆量到这种地方去的。

"你会跳舞吗？"莱尼问他。他们正经过报摊，朝邮政所走去。

查尔斯承认自己不会。

于是，就在报摊前，莱尼抬起胳膊，向他示范狐步舞该怎么跳。尽管查尔斯感到很难堪，但他也为这个满头银发的老人轻灵优美的步伐而倾倒。他是如此短小精悍，如此优雅。他抬起手，仿佛搂着一个比他稍稍高出一点的女人。

"这是狐步舞，"莱尼笑道，"你可以自学。"然后他们走进报摊，买了份《环球体育报》。

在邦迪邮政所，他们拨遍了悉尼市电话簿上所有名叫白杰瑞的人的电话。查尔斯负责往电话机里塞硬币，莱尼负责说话。他们拨通了一个叫A. B. 白杰瑞小姐的电话，一个叫W. A. 白杰瑞先生的电话，还拨通了一个进口绳子、一个生产绳子，但同样都叫白杰瑞的人的电话。但是，他们运气不够好。之后，满手都是电话簿上的油墨，袖口上还沾满了邮政所的污垢，他们先是搭乘有轨电车，后换乘公共汽车，再转乘有轨电车，来到圣文森特医院，不是为了找菲比（走在医院台阶上的时候，查尔斯心里满以为还是去找菲比呢），而是去看莱尼的一个朋友，是个老头子，也是个外国人，他对查尔斯说自己是个"普通的小贩和兜售赛马内部消息的人"。

查尔斯给老头看了看自己的蛇,老头给了莱尼一些钱。

在那之后,他们来到罗伊街上的一个咖啡厅,莱尼问了好些有关查尔斯妈妈的问题。艺术家、诗人经常光顾这间咖啡厅,所以他想着这里也许有人认识她。

莱尼耐心地一张桌子一张桌子地问过去。每次,他都以完全相同的方式开始。"对不起,拜托,先生,也许您能帮个忙。"或者:"对不起,拜托,先生。"查尔斯双手插在口袋里,将邮政所剩下的几个硬币掂得叮当作响。他盯着贴在咖啡厅墙上的招贴画,竭力表现出一副若无其事的样子,但内心深处却深恶痛绝。他想离开这里。他不知道为什么所有人都盯着自己。

当莱尼问到最后一张桌子时,查尔斯早已站在餐馆的门口了。

那个人是个胖子,嘴唇红润潮湿,头发光滑油亮。他梳着背头,坐在那儿,正专注地在一个不比火柴盒大多少的书上写写画画。但查尔斯根本就没注意到这些,他甚至也没有听莱尼在说什么。他的脸因为难为情而发烫,心里一直在想,自己今天这身装扮有什么不妥,究竟是外套还是帽子出了问题。

"认不认识她?"艺术家的嗓门很大,且抑扬顿挫。"我得说我认识她。我和她相识很偶然,"他说,"也颇具艺术性,只是普通交际,关系也很正统。"

查尔斯被从开着的门前拉了回来,见到这个声称认识自己妈妈的人。此人的手柔软得像枕头。

"你妈妈,"他大声说道,"可是悉尼一个了不起的人物,一个了不起的女主人,也是一个了不起的自由精灵。去找她吧。"他说着,从他小小的本子上扯下一页纸递给查尔斯。"这是她的地址。去看看她吧。跟她说说你的这身打扮。"

整个咖啡厅爆发出一阵笑声。莱尼领着六神无主的年轻人,来到炎热的大街上,建议他可以到安东尼·荷顿百货公司去看看有什么衣服可买。查尔斯就是这样出现在他妈妈家的门口,寻找着整个世界,(正如当时在场的客人L先生评论的)像是"攥在银行出纳手里的崭新的钞票"一样。

8

几只体态修长的名叫斯温伯恩的猫，在猫窝上弓起了背，靠着有凹槽的塑料柱子蹭它们银灰色的毛——安奈特·戴维森将这些柱子涂成了铬黄色和翠蓝色。墙面则被粉刷成了桃白色，高大的窗户并未装上窗帘。打磨得油光锃亮的地板上，铺着来自异域的地毯，低矮的桌子上（一个由铬铁和玻璃做成的时髦物件）只搁了一个白色的碗，里面除了一只奄奄一息的甲虫，别无他物。

查尔斯穿着一身新衣服，很不自在地坐在一把小椅子上，膝盖紧紧地并拢在一起。领子下面，颈脖热得发烫。妈妈甚至连他的手都没碰一下。没有拥抱，没有唇膏黏在脸颊上，更没有谁掉眼泪。她收下了那个装有兔皮的包裹，但甚至都没有打开看上一眼。他极力不去责怪她。全都是另一个客人的错，那个L先生，是他一直唠叨个没完，在查尔斯听来——他非常缺乏类似听觉方面的经验——感觉像是神父的一般，他之所以犯这样的错误，主要是因为L先生说起话来滔滔不绝，缺乏自觉性，而且自以为是，觉得自己的听众不会听不下去。

查尔斯将杯子和茶碟搁在膝盖上。他已经喝完了，但不知道应该放回到哪儿去，这个问题一直困扰着他。他觉得自己已经留心观察了，心里想着怎样做才对。他倾向于将杯子和茶碟放在玻璃桌上，可是，桌子上什么东西都没放，太过显眼，所以他觉得这么做一定不合适，而且，无论如何，桌子是玻璃的，肯定会发出很大的声响，如果做错的话，无疑更容易引人注意。所以，他继续将茶碟搁在膝盖上，专注地看着L先生——他觉得这是一种礼貌的倾听。

L先生名气不小，尽管缩在小沙发里，但依然十分优雅。他声音洪亮，鼻如悬胆，怪怪地拧着的、微微带点不以为然的鼻孔下，嘴唇性感而漂亮。他理了个男孩似的发型，但斑斑白发无可遁形。而查尔斯，费尽九牛二虎之力去理解他高谈阔论的精髓所在，最终得出的结论是，这个说话的人既不喜欢社会主义分子，也不喜欢犹太人或他所谓支持"银行办事员文化"的人。他没完没了地说了很多关于"LCD"的内容，直到20年以后，年长一些的查尔斯才在一个失眠的晚上意识到,他曾被称为"最小公分母"[1],而且最害怕的便是民主。

但查尔斯的注意力主要还是集中在我妻子身上。他看我老婆的眼神,不像他看自鸣得意的L先生的眼神那么不自在——他只是觉得出于礼貌,应该给予他关注——这种眼神,会让被看的人感觉是一种谴责。查尔斯瞪着眼,眼神里饱含着爱和责备。他妈妈差不多三十五六岁,依然是个年轻的女人。如果说她的眉眼稍显阴郁黯淡的话,那也不过是一种美丽的负担。查尔斯的妈妈像个吉卜赛女郎,完全超乎想象。所有与她有关的东西(涂过油漆的柱子、弓着背的猫,她如蜜糖般光滑的皮肤),都与查尔斯曾经见过的一切迥然不同。她在头上裹了条围巾,围巾的尾穗是无数朵极小的玫瑰花,瀑布一般倾泻在她裸露的肩膀上。她的手线条优美,手指修长,柔韧而又极富表现力。当她开口说话,一个低沉而又洪亮的女低音从她近乎未动的唇间飘出,在她儿子看来,她的吐字方式,只有时髦二字能描述;她的说话方式意味着巨大的热情和自我克制。

他耐心地等待着一直滔滔不绝的人能够暂停片刻,心里想着到那时,妈妈就有机会介绍一下自己名叫查尔斯·白杰瑞,是她的儿子,而且,母子俩当然希望有时间单独待一会儿,然后,这个人就不会怪怪地看着自己了。她介绍过他——说话的时候,手抽搐了一下——叫查尔斯,然后握着她裸露的喉咙,爆发出一阵刺耳而又愚蠢的笑声。L先生眨了下眼睛,继续口若悬河。

暂停,终于来了。他妈妈站起身,拿起他膝盖上的茶碟和茶杯,嘟囔着去厨房了。

查尔斯失望之极,舒展了一下被新西装勒得很不舒服的身体。他知道L先生正盯着自己棕色的靴子,也明白莱尼当时要他买双皮鞋是对的,或者,如果他坚持要买靴子的话,至少也应该买黑色的。现在,他对自己固执地要买棕色的靴子感到非常难过,不过他一直都想有一双,尽管这实在难以解释,正如他知道——看着那个人黯淡、呆滞而又傲慢的眼睛——他没办法解释这套西装之所以如此不合身是因为他急于来这儿,明天他还得去安东尼·霍登百货公司,把裤腿、袖子放长一点,把背部放宽一点。

"天气不错。"查尔斯对L先生说,实在有点吃不消他一个劲盯着自己看。

---

[1] Lowest Common Denominator,简写为LCD。

"天气勿错。"L先生说,查尔斯简直不敢相信自己又被嘲弄了一番。①

与此同时,菲比情绪烦躁地在厨房里打转,如同热锅上的蚂蚁,不知该如何是好。事后,她会后悔(尤其是喝醉的时候)未将那个有名的小个子色鬼打发走,从而解决她必须同时与两个性格完全不同的人打交道这一难题。然而,他们两个人都来了,而且几乎是同时来的,都没有事先打个招呼;她发现自己深陷于过去的生活和自己向往的生活之间,无法脱身。

大家都爱拿饼干招待男孩子。她到处找饼干,但安奈特夜里已经爬起床,翻遍整间屋子,把饼干全都给吃光了。她的儿子(她觉得实在难以相信自己居然有个儿子),连该死的一块饼干也没法给他。很显然,他身上有股怪怪的味道(她皱着鼻子,到处找方糖),像个穿着西装的乡巴佬。他很奇怪,令人退避三舍,而且长相丑陋,眼神里充满渴望,叫人害怕,她真想说这样的眼神只能称之为无耻,但是,她当然不能这样,因为她是他妈妈。更何况,他看起来熟悉得令人不安,就像她父亲年轻时候的照片一样,对于这副形象,她的内心深处既感到隐隐的恼怒,同样也有着一股踌躇却又强烈的爱意。

然而,她无法将L先生打发走。她费了九牛二虎之力才引起他的注意,尽管手法并无新意——无非是将她在文学上的抱负和她的性诱惑混杂在一起。正如安奈特毫不犹豫地提醒她的一样,有了这个习惯很不好。但对此,菲比会尖刻地反唇相讥,说她们的整个生活都是一个坏习惯,一个他们永远也无法戒掉的坏习惯,甚至连霍拉斯也一样——尽管他正在一条海岸游船上做事务长,这会儿并不在场,不过一旦他忘记自己被沮丧和妒忌伤得有多深,或者因癫痫发作而被解雇、打发下船,随便哪种情况先发生,他就会再次回来。

还有其他一些坏习惯,只是菲比根本没有意识到罢了,其中最糟糕的便是整个虚幻的体系——由于霍拉斯和安奈特的吹捧,菲比真的以为自己是个了不起的诗人。或许霍拉斯确实被那些耸人听闻的主题所激发,看不出来菲比的诗有多糟糕;但安奈特(惯于挖苦嘲讽、尖酸刻薄的安奈特,饱受伤害的安奈特,那个张大嘴巴恳求的历史女教员),也什么都没说,或许是害怕菲比最终会与她反目,彻底地、无条件地、永远地将她抛弃吧。围绕这个说不得的话

---

① 此处L先生故意嘲弄查尔斯的口音。

题，实在感到痛苦不堪的时候，安奈特说的最接近真相的话就是，"我们把你宠坏了。"

因此，菲比，就这样被她豢养的一切所包围：安奈特，霍拉斯，还有那些弓着背的猫。她任由自己变得滑稽可笑而不自知。L先生坐在隔壁房间里，慵懒而优雅，嘲弄着她的儿子，他根本就没打算将她的诗作发表在《伊西斯》上，尽管他无疑被诗中一些强烈的有关性的意象所撩拨——但表达过于露骨，缺乏精妙的韵味。对于他来说，这些诗无非就是一张提供快乐的菜单，而快乐可能就等在挂着帘子的床上——有首声名狼藉、未曾公开发表的十四行诗就热情洋溢地写到过类似情形，那些在波西米亚人酒吧里喝酒的男人，不管私下里传看了多少遍，也不管他们对诗中的内容如何会心而笑，也绝不会将其刊登出来。

菲比一边寻找着她明知道早已被吃掉的饼干，一边想象着自己的作品即将变成铅字，绝不能在这个当口让L先生离开，好让自己能跟儿子单独待会儿。她思来想去，最终决定问问查尔斯能否明天再过来。她打算把他带到内屋，把个中原委解释清楚。明天她要替他做顿午饭，又或许让安奈特今天晚上就做好，明天她直接端出来就行了。

她回到外间，准备逐一安排。而查尔斯终于认清了问他话的那个人势利和恶毒的本质——此人居然无礼地点评他的西服长达10分钟之久——实在忍无可忍。菲比见到他目露凶光，一下子慌了手脚，当场就向他提出请求，而他哐当一声将椅子往后一推，腾地站起身，但眼神中满是哀求，希望能从她那里得到哪怕一丝一毫的挽留，与此同时，他也任性而倔强地作好了拒绝的准备。菲比尾跟着他追了出去，爬上台阶，来到街上。查尔斯站在街上，气得浑身发抖，像匹难以驯服的烈马。她慢慢地让他平静下来，却又因为担心L先生，需得快点回去而前功尽弃。她贴过脸来，想要亲亲他滚烫的脸颊——意识到她的目的——他在她面前退缩了，步履沉重地沿街离去。他绝望地迷了路，把裤子也撕破了，更在一场全悉尼人眼看着席卷而来的暴风雨中，将那套西服彻底给毁了。

菲比回到公寓后，发现她的客人画了幅漫画，将她儿子画成一只树袋熊。漫画画得好极了，同样地，也确切得近乎残忍。他将漫画题献给了菲比，并且签了名。她笑着向他致谢，夸张地说一定要将它装进画框。

但后来，当他们在挂着帘子的床上寻欢之后，菲比内心油然而生一股酸楚的感觉，再也无法装聋作哑。值得称道的是，她告诉我们的艺术家，他所画的树袋熊是她失散多年的儿子，像极了她死去的父亲。同时，她也极富个性地说，尽管如此，她还是要将这幅作品装框，然后挂在醒目的地方；因为尽管她恨不能将漫画毁了，但她舍不得扔了画上的题词。

9

他无法告诉任何人，他的妈妈连抱都没抱他一下，也没有让他回去跟她一起生活。不过他也不想因此撒谎。然而他的行为分明是在撒谎，因为晚饭时间他从不归家，而且通常表现得很忙碌，像个日程很满的年轻人。

莉娅以为他受到了菲比的热情款待，然而，一直以来他不过是徘徊在乔治街上，吃个纸袋子包的馅饼，或者一个人坐在讲演厅的小凳子上。当她问他晚上都干了什么的时候，她得到了查菲夫妇问他眼睛怎么青了的时候同样的笑脸。她使劲捏了捏他的手，他也同样捏了捏她的手，她以为他很快乐。实际上，他的心里很苦。

后来，他又去过菲比居住的中立湾区，不是一次，而是三次。他沿着陡峭的街道，从码头一直走上去，站在菲比住的那套公寓的马路对面。有一次，他刚到便看见一个男人走了进去，想着妈妈可能又有客人，自己还是不要去凑热闹，于是离开了。另外一次，一个雾蒙蒙的周日下午，他走进公寓。屋子里正在举行聚会，到处都是样子古怪的人。查尔斯拿了块奶酪，旁若无人地吃了起来，但他最终心生怯意，还是逃走了。

不过，多数时候，他不过是在街上瞎转悠，又热又累，却又不好意思跟全无耐性的有轨电车售票员打交道。他把西服拿回安东尼·霍登百货公司去改，结果被那个上了年纪的售货员大声呵斥，觉得他太不爱惜东西了。他在坎贝尔街耗了很多时间，在那些幽暗拥挤的小宠物店里查看鸟雀的标价。多数宠物店后面都附带有妓院，尽管当时他还不知道。他在码头盯着法国水手看，并从一个推车叫卖的货郎处买了半品脱明虾。在巴瑟斯特街那些当铺、二手服装店和轮胎翻新店之中,他找到了如今已经声名赫赫的德斯蒙德·摩尔书店,问他们有没有菲比·白杰瑞的诗集卖。

店员是个瘦高的年轻人,留着金色的胡子。他打量着查尔斯,皱了皱眉头。花哨的格子衣服,戴着顶大帽子,耳朵里塞着助听器,脑袋的形状,粗壮的脖子,罗圈腿,还有一双大码的靴子,无法想象这么个怪胎怎么跟菲比·白杰瑞扯得上干系——他对菲比的魅力很是欣赏。

店员问他从哪儿听说过有这本书。

查尔斯摆弄着助听器,拿拳头使劲地敲打,然后将它放到柜台上。他的眼睛像只牧羊犬一样,又大又温顺。他宽大的双手紧紧地攥着,指甲全都折断了。

"你是从哪儿,"店员完全没有必要地大声问道,"听说过这本书的呢?"

"别人告诉我的。"查尔斯的脸像着了火一样。他真希望自己根本没来过悉尼,没来过这个每个人都想羞辱他、虐待他的地方。

"是谁?"店员继续问道,好像非常享受如此大声说话的游戏。他洋洋得意地环视一圈,享受着同事们的敬意:有翻白眼的,有怪笑的,有拿手捂着涂了唇膏的嘴大笑的。"是谁,"他说,最后一个字,他是哼着说完的,"告诉你的?"

查尔斯怒火中烧地跺着脚。"那个用不着告诉你,你快给我把书找来。"

"好吧,好吧。"店员摊开他苍白的手掌,表示和解。"我没有冒犯的意思。"

"我知道。"他的声音太大了。他并没有听真切,但他可以感觉到嗓门实在太大了。"替我把书找来就行了。"

"没这本书。"

"那么我上别的地方去。"他说着将助听器塞进上衣口袋。

"没别的地方了。没有菲比·白杰瑞写的书。我猜,"他说,"你是白杰瑞夫人的朋友?"

查尔斯的耳朵刺痛了一下,一声非常响的噼啪声,他将店员的话听错了。

"只有傻瓜才会这么说。"他说。

在店外的街上,在汽车轮胎刺鼻的气味中,他忍不住泪流满面,等他回到邦迪(这次宁可花了10先令坐出租车回来,也不愿再去忍受有轨电车售票员的粗鲁无礼），看到他脸蛋浮肿，莉娅很是担心。她问他怎么了，他的眼泪便再一次涌出。

直到那个时候，他才把整件事告诉了她，两个人坐在厨房里的桌子前，一边喝茶，一边抹眼泪。

正因为发生了这个意外，所以他才决定去西班牙。当然，他的决定很不成熟，另外一方面，他也希望自己死在西班牙，对于没有给予自己足够母爱的妈妈，这大概是个合适的惩罚。不过，还有其他简单而直白动机，就是他个性中更为细腻的部分，当伊沙伊和莉娅问他到底是为了什么，他回答中的那种天真让他们为之动容，即便伊沙伊也不例外。

查尔斯说："因为我站在弱者一边反对强者，而不是支持强者去欺负弱者，而且我有买船票的钱。"

至少，莉娅在信里说他是这么讲的，我一直想问他是不是真的讲过如此精彩的话。那个时候，连我也深受感动。

不管他说了什么，伊沙伊·凯莱斯基都是那个写下能安排他去西班牙的同志的地址的人。

10

乔治·菲浦斯无意审查查尔斯，也不想接受他的船票钱。他打算做的，无非是帮这孩子给伦敦的国际纵队写封介绍信。而且，他确实将这么一封介绍信整齐地叠放在衬衫前胸口袋里来参加会议了。

但是，在烟雾缭绕、散发着啤酒酸腐味儿的苏塞克斯旅馆里，查尔斯——他误解了会议的目的——将一个信封推给了那个同志。信封距离他的啤酒杯不到1英寸的地方，但他连碰也没碰一下。信封里装着120镑，一张张全是紫色的5镑钞票。

或许，乔治·菲浦斯早已预感到会议的结局，那也是他为什么既没有将信封推开，也没有将它拿起来的缘故。他仔细研究了一下，仿佛它命中注定就是要躺在那条湿毛巾上，慢慢变暗。

乔治·菲浦斯36岁，大块头，帅气，只是有点睡眼蒙眬，原本金黄的头发，在用了21年的百利发油之后，现在开始泛着点淡淡的绿色。年轻的时候，他曾经是个恶棍、街霸，直到现在，他依然对自己的力气和打架技巧洋洋自得。他将白衬衫的袖子高高挽起，直到不能更高为止。

他本人并未打算去西班牙。但直到遇到我天真的儿子之后，他才意识到自己多么痛恨让年轻的同志上战场，而他原比他们更擅长打仗。他帮忙收船费——常常都是些零零碎碎凑起来的零钱——但他从来都假装不知道，自己究竟有多讨厌身为那些上年纪的人中的一员，送年轻人上战场，直到看到那个信封。

这不是一件可以事后供认的事。他所能做的，就是坚持说查尔斯不适合。他对伊沙伊说："他是个机灵的年轻人，但他不懂理论。哎呀，伙计，我不能让他去。我不能让西班牙的同志认为我们都如此无知。"

但他对查尔斯并未说这么残忍的话。他温和地对他说，声音如此轻柔，像是刚刚跟女人上过床似的，查尔斯不得不拿出助听器，放在溅满啤酒的桌子上。直到第三杯啤酒下肚，他才说服查尔斯，对于国际工人阶级来说，查尔斯能提供的最好的帮助，便是将乔治的摩托车和边斗买下来，让乔治去西班牙。

你可能觉得他俩都会对结局感到吃惊，但在酒吧那种白天也像是夜晚的光线之中，伴随着无线电里传来的赛马轻柔而又兴奋的鼻息，这样的安排——对于他们两个人来说——似乎合情合理。直到走出酒吧，来到外面的街上，他们才意识到自己干了什么。乔治·菲浦斯开始吐口水，焦躁不安地拍着手。而查尔斯站在那里，看着自己的新摩托车咧着嘴笑——它有着黑色和金色，在阳光下熠熠生辉，令人炫目。

乔治很快便教会他怎么驾驶，然后他们来到巴尔曼警察局，乔治的姐夫给他发了个驾驶证。

两个人在达令街上互相咧嘴一笑，握了握手。乔治·菲浦斯朝着臭水沟里吐了三次口水，眨了眨眼睛，朝自己寄宿的地方走去。查尔斯则不着调地哼着曲子，陶醉地开着那辆边斗里装满白色涂料罐子的摩托车返回邦迪。

只有当他告诉伊沙伊和莉娅事情的全过程，看到伊沙伊脸上的表情，查尔斯才意识到可以换个角度来看发生在他身上的一切，也就是说，他上当了，当然也可以说他是自愿上当的，因为他是个懦夫。直到那时，因为喝了太多啤酒，头痛欲裂，他才冲着他的主人大吼大叫，威胁说要揍他。他说他恨透了悉尼，这地方到处都是撒谎的人、骗子和势利小人。但真正令他生气的是，尽管他没办法承认，他忽然觉得，伊沙伊脸上的冷笑一点儿也不冤枉。钱没了，自己也用不着去西班牙了，他如释重负。

第二天，他读到了有关维多利亚州暴发鼠疫的报道。

11

早上7点钟，尽管天气并不冷，尽管已经用一件厚厚的外套将自己裹了起来，但我儿子的牙齿还是磕得直响。他坐在隆隆的AJS摩托车上，而莉娅在一旁说个没完，她紧紧抓着他戴着手套的手腕，仿佛这样就能将他留下来。

他给摩托车加了太多的机油，所以怠速的时候，发动机的声音听起来像是有人使劲拍打着碟子上的果冻。莱尼也来了，穿着睡衣站在门前的台阶上，双手极其滑稽地捂着耳朵。查尔斯没有看到他，于是他又回到了屋子里，等着莉娅替他把报纸买回来。

忽然间，莉娅感到极为内疚，根本就没有留意莱尼如此的愚蠢。她没能给予这个孩子足够的关注，她太自私了，任由他一个人受尽城里人的脸色和侮辱。在这个世界上，他孤身一人，作为他唯一的朋友，她却背叛了他。

"听我说，"莉娅说，"得有人在一旁给你建议。不管你做什么，别待在乡下。城里远比你想象的要好。等你回来，我的时间就多了。我要忘了记账这档子事，我要给自己好好放个假。我保证。等你回来，无论如何我要想办法替你安排个课程。你可以跟我们住在一起，上夜校。你愿意吗？你可以开个宠物店，随便什么都可以，能养活自己就行。"

查尔斯的耳朵里吱吱作响，又是啸叫声，又是碰撞声。AJS摩托车则发出噼里啪啦的声音。尽管困难重重，宠物店这个想法，仿佛一颗柳树种子，穿透重重爆裂之声，落进了细如发丝的石缝里，也埋进了他的心田。

"你可以开个宠物店，随便什么都可以，能养活自己就行。"

12

1958年，凯文·西蒙斯（另外一个家伙的名字我记不起来了）从长湾监狱逃了出来，可能你还记得此事当时引起多大轰动，他们足迹遍及全国，而警察们只能气喘吁吁地追在他们的屁股后面。西蒙斯是两人中更精明的那位，因而警察最恨的也是他。

他们将他投进了格拉夫顿监狱，你只需坐在车里路过那些丑陋的大门，就能感觉出它到底是个什么样的地方。还没看到号房，我就知道这儿绝不是一件普通的乡间牢房。而且，尽管他们在格拉夫顿（镇）吹嘘说他们的监狱只执行过一次死刑，但是，跟你讲这些的抹着头油的药剂师和店员们，根本就不提在监狱里上吊自杀的人，他们可都是些神智正常的人。

这是座致力于将人打得一佛出世二佛升天的地方，如果你是个硬茬，他们会将你放进"豪华套间"，然后每天晚上，其他犯人都会过来拜访你，直到你哭天喊地，祈求上帝让你死了拉倒。夜里，这种声音穿透墙壁，传进你的耳朵，实在算不得动听，相信我，什么你都能听得到，甚至包括扣子划过墙壁的声音。所以，当可怜的西蒙斯最终上吊自杀的时候，他遇到的最大的问题便是不让别人听见。关于他是如何利用毯子和棕席让自己悄无声息地死去，官方有详细的记载——我从来没有读过比这个更令人伤感的文字。

成了一名作家之后，我就写了一本名叫《监狱之鸟》的书，在书中，我声称自己是格拉夫顿监狱的一名囚犯，但实际上，见到狱警胳膊上纹着的一行小字，我便知道必须想办法换到其他地方去。《监狱之鸟》就是一堆谎言——我待在格拉夫顿的时间不足一个月，在此期间，我洗心革面，扮成一个和蔼可亲的老人。我拖着步子，踉踉跄跄，你根本看不出我就是一周前从南布卡一路骑车来到这里，对人生充满信心的那个人，而且他还为此抛弃了一个自己开了间商店的漂亮寡妇。

哦，你不会相信我是怎样一个马屁精，怎样一个赔着笑、腆着脸的可怜虫。我点头哈腰，任由假牙随着我的笑声在嘴里嗒嗒直响。

我如愿以偿，调换了监狱。他们用船将我送到考拉奇附近的兰金·唐斯监狱。兰金·唐斯那时候刚建好不久，根据格拉夫顿流传的小道消息，对于囚犯们来说可谓乐土。那里门上没有锁，你可以接受教育，或者在灌木丛里栽种细叶桉。

兰金·唐斯是个绝妙的想法。第一次见到它的时候，这一点可能还不明显，但我相信其背后的意图是好的。我相信最初并未打算将它建在一片千层树沼泽地边上，但是，创造它的人，鼓吹它的人，可能在部里树敌太多。或许他缺乏毅力，或许他们让他斗志全无，迫使他作出一个又一个让步。他在地图上看到这个地方，而且确实近乎完美。直到后来，他才发现他们得将牢房建在沼泽地旁的一片沙砾平地上，但他还是个乐观主义者。他继续前进。曾经无数次，他的计划几乎宣告失败，最终，他开心地接受了军队营房的那种长形构造。或许，旁人对这种冬天冷如冰窖、夏天热如蒸笼的建筑颇有微词，又或许，他过去、现在都坚持认为，这是个修建一座像样监狱的好位置。他是对的，这个澳大利亚惩戒部软弱而又脆弱的灵魂。然而，如果他作些抗争，哪怕只是稍稍强硬一点，替我们争取些蚊帐以挡挡蚊子，那么对他心存感激的人绝对不在少数。

兰金·唐斯也许曾是囚犯们的天堂，但对狱警们来说，却是再糟糕不过的地方，无论是它偏僻的位置，还是他们自己的食宿标准，都不如意。我们确实没有落入暴力分子之手——在格拉夫顿，他们高高在上，凌驾一切——但我们要么哼哼唧唧，哀伤抱怨，要么胃肠胀气，口臭难闻，狱友们看着连饭都吃不下。

我对兰金·唐斯的不满，可以列出一个长长的单子，比如说它破败，泥泞，灰尘密布，终年不见阳光，因而连影子都见不到——但我也要替它说句公道话——你可以直视狱警的眼睛，夜里也用不着伴着鬼哭狼嚎的叫声入眠。在那里，你可以不用带着恐惧入睡。不过，那天晚上，当雷格·摩斯被让进我所谓的"号子"的时候，我还是感到神经紧张，嘴巴发干。摩斯不是狱警。他是那个将我逮捕归案的警察，方头大脑，两道姜黄色的浓眉，胳膊粗壮，汗毛密布。他下巴内陷，耳垂肥厚，面色红润，一双黯淡的蓝眼睛微微外凸，看起来一副求全责备的样子。他的嗓音像个一天要抽4包克雷文的老烟枪似的——沙哑、粗糙,总要停下来清痰——但我记得他并不抽烟。硕大的脑袋,头顶仿如一片平原,头发一丝不苟地从中间分开。尽管他形象整洁,举止礼貌,但他的眼神里却有着某种完全相反的东西,就像一个表面光亮的箱子抽屉,里面却满是乱成一团的抽了丝的尼龙袜。

通常情况下,警察不会拜访他们亲手逮捕的人。即使拜访,稍稍机灵一点的人也不会选择夜里大老远地从格拉夫顿赶来。抵达兰金·唐斯的最后小时路程是一条笔直的、车辙密布的石子路,那是披荆斩棘,在千层树林子里开辟出来的。当初我也是夜里到的,所以我可以很自信地谈谈这条路给人的荒凉感:路两边都是白色的树干,树干上布满了如火灼烧过的疤痕,路上到处都是小龙虾,从路这边往路那边爬,此情此景,直叫人毛骨悚然。他们告诉我,白天的时候,被碾压过的小龙虾让整个林区像悉尼鱼市一样,散发着难闻的腥臭味。

兰金·唐斯有个风俗,就是在那个巨大的水箱架子下的阴影里接待来访的客人。"号子"里面没有接待访客的相关规定。我让摩斯警官坐在床上。他没有推辞,我则背靠着裂开的石棉薄板墙,蹲在地上。等到我的膝盖又酸又硬的时候,经他许可,我干脆坐在了地上。

他一直不停地说话。我茫然地看着他的嘴一张一合。我不明白他来这儿是为了什么,我听着他谈论彼得·道森——他在一年前的蓝花楹嘉年华上唱过《花之舞》。一方面,我对正常生活的种种细节充满渴望。我很想知道道森的近况,他唱了什么歌曲,他穿了什么衣服,格拉夫顿道路上的树都长成什么样了。另一方面,我又完全不想知道,我讨厌他说的每一个字,就像有时候我对戈德斯坦信里的每一个字都感到厌恶一样。与此同时,我害怕挨打。他的言谈举止并不像一个好动粗的人,而是很讲究,很挑剔。这并不能让我悬着的心放下来,不知何故,反倒是让我感觉定要受皮肉之苦。我很想站起来,不要如此毫无自卫能力地坐在地上,但事已至此,我不想贸然采取任何行动,以免引起他的注意。我可以听到隔壁的邻居,来自科夫斯港的小学徒正在梦里哭泣。那是种比较温和的哽咽声。一开始我还以为是鸟叫的声音。他叫杰可,下周就要出狱了。要是我挨打的话,他是不可能施以援手的。

摩斯从口袋里掏出一个瓶子,是个用过的咸味酱瓶子,不知道什么东西——我以为是只小龙虾——在里面浮动。

"我觉得,"雷格·摩斯一边说着,一边用力晃了晃瓶子,"把它给扔了实在太可惜了。"

"把什么给扔了?"

"所以,"他说,"我去了趟费伦那儿,就是格拉夫顿的那个药剂师,我问他有没有甲醛,他就拿咸味酱瓶子给我装了点。甲醛这东西,非常非常贵。你买过吗,白杰瑞?贵得怕人。但他还是好心地给了我一些。给我之后,我便把查理·龚的手指放进去了,就在这儿,看。我特意替你保存起来,留作纪念。"

"谢谢。"我说。我极力想礼貌地笑一笑,表现出很感激的样子,但我的嗓子眼里只感到一阵阵的恶心。

"你喜欢这玩意儿?"他看起来很吃惊的样子,实在难以判断那双凸着的眼睛究竟是什么意思。我感到燥热,晕眩。竟然将一个老人的手指头给硬生生扯下来,我对自己感到厌恶至极。手指悬在咸味酱瓶子里,带着一小圈扯下来的皮肤,在我面前飘动。

"你喜欢这玩意儿?"他用大方块似的拇指指甲剔着下面的牙齿。"这玩意儿简直让我想吐。"

有一会儿,我以为他终究还是个喜欢动手打人的家伙,只是他要先让自己动气,然后再将拳头砸到我身上。我将衬衫的袖子放了下来。

"但我看得出来,"他仔细打量着自己的拇指指甲,说道,"这玩意儿对你来说完全是另外一码事,甚至很珍贵。你看,对我这样的人来说,这玩意儿放在家里,简直有点瘆得慌,而且,还有一个问题是,我在它身上花了很大代价。"

"不是说这个药剂师……"

"费伦。"

"费伦,这个费伦先生给你的甲醛。"我没打算和他争辩,只想指出我并未给他制造过多麻烦。在监狱里待了两个月之后,你的脑子就会变成这个样子。

"给我甲醛?谁说的?"他环视了一圈我的号子,实在没什么值得看的东西——那年监狱里闹蟑螂,又大又黑,不是小得多的德国蟑螂,不过现在想起那种小蟑螂,我觉得也许并非真是德国产的。他仔细研究了一番地板上的缝隙,接着是号子里唯一的架子,尽管我入狱时间不久,但架子上已经堆满了戈德斯坦的信。"谁说的?"

"没人能作证。"我承认。

"没错,白杰瑞。"他咧嘴笑了,并冲我眨了眨眼。他做出那副样子的时候,你简直忍不住会喜欢他。他看起来一点儿也不像个警察,而更像是个准备上酒吧去的农场主。"所以,倘若我掏钱买的甲醛的话,谁会知道?没准我随身带着费伦先生开给我的发票呢。他绝不是你所谓的共济会会员的做派。"

"是吗?"

"是啊。"忽然之间,他一脸严肃。

在接下来的沉默中,我意识到自己不会挨打了。真正需要的只是一点贿赂而已。夜色里,到处传来沼泽地凄厉的哀鸣。

"诺,拿着吧。"摩斯说,忽然情绪大变,一分钟之前,他还沉思不语,像头挂在屠夫钩子上的猪一样纹丝不动,现在则顾盼神飞,精神抖擞。他将咸味酱瓶子塞给我。"喏,拿着吧。一镑,它就归你了。一镑就成交了。你干的这事真够龌龊恶心的,这玩意儿就算装在瓶子里,一样很龌龊恶心,我不想留着了。我希望它在你睡着的时候让你噩梦连连,醒着的时候能够擦亮你的眼睛,白杰瑞。"

"行。"我说,由于如释重负,不禁有几分眩晕。

"三镑,"他说,"它就归你了。"

"行。"我对三镑一点儿也不在乎。我的银行户头里只有3镑2先令6便士,他逮捕我时我身上就这点钱。

"3镑2先令6便士,买卖就成交了。"

"行。"我说,爽快地签了他随身带过来的取款凭条。

摩斯站起身,小题大做地调整了一下阴茎的位置,然后敲门请求出去。这是他的一个习惯,但全无必要。门没有锁,除了犯人,再无其他人听到他的敲门声。他所要做的,无非是打开门,迈下两级台阶,穿过所谓的"方院",缩着脖子从那些巨大的用来收集雨水的水箱下面钻过去,再穿过长满桉树苗的凉棚——这地方有股好闻的潮湿的泥土和锯屑的味道,是个不错的阴凉处——他就会来到大门前,大门恐怕也没有上锁。这里的犯人,要么非常年轻,刑期很短,要么像我一样,年纪太大,不愿考虑逃跑后要走的50英里地。

摩斯站在门前,一边等着,一边用手指敲击着门板。

"我跟你说,白杰瑞。我本来打算把它送给你的。只要你愿意要这恶心玩意儿,我宁肯倒贴。你发现没,"他说,"做梦的时候,没有任何东西是静止不动的,那是何种感受?东西永远都在动,白杰瑞。你发现没?"

我站起身,替他将门打开。我只拧了一下门把手,转了差不多1英寸。这样他可以感觉到我要干什么,但他似乎没兴趣离开了。

"总是在动。你看到一张脸,你以为自己已经瞅准了,但它马上又变了。它忽然张开嘴,变成了一条鱼,或者,如果它很漂亮,会变得丑陋,白皙的皮肤会忽然变得满是刀疤。你发现了,是不是?"

"是的。"我说。

"没错。"他满意地点了点头。"而且,美丽的玫瑰忽然间变成了一块块肉。像是水银在手指间滚动,你根本无法把握,是不是那样?"

"是的。"我说。

"那就对了。"他说。他用那双黯淡而又怪异的眼睛盯着我,时而好斗,时而迷茫,飘忽无常。"我就知道你会知道。"他说。

他眨了眨眼睛,看了我一会儿,这才意识到门已经打开了。然后,一句话没说,他转过身,离开了。我看着他消失在水箱底座下面。一分钟后——他一定是跑着离开的——我便听到车子发动的声音,看到车灯扫过那些所谓的"小别墅"——狱警和他们不太开心的妻子们无奈地住在里面。

后来遇到摩斯警官的弟弟,听说他因喜好索取小笔贿赂而在克莱伦斯河地区尽人皆知,我对他的了解便又加深了不少。他向那些下班后喝酒的人、抛双币赌博的人、玩牌的赌徒们索贿,打算扔掉任何一个遭到逮捕的人的零碎物品之前,他都会像个心思缜密的家庭主妇一样犹豫再三,这已经成为他的一种本能反应了。

接连好几周时间,我看也没看一眼那个丑陋的"纪念品"。我避之唯恐不及。我将它藏在戈德斯坦的信封后面——那些散发着香味,如同剃刀一样锋利的信纸——当我意外再次看见它时,叫人怜悯的是,它已经变成云雾状了。1939年2月,有个晚上特别热,那天小龙虾让人不胜其扰,之后瓶子里的液体变得如同杜松子酒般清澈。直到那时,我才注意到,那只断指的关节后面有个类似疣子的东西。不过,到了1939年,我有了其他需要操心的事。我成了一名学生,享有在号子里放一张桌子和另外一个架子的特权——《兰金·唐斯快报》

对我进行了报道，而当我的考试成绩出来之后，他们更是小题大做了。

我将瓶子塞在监狱长送给我的字典后面。每次将书拿开的时候，我都忍不住看上一眼，发现那个疣子似乎越长越大。这让我很担心，就好像在我自己的手指上长了一个疣子似的，让我恐惧不已，甚至连自己都不敢承认，更别提告诉医生了。

我开始不停地拿下字典，不是为了查找什么有用的单词，而是为了看一眼藏在它后面的东西。正如摩斯警官说的那样，它正在发生着变化。

那个断指变了。它时刻都在变化，如同一张梦里的面孔。

我不想自寻烦恼，向你描述试图从那瓶子里挣脱出来的黏滑的恶魔，我只想告诉你，那个早晨，我早早醒来，发现瓶子里满是通体蓝晶晶的小生物，它们在细丝编织而成的丛林中钻进钻出，就好像热带鱼在珊瑚间觅食。

是不是很难理解，为什么一个手拿假牙的老人会忽然之间露出他粉红的牙床，咧嘴而笑？看：赫伯特·白杰瑞，说谎方面的新手，快乐得像个手拿一只亮蓝色拨浪鼓的婴儿。

13

AJS摩托车被推进了查菲家的棚子，并且很用心地盖上了块防水布，以免四处乱跑的鸡在上面拉屎。

那是一个炎热的晚上，查尔斯躺在床上，鼻孔里全是鼠疫的味道。他能听见有老鼠正啃着墙壁，在天花上蹦跳，偶尔会传来细小的尖叫声，说明他的蛇还在捕食。

他饥肠辘辘，胃绷得很紧，满嘴都是铁屑味，不过，能够独自待在一间屋子里，躺在床上，即使所谓的屋子不过是敞开的后阳台，也是一件令人愉快的事。床垫的味道有点不正常，不过他已经习惯了别人的味道，陌生的床单、麻布毯子，跟瘦得皮包骨头的、尿床的、睡觉不老实的各种小孩子挤在一张床上。他几乎可以在任何地方睡觉，不管是餐桌上，还是干草窝棚里，他都可以入睡。等到他稍稍年长，遭受失眠之苦时，回忆起那些孤独的夜晚，自己可以躺下身子，闭上眼睛，通过睡眠逃避饥饿和痛苦，不禁感到怀念。

他很容易便睡着了，而且很快就梦见了他的宠物店，在这样的氛围里，老鼠的气味（它们正在啃着他信手扔在一旁的衬衫咸咸的袖口）简直就是他的宠物店兴旺的芬芳。

正当查尔斯在梦里注视着一只罕见的金肩鹦鹉时——实在是个漂亮的精灵，就连梦见它的人也绽放出快乐的笑容——莱斯·查菲蹑手蹑脚地将盖在H系AJS摩托车上的防水布掀开，然后站在那里，仔细端详。他眯着眼睛，伸着脖子，脸上的表情可能会被误以为带有敌意，但这不过表明他极度好奇。而且，人们也很容易想象，正因为他老是盯着看，才让他老婆的脸蛋失去了原有的风采——再漂亮的布料，也经不起反复洗刷，原本明艳的蓝色变成了病态的苍白，而粉红色则几乎变成了白色。

莱斯·查菲在想，AJS摩托车真是台有意思的机器。他在摩托车后面蹲下身子，端详了一会儿。然后，像掏烟斗似的，他从后兜里抽出一把木柄螺丝刀，分四步，干净利索地将油泵上唯一的一根螺丝拧下来。尽管在拧这根螺丝之前，他已经明白油泵到底是什么了，即一种能够自动控制发动机供油的装置，但对于他来说，那是远远不够的。他要搞明白整个装置是怎么工作的。他掏出扳手，卸下连接油泵的管子，又摘下油泵上的小滚花螺母，令他意外的是，凸轮上居然装了弹簧。他没想到，弹簧蹦了出去，飞到灯光照射不到的地方。他将剩下的零件归拢到一起（一根蜗杆和滚轴，两个凸轮，再就是一个滚花螺母），托在干巴巴的手心里。他想了想那根弹簧，最终还是决定等天亮了再说。

经过仔细摆弄那个蜗杆和滚轴，外加搞明白了油门是通过磁电机链齿轮控制的，他已经多少了解了其中的奥妙。他又扫了一眼摩托车，后轮与挡泥板中间的缝隙之小，着实令他感到震惊。他无法想象这样一台机器，如何更换轮胎？确实，乍看起来，简直不可能。

他正忙着将链条上的护罩拆下来，这时候，他老婆走了进来，站在他身后，什么都没穿，看起来有点古怪。

"行了，孩他爸，别弄了。"

"呐，玛乔莉，只是随便看看。"他抬起头，蔫蔫地冲她笑了笑，然后拿螺丝刀轻轻敲了敲她光着的脚踝。"你去睡吧。"

"那是什么？"她蹲下问道。她的身子，如果谁有兴趣看上一眼的话，是那种典型的45岁劳动妇女的身子。像她丈夫一样，她身材苗条，二头肌强健有力。胳膊肘以下的部分，都被晒得黝黑。

"油泵。"莱斯说，他张开手，让她看手里的零件。"真是好东西。不过我感兴趣的是这个后轮。能帮我举下灯吗，玛乔莉？"

她替他提着灯，而他将链罩轻轻卸下来，放在地上。他松开链条，然后将它整齐地叠放起来，将链条的销子放进衬衫口袋。

"我想把后轮抬起来，"他说，"如果你能转一下后轮的话，我们就能看清是怎么一回事了。"

她坐在摩托车后面那片满是灰尘的地上，丝毫也不介意泥土粘在屁股上，当她的丈夫将车后轮抬离地面时，她一边转动轮子，一边问道：

"你有没有征得他的同意，莱斯利·查菲？"

"看在上帝分上，玛乔莉，别唠叨了。"

"我不是唠叨。"

后轮忽然松动了，在它看似不可能松开的地方，从护罩旁滑出——这让查菲夫人吃惊不小——然后缓慢地从她身边滚过，倒在灯光照不到的地方。

莱斯·查菲等妻子让到一边，然后将摩托车车尾放了下来。"明天早上我再把它装回去。"

"你不记得了。"

"什么我不记得了？帮我把这个拿一下。"

他将链条递给她，然后伸手从一个架子上取下一堆旧报纸——架子很高，上半部分在灯光之外。他像玩单人纸牌游戏似的，将报纸一张张慢慢摊开。

"你记不得了，"她张开双手，拿着油乎乎的链条，说道，"你记不得了。"

他开始捣鼓离合器，更精确地说，他捣鼓的其实是离合器拉线附着在变速箱上的位置，那里有一个小小的控制杠。她走过来，在他身边蹲下，当他将灯递给她，她便将油乎乎的链条放到报纸上，从他手里接过灯。"你记不得了，"她重复道，"那台打谷机。"

"看在上帝分上，"他咕哝道，"那都是二十年前的事情了。那时候你甚至还不认识我。"

"但我照样听说了。你自己都不知道自己几斤几两。"不过,她依然将灯高高举起,帮他寻找从变速箱主轴一端掉下来的一颗小金属珠。

"我不明白的是,"莱斯·查菲一边说着,一边从口袋里掏出油泵的零件,放在手上转来转去,"他们是如何让银行经理借钱给他们的。该怎样去说服银行经理?"

"哦,行行好吧,别再继续了。"

"真的是把好犁,玛乔莉。所有人都这么说。"

"他们是这么说的。"她说着站起身。"我脏死了,我们只有两百加仑的水了。"他没有接话。她耸了耸肩,然后像个14岁的小姑娘一样,昂着头,踢着腿,回到屋子里。她舀了三杯水,静静地洗了洗,然后将脏水放在门后,留给丈夫回头再用。

她躺在床上,几乎马上就睡着了。等她睁开眼——就好像一分钟后的事——发现丈夫油黑的手里拿着一块闪闪发亮的金属,站在她面前。

"玛乔莉,看看这个。"

"我要睡了。"

"玛乔莉,这玩意儿真是漂亮极了。"

"哦,拜托。"她坐起身。她觉得很冷,正因为此,她看了看钟。"孩子他爸,都凌晨五点了。"

"我知道,我知道,过来看看它是怎么转的。"

"哦,天哪。"她意识到那是什么。"上帝啊,那是机轴。"即使他手拿一颗跳动的红彤彤的心脏站在她面前,恐怕她也不会比现在更加恐惧。

14

对于机械,查尔斯从来都一无所知。他完全理解不了。即便遇到轮胎阀这样简单的东西,他的脑子也会忽然变得一片空白,无法进行理性的思考。等他后来有钱雇机修工替他干活的时候，这一点并不是什么大不了的缺点，但在他年轻而且穷困潦倒的时候，这个缺点让很多事情变得异常困难，尤其是莱斯·查菲将他的AJS摩托车大卸八块之后。

　　查尔斯早早醒来，便上餐厅里坐着。他等了10到15分钟，胃如同鼓面一样绷得紧紧的，而且咕嘟响个不停。他站起身，在餐厅里来回走动，看看墙上挂着的地图，翻翻架子上的字典，还有来复枪俱乐部的奖杯。对于这些东西，他全无兴趣，打心眼里希望自己靴子踩在地板上的声音能够引起他们的注意——他以为主人两口子还在睡梦中呢。他咳嗽了两声，然后出门来到厨房间，发现炉子依然冰冷。他打开面包罐，在里面找到最后一块面包。他做贼似的塞进嘴里，没嚼几下便硬生生咽了下去，感觉食管都被刮破了。他俯身于水槽之上，打开糖罐，倒了一小把糖放进了嘴里，以免将糖洒在地上，留下黏黏的痕迹。他将洒出来的糖扫进水槽的漏斗里，然后走出了厨房。他将外套上的三粒扣子全都扣上了，朝棚子走去（他高高地抬起靴子，好像脚下的道路泥泞不堪似的），希望莱斯·查菲正在里面打铁。

　　棚子里很暗，但让他欣慰的是，主人两口子全都在那儿。不过，即便等他的眼睛适应了棚子里的光线之后，他也没有搞明白他们在干什么。他无疑没认出自己的AJS摩托车，因为它已经被拆成了一个个小的零部件，散落在铺着报纸的地上，而查菲和他穿着睡衣的妻子正在为变速箱争得面红耳赤。

　　他确实注意到了被拆下来的边斗，但他渴望为此找到一个更愉快的解释，因此自个儿设想一定是莱斯·查菲也有个一样的边斗。没有任何东西能让他将散落在墨尔本《阿古斯报》上那些油乎乎的零部件，与他头天晚上如此小心停放好的摩托车联系起来。

　　"啊。"莱斯·查菲说。他抬起头，用疲惫的充满血丝的眼睛看着查尔斯。"主人来了。睡得还好吗？"

　　查菲夫人穿着油迹斑斑的条纹睡衣，一脸歉意地笑了笑。

　　"你不急着走吧？"查菲问他。"能给我们一天时间，让我把它装好吗？"

　　"好的，查菲先生。"查尔斯说着，发现胸前洒了些让他露出马脚的糖粒。他将糖粒拍落，觉得自己真够胆大的。"谢谢。"他说着走近了一些，想看看查菲手里摆弄的究竟是什么。

"这玩意儿是怎么工作的?"查菲问道。"我把它取出来的时候,以为主轴一定是这样啮合的,但第二档上的隆起却朝内形成一个逆时针方向,所以一定是我弄错了。"他抬眼看着查尔斯。"到底我是对的还是错的?"

"我不知道。"

"这是你的车子,孩子,你应该知道。"

查尔斯的耳朵开始嗡嗡作响。他环视了一下棚子,仿佛在追踪蝙蝠飞行的轨迹。查菲夫人同情地咂了咂嘴,但他根本没有听见。他看着查菲手里那个油乎乎的谜团,茫然不知所以。"这是我的车子?"

"它可不是我的。"莱斯·查菲说,他并未意识到自己给查尔斯造成多大的痛苦,也无意道歉或稍作解释。事实上,他更像是在责难它的主人什么也不懂,他带着近乎嫌恶的情绪将齿轮放到一边,又开始摆弄起发动机的零部件,但一个橡胶垫圈不见了,所以就连这个他也只好暂时放弃。

"你绝不可能开得好。"他一边说着,一边戴上一副牛角眼镜,这让他看起来像只猫头鹰,神情很严肃。"如果你不知道它是如何突突地工作的话,你就绝不可能开好它。"

然后,查尔斯问大概要多长时间才能重新组装起来。

查菲夫人摇了摇头,笑而不语,但她究竟什么意思并不清楚。

至于我们的机械师本人,他才不会轻易就范。像任何一个有经验的生意人一样,他知道在这种情况下作出一个无法兑现的承诺是大错特错的。干这种工作,各种始料未及的问题都有可能发生,比如谁都没想到有根活塞环断了,然后,等新配件到货就要耽误好长一段时间,每周去一趟杰帕里特火车站的包裹间,火冒三丈地给墨尔本的经销商拍13个字的电报,等等。除此之外,还有流浪狗的问题,有时候它们成群结队,在酷热的下午偷偷溜进工作间,叼走一根连杆,把它埋起来或当骨头玩。或者,更有可能的,英国制造商对殖民地的生活是出了名的一无所知,根本不知道鼠疫所带来的技术层面的影响,因而很有可能利用奶油副产品制作部分零件——也许是个绝缘垫——将会成为老鼠们的腹中之物,先前描述的涉及火车站和13个字的电报等啰里啰嗦的废话又得重来一遍——都是既耗费钱财又耗费时间的事情。所以,当莱斯·查菲回答究竟需要多长时间这个问题的时候,他回答得非常圆滑。

"不会比需要的时间更长,"他说,"我向你保证。"

如果这件事发生在城里，查尔斯一定会觉得自己周围到处都是阴谋和偷窃，但此地距离杰帕里特有8英里，所以他眨了眨眼睛，试图去想明白他的主人，一个和蔼而又体面的男人，为什么要在这个冷风阵阵、到处都是马里粗粝的沙子和老鼠气味的棚子里，将自己的AJS摩托车拆散架。

"有一件事是肯定的，"查菲一边说着，一边收起眼镜，揉着眼睛，疲乏的眼皮上蹭上了黑色的油迹，"再不睡会儿，我就什么都干不了啦。一晚上没睡，一直在弄这个。"他将眼镜放进盒子，啪的一声将盖子扣上。"今天你有什么安排？"

"本来打算上霍舍姆去的。"

"啊，霍舍姆明天还在那儿。它不会跑掉的。"他热切地搂住查尔斯圆滚滚的肩膀。他的胳膊只稍作停留，因为他比查尔斯矮小，这样搂着很不舒服。"走，查斯。咱们去吃点面包和果酱，然后我得去打个盹。"

没有面包，他们因此就着茶水吃了些果酱。当他的主人躺在走廊上鼾声大作的时候，查尔斯只好和查菲太太坐在大桌子前，无所事事。查菲太太替丈夫向他道歉。

"这儿没有任何东西，"她伤感地说，"能够挑战他的智商。有一阵子了，我看到他坐在拖拉机上，我知道他就快晕倒了。驾驶拖拉机却不动脑子是非常危险的。我哥哥就是那么把命给丢了——他就坐在那儿，心不在焉，结果车子从他身上碾过去了，扔下老婆和五个孩子。对于你的摩托车，我非常抱歉，孩子，不过我也得诚实地对你说，我真高兴你来了。摩托车又把他唤醒了。真的是这样。你有看到他的眼睛吗？啊，你不知道有什么不同，但之前他喝完下午茶就眼皮打仗，能睡大半个下午。老鼠把他的书都啃光了，连他设计的犁的图纸也啃了，但他好像根本不在乎。他捡起剩下的碎纸，直接扔进了炉子。啊，他不知道该如何将你的摩托车重新装回去，但他一定会装好的，我敢向你保证。他会自学。他设计犁的时候，读遍了所有工程学方面的东西，然后自己动手制作了那些小工具，用来测量压力。我不敢说自己全都懂，但有个墨尔本来的教授看完那些东西之后对我说，'查菲夫人，真是了不起。'另外，提醒一下，他妈妈曾经跟我说他是个天才。我嘲笑过她，她永远都不会原谅我。我真希望她还活着，这样我就可以当面向她道歉了。有时候我梦见她还活着，真是高兴极了，因为我可以对她说对不起。不过，真的，情况终于有所好转。他现在这副样子,恐怕连她都不想看见。自从银行退出造犁这件事,他失去了专利之后,他便整个儿变了个人。我听说有个美国胆小鬼现在开始造犁了。真叫人恼火,我简直想啐他一口吐沫。"

茶和果酱并没有缓解查尔斯的饥饿感,反倒让他的肚子更饿了。他盼着谈话快点结束,这样他就可以出去,到鸡舍看看能不能捡几个鸡蛋。他知道不管自己说什么都会让谈话的时间无限拖长,但他实在忍不住——他为查菲夫人感到难过,而且作为一个年轻人,他觉得那句话没准对她有所帮助。

"不管怎样,"他说,"你们还有农场。"

她没有笑,反倒大出了一口冷气。"这片地糟透了,当时他买下来纯粹是为了演示他的犁。沃里·詹金斯。"她解释着,并朝路那边扬了扬下巴,只见一辆旧雪佛兰汽车疾驰而来,卷起一道羽毛般柔软的灰尘。她看了会儿沃里·詹金斯的进步。"完全是为了演示他的犁,"她继续说道,"地里到处都是石头、树桩,而且还有泥塘,要是下雨的话,就更是泥沼一片。刚找到这儿的时候,他开心得像个孩子。当时我们还在杰帕里特,寄宿在瑞安斯家,他回家后对我说:'玛乔莉,我找到一片堪称完美的土地。'哦,天哪。"她说着将干枯的头发往后脑勺捋了捋。

查尔斯哼了哼,对她颇感同情。

查菲夫人将满是油污的手放在桌子上,手掌朝下,查尔斯忽然有一种冲动,想拍拍它们。

"我得说,非常高兴你来了,"她说,"我得说,对于我,你简直就像个天使。"她摸着他的手。也许是因为饥饿,他的脑袋忽然嗡嗡作响,一股愉快的感觉直冲后脑勺那块头发很短、很硬的地方。她没有像他想的那样拍拍他的手,而是一把抓住他的手,捏得他生痛。

"即便你背上长着翅膀,"她说着皱起眉头,额头露出一道道皱纹,"头顶光环,我也不会比现在更开心。"

然后,她站起身,收拾盘碟,拖着轻软的脚步,和着轻微的瓷器叮当声,离开了房间。

屋子里晦暗如夜。它坐东朝西,上午总是笼罩在了无生气的阴影之中。查尔斯背对着主人的射击奖杯,独自坐在屋子里,盯着远处如一条亮黄色缎带的道路,它空空荡荡的,如此寂静,詹金斯先生留下的烟尘依然飘浮在空中,如同一道苍白的污迹，横亘在沙海之间。他后脑勺那种怪怪的感觉还在——很有可能，正如我所说的，只是因为饥饿。他低头看了看手背，上面还有查菲夫人留下的油迹，尽管有那么多不愉快的事情，幽暗的光线，空空的肚皮，主人忧郁的呼噜声，不知所踪的蛇，还有混杂着老鼠、汗臭、霉味以及海藻腥气的难闻气味，完全散架的摩托车，在滴在桌子上的果酱上交尾的苍蝇，等等，但这一点油迹所代表的友情和温暖，已足以让他开心。

听到查菲夫人在外面劈柴，查尔斯起身去帮忙。

15

如同前一天一样，第二天早晨，天气晴朗，静寂无风。沃里·詹金斯再次驾车从屋前驶过，又卷起一道羽毛似的烟尘。他们早餐吃的是拌了金黄色糖浆的粥，新鲜的涂了李子酱的苏打面包，还有用鲜牛奶熬成的可可脂。查尔斯看到了一小块蛇粪，于是将它踢到了桌子下面。

尽管莱斯·查菲从口袋里掏出木柄小折刀，小心翼翼地将两天前的《阿古斯报》上的气象图裁了下来，但整个用餐过程中没有人说话。他将气象图放在本该放面包和黄油碟子的位置，戴上眼镜，这样他便可以一边吃饭，一边仔细研究。

吃完早餐，收拾干净桌子之后，查菲夫人从一条旧的印花裙子上撕下一大块布，递给丈夫。查尔斯听到布片撕裂的声音，但没去想他们到底在做什么。他仍然坐在椅子里，仰头看着屋顶，耐心地在蛛网密布的椽子上寻找自己的蛇。

查菲只好请他的客人挪一下身子。查菲夫人邀请他（默默无言地）站到自己身边，看着查菲将防水桌布上下抹得干干净净。查菲先生做这些的时候绝不像一个干家务事的丈夫，而查菲夫人看着他的眼神，也绝非一个看着丈夫在干家务活的主妇的那种眼神。

查菲夫人冲查尔斯笑了笑。查菲先生掰碎布上吐了口吐沫，然后用力擦着桌布上那些已经粘牢了的汤汁斑点。他像着了魔似的擦着，将油布擦得很亮，看起来像是上等的杉木。他用手摸着桌面,一副不太满意的样子。

吐完吐沫,擦完桌子之后,他将碎布塞进后兜里。有一截碎布悬在外面,像一只落汤鸡的尾巴。他完全没有意识到这副样子有多滑稽,自顾自从架子上取下字典,翻到卷首,然后将他收集的已泛黄的报纸气象图取出来,一页一页耐心地铺在桌子上。

"过来,查斯。给你看个东西。"

查菲夫人冲他鼓励地点了点头,她自己依旧斜靠在打开的窗户上。

查尔斯走过去,站住主人身边,不过,因为对眼前的一切感到茫然,一开始他并没有听明白,因此只知道一个劲地说"是的,是的",而实际上,他如堕五里雾中。

莱斯·查菲给他讲解的天气形势。他用到了斯诺克的一些术语。就要下雨了。这肯定无疑,就像母鸡都有小鸡一样,只是气象图上还没有标出来,不过迟早会的。那儿有一个高气压,那个位置,不过被做了个阻碍球。它很想横扫过来,不过遭到阻挡。然后,这个低气压会进入,扑通一声,在大澳大利亚湾入袋。仅此一点还不会带来降水,但它会让整个地区门户洞开,随便哪个傻瓜都看得出来,从而为这个气流让开道路,就在这儿。莱斯称其为"明显的低气压"。

解释完之后,莱斯将他的气象图全都收起来。直接来到棚子里,发现查菲正着急忙慌地往他的拖拉机上焊楔子,查尔斯才明白刚刚听到的那番解释深意何在。查菲夫人拿着油壶,朝着装有弹簧耙齿、被弃置在一旁的"查菲专利四号犁"走去。

没有人对他说:"对不起,你的摩托车得再等等了。"

相反,当查菲无法将拖拉机的连接杆跟犁对齐的时候,他喊道:"喂,拉一下这个。"

接下来两周,查尔斯无数次想开口问摩托车何时能够重新装好,但他能感觉到时机不合适,查菲不是太累,就是太忙,于是他只好耐心等待,每天最后3个小时,都是他开着拖拉机,用查菲天才的发明,翻耕那片满是石头和树桩的土地。拖拉机在崎岖不平的土地上颠簸,查尔斯坐在拖拉机上,肾被颠得像刚到那天一样疼痛难忍。夜里,他梦见的都是犁沟,紧张地想着如何在石头地上让它们笔直如线,觉也睡不踏实。

最终，乌云如约而至，如集市上的牲口般翻腾咆哮。莱斯·查菲紧赶慢赶，终于在风暴到来之前，开着拖拉机将种子播撒下去。他挂在高速挡上，沿着陡峭的岸堤，不顾一切地开着拖拉机，一边回头察看聚集的乌云，一边还要留意前方可能让他车翻人亡的地洞或树桩。他播下的是亚当斯长粒，抗涝三代，但是最后一轮正在播种矮株细粒的时候，豆大的雨点倾泻而下，带来泥土的芬芳。他是在一股令人愉悦的香气中（薄荷味的灰尘，麝香味的泥土）结束这一轮播种的。他将拖拉机开出院门，停在后门边，捡了个锈迹斑斑的果酱罐子扣在排气管上面以防淋湿，然后走进家门——他的妻子和客人被屋顶的喧闹雨声从小睡中吵醒，正在喝茶庆祝久旱之后的甘霖。

"现在，"莱斯·查菲说，"现在，好小子，我们可以好好研究一下你的AJS摩托车了。"

第二天早上，不管是洗澡还是洗衣服，水都不成问题了。查菲夫人一直在铜盆前忙碌，拿着一根粗大的白色棒子，不停地搅拌衣服，而雨依然下个不停。真是一场好雨，大小适中，时间持久，莱斯从棚子回到屋里的时候，脚上那双没系带子的靴子底部粘着一圈夹有沙石的红泥。他脱下靴子，扔在后走廊上，然后走进厨房——他的囚徒正百无聊赖地盯着苍蝇在桌上交尾。

"实在没什么，"他鲁莽地将水壶装满水，大声宣布道，"半天时间，我就全部干完了。"

他的到来让查尔斯兴奋不已，他抓住莱斯的手，紧紧地握着。这场大雨让老鼠遭到灭顶之灾。他的蛇也全都逃走了。没有任何理由让他继续留在马里，他已经下定决心，打算回悉尼去开家宠物店。他不知道莱斯·查菲罹患一种聪明人的常见病：他对细节没有耐心，当他最终搞明白变速箱，知道摩托车剩下的部分装起来有多简单，既然问题解决了，死结解开了，他便不再有任何动力去将工作作个了结，结果是那辆摩托车如一具停在太平间里的尸体，一直盖在防水布下面，只有如丧考妣的查尔斯愿意掀开它，尽管他已不再幻想睡觉的时候会有奇迹发生。

每天晚上，莱斯·查菲都信誓旦旦地说明天会把摩托车装好，但当明天真的到来时，他会睡到很晚起床，磨磨蹭蹭地吃完早饭，然后去杰帕里特的来福枪俱乐部，耗到午饭后才回来，一回来便倒头就睡，他妻子也只能摇头叹息，或者用舌头发出啧啧的声音。

"跟他讲讲你们家的事。"当他们手捧空茶杯坐着的时候,或在园子里给蔬菜除草的时候,搅拌着铜盆的时候,将衣服晾到绳子上的时候,她恳求他们的囚徒。

"我试过,夫人。你听到过的。他丝毫不感兴趣。"尽管脾气很好,查尔斯对查菲夫人也已经感到很不耐烦。他觉得她应该跟她丈夫谈谈,不要把任务推给自己。

"跟他讲点机械方面的东西。"她说。

查尔斯试图将他父亲和飞机的故事讲给莱斯听,然而由于他连飞机搭载哪种型号的发动机这样简单的问题都答不上来,他不仅很快失去了男主人的注意力,而且(他觉得很不公平)连女主人的尊敬也一并失去了。

查尔斯所有的故事都仿佛是在风里划火柴,他满盒的火柴都已经耗尽了,莱斯·查菲的热情依然未能点燃,对于能否再次见到一辆完整的摩托车,他已经绝望了。

他跟玛乔莉·查菲说自己并不介意,但这不过是装出来的大度,目的是重获她的爱怜。实际上,他气不打一处来,恨不能一把火将那个棚子给烧了。

复活节来了又去。天气变得晴朗干冷。黄土地上,麦苗青青,但是莱斯·查菲该做的事情他一样不做。他蒙头大睡,或者听汤米·多尔茜的唱片,或者埋头研究一本旧的墨尔本电话簿。

于是,查菲夫人开始表现得好像这一切都是查尔斯的错。后走廊上越来越冷,但她假装说没有多余的毯子了。她也不再替他洗衬衫了,越来越不爱搭理他,越来越不友善。下午的时候,她会缩在前走廊,晒着冬日的阳光,织袜子,剥花生,或者干脆就坐在那儿,远远地看着某些永远不会到来的东西。晚上,她便替在吉朗的儿子织手套和围巾。当菜园里爬进鼻涕虫之后,她说话的口气就好像这是他的错。而且,晚餐再也没有布丁了。当查尔斯拿出他最后的一点钱——1个弗罗林①和2便士——算作他的食宿费时,病态的女主人的做法彻底激怒了他——她毫不犹豫地接过这几个大子儿,丢进了她脏兮兮的围裙口袋里,一连几周都搁在那里没动(他可以听到钢镚儿在面叮当作响)。

---

① 一个弗罗林相当于两先令。

晚上躺在床上的时候，他穿着袜子和衬衫，再把西服摊开来盖在毯子上。他学着仰睡，一动不动，以免将西服压皱，到时候又得向他们借熨斗。

隔着墙壁，他能听见查菲夫妇聊天的声音，用不着伸手穿过麻布衬里去打开助听器，他便知道自己是他们谈话的主题。

"把他车子修好吧。"

沉默。

"莱斯利·查菲……"

"我听到了。"

沉默，紧接着是弹簧的吱吱声。

"你为什么不帮他把车子修好？"

查尔斯躺在那里，屏住呼吸，一动也不敢动。

"他自己应该知道怎么修。"

"可他不会。"

"他应该去学。"

"他就是个笨蛋，"玛乔莉·查菲说，不再轻言细语，"他根本学不会。"

"看着上帝分上，玛乔莉，这简单得很。"

紧接着又是沉默，然后，没有任何预兆，甚至于没有弹簧的吱吱声，便传来一声痛苦的咆哮，查尔斯完全不敢相信，自己和颜悦色的主人会发出如此响亮的吼声。

"为什么生活会是这个样子？"

"嘘，没事的，嘘，莱斯，嘘。没事的。"

"为什么？"

"有我在呢。"

莱斯·查菲哭了。他的妻子柔声哄着他。朝北的灌木丛里，一只夜鹰在哀鸣。查尔斯摘下助听器，蜷缩进自己的世界里，只听到血液流动的声音。

16

忽然之间,查尔斯觉得自己被包围在一群疯子之中,逃离恐怕才是最明智的选择。不过,他并未仓促行事,当他采取行动时,他选择的方向恰好与你所预计的相反,不是走下屋前的停车道,穿过邮箱,而是朝着屋后,钻进灌木丛。他在草丛和灌木丛中趔趄前行,发现了几只眼斑冢雉,它们每天早上都会打开土堆似的巢,让秋天的阳光温暖它们的蛋,不过他现在没兴趣研究它们。眼斑冢雉是种令人沮丧、毫无生气的鸟,没什么商业价值,而我儿子满脑子想着的都是在悉尼开家宠物店。

他有没有已经下定决心要将自己的宠物店开成世界上最棒的宠物店?很有可能。尽管世界上的宠物店,他只见过坎贝尔大街上挤满笼子的那几家,但这也不会有什么影响。他有着白杰瑞家族特有的自负,根本不把将要面临的激烈竞争放在心上。他的脑子里只容得下他需要知道的事情,那便是,此地随处可见的漂亮的鹩鹦,在悉尼每只能够卖到5先令,金色厚头啸鹟,每只能卖到1/2克朗[①]。而且,最棒的是(价格标签仿佛都已经写好了摆在眼前了一样):蓝额鹦鹉,1基尼[②]。

由于失去了自己的摩托车,查尔斯对查菲夫妇颇有敌意,不愿意开口向他们要点编网的线或做框的篱笆铁丝。他用两个半圆形的弹簧做框,动手编了张网(很差),看起来像个套上了网子的大牡蛎壳。他拿上园艺锹——弄丢了之后,他矢口否认——在灌木丛的红沙土上挖了很多坑,坑里纵横交错都是被铲断的树根,他在里面用偷来的布丁碗盛上水——这是他唯一需要的诱饵。

很快,他就成了大富翁,不过只是纸上富贵。

---

① 1克朗相当于5先令。
② 1基尼相当于1镑1先令。

只是，我不该让我儿子的动机显得那么唯利是图，你得看看他逮住鸟儿之后，抚弄它们的手法如何温柔，那双笨拙的大手如何忽然之间变成爱的工具。他操心它们吃得好不好，住得舒不舒服，临时用铁丝网做的笼子够不够宽敞，将性子温顺的与性急好斗的分开来放，替群居的鸟儿寻找般配的伙伴。当他最终捕到一只价值1基尼的蓝额鹦鹉时，他能一连几个小时坐在那里，乐不可支，为它的美赞叹不已——漂亮的羽毛，喙周围是极为艳丽的蓝色，黄色的腹部，如同一片可爱至极的海洋，将腹间一座鲜红的岛屿包围其中。

他觉得没必要向任何人解释自己日益庞大的动物园。玛乔莉·查菲看到他用他们的麦种喂鹦鹉，什么也没说——她生气的时候就懒得说话。她的情绪在丈夫那里没有得到任何共鸣——每天上厕所的时候，他都要经过那些鸟笼，一周以后，他终于发现了，非但没有像妻子一样生气，反倒兴奋不已，还亲手给它们喂食。

正是从那时候起，玛乔莉·查菲开始挖洞。或许是为了堆肥。或许是派什么别的用途。反正她不管。她实在是生气极了，挖了个4英尺深的坑，而她麻木不仁的丈夫挥霍自己的聪明和热情，发明了一种效率更高的捕鸟器。他兴奋地大叫，声音冲出棚子，直撞她的耳膜。她扔掉手中的鹤嘴锄，拿起撬棍。这时候，他跑过来，给她看自己刚刚做好的捕鸟器。她放下撬棍，捡起铁锹，他则耐心地等着她铲出松散的泥土。

然后，他向她解释捕鸟器的原理，说他用旧内胎做的弹簧非常简单，机关也灵敏至极，不亚于捕鼠器。他完全没有注意到她在哭，且对他的发明不置一词，这丝毫没有影响他的热情。

那个晚上，她做了道他极不爱吃的菜，咖喱羊肉。他什么也没说，一边吃，一边跟那个傻小子聊着宠物店。

"把他车子修好，"她说，"这样他就可以走了。"

查尔斯听到了她的话，但他很害怕她，不敢正视她的眼睛。

"把它修好。"她一边说着，一边从一个牛皮纸袋子里拿出她正在织的毛衣。

但莱斯·查菲好像完全没听到她说的话，也许他确实听到了，但他觉得在眼下的问题解决之前，没必要回应。他正在做某种非常机巧的笼子，可用于长途运输，所需不过是镀锌铁皮和一点焊接用的材料。他还专门设计了分食器和储水槽,不管铁路部门如何粗暴地对待笼子,都不会洒出来。

他花大量的时间给查尔斯提建议(现在他已热情参与到查尔斯的雄心大志中了)。近半数的建议都与银行有关,而另外一半则与老婆有关。玛乔莉·查菲坐在一旁,织着毛线,针头如电报机上的按键一样,咔哒咔哒飞快地碰撞在一起。

关于银行,他说:"开家宠物店是对的,查斯。我的意思是说——你要面对的是已经存在的东西。我这辈子最大的错误就是要去制造从前并不存在的东西。你知道,那些银行里的家伙,他们存在只有两个原因。第一便是他们全无想象力。第二便是银行的工作很安稳。所以他们全都没种,也缺乏想象力。挣钱应该具备的那些该死的品质,他们一样没有。所以,当你去求他们,你所需要的是某种他们不需要动脑子便能理解的东西。你不必让他们费劲想象什么宠物店,因为他们全都见过。你也犯不着给他们凤冠鹦鹉的图画,或者向他们证明凤冠鹦鹉确实会飞、会学舌,如果它们会的话,人们就会愿意掏钱买上一只。凤冠鹦鹉已经在那儿了。这样一来,你就好比拥有进口许可证或者生产许可证了。不管你的西装熨没熨过,他们都会贷款给你。"

关于老婆,他说:"可能现在你觉得自己还小,还不想结婚,而且我也承认,杰帕里特没多少漂亮姑娘能让你改变想法,但是,千万别以为用不着老婆便能开张做生意。你以为自己可以应付,然后你会发现,又要记账,又要送账单,这种工作,女人最擅长不过。"

"把他摩托车修好。"

"要是你再有部电话。"莱斯说着,冲他老婆眨了眨眼睛,又梳了梳头发,然后举起梳子对着灯光,将上面的头发清理干净。"要是你再有部电话。"(他又将梳子放进口袋)"要是你再有部电话……"

"我是得要部电话。"

"是啊。电话对做生意非常有用。如果你有部电话,就需要有人去接听。"

"我喜欢女人的声音……"查尔斯说着,查菲太太突然地站起身,走出餐厅,穿过走廊,进入卧室,然后重重地扑倒在床上。透过自己靴底传来的一阵震颤,查尔斯都能感受到她的痛苦。

"不仅仅如此。"莱斯站起身,走到门边,瞄了一眼走廊,关上门,然后又坐了下来。"比如说你被叫走了,就得有人接电话不是。你接不了,因为你不在那儿。眼下你当然可以雇个人,不过钱就流到外人口袋里去了,而且外人不可能那么精明,也不会那么卖力。"他稍作停顿。"一只他妈的鹦鹉卖1基尼,"他吹了声口哨,说道,"真他妈的了不起。"

"查菲先生,拜托,如果你能帮我把摩托车重新装好的话,我将不胜感激。"

"你真是个有趣的家伙。"莱斯·查菲说。他无法理解,为什么一个在机械方面如此没用的人,在捕鸟这件更难的事情上,却有着过人的天赋。毫无疑问,倘若没个通情达理的老婆,他将会头破血流,在这方面,摩托车是个非常有用的东西——姑娘们喜欢有摩托车的家伙。他将当地的姑娘们在脑海里过了一遍,想着有没有适合自己客人的,但仓促之间,倒是一个也想不出来。她们要么太漂亮(因此会自视甚高),要么太聪明,要么太笨。他完全忘记了那位寄宿在红山的楚克·卡罗尔家的年轻教师,要不是事出偶然,恐怕他永远也不会想到她。

17

查尔斯那天跑去杰帕里特,只是因为怕跟查菲夫人单独待在家里。他不太喜欢杰帕里特。那是个小镇子,每个人都盯着陌生人看,他只有逃进杂货铺才躲过了大街上无尽的折磨。他在一卷卷电线中闲逛,打发时间,等着莱斯·查菲来接自己,完全没有意识到,罗伯特·孟席斯[①](那个名闻遐迩、亲吻过皇室的手的人)正是从这间小店逃走的——他出生于此——现在正朝着成为澳大利亚总理的道路前进。

与此同时,莱斯·查菲站在店外的街上,想着有没有必要花时间教他的客

---

① 罗伯特·孟席斯(1894—1978),澳大利亚政治家,是第12位,也是在任时间最长的澳大利亚总理,前后任职达18年6个月。

人学跳舞。正在那时,他看见银行经理以一种异乎寻常的轻快步伐走来。银行经理用手帕裹着一把左轮手枪,但是手帕太小,无法将手枪完全隐藏起来,因此还是没能逃过莱斯·查菲的眼睛。莱斯迎上前去,自我介绍一番,然后问他要去干什么。

银行经理从办公室走到这里,不过50码的距离,但他已经气喘吁吁,而且情绪非常激动,莱斯使出浑身解数才让他将前因后果说清楚。

警察刚刚联系过他,他们没有手枪,请他赶快去一趟学校,一只大个巨蜥趴在爱玛·安德希尔小姐的头上,将她死死困在学校的操场上。巨蜥是个大家伙,被调皮的小孩子逼得走投无路,以为安德希尔小姐是棵树(巨蜥真的会这样以为),所以爬到了她身上。现在,安德希尔小姐血流不止,情绪失控,而且那只巨蜥也得妥善处理。

"那么,"莱斯·查菲一边问,一边伸手去摸落在家里的梳子,"你拿着枪准备到学校操场上去干什么?"

银行经理觉得应该先把学生打发回家。

"你要疏散整个学校?就为了一只巨蜥?"

银行经理知道莱斯·查菲是个难缠的主,喜欢惹是生非,不过手枪这玩意儿也让他很紧张。"你有什么更好的办法吗?"

莱斯·查菲确实有个更好的办法。他冲进杂货铺,将查尔斯拽了出来。他抓着他的领子,拽着他(仍旧抓着他的衣领),沿着大街,经过咯咯傻笑的布店店主,路过丹·墨菲商务酒店,来到通向学校操场的那条沙子小路,一声直刺云霄的尖叫声(巨蜥刚刚换了下姿势)将他的注意力吸引到安德希尔小姐所在的位置,只见她孤零零地站在一片沥青操场上,就在防护棚前,而其他4名老师和36个小学生围成一个弧形,六神无主地看着她。

"你瞧,"莱斯·查菲对他一脸茫然、喘着粗气的朋友说,"她可爱不?"

18

多年以后,爱玛变得行为乖张,再也不穿紧身胸衣,两瓣屁股恣意舒展,除了一成不变的家居服外,再无其他衣物束缚,她拿出一个小小的胎儿,让她最小的儿子看——胎儿身长不足1英寸——她声称那是他同母异父的兄弟,而且它——她试图让他看清旧咸味酱瓶子里面的乾坤——是半人半蜥。

西斯奥讨厌他妈妈(谁又不会呢?),尤其说这事的时候,她任由自己的上牙托掉下来,容貌就更加令人厌恶了。他没有朝瓶子里看,或者说只是扫了一眼漂浮在浑浊液体里的那个"东西"。

尽管他比我们任何人都更容易接受母亲的种种怪癖,他仍然感到浑身战栗。

西斯奥对巨蜥的生殖器非常了解。很小的时候他就知道,雄性的巨蜥不只有一根阴茎,而是两根,均是苍白色,表面多刺,长不过2厘米,通常缩在后腿间一个小小的鞘囊之中。所以,毫不奇怪西斯奥无法想象这样的交配是怎么发生的,但他应该换一个角度来思考这个问题。毫无疑问,这个家族的女人的子宫里,一定发生了什么异乎寻常的事,但是,同样毋庸置疑的是,她们能够像小孩子摆弄橡皮泥一样,随便掌控后代的外形。若非如此,为什么西斯奥自己不仅名叫西斯奥,而且生得一个塌鼻梁、一双杏仁眼?为什么?因为日本人当时正在轰炸达尔文,而且爱玛也不是个愚蠢的女人。

瓶子里半人半蜥的胎儿让所有人都很不安,其中尤以查尔斯为甚,因为对于他来说,它所证明的一切是相当致命的。

当他站在杰帕里特那所学校的操场上,站在莱斯·查菲身旁的时候,他不知道那个沉默的女孩最终会变成怎样一个人——不为眼前可怕的一幕所吓倒——他非常敬佩她的从容,也很喜欢她壮实的四肢。助听器发出噼啪、嘶嘶的响声,他一脸严肃地看着她。只见她臀部高翘,胸脯巨大,后背宽阔,但让他动心的,绝不仅是她的外表,同样让他欢喜的还有她的沉静,尽管周围的人已歇斯底里。当然,她也曾经撕心裂肺地哭喊过,因为实在太痛了。现在,巨蜥（一只古尔德巨蜥）又安静下来，女孩子讨人喜欢的圆脸蛋显得镇静了不少，只是褐色的眼睛里仍流露出些许紧张。听说查尔斯打算将巨蜥从她头上拿开，她冲他孱弱地笑了笑，上嘴唇微微上翘，露出漂亮的粉色牙龈和细小整齐的牙齿。

巨蜥坚韧的下颌正搁在她刘海上方，分叉的舌头不安地探测着空气，前爪紧紧地抓着她宽阔的肩膀，满是肌肉却又如布袋般松弛的身体贴着她穿着棉布衣服的背部，后爪则紧紧地抓着她高高隆起的肥大而柔软的臀部。它的尾巴同它的身体一样，布满了黄色的斑纹，长长地拖下来，不过没到地面。

接下来，查尔斯从一个满脸痤疮、面庞涨红、笨手笨脚的年轻人，摇身一变，成了专家。刚刚还在窃窃私语，嘲笑他滑稽长相和罗圈腿的学生，眼看着这一变化，全都陷入了沉默。

"给我拿条麻袋来。"他对银行经理说，言语简练，银行经理老实地照办了。查尔斯关掉助听器，穿过围着的学生与动弹不得的女孩之间那片无人地带。

看着他站在自己面前，爱玛仔细地研究了一下他的助听器，一个小小的褐色胶木旋钮从他胖嘟嘟的耳朵里凸出来，让她不由得对他倍感信任。他看起来年纪稍长，经历也很丰富。她觉得他的个性一定很圆滑，没有讨厌的棱角。她又笑了，笑容比刚才更淡，更羞怯。这副笑容，让面前的学生爆发出一阵魔法般的咒语——当初莉娅·戈德斯坦和伊沙伊·凯莱斯基在邦迪的公共汽车站深情相拥的时候，也曾遇到过同样的情况。

"呜啊，呜啊。"孩子们齐声叫道。

麻袋拿来了。查尔斯这才回过神来，慢慢地朝巨蜥走去。他的脖子有种麻酥酥的感觉，脑袋里面有种令人兴奋的嗡嗡声。巨蜥甩了甩脖子。查尔斯喉咙里发出低沉的响声。巨蜥发出嘶嘶的叫声，紧接着，还没等其他人明白过来，查尔斯已经将它从爱玛头上拿下来，塞进了袋子里。除了扯掉一小块衣服，露出里面染了点血的衬裙，没有造成更多的伤害。

"谢谢你。"她说。查尔斯一只手去开助听器，另一只手拎着麻袋——巨蜥在袋子里拼命挣扎。

"查尔斯·白杰瑞。"他说。此时，专家级的表演结束了，他发现自己重又变回一个羞怯的大男孩，满脸绯红地看着这个长得很讨自己喜欢的女孩子。

"别伤害它。"她说。

她将手放在他的腰上,轻得让查尔斯几乎觉察不到,与此同时,世界仿佛又不存在了。"不是巨蜥的错。"她的声音如她的触碰一样轻柔。"错的是他们。"她冲那些此刻仍旧安静的学生们扬了扬下巴。"都是因为这些小坏蛋逗它。答应我,你不会伤害它。"

"我向你保证。"他满脸通红地说。不过,此刻他们已经被人群包围,像是刚刚着陆的飞行员,学生们围着爱玛,莱斯·查菲和那个银行经理则围着查尔斯。

19

终其一生,莱斯·查菲都没有如此干净利落地完成过一个计划,所以,连他自己也感到难以置信。他曾经设想过更加理性,更加合理,更加漂亮,也更加乐观的计划,但所有这些计划——尽管每一个细节都安排得天衣无缝——最终都胎死腹中,而查尔斯应该和那个女教师谈恋爱这个纯属无心插柳的想法,现在则完全按照他的设想发展着。

"呃,我真该死,活该上当,真他妈是个蠢货。"他咧嘴笑道,一边用手摸着自己小矮妖①似的嘴巴,一边看着他羞得满脸通红的朋友——他只愿意说安德希尔小姐看起来"像个还不错的姑娘"。

很显然,摩托车对于追求女孩子来说,是个必不可少的帮手。莱斯将他的小货车匆匆停在灰尘弥漫的车道上,甚至都没来得及喝点茶,或者跟他老婆说几句话,便在他帅气的弗莱彻·琼斯牌裤子外面套上工作服,马上干起活来。他的本性并不喜欢这样着急慌慌的工作,但他感觉哪怕浪费一小时也是极其危险的,所以头也没抬,一口气没歇,直到将那辆AJS摩托车重新组装起来。正因

---

① 爱尔兰民间传说中能指点宝藏的一种矮小的妖精。

为如此匆忙,或许因为查尔斯心急火燎地在他旁边绕圈,挡住他的光线,踢翻他的工具,否则的话,摩托车应该装配得更精细一些,以后也就不会因为种种问题而麻烦不断。深究起来,都是源于那两个兴奋得有点过头的日子。

结果,如此匆忙完全没有必要,追求爱玛·安德希尔小姐根本用不着什么摩托车,她早已受够了房东太太的儿子——为了讨好这位年轻的小姐,此君居然专门为她建了间厕所——步行6英里,从红山一路走来,据她自己说,是为了询问那只巨蜥的情况。安德希尔家的女人都很擅长走路,爱玛可没有穿着高跟鞋和白色的连衣裙,沿着砂路长途跋涉而来。她穿的是白短袜,结实的褐色粗革皮鞋,身上穿了件厚重的粗花呢百褶裙,挺耐脏,外面套了件黑色的两件套开衫,很衬她的肤色。她确实也带了把伞,不过并未撑开,而是像根手杖似的,神气活现地拿在手里。她昂首挺胸,大步流星,显得有力而坚定,但又不失优雅和性感。此时,爱玛·安德希尔展示出一种平时不为人知的气质,整整一个半小时,她连眼睛都没垂一下。

她毫不犹豫地打开了查菲家构造复杂的大门,沿着长长的车道,朝房子走去。尽管知道有个女人正蹲在前廊上看着自己,但她反而更加镇静了。她撑开伞,第一次意识到自己胆子挺大的。她一定会被人说三道四的。

她向查菲夫人作了自我介绍,说自己过来是为了看一看那只巨蜥的情况。

她被引到房子后面,在那儿她找到了查尔斯和巨蜥,两个一起待在灌木丛边一圈结实的围栏内。巨蜥已经被驯化得差不多了。

她没有立即走进笼子,而是双手抓着铁丝网,看着查尔斯向她演示那只巨蜥如何让他替它挠背、摸头。他非常害羞,因此显得很严肃。他说自己刚开始是用一根长长的杆子摸它,等它习惯了之后,再改用手。他说他很幸运,换一只同样年纪和长相的巨蜥,很可能还生活在野外,永远不可能被驯化,但这一只迥然不同。他让她到围栏里面来,说里面很安全。他向她保证,她绝不会受到伤害。说最后这句承诺的时候,他刻意表现得极为认真。

爱玛走了进去,将手包紧紧地贴在胸前。她已经决定要结婚了。她在那只匍匐在地上的爬虫身边蹲下,尽管这个姿势让她身上的伤口疼痛不已。她臀部缝了一针,还注射了预防破伤风的疫苗。她用手指轻轻摸着它背上坚硬的鳞片。

"你好,恶魔先生。"她说。查尔斯喜欢她的声音,是如此绵软,如此飘忽,像是粉蜡笔一样。单单听她说话就让他的脖子麻酥酥的——每次徘徊在将睡未睡的状态之中,他也有类似甜美的感觉——迄今为止——这是他人生中最舒服的一种感受。此刻,他满心里都是她,觉得她的声音让一切变得五彩缤纷——它是那么羞怯,那么踌躇,那么动听。有时候,其实他并没有听清她说的话,但他不想泄露自己耳聋的秘密。

爱玛将手缩了回去,但依然蹲在灰尘中。"你是它的朋友,"她说,"它喜欢你远超过我。"

"我估计,它分辨不出你和我。"查尔斯手里拿着根断了的棍子,在地上乱画。"它所知道的,无非是我们都是为它带来食物的动物而已。"

查菲夫妇在鸡舍边转悠,假装修理一个产蛋箱。查菲夫人目光锐利地发现,倘若将那只巨蜥换成一袋水泥的话,怕是也不会有任何差别。而且,平心而论,巨蜥吃得饱饱的,心满意足地躺在地上,跟一袋水泥实在也没什么两样。它匍匐在结实的木料和铁丝围栏里,查尔斯·白杰瑞和爱玛·安德希尔一人蹲在一边,两个人都双颊通红,对着它的背部又摸又拍,又拍又摸。

直到今天,杰帕里特一带仍然流传着这个故事,说巨蜥的背被他们又摸又拍,脱了一大块皮,而且血流不止。

20

当然,所谓巨蜥被他们拍得血流不止并非事实——杰帕里特从来没有人说过这样的事情。即便出生过五港同盟沃登领主[①]的镇子,断断也想不出如此奇怪的主意。全都是我,赫伯特·白杰瑞,瞎编的。让我儿子看起来像个笨蛋,这个想法在我脑子里近乎狂热。我并非故意为之。我爱他,一直都很爱他。我最大的愿望便是向你炫耀,我勇敢而乐观的孩子如何努力反抗观念和成长中的不利因素,一步步走向成功。然后,正当我几乎如愿以偿的时候,忽然之间我

---

① 指英国陆军元帅威灵顿公爵。

想到了他的走路姿势——高高地抬起脚,重重地踩下去,像个乡巴佬,又像个白痴。我很想拎着他的耳朵,将他拽到一个僻静的角落,告诉他该如何恰当地走路。我爱他,是的,我当然爱他,但我就是要嘲弄他,不仅仅他本人,也包括他的恋人,不仅仅她,还包括他们居住地的景色,不只是一般而言的景色,尤其包括查菲家农场的这片土地。我想直呼他们每个人的名字,谁也不例外,将这地方的沉闷与忧郁变得越发的出类拔萃,同时又带有某种令人憎恶的美,我要抚摸他妈的这片土地,直到它也开始血流不止。

瞧瞧他们,他们仨:我儿子,那姑娘,还有巨蜥。全都是沙漠里的生物,适应了在恶劣的环境中维持生活。就巨蜥来说,我没觉得它有多么令人生气。我觉得它就像个机会主义者,有得吃的时候一餐能吃下自己体重两倍的食物,因为很可能接下来一个月的时间里什么吃的也没有。但是,当我儿子接受爱玛·安德希尔的感情的时候,他也本着完全相同的心态——就好像再也不可能有人爱上他了。他会爱上任何人,哪怕一只蹭蹭他的腿的屠夫的猫。而且,一旦他爱上了,便会始终不渝。我当然觉得生气。我不是个蛮不讲理的人。我无意剥夺他的情和爱。如果他去参加华尔兹狂欢,先跟个女招待订婚,再搭上个接线生,我也一点儿不在乎。

不会跳舞?他当然不会跳舞了。妈的。他根本就用不着跳。倘若他在杰帕里特机械学院的小礼堂里,旋转着身穿桃红色蝉翼纱礼服的她,那么他原本是可以彻彻底底地将她征服的(让她脑袋麻木,笨头笨脑,如痴如呆,眼冒金光,欣喜若狂)。

他们一直抚摸着巨蜥,直到手上沾满了黏黏的液体。之后,他们借了条小船,泛舟于亨德马什湖上。他告诉她湖里的那些水鸟都叫什么名字。他吻了她。他给他妈妈写信,恳求她准许他结婚。到了5月份,他们将所有的鸟儿收拾停当,又替古尔德巨蜥做了只新笼子,然后将它们全都托运到巴克斯·马什,爱玛的家人生活在那儿。他们将AJS摩托车暂时放在莱斯·查菲家。

巴克斯·马什完全是另外一个镇子,与杰帕里特截然不同。那里从来没出过罗伯特·孟席斯之类的人物。不,这是出产弗兰克·哈迪[①]和江洋大盗月

[①] 弗兰克·哈迪(1917—1994),澳大利亚著名左翼作家,代表作有《无誉之权》、《不幸的澳洲人》等,曾两度竞选澳国会议员,但均未获得成功。

光队长①的地方。不过,我得向郡长致歉,因为我并不是说这地方到处都是共产主义作家和绿林好汉,我得向你们,先生,夫人,向克莱林鲍德们,向凯利们,向达格代尔们,向利杰特们,向詹森们,向君格布罗德们,向阿克迈德们,向戴利奥斯们,脱帽致意,那些了解巴克斯·马什的人可以直接跳过接下来的几页,因为这部分内容只与亨利·安德希尔和他的家庭有关,而与你熟知的东西关系不大。只有一次提及格兰特街两旁的梧桐树,有关农业问题只是稍有涉及,安德希尔家的房子也只是一句话带过,即安德希尔家住在盖尔街和戴维斯街拐角处的一幢长形的矮砖房里——现在那里是个修理铺。倘若沿着戴维斯街走去,你可以看到亨利·安德希尔将他的狗关在后院里,那些拴在链子上的狗杂种咆哮着,狂暴地扯动着链子,有时候看起来它们像是要将自己吊起来一样。

结婚之前,查尔斯和爱玛就住在这幢房子里——他们的婚礼是在那个装了挡风板、有着高高的白铁皮尖塔的小教堂里举行的。当时我仍然被关押在兰金·唐斯监狱,所以未能出席,但我能够透过心灵的眼睛,看到那座尖塔,一座细长的、闪闪发光的、像顶傻乎乎的帽子似的尖塔,矗立在一片绿油油的甘蔗田里——巴克斯·马什的甘蔗名闻天下。

尖塔里的钟声深沉而洪亮,很多人会跟你说这种独特的效果应该归功于白铁皮的共振,而非钟本身。但也有人说是因为钟本身的内在品质。这口钟是1846年巴克斯上尉从缅甸带回来的。哪儿建有教堂,哪儿就有愚不可及的争论,此乃再好不过的例子。爱玛的父亲,除了身为一名拘留所官员之外,还是此类争论的热情参与者。他不仅对于钟的问题有着鲜明的立场,对于(举例来说)祭坛究竟是祭坛还是圣餐桌这样事关重大的问题,也同样态度鲜明。在这些问题上遇到不同意见,足以让他额头上的青筋暴露,仿佛一条蓝色的小虫子。

简而言之,他就是个傻帽。

亨利·安德希尔属于那种觉得自己天生就高人一等的人,尽管其他人似乎不觉得,但他毫不介意。相反,他耐心地,一个一个地,收集那些别人由于懒

---

① 月光队长是秘密绿带会对大地主等人提出警告时通常用的化名。

散而空出来的微不足道的职权。比如说，当谁也没有看出训练民兵有何意义的时候，是他让妻子将自己的制服熨好，织带漂白好，是他在腋下夹根指挥棒，冲着年轻人们咆哮，直到夜幕降临，街灯初上，连他也不得不承认是该回家的时候，才宣布解散。他是进步协会的秘书，附议了要求在正大街上摆放公共长椅的决议。他是教区委员会的领头人。而且，最后，他还是拘留所官员，尽管他骑在马上的样子实在只能称之为滑稽。

由于只有最后这个职位有薪水可拿，而且根本谈不上可观，所以他远不是个有钱人。尽管身为进步协会的会计，但实际上他一跟钱打交道便感到紧张。所以，听说三个女儿中的大女儿想结婚的时候，他并不是像妻子那样，担心尚未谋面的男孩品质如何。他的第一反应居然是如释重负——那个问题终于解决了。紧接着，仅仅片刻工夫之后，他便又开始焦虑了：举行婚礼得花钱。更糟糕的是，维多利亚州教育部门曾替他女儿支付了高昂的培训费，自然希望她能够履行自己的义务。他已签过协议，保证她会从事5年教职。然而现在她要进入宠物行业。教育部因此要求退款。500镑。这个数字让他完全陷入了恐慌，不知道该如何是好。倘若他能稍稍冷静，重新再读一遍他和教育部签的协议，他就会知道自己可以按分期付款的方式偿还债券。倘若他是那种愿意向妻子倾诉烦恼的人，那么她一定会告诉他这一点，而且方式一定会很和善，绝不会让他觉得自己很愚蠢。但他对丈夫的责任持一种非常老派的观念，从来就没想过要将如此吓人的文件拿给一个女人看。

于是，他没有冷静地将协议重读一遍，也没有跟妻子讨论一下。相反，甚至在还未见到查尔斯之前，他便决定要从他那儿榨取这笔钱。

现在，尽管很猥琐，但一切似乎都合乎逻辑，无懈可击。说服自己认为此事很公平并不困难，一个比他单纯的人都会开口去要这笔钱。但爱玛的父亲可不是个单纯的人，他不仅好管闲事，抠门，胆怯，而且还好面子。所以，在将这500镑的包袱卸掉之前，他觉得有义务把事情给查尔斯说清楚。

但"事情"究竟是什么，他从来就没有说清楚过。尽管你会发现很多巴克斯·马什的人都做好了嘲笑、翻白眼的准备，但对于细节，他们似乎知之甚少。不管当初爱玛被赶出家门、扔进师范学校时发生了什么"事情"，她拒绝离开父母庇护，其反应程度之激烈，简直让人担心她的心智是否健全。

亨利·安德希尔有足足一个月的时间考虑该如何跟查尔斯·白杰瑞谈这件

事。他心事重重，除了该如何说得婉转一点，别的他什么也没想到。而且，当他看到查尔斯·白杰瑞扶着女儿下火车时的情景，他的心豁然开朗。他搀着她的手的样子，还有他过分关心她的外套的样子，他都看在眼里。这孩子对女儿简直痴迷。他笑了。这个任务肯定一点儿也不难完成。

就查尔斯来说，他非常乐于喜欢并且讨好爱玛的父亲，而且也准备好了老实承认自己的父亲还被关在大牢里。究竟该如何交代，他担忧的时间，远比亨利·安德希尔考虑那件事的时间要长得多。另外，他曾经见过一张未来岳父的照片，着实吓得不轻。照片中，亨利·安德希尔身穿马裤，手执马鞭，站得笔挺，表情威严而雄武。

看到未来岳父胡子下露出的笑容，查尔斯同样也感到如释重负。亨利·安德希尔不仅比照片中要和蔼可亲，个头也要矮很多。他身高不到5英尺2英寸，精力充沛，生机勃勃。他还是个热心肠，希望什么事情都能按部就班。他拥抱自己女儿的时候，害羞而笨拙，令人动容。

"对了。"亨利·安德希尔说，拥抱完女儿之后他迅速往后退了一步，不停地拿手里的一卷报纸拍打着自己的大腿。"我们得替你的这些笼子找个推车来。克兰西·谢伊有辆不错的推车，就放在行李房。你和我，小伙子，咱们一起去拿推车。爱玛，你看着鸟儿。"

查尔斯喜欢这样，一点儿也不觉得他霸道。他们走下站台的时候，列车驶出了车站，隆隆地朝帕尔旺驶去。很快，你就能再次听到八哥的叫声。

"今天天气真不错。"查尔斯说，打算慢慢引出兰金·唐斯监狱这个问题。

"我敢保证你肯定很幸福。"

"哦，是的，"查尔斯说，他从未想过别人会喜欢自己，"的确如此。"

亨利·安德希尔笑容满面，停下了脚步。查尔斯也随之停下来，满脸堆笑，对自己个头比他高出很多颇感歉意。

"你对马了解吗，查斯？"

"我估摸着还是有所了解的。"查尔斯踢着铺着黑色沥青的站台上横放的一大块石英石，以为接下来可能要聊些鸟啊蜂啊之类的话题。但他错了。

"我们的爱米，"亨利·安德希尔笑道，漂亮的胡子下面，一口整齐雪白的牙齿,"像马一样容易受惊,有点他们所谓的轻狂。"

对于查尔斯来说,"轻狂"这个词只有两层意思——不是(a)轻浮,便是(b)疯癫——看着这个年轻人在他眼皮底下的变化,亨利·安德希尔感到很是苦恼。在此之前,他一直弯腰曲背地站着,尽可能不让自己的身高优势显得那么明显。他双手礼貌地放在背后,总是毕恭毕敬地低着头。然而现在,他足足长高了6英寸,如果说安德希尔没有看到他紧握着的结实的拳头,那么他应当看到了其他种种迹象。

"她一点儿也不。"查尔斯说。

"不,不,不是那个意思。"亨利·安德希尔看出自己的意思完全被误解了。对于他来说,"轻狂"这个词意味着不安、犹豫,甚至美丽。它意味着神气活现、精神昂扬、良好的教养和常常与之相随的可以忍受的焦虑。

"尽管你是她爸爸,安德希尔先生,但我的爱玛一点儿也不轻狂。"

放在平时,亨利·安德希尔此时一定会火冒三丈。他绝对无法忍受一个晚辈的反驳,他会暴跳如雷,满脸涨得通红,威胁要拿鞭子抽人。

放在平时,查尔斯也会大呼小叫。

不过这一次,尽管两人都面红耳赤,但都亲切地相视而笑——他们都一动不动地站着,连那些八哥都没有意识到这是两个大活人,放肆地啄食洒在站台上的谷粒。

"焦虑,我的意思是,"亨利·安德希尔说,"有点焦虑。缺乏自信。"

"我明白了。"查尔斯说着,非常恼火自己挚爱的人居然被拿来跟马相提并论。这个膀阔腰圆的形象自此便一直深深印在他的脑海里,终其一生都让他耿耿于怀。

"我是他爸爸。我了解我女儿。"

查尔斯现在才注意到,亨利·安德希尔浓密的眉毛在眼睛上拧成了一个结,让他看起来近乎疯狂。"我相信你一定是非常了解,安德希尔先生。"他一路赶来,又累又脏,但他恨不能拎起这个拘留所官员,一拳将他打翻在地。他有着白杰瑞家族脾性,随便什么事都能凭空想象——此刻他就在想象中将他推下站台,对着他的脸拳打脚踢,照着他的后脑勺就是几巴掌。"我相信你一定是非常了解的。"他说。

"她很容易受惊吓。"亨利·安德希尔拍了下手中的报纸,八哥们吓得四散飞逃,他如释重负,想着终于还是做对了。他在前面带路,领着查尔斯去拿推车。"跟匹马似的。"

费了好大劲才将鸟和巨蜥装上车。待到他们终于将所有东西都结结实实地绑好之后,亨利·安德希尔才第一次转弯抹角地提及那500镑。

此举再次令查尔斯火冒三丈,几乎不亚于刚才他对女儿的评论。查尔斯非常鄙视安德希尔这样假装漫不经心、鬼鬼祟祟地绕到这件事情上去的方式——他们正打上最后一个结,然后他喘着粗气,凑过身来,像个推销淫秽明信片的小贩。

当他最终在未婚妻身边的座椅上落座,查尔斯已经暗下决心要自个儿偿还所有债券,但绝不透露一点儿风声给安德希尔。所以,当他们赶着马车,沿着公园边的道路,一溜小跑着往回走的时候,查尔斯便在心里盘算起来了,他小心翼翼,仿佛安德希尔是只待捕的动物。他甚至已经涉及具体的一些技巧和细节了,比如他该如何悄悄地跟教育部门联系,如何悄悄地上邮局登记一个收信的邮箱。任何见过他的人,或者跟他说话的人都不可能猜想到,如此笨拙、迟钝、实诚的人,居然也有这么狡猾的一面。

到了那所高中之后,他们便右拐,穿过华勒比河桥。见到查尔斯一声不吭,爱玛安心地将大手叠放在大腿上,跟父亲说起了世界上最棒的宠物店。

"好了,爱米,不要说梦话。"她父亲一边说,一边望着查尔斯,还冲他眨了下眼睛。

"这可不是梦话,安德希尔先生。"查尔斯拿过爱玛戴着手套的手,使劲捏了捏。

"切。"

查尔斯不懂他这话的意思,因而没有接话。

"狗屁不是,"亨利·安德希尔说着,扬起鞭子抽打马屁股,"你知道天有多高地有多厚吗?"

查尔斯没有回答。他全神贯注于路边如遮如盖的梧桐树上。这些梧桐树已经黄叶稀疏,空气中弥漫着甜美的味道,还有家家户户的炊烟袅袅而至。

他又捏了捏爱玛的手,尽管很痛,但她毫无怨言。她能够感觉到父亲的快乐,而她疲累至极,四肢乏力,却又如释重负。她原本以为会有麻烦,但现在看来一切还算顺利。

亨利·安德希尔确实很开心。女儿就要结婚了,而这个傲慢的小子将要负担一部分债务。"世界上最棒的,"他说,"你不过还是个小毛孩。"

"是的。"查尔斯说,心想自己还得忍受这个长满鼻毛的讨厌的老家伙30天之久,便庆幸将AJS摩托车留在了杰帕里特。他要回那儿一趟,把它取过来。

"世界上最棒的宠物店!"

爱玛笑了。她早已习惯了父亲的戏弄,不觉得其中有何冒犯之处。很久很久以前,她就说服自己相信,他并非故意讨人嫌恶,所以此刻她也完全看不出来这所谓世界上最棒的宠物店究竟有多让他恼火。

21

那一年的冬天来得特别早。还不到6月,巴兰的地上便已积雪三天了。广播上报道了,墨尔本的报纸也在头版刊登了照片。一个星期天的下午,他们看见一辆辆开着黄色大灯的汽车驶过,车顶上还堆着雪人。镇子笼罩在一片阴霾之中,那些汽车沿着大街,排着队缓缓驶下斯坦福山,朝着墨尔本方向而去。他们之前都没见过雪,但没有AJS摩托车,他们去不了。

载着雪人的汽车驶过镇子的第二天,巴克斯·马什也飘起了雪花,虽然伸手能够接到雪花,但它们像落到地面上一样,很快便融化了。爱玛上豪巴特家的商店替查尔斯买了一条长衬裤。接待她的是玛乔莉·豪巴特,六年级的时候她就坐在爱玛后面。一开始她有点高高在上,不过听说爱玛就要结婚了之后,她的态度发生了变化。"天哪,"当爱玛让她拿最大号的时候,她惊叹道:"他一定是个足球运动员。"

玛乔莉的父亲说她可以先记在账上,但爱玛说他们打算搬到悉尼去住,所以没必要再开个户头了。

长衬裤太大了点,一圈细细的白边露在他裤子背带外面,但查尔斯从未有过丝毫抱怨。这个礼物，让他非常感动。

他们一起长途漫步，上至莱德德格·乔治，下至达拉谟果园，或者沿着格兰特街一直步行到位于麦丁利的公园。他们踏着人行道上厚厚的落叶，聊天说话。实际上都是查尔斯在说话。爱玛既吃惊，又开心，他居然有那么多的想法——尽管他的想法并不能让她动容，但她还是能够感受到其动机是良好的，即便有时候他的表达实在糟糕透顶。

"你应该参与政治。"有一次，参加完周六泥地足球赛回来的路上，她对查尔斯说。

"不，"他说，"我不行。"紧接着便不说话了。他们手牵着手走过卷心菜地，走过篱笆墙，走过一幢崭新的有着灰泥墙壁、拱形门廊的大房子。他们足足走了半里地——一旁的人们窸窣作响，要么踩踏着枯枝败叶，要么弓腰驼背地迈着步子，双手深深地插在口袋里，缩着脖子，躲避已开始落下来的蒙蒙细雨。

"你知道我最喜欢什么？"他问道。

说这话的时候，他们已经来到大街上的哈罗威尔点心店前。他的眼睛忽然含情脉脉，爱玛下意识地非常珍视这一刻，就好像她会"珍视"度蜜月时信手摘下的一朵野花。她在想，父亲曾经也有过这样的时刻。所有男人，她想，都曾经有过这样的时刻，然后，生活便开始了。所以她记得哈罗威尔点心店外亮晶晶的褐色小瓷砖，拉上的荷兰麻布窗帘，路过的一家子——他们戴着羊毛无檐小便帽，穿行在巴克斯·马什黄黑色的街道上，以及他是如何握住自己的双手，满以为他会在那儿吻自己。当时，在大街上，达斯汀一家（达利队的支持者）嘟嘟吹着喇叭，一副凯旋的架势，他们正要在法院酒店那儿左拐，回到他们位于达利的蔬菜农场。

"你最喜欢什么？"

"坐在厨房里。"他说。

他没有作任何解释。可以看得出来，他的情绪有点激动，眼泪盈眶，然而她不爱问他是什么意思。

他可以长时间谈论世界的不公。他知道自己知之甚少，读书不多，而且他也从不强不知以为知，这种发乎自然的诚实，让他的情感有一种格外的力量。但他至少能以自己的方式谈论贫穷、苦难、不公，甚至作为一名澳大利亚人意味着什么——这些都是容易让人情绪激动的话题,但对于他来说,远没有置身于安德希尔家的厨房让他感到心醉神迷——蒸汽,沾满面粉的手,女人的笑声,梳头的样子,潮湿的手指碰到滚烫的黑铁上发出的短促的嗞嗞声,口袋装满木夹的围裙,泛着光的削过皮的土豆,洒到外面的油,中午刚蒸好的布丁上热腾腾的果酱——这些东西弥足珍贵,无以言表。

只有亨利·安德希尔可以破坏厨房里良好的氛围——他提出自己蛮横的观点,对其他人吆五喝六,还有满嘴满身的刺鼻烟草味儿。只有那种时候,工作之余或者周末,查尔斯才会有种出去走走的冲动,或者到房子后面去上趟厕所。

寒风自彭特兰山上冰冷的石头教堂席卷而下,抽打着这个小镇。当你离开厨房去上厕所的时候,那些黄眼睛、断了牙的狗在链子上挣扎着,作势朝你猛扑。外面寒冷刺骨,寒风如刀片一般从粪坑后面的洞口刮进来,将你的屁股冻僵,让你冷得缩成一团。你躲在幽暗的角落里,用废旧的政府表格擦屁股——这些表格撕得整整齐齐,挂在一根钉子上。纸又冷又硬,你每撕一页,那些毛发倒竖的狗便嘶叫一声。任何一个稍稍见过点世面的陌生人路经此地,越过铁丝网栅栏顶部,看到掩着的厕所门和一直朝它猛扑的狗,便能分毫不差地猜到你在里面干什么。

查尔斯不喜欢安德希尔家的厕所,但是只要亨利·安德希尔在家,他都会在里面待上很长时间,尽情地回味着厨房里的快乐。

他将裤子褪到大腿上——寒风凛冽,冻得他满腿的鸡皮疙瘩——蹲在那里苦思冥想,为什么他的岳父要挑出爱玛,说她像匹马。因为爱玛的妈妈,还有她两个妹妹跟她全都一个样。她们生得膀阔腰圆,屁股肥大,小腿健硕,体态迷人。她们都穿着百褶裙和两件套开衫,洗起来得分外小心——每一件都遵循一套完全相同的程序——先要用好几条浴巾裹起来拧干,然后再平摊在厨房炉子附近的一张小桌子上,因此,除了女人的香水味之外,厨房里又新添了肥皂和羊毛那种干净而甜蜜的芬芳,令查尔斯倍感舒适,备觉亲切。至于说轻狂——根本就看不出有任何轻狂的迹象。倘若说有什么的话,那也是她们看起来恰恰相反——她们有着温柔宁静的褐色眼睛,圆圆的无忧无虑的脸蛋,黑色的刘海,以及平整洁白的细牙。她们全都有种讨人喜欢的嘟囔的习惯,仿佛她们不愿承认自己同意某个观点似的,对此查尔斯一点儿也没感到不满——他怎么会呢?——这么一片温柔的声音。

查尔斯有多喜欢这母女几人,就有多讨厌她们的父亲。他根本就未曾想过,正因为有了后者,才产生了前者——她们说话的方式很可能是亨利·安德希尔不能包容不同意见的结果。这个错误尚可理解,因为她们的表现,丝毫不像是唯唯诺诺的女人——她们走起路来昂首挺胸,自信满满——然而,当矮小的亨利·安德希尔走进厨房之后,不管提怎样的要求,她们都绝不推辞,但整个气氛全毁了。她们将他的黄铜马饰擦亮,将他的军用织带漂白,没有半点不情愿,相反非常热切。但凡他对茶稍有不满,她们立马新沏一壶,而且看起来非常乐意。她们替他将仲裁地界时穿的白色法袍洗得干干净净。晚上,她们连外套也不穿,胳膊抱在胸前,站在莱德德格街上,看着他来来回回操练那些脸色阴沉的民兵。她们是巴克斯·马什唯一看不出来他究竟有多傻的人。

查尔斯从未承认对自己未来岳父的真实感受。亨利·安德希尔在家的时候,查尔斯通常选择最矮的座位,坐在门廊旁边,喝着这个不可一世的男主人要求的浓得发黑的红茶。当爱玛替她父亲擦靴子、倒茶或铺好报纸的时候,查尔斯只是默默地看着。当她因为某个嘲弄世界上最棒的宠物店的笑话而忍俊不禁的时候,他也跟着一起笑。

他自有自己无声的复仇,整件事情他处理得恰到好处,那些认为他笨拙的人注定要大吃一惊。尽管这样并不符合他的天性,但(倘若你明白我的意思)仍在他能力范围之内,他让亨利·安德希尔饱受折磨,受害人却完全没有意识到是他蓄意为之。他的做法非常简单,就是拒绝讨论债券的事。任何有关此话题的暗示他都熟视无睹,即便最直接的提问似乎也只会导致他的助听器发生故障。所以,尽管他们俩看似好朋友一般,实际上暗流涌动,一场真正的战争正在进行当中。安德希尔对查尔斯生意上的抱负极尽冷嘲热讽之能事。查尔斯一方面拒绝讨论债券的事,另一方面,他又通过放在大街上的一个邮箱,与教育部门进行着秘密的协商。这才是他回杰帕里特的真正原因——因为亨利·安德希尔发现他穿过牲畜市场的寄养场和生命卫士牛奶厂的后巷,偷偷溜到邮局去了。查尔斯没有勇气对直接的提问撒谎,那也是他和爱玛回到了查菲家的原因。他们的借口是去讨回AJS摩托车,但真正的原因乃是回避有关债券的问题。而实际上,那个时候,查尔斯已经正式答应由自己来偿还这笔债券了——每周5镑5先令6便士,连续偿还3年。

婚礼筹备过程当中，他们回来了，发现亨利·安德希尔已经焦虑成疾。他腿上满是肿块，像是灌水了的鸽子蛋，再有，尽管没那么引人注目，他的胸脯上长满了红疹。于是，查尔斯非但获准、甚至被要求离他远点儿。

婚礼当天，亨利·安德希尔给自己涂上炉甘石液，再穿上最好的礼服——他有条纹裤子和长长的黑外套。查尔斯万万没有想到，拒绝讨论债券的事居然会让亨利·安德希尔病倒。不过，直到婚礼结束之后，他们在教堂外面排成一行拍照的时候，他才提及此事。

给他们拍照的当然是杰克·柯伊，如往常一样，他忙前忙后，确保每个人都站在合适的位置。他让全身奇痒的安德希尔再靠查尔斯·白杰瑞稍稍近点儿。

"债券我还了。"查尔斯说。

一丝古怪的笑容自亨利·安德希尔的胡子下面浮现出来，既脆弱又紧张，仿佛害怕一旦暴露在阳光下便会被碾碎一般。

"你什么？"他问。

"呐，"杰克·柯伊说，"安德希尔先生，麻烦你……"

"我负责，"查尔斯说，"偿还债券。"

"哈哈，"亨利·安德希尔看着镜头笑起来，"哈哈。"

"没错，"杰克·柯伊说道，他的头埋在相机上黑色的罩布里，"白杰瑞先生，请笑一下。"

"你永远成不了生意人，小伙子。"亨利·安德希尔一边说着，一边偷偷将手伸进口袋里挠痒痒。

"我就是个生意人。"

爱玛对着她年轻的丈夫的耳朵嘟囔了几句。

"原本我可以负担一半的。"爱玛的父亲说。

"好的，现在，不要动。"杰克·柯伊说。

"原本我可以负担一半的！"亨利·安德希尔嚷道，"你永远也成不了生意人，连根生意人的靴带你也成不了。"

再也拍不出比这更好的照片了。尽管亨利和查尔斯都让彼此兴致全无，但此刻他们全都满面堆笑地看着杰克·柯伊的镜头，安德希尔的脸皱成一团，根本注意不到那些肿块。自打那天起，任何看过照片的人都不会怀疑他们有多么幸福。

22

爱玛·安德希尔是亨利·安德希尔的女儿,对于任何人来说这一点都再明显不过了。但对于查尔斯来说却似乎不那么清楚。当他付了500镑,完全拥有他的女儿,他以为从此不再欠那个当父亲的任何东西,也将他的影响一笔勾销了。所以,如果说这个纪律严明的人曾身为爱玛·白杰瑞的父亲的话,那么现在他必须得像变魔术一样让自己不再成为她父亲,缩回自己的阴茎,将自己的精液像擤鼻涕似的射在格子手帕里,然后将手帕像餐巾一样叠起来,穿过一个银环,让他的种子老实地待在厨房的餐桌上,待在不会造成任何伤害的地方。爱玛又重新变得白璧无瑕了。查尔斯已经付了500镑,于是乎——我相信你们都听得明白——爱玛便仿佛从未替她父亲沏过茶,浆洗过他的织带,也从未伸手接受他皮带火辣的抽打,或者伸嘴去迎合他冷若冰霜的亲热。

他们安全抵达悉尼之后,查尔斯便再也没有提过他的岳父,他捎给他的唯一消息便是每年圣诞节的时候,他会在妻子的贺卡右下角签上自己的名字(C.白杰瑞)。而且,因为他的记忆如一条奔腾不息的河流,总是改道,时而在这里削减一点,时而又将那里夸大一番,很快,他唯一记住的便是亨利·安德希尔曾经说过爱玛的屁股像匹马。毫无疑问,他从未意识到他提醒过自己,她精神有时候不太稳定,容易受惊吓。

倘若不是因为那场战争(迟迟未能爆发,他时刻关注着,却又故意装作什么都没有发生),我怀疑什么问题都不会发生。几乎在每个方面,查尔斯和爱玛都极为般配。

莉娅去看过他们的小铺子,她所看到的(她就是这样)都是好的方面——说它有种保育室般温馨的感觉,是个提供救助、亲切温柔的地方。让莉娅感到欣喜的是,它有各式各样的生命,兔子又大又肥,吸蜜鹦鹉仿佛波斯地毯般色彩斑斓,呆滞的白眼蟒蛇耐心地等待着身上的皮慢慢蜕去,还有那只非卖品古尔德巨蜥,水族箱则如同一片片狭小的海洋,装满了各类五彩的鱼儿,水草、苹果、谷物的味道以及各种动物粪便的刺激性气味混合在一起,弥漫在整间铺子里,怡人却又令人嫌恶。

这对新婚夫妇在这些需要照看的动物之间忙碌,像两个有着巨人般身材的小孩子,脸庞年轻,手大脚大,不是跪着便是猫着腰,安抚甚至哀求那些动不动就焦躁不安的动物。爱玛的语音尽管害羞且含混,但一点儿也不胆怯,有种性感而又懒洋洋的感觉。她说起话来,似乎有一种爱人特有的迷离。

确实,查尔斯说的话要更多一些,但他这么做并非是要将妻子排除在外,相反,他总是看着妻子,希望获得她的同意,所以整个宠物店都弥漫着他们的浓情。虽然莉娅对这个世界上最棒的宠物店接下来要面临的问题感兴趣,但真正令她开心的还是小两口的甜蜜。

此外,令她印象深刻的是,他们从一开始便希望将所有的事情做得很妥帖。他们约好了要跟动物园的人谈谈,仔细地做记录,将笼子建得很大,远超小店的需要。或许,这是个错误。但他们很高兴自己的铺子不是一个监狱——坎贝尔街上那些宠物店,一个个如同拥挤不堪的洞穴。大笼子确实带来不少问题,因为他们不得不将不同品类的宠物放在一起。漂亮的蓝额鹦鹉简直好斗到了极点,总是羽毛乱飞,满头是血。

爱玛简直棒极了,查尔斯说。听到他这么说,姑娘的脸便红了,眉眼低垂。莉娅可以想象那双粗壮的手,不是帮受伤的玫瑰鹦鹉疗伤,便是救助一只受到惊吓的天竺鼠——尽管雄兔对它的关注完全出于善意。

她想不出哪个女孩还能比她更适合查尔斯。她看起来那么淳朴,那么实在,那么深情,丝毫都不骄傲。他们一起为宠物们准备食物,肩并肩站在餐桌前忙碌,切开发黑的大块马肉,打鸡蛋,揉碎马德拉蛋糕。他们已经准备好了自己的捕虫器,很快就会开始自个儿养苍蝇,然后用它们的蛹喂宠物。他们好像完全没有发现屋子里有股奇怪的味道,不过即便这个味道一开始令人不快,但莉娅很快便将它与他们的幸福联系到了一起。

那是1938年。希特勒正在奥地利。布哈林和李可夫已经在莫斯科遭到审讯。邦迪海滩还没有竖起带刺的铁丝网,但咖啡厅已经挤满了来自欧洲的犹太人。当丈夫作反对同纳粹开战的演讲时,莉娅·戈德斯坦就站在他身边的讲台上。

她会身着严肃的灰色外套,站得笔直,一脸坚毅,不苟言笑,一如通常所见严肃的共产主义者的形象。但也正是从这时间起,她的信开始充盈着小宠物店甜蜜多产的气味——她经常去那儿,而且越来越频繁,和爱玛喝喝茶,看着她的肚子一天天大起来,深呼吸满是稻草、油菜子、糖浆及羽毛的空气。

她也喜欢待在那里,就像她喜欢躲在信里的世界一样。她用不着说话。两个女人就坐在柜台后面。爱玛只管织她的毛衣。

23

菲比过来借钱,她对爱玛的吻深感震惊。其实并非爱玛主动吻她。真正主动的是菲比,她是那种遇见什么都要吻上一吻的人。让她感到震惊的,并非亲吻这一行为,而是这个吻本身。从爱玛的吻中,你能感觉到她是那么的满足,而菲比——原本觉得媳妇又大又直的脚趾头很恶心——则深感不安。这确实很令人难为情,有点类似撞见别人在做爱。菲比本想过来炫耀一下自己新结识的年轻男子,顺便借点钱,结果离店的时候顿觉韶华不再,情绪一落千丈。

她绝不是唯一一个受到爱玛之吻影响的人。莉娅就曾经用整整一页纸来描述它们。爱玛仿佛一棵生长在严酷环境中的植物,忽然有一天被移植到一片肥沃的热带地区。她恣意地舒展自己,觉得在这温暖的红色土壤里,自己的脚趾可以自由伸展了。于是,她的吻,便如花朵般绽放。

不同寻常的是,当初答应嫁给查尔斯的时候,她甚至不爱他。她只是觉得他是个正派的有点男人味的人,而且他的助听器,还有他近乎滑稽的长相,都让她的心里感到踏实。他就好比郡政府在帕尔旺河上建的那座拱形铁桥一样——矮墩墩,傻呵呵,但没人会怀疑它的可靠性。一旦他承诺做到尊敬和服从,你就可以完全信赖他。谁都看得出来他不是一个游手好闲的浪荡子,也不是个二流子或酒鬼。他会好好照顾她的。

她的期望值很低,如此丰富的生活,几乎令她如痴如醉。没错,她不喜欢悉尼,但她也同样没喜欢过墨尔本。城市太过喧嚣和混乱,不适合她。到底她还是个居家的女人。她最开心的是待在宠物中间,或者待在楼上他们小小的屋子里——她用教育部门课税之后剩下的那点钱简单地重新装修了一下,撕下剥落的墙纸,杀灭了各种小虫子,并点上了新的煤油灯。

她本能地照着娘家的样子装饰自己的家。她花了1/2便士买了个铜钩子,用来挂热水壶,就在炉子后面,这个位置在巴克斯·马什就很不合适,也很不方便,自然在悉尼的乔治街也同样不合适,不方便。她从肉贩那里讨来一张日历,挂在门后,要想知道日期的话得先将门关上,一如在巴克斯·马什。她又在巴瑟斯特街上找到一幅带框的英王挂像。挂像很脏,而且画框已有缺口,但只要2便士,于是她便将它买回家,挂在餐桌边的墙上(费了好大工夫——挂相框的线摇摇欲坠)。她刚刚完成这最后的装饰,查尔斯便进屋了(满脑子想着的依然是他宠物店橱窗里的蛇展),站在那里,直瞪瞪地看着照片里的英王——他从小便受到灌输,憎恨任何与皇室及英国有关的东西。

查尔斯从未意识到,对于爱玛来说,英王并不比铜钩或者肉贩的日历更加重要。红色自他领口下方开始,逐渐向上蔓延,如同打翻在吸水纸上的墨水一样。现在纠缠于他的反应究竟是源自赫伯特·白杰瑞还是莉娅·戈德斯坦,或者是他自己看《史密斯周刊》和《新闻快报》的有关专题报道,已经于事无补了,反正他就是作出了这样的反应,迅速而本能,就像被人一拳打在鼻子上,他只是应激似地直接作出还击。而他的妻子,挺着大肚子,双膝酸软,根本就不知道那个将自己深爱的男人吞没的魔鬼究竟是什么。她感到有一种恐惧抓挠着她的五脏六腑,肚子里的孩子也惊慌不已,使劲踢着腿。她看到他脖子上的青筋紧绷,如同围栏铁丝一般,只要一个小小的缺口就会绷断。他将宽檐帽很慢很慢地放在桌子上,然后俯身向前——他的胳膊健壮得让人害怕,而且特别的长(他伸手就可以够着挂镜线,根本不需要借助于凳子或者梯子)——使劲拉住留着胡子的英王,英王似乎拒绝就此退位,最终整根挂镜线都被扯了下来,在他身后弹起。挂镜线反弹在桌子上,将爱玛的茶杯打翻,摔断了它的手柄,然后那个失去手柄的茶杯顺溜地滚下了桌子,最终粉身碎骨。查尔斯将英王的挂像拿到厨房的水槽边,打开水槽后面的窗户,将它直接扔向长满青苔的水泥小巷。

查尔斯遗传了白杰瑞家族的脾气:来得快,去得也快,一通爆发之后,荡然无存,留下的无非是灰烬、懊悔和难为情。所以,当他回过头来,看到她崩溃的脸,魔鬼立即便离他而去了。然后,他跪倒在颤抖着的妻子身旁,试图向她解释。他是那么歉疚。他亲吻她的眼睛,一个劲拿鼻子蹭着妻子的脖子。她是他的小羊羔。她是他的宝贝,他的宠物,他的负鼠,他的老鼠。

然而,事实却是,如同他愿意对自己孩子气的脾气大加斥责一样,她也非常乐意将英王抛弃。尽管在她父亲的屋子里,英王是个非常重要的角色,但她已经懒得去在乎了。她蔑视他,提也不会再提他的名字。在丈夫的臂膀里,她感到比以前更加安全。她独特的吻,那些如同热带花朵一般的吻,随着因恐惧而分泌的肾上腺素而变得幽暗、沉重,稍饮几杯,就足以令他们醉意蒙眬。

24

莫兰神父告诉我,他曾经在蘑菇上看到过一个神仙。那是个非常非常小的小绅士,穿着一双极小的靴子,系着同样细小的鞋带。他说得有鼻子有眼。他可以将那双靴子描述得分毫毕现:褐色,有着与之相同的金属孔眼,鞋带——尽管必然非常精致——是真皮的——只要看看吊着的蝴蝶结便知道。神仙下身穿了条短裤子,上身是件精心裁剪的夹克,头戴一顶褐色的苏格兰圆扁帽。看到它的时候,莫兰神父还不过是个小孩子,但直到现在他仍能回忆起最微小的细节。当时已近黄昏。他和哥哥雷金纳德还有爸爸在一起,正沿着克拉伦斯河边的道路采蘑菇。天气炎热,雾气蒸腾,光线模糊,晚霞如金,他弯着腰,手里拿着一把旧骨柄小刀——刀柄曾经掉进开水里,有点泛黄。他正准备采摘一棵蘑菇,便看见坐在上面的神仙。

他跟我说这些的时候,我一直看着他那双瞪大的闪闪发亮的眼睛,感到非常奇怪,之前我一定在儿哪见过他。不过,他的举止非常特别,绝不会轻易忘记。他是个方脑袋、灰卷发、红脸庞的家伙。他的块头也够大,宽阔的肩膀,厚实的胸脯,几乎要将他的神父黑袍撑破。但真正让我感到紧张的,还是他的眼睛,大而突出,且充满着各种各样苛刻的情感。

他习惯于一待就是几个小时。我无法赶他走。看在上帝分上,我这是在监狱里。各色人等都来看我。来自美国的医生特意从悉尼绕道来见我,然后好像我不存在似的大谈特谈我。兰金·唐斯监狱就是那样。他们告诉你,关在此地是多么幸运，然后将你的名字写在索引卡上、文件夹上，或者装订在一起的蓝纸片上——偶尔你可以瞥见它放在狱长桌上的一个脏兮兮的文件夹里。他们能以任何理由随时推门而入，根本不需要什么钥匙。谁都可以想进来就进来。来自波兰的某个人？为什么不可以？我就遇到过一个来自波兰的家伙。他来是为了看看我的牙龈，不过，只剩下我们俩的时候，他用卡尺量了量我的脑袋。

所以，莫兰神父并不比其他人更麻烦。我不介意他在我的书架上翻来翻去，尽管如此他还是让我担心。不是因为他看到了一个神仙。我才懒得管他看到什么神仙。真正让我不安的是，他跟我说话的时候，他灰褐色的眼睛凸出来的样子。他冲我一笑，牙齿如同木偶般整齐，洁白。笑容本身并没有什么，不过是露出牙齿而已。但是，当你将这些牙齿同他那颗方形大脑袋上的眼睛放到一起的时候，你就感觉坐在你面前的是个幽灵。

他从床上起身，一屁股坐在我的煤油取暖器上。取暖器并未打开。当时是9月份，天气已经暖和了，尽管有时候下雨我还是会用，以免我的书和信发霉。你一定从来都没见过兰金·唐斯的雨，那些在灌木丛里干活的年轻人回来的时候，全身上下都是一层黏稠的灰色泥浆，他们裹着一身毯子似的湿土，不禁哭哭啼啼的，害起思乡病来。

"二十年来，我从未对谁说过，"莫兰神父说，"也许我称其为神仙不太确切。我从未研究过这类事物。没准是个精灵或者某个东西。但是，我要告诉你，白杰瑞，不管他是什么，他就是他。估计你一定在想他是别的什么东西，一只麻雀，或者一只玩偶，想着我那时候不过是个小孩子，很容易搞混。但我知道我看到了什么，因为我看到了它的脸，满面怒火。在人的脸上，你绝对看不到这样的怒容。他对我怒目而视，歇斯底里，你绝对从未见过。这种表情，你只会在斗牛蚁身上看到——如果斗牛蚁有张能够表达情绪的面孔。你明白我的意思吗？"

他一直说个没完。我不仅要对他的情绪保持警惕，同时还要担心我的取暖器。即便在兰金·唐斯，这种东西也不容易搞到手。我的号子里有菲尔泰克斯地毯，六个书架，一把椅子，一张桌子。这些东西，我都不是通过拳头、贿赂或者告密得来的。我是通过装可怜或别的正派的方式得来的——这是一对非常强有力的组合，对付狱卒很有效，这些我们原本认为冷酷无情的人会跑回自己的屋子，取来块地毯，等你拿到之后，他们会像母亲看着孩子似的露出慈祥的笑容。当然,我获得这样的对待也并非毫无代价,因为假装弱不禁风是件危险的事,主要是它不具有可逆性。在兰金·唐斯待了10年,我的身高足足矮了一英寸,我的坐骨神经从那以后也出了问题,皮肤再也没有恢复昔日的光泽和弹性。可是,对不起,因为那个该死的取暖器在神父的屁股下面摇摇欲坠,绝不是因为胆怯我才不告诉他的,而是因为他的故事正讲到紧要关头,变得脆弱而又绚丽,如同婴儿的小胳膊一样,极容易受到伤害。不信你们等着瞧!

"我跑过去喊我哥,求他过来看看。但他不愿意,反倒嘲笑我,白杰瑞,他不愿意过来。你想象得出来,是吗?我知道这个小绅士就在那儿,不到一个板球场的距离,而我哥哥却不愿意过去看一下。他就是这个样子,总是这个样子。他就喜欢这样对我。"

"没准你父亲……"

"我父亲说我胡诌,"神父说,"把我揍了一顿。"

时候不早了。我能听到佛吉拖拉机的柴油发动机慢吞吞的隆隆声,拉着一拖斗干活的年轻人回来了。厨房正朝外排放着令人作呕的蒸汽,机师们已经冲完澡了,正对着我这间号房的墙拍网球(嘭,嘭,嘭),而莫兰神父用眼神提醒我他想要什么。我像一只狗一样机敏地嗅到了——一只想要倒头睡觉的狗,却被主人的要求打断,更要命的是,它完全无法理解主人的要求。狗所能做的一切我都当仁不让。我让他看着我澄明的眼睛,问他天主教如何跟仙女精灵们并行不悖的。我甚至在想,这可能就是麻烦的根源之所在。不过,即便如此,他也没打算承认。

直到煤油取暖器被他16英石①的身体压散架了,他才回过神来。他坐碎了取暖器的外壳,压爆了油箱。他张开大手,将散落一地的物件归拢到一起,弄得一靴子都是煤油。他茫然不知所措,看起来像个刚刚遭遇交通事故的人。

"哦,白杰瑞,"他说,"对不起。我真是个笨手笨脚的蠢货。求你饶恕我。"

我什么也不能说。我的表情透露了我的心声。有个煤油取暖器就已经够幸运了。

"我会替你换一个的,"他不顾一切地说,"修道院的嬷嬷们有些一模一

---

① 重量单位,相当于14磅或6.35千克。

样的取暖器。"

"没事的,神父。"我咕哝着站起身。我的肾痛得厉害,而这疼痛如同阴影一般,笼罩在我脸上。我做了个鬼脸,慢吞吞地朝他挪了过去。"回头我再弄一个。"

他看着我:虚弱而又正派的白杰瑞慢吞吞地挪过来,收拾起被压坏了的取暖器。我的目的就是要让他的心脏几近崩溃,但后来发现,根本就不是这么回事。不过,如果莫兰神父不觉得我虚弱而又正派,那么他在整个监狱可谓罕有同类。

你根本想象不到监狱里有多少年轻人,他们唯一的梦想就是成为一个正派的人。在其他地方,你根本不会见到如此多的年轻人。一开始我也是他们中的一员,是他们的领导,也是他们的楷模。但凡需要流露出善意,我无不竭尽所能,尽力表现。

正是我的虚弱给予了我力量。它毁了我的身体,但却为我赢得了那些年轻恶棍们的尊敬——据说他们曾将滚烫的熨斗烙在年轻姑娘的脸上。他们主动提出要保护我。

是不是令人钦佩?我有这样说吗?当然没什么值得钦佩的。一开始,我是为了免遭其他狱友的欺凌。倘若稍稍年轻一点、健壮一点、富有一点,倘若可以用自己的拳头、刀子或贿赂来保护自己的话,那么我肯定会这么做。但这些东西我都没有,只能仰赖正派和虚弱了。

不过,还有另外一方面原因。我正准备着,希望有一天,等我出狱之后,每个周日的下午,能够跟凯莱斯基一家人围坐在一起。为了这个目标,我开始接受教育。我希望成为一个身穿灰色西装的正派人。我希望自己安静而文雅。我不希望自己像个无知的傻帽儿,总是咋咋呼呼,大话连篇,我希望学到些观点和想法,坐在大桌子前,比肩罗莎,谈论着哲学和政治。我希望他们拿烤饼和茶水招待我,同莉娅的孩子们在橘树林中漫步,穿过落地窗,回到屋子里与她的丈夫下棋。我正为自己雅致的晚年,为能与朋友们一起,作着准备。

"我们将是,"莉娅写道,"你真正意义上的家人。"

为了这个目标,我勤奋学习,希望能够成为一名知识分子。我参加了悉尼大学的函授班。当然,你可能会说,我的动机首先就错了,这就决定了我不可能学好任何一门功课,更别说历史了。没错,我确实经常失去耐心,而且总是急于找到一些小的片段，一些生动别致的故事，以便能让凯莱斯基一家觉得我学识渊博。同样的，我还是坚持不懈。整个兰金·唐斯都为我感到骄傲。那些年纪轻轻的虐待狂们按道理没准要将我的卵蛋扯下来，最终都站在我的号子里，看着我学习。格拉夫顿圣公会主教在当地报纸上看到有关我的报道之后，让人给我寄来了很多书，战前能找得到的澳大利亚历史方面的书大多是由他提供的，对此我非常感激。

但我真正要感谢的是天主教这边，尤其要感谢莫兰神父，因为是他第一次来我刚刚刷成黄色的号子里，便给我带来了M·V.安德森闻名遐迩的作品，一打开便是如此睿智的语句，这里我将毫无删节地引用："我们的先人都是些了不起的骗子。他们就他们选中的土地撒谎，就他们拥有的牛群撒谎，就他们的背景和他们妻子的家世撒谎。不过，最令人印象深刻的，还是他们所撒的第一个谎，因为它极具丰碑式的意义，即澳洲大陆殖民之初尽管有人居住，但并未开化。通过那么个简单的手法，他们便可以拿三言两语的忏悔打发其原本合法的主人，一旦遭到拒绝，便可以动用火枪或带毒的面粉，而且干起这些勾当来心安理得。我们开始研究澳大利亚历史，必须首先将其置于这样巨大的根源和语境之中。"

每当读到这些文字，我便不禁会想象将它们行诸成文的人。M·V.安德森是个精瘦、驼背的家伙，大鼻子、高嗓门，爱喝茶，好讲闲话，肩膀上满是头皮屑，修长的手指被烟熏黄。M·V.安德森自得其乐，再也没什么比谎言更能让他兴奋的了。他告诉自己的读者说伯克和威尔斯参与的绝不是简单的探险，而是维多利亚殖民地的侦查，受派窃取西昆士兰一片因为失误而未得到适当勘察的土地，我可以想象他眼中光芒四射的样子，原本耷拉着的下嘴唇也因为兴奋而充血胀大。

是M·V.安德森向我表明一个骗子也可以是个爱国者，尽管那时候，我以为这一课来得太晚了，实际上并非如此。所以，如果说点什么对莫兰神父不敬的话，也应该从积极的方面予以权衡理解，也就是说，是他，没有别的第二个人，会独自开车两小时，穿过崎岖不平的石子路，将M·V.安德森介绍到我的生命中来。当然，那本书的扉页上还有另外一个名字，写的是史蒂芬·沃尔，6B。我向莫兰指出了这一点，暗示说书的主人沃尔肯定会想念它，而他只是轻描淡写地说M·V.安德森不适合年轻人。

莫兰并不总是令人厌烦。我倒是常常很乐意见到他。他可以非常有趣。他有一种特别的本领，能够绘声绘色地将一场足球比赛从头讲到尾，有时候礼拜六晚上他会迟到，满嘴的啤酒味儿，腮帮子因为兴奋而涨红。事实上，我现在意识到，直到足球赛季结束他都没有真正给我带来什么麻烦。正是从那时候起，他开始翻看我的书架。狱卒们偶尔也会做同样的事。时不时地会响起哨子声，紧接着便是搜查，他们会在号子里找到自制的刀具，或者猥亵的照片。莫兰不会像狱卒那样搜查。他有点像在浏览书店，不过他会从书架上抽出书来，看看它们的背面，翻翻书页，瞟几眼莉娅写来的信。我等着他谈点正事儿，跟我说说上帝，但他并无兴致。我曾经有一两次故意将话题引到这个上面，但最终结果却是让他变得很不友好。

"像你这样的人想要谈上帝干什么？"

当然，他说得没错，但真正让我吃惊的是他说这话时所流露出来的恶意。让我更加困惑的是，他为什么要来看我。倘若不是因为无意中错误地问到这个问题，恐怕我要困惑更长时间。我提到了雷格·摩斯警官——因为什么而提到他，我现在已经忘了。

莫兰站在那里，手里拿着一封藏在《牛津词典》里面的莉娅的信，假装在查一个单词的，而实际上他一门心思都在窥探我的个人隐私。但是，当我提到了摩斯，他张着嘴巴，眉头紧锁。

"你没那么叫他吧？"

"怎么叫他？"

"摩斯。"

"我可能叫他警官。警官，或者摩斯，或者摩斯警官。"我耸了耸肩。

他是个大块头，而我的号子却很小，相对于狭小的空间来说，他的情绪总是显得过于庞大。它们使劲推我，撞我，似乎要将我淹没，令我窒息。

"他受不了这个名字。"他说着将字典合上，信依然留在里面。"简直会让他疯掉。倘若你直接叫他摩斯的话，那一定会令他很受伤。"

"那可是他自己的名字。"

他将字典放回到书架上——他有一个令人讨厌的坏习惯，总要将书脊恰好与书架的边沿对齐。"他的绰号，"他纠正我道，"你不打算问问我到底是为什么吗？"

"为什么？"

忽然之间，他的那张严肃的、好管闲事的红色大脸不见了，像个小学生似的冲我咧嘴而笑。"飞蛾①——因为如果有光的话，他就会出现。"他咯咯笑着。"我不应该笑。毕竟他是我的亲兄弟。"

当然他是那个疯子的兄弟。当然错不了。他有着一模一样的方脑袋、凸眼睛。"噢，噢……"我说。

"过来，白杰瑞，"他笑着说，"别假装着你不知道。"他蹲下身子，准备坐到那个已经被他压坏了的取暖器上，紧接着又改变的主意，走到床前。笑让他的脸绷得很紧，一如他身上那件扣得严实的外衣，紧紧地裹在他足球运动员一般的身躯上。"当我跟你说蘑菇上的小家伙时，我注意到了你的表情。你知道我暗指什么。你很清楚我的意图。"

"神父，我向你发誓，我什么都不知道。"

"可是你拿什么发誓——那就是问题。也许你可以稍后告诉我，但当时我就看出来你明白我的意思，也就是说我哥哥不会去看什么巫术，他根本就不相信这种事情存在任何可能性。你清楚其中的讽刺意味。"

"现在你又称之为巫术了。"

"当然是巫术，老弟。或者如果不是我信口胡诌的话，也只能是巫术。你认为上帝会造个小人坐在蘑菇上吗？当然是巫术，你也知道这一点。"

我感到失望至极。我远比自己想象的要更喜欢那个坐在蘑菇上的小人儿。我问他为什么要胡诌那个故事。

"给你设个圈套啊。"他一边说着，一边拍着大手，咧嘴而笑，露出满嘴尖桩篱栅似的雪白牙齿。"我知道你把那个装在瓶子里的玩意儿放在什么地方了。我想如果我跟你说了那个故事，你会把它拿出来的。可是，正如我哥所说的，你狡猾得像只老鼠。"

我是个上了年纪的人了，正派而又虚弱。我戴上帽，赔着笑脸，用我可爱的、紫罗兰一般的眼睛看着他。"拜托，神父，我们俩都是成年人了。"

他顶住了我这波温情的攻势。"是吗？"他说，"是吗？我们都是成年人

---

① Moth，意为飞蛾。

了,老弟?雷格纳德跑到圣约瑟夫来找我。我正在上课。他跑到教室门前,对我说:'迈克尔,我见到魔鬼了。'你知道他的声音,又大又粗。'我见到恶魔了。'他说。我以为他喝多了。上帝原谅我,我很生气,因为他打断了我上课。我看到他眼噙泪水,没搭理他。我跟他从来都不大合得来,白杰瑞。他从来都不是个快乐的人,从不让上帝进入他的灵魂。永远是这个做派。他去纠缠非法饮酒的人不是为了那点贿赂,而是为了有人作陪。他们当然知道。所以他们给他取了这么个绰号。不过现在,他可以回头想想那些时间,当他偷偷溜进弗拉纳根的后院,将人逮捕,又在收了1镑贿赂之后将人释放,他可以回头想想这些,将其视为一种快乐。道尔神父曾经听过他的忏悔,他没有一个宁静的内心世界,除了从威士忌瓶子里得到些许安慰。曾经就有警察从悉尼过来见证他的操行。"

我不知道这两兄弟究竟哪个更疯狂。不过,毫无疑问,神父的块头要更大一些,足足要重2英石。"神父,"我问他,"你真觉得我是恶魔吗?"

"或许你不过是个巫师罢了。"

我从口袋里掏出了那个瓶子——我一直将它放在那儿。我将它递给他。他不愿意看,刻意将眼睛转向一边,看着号子的墙角,像是在找蟑螂。"是那玩意儿吗?"他的声音听起来相当兴奋。

"是的。"

他将它从我手上拿过去,但仍然不拿眼睛看它。我依然记得他的手散发出来的巨大的热量。我让开到一边。他走到桌子前,而我则坐到床上。他从西装口袋里掏出一本小小的黑皮书,从中读了几句拉丁文。我当然听不懂他说的是什么,但他读书的声音着实令人恐怖。我猜他一定是在驱魔,或者他这行当别的什么把戏。结束之后,他将书放到一边,站在原地没有动,然后跪倒在地。我以为他是在祈祷,但事实不然。"白杰瑞,"他说,"过来。"

我走了过去。他正看着瓶子,大方脑袋绕着瓶子转来转去,从不同的角度打量着里面的东西。号子里有股很浓的樟脑丸的气味,是从他的衣服上散发出来的。他抬起头看看我,笑了,非常可爱的笑容,不是那种一直以来露出满嘴尖桩篱栅似的牙齿的笑容。

"多可爱啊,"他说,"多可爱啊。"

确实非常可爱。

"你会否认这是些天使吗?"

我做不到。

"天使,在一个瓶子里打转。"

"拿去吧,"我说,"它归你了,你留着吧。求你了,看在上帝分上。"

正是这个亵渎神明的举动让他为之一变。他抽搐了一下,像个从自己汽车电池上被震到地上的家伙。他放下瓶子,仿佛那是一把扳手,准备跟我握个手——他离开的时候总是这样——但好像有什么事情让他忽然改变了主意。他打了个冷战。多么愚不可及的想法,说什么我是恶魔。我知道我无法自证,但我敢肯定他就是这么想的。无论如何,他是绝对不会再来看我了,当新的足球赛季到来的时候,我会想他的。

听说他在科科达径战役①阵亡之后,我非常难过。我想到他高大健壮的身躯在泥地里七零八落,打心眼里希望自己和他在一起,而不是一个待在监狱里百无一用的老头子,担心自己的家人会被杀掉,从我身边被夺走。我经常梦见查尔斯在某个战场上被杀害。我还梦见他的宠物无人照料。它们吃完了最后的苞谷,盼望着再有人给它们送来食物。它们根本不知道出了什么问题。

25

当人们回想起那只恶名昭彰的巨蜥的性格时,总觉得它阴险而怀恨,惯于虚情假意,悄悄逼近然后利爪袭击,不过也不总是如此,而且(正如爱玛后来会指出的那样)这一改变与它1939年9月11日失去左前脚的时间恰好吻合,是查尔斯·白杰瑞的直接责任,而且是他不喜欢英国国王的直接结果。一方面,他认为英国以及英国人乃是全人类苦难的根源,认为他们都是伪君子,势利小

---

① 1942年,日军欲占领新几内亚的莫尔兹比港,在科科达径与澳大利亚军队展开生死战,澳大利亚第七师拼死以战,至少600人阵亡。整个新几内亚战事则有2000名澳大利亚士兵阵亡。

人，爱哭鼻子的人，是中上阶层昔日的主子。但另一方面，那个9月的晴朗的星期一，当报纸宣布说澳大利亚将与英国并肩作战的时候，又是谁（她问道）在那个出了名的鼓动者、喜欢胡说八道的商人、兔子哈里的陪同下，跑去报名参军的？

他们站在维多利亚兵营前蜿蜒漫长的队伍里。那是上午10点钟，兔子已经醉了。他从年轻人那里诓来香烟，跟他们讲"莫纳什的老好人杰克"的故事。查尔斯紧张而严肃，手里提着个细条笼子，里面装着两只红冠灰凤头鹦鹉。笼子是借钱买的，不过两只鹦鹉是在环形码头的那家水上客栈后面的巷子里，从兔子手里买来的。

虽然爱玛知道他买鹦鹉的事，但对维多利亚军营外可怕的队伍却一无所知，仅仅那个气氛恐怕就足以令她恐惧，因为排队的人拖着脚，沙沙地翻着报纸，将手插进口袋里，摸摸自己的卵蛋，斜戴着帽子，感受着战争特殊的味道（刺鼻而又甜蜜）。就连她也嗅到了那个味道，倘若知道大家都在排队的话，爱玛完全有把握，甚至有几分得意，她的丈夫绝对不会置身其中——她想，她知道他和英国国王完全处在对立面。

那天上午，还有远比战争更急迫的问题。天气热得反常，宠物店的拱廊里挤满了学生，都是来看查尔斯最新想出的营销点子：凤头鹦鹉展览。（"人类已知的所有凤头鹦鹉，"《悉尼先驱晨报》这样写道，"将于本周由乔治街的生意人，查尔斯·白杰瑞先生呈现给大家。"）拱廊里空气不流通，越来越热。老师们推搡着学生，叫嚷着让他们不要大声吵闹。珠宝商奥多德送他帅气的侄子过来，抱怨说学生们让顾客全都退避三舍，话是这么说了，不过事先还是奉承爱玛，对他们橱窗里的漂亮展览赞不绝口：棕树凤头鹦鹉滑稽的冠羽，鲜红的面颊；米切氏凤头鹦鹉挺拔的凤冠犹如一轮升起的红黄相间的太阳，丰满的胸脯是漂亮的粉红色，而且一直延伸至有着一层厚厚硬皮的利爪。红尾凤头鹦鹉，辉凤头鹦鹉，还有一只小凤头鹦鹉和一只粉红凤头鹦鹉。只有两只红冠灰凤头鹦鹉的笼子里是空的，但它们的食物托盘里盛有长长的发黑了的金合欢树果荚，还有一些山楂果，这些口味特别的食物，都是红冠灰凤头鹦鹉最爱吃的。爱玛在它们的笼子门前挂了个牌子，上面小心地写着几个字："在途中。"这个牌子还引起了某些歧义（有人以为它意味着这只鸟离开了），而另外一个牌子引起的歧义更大（"是个男孩，9磅。"），亨利出生的时候，查尔斯在窗户上插上了这个牌子；而现在，它让人对那只正在享用维么拉小麦的长喙凤头鹦鹉的性别和体重产生了一种错误的印象。

那真是个嘈杂而又混乱的一天。爱玛试着躲到一张胶合板的屏风后面去给亨利喂奶，但孩子们想知道凤头鹦鹉的价格，一再将她打断。她胸前的衣服弄上了污渍，很是难为情。手上长了个苹果大小的肿瘤的三明治店女老板跑来告诉她要打仗了，所有男人都赶着去参军。爱玛含混不清地嘟囔了几句，点了点头，轻轻地拍着亨利的背，她能感觉到他潮湿的尿布正将自己的衣服洇湿。不过她并不担心丈夫会离开自己去参军打仗，只是他跑开两小时了，着实够糟糕的。一些技术性问题让她很慌张，仅仅嘟囔几句是打发不了这些小孩子的。她的嘴唇上已经渗出汗来了，无助地看着一个老妇人用她温柔的粉红色手指戳着笼子里的鹦鹉——它们已经躲无可躲。床上的被子还没有来得及叠，厨房洒满了米粒和蛋糕屑，整个屋子散发出烂苹果和烂熟的马肉的味道，尽管他们说哺乳期的妇女不会怀孕，但她知道自己又怀上了。

如往常一样，巨蜥漫步于此番混乱之中，颇为逍遥自在。它待在笼子里还算让人放心，爱玛感觉它也慢慢学会了不去吓那些鸟儿——它们很容易死掉，按照兽医的说法都是因为"心灵创伤"。巨蜥似乎从来就不觉得自己是个囚徒，相反，它有种错觉，感觉自己仿佛是某种多产的象征，它的举止做派，尽管谈不上迷人，至少还算和蔼可亲。它贴在冒着泡的水族箱上，眨着那双爬行动物的眼睛，迟钝而又毫无意义。

但是，战争爆发的那一天，这一切都变了。首先是三明治店的女人又回来说白杰瑞先生正在排队参军，有人在维多利亚兵营看到他了。

爱玛摆弄着柜台上的一根尿片别针，看到两个小男孩正用手戳着巨蜥苍白的肚皮。她觉得不可能。

"别戳。"她对小男孩说，不过信心不足。

"他还拿着两只凤头鹦鹉，"三明治店的女人说，"装在笼子里，排在队伍里。"

直到凤头鹦鹉长什么样都说得有鼻子有眼了，爱玛才意识到情况确实如此。

她胸前的衣服沾上了奶水，还有小孩子的尿，但她顾不得换了，而且交代事情的时候，她也不再嘟囔不清。她将孩子稳稳地背在背上。"替我照看一下店,"她对三明治店的女人说,"我一会儿就回来。"

"就快吃午饭了。我的塞尔维一个人在家。"

"我会告诉她你在哪儿。"爱玛·白杰瑞说,然后挤开孩子们惊慌失措的腿,来到已经乱作一团的乔治街上——战争的消息已经登上了报纸,在风中颤动,已然人尽皆知。

这时候,或许被戳的次数实在太多了,巨蜥决定动一动。在自以为很自由这个幻觉的支配下,它在拱廊冰冷的地砖上拖着坚韧的肚皮,顺利穿过孩子们如林般的小腿,最远跑到了乔治街上的水果店。水果店老板年纪不大,长了张狐狸似的脸。他被吓着了,砰的一声关上网状格栅——通常只有到了晚上他才会用它将店锁上。

巨蜥很惊恐,为求安全拼命往高处爬。它爬到网状格栅的顶上,并且待在那里不动了,如此一来,水果店老板便无法再打开门。水果店老板可以等上一两分钟,但他并未作好准备眼睁睁着好买卖从身边溜走。于是他开始拿扫帚柄戳巨蜥。而他老婆透过格栅卖了两根香蕉,但顾客利用这一情况,没付钱就走了。

出逃的囚徒带着扫帚柄猛冲下来,迎面遭到一条路过的猎狐犬的袭击。

巨蜥抬起前爪,直立起身子。它的颈脖鼓满了气,如同一条龙一样发出嘶嘶的声音。猎狐犬又小又胖。它咬住了巨蜥的前腿,悬在空中,后腿几乎着不了地。路过的人谁也没有注意到这一幕。巨蜥足有6英尺高,它抬起后爪,挠了一下猎狐犬的肚子。猎狐犬惨叫一声,掉了下来,挣扎着走了几步,然后倒在地上,灰绿色的内脏一股脑儿全都流出来了,抽搐着死在乔治街的阴沟里。最终,三明治店的塞尔维将一只垃圾桶扣在巨蜥的头上,然后菜贩过来帮他将垃圾桶翻过来,再将盖子盖上。而它无助地朝着乔治街,拼命地蹬着夹在盖子外面的一条腿。

自那以后,巨蜥仿佛变了个样,正如爱玛所说的,全都是因为查尔斯·白杰瑞居然为了英王而去参军。

26

爱玛从来都不喜欢那种烤面包架似的有轨电车。她分不清哪条是绿线,哪条是红线。他们挂在车子前面的那些符号也让她丈二的和尚,摸不着头脑。她也不喜欢转弯时他们恨不能将你从车子里抛出去的感觉。她将自己的生活安排得井井有条,以便于完全避免乘坐有轨电车。

但这一天她别无选择。她只能乘坐有轨电车,带着孩子前往维多利亚军营。军方在营房前门搭了个帐篷,男人们都将自己的详细信息登记下来。无疑,她闻到了那股气味。尽管她不喜欢,但她不愿意被它打倒。她挤到气味最浓的地方——帐篷里面,要求见自己的丈夫。男人们冲着她笑。她看着一张张笑脸,遥远而又超然,如同一个个长满牙齿的红手袋。费了好大工夫,他们才让她明白,如果她丈夫既不在队伍里又不在帐篷里,那就意味着他已经"入伍"了。

转身又得再次面对有轨电车的恐惧,她不禁感到一阵眩晕。她走进车站边的一个点心店,要了杯水。他居然会离她而去,简直不可思议。他曾经在教堂里答应过自己。她没有等水端过来。没有时间了。她像另一次一样眩晕,只是更加严重。她是他的负鼠,他的老鼠,他的天使,他的快乐。车子驶过牛津街,她坐在车上,神思恍惚,当她发现离家已经够近的时候——她认出了海德公园——便下了车,开始往回走。路人指指点点,并非因为她粗壮的腿,或者乡下女人的走路姿势,而是她那双迷茫的大眼睛。尿布上的别针(从来就没有别好过)掉在利物浦街上,然后尿布也落在皮特街拐角处的人行道上。她的举止非常特别,因而没有人将它捡起来还给她。

她挤开店外的学生,发现那个长了肿瘤的妇女坐在桌后自己的座位上,便默不作声地爬进原本属于巨蜥的大笼子。巨蜥此刻正被困在垃圾桶内,放在柜台后面,所以爱玛可以待在它的笼子里,蜷起身子,一动不动,而围在她周围的人七嘴八舌地议论起来。珠宝商的侄子试着跟她说话,但她似乎根本就听不见。大家决定最好还是等她丈夫来处理。于是他们替她挂上停止营业的牌子，然后关上店门。

直到晚上6点，查尔斯才回到家。由于听力不好，所以他在帐篷里遭到拒绝，而且还被大声告知，登记他的名字毫无意义。兔子劝他上班克斯顿去一趟，说那儿有个人后院里到处都是金肩鹦鹉。所以，当他回家的时候，除了两只红冠灰凤头鹦鹉，他手里又多了一对金肩鹦鹉。他并没有意识到出了什么问题。

他一边吹着口哨，一边忙着让红冠灰凤头鹦鹉适应环境。他以为爱玛跟孩子在楼上，于是拿着那对新的鹦鹉去给她看。发现屋子里空无一人之后，他又回到楼下，直到躺在妻子胸前熟睡的儿子打了个嗝，查尔斯才意识到情况不妙。

他在笼子前蹲下来。

"爱玛。"他唤道。

她喃喃应声。

"爱玛，你在干吗？"

爱玛已经不再眩晕了。她从碗里喝了些水。他不能走开，以免她连口水都没得喝。夜色来临，气温下降，她挪动身子，让他将一条毛毯裹在自己身上。

27

查尔斯不知道该如何是好。他不敢打电话叫医生，免得他们将她带走，关进收容所。他才18岁，对此类事情毫无经验。他手足无措，因为他害怕自己会采取什么毅然决然的措施，却又不能准确反应自己的真情实感。

他做了顿饭，替她摆好。他告诉她饭做好了，但并没有给她端过来。

那个晚上，他睡在床上自己的那一侧，一直开着助听器，而且将音量调到最大。然而，早上醒来，他发现爱玛的那一侧依然空空如也，只是他做梦时将她的被子弄乱了。他头痛欲裂，疲惫不堪地爬起床，将助听器塞进睡衣的口袋，又将自己的大脚塞进毛毡拖鞋里（这曾是他完美幸福的象征），蹑手蹑脚地走进厨房。他坐在米桶上,久久地凝视着他给她放在桌子上的晚餐。壁炉上笨重的座钟响了7声。他站起身,靠近检查了一下晚餐,发现有两个细小的划痕,是只老鼠尝过盘子里已经凝固了的白色油脂。桌子中间,也有两滴很小的油点。

一声刺耳的凤头鹦鹉的尖叫直刺他的耳膜。尽管四周嘈杂,他仍能听出这是红冠灰凤头鹦鹉独特的叫声,它们通常是在飞行时才发出这样的鸣叫,但他情绪实在低落至极点,无心品味如此单纯的快乐,任何平日里令他兴高采烈的东西,现在也只会使他痛苦不堪,甚至于——卫生间里——看到爱玛用旧了的牙刷,也让他悲从中来,倘若爱玛真的死了,恐怕他也不会比现在更难过。

他仔仔细细地洗干净双手,然后开始剁排骨。他用一把极为锋利的刀,慢慢将排骨切成很小很小的方块,连小狗吃起来也不成问题。还剩下最后一根的时候,他忽然改变主意,放下刀,系紧自己的晨衣,然后来到楼下。

爱玛已经在给孩子喂奶了。她抬头看着他,嘴里嘟囔着。单就她的脸来说,看不出任何发疯的迹象,也没有丝毫敌意。但是,当她像金鱼一样噘起嘴唇的时候,她的眼神与她亲嘴的动作并不合拍。

"爱玛,"查尔斯在她身边蹲下来,叫道,"爱玛,我正在给你做一顿非常非常丰盛的早餐。"

爱玛又像金鱼亲嘴似的噘起了嘴。

"但你得把这个切开。别这样。别这样,爱米。你得上楼去,像个人那样吃东西。"

不管他说什么,他的声音出卖了他,爱玛看出自己什么也不用做。她咧着嘴,露出牙龈和牙齿,但她的眼神依旧陌生,仿佛通往某个充满秘密想法的空间。

"求你了,爱米。"

她皱了皱眉头,在狭小的笼子里挪动着庞大的身躯。眼下,她仍然想出来。她很饿,想吃火腿、鸡蛋、小排,还想亲吻。她希望像从前一样,一切正常,她尚未意识到自己已经开辟出一条小路,她的情感可以循着它自由漫游,而这条小路将很快变成一条大路,拱形路面,而且全程封闭,两边还有排水沟。她温柔地将怀里的孩子扭过来,换到另一边吃奶,感觉到他的嘴唇令人愉快地有节奏地吮吸着自己的乳头。

"好吧。"查尔斯说道。他忽然站起身,隔壁笼子里的豚鼠吓得魂飞魄散。"好吧。"他说着跺了跺脚,震得水底世界的天花板摇摆不定,海鲈鱼被晃得心烦意乱,狠狠咬了一口红褐色的蛙鱼,将它如鲜红的婚纱一样拖曳在身后的漂亮尾巴撕了下来,令人不寒而栗。

"好吧,"他说,"如果你非要如此。"

他开始打扫鸟笼,然后泪流满面地将门哐当一声关上了。

他查看了一下凤头鹦鹉,发现米切尔少校凤头鹦鹉已将自己的羽毛啄得不成样子,原有的光辉几乎消失了。这个羽毛蓬乱的鸟儿简直是他心情的真实写照。

"好吧,"他说,"好吧。"

当他回到笼子边的时候,爱玛看到了他的脸,潮红,可怕,满眼血丝,眉头皱紧。他在笼子前蹲下身,不住地呻吟,爱玛有种极为纯粹的快乐,但这感觉稍纵即逝。与快乐相偕而来的还有恐惧,快乐裹挟着恐惧,但这种感觉非常美妙。那双红彤彤的大手握紧又松开,仿佛环绕在她白皙的脖子上,令她窒息,而那双噙满泪水的眼睛仿佛是在礼拜她,祈求她。亨利·安德希尔的女儿从未有过这样的体验。她虚弱得发抖,却又仿佛拥有钢铁般的力量,渺小却又雄伟,她感觉自己仿佛一只鹪鹩,置身于一只全面保护的手中,同时,这只手也可能随时将自己捏碎。

查尔斯不知道自己刚刚做了什么。爬楼梯的时候他的气已经消了。他走进厨房,跟第二块排骨较起劲来,将它剁得比第一块还要碎。他将肉放进一个装麦片的碗里,又另外放了些捣碎的蔬菜,端到楼下,放在妻子的笼子前。

看到那个碗,爱玛知道自己远比那些帐篷里的人强大。她伸缩了一下又大又直的脚趾头,喃喃地说着谢谢,但并没有吃,他猜测她也许希望先来杯喝的。他取来牛奶,倒进另外一个碗里。她将牛奶喝了,看上去不像动物,更像一个会用双手的灵长类。

"叉子。"她说。听到她清晰地说出了一个单词,查尔斯开心不已,他哐当哐当跺着楼梯,上楼又下楼,一眨眼便将叉子拿来了。爱玛能感觉到他沉重的脚步,它们引起的反响,持续的时间远比简单的上下楼要长,仿佛一只纯白的乒乓球在跳动,怎么也停不下来。

她变得懒惰,臃肿。她接受肥皂和水,也不排斥干净的尿布和别针,但她无意放弃如此惬意的地方。

"爱玛,"查尔斯说,"爱玛,今天会是个非常重要的日子。"他小腿酸软,索性跪在她的笼子旁。"快点,你应该讲讲公道。我们还得开店呢。"

实际上,那时候查尔斯完全就不在乎商店了。他只是希望一切都能回到过去。他没有说出自己真实的感受,但这没关系,因为爱玛并未在听那些话语本身,而是其背后隐藏的情感。

"我不能一边开着店,一边在这儿陪着你,宝贝。宝贝,你在听吗?老婆待在笼子里,我是没办法做生意的。干吗不让我帮你到楼上去呢?你想要只笼子?我替你搬一只上去。好吗?"

他就这样,穿着晨衣,跪在她面前。对任何一个在亨利·安德希尔家长大的人来说,这都是一道足够丰盛的大餐。

28

店门前已经有人敲门想进来了。查尔斯穿着晨衣,而且没有刮脸。顾客将门把手晃得咔咔作响,又用手指头一个劲地拨门上的黄铜盖子。尽管内心并不希望他们进店,但他就像一个无法任由电话铃声响个不停的人一样,还是将门打开了。

为了不让他们的注意力集中在妻子身上,他给他们讲解了很多有关凤头鹦鹉的知识,比如说,米切氏凤头鹦鹉就是米切尔少校凤头鹦鹉的别名而已,它的学名叫Catcua leadbetteri,而且它作为宠物并没有你想象的那么受欢迎,因为它既学不会英语,也学不会(哈哈)西班牙语。

顾客几乎一进店便被他成功打发走了。只有珠宝商的侄子比较难缠。他直接跑到爱玛的笼子前,惊讶地发现她跟昨天最后见到时一样,还待在那儿。

这个年轻人让查尔斯感到既不舒服又内疚。他想不出任何为自己开脱的理由。

然后是长着张狐狸脸的水果商。他还递给查尔斯一个封起来的信封,里面有张签了名的请愿书。查尔斯六神无主,直到那时候,他都没有意识到水果商很生他的气,等他前脚迈出店门,查尔斯后脚便锁上门,并挂上了"停止营业"的牌子。他坐在柜台后面,看到爱玛像金鱼一样,嘟着嘴吻他。他吓了一跳。

29

正门与起居室之间那条宽阔的过道上摆了张旧沙发,莉娅就睡在上面。她非常小心,尽量不让客人看见,但无论谁经过这个回音很大的过道,都不可能看不出来有人睡在沙发上。叠好的毯子和枕头整齐地放在一起。沙发下面放着几杯水(通常两杯,有时候三杯),一个烟灰缸,一个写字板,一支笔,一个韦斯特克洛斯闹钟,闹钟外面的玻璃已经碎了,滴答声非常响。

说她睡在这儿恐怕有点误导,因为她睡得极少。她只是断断续续地打个盹,也不关灯。如果那些自认为是她朋友的同志见到她的话,毫无疑问会感到震惊——严重失眠,还秘密地做笔记。有时候连她自己也感到震惊。她如同一盏完全仰赖自身储备的灯,一条吞噬着自己尾巴的蛇。她不明白自己狂热的想象力从何处汲取营养。她也从未觉得自己富有创造力或聪明才智。然而,作为一名作家,她的手指已经有了被香烟熏黄的老茧,她整晚整晚地创造着橘园和儿童,还有窗外的风景和各种对话场景。

有时候,她觉得这样毫无用处,浪费时间,但与此同时,她又知道这并非毫无用处,也无所谓浪费时间,比如说织一件毛线衣,送给自己所爱的人。凌晨3点钟,她看着小粉盒镜子里的脸,在其上寻找自私的印记。有时候找得到,有时候又找不到。在她看来,她的脸狗屁都不是。让我告诉你吧,那不是一张自私的脸。即便她的同事也能告诉你很多。然而,谁又希望看到自私呢?更为合理的是,你也许希望看到一张年轻却已写满经年的荒废与失望的脸,一张饱受丈夫冷嘲热讽腐蚀的脸。但是,她的脸上丝毫没有酸楚与失望,那些原本让她看起来坚毅的特点,本应该变得更加憔悴,更加尖酸,结果却完全相反。那双眼睛,曾经如钢铁一般坚毅,绝不宽容,现在却流露出温和的神情。而且,她养成了一种抬起下巴、扬起眼睛的表情,看起来一脸期待,仿佛恰好有人敲门,所以她抬起头,想看看会是谁。

她做过的愚蠢的决定比谁都要多,因而现在也更有权利表现得既充满好奇,又乐观向上。

她很冷静地忍受着失眠的困扰,丝毫没有烦躁不安。她穿着那段时间常穿的中性厚法兰绒睡衣,整夜枯坐。偶尔看看书,有时候写作,但多数时候她只是将手叠放在大腿上,坐在那里。闹钟嘀嗒嘀嗒地走着。莱尼在他的房间里咳嗽、吐痰。而莉娅在思考问题。

1939年9月12日晚上,她思考的问题自然是战争。令她震惊的是,她发现自己内心深处居然欢迎战争的爆发。从前,她会将这种心理搁在一边,不去触碰,但现在她选择仔细审视。仿佛战争会将自己置身其中的房子席卷而去,彻底粉碎,将衣服、碗碟、书报等抛洒在浓烟四起的街道上。这种摧枯拉朽,凶残而又美丽。她做着白日梦,梦见自己走在街上,走进狭窄的小巷。她看到了几具尸体,大概五具吧,堆叠在一起,就在一个金属垃圾桶旁边,她再仔细一看,其中一具是她爸爸,明晃晃、绿莹莹的五脏六腑全都流到衬衫外面。

"不!"她大喊。她紧握着手,闭上双眼,然后再睁开。时间是凌晨3点46分。

8分钟前,查尔斯·白杰瑞从睡梦中醒来,发现妻子正站在床边,手里拿着一条近乎被截断了腿的巨蜥。巨蜥伤得不轻,连挣扎的力气都没有,爪子(有五个趾头,像小孩子的手)无力地抠进了床上粉红色的凫绒被里。

"哦,爱米,爱米。爱米,你把它怎么了?"

爱米来这儿是因为她觉得巨蜥快要死了,而不是来接受指责的。全都是他的错。是他抛弃了他们。她深吸一口气,离开了房间。她的血液里仿佛奔涌着各种化学药品,全是她自己学着制造出来的。她就像一株植物,能够生出花朵、种子、浆果、吸根、幼芽,所有的一切,而且是在同一时间。她将身后笼子的门砰的一声关上了。

查尔斯非常害怕。他仔细检查了巨蜥的腿,发现尚未完全夹断,但伤口撕裂得非常严重。他将这只可怜的动物拿到厨房,先用氯仿将它麻醉,然后将伤口表面1英寸厚的脓肿除去,再给清洁的伤口涂上硫磺,最后替它包扎起来,放进细条笼子里。他将笼子藏在床下。他本该给莉娅打个电话,但他以为她在床上,躺在她丈夫身边,正在睡觉。一直等到天明,他才拨通了她的电话。

他试图告诉莉娅,自己的妻子疯了,但每次就要说出这个可怕的词的时候,他便失去控制,放声大哭,完全开不了口。然而,他确实告诉莉娅说她躲在笼子里,并对宠物大打出手。

"哦,天哪,"莉娅说,"不。"

这一声惊叫让查尔斯更加害怕,因此她迅速行动了起来。她正站在厨房里,已经脱下了睡衣。"行了,"她说,"你上这儿来,照顾伊沙伊。我来店里。"

"可他讨厌我。"

"他同样讨厌我。"她简短地回答,然后将睡衣叠起来,放在厨房的桌子上。"那无关紧要。"

"莉娅,她疯了。"

她可以听见他在电话的另一头号啕大哭。那是一种令人绝望透顶的声音。她闭上眼睛。"听着,"她说,"听我说,查理。我马上出门。我们在泰勒广场碰头,你把商店的钥匙给我。我30分钟后到那儿。"她听到他依然在哭。"挂电话吧。"她说,然后一直等着他将电话挂掉。

然而,走进宠物店的时候,她觉得自己并未如她声音表示的一样,仿佛一切尽在掌握之中。她慢慢地挪动步子,小心翼翼,不知道接下来会发生什么。在小店种种难闻的气味中,她确信闻到了明显的人类粪便的臭味。她找到气味最浓烈的地方,发现了爱玛和孩子,就在兔笼隔壁的笼子里。她看到了一个头发蓬乱、全身肮脏的女人,躺在笼子里的湿稻草上。婴儿的脸上糊满黄鼻涕,眼睛仿佛粘在一起。莉娅伸出自己的手,让她握住。爱玛深情地嘟囔着,但她尖尖的指甲扎得莉娅非常痛。莉娅看着她的眼睛,想着她是不是喝醉了。

"好了,爱玛。"她将尖尖的指甲从手上拿开,动作很轻很慢,以免引激怒她。"我们得去把你洗洗干净,因为你现在这么脏,我根本没办法跟你说话。所以我要带你到楼上去,帮你洗洗。我向你保证,我会再带你回到这儿。好不好?"

似乎没有问题。莉娅将母子俩带到地面铺着混凝土的浴室里,发现两个人都需要人照料。除了要她转一下身子,莉娅基本没有说话,即便说也是简单而直白的要求,比如抬起胳膊,抬腿,头转过来,现在我们洗屁屁,等等。她不太习惯触摸女人的身体,虽然她竭尽所能地去做该做的事,但尽可能不看,她被自己和爱玛身体之间的差异迷住了,爱玛的乳房丰满而富有光泽,两只乳头大得出奇，而且年轻的肚皮和屁股上有白色的妊娠纹，如同异国地图上白色的河流。莉娅试图不要盯着她看，但是爱玛就像她的小孩子一样，丝毫不感到害羞。她舒服地闭上眼睛，任由一瓢一瓢热水冲洗着抹过洗发精的头发。

当莉娅将母子俩都洗好，替他们梳好头，将他们的脚趾缝、屁股蛋都擦干并扑上爽身粉之后，她又将他们带回到楼下，一个裹在一条干净的尿布里，一个则套在她丈夫的晨衣里。她换了笼子里的稻草，在他们重新回到笼子里之前，先在里面铺了床粉红色凫绒被做垫子——小孩身上已经被那粗糙的干草刮了好几道口子。

然后，她蹲在笼子旁的地上，就在鸟儿们刺耳喧闹的叫声中，水族箱低沉的嗡嗡声中，还有婴儿轻柔的咯咯声中，试图静静地跟爱玛谈一谈。

莉娅觉得自己明白爱玛究竟要做什么，而且她也是这么说的。

这句简单的话让她朋友的眼里燃起了希望，于是她立即开始详细解释她是怎么看待问题的。

"我知道，"她一边想着要不要用毛巾将爱玛的头发擦干，一边说，"他太喜欢它们了，所以才将它们关在笼子里。他一直都非常喜欢它们，从小如此。"

爱玛皱了下眉头。莉娅并未注意到。

"他曾将我的蛇拎起来。我永远都不会忘记的。那时候他还只是个小孩子，根本不知道害怕。然后，我们便拥有了这一切。"她朝店里挥了挥手，只见吸蜜鹦鹉和鹩鹠在笼子里跳跃振翅，焦躁烦闷，永远一副紧张不安的样子。"这是个悲剧。他太喜欢它们了，于是便将它们关进笼子里。他将它们变成一种商品，如果你愿意，你可以将其视为一种倒错。伊沙伊一定会认同你的想法的。但你钻进笼子就没什么意义了。你最好是跟他谈谈，因为，我可以告诉你，他并不明白你的意思。"

"绝对不止他一个人。"爱玛说，但这不寻常的清晰的宣言，被淹没在凤头鹦鹉爆发出的一阵喧闹声之中。

"什么？"

爱玛烦躁地喃喃自语。

"我是不是错怪他了？"

爱玛嘟囔着表示同意。

"是不是因为你耻于被他养着?"莉娅问道,但尽管她的语调显得还很通情达理,但她已经被爱玛的态度给惹恼了。

爱玛再次嘟囔了几声。

"看在上帝分上,不要让我玩这种傻子似的猜谜游戏。到底怎么回事?快点告诉我。"

爱玛眨了眨眼睛,告诉她说:查尔斯报名参军了。

"哦,真他妈的。"莉娅说。因为一直蹲着,她的腿很不舒服,已经麻了。她站起身。"你到底是怎么了?我跟一个声称连阿道夫·希特勒和内维尔·张伯伦之间有什么差别都分不清的犹太人住在一起。但你的丈夫是个有教养的人,得到他是你的运气。他心思敏锐,心地善良,做事努力。我以为你是个有良心的好人,爱玛。我看你照看那些动物和孩子。但你跟我们大家一样愚蠢。"

说完,她失声痛哭——豆大的泪珠顺着她的脸颊流下来。"我恨这个世界。"这句话如同她的眼泪一样,让她大吃一惊,仿佛小小的黑头鸟却有着一根巨大的白尾巴。"我真希望我已经死了。看看我们都干了些什么。看看他的笼子。看看你。我们全都堕落了。所有好的方面全都堕落了。我想做个好人,积德行善,最终却将自己变成一个奴隶。我整晚整晚地睡不着觉,想着该如何离开他,可我却不能够。他抚摸我的时候,只令我浑身上下毛骨悚然。他失去了双腿,于是他便觉得拥有了自私和怨恨的权利。他在公开场合讲话,引来无数人的敬仰。纽顿的一个女人甚至跟我说他是个圣人。"

莉娅再次坐到了地上,双腿交叉,不去管脏兮兮的稻草扎着自己的腿,也不去管它们会让她的袜子抽丝。"哦,爱玛,"她精疲力竭地说,"我感到恶心极了。我真希望自己还跟查尔斯的父亲在一起,跳舞,争执,喝着甜酒。"

爱玛看着莉娅·戈德斯坦——原本坚毅的脸庞因为痛苦而扭曲,像一张皱巴巴的报纸在火中慢慢展开,她垂塌的双肩,紧握的拳头,交叉着的修长双腿,脚上一双红艳的高跟鞋,当它们在清晨幽暗的街道上发出咔哒咔哒的响声时,听起来是那么的快乐。

爱玛嘟囔了几句,将身子挪到笼子一侧。她块头很大,笼子里空间狭窄,但她还是腾出一块地方,然后拍拍凫绒被,朝莉娅伸出了手。

莉娅自嘲般地笑了笑,但还是像爱玛一样,钻进了笼子,任由一直喃喃自语的朋友将自己搂在怀里,安慰她,用晨衣粗糙的袖口替她擦眼泪,轻抚着她的头发和脖子,直到她在宠物店嘈杂的环境中,沉沉睡去。

30

当莉娅醒来之后,她感到精力充沛,几乎无忧无虑。尽管被笼子的铁丝紧紧地束缚住,身上被稻草扎得生痛,但是,如同一小时前对人类悲观绝望一样,此刻她是那么欢欣鼓舞,积极乐观。她忘记了自己刚刚对爱玛作出的严苛评价,认为她自私自利,相反,她只记得她的和蔼亲切,她素来认为这一品质最接近于善良,而她对于善良的渴望,总是让她将表现出这一品质的人的性格理想化、简单化。

她亲了亲沉睡的女人的额头,又整理了一下裹在孩子胖嘟嘟小腿上的印着小兔子的蓝色毯子。她有种陶醉的感觉,几近于傻。她爬出笼子,将粘在自己一本正经的黑色外套上的稻草拍打干净。

她抬头看见查尔斯站在柜台后面。店门已经关了。

莉娅将裙子往上提了提,为他跳了支简短的舞蹈,用她红艳的高跟鞋(危险地)轻叩着地面,开朗地笑着。

查尔斯心急如焚,根本笑不出来。他回到店里,发现以前只有一个女人的笼子里,现在却装了两个。

"珍惜她,"莉娅微微喘着气说,"她爱你,崇拜你。有个如此痴迷于你的妻子,真是你的福气。"

她身手敏捷地坐上柜台,将印有各种凤头鹦鹉喂养要求的小纸片撒得到处都是,而这些黄色小纸片现在飘荡在空中,远比想象的时间要长得多。莉娅看着它们,咯咯直笑,仿佛黄色小纸片是特意为她准备的马戏表演似的。

"她以为你参军了。是不是有那回事?"

查尔斯正弯着腰,将他宝贝的小纸片一张张拣起来,此时直起身子,说道:"他们根本就不想搭理我,莉娅。"

"不要这么严肃，查理。一切都会好起来的。"

"他们拒绝了我。但爱玛甚至都不知道我去了。"

"哦，她知道了，查理·巴里，格鲁米·穆尼。①她以为你被录取了。"

"哦。"

"就是那么回事。'哦！'他们为什么不录取你？当然，你的听力不好。我要给你爸爸写信说说这事。今天上午就写。他一定会很喜欢。"

"他恨我。"

"你说伊沙伊恨你，查理·巴里，也许还算有道理，尽管我个人认为，恨这个词过于严重了。但是，说你爸爸恨你，那你就错得非常非常离谱了。"

"亨利出生的时候，他连一封信都没写过。"

"你同样也没给他写信啊。"

"反正他恨我。"

"等等，查理·巴里，你会明白的。"

"他将索妮娅的事全都怪在我身上。"他收集好黄色小纸片，重新放回到柜台上，然后一个劲地摆弄，试图将它们与之前的一沓纸片整整齐齐地摞在一起。他抬起头，挑衅地看着莉娅，两眼圆睁，然后又回头继续摆弄他的那沓纸片。"有时候我会梦见剥她的皮。将她的皮剥下来……"

"别。"

"而她冲我笑着，好像根本不知道怎么回事似的。"

"嘘——"莉娅说着，替他扫掉肩上的头发，又帮他扣上扣子。"现在只允许讲开心的事。一场可怕的战争正在爆发，各种糟糕的事情到处上演，但是，还是好好照顾爱你的妻子吧。告诉她你没有参军。你有钱吗？喏，我借你1镑。去买——不，我去买些起泡酒——别跟我争，今天晚上，你可以在桌上点上蜡烛，庆祝自己终究不会让她成为寡妇。我马上就回来。然后，我得烤些东西，还得做些适合那个人吃的东西，你老婆坚持称其为，"她咯咯笑道，"'西萨西'，那只小老鼠——不是她，是他——你知道吗？他居然会狡猾到

---

① Charlie Barley, Gloomy Moony，莉娅根据查尔斯名字的读音，信口说出的类似顺口溜的话，用来揶揄嘲弄他。

跟学校里的一个同事私通。他那个下流的校长，就是顺道载他去上班的那个人，是他跑过来跟我说的。他似乎很不安，无法想象一个没腿的男人怎么跟一个有两条腿的女人做爱。这才是问题的关键。他只是希望能阻止此事，觉得告诉我便可以阻止他们继续下去，但我早已经不生活在现实世界中了。我给你爸爸写信，告诉他我有多高兴。我就跟他撒点这样的小谎，查理·法利①，你相信吗？"

"我想我是相信的。"查尔斯说，他对谈话的内容忽然发生这么大的变化感到很不安。他将抽屉锁上又打开。他不喜欢莉娅用到"做爱"这个词，更不喜欢她对自己个性的描述。最不喜欢的，则是听到她说自己撒谎。

"你不赞成我这么做？"莉娅倚在柜台上，但他耸耸肩，扯了下抽屉的把手，抽屉猛地开了，发出"叮"的一声轻响。

查尔斯耸耸肩。"我不知道。"他说。

莉娅伸出手，他随后关上了抽屉。"不要反对我，查理。"她逼视着他的眼睛。"如果我告诉他真相，那我就没有活头了。你在想什么？"

他不敢正视她的眼睛。这只会让他难为情。"你教给我们的东西。"他说。

"不要反对我，查理。以后我会告诉他真相的，但现在还不是时候。等他出来之后，我会告诉他真相的。时间有的是。但是，现在，我只能不遵守原则了。你注意到我今天穿了双红色的鞋子吗？"

他没有发现。他从柜台后面走了出来，仔细查看她的鞋子。

"感觉就像是我发明的一样。"她咯咯笑着，用手捂住了嘴。"我去买酒。你去告诉她好消息，不过得等我走了以后。要是我在这儿的话，我觉得非得掉眼泪不可。"

查尔斯听着高跟鞋咔哒咔哒地穿过肮脏不堪的拱廊。她的一番陈述让他很不安。他很不赞同伊沙伊的不忠，也厌恶她居然会撒谎。但是，当她求他不要评判她的时候，她紧紧抓着他的手，还有她灰色眼睛里流露出来的吸引力，又让他感到莫名的兴奋。

---

① Charlie Farlie，用法类似于前面的 Charlie Barley。

31

有一个想法深深根植于查尔斯的脑海里,那便是妻子钻进笼子里是为了惩罚他所做的某件事。从她的角度出发,他发现自己是多么麻木不仁,多么不替别人着想。他不觉得她疯了,他所看到的,无非是自己让她多么生气。

他怎么道歉也不为过。每当店里没人的时候,他们便相互亲吻,而且是那种热烈得令人热血沸腾的吻,温柔又容易受伤。爱玛蜷缩在丈夫结实的臂弯里,弓起自己宽阔的背。她靠在他的胸脯上,缩成一团,沉浸在最为甜美的情感之中。

下午4点钟,他们便急不可耐,锁上店门,拉下窗帘,在店里肮脏的地上做起爱来,他在她身体里抽动,如同公牛般坚硬而粗大,与此同时,他又不过是个婴儿,吮吸着她的乳房,即便如此,她也不知道自己已经上瘾。他将她温暖的乳汁涂抹在她身上,涂抹在她雪白光滑的胸脯上,还有她粉红色的如迷宫一样的小巧耳郭上。他的乳白色的道歉,他孩子式的对于爱的索求——即便他深深地插入,使劲地撞击她,推搡她,晃动她,然后抽出身子,翻着白眼沉醉在那片刻的快乐之中——铺天盖地地向她倾泻而下。

他们不知道自己是怎么了。他们吃了顿庆祝晚餐,莉娅的起泡酒让他们歪歪倒倒。他们早早便上床了,彼此相拥着很快进入了梦乡。

截至目前,可能你也看出来了,并未发生什么特别的事情。但那个晚上的某个时间,爱玛·白杰瑞从床上爬起来,但又没有清醒到足够问自己这是在干什么,晕乎乎地不声不响地来到楼下,将古尔德巨蜥从笼子里放出来,自己却钻了进去。她就这样时不时地待在笼子里,不是每天,也不是每个晚上,但时常为之,终其一生,一直如此。

她从未觉得有必要查找其中的原因。倒是内疚的查尔斯总是因此而折磨自己。至于爱玛,她从未提及获得的快乐,我们的小小女王,待在笼子里,安心太平而又温暖自在,而她的丈夫追随在她左右,不断地乞求、威胁、恳求,为她跳着爱之舞,显得臃肿而又健壮,如同一头危险的熊。

这株来自巴克斯·马什的羞怯的小树苗,很快便开始成长、怒放,如同一株野马缨丹一样,红得耀眼,粉得炫目,纵贯她丈夫的一生。

32

西斯奥当时还太小,不记得了,但其他所有人(比如,亨利和乔治·白杰瑞这两个远近闻名的笨蛋)都能告诉你,内森·希克第一次访问他们位于皮特街的房子的那个晚上,他们的父亲是如何表现的。正值西风肆虐的季节,这也是为什么当他们醉醺醺的父亲一大早东倒西歪地走进屋子的时候,孩子们全都醒着。他们很少见到他喝醉,也不知道进来的人是他。他们静静地躺在笼子里,紧紧地贴着彼此光滑的皮肤,以及他们呼声大作的母亲裹在丝绸里的乳房。

爱玛吃的又是火腿三明治。他们全都吃的火腿三明治。那个怪物踩在盘子上,盘子碎了,发出类似来福枪射击的声音。

当然,他们全都吓坏了。甚至早在那个怪物闯到楼上之前,他们就已经吓坏了。西风怒吼,在夜空中咆哮,几乎要将屋顶掀翻。云团在常常装点他们美梦和噩梦的大天窗顶部掠过。透过这个玻璃框,他们在电闪雷鸣中看到一张张长满疙瘩、狰狞丑陋的脸。母亲在睡梦中紧紧地搂着他们,他们挣脱她的怀抱,观察到敌人的轰炸机越空而过,还看到残破的报纸漫空飞舞,如同成群迁徙的鸟儿。

亨利看到父亲拽着一根水管,但他既没有认出父亲,也没有认出水管。茶杯被一脚踢飞到墙上,空气中弥漫着酒精和单宁的味道。亨利使劲摇了摇母亲,可是任凭他再怎么摇,她依然沉睡不醒。乔治哭了起来。那个怪物骂骂咧咧地,在厨房的水龙头上摸索。

查尔斯喝了太多黑市苏格兰威士忌,烂醉如泥,不知道花了多长时间才将水管接上。整间厨房水漫金山,他身上的戴德曼西服也湿透了。然后他打开灯，试图将家人从笼子里面轰出来。但他们不肯轻易就范。孩子们紧紧地抓着母亲，而母亲凄凉地死死抓着笼子的铁条，后来干脆躺在地上一张湿透了的床垫上，瑟瑟发抖。

当查尔斯——痛哭失声，懊悔不已——试图将他们一个个擦干的时候，爱玛狠狠地咬了他的手指。

清晨5点钟，风依然在怒吼，他的酒醒了。他点上两个煤油取暖器，放在家人身边，自己跑到卫生间里，试图将胃里的酒全都吐出来。他冲洗了一下被咬的手指头，给它涂了点红药水。他相信自己被咬纯属活该。他感觉自己令人作呕。

妻子待在笼子里是因为他做错了事，这个想法深深根植于他的脑海里，消除它甚至比将她从笼子里弄出来还要难上三分。麻烦不在于笼子——麻烦乃在于她不告诉他究竟错在哪里。他问过她，甚至罗列了几件可能的事情。但爱玛不过只是嘟囔嘟囔。尽管一开始他很冷静，赔着笑脸，点头哈腰，轻抚着她的背，用盘子给她端来一个雪白的桃子，或者一个火腿三明治，又或者送给她一双包在印有冬青果图案的纸里的蚕丝袜，尽管他会对着她的小耳朵说些甜言蜜语，或者替她熬粥，再在上面浇上一点非法弄来的黄油，但最终，他还是会对她不明所以的嘟囔失去耐心，大发脾气。然后，他会像头野兽一样失去控制，破口大骂。

后来，当他记起自己的所说的话，所做的事，便很容易理解她为什么希望惩罚自己了。

莉娅·戈德斯坦，他们唯一的真正的朋友，没有采取任何行动来帮助他们。部分是因为查尔斯从未在她面前发过脾气，而且她也从未见过用水管冲他们母子这样让人触目惊心的举动。不过，她很清楚她的朋友爱玛住在笼子里。哦，没错，她也经常不待在笼子里，购物，冲澡，上电影院，但比较而言，她更喜欢待在笼子里，她可以在笼子里招待朋友，看她的浪漫小说，和孩子们一起睡觉，像一头温顺的母猪和她的一窝小猪仔似的。

所有这些，莉娅都看在眼里，而且也不打算指责她。她装作一切正常。她从未告诉过爱玛这么做毫无用处，对孩子，甚至对她自己都没什么好处。相反，她固执地局限于自己的第一印象，觉得爱玛善良而充满温情，而且，在她看来，爱玛将笼子收拾得格外诱人。这不仅仅因为查尔斯给她买来成匹的缎子，或者因为她睡的马海毛毯子极为柔软——简直叫人无法抗拒——忍不住拿脸在上面蹭上一蹭，或者，溺爱她的丈夫总是能弄来黄油，尽管他们的黄油券早已经用完了。对于这样的奢侈，莉娅绝非无动于衷，虽然她不愿意承认这一点，但让她印象最为深刻的，还是她和孩子们在一起的时候——他们调皮的时候，她会拿手轻轻打他们的脑袋，而他们表现乖巧的时候，则会用鼻子蹭蹭他们。莉娅打心眼里希望有自己的孩子，她在信里就为自己虚构了几个，所以她无意批评这个她称之为"完美母亲"的女人。

你会觉得，莉娅确实应该对某些事情感到不安——比如说，最小的孩子长相酷似亚洲人——但她似乎根本就没有注意到这一点。你还会觉得，对于爱玛喜好丝袜和羊腿袖，她应该严肃地批评，因为两者都不耐穿，但她没有这么做。甚至于，在陆军部队里，她身上起了水泡，背部受了伤，她也从未看到爱玛有什么不快。当她离开之后，她会从纳拉布里专程乘火车回来看他们，并且跟爱玛一道去看日场演出。有时候，她们也只是坐着，织织毛线，雨天的下午，雨滴轻柔地落在她们头顶的玻璃上，很难想象还有比这更美好的地方了。

如果莉娅说出爱玛疯了，哪怕只有一次，没准也会有所帮助。但最终，这件事还是交由内森·希克来完成。那天，他们在威廉街喝得酩酊大醉，内森表达了这样的观点。然而，虽然他的诊断是正确的，但他的建议却不怎么样，只导致了查尔斯拿水管对着母子几人一通乱冲。

内森很喜欢查尔斯，但他不了解他的处境。比如说，当他看到妻子待在笼子里，对他打造世界上最棒宠物店的梦想没有构成任何妨碍的时候，他对他佩服之至，而且将其视为自己最为景仰的一种性格的典范，也就是说，朝着他的目标勇往直前。然而，这恐怕是对查尔斯的处境最大的误解。

查尔斯并非因为不管爱玛了，所以才开了一间宏伟的新店。恰恰相反，他这么做完全是因为爱玛。倘若不是被妻子吓得够呛，迷惑不解，不管耳聋与否，他都会参军。

内森·希克对于查尔斯没有参军大加赞赏。但是，查尔斯对自己身为一名年轻人却身着便装感到极为难堪，觉得自己像个懦夫。他只是一个可有可无产业的小业主。他故意穿上陈旧的连衫裤工作服，给人一种上了年纪的感觉。他走起路来贴着笼子，耷拉着脑袋，以免引人注目。他雇用的那些妇女，原本可以成为电话接线员、机械师，或者去给陆军当劳工，但他付给她们工资，让她们帮他销售宠物。对于这个能给他带来无限快乐的事业,他同时也感到无比的羞耻。

当内森·希克前来替麦克阿瑟将军购买那个与他的身份地位不太相称的吉祥物时,他根本犯不着在杜尔拱廊街幽暗的尽头去翻翻找找。宠物店搬了两次家,现在已不再仅仅是个宠物店了。店的招牌表明它是个商场,事实上它也名副其实。查尔斯租下了(很快便买下了)皮特街的老斯特拉特拱廊街。不管他多么希望低调行事,但他终究流淌着白杰瑞家族的血液。他有着宏大的理想。所以,尽管他心里很清楚,这样一个商场必将让别人注意到他不太重要的地位,但他依然抵挡不住诱惑:四层装有木栏杆的长廊,向上延伸到可爱的天窗——天窗做工精细之极,窗框是带花边的铁条,玻璃明亮。每层长廊足有12英尺宽,装上深笼子之后,还有足够的空间留给顾客。这个地方,你可以让凤头鹦鹉住得很舒服,甚至可以由着小袋鼠撒欢。某一天,你可能会弄来鸭嘴兽。朝向皮特街的那个长廊尽头有几间合适的房间,其中一间可以用来养苍蝇,另外一间可以用来放孵化器,以备战争结束之后,有足够的煤油来孵化鸟蛋。顶楼可以用来居家,夏天晚上,他们可以将帆布躺椅搬到最上面的那层长廊里,盯着下面的天井,看着鹦鹉在50英尺长的笼子里飞来飞去。

有一次,我儿子冲我大吼,说我连根生意人的鞋带都不配,简直就是亨利·安德希尔的翻版。他喜欢自我标榜成一个脚踏实地的人。根本就是屁话。他是一个狂热分子,一个热心之士。他甚至都没估算过,修理自大萧条以来就废弃不用的拱廊街究竟要花多少钱。他没有得到建造鸟笼和水族箱的报价便签下了租约,甚至没有想过如果打算按照自己的梦想来配备宠物的种类和数量,需要额外支付多少喂养费用。我得告诉你,他这么做是一种最为纯粹的爱国主义的表现——货真价实的澳大利亚人——当然不会在自己的宠物店里卖小兔子或小猫咪的,不管他年幼的孩子们如何眼泪汪汪地求他。

没有人告诉他,悉尼这个地方尚不足以容纳他如此宏大的诗情。任何真正的生意人都会告诉他,世界上最棒的宠物店将以失败而告终。

然而,美国人却帮了他个大忙。他们在他最需要的时候到来,尽管人们记住他们是因为尼龙长袜和糖果,但他们也为玫瑰鹦鹉、吸蜜鹦鹉、蓝额鹦鹉、金啸鹩、各种各样的凤头鹦鹉、帝王鹦鹉和西部的鹦鹉、雀类、鸣禽,甚至兔子哈里提供的一对会跳舞的澳洲鹤,投入了很多钞票。这些美国大兵从柜台上将钞票递过来，像是被妈妈指派来买东西的孩子似的。你收下属于你的那部分，多余的找回给他们。查尔斯从不欺骗他们，但他确实将价格提到一个非常微妙的水平，让他们不再说便宜。

红冠灰凤头鹦鹉要价5镑。澳大利亚人看着傻呵呵的美国佬浪费钞票，简直有点目瞪口呆。他们让查尔斯大发脾气，觉得他们无知，没受过教育，因此他很希望能够让他们稍微有点头脑。但是，作为一个穿着连衫裤工作服、从事非重要产业的懦夫，他所能做的，无非是当他们站在漂亮的白色笼子前的时候，故意不怀好意地将他们撞开。

通常情况下，他尽可能避开顾客。他待在那间恶臭的孵化蝇蛹的房间里会更开心，或者跑到肯普西周围的湖上去增加库存。汽油是按配额供应的，但他有辆老式的带煤气发生器的埃塞克斯车，每次都是开着它去打猎。

所以，当内森·希克来了之后，幸运地发现老板居然在家。查尔斯手里的麻袋装了一个白蚁巢。他低着头，走路的姿势也不太正常，看起来似乎有点跛，给人一种形容苍老、周身臭不可闻的感觉，尽管实际上他才不过24岁。

"查理·白杰瑞。"美国佬喊道，堵在了楼梯上面。

查尔斯可能听到了他的话，也可能没听到。他试着挤过去。

"查理。"少校将自己瘦骨嶙峋的手放在他肉乎乎、圆滚滚的肩膀上。"不要说你没认出我。"

也许他认出来了，也许没有。

美国佬将帽子摘了，露出一个光秃秃的脑袋。内森比当年老了10岁，但是，毫无疑问他的笑容依然如故，露出满嘴歪歪斜斜、令人遗憾的金牙。

"见到你真是太好了，希克先生。"

事实上，查尔斯并不觉得有多好。他感到难过，面前的这张脸出现在他所有的噩梦之中。他的妹妹被剥了皮，而这张脸则被营火灼烧。鱼线的尽头有着各种各样的美式小玩意儿，鱼钩、剃刀、刀片、气球、羽毛、小刀。一会儿，他的耳朵便会变木，满耳朵都是血。

"该死，查理。去年我就读到有关你的宠物店的报道，我在想……"

查尔斯放下手里的袋子。"跟这个不是同一家店。"

"我一直在想，是不是我认识的那个孩子。"

查尔斯实在忍不住——他笑了。他喜欢美国人，喜欢他们说话时那种刻意的圆滑,以及他们毫不迟疑地表达自己观点的方式。他喜欢少校夹克上精干的线条,还有他松松垮垮的军帽。最重要的是,他喜欢内森·希克身上散发出来的干净利索的感觉。真正的内森·希克与他重复的梦境里那个怪人,实际上没什么关系。

正是午饭时间,店里挤满了闲逛的人群。查尔斯想将楼梯口的位置让出来,但内森对推来搡去的人群视若无睹,希望跟他聊聊。"还记得那些凤头鹦鹉吗?"他说着松开查尔斯的肩膀,转而抓住他的胳膊。"就是在巴拉腊特表演时用的凤头鹦鹉。第一只就把屎拉在了雪玲·马奎儿的身上了。"

"不要提索妮娅。"查尔斯说。

内森眨了眨眼睛。

"我知道你不会,但是……请不要……"

内森·希克心肠也有柔软的一面,就像棉花糖一样,甜蜜而又多愁善感。当查尔斯跟他说起那件事的时候,足以让他心里不安。查尔斯拖曳着一个装着白蚁的袋子,退后一步,让出楼梯口。内森尾随着他,安慰地拍着他的肩膀,不过,当他看到这孩子脸上的表情之后,立马停住了手。

"见鬼。"他笑道,明显是个愚蠢的假笑。他掏出烟盒,轻拍出一根压瘪了的好彩牌香烟,点燃了它。"我不是来跟你叙旧的,查理·白杰瑞。我是来跟你谈生意的。美国需要你。"

很难描述这句简单的口号对查尔斯·白杰瑞的影响。他仿佛一个被爱击中的人,对于他来说,整个世界——一分钟前,还被分明的线条和鲜明的色彩清晰地描绘出来——的边界正慢慢融化,逐渐变成一个模糊的天鹅绒边框,将他喜爱的一切包裹在其中。尽管那个嗓子喊哑了的女售货员要他确认一条小蟒蛇的价格,也没有让他回过神来——她向美国佬歉意地笑了笑,又冲他助听器的方向大声叫嚷。不到2英尺的地方,一个老人正往八哥的笼子里塞面包屑,尽管旁边的牌子上清楚地写着禁止喂食。即使亨利的拖鞋飞下四层楼——正中目标——掉在他爸爸的脚下,查尔斯也没有作出任何反应,几个孩子靠在栏杆上,感到无趣之极。

"需要我做什么?"查尔斯放下手里的白蚁袋子。

"专业的服务,还能是什么?"

"怎么做呢?"

"麦克阿瑟将军,"内森·希克说,"让我替他买个吉祥物。"

查尔斯·白杰瑞就是那样给麦克阿瑟提供了那只著名的凤头鹦鹉的。是他教会那只鹦鹉说话的,"你好,澳洲人。"他将笼子放在长凳上,然后坐在凳子前的一个笼子上,一坐就是5个小时,每晚如此。每次鹦鹉正确地说出"你好,澳洲人"的时候,他都奖励它一片涂了咸味酱的烤面包。

这个小插曲的重要意义并不在于那只鹦鹉在新闻片和报纸上短暂而炫目的光芒,也不在于麦克阿瑟给查尔斯写的那封信,信里称赞他的商场是世界上最棒的宠物店。不是的,重要的意义在于——我们整个故事的未来取决于它——他和内森·希克重新熟悉了起来。

33

内森·希克像个变戏法的人。他的脑子里同时有着无数的计划,但他从未实现其中任何一个。我不觉得他对此感到失望。他苦行僧似的脸上,有种伤感的柔软的毛刺。这些毛刺,并非由此而生,恰恰相反:正是这些计划将他伤感的棱角磨平。我并不相信他的目的是为了挣钱。他念兹在兹的,就是制订各种计划,从这个角度来说,你可以说他取得了巨大的成功。对于他来说,五个计划泡汤了,血淋淋地倒在脚下,根本无所谓,他还有另外一个划过空中,而他的眼睛,也只专注这一个。

对于内森来说,任何事情都不是表面看起来的那样。比如说,巴拉腊特的演出可不是为蒂沃利合唱团在墨尔本登台所作的排练,尽管他对白杰瑞&戈德斯坦是那么说的。他在巴拉腊特演出的目的,是为了吸引一个名叫格罗瑞娅·鲍黛儿的女人。在彻底失败之前,总共有16个极为复杂的步骤,我已经忘记了这些都发挥了什么作用,也有可能什么作用都没有。

麦克阿瑟的凤头鹦鹉也与之相似。可以说,麦克阿瑟进入计划,几乎纯属偶然。他本人没想过要什么吉祥物。是希克说服他,说他需要个吉祥物的,而希克脑子里想的最后一件事便是"你好,澳洲人"将会在澳大利亚公众中产生怎样的反响。他根本没有时间去操心细节。那只鹦鹉必须得说点什么。内森熟谙澳大利亚人的脾性，他知道让一只鹦鹉叫一个美国佬"澳洲人"会让他们火冒三丈，但他匆匆忙忙，想不出更好的。麦克阿瑟很喜欢。内森毫不关心，这与他的计划没什么关系，因为他还知道，一旦那只鹦鹉出现在新闻和报纸上，它就会身价暴涨。他懒得去分析为什么会这样，为什么人们会花大价钱去买这么个玩意儿。他所知道的是，凤头鹦鹉反正看起来都一个样，他可以弄到50只甚至100只麦克阿瑟鹦鹉，将它们当成原来的那只一样来卖。这是个无懈可击的计划，如同鸡蛋般光滑，完美无瑕。

他还没准备好同查尔斯讨论这个计划。不过，当他在宠物店里四处闲逛的时候，他已经考虑好了，但他的记忆有点混乱，他把白杰瑞父子的性格搞混了。对于查尔斯诚挚的性格，他毫无心理准备，查尔斯热心于盟军的事务也让他很是尴尬。

查尔斯不想挣钱。他告诉内森，能参与任何计划都是无上的荣誉——他甚至问都没问会是什么样的计划。

内森笑了，一种遗憾的笑，一个曾经感受过荣誉并且知道它到底是何感觉的人的笑。他将自己绵软的手背在身后，尾随着查尔斯，漫步在宠物店的长廊之中。他穿着薄底美国鞋，滑步而行，脚步轻灵得如同一个舞者。他仔细察看了无声的孵化器，还有令人干呕的培育蝇蛹的房间。在四楼的长廊上，他遇到了那只三条腿的巨蜥，以及查尔斯行为独特的家人。他没有问为什么查尔斯妻子的怀里会有一个日本小孩在吃奶。他看到厨房里正在为宠物准备食物。他随后又回到长廊里，站在栏杆边，注视着中庭下面自己的同胞。正是那个时候，他想到了第二个计划。这个计划比第一个计划要宏大得多，所以立即便吸引了他的全部注意力。他在脑子里大致又想了一遍，便找到查尔斯，劝他马上跟自己一道上国王十字俱乐部去谈一笔大买卖。他冲爱玛笑了笑，但她让他心里发虚。他走到楼梯口，在宽敞的嘎吱作响的楼梯上等着查尔斯，而查尔斯则脱去灰色的工作服，穿上了戴德曼西装。

他们去了好几家俱乐部。他们吃牛排、猪排和牡蛎，喝苏格兰威士忌。查尔斯不懂什么社交礼仪，他只有在讨论鸟儿、有袋类动物或哺乳类动物的时候才感到自在。内森也不觉得枯燥。当查尔斯大声说着小袋鼠中出现的坏死菌病，还有一只棕树凤头鹦鹉所患的肿瘤，他很乐于当个听众。内森或提问，或点头，或皱眉，或表现出同情。查尔斯坦陈自己的计划，想建个养满虎皮鹦鹉的工厂。他还透露自己打算做个金鱼睡眠诱导器。内森建议他应该去跟专利律师谈谈。

坐在前往双水湾的出租车上，查尔斯坦陈能为战争做点事让他打心眼里感到高兴。内森不自在地挪了挪身子。在一家水果店上面的房间里，他们同两个大块头的黑人玩扑克牌，他们迷惑查尔斯，骗去了他5镑。然后，他们步行3英里，前往达令赫斯特，沿途狂风怒吼，街上垃圾桶在风中摇晃。正是在达令赫斯特，他们才真正达成了共识，两个人都变得热情洋溢，赞叹澳大利亚的鸟儿和动物是多么的独特，多么的美丽。

他们敲了很多扇门，最终发现全都错了。

他们已经醉了，但在克朗街上，内森还是拦住了一个美军上尉，将他手里剩下的苏格兰威士忌全都买了下来。然后他们来到威廉街，坐在街边的排水沟上继续喝酒。报纸随着猛烈的西风在街道上翻滚，裹在他们的脚踝上。

西风就是这样。当你待在屋里的时候，再也没有比它更讨厌的风了。它推你，拽你。它咆哮，战栗。可是当你待在一片空旷的地方，它又成了一个完全不同的东西，而且让两个人都受到了影响。查尔斯有种极为强烈的欲望，他想把衣服给脱了，任由狂风在身上肆虐；事实上他已经醉得差不多了，做出这样的事情并不令人感到意外。

"那么。"内森说。他将缠在脚上的一张报纸拿开，很挑剔地用拇指和食指拎起来，然后再松开。

"那么。"他说。报纸随风飞舞，然后热切地裹住一根灯柱。"接下来我们干什么？"

"我们要醉了。"

"我们已经醉了。"内森照样将酒瓶递过来。他注意到，正如查尔斯同样注意到的一样，整条威廉街，从国王十字俱乐部到海德公园，街上空无一人。他的胸口忽然一紧，用手捂住脸，久久没有松开。但后来两辆出租车出现在新西兰酒店旁，爬上山坡，朝他们这边开了过来。

出租车从他们身边驶过的时候，内森试图点上一根香烟，但风实在太大。"等你的顾客们都回家了，"他将那根好彩香烟又放回到皱巴巴的烟盒里。"我们该怎么办？"

这只是计划的序曲。它让查尔斯感到迷惑不解。他不明白"我们"同"你的顾客"之间有什么关系。他拔出瓶塞,将嘴对准了瓶口。

"战争不可能永远打下去,"内森说,"然后,你的那些有钱的美国佬就全都回家去了。我想问的是,查理,你想过这个问题吗?"

他当然想过这个问题。为此他经常彻夜不眠,在长廊里徘徊,穿着睡衣坐在宽敞孤独的楼梯上,目瞪瞪地盯着水族箱,睡意全无。

"我希望战争明天就结束,"他说,"我甚至愿意以我的右胳膊为代价。"

"是,是,我知道。"内森确实知道。他不是毫无同情心的人。他只是希望好好讨论一下计划。"问题是,你打算怎么办?"

忽然,查尔斯深深地弯下腰,冲着西风,疯了似的咆哮。

"我他妈的怎么知道?"他的眼里噙满泪水,但也可能是被风吹的。"我……他妈的……怎么……知道?"一辆出租车正巧驶过,坐在里面的几个女孩子朝他挥手,他也朝她们挥了挥手。忽然之间,他的情绪改变了。他站在那里,冲着她们的汽车尾灯笑个不停,最终才在内森身旁坐下,或多或少清醒了些。"我醉了,从来没如此醉过。你知道我是怎么知道的吗?因为,"他开始咯咯笑道,"因为通常情况下,我他妈的从不骂人。内森,我不知道该怎么办。"

那时候,内森才说出了爱玛需要治疗的事。实际上,这没什么必要。他立马就后悔自己说出来了。

"你什么意思,治疗?"

"相信我,查理,非常有必要。我知道的。我的第一任妻子也是这样的。"

"爱玛没什么问题。"

"查理……"

"她没什么问题。我爱她……"

"查理……"

"你爱你的妻子吗?因为你不爱。你说过你不爱的。我为你难过,希克先生,但我爱我的妻子,爱我的孩子。"

内森拿过酒瓶,觉得那金色的液体让他因抽烟而疼痛的嗓子稍感舒服一点。他猛地喝了一大口,仿佛会就此淹死一般。喝完之后,他摸索着捡起瓶塞,紧紧地塞进瓶口,抬头发现他的伙伴已经不见了。

然后,他看到了他,正蹒跚着斜穿过威廉街。

"妈的。"内森·希克骂道。

硕大的梨形身影在街当中停住,回过头,喊了一嗓子("我爱她"),在喊声被大风吞噬之前,那个身影又掉转头,继续跌跌撞撞地前行。他被另一侧的马路沿绊了一下,像个杂耍演员似的保持着精准的平衡,继而沿着福布斯街的台阶,消失在黑暗中。

内森脚步轻快地穿过威廉街。他暗自后悔说了那些关于他妻子的话。让他没猜到的是,他的意见尽管遭到猛烈地否定,但不到一小时后便导致母子几人被水管浇。内森小心地踩上马路沿,像个幽灵,小心翼翼地穿过人行道,一步步爬上没有路灯的台阶。

"我他妈的怎么知道?"第六级台阶上传来一个声音。

内森迈过蜷缩着的腿和胳膊,在他上面的一级台阶上坐下来,身下老石阶传来刺骨的冷意。尽管他那么希望谈一谈爱,谈一谈孤独,但还是忍住了。

"对不起。"他说。

"我他妈的怎么知道?"

"查理,听着。"

"我在听。"

"你希望再次回到过去,在一间破旧的屋子里卖小狗吗?"

"我这辈子都没有卖过小狗。"

"好吧,无所不知的人。"他将威士忌递给了查尔斯,看着他喝下。在他们的头顶有扇亮着灯的窗户,透过那点微弱的光亮,可以看到威士忌顺着他宽大的下巴,一滴一滴,如同串珠一样流了下来,落在他的衬衫和领带上。"好吧,聪明人,说说看。美国佬回国之后,我们该怎么赚钱?"

查尔斯看到了答案,就在那儿,就在福布斯街台阶上的尿骚味里。威士忌酒瓶在他手上扎了个口子,他看到了——黑暗中仅有的一小块炫目清晰的地方。

"出口。"他说。

内森俯下身子,试图搂住他。他的手指戳了一下他的眼睛,才最终搂住他的脑袋,揉了揉他的耳朵。"我就是这么打算的。"他说。

"我在这边,你在那边。"

"没错。"

"跨过他妈的大洋,携手合作。"

是的,福布斯街台阶上的讨论导致他用水管浇了爱玛母子,因此造成他失去了两个长子的感情,但也是这次讨论,促成了他和内森·希克合作组建了一家公司,促成了他们在信头印上一个洛杉矶的地址,还有一只(也是唯一的)能够说出"你好,澳洲人"的凤头鹦鹉。

1949年,查尔斯·白杰瑞已经买得起上千基尼的珍珠项链,作为礼物送给妻子——起码他自己是这么跟我说的。

34

1949年,我63岁。如今我已适应了生活在一个根本不存在的世界之中,即莉娅的信中世界。倘若见到我,你一定会倍感惊讶,兰金·唐斯这样的地方居然会出现这么个家伙。我受过良好教育,虚弱而又正派。我声音温柔,腰有点佝,但佝得很漂亮。我的握手像儿童手套般光滑而有活力。我有着太监般的肤色,还有悉尼大学的文学学位。你想要讨论1890年代的工会运动?我就是你要找的人。我可以娓娓道来,仿佛我们正漫步在洒满秋日落叶的街上,而书房里的热可可正等着我们。或是讨论有关剪毛工罢工的一个有趣的理论?请来我这里做客。又或是讨论在有关澳大利亚政治结构的流行观点中,谎言究竟发挥着怎样的作用?我也可以为你提供非常专业的分析。

我是一个奇迹。当然,我确实如此。我不在乎兰金·唐斯监狱的假释委员会将功劳都归为己有。他们根本无法想象究竟要耗费多少心血,要做多少无止境的枯燥工作,才能实现这种脱胎换骨的改变。我以M·V·安德森为榜样,学着他的样子,耸起我窄小的肩膀,压低下巴,将修长的被烟熏黄的手指头并拢在一起,噘着嘴巴,扬着眉头,有点羞怯地抬眼看着向我提问的人。哦,我就是个可爱的小美人儿。你肯定会爱上我的。

我跟假释委员会说我打算写本书,实际上我在撒谎。我脑子里真正想着的并不复杂,无非是领取养老金,争取探视凯莱斯基一家的权利,以及和我儿子能够达成和解。最后一件事情非常难办。我给他写过一封信,我承认只是三言两语,告诉他我很抱歉当初拿鞭子抽他的耳朵。他只字未复,尽管莉娅解释说是因为他五味杂陈——太多的想法,太多的情感,他那根短而粗硬的HB铅笔根本无法掌控——即便如此,我依然很生气。

然而,该死的是,宏伟的房子是我的软肋,而且我喜欢他的宠物店里的声音。那可不仅仅是座带塔楼的房子,那本身就是座塔。当然,莉娅没有告诉我四楼的情况。我不知道我有个叫西斯奥的孙子,或者他妈妈住在笼子里。我甚至不知道整幢大厦都依赖于美国人对澳大利亚鸟儿和爬行动物的狂热。实话告诉你——即便她告诉我这些,我也不会因此放弃自己的计划,继续待在监狱里。

很多女人都曾威胁我说,孤独的老年生活该有多么可怕。她们的目的是为了吓唬我,而且当她们发现我真的被吓到了之后,她们便会一再重复。

所以,我承认——我在兰金·唐斯待了10年,只有一个目标,那便是在这个腐烂而孤独的世界上,到头来我能有我自己的地方。我花了整整10年时间,就为了不至于躲在东部市场一堆烂白菜中间,了此残生。我承认,有这样的想法近乎偏执,但绝对算不上野心勃勃。我既不追求财富,甚至也不奢求名声,我想要的,无非是一个可以围坐的火炉,一个值得信赖的朋友,能有几个人做伴,度过夏日午后的时光——对于一个海滩城市来说,再也没有比夏日午后更孤独的了。

我没有逃避,尽管逃避可能容易得多。逃避不属于M·V.安德森会去尝试的那类危险的事。而且,作为一个爱喝茶的人,他也不太可能对一个蒸馏室感兴趣,也不会对在铁丝网圈定的围墙内从这头到那头踢足球感兴趣。对于M·V.安德森来说,那儿没足够的伙伴。他可以沉浸在自己的书本之中,将食指放在自己畸形的下嘴唇上,这样他能感受到更多的快乐。他是个只为一个目的而存在的人,一辈子只适合一个特定的职业。他根本不适合去推销汽车或者任何别的实用的东西,而只适合这个我花费10年时间不断精益求精的目标。

这10年,计时的是个古怪而又愚蠢的钟,它仿佛一架存在故障的机械,费力地拖着它沉重的指针往上爬,然后,嗖的一声,指针全都又掉了下来。慢,是的,非常慢——10年简直就是永恒。但同样也很快——几乎要不了一秒钟。

紧接着,就在将要获释的头天晚上,我收到一封莉娅·戈德斯坦的信。我猜这封信是为某件快乐的事而写的，也就是说，她也已经刑满释放了，她自由了，空闲了，没有孩子，没有罗莎，也没有落地窗或者橘子树来妨碍她了。

你会说，幸运的人，这么老，这么虚弱，与此同时又能让人献身于我。胡扯八道，教授。你觉得我在一个幻想上白白浪费了10年光阴，能算得上幸运？10年的时间，她扼杀孩子，矮化丈夫，埋葬朋友，卷起地毯，扯下我费力适应的墙纸。什么幸运的人。白白成了一个喝哮喘茶的人算得上幸运么吗？

忽然之间，我甚至记不起来她长什么样。我只记得很久很久以前，她来到我的帐篷，对我大加指责，自作主张地享用我的食物。她多拿了一份"班戈瑞鳟鱼"，连吃了四大块，而且连句客套话都没有。四大块。我全身发颤，手也抖个不停，不是因为紧张，也不是那种经过16道精炼的、寡淡的茶水式的情感。不是，这是M·V.安德森那种可怜巴巴的娘娘腔完全无法想象的一种愤怒。我可以感觉到血管里气泡奔涌，指关节周围的皮肤紧绷。我是赫伯特·白杰瑞，我是个下流的狗杂种，这一点毫无疑问，我用无线电收音机——别人送给我的礼物——换了把刀片。

或许你会觉得我应该记得是如何离开兰斯·唐金的，记得在潮湿的季节里那漫长而颠簸的石子路。但我什么都不记得了。我之前一直打算跟你讲讲那些小龙虾的（它们足有啤酒瓶那么大），但现在没有时间了，而且我不记得我们在离开的路上到底见到过没有，甚至于"我们"究竟都有谁，我也不记得了。

我记得火车拐进侧线时的情形，看到它那么脏，着实震惊而又失望。车厢内的座凳是绿色的。我原本以为会是棕色，但最终却是绿色。座凳上黏糊糊的，沾着果酱和冰激凌。我用一根旧领带将刀片绑在了腿上，还将那个咸味酱瓶子揣在口袋里——你肯定感觉到了——很热，足以烫着你——我将它包在几块手帕里。瓶子里游满了龙，但我不去看它。我坐在一个很不舒服的座凳边沿，静静地等着。哦，上帝啊，那火车可真够慢的。它嘎嘎吱吱，呜呜咽咽，丁零当啷，来回摇晃着开往格拉夫顿。没有人能够告诉我多长时间才能抵达悉尼。

我在火车车厢里来来回回走了一会儿。千万不要搞错，这可不是为了庆祝重获自由，也不是在欣赏车窗外的美景或乘客们漂亮的脸蛋。我是在极力控制忽然袭来的一阵怒火——当我想到她一连10年，每天都那么自如地向我撒谎，而且我知道为什么她没有勇气前来探视我，因为她不敢正视我的眼睛，我便气不打一处来。

在一节车厢里，我遇到了两个正在玩敲指关节游戏的人，他们年纪轻轻，但目光中暮气沉沉。

我主动申请加入他们的游戏。我仍然像安德森那样滑稽而又气喘吁吁地说话，但是上帝啊，我的语速要快得多。我的虚弱像头皮屑一样，似乎都消失了。我的拳头重重地砸在他们的指关节上，一个接着一个，直到他们全都又痛又青，纷纷告饶。

我的情绪稍稍平静了一会儿。

块头稍大的那个告诉我，他周游昆士兰，到处玩敲指关节游戏，他的伙伴则负责当托儿。他说那儿的土包子什么都可以拿来打赌。他向我演示了一下自己通常扮演的角色，觉得入不敷出这种事对他来说绝不可能。我告诉他我刚刚从监狱里出来，他直接给了我20镑。1949年的时候，这可是一大笔钞票——相当于一个医生一周的薪水——我记下了他妈妈的地址，这样有朝一日我可以将钱还给他，但我将那个地址弄丢了，根本就没还钱。

我有没有告诉你，我是要去宰了莉娅？我没有明说，但此行只有一个目的。10年来，我饱尝她的信件带来的剧痛，那种混杂着妒忌与幸福、如同刀绞一般的痛苦，最终却白白受罪。而我却将自己的双腿绑了起来，挥刀割了自己的卵蛋。

我把自己变成了一个知识分子，所为的理由，却完全是虚空一片。

火车之旅足足花了12个小时，最后停靠在悉尼中央火车站。我乘出租车前往邦迪，四周到处都是新型汽车，那是我注意到最多的东西。它们给我一种感觉，仿佛是在梦中穿行。天气很暖和，阴云密布，看似要打雷。我不缺车费，但我在海滩附近的红绿灯跳下了车，就是想要给这个杂种添堵。司机穷追不舍。上帝啊，我拼命地跑，在第一个拐角处便摆脱了患哮喘病的M·V.安德森。我翻过一堵篱笆，越过一个屋顶锈迹斑斑的鸡舍，然后爬上另一座鸡舍，再跳进一条小巷之中，窜入一座带防盗窗的公寓楼的楼道。我的背和腿都很痛，但我并不在乎。我所做的一切都基于一个前提，那便是我是一个行将就木的老头子，我要告诉你，我尽情享受着刺耳的呼吸声，就像一把鼠尾锉在我的气管里锉动。我是赫伯特·白杰瑞，我还活着。

我在公寓楼里等了一会儿，然后去查凯莱斯基家的电话号码。我对他们的房子本身一点印象也没有了，唯一记得的便是那条四处开裂的混凝土小路，杂草丛生的院子，还有斑驳的大门内的一盏铅灯。我抬脚将铅灯踢碎，破门而入。墙边上堆着成沓成沓的报纸。

屋子糟糕透了。这是个发霉、潮湿、腐烂的地方。你可以嗅出它是多么的不快乐，宽阔的走廊上，太久没有小孩子在上面疯过了。

前屋里，我发现了一个老头，坐在火炉边，尽管正如我刚刚提到的，外面正是夏天，天上飘着大片青色的砧状云，天空中到处是冷洞和让人眼花缭乱的上升气流。我拿着刀片，来到屋子中间。这是个邪恶至极的玩意儿，出自兰金·唐斯的年轻人之手，由汽车牌照的铁皮制成，是最好的刀片，完全可以将人的肋骨扎穿。

这个满头银发、神情憔悴的老家伙看着我。他坐在一张铺了软垫的沙发上，那种类型的沙发，我记得，通常被称为软躺椅。他弯下身子，拿起了拨火棍。

他将拨火棍放在牙齿中间。我看着他，他看着我。接着，只见他将拨火棍拧成了个U字。

然后，他将咯断的牙齿和满嘴的血直接吐在膝盖上。

35

为了糊弄莱尼·凯莱斯基，我抢了他5镑钞票。然后我溜达到邦迪邮政所，申请养老金，留下的地址是南十字酒店，请他们转交。

就快见到儿子让我惶惶不安，不是因为担心莉娅可能在他的照料之下，而是因为怀疑宠物店本身可能就是个谎言，压根儿没这等好事，或即便真的有个宠物店，也不过是个肮脏的小洞，酸腐的稻草上，养着几只随地便溺的豚鼠。

第二次坐出租车的时候我付的现金。我在南十字酒店住下了。一开始打算睡一会儿，但是在凹凸不平的床垫上躺了一小时之后，我起床去了趟理发店，刮了下胡子。然后我动身前往宠物店。我自欺欺人地假装不是要去宠物店。我浏览着皮特街沿街的橱窗，只敢拿眼角偷偷张望，像只螃蟹似的在人行道上碎步疾行。

最先看到的是"白杰瑞"几个大字,高高地悬挂在那幢房子的山墙上。我感觉身体不舒服,好像这东西会瞬间蒸发一样。我的背疼痛难忍,牙齿打颤,身体开始抗议,究竟要不要假装虚弱,请我尽快作出决定。

我穿过皮特街,从长长的有轨电车队列中钻了过去,既不像个杀人犯那样偷偷摸摸,也不像个十足的绅士。我对自己的行为已经无所谓了。

我一步步来到店前,低头看着人行道。店外聚着一群人,都在争论着一辆什么车。我拜托他们稍稍让开一点,好让我抬头看看这幢大楼。

毫无疑问,它令我激动不已:白杰瑞,煞有介事地高悬在皮特街上。白杰瑞宠物商场。远比她描述的要好。窗户足有30英尺长,而且绘有漂亮的花朵。我认出了澳大利亚地图,上面还写了些字,但那些可爱的岩间小袋鼠更加吸引我,它们在这漂亮的景致里跳来跳去,尤其有一只正用两只前爪抱着一个苹果,优雅地啃着。

那些人继续争论着他们的汽车,我让到了一边,别挡着他们的道。我不可能知道那只小袋鼠将会在贝弗利山死于流感,但是毫无疑问,我对自己的孩子感到由衷的自豪。我抱着比从前更加温情的心情回忆起往事——那天他是如何从本迪戈学校的树上逮住那只黄尾凤头鹦鹉,伊沙伊的手指是怎么被啄的,我们在阿尔伯里汽油用完了之后查尔斯又是怎么将那只凤头鹦鹉卖掉的。

我走进店里。在悉尼的第一天,我有没有忽然之间像个纳拉布里的乡巴佬?嗯,为什么不。看看那些橱窗,那些明晃晃的白色铁丝网后面漂亮的鸟儿,蜷缩在一尘不染的玻璃下面亮晶晶的蛇,巨大的天窗,一如莉娅向我描述的那样。就在我看的当儿,两个身穿白大褂的人提着水桶,正在清洗天窗玻璃上一周以来的鸽子粪。天窗上面,则是精美绝伦的层积云。

长廊里人头攒动。爬楼梯的话你得有礼貌一点,先让两个修女下来,还得等三个吵吵嚷嚷、大嗓门、穿着笨重的靴子的孩子上去。

终于,我爬上楼,靠在第一个长廊的栏杆上,看着下面。收银员坐在大厅中间一张高高的桌子前,深深地被一本书吸引了。我看了一会儿。收银员一直懒散地翻着书页,但是,宠物店的生意显然非常兴隆。到处都是售货员。他们戴着红檐帽,穿着低劣的黄色小夹克,有的蹲在笼子旁,有的像个渔夫一样做手势,有的闭上眼睛在记忆深处搜罗着信息。他们不是售货员,他们全都是热心者。

我实在是太开心了,尤其无法集中注意力。我漫步在一个个展品间。我看到名闻遐迩的紫背别墅鸟,它经过训练,学会了挖宝石。它从一堆锯屑中挖出蓝色的石头,一颗一颗放在一个药剂师用的天平上。我往下一个笼子的投币口里放了2先令,然后看到两只杏黄色的虎皮鹦鹉开始轻啄一个发光的按钮。它们得到了一点谷子,而我则得到了一个杯垫,上面印着"世界最棒宠物店"几个大字。

我将杯垫悄悄放进口袋,爬上最后一层楼梯,来到一扇标有"私人住处"的门前。门并未锁上,有那么一会儿工夫,我站在门前,心中犹豫不决。因为这才是我最想看的地方,我是多么想见一见我无数次从信中读到的那个深情的妻子,跟我的几个孙子玩一玩,享受一下他们提供的司康饼和舒适的椅子。然而,面对那扇门,我整个儿就是个胆小鬼。我将手深深地插在口袋里才勉强让它们停止颤抖,直到两名少年拉开门,我还在犹豫不决,他们的表情很窘迫,小脸放着光,砰砰的从我身边窜下楼去。在下面一层,他们忽然爆发出一阵令人厌恶的大笑。

最终,我退缩了,调头离开,根本不知道那个我专程跑来恨不能置之死地而后快的女人,就在离我不到5英尺的地方,静静地织着毛线。我没有见到罗先生——他正因为用力而气喘吁吁,也没有见到爱玛·白杰瑞,她整理了一下衣服,缩进角落里,仿佛一只餍足的蜘蛛躲到网中间——两个孩子惶恐不安地跑下楼去,都是因为她。

36

爱玛知道这样不对。她知道自己这样做会下地狱。爱自己的丈夫超过自己的孩子是不对的,或者整下午待在笼子里,逗弄他,让他像皮特街上放的新闻影片中被击败的摔跤手一样,用头使劲撞着地板,也是不对的。她沉浸在错误之中——很有可能,她吃芒果的方式也是错误的,感觉上就不对,吮吸着又长又平的芒果核，芒果汁顺着胳膊淌下来，从黏糊糊的手指中间流出，在她爸爸家，她可曾想到过芒果这样的水果？这一定会让她亲爱的爸爸火冒三丈，一定会用他的荡刀布抽打她的光腿杆子。哪怕是提一提芒果这种难以置信而又肮脏的水果，他会爆发出怎样令人眩晕的脾气啊。

用不着提醒她，让那两名少年咯咯笑着冲下楼梯是不对的。她听到他们推开那扇写着"私人住处"的门。早在他们看到她之前，也就是说，在他们长满疹子的鼻头伸进来，嗅到屋子里的霉味时，她就看到他们了。他们的上嘴唇毛茸茸的，显然刚进入青春期。她看着他们掀起雾网，听到他们用沙哑的嗓音交谈。她趿拉着拖鞋，除了一件胸罩，身上再无其他遮羞之物。莉娅就在她旁边，但她自顾自地忙着，根本没注意。罗先生睡着了。爱玛假装没看见那两个男孩，她打开小粉盒，朝脸颊上又扑了点胭脂。她听到他们看见了自己——他们深深地倒吸了口气，低声商量了几句——然后一边看着镜中自己光洁的面庞，一边用眼角的余光留意着他们下一步会干什么。

但是他们还只是孩子，很容易受到惊吓。当她转头看他们时，他们便落荒而逃，大呼小叫地冲下了楼梯。

有一次，她抬起头，看到的是一名警察。他正隔着栏杆看着她，静静地笑着。一时间，她脑子里混沌一片，全身绵软无力，茫然地涂着唇膏，然后对着她那时候的小镜子，骄傲地噘起了嘴唇，任由她一道整齐的牙齿清晰地烙在如丝绸般光滑而又紧致的肌肤上——这肌肤闪闪发光，如一颗切开的心脏，明亮，泛着荧光，滑溜，结实，神秘。

他不是她唯一一个不请自来而又给予她甜蜜、沉静的微笑，认可她的人，只不过是第一个这么做的人。他坐下来，冲她笑着。她知道，因为他知道她喜欢他，而他也喜欢她。这种心意相通的感觉令人倍感宽慰，她整个灵魂都如同水箱中的水一般，清冽而又澄明。

但是，听听大多数见过她的人的说法——那些人不过都是些窃贼而已——你会觉得看到她待在笼子里，已对他们内心深产生了至关重要的影响。甚至于，连她都无法预测他们见到她之后会作出怎样的反应。不过，通常要么很激烈，要么大呼小叫，要么粗鲁，要么愤怒——她知道，安全地待在笼子里，而且自得其乐，这本身就是一种罪过，但她还是这么做了。

她将自己打扮得漂漂亮亮。她变得虚荣，而且丝毫不以为耻。她也曾经年轻,那时候她不过穿上短袜子和长短合适的裙子,而现在,各式化妆用品可谓一应俱全:粉饼、唇膏、胭脂、睫毛膏、眼线笔、润肤剂、化妆水、粉底霜、保湿霜、蛋蜜乳、指甲油、洗甲剂、指甲砂锉、指甲锉,以及其他能增加女人味的东西。

爬上四楼楼梯,虽然她的笼子就在你正对面——所以你只能走到栏杆前,朝对面看——如此多东西,乱作一团,线、绳索、网、电缆、细绳,那么多你一下子根本搞不明白的奇形怪状的东西,那么多可以俯视下面宠物店和头顶天空的令人着迷的角度,所以你不会马上发现笼子里的女人,或者常常跟她在一起的小孩。事实上,你更有可能先注意到那个格栅结构——它非常漂亮,而且里面经常会点着灯——紧邻她所在的笼子。这是个边长10英尺左右的立方体,你可能不会立即称之为笼子。它实在是太漂亮了。它是一个用来培养蕨类植物和攀援类植物的地方,那儿确实也有些陶罐,里面干死的植物表明它是用来养植物的。这是查尔斯1944年送给爱玛的圣诞礼物。为此她当然感谢过他,给过他温暖的吻,但她头脑可没那么简单,轻易就上当受骗,住到里面去。而且,最终它也派上了用场,因为当莉娅·戈德斯坦有天下午满脸泪痕地到来,准备在此住下来的时候,立即就有个合适的地方安顿她了。

从楼梯上来,右侧还有一只笼子,这只常常是最先看到的,远比那只铺着锈迹斑斑的马口铁的笼子——爱玛缩在其中,让查尔斯时刻无法忘记自己的责任——要奢华得多。这只最新的笼子也是查尔斯送给她的礼物。它坚固得足以用来装北极熊,但它的铁艺又极其漂亮,有粉红色的活动百叶窗,一张小小的沙发床,还有一块毛茸茸的地毯。一开始,里面还放了个玻璃架子,上面摆满了考迪香水和密丝·佛陀化妆品,只是爱玛并没有搬进去住,她没那么容易便被诱惑到。

当然,她也不愿意住在房间里——这个比较容易理解,因为房间位于皮特街那一头的四楼长廊尽头,又小又暗,通风很差。查尔斯睡在那儿。爱玛经常在那儿做饭。但他们真正的家则在笼子里,围着笼子转,因为这个家庭最具决定性的一员生活在那儿,生活在长廊上。四楼的长廊更像是一个仓库,一个储藏室,一个花园棚子,里面爬满了蜘蛛,塞满了废旧发黄的报纸,干硬板结,碰一下都让人觉得不舒服。它与楼下清洁卫生的宠物店形成了鲜明的对比。那里,白瓷漆的笼子闪闪发亮,店员早晨上班第一件事便是将它们擦拭干净，而且空气也迥然不同，仿佛风儿改变了节气，现在正吹拂着海面，紧接着，整个商场都会用漂白剂和抗菌剂彻底洗上一遍。尽管对有些人来说，置身于那样的环境之中可能会很舒服，但爱玛则偏好四楼的长廊，那一大片围成一圈的长条形的私人领地，她就待在那里，待在破旧的捕鸟网、坏了的冰箱、孩子们的玩具、崩塌了的洗衣房、掉在地上的三明治，以及那些曾经在这里一圈一圈骑着的童车中间——现在再也骑不了，因为查尔斯堆了很多笼子，更平常、更小的生了锈的鸟笼，将孩子们最喜欢的骑车线路全给堵死了。

简直像个疯人院，他曾经这么说过。

生气的时候，他会说他们全都疯了，包括他自己，而且他们的孩子长大以后也会精神不正常，惯于偷窃，终将自我了断。他说她是个荡妇，是个懒婆娘，是个疯女人，于是她便会变得冷若冰霜，会用自己的眼睛玩那套把戏——两个眼珠子像是瞎了，变得如滚轮轴承的钢珠一般坚硬，通常这样会让他吓得够呛，以为她再也不会爱自己了。然后，夜里的时候，他会来到她身边，哀求她，仿佛她是个身着绸缎的女王，住在笼子里的女王，然后，她会将他一脚踢开。

哦，瞧他们玩的这套把戏，多么甜蜜可爱的倒错啊。你可以感觉到其中的怒火。你可以感觉到整幢房子，实实在在的房子，闪烁着愤怒的微光，直到它如同一把塞满鹦鹉的小提琴，这些鹦鹉在它们的笼子里扑打着翅膀，惊慌失措，鱼儿在它们冒着泡的鱼缸里团团打转，恐惧不已，还有某只非法捕获的负鼠，一声不响地躺在老板的办公室里，瑟瑟发抖，而它不到1英寸大小的心脏左冲右突，变成了一个红色而又危险的狂暴之物。

这样不对，这样当然不对。用不着别人来告诉她。她想出了最恶心的那些事，上帝昭示着她。她将他硕大如牛的下体含在嘴里，让他抽泣，呻吟，有一次她梦见自己用口红和胭脂装点它，在他多毛的下体上涂上了脱毛剂。她翻看女性杂志，但这些杂志似乎并未关注现实中女性的生活。

亲爱的主啊，他尽了多大努力让她离开笼子啊。他觉得自己希望她像个"正常"人，但实际上并非如此。试问在此之后，谁还会想要正常的生活？他们一定会乏味至死，更何况，她已经渐渐爱上了笼子，那里既安宁又平静，漫长而甜蜜的阳光灿烂的下午，她躺在笼子里，听着巨蜥拖着它如手提包一般的肚皮，穿过幽暗的木板，躺在紫外线下，待到晌午已过，暮色开始慢慢降临，它会像一只到了喂食时间的猫一样,来到她的门前,她会打开工作人员拿给她的盒子,喂它吃粉红色的小老鼠,那是他们专门为爬行类动物准备的。

西斯奥有时候会帮她。亨利和乔治则不会在家跟小老鼠和巨蜥待在一起。他们会躲得远远的,藏在密布的网里,替自己挖出个洞,做个笼子,然后藏进去,以防万一——他们从来没有告诉她,但她很清楚——以防万一哪个同学过来看到他们。但西斯奥从来不觉得有什么难为情的。他从一开始就与他们不一样。他和她都喜欢待在笼子里。莉娅·戈德斯坦说,对于西斯奥来说,看到母亲总是待在笼子里不好。当然,她没有板着面孔说,而是和颜悦色地,像个温柔的朋友,她一边说,一边帮她梳着头。所以爱玛也尝试过,她真的这么做了,每天花一小段时间待在笼子外面,陪他玩,但他还是喜欢笼子。

母子俩喜欢的,在乎的,其实是内心深处的私密空间,他们极力将其与外部世界隔离开来,保护起来,觉得自己被那么多可爱的防卫工事所包围,城墙、护城河,还有吊桥。有时候他们抬起头,看到天窗,不禁震惊不已,仿佛他们舒适的世界与外面的凄风苦雨之间,仅有一层轻薄、易碎、脆弱的屏障。

所以,当不请自来的朋友发现她,对她待在笼子里感到怒不可遏的时候,爱玛真觉得他们其实是妒忌。

确实,就在我站在楼梯上犹豫不决之后不到8个小时,作为特别优待,她就给我提供了一个属于自己的笼子。这个笼子,我很高兴地告诉你,现在已经被罗先生拿去了,而且,我必须极礼貌地请求您的宽恕,毕竟我还心有余悸,让我在门廊里好好战栗一番,喘口气,再告诉你一点关于罗先生是怎么住进如此怪异地方的情况。

37

有一天,就在我到来之前不久——超过一个月,但不足一年——莉娅·戈德斯坦购物归来,网兜里沉甸甸地装满了土豆,打算用来做个可爱的蛋糕,却发现有位绅士坐在那只带粉红色活动百叶窗的笼子里。他年方22

岁,是位职业人士,穿了身灰色双排扣西服,气宇轩昂。他有一张金色的心形脸蛋,一双黑色、凹陷、闷闷不乐的眼睛。他就是亨利·罗先生,船舶设计师,非法移民。

莉娅微微喘着气,进门之后,扭头往左便看到了他。罗先生冲她笑了笑。莉娅也冲她笑了笑。罗先生递给她一张名片。莉娅小心翼翼地将网兜慢慢放下,以免里面的土豆掉出来,顺着倾斜的地板,滚到楼下去,那样的话,它就会变成一个时速200英里的致命武器,足以将人的脑袋砸碎,土豆本身则会碎成一团土豆泥,血肉模糊地卡在眼球后面——这是查尔斯告诉她的,甚至还将下落的速度算给她听,这是一名好心的员工给他提供的——所以,尽管莉娅很想接过他递来的名片,但还是格外小心地将土豆放下,这些洗过的产自多里戈的爱德华国王土豆,一早就从松软的红土中被挖出,一个个圆滚滚的,非常容易滚出来。

她将土豆尽可能稳妥地放好,用一只脚护住它们,一脸歉意地冲笼子里的年轻人笑了笑,然后仔细看着名片上的字。

爱玛此时戴着珍珠项链,穿着新形象牌衣服。她没有待在笼子里,而是尽责地陪着小儿子在南面的长廊上玩耍,来来回回地追着一辆玩具汽车,看谁能够先抢到,丝毫也不当心身上价格不菲的尼龙长袜。

莉娅将名片递还给罗先生,但他坚持让她留下——他抬起他柔软苍白的手掌,向她示意。莉娅和罗先生彼此屈膝施礼,然后莉娅拎起她危险的土豆,挤过锈迹斑斑的鸟笼,来到爱玛身边。她蹲下身子,不单单是因为累,而且也因为她希望悄悄地跟朋友说几句话。

"怎么回事?"莉娅·戈德斯坦问道。

"他是罗先生。"爱玛将玩具汽车递给西斯奥,然后找来一辆木头卡车,撞向西斯奥的小汽车。"你瞧,"她对小脸红嘟嘟的漂亮孩子说,"现在你完蛋了。"

"没有完蛋。"西斯奥说。他绕着长廊跑了起来,当他看到大人似乎更愿意低声说话而不是追逐的时候,他停下了脚步。

"他怎么在那儿?"莉娅·戈德斯坦低声问道,西斯奥则回到她们身边,竖起耳朵听着。他贴过身子,依偎在母亲怀里,拽起她柔软的衣服,擦着自己的小脸蛋,结果将衣服弄得脏兮兮的,尽管谁也没有意识到。

"他想留下来，"爱玛说。"他想找份工作，所以我就给了他一份。"

"给他什么？"

"我给了他一份工作。"爱玛说，尽管没有一丝笑容，但她的脸上有种特别的东西，如同她身上的香水一样飘忽。

"爱玛！"

爱玛噘起了嘴，但并非不开心。她几乎从不会不开心。很快，莉娅就会离开，查尔斯的爸爸会将她带走，她会想她，想她的奶油蛋羹和浓汤，她的凯纳斯特纸牌游戏，还有她漫长而和善的沉默，但她绝对不会不开心。

"亲爱的莉娅。"她说。她正打算去拿点香水喷在朋友的手腕上，这时候听到了丈夫沉重的脚步声——在她内心深处，她仿佛看见那双褐色的11码的粗革皮鞋，一步千钧地踏在陈旧的楼梯踏板上——它们就是这么一步步走过来的。她能听见查尔斯跟古怪的范·克莱利甘大声说着虎皮鹦鹉养殖场的事。范·克莱利甘的声音直冲长廊——他在楼下工作——但查尔斯已经爬到四楼了。

"波罗的海，"范·克莱利甘说，"我他妈可不是什么波罗的海移民。波罗的海移民都是来自波罗的海。我可不是来自那里。改过来，"他嚷道，"你他妈的快点改过来，伙计。"

查尔斯大步走进门来。他已经脱下战争期间的伪装，身着定制的华达呢翻领西装。他的西装每天都会送到天使第，由那儿的美国熨衣工熨平。他迈上楼梯，一副财大气粗的样子，朝右而不是朝左扭着头，所以没有看到忧郁却满怀希望地候在笼子里的罗先生——罗先生待的那只笼子，是查尔斯专门委托斯派克·道森做的。

查尔斯迈着步子——28岁的年纪，脚还是抬得很高——朝西边走去，一直走到厨房门前，然后倚在栏杆上，冲着下面长廊上的范·克莱利甘叫喊。别担心他所说的话——都是因为他对地理一无所知——不过，罗先生听到他说话的声调，用不着再看他有没有戴着块金表，就知道这个毛茸茸的大汉必是老板无疑了。

因此，他严阵以待，作好一切准备，让露出的衬衫袖口长度合适，又在胸前的口袋里放了块白色的手帕。当查尔斯跟范·克莱利甘对嚷完了之后，罗先生轻轻地、非常礼貌地咳嗽了一声，不过查尔斯并未听见——相反，他注意到爱玛和莉娅都朝着那只笼子的方向看。

当罗先生发现自己引起了老板的注意,于是便尽情展示起自己的才能。

38

他不在乎她究竟有没有疯掉——他会照顾她,就像莉娅来了,包里只塞了件薄薄的夏装,他也会照顾她一样,就像他会给妈妈钞票,供养自己的孩子一样。作为一名施与者,他从中享受到无上的快乐。他能做到这一点简直是个奇迹。他,查尔斯·白杰瑞(一个不知道26个字母的顺序,一个丑陋、笨拙、羞怯、耳聋,而且罗圈腿的人)居然能够成为一个施与的人。

每次他威胁要喊医生来——他经常这么说——都不是因为她疯不疯癫,而是因为他觉得她是在嘲弄自己。她的眼神,鬼鬼祟祟,充满恶意,如同裹在一层薄薄的透明塑料纸里。

她让那个亚洲人待在笼子里的那天,他从她眼中看到的,正是这样的神情,或者也有可能是恐惧。

查尔斯靠在栏杆上,若有所思地看着罗先生,仿佛他不过是只新到的凤头鹦鹉一样,他试图判断他的反应,看看他会不会很快适应自己的笼子,或者会不会最终变得吵闹无比,遭到其他人的嫌恶。

罗先生给查尔斯鞠了个躬,除了祖父,他从未向谁如此深地鞠过躬。然后,他吟咏起一首崇高的诗歌,他记得不是很牢,他的妹妹很有学问,经常在客人面前背诵这首诗。(他是用汉语普通话背诵的。查尔斯·白杰瑞并未注意到这一错误。)最终,他翻了五个筋斗,本来他还想再翻一个,只是疏于练习,不翻也罢,免得丢脸。

"求你了。"罗先生一边说,一边极力克制着不要气喘吁吁。

查尔斯脑子里在想着自己从未想过的事,他甚至都不能承认自己想过这件事,但早自1943年,这件事便一直深深地刺痛着他。当他从乔治街那个狭小潮湿的教堂里走出来的时候,发现——是他怒不可遏的母亲提醒他——他的小儿子没有如他想的那样,叫迈克尔,而是叫西斯奥。现在,6年过去了,他将儿子与笼子里的这个人一点一点地进行了比较。他很快发现，此人同自己的儿子没有任何相像之处。他的眼睛是圆的，不是杏仁型的，而且深陷眼窝之中。

看到老板脸上若有所思的表情，罗先生意识到自己的工作还不是很有把握。于是他又唱起了一首从奶奶那儿学来的短小而又哀伤的歌曲。查尔斯听出了歌曲中饱含的忧伤，既感动，又觉得恶心。他绕着长廊的栏杆走了一圈，不忍看着一个人像猴子似的在笼子里表演。

当初定做笼子的时候，他要求笼子的门做得跟正常的房门一样大，这样的话他能很容易进去。不过，他发现，要对付手脚灵敏的吊在笼子顶部的栅栏上的罗先生，仍旧不是件容易的事。

"拜托，"查尔斯说，"我不能让你待在这儿。"

尽管这一切都发生在北侧，但是位于南侧的莉娅还是从爱玛嘴里榨出了罗先生的真实故事——当查尔斯待在笼子里，罗先生吊在笼子顶上，双臂酸痛——莉娅跑过来，告诉了他事情的来龙去脉。她说，罗先生希望留在澳大利亚。考虑到罗先生的肤色和他眼睛的形状，澳大利亚政府不希望他留下。他们让他参加埃贡·基尔西曾经参加过的那种邪恶的听写测试，尽管用的是荷兰语而非盖尔语，总之他们不希望他留下。错在他们。不能怪罗先生。

这个观点让查尔斯有点茫然无措。首先，他对法律有着过度的崇敬，这一定是——没有其他解释——从那个罗利人处学来的，那家伙没能将他从娘胎里堕掉，反而照顾他好多年。

其次，他对莉娅·戈德斯坦的坚定立场有着无比的尊敬。

他知道，每个人都在看着自己。莉娅说必须收留罗先生。他的妻子沿着栏杆慢慢地挪到了自己身边。有个海关的人——一个政府官员——正等在他楼下的办公室，前来"了解一点经营活动"，尽管他没什么需要遮掩，但他还是感到害怕，现在更是因为在这名官员头顶上进行的非法活动而感到双倍的恐惧。他不想惹麻烦。他开始出汗，能感觉到自己喷了防臭剂的腋窝开始往外冒汗。

"也许，"罗先生说，他感觉自己已经无法再继续吊下去了，"你觉得我是想要钱。我不要钱。"尽管他对自己涉及的这件事感到极为害怕，但他现在已经丧失思考能力了。要是能有一个晚上的踏实睡眠，不用担心被抓，该有多好啊。

"不行。"查尔斯说。

罗先生精疲力竭地掉下来,看着手掌上笼子的铁条勒出的疼痛的印子。他的手曾经是如此绵软,让他引以为豪,然而现在,他的手变得粗糙,长满老茧,长指甲也折断了,正如算命先生说的那样——"行厄运,遭大难,必富贵。"

笼子里很局促。罗先生喜欢吃大蒜,查尔斯却很排斥,所以——尽管他不愿意——他还是退了出来,和莉娅、爱玛还有西斯奥站在一起,看着里面。

尽管已经疲乏至极,但罗先生还是竭尽全力地翻了个筋斗。

"让他留下吧。"爱玛说。当然,她只是在嗓子眼里嘟囔了一下,但她丈夫知道她是什么意思。他转过头来,看着妻子的眼睛,心里在问:"你爱我吗?"

仿佛是为了回答他的疑问,她松开手里抓着的那串珍珠,抚摸了一下他的袖子,这是她的一个习惯,尽管极为克制——没有身体接触,也不会使多大劲儿——却传递出她最温柔的情感。

"这样不合适。"查尔斯说。当他看到她用同样的手法抚摸巨蜥——没有人能做到——它的双阴茎从包皮中伸了出来,苍白而尖锐,他的语气也是一样的。他这么说,好像是在被动地等待,等待有人反驳他,告诉他这样完全合适。

"一点隐私都没有了,"他哀求道,"要是他强奸你怎么办?"

"你把我锁起来。"罗先生说。"求你了。"他关上门,用他绵柔细长的双手模仿一个挂锁的动作。

查尔斯倒真想在罗先生示意的位置扣上一把大锁。不过他也觉得将一个人锁起来的主意不可接受。所以,他站在那儿,看着那个船舶设计师的双手,在人道主义和嫉妒心之间挣扎。

最终,他袖子上温柔的压力获得了胜利,罗先生非但获准留下,而且用不着上锁。

你会明白,那天晚上——后来他起来得更早——查尔斯如何穿着袜子,蹑手蹑脚地溜出自己的房间,小心翼翼地走在抛光的地板上,以免碰到亨利的麦卡诺玩具,或撞在乔治的轻便发动机上。他屏住呼吸,还在晨衣的口袋里揣了个手电筒。他来到罗先生的笼子前,打开手电筒。罗先生正和衣躺在那里,睁着黑眼睛,并未睡去。

最终发现,罗先生是个地地道道的绅士。每天晚上他都放下粉红色的活动百叶窗，这样女士们可以自如地换衣服，而且每天早上拉起帘子之前，他都会轻咳一声，以征得她们的同意。

查尔斯平静下来之后，他让亨利·罗替他设计阿尔蒂摩仓库新的装货码头。但这个任务并未妨碍罗先生娱乐顾客——如同往常一样，他们还是会遛上四楼的长廊。

到我见到他的时候，他已经可以连翻三个完美的筋斗了。

39

后来，当我的孙子周游世界，他也曾经历了我在宠物店楼梯上所感受到的一切。我有一种感觉，仿佛置身于一个美景之中，每一个边角都是那么锐利，每一种色彩都那么绚烂，透过大大的天窗上仔细清洗过的玻璃，看着这一切；倘若我坐在屋顶上，如一个大堡礁的游客坐在一条玻璃底的船上，低头看着整个世界，恐怕我也绝对不会看到更加引人入胜、更加不可思议的景致了。

我无法将儿子的生意与莉娅的谎言分开。我不知道从哪里，一个结束了，而另一个则开始了。我不住地颤抖，我的刀片贴在腿上，手里拿着帽子。好吧，好吧，我来这里是希望他们收留我的，我本该将刀片扔了，我连着试了两次，在一个楼梯平台处蹲下身子，假装重新系一下鞋带，可不是被几个穿着笨重的靴子的男孩子打断，就是受几个后兜里塞着小人书的十几岁的傻瓜干扰。所以我只好将刀片留在原处，尽管它勒得实在有点紧。我溜达到底层，对自己没有费点心思给儿子写写信感到由衷的遗憾。

站在底层，我抬起头，想瞄一眼四楼的长廊，看看是否能够一窥那里住宿的条件究竟如何，但是长廊太深，天井太窄，所以什么也看不到。我真应该给他写信。我经常在脑子里给他写信，滔滔不绝，充满爱意，但是，当我坐下来，准备将它们写出来的时候，我的手便会变得又冷又干，要写的话一句也写不出来。现在,我只能离开了——这才是合理的选择——偷偷溜到卧龙岗①去,从那儿开始给他写信,如果必要的话,等上一年,直到孩子邀请我过来一起生活。然而,即便筹划着如此精细的计划,我的手也不住地颤抖。我走到街上,让自己平静下来。我让自己的注意力集中在玻璃窗中那只可爱的有着粉红色鼻子的小袋鼠。正是那时候,我意识到,白杰瑞宠物店已经参与到汽车行业所谓的"联合促销"之中,整个橱窗就是一面新式霍顿汽车的广告,小袋鼠们脚下的假花地图也标有这样的文字:"澳大利亚人自己的汽车。"

真是胡说八道。这些汽车与其说是澳大利亚的,还不如说是麦克阿瑟将军的,尽管是通用汽车而非麦克阿瑟让政府干起了清洁工的活计。交易非常简单,通用汽车允许澳大利亚政府提供所需资金。作为回报,澳大利亚政府允许通用汽车将全部利润汇回国内。

12年前,这样的欺诈可能会让我格外的兴奋,然而现在,我要从M·V·安德森的角度来看这个问题,并且指出,这并非什么新玩意儿,不过是在自欺欺人的老把戏里面新增一点元素而已。作为知识分子就好在这儿。它让人冷静。我丝毫不觉得生气。一点儿也不。我希望查尔斯为此获得了良好的回报,而且,尽管我头顶的天朗扩音器正播放着卢·托庞诺和他的名望乐队唱的《用我的霍顿载着你》②,但我一点儿也不觉得受到了冒犯。

我将刀片绑得太紧,很不舒服,于是我停下脚步,试图将它稍稍扯松一点,但没什么用。正是那时,我发现自己置身于一群喋喋不休地争论着一辆汽车的人中间。他们蹲在那里,领带尾巴拖在裤脚边上。其中一人便是我的儿子,查尔斯·白杰瑞。

他的西服是丝绸的,泛着丝绸特有的光泽,但仍然掩盖不了他格外高大的身躯。那顶宽边的美国佬帽子,也不能将他的头全部遮住,让他粗鲁的脑袋稍微显得温和一点。他粗壮的脖颈,突出的下巴,还有那张嘴,总容易让人误以为他是个残忍的家伙。

我盯着他看了一会儿,真为他感到骄傲,尽管对他的大嗓门颇感恼火,

---

① 位于悉尼东南部大约八十千米的一个卫星城。
② Holding you in my Holden, 此处类似汉语中的押韵。

同时也为自己身上这件已经穿了15年、皱巴巴的破衣服感到难为情。我在兰金·唐斯瘦了很多。我的衬衫太大了,松弛的脖子周围,领口松松垮垮。简而言之,我看起来就是个窝囊废。

他们正在争论的汽车是C. 白杰瑞先生的。那是辆霍顿牌汽车,霍顿汽车公司生产的首批汽车之一。它线条流畅,每一处都很圆润,像是一辆浓缩的雪佛兰,在皮特街明亮的灰色光线里,弧形车身散发着诱人的光芒。它是如此不真实,像是从文字里走出来的一般。它像一颗珍珠一样泛着光,连我也忍不住绕着它看了一圈,感到自己的手几乎违背自己的意志,也伸出去摸了摸它。

这些争论不休的人要么愤世嫉俗,要么天真烂漫,有些则两者兼具,但他们又装作很理性。不过,他们全都被这辆车给深深迷住了,根本未曾面对真正的问题,而只关注诸如这辆车有没有底盘这样无关紧要的小事,说是得在车后放一包磷肥压压重,如此才便于驾控。有的说它很丑,有的说它很漂亮,其他人则说它跟张"薄铁皮似的",轻轻拍一下就会瘪下去。但没有人怀疑这是辆澳大利亚人自己的汽车,而且不管他们说什么,都不能对查尔斯的兴奋劲儿稍有影响。他双手深深插在口袋里,晃动着钥匙串,颠着脚后跟,上上下下看着繁忙的街道,冲一个路过的朋友挥挥手,宣称今天对于澳大利亚来说是了不起的日子。

我本该按照计划,登上前往卧龙岗的汽车。但是,见到儿子,我感觉自己的头脑一片混乱。我拎着一个用绳子捆着的破旧行李箱,来到一个陌生城市拥挤的站台上。我被着急的旅客们推来搡去,又被搬运工撞得东倒西歪,而内心深处,我在担心车票究竟是在皮夹里还是在裤子的表袋里,而事实上两个地方都没有。

在我尚未意识到的时候,我已经朝他伸出了手。一开始他以为我是个祝贺他的陌生人。他握了握我的手,一边回头冲另外一个人叫嚷着。

"查尔斯,"我说,"我是爸爸。"我不知道将我情感的包袱捆绑在一起的绳索有着其脆弱之处,因为,在那儿,就在皮特街上,这该死的玩意儿断了,我所有的一切全都奔涌而出,绞在一起的睡裤、臭袜子、情书、卫生卷纸,还有破旧的丝袜。我将儿子搂在怀里,冲着他聋了的耳朵号啕大哭。我发誓我不喜欢抱男人。在此之前,我从未搂过别的男人。但我将我的孩子,查尔斯·白杰瑞搂在怀里,就在悉尼的皮特街上,吓得他魂飞魄散,直到他意识到我到底是谁才缓过神来。

那天很暖和,但我一直打着冷战。我开始为他耳朵里塞的按钮道歉。不要傻笑——我是发自内心的——你真该看看,那一大块丑陋的胶木从他耳孔里伸出来。他那么年轻,不该承受这一切。

查尔斯对道歉不感兴趣,见到我他非常开心。

"你看过店了吗?"他用胳膊肘引着我参观他的宠物店。门又大又结实。一切都那么沉稳可靠,没有任何东西在颤抖,也没有任何东西消失不见。倘若这些全都是莉娅编造出来的,那只能说她干得实在太棒了,简直像真的一样坚固结实。"哎呀,真是太好了。我一直想着你能来看一看。我一直在想你会怎么想。现在你果然来了,我简直不敢相信。"

他带着我在店里转了转,将我介绍给他的员工,告诉我他们每一个人的名字,向我解释那只挖蓝宝石的鸟是怎么回事,给了我好多杯垫,一点儿也不觉得我不合身的衣衫或脸上的泪痕让他丢脸。他将我带进一座大笼子里,里面满是木料、蕨草、流水,笼子深处,他给我看了一只自己孵化的雌琴鸟。它正在筑巢,他说,准备交配了。他很高兴,因为这意味着他将它照顾得很好,但他又很难过,因为没有雄琴鸟供它交配。

你可以感觉到这孩子身上有着无尽的温情,连我也深受感染。一只园丁鸟停在我的肩膀上,有好一会儿,我几乎觉得自己也是个和善的人。

在第三层长廊,我们遇到一个从秣市街进口种子的人,他想坐坐查尔斯的那辆霍顿车兜风。所以我们全都噔噔地走下宽阔的木楼梯——楼梯颜色很浅,中间的楼梯板已经磨损,边缘则呈黑色——像一群夏日午后提前放学的小学生一样,手里拿着泳衣,脖子上搭着毛巾,叽叽喳喳,吵吵闹闹。24小时前,我还在兰金·唐斯女王监狱。

走到前台的时候,查尔斯记起了他的家人,于是打发一个干瘦的小家伙去带"他们"下楼来。我从没想到莉娅就在楼上。我一直想将绑在腿上的刀片扔了,但查尔斯希望我上车。他的鸟食供应商也一起来了。我坐在中间,供应商则坐在靠窗的座位上。现在,感谢上帝,我可以将领带解开了。我的同伴对我的动作非常感兴趣,所以我仅仅将领带松开。不管怎样,那把刀对我来说已经没什么用处了。我正筹划着我的计划,如何让他们收留我。

这件事实在太重要了,绝不可冒任何风险,任由人类多变的情感来摆布

40

罗先生没有告诉任何人,他多么想像个自由人一样,漫步在悉尼的街头,尤其遇到这样的天气,他的这个念头最为强烈——2月里,灰白的天,热气腾腾,潮湿的空气和漫天的云彩让他想起槟城①,想起那些周日,你可以跟老妈妈,她的妹妹们,还有世故的姐夫一道,漫步在海防堤畔,老妈妈一直轻摇着扇子——她轻摇扇子的声音仿佛就在耳边,像是一口钟的嘀嗒声——而他,罗先生,总是会给他们买那种裹在香蕉叶里小糯米糕吃,尽管他是个穷学生,比其他人都寒酸。

他会死去,再也见不到槟城,除非变成一个鬼魂,沿着海防堤,四处寻找那个卖糍粑的小贩——他早已回家上床睡觉了。

但罗先生不会多想。他尽可能保持乐观的心态。他梦见的,不是槟城,而是近在咫尺、更有可能达到的悉尼的街道。同样的,当他获邀一起乘坐查尔斯的新车去兜风的时候,他礼貌地谢绝了。

"我留守,"他说,很高兴自己居然讲了一句地道的英语,"拜托了。"

他们不想再劝他了。他看着莉娅戴上了她白色的大帽子,费力地穿上鞋。他看到爱玛又给自己的脸上补了补妆,而小西斯奥,他的好朋友——他经常讲鬼故事逗他玩,给他唱老妈妈的歌——捡起他最喜欢的玩具,塞进已经鼓鼓囊囊的口袋里。

罗先生笑了笑,展现给他们的,永远是一张无限快乐的面孔,而当他们关上身后的门,他仔细将其锁上之后,不禁长叹一口气,与此同时,他的眼睛也立刻失去了它们极具欺骗性的光芒,如同从销赃的黑市上买来的廉价饰品,还

---

① 位于马来西亚,是个富有19世纪殖民地色彩的城市,满街都是各式英殖民古建筑,又名乔治城。

没到家便在包装里失去了光泽。

一次,仅有一次,他冒险到街上走了走。但他仅仅走了一个街区,便被自己的致命弱点——非法移民的身份——所击倒。万一遇到盘查,他身上没有任何能够保护自己的东西,政府官员,驱逐出境,然后被关进槟城的监狱,最终应征入伍,在丛林里清剿共产分子。

于是,他退了回去,安心待在笼子里,再也没有试图出过门,尽管内心深处,他对自己与世隔绝感到难过,同时又对被迫进入外面的世界感到恐惧。

罗先生是个非常聪明的年轻人。所有曾经教授过他的老师都夸过他理解能力超群,而且勤奋过人。任何事情你都用不着费口舌给他解释两遍。尽管如此,眼下的处境,连他也无法理解自己怎么就获准留了下来,他在白杰瑞先生的生意中,究竟发挥什么样的作用。他曾经问过,而且也得到了回答,但他仍旧无法理解,不过他表现得好像明白了一样,就像他还是个孩子的时候,父亲还在世,带着他去钓鱼。他还太小,根本不明白钓鱼是怎么回事,但他也学着父亲和叔叔的样子。他们轻轻晃动鱼线的时候,他也有样学样地晃动鱼线。他们换鱼饵的时候,他也跟着换鱼饵。但他不明白其中的道理。现在,在白杰瑞先生的宠物店也是如此:他翻筋斗,说着不同的语言,但他翻着筋斗的时候常常会感到心里发慌,觉得自己的滑稽举动毫无意义。他不再以为自己会被卖掉。那个错觉持续不到一周时间,意识到这一点之后他轻松了很多,不过,他也梦想着有一天,有个漂亮的女士会穿门而入——就是不漂亮也没关系,甚至于,不再年轻也没什么——她会看到他:整洁,聪明,敏捷,她会无可救药地爱上他。她甚至不会留意到白杰瑞太太,即便看到了,也不会没礼貌地笑话她,或者对她指指点点。她会羞答答地站在那里,低眉顺眼,然后他会跟她说话。一开始,第一次来的时候,她不会回话,但她会再回来的,迟早会开口说话的。她会愿意嫁给他,当然他得先向她求婚才行。于是,他们会一起走在悉尼的街道上。他会给她买米糕,带有鲜红印子的米糕,裹在绿色的叶子里。

罗先生动手将椅子摆好。他将木椅腿做成的小巢拆开——那是西斯奥做的所谓"鬼笼子"——将它们沿着长廊的栏杆整齐地排好。这之后,他掏出手帕,将椅子上的灰尘掸掉,然后坐下来,乐观地想着心事。

41

　　我从来就不是一个擅长回忆过去的人。体验着过去与现在之间那种令人眼花缭乱的差别,你挥舞着胳膊,指甲划着如蛋壳般光滑的墙壁,跌跌撞撞,摇摇晃晃,一下子便仿佛回到20年前。

　　然而,在悉尼的那天,那个潮湿而又雾气蒸腾的一天,我呼吸着小男子汉们的汗臭味,纵身投入并且翱翔于时间的旋涡之中。

　　我遇见了那个疯女人。在西斯奥的眼睛里,我看到了我失踪的女儿,不管爱玛将他变成什么样子,但那种可爱的天性,那张漂亮的脸蛋,都如此相像,无论如何错不了。

　　估计查尔斯不止一次将我介绍给莉娅,但我的脑子里乱成一团,根本没听到。我没有认出她来,所以一直在想这个漂亮的女人为什么对我格外关注。

　　鸟食进口商是个大屁股,前排座位被他占去大半。我几乎转不了身子,挡住了查尔斯的后视镜。我们轰鸣着驶过乔治街,前往悉尼大桥。查尔斯大声说着这辆车的各种配置,对它的表现评头论足,加速,刹车,炫耀。他的车技并不比杰克·麦克格瑞斯强多少。

　　"妈妈在悉尼。"他大声说道。

　　"谁?"

　　"菲比,你老婆。我妈妈,也在悉尼。"

　　"哦。"我回答道。我不想听到任何有关老婆的消息。我被后排的那个漂亮女人所吸引。我想扭头看看她的无名指上有没有戴戒指,但鸟食进口商一直试图问我是干什么的,而查尔斯想要个硬币支付过桥费。我将手伸进口袋里,将2先令递给他,看着它稳当地落入收费员的手中,然后,我们疯了似的疾驰在那个丑陋不堪、被全澳大利亚人视为骄傲的钢结构大桥上,我想方设法摆脱了进口商的盘问,朝后转过身子,看着坐在后排上的那个女人。

　　想起当时的所作所为,我不禁要大声叹息一番。尽管挤得无法动弹,我还是冲她抬了抬帽子。"赫伯特·白杰瑞,"我说,"记得我们彼此还没介绍过。"

作为回报,我的脸上狠狠地挨了一拳。

42

莉娅·戈德斯坦有张可爱的脸。原本棱角分明的地方,现在已经变得光滑圆润了,如同一块光洁的鹅卵石,让你不禁想伸手摸一摸,当你真的将手搁在她脸上的时候,它会给你一种无以言表的舒适和幸福,惊叹于如此光滑温暖的石头,居然能与你窝起来的手掌吻合得如此天衣无缝。

我们坐在莫顿湾一棵无花果树下的阿盖尔石阶上——那棵无花果树直到今天还在那儿——我解开领带,将绑在腿上的刀片递给她。上帝啊,这刀片可真够难看的——兰金·唐斯造的东西,实在毫无优雅可言。我从未将原来的计划说出来,但我总是觉得她心里一清二楚。也许她从未明白,只是将其视为我所犯罪行的一个象征,就像监狱里渗透我的衣服和皮肤的霉味一样——这是后来她跟我说的——轻易便可以摆脱。无论怎样,那天下午,我们将那把刀扔进了达令港,我禁不住泪流满面,这是那天第四次掉眼泪,莉娅跟我一起抹眼泪,不过,也许她并不了解其中真意。以后我经常会想这件事。我在想自己是不是该说得更清楚点。当后来我们再次成为情侣,我会被这样的情景折磨得痛苦地呻吟。我会抚摸着她的乳房,感受着她可爱的轮廓,或者将头枕在她的胸脯上,倾听她心脏的跳动(那颗心,有着非常怪异的节奏),然后,想到那柄脏兮兮的、手柄上粘着破布与线头的钢刃。

我没有问她为什么那么长时间里一直对我撒谎。我只关心未来。我在阿盖尔石阶上解开衬衫扣子。我告诉你我是个爱慕虚荣的人,但我年事已高,不复当年,值得骄傲的东西越来越少了。我的背上曾被庸医们切开过,他们挖了半天也没找到所谓的肾结石,但他们给我造成的伤害,相比较于我自己装出来的所谓虚弱,简直不足一提。我让她看看我脖子上松弛的皮肤,以及曾经结实的肱二头肌,早已被我惯于撒谎的脑子里的酸水,巧妙地融化了。

我向上帝发誓我永远都无法理解莉娅对于皮肤的评判标准，因为她一点也没觉得我的皮肤有什么问题。她抚摸它，用她那双如同天鹅绒般柔软的猫眼看着我。她毫不畏惧，笑容满面。窄窄的石阶上面，有个锻铁阳台，一个老太太站在那里，也在笑着。她正在她的金丝雀和墙之间晾衣服，然后停下手中的活，嘴里叼着木夹子，笑容荡漾开来。

一旦皮肤不再成为问题，我们便重归旧好，继续向前。我的背痛得要命，但我谁也没说。我的两条腿自下而上，一阵阵刺痛，我的牙则持续隐隐作痛，像是隔壁房间传来的模模糊糊的谈话声。我抖擞精神，试图告诉自己，我还年轻。我稍稍抬起胳膊，想象着自己徜徉在邦迪海滩上。但想要蒙混过关没那么容易，所以我只好很快便承认我得暂时服会儿老，我跟不上身边这位舞蹈家的步子。

65岁的年纪，女人的眼中根本没有你了。你就是形同虚设。换言之，直到你手挽着一个迈着舞蹈家般轻快步伐的年轻女人走过乔治街，你才会从最初的形同虚设（啪嗒啪嗒响着）变得光彩夺目，用我的话来说，你就成了名人，芭蕾舞大师，画家，著名的建筑设计师，自由思想家，革命家，作曲家，有着权力和影响力的罪犯，可是，你再看看我，我只是赫伯特·白杰瑞，我曾经为自己的罗圈腿而深感自卑，而现在我想要的，无非是躺到床上，吃片阿司匹林，希望我的牙痛快点好起来。

我本该悄悄地退后，独自回到旅馆，翻翻未经审查的报纸，早早上床睡觉。可是，查尔斯正忙着替我安排接下来的生活。

43

在她50年的生活中，菲比从未为了钱而工作。她对此非但不感到羞耻，甚至颇引以为荣。毕竟，她将自己全部的生活都奉献给了艺术，至于钱，总归会从什么地方冒出来的。参观她那套小公寓的人，都会浏览一下它漂亮的墙壁，那些著名艺术家们的小作品，铺在地上的地毯，窗外的海港景致——感觉自己仿佛被无可奈何的妥协所包围，被那些为混饭吃而粗制滥造的所谓艺术品所包围，被报社的工作以及教育部令人不快的闲差所包围——他们不仅会嫉妒她，甚至对她感到钦佩。

她的诗，当然没什么名气，但战争结束的时候，她已经开始出版那本小杂志了——《马利之瓮》，杂志的名字取自当时文人骚客间流传的一个笑话，倘若你没明白其中奥义，也不用担心——它从来就没多可笑。时至今日，历史学家们提起那本杂志的时候，一副严肃的口吻。

有些人以为她继承了大笔财富，不过，但凡嗅到一丝丝这样的误解，菲比都要解释清楚——她妈妈给天主教会留了5座煤矿。想想看！那她的钱是从哪儿来的？一开始是从霍拉斯那儿，直到他的船在英吉利海峡被鱼雷击沉。也有一部分来自安奈特·戴维森，可能你以为她早过了那个年纪了，可她跟她的健身教练私奔到了珀斯——而且是在学期中间。她给菲比拍了封电报，说她死了，但所有人——甚至菲比——都知道这两个女人在尼德兰兹开了家"小得可怕的奶品点心铺"。

所以，最终只剩下查尔斯来赞助她的艺术了，而且对此他丝毫也不勉强，甚至乐得如此。你可以在他的宠物店（如果你愿意的话——不过很少有人愿意）买到《马利之瓮》——收银台上总是摆着一大摞子，而查尔斯有一整套那种绿色封皮的季刊，放在他有霉味的卧室里，失眠的晚上，他会拿出来翻一翻。

至此，一切似乎都很稳妥，直到我抵达悉尼的那天，查尔斯忽然决定他母亲应该住进宠物店的房子里来。对于这个想法，查尔斯兴奋不已，甚至等不及到晚餐时再说——他为我们安排了顿团圆饭。他给他妈妈打了个电话，直奔主题。

"离开我的房子？我那么可爱的房子？"

"妈妈，你那房子很贵的。"

"而且还要忍受他？"

"过来见见他吧。"查尔斯求道。

"哦，别担心，我会来见他的。但我不会离开我的房子。我拒绝，完全拒绝，查尔斯。我非常珍视我的独立。"

正是在那时候，查尔斯开始发脾气，对她所谓的"独立"说了些难听的话，把他妈妈吓得够呛。

44

在朋友中间,菲比并不刻薄,甚至恰恰相反。但是,1949年2月的那个晚上,当她走进海德公园饭店那个包间的时候,她作好了恶斗一场的准备。她正生儿子的气——此刻,他迈过俗不可耐的地毯,走过来迎接她——尽管如此,她还是亲了亲他被阳光晒得粗糙黝黑的脸颊,好像什么也没发生似的。她冲莉娅点了点头,尽管她从来都不喜欢她,然后冲爱玛笑了笑,试图表现得非常喜欢,同时又保持足够的距离,以免他们凑上来给自己温柔的吻。

所有人都站着,除了爱玛坐在桌子前。菲比注意到,她戴着圣诞节那天戴的同一串非常招摇的珍珠项链。而且,不知道是故意为之,还是因为疏忽——不是很清楚——她没有穿胸衣,圆滚滚的小腹自她丝质长外套的皮带下凸了出来,消失在绣花的裤腿间。

菲比接受了孙辈们的吻。没有人猜到她对这些嘴巴黏糊糊的人有多排斥。她看起来兴致很高。如同往常紧张焦虑的时候一样,她笑着,拿手护在嗓子眼上,朝屋子里那个地方看了过去——她的对手坐着的地方。

"赫伯特·白杰瑞,我猜你是。"她用久经威士忌熏陶的女中音说道。她又笑了,那顶小小的帽子上的羽毛如同瀑布般倾泻而下。

我站起身,朝她走了过去。

她胳膊下面夹着手袋,轻快地伸出手来。我握了握她的手,发现她满手都是汗。

"唔。"说着她又笑了。

我们孤立无援地站在包厢中间,铺着桌布的长桌子就在我们身旁,可以感觉到所有人都在看着我们。亨利目光精准,我感觉到他砰的一声坐在其中一把椅子上。之前我跟莉娅去喝了杯兰姆酒。她说那玩意儿对牙痛有好处,但我发现那是个错误。我已经开始将西斯奥叫成"索妮娅"了。

"你老了。"菲比说。

我极力克制，没有说她也老了。她精心敷上的粉丝毫不能掩饰脸上的细纹——那些细纹并非由于大笑或微笑所致，而是一张细密的网，仿佛覆盖在她上嘴唇如地图般纵横交错的皱纹上的河流。不过，她终于实现了自己的理想，成为了自己想要成为的人，无论是她的举止，还是她的口音，都已经看不出同杰克和莫莉有任何关系了。

一名侍者用托盘端来一些雪利酒。我可以再来杯兰姆酒，但还是忍住了。我将手插在旧西服黏糊糊的口袋里，无疑会造成一种效果，让菲比觉得很"熟悉"。她拿了杯雪利。孩子们说要柠檬汁，而我很庆幸自己不再是众人关注的焦点。亨利把尼基给掐哭了。西斯奥想要尿尿，查尔斯正在问侍者洗手间在哪儿。爱玛开始对莉娅喃喃低语——莉娅的脸被她精心妆饰过，有种洋娃娃式的美，这种美尽管与她的个性和我所喜欢的一切不相关，但还是让我皱巴巴的小鸡鸡活泛起来，它伸展开来，不再没精打采，像是躺在明早温柔和煦的阳光下，而不是缩在我幽暗不适的内裤里。

包间的窗户正对着伊丽莎白街，忽然间，燥热的夜晚充斥着汽车排气管的嘶吼、拖挡的声音，以及发动机特有的噼啪声——全都拜战时的劣质汽油所赐。我喜欢汽车尾气的味道，就像莉娅嗅着茉莉花一样大口地呼吸着这刺鼻的空气。

"我没什么恶意。"菲比说。

一句非常奇怪的话。我想看看她脸上的表情是否能与此相配，但她扭过头去，正在手袋里找什么东西——一个白色的信封，光滑，没有折痕，也没粘上粉。

当她再次抬起头，我还以为她被我给吓着了。她将信封递给我。我有点困惑，以为是一沓子钞票，补偿她从我这里偷去的飞机。我向她表示感谢，然后将信封塞进口袋。信封很厚，让人觉得很踏实，也许足够付我儿子的房租了。

"你知道吗，"她说，"我知道你是个重婚的人。"她一口气将杯子里的雪利酒喝完，然后四处张望，找服务生。服务生不在。她将玻璃杯放在桌子上。"你跟我结婚之前已经结婚了。你1917年10月15日在卡斯尔梅恩跟玛乔莉·撒切尔·威尔森结的婚，而且你们从来都没有离过婚。"

我什么也没说。

"所有的证据都在我手里。"她显得很开心。隔壁房间，一个小型的爵士歌舞乐团开始表演。我记得有萨克斯风，还有一个带美国口音的钢琴演奏者。

侍者进来将她的杯子重新斟满。"你就是把它给撕了也没关系,因为原件在我手上。一个对开的小本子,系着缎带,花了我40镑。但问题的关键在于,亲爱的赫伯特,我不会放弃我的公寓。"

我不知道她在说什么,尽管我清楚地记得玛乔莉·威尔森。她是个讨人喜欢的女人,我很抱歉自己离她而去,但问题不在于她,而在于她那个尖叫的妈妈——她成天都得对她妈妈点头哈腰,唯命是从。我没有吱声。我在想着玛乔莉,想着当初我们是如何被迫在洗衣房里行夫妻之事,如何轮流上阵,让那台吱嘎作响的脱水机一直转动不停的。

我的沉默似乎让菲比兴致更加高昂。

"如果你强迫我,我便指控你犯重婚罪,那样的话,我相信,我有权为各种事情起诉你。"

她再次放声大笑,让我想起她母亲有阵子觉得她脑子有什么地方出了问题,那时候在吉朗碰见她,发现她的行为举止完全失常,她勾起手指头,学会了一种软绵绵的口音,而且一恐惧便笑个没完没了。

我感到很麻木。我又要了杯雪利酒,想让自己变得更麻木一点。我的牙不痛了,我向菲比保证绝不给她添任何麻烦。我感到非常庆幸,自己已经不再像个年轻人那样,动不动就火冒三丈。

我在桌子前落座,冲涂着唇膏、看起来十分娇媚的莉娅眨了眨眼。她蹭了蹭我的小腿,温柔地笑了。我感觉一切尽在掌握。我尽可能少说话,但对每个人都礼貌地笑脸相迎。我问有关于他们的问题,一名老推销员的习惯就是要确保可能成为你主顾的人觉得你既有同情心,又很聪明。我不觉得围绕澳大利亚产的汽车会发生任何争执。而且我自己对这个话题毫无兴趣。我猜自己已经没什么激情了,剩下的除了要找个栖身的地方之外,便是身体的快乐。我不会让这两件事面临任何风险。我要和莉娅一道,住在儿子那幢棒极了的房子里。我要每天早上醒来,看一眼天窗,立马便知道今天是怎样的一天。

查尔斯坐在莉娅和将脸化得如瓷娃娃一般的妻子中间。当牡蛎壳被撤下去之后,他伸伸懒腰,打了个哈欠,然后将自己的长胳膊放在莉娅的椅背上,这个举动可能纯属偶然,但我觉得很不舒服。

"那么,爸爸。"他说。

坐在我右侧的菲比低声告诉我,他说话这么大声是因为他耳朵聋了。

"说来听听，爸爸。"他将胳膊从莉娅的椅背上拿开，身体前倾，一副专注的样子。"你还没说呢，你觉得霍顿汽车怎么样？"

他很在乎这辆车，我并非毫无感觉。我曾经就此详细地问过他。我本该仔细考虑这个问题，以应付当前的局面，但他并非表面上看起来的那么简单。

"跑得不错，"我说，"没开过的话，我不好作判断。"

"你可以根据一些事实作判断：它是辆澳大利亚生产的汽车。我在报纸上看到它的那天便想到了你。我在想，爸爸终于在有生之年看到自己的梦想成真了。一辆澳大利亚的汽车。他有没有跟你说过，妈妈？"他扭过头问菲比。菲比此刻已经感到烦不胜烦，对查尔斯乐颠颠地在同一张桌子上喊着"妈妈""爸爸"更是反感。"他有没有跟你说过他将一辆T型车扔在吉朗的盐滩上，掉头便走？我们小的时候，经常要他给我们讲这个故事。他可能跟我们讲过不下一百次。他……"

"吉朗根本就没有什么盐滩，"菲比说，"他在撒谎。"

"盐滩位于东宝良。"我说。

菲比打了个冷战。"一个可怕的地方。"

"离我遇见你的地方非常近。"

"我就是这个意思。"

莉娅是唯一一个笑出声的人。还是莉娅，在澳大利亚自己的汽车这个话题上，就澳大利亚政府与通用汽车达成的那项非同寻常的交易提出了自己的看法。她详加阐述，而菲比大声叹气，在椅子里如坐针毡。

烤牛肉上来了，有那么一会儿，谈话似乎会换个轻松一点的话题，但查尔斯可不想轻易放过。

"没错，"他一边用餐巾擦着叉子，一边说，"咱们有钱去做点事情。毫无疑问事情是这样的。"

"是的，亲爱的，"莉娅说，"那是我们的钱，但美国佬却拿走了所有利润。他们不愿意拿自己的钱冒险，因为我们有——或者他们觉得我们有——一个社会主义的政府。"

"谁又能指责他们呢？"我戴着羽毛的妻子说。她的声音不是很坚定，飘忽不定。

"对不起。"莉娅将叉子放回到盘子里，在椅子里坐直了身子。"对不起,不过我可以。"

菲比对莉娅视若无睹。(或许正是这一点激怒了我,但当时我并没这么觉得。)"我受不了他们说话的方式,"她说,"就是受不了他们发元音的那种调调。"

"相比较于英国佬,我更喜欢美国人,"查尔斯说,"他们一点儿都不傲慢。喏,你见过内森的……"

"不,不,"他妈妈用甜品匙敲着桌子说,"我不是指美国人。我是指工党。他们每个人都像鼻子被夹住了一样。"

"澳大利亚人就是这么说话的。"

"猪一样无知,"菲比说,"如果我是美国人,我也不会信任他们。他们说起话来像扒手似的。"

"再说一遍。"查尔斯说。他将助听器放在桌子上,支在德维特牌抗酸剂的蓝色盒子上——不管上哪儿吃饭,他都随身带着这个。

"他们就是小偷,扒手。"菲比嫌恶地看着儿子的新发明。"把它放到口袋里去,查尔斯。有点规矩。"

"放进去他就听不见了。"莉娅说,但查尔斯还是将助听器收了起来,尽管一副很受伤的样子。菲比冲莉娅笑了笑。她太过于有礼貌,叫她"左倾"分子实在有点开不了口。

与此同时,爱玛将西斯奥抱到腿上,喂他吃饭,尽管他已经5岁了,完全可以自己坐着吃饭了。爱玛没有加入争论,虽然不时地冲我笑一笑,偶尔我能听到她近乎听不见的低语。她将捣烂的食物喂到西斯奥漂亮的嘴里,而他黑色的眼睛滴溜溜转,机警地打量着我们。有一次,大家正在争论个没完的时候,他冲我咧嘴一笑,于是有那么一会儿,我什么都没有听到,像个坠入爱河的人一样也冲他笑了笑。我的一生愚蠢至极,临到老了终于拥有了一个真正的家庭。

"那么,爸爸,你觉得霍顿汽车怎么样,嗯?"

我耸了耸肩。我并非天生喜欢耸肩,但我希望不要说出什么伤人的话。

"快说。快说。"他再次将大猩猩一样的胳膊放在莉娅的椅背上,目光如注地看着我。

既然我已在兰金·唐斯学习了好多年,这个场合不是我计划中卖弄学识的地方。我想过那种平心静气的演说和对话,克制得如同茶杯轻轻地触碰在茶碟上。但我仍然以一种经过深思熟虑的方式回答儿子的问题，回避任何可能被视为个人观点的东西。

"我得说，"我对他说，"我们澳大利亚人是个胆小的民族，我们对自己没什么信心。"

正是从那时候起，麻烦才真正开始了。不是因为我的评论，我的评论很平和，很文明。出问题的是我儿子的反应。他放声大笑，如同他屁股下面的椅子在地板上拖出的声音一样刺耳。我觉得自己的火气直往上冒。我试图压住脾气，打定主意要住到他家里去，我不能——这次不行，求求上帝——拿着蛇在屋子里乱舞，像个年轻人一样头脑发热，大嚷大叫，将我想要的一切全都毁掉。

"你不相信我？"我平静地问道。我猜你会说我的笑容近乎扭曲，但我的眼睛，我能感觉到它们，尽管很小，但依然呈现出迷人的深紫罗兰色。

查尔斯再次大笑。

我没有发火，说话的态度依然讨人喜欢，声音很轻很温柔，他得再调整一下助听器，费点力气才能听到。"那么，为什么……"我说。

"声音大点。"

"那么，为什么，"我等他将助听器调整好，"我们那么容易上当受骗？为什么我们任由他们称它为'澳大利亚自己的汽车'？"

他不遵守规则。他根本就不懂得规则，这个该死的不学无术的家伙。

"因为它本来就是。"他用拳头擂着桌子，震得盘子随之乱跳。爱玛的眉毛拧成了一个结，耸起肩膀。莉娅盯着桌布。菲比正检查别在胸前的一块小巧的怀表。而两个大点的孩子，两个还在当学徒的笨蛋，扬起他们死鱼似的眼睛，看向前方。

"不。"我说。我仍然很平静。"这不过是个谎言。可耻的是，这不是我们的谎言，是他们的。"

"你爸爸，"莉娅说，"所说的'谎言'，其实意思有点特别。"她又在桌子下面碰了碰我的腿，让我想起我们喝着班达伯格朗姆酒时温柔的对话。

"'谎言'有好几个意思，"菲比说，口气像个语言学专家，"但'说谎的人'只有一个意思。"

"谎言，"我说，"就是此刻你说的与事实不符的事情。"

我看到莉娅的笑——笑容蔓延到眼角，又弥漫到整张面孔，仿佛是羞红了脸。

"比如说？"我的儿子不肯善罢甘休。

我跟我的咸味酱瓶子待在一起太长时间，已经不觉得它里面装的东西令人恶心了。它常常令人害怕，但多数时候它会让我想起自己想象力之微不足道——因为我一点儿也不怀疑，正是想象力主宰着瓶子里的东西。我能想到的，无非是什么疙子、小鱼，然后——过上一周或两周——再变成一只小小的猎狐犬（仅仅半英寸长），并最终变成某种类似花椰菜的东西。即便疯子似的莫兰也能从中看出天使来。

"比如说？"我的儿子不依不饶。

当我将那个瓶子放到桌子上的时候，我是想强调我们是多么缺乏勇气，缺乏想象力。对于我来说，这一点再明白不过了，用不着多作解释。

"这就是很好的例子。"我说。

但他们看到的，不过是一只浮在瓶子里的断指而已。

爱玛一把将它抢了过去，但最终还是落到查尔斯手里。他嫌恶地看着我，但在这场争论中，我已经远远地将他们抛在了身后，实在不屑于退回来给这些迟钝的人作任何解释。

"这是什么玩意儿？"

"只要你够勇敢，你可以将它想象成任何东西。"

"我不明白你是什么意思！"查尔斯咆哮道。

"我也不明白你是什么意思，笨蛋。"（我还是搞砸了。妈的，没用的家伙。太糟糕了。）"你怎么能将自己的店变成美国佬玩牌的狂欢聚会？澳大利亚人自己的汽车！狗屁，孩子。你被人给狠狠地涮了。"

"我没有被涮，爸爸。是我涮了别人。我比你成功得多。是你撒谎，是你欺骗，是你开空头支票。你从来就没有抚养我们。跟你在一起的时候，我们没有衣裳，又冻又饥饿。现在看看你自己。看看你们。上帝啊，你们简直令我生气。对不气，莉娅，但这是真的。我养着你们。是我给你们吃的，你，你，你，还有你。你们是我的牵挂，是我的责任，你们中没有一个人会稍微帮帮我。"他的嗓门变高了八度。"你们来到这里，带着你们的社会主义，你们的诗，你们的冷嘲热讽，还有这个，这个玩意儿，但实际上你们谁都没干什么。现实生活中，得有人去跟银行经理打交道。是我。我才是那个人。我是个生意人。那些年，爸爸，你说起来跟个生意人一样，但我现在看出来了，你连根生意人的鞋带都不配。你呻吟，抱怨，说英国佬和美国佬如何如何不好，但你从不做任何事。现在，你有胆批评起我的汽车来了。唔，那是我们的汽车。全世界再也没有别的车像它一样。俄国有吗？美国有吗？没有，它是我们的，是我们制造的。"

所有人都沉默不语，但查尔斯的愤怒——我很清楚这一点——仍未达到顶点，必须得做点什么，例如某件确切的事，才能让他的怒气。旗帜必须得插进雪地里。

"但是，"他一边说着，一边将手伸进上衣口袋，掏出一镑皱巴巴的钞票，"但是，为了证明你们都很独立，这是我的饭菜和格罗格酒的钱。我相信你们都能自己付账。把那玩意儿放下。"他对爱玛说，但他的妻子仿佛被咸味酱瓶子迷住了一般，当她丈夫推开椅子，踏着重重的步子下楼而去，消失在夜色之中，她甚至连头也没抬一下。

亨利和乔治僵直地坐在位置上。爱玛和西斯奥则忙着摆弄我的瓶子。

"好吧，"菲比欢快地说，"我也得走了。"她轻快地在我的脸颊上亲了一下，在谁也没来得及要她为自己的晚餐付账之前，戴上她黑色的羽毛帽子，同样消失在夜色之中。

我看起来一定痛苦不堪，因为莉娅一直在踢我的脚踝，而且冲我微笑。

"别担心，"她说，"他马上就会回来的。"

正如她所料，查尔斯很快便回来了。他走开的时间不长，绝不超过绕着街区兜一圈的时间，沿着卡斯尔雷街，拐到利物浦街，然后掉头回来。他走进包间，手里拿着帽子，肩膀紧绷，长长的胳膊紧紧地贴在身体两侧。我并不需要他的道歉。我觉得，即便我真的觉得他被美国佬给骗了，他也有权说刚刚那番话。我试图阻止他，但他坚持要说。他道歉的方式绝非言简意赅，而是没完没了，我只好听着。他已经习惯了：为自己不该受责备的事情道歉。我无法正视他的眼睛，只好盯着桌布。

"我希望你能留下来。"他说。

"哦，好的。"我说。

"不单单今天晚上。"

"谢谢。"

"而是一直留下来。"

就这样没完没了,我们就此打住吧。让我仅仅跟你说一下,我们很快便泪流满面——连莉娅也跟我们一样——很快我便走在悉尼温暖明亮的大街上,一只手搂着我的舞蹈家,另一只手搂着我温柔的儿子,朝着我的塔楼走去。你明白,这种情况下,一个中国人的断指很容易便溜出我的注意。

45

你,我亲爱的好管闲事的家伙,你已经知道四楼长廊上的生活究竟是何种光景,但对于我来说则完全出乎预料。

我儿子将他工作的地方装点得如同大教堂,因此,我以为他会住在宫殿一样的地方,而非监狱。很容易看得出来,为什么一个正常人会不愿意睡在这套所谓的公寓里,我的孩子(在他看来交配是件肮脏的事情,而我早已过了这个年纪了)替我搭了个床铺,随手铺了些孩子们的尿布和厚实的凫绒被,尽管晚上睡起来很暖和,但空气却令人窒息。整套公寓没有窗户,只有几扇狭小的不透光的天窗——只要看看墙上一道道水渍——我就知道每次下雨它都漏水。难怪他的孩子更愿意待在他们母亲周围。屋子里有股难闻的马肉和烂苹果的气味,两种味道弥漫开来,浸透到每件物品的表面,想用毯子捂住鼻子的人,一定会发现毯子也跟空气一个味道。

怎么能将这里同四楼长廊里开阔的视野相提并论呢?在那里,你可以抬头仰望,看着天空中或乌云密布,或一片令人炫目的湛蓝,你可以像个邮轮的头等舱乘客,靠在它油漆过的栏杆上,看着底层的顾客们稀奇古怪的表演。这里,有世界上最漂亮的鸟儿逗你开心,而在晚上,你可以通过一缸缸睡梦中的岩礁鱼类,进入深沉如绿水一般的睡梦之中。

然而,尽管穷尽了所有可能,四楼长廊上的生活方式没有任何我想象的诗意。就在那天上午,我还曾经站在楼下,伸长脖子,试图窥见其中的一鳞半爪。是的,我承认,一开始我感到非常失望,我不喜欢他们允许那只过于肥胖的巨蜥拖着它蜕皮的肚囊在地板上走来走去,这样一来,总会有人提醒你别踩着那讨厌的东西。爱玛试图让我拍拍它,但我只是碰了碰。

他们把这里整个变成了一个贫民窟。

没错,罗先生将自己的笼子收拾得很干净。还有莉娅也一样,她住在那个被拒绝的格栅里,一切都那么整洁,简朴。她有一把椅子,一张小桌,还有一张报纸上剪下来的我的照片,装在一个齐整的黑色镜框里,挂在墙上。但其他地方——你早就知道了——仿佛一个工具间,一个仓库,一个垃圾房,一个储藏室,坏了的玩具,空的炖锅,没人要的椅子,不再挂的帘子,绳子,钉子,妇女杂志,还有巨蜥吃剩的食物——尽管一直替它放着,但它早已不想再吃,只是每天上午躺在爱玛的笼子旁,沐浴在阳光的紫外线中。

当我看到四楼长廊的情况之后,我们的舞蹈家告诉我,我的脸色变得非常怪。她说我的皮肤先是紧绷,接着变得灰白,最后泛着苍白的光,仿佛涂上了一层蜡。毫无疑问,她说的是事实,但这种悲观情绪,这种打击,尽管非常自然,也不会持续太久。不到一分钟,我就想明白了应该做些什么,我该如何去做,我不生气,也不懊恼,倒是感到高兴,因为我又得到了一份工作,我可以如此轻松快速地向我的家人传递价值了。我并不像莉娅想象的那样,不喜欢与人搅和在一起。真正令我憎恨的,实际上是各种东西搅和在一起。仿佛是这些乱七八糟的东西主宰着一切。

进入卧室得先经过厨房——无论是宠物吃的,还是人吃的,全都在这里准备。那里没有像样的照明。喂食的桶糊满了打碎的鸡蛋。幸运的是,厨房和长廊之间的墙不是承重墙。我需要一把大锤才能将它敲开。与此同时,我还需要许多工具,还要一些粗锯硬木料。

所以,当儿子还在忙着让我不用和莉娅·戈德斯坦同挤一张床的时候,我对他的四楼长廊动起了脑筋。我非常优雅地谢谢他替我准备的床铺,为了我的假牙,我还接受了一把他借给我的牙刷。然后,我跟每个人道了晚安,还握了握两个大孩子的手,让最小的那个亲了亲我的脸颊。当我跟莉娅道晚安的时候,我冲她眨眨眼,咧嘴而笑,然后亲了亲她的鼻子。对查尔斯的安排,我们俩谁也没提出异议。

他们把我塞进这个洞里,关上了灯。我令人厌恶吗?不,我一点也不讨人厌。我扔掉那些毯子,拽了条潮乎乎的床单,蒙住耳朵和鼻子,静候睡意的到来。

　　身上的疼痛开始像乐队的不同声部，渐次响起。一开始是我的背如双簧管一般发出低沉地隆隆声，接着是我腿部坐骨神经如小提琴一般奏鸣。牙齿和肾脏则自顾自安排了属于它们的曲谱。面对如此的折磨，我只能一一承受。

　　我习惯了兰金·唐斯的棕垫。查尔斯替我准备的这张太小，也太软。我将它从床上拖下来，放在地上，但下面烂苹果的味道更浓，不管怎样，我的大脑无法停止转动。这一天发生了太多的事情，从监狱到重获自由，从谋杀到深爱，而现在，我躺在这间密不透风的房间的地板上，思考着拆墙的问题。

　　这个想法我并非立即想到的。我躺在那里，盯着墙看了一两个小时，可谓绞尽脑汁。麻布袋、锡铁皮、铁丝网等这些都派不上用场。用的材料必须轻薄而又讲究，有玻璃，有钢材，还得有游满鱼儿的墙。房间里没有铅笔。我在抽屉里找了找，但全都塞着袜子和成绩单。我套上又皱又黏的衬衫，上厨房去找支铅笔。透过厨房的窗户，可以看到长廊里的灯全都熄了。我不想引起他们的注意。我打开灯，然后迅速将其关上，不过没见到铅笔。不知踩在什么恶心的东西上了，没准只是颗葡萄——尽管如果你根据嗅觉来判断，你可能会觉得那是一只鱼肾或鱼眼睛。我能感觉到我的光脚丫子下面满是米粒和种子。

　　我溜出厨房门，来到长廊上。长廊上很安静，不过也充满了呼吸的气流。爱玛仰面躺着，鼾声最响，但每个人的声音我都能听到，包括孩子们温柔的呢喃。我来到栏杆前，抬头看着夜空。没有月亮，繁星满天。我可以辨认出银河系那令人炫目的星辰，于是我站在那里，伸长脖子，试图辨认出南十字星。可我无论如何都找不到，当然（哪个澳大利亚人又能找到呢？）那根本不是问题的关键，你应该明白，一个繁星满天的天窗可不是一个囚犯，即便是兰金·唐斯监狱的囚犯，能够经常见到的。于是我在自己的计划中又添加了一台望远镜。我得在四楼放个混凝土墩，不过可以做得美观大方些，我知道完全能做到。你可以想象一下，两个人，躺在床上，身子贴着身子，盯着土星一圈圈的光环，一边看，一边叹息。

　　尽管满脑子依然很动情地想着男女之事，但实际上我更多的心思已经放在拆墙重建上了，望远镜的混凝土墩放在什么位置，才能不至于破坏我如此喜欢的这片空旷的地方。

　　正如他们所说的，当莉娅·戈德斯坦的嘴唇离我的耳朵不到1英寸的距离，我的心思却远在10万8000英里之外。

"我有点偏心。"她说。

我们将会忘记她把我吓一大跳，忘记她让我的心狂蹦乱跳——所以有那么一会儿，它仿佛一辆在潮湿的角落里猛冲猛撞的汽车——而会记住我们温柔至极的吻，记住我们退回到我那间隐秘的房间里。

不过在这儿，我必须老实承认，我紧张得像个小男孩。我同样渴望这个时刻，但晚一点到来我丝毫不感到遗憾，当查尔斯带上小房间的门的时候，我毫无怨言，因为这样非常适合我。10年的牢狱生涯，不会增强一个人在这类细腻微妙的事情上的自信，尽管这期间，你可能花了很多时间思考它，到最后，即便利用剩下的断壁残垣都能盖得起一座宫殿了。我没有像莉娅以为的那样，主动去找她。倘若我知道她在等我，我会选择独自躺在地板上的床垫上。

一个囚犯的记忆会在瞬间将做爱转变成某种既甜蜜又粗鄙的东西，如挂在墙上的美女画像那么甜腻，又如握着鸡巴的双手那么粗糙，他所担心的，乃是他的精液会不会溅到衣服上，或者会不会射到水桶里去。我已经忘记了那种男女之间小小的亲密，那种我称之为厮混的渴望，那轻轻掐着我乳头和肚皮的细巧的手指，那一丛散发着洗发水香味的迷人的草丛下，流淌着的馥郁的麝香味的蜜糖，黑暗中（光明中也一样）的脸是如何随着情绪高低而不断变幻，还有，你以为自己太老了，有些话你以为早已说不出口，有些情感你以为早已枯竭，它们却从泥泞的地板上升起，如闪电，如香水，如酵母，如尿酸。当她弓起腰，用双腿将我的双腿紧紧夹住，我们纠缠在一起，如齿轮般咬合在一起，我的莉娅的眼睛是那么的大，那么的闪闪发光（如星云，如超新星），赫伯特·白杰瑞吃惊地发现，自己被一种无以言表的满足感所淹没，像一个骑在摇摆木马上的犯人，发出一连串的叹息。

46

赫伯特·白杰瑞躺在莉娅的臂弯里。她嗅到了兰金·唐斯那股霉味从他的皮肤里慢慢渗出,仿佛在清洁工的桶里浸了太长时间的旧抹布。他已沉沉睡去。

楼下,皮特街上,一名醉汉正没完没了地诅咒着夏日夜晚空无一人的街道。

赫伯特·白杰瑞开始打呼噜,声音很轻。她很抱歉没有将自己的想法准确地告诉他,没有用合适的方式说出来。她贬低了自己。这是个愚蠢的习惯。她对自己一周能挣10镑的能力满不在乎,好像这既易于获得,也不难维持。她跟他说写那些小说不过是体力劳动而已,话倒也没错,都是些女性小说,也确实是应女性杂志编辑们的要求而写。但她没有告诉他,这样持续的写作,就像每天在齐腿深的泥潭里跋涉。那些小说编辑既傲慢又愚蠢,觉得自己比读者高明。你写给他们的稿子,只能是他们期望的那样——将人性想象得很糟糕。

但是,她还是说服自己接受了这份工作,因为不管在哪儿都可以做,比如悉尼的某间咖啡馆,或者坐在贡迪温迪的路边。它提供的收入,加上赫伯特的养老金,他们便不用仰赖查尔斯的施舍过活了——他们用不着像罗先生那样,像只豢养的宠物。

她梦见了一道独特的风景:红色的道路横亘其间,山峦仿佛被切开了一般,满是深红色的沟渠,土黄色的岩石上,一道道凿岩机划出的长而直的印痕。或许有些不合常理,只有面对开阔的黄褐色海水环绕着的荒芜小镇——小镇四周有一圈新建的木栅围栏,你甚至能够嗅到栅栏的树汁味道——她才能获得灵魂的平静。置身于这样的风景之中,置身于这些道路边,她能感受到一种尖锐的、粗糙的、毫无美感的乐观情绪。这种感觉很幼稚,但也无所谓罪过,她还没来得及告诉他,但这是她内心真正的渴望。

她可以明天再告诉他,但今天晚上,此时此刻,她可以跟自己说点别的东西——她可以放纵自己讨厌这个宠物店的情绪。而且,确实,躺在这密不透风的黑暗之中,躺在地板上的床垫上,脸上还油腻腻地涂着化妆品,任由憎恨的涟漪,如同触电一般,传遍她的身体。

"我讨厌这个地方。"她说。她大声地说了出来,目的是让自己听见自己的所思所想,这样她就可以不再假装自己持相反的态度。

"叹气,"她低声说道,"叹气,L. 戈德斯坦。"

赫伯特翻过身来,平躺在床垫上,她顺势将胳膊从他身下抽了出来。她爱他,但她宁愿回去睡在自己的床上。这是个习惯,一个可能很自私的习惯。正是最后这个想法让她留下来,而且,她不希望伤害他。她给他盖上床单,然后弓着背坐在床垫边上。

她痛恨这样。她多么希望离开,这样明天才不会太快到来。她不想浪费自己生命中的又一刻时光,生命那条漂满了废弃物的河流——现在看起来是如此的伤感,如此的令人怜悯——对她来说,曾经是如此的重要。

他再也无法理解莉娅了。她喜欢查尔斯,在乎查尔斯,但她对于爱玛和她孩子们的情感是假的,她在自己脸上的化妆品中尝到了它们的味道。她曾替他们煮过乏味的饭菜,擦过鼻子,补过袜子,做过许多诸如此类他们似乎无能为力的小事。她已经接受了他们这种不需要动脑筋的平淡如水的生活,因为她不想一个人生活,也许,或者因为她无法向查尔斯解释,为什么自己想要摆脱他的照顾。

但她不再是个小姑娘了。她37岁,臀部下方有了皱纹,腰部也已经出现了一小圈赘肉。她已经37岁了,多数时候,她好像憎恨自己的生活一样挥霍它。

她闭上眼睛,开始在脑子里作画,这是她在邦迪的那些失眠之夜养成的习惯。她可以画出极为漂亮的作品来:库玛附近一条白色道路的拐角处扭曲的白桦,库伦烫脚的沙地上根根直立的黄褐色山龙眼树,杜拉一带灌木丛中的吉米百合花,如同长柄的烈焰武器,挑衅似的警告着入侵者。她看到霍克斯伯里的悬崖横卧在水中,一如半没在水里的背部长鳞的爬虫类的前爪。

"塞德沃瑟。"赫伯特·白杰瑞说。

她扭过头来。他也坐直了身子。

"什么?"她问道。

"塞——德。啊,哎哟,我都不会说。"然后,他放声大笑,又躺了下去,依然没有醒。

莉娅·戈德斯坦咯咯地笑了。

今天晚上,当他跟他天真的儿子大发脾气的时候,她是那么的开心。毕竟,她很开心能够再次看到她蓝眼睛的无赖和自信的男人,但更为重要的是,她很高兴看到他依然能够像那样在乎一件事,在乎到大发雷霆。

她心里在想,我终于做了件正确的事。

"你比从前和善多了,"她对那个睡梦中的男人说,"已经不再冷酷,不再暴戾。你能听到吗?"

"唔。"赫伯特·白杰瑞开始打起了呼噜。

"我爱你。"莉娅·戈德斯坦说。

她在黑暗中凑近脸去看他。他闭着眼睛,半张着嘴呼吸。"你睡着了,是吗?"

"我讨厌这个地方。"莉娅·戈德斯坦说。

47

也许你还记得我提起过南布卡的一个寡妇。我说她有个贝壳店,而我骑着自行车离开格拉夫顿,去向那个通用汽车经销商要份工作的时候,丢下的人便是她。

实际上那是个奶品点心店,但我一直喜欢贝壳店这个想法。我脑子里一直有一幅图画:各式奇形怪状的贝壳装在玻璃箱中,贝壳里面柔软,呈粉红色,一只只整齐地放在薄纸上。我一点也不介意自己动手清洗玻璃。我认识所有行驶在那条线路上的司机,他们中许多人都说如果有家这样的贝壳店的话,他们会停下来的,但我们一直未能认真考虑这件事。

我是1937年走进那家店的。当时我正替波特的生蚝养殖户工作,那个工作一年中大多数时间都令人愉快,但我并未获得成功。我脑子里没有任何打算,但我还是买了辆二手马尔文明星牌自行车,想着要一直骑着它上昆士兰去。除了后轮稍微有点变形之外,无论从哪个方面来说都是一辆很好的自行车。我在太阳升起的时候离开波特,在南布卡吃午饭,正是在那儿,我发现了谢尔的奶品点心店(尽管那时候它不叫这个名字),我放好自行车,走进去买了一个馅饼。

你知道那种地方的。店前面总有一小片黄色的石子地,还有一棵干胡椒树或一棵又粗又老的桉树。一条木头游廊,地板距离地面有几英尺高。木板有点儿腐烂了。当你走进店铺,总是会有一扇撕裂的纱门,门后有一串小小的铃铛。看看挂在走廊里的帘子,你会有种感觉,没准会遇见一位呼吸困难的大肚婆,或者一个弓腰驼背、额头正中间长着一个危险的胎记的女人。你看着斑斑点点的玻璃后面的甜品——塔赞果冻,油炸食品,甘草什锦,三种颜色的麝香棒糖，做出青蛙、娃娃还有桉树果实样子的冷点、软糖、点心等。它们摆在纸盒里的样子就让你觉得，吃了这些玩意儿很可能患上甲状腺肿痛、口腔溃疡、角膜白斑、痛风、走不稳路等病痛。

所以，当我听到谢尔走过来的声音——咔哒，咔哒，咔哒，咔哒——这不是一个这样的店铺该有的脚步声。我一听到她的声音，便知道她长得什么样——身材矮小，背阔腰圆，近乎可以说是肌肉发达，古铜色的皮肤，眼神灵动，只是四周已经布满了皱纹。她从帘子后面走了出来，脸上的妆倒是一丝不苟，长袜的线缝也是分毫不差，头发刚刚在M.唐纳利夫人——南布卡的理发师——的圆顶烫发机上打理过。她不太可能超过50岁。

我暂时放下了买馅饼的事，转而买了一瓶3便士的柠檬汽水，以便给自己一点时间来考虑这事儿。

我问她这店是不是她的。当她说是的时候，着实让我大感吃惊，因为这是间混混一辈子的店，而她看起来还不像行将就木的人。然后她跟我说起了死去的丈夫，我才明白过来。

喝完汽水，我又要了份草莓冰激凌苏打水。我跟她说她不属于这地方。我说得直截了当，尽管她没有抬头看我——她的胳膊深深地伸进了冰激凌桶里，使劲地拿勺子刮着，替我做冰激凌苏打水——我看得出来，听到我这么说她很开心。

"不，"她说，"我配得上一座红色的大宫殿，丝绸床单，还要有一个黑人小孩替我干家务活，帮我挠背。"她将刮冰激凌的勺子伸进玻璃杯里，舀了一勺草莓糖浆，洒在柠檬汽水里。苏打水在玻璃杯中冒着粉红色的泡，溅到了杯沿外。她涂着鲜红的指甲油，端着冒着粉红色泡泡的玻璃杯，看起来非常漂亮。

"确实如此。"我说。

倘若我留下来的话，我会将店面开得大一点，类似昆士兰的那些水果摊，或者像悉尼的奶品点心店一样，装上滑动门，而且开门营业之后，你的店门真的是开着的。你可以闻到海洋的气息，还有尘土的味道。你会感到生机勃勃，而非半死不活。

真相有时并无害处。我跟她说出了自己的想法，还给她画了一点草图，用的是一张包装纸，是她好心地从一条面包上撕下来的。

她从柜台上探出身子。她的身上有一种刚刚从理发店里出来的气息。"你的建议都很好,"她说,"但你忘记了刮西风。"

"你的店是朝东的。"

"原来如此。"她说,但她并未站直身子,或者将柜台揩干净,而是翘着手指,仔细研究起草图来,仿佛那是一幅路线图似的。"你是个手巧的人,对吧?"

她抬起头,我们彼此打量了一番。

"我在找住的地方,"我说,"给我一间屋子,一点生活费,这活我来替你干。我将非常乐意。到时候你可以在墙角放上成筐成筐的橘子……"

可以看得出来,我忽然提起橘子,或者也有可能是因为我说的数量,让她感到莫名其妙。

"还有海贝壳,"我说,"放在玻璃箱里,供游客欣赏、购买。但最主要的还是光线。都是因为那堵讨厌的墙让你的店如此令人难过。"

"哪儿去弄材料?"

"别担心。我会提供的。"

"得经过地方议会的批准才行。"

"你喜欢跳舞吗?"我问她。

"无所谓。"

"波特今天晚上有场舞会。"

"哦,是的。"

"愿意去吗?"

她嘟起嘴看着我。"怎么去呢?"

"我有辆自行车。"

她放声大笑。我也笑了。随便哪个傻瓜都看得出来,我们讨论的并非自行车。

"你得好好帮我打扮打扮。"她说。我一直喜欢眼周布满皱纹的女人。"帮我穿上跳舞裙,坐在你的车横杆上。"

"一定帮你打扮得漂漂亮亮的,"我说,"我非常乐意。"

"你觉得你能办到吗?"

"岂止是办得到。"

事实上,我也确实办到了。下午3点钟的时候,我们已经将她干净的床单弄得一团糟。我躺在那里,鼻子里有她的头发,想着如果将屋顶像雪貂箱子上面的舱口那样高高抬起,这屋子不知道要好多少倍。

谢尔是个好女人。她对生活充满了热情,任何事情都愿意去尝试一下。我们一起去打兔子,晚上去钓鱼,游泳,跳舞。我们在塔里赢得一个混合双打的银杯。她还喜欢弹钢琴和唱歌。

她不擅长烹饪,我也不擅长。我们吃肉馅饼、烤豆子,还有煎鸡蛋。她总是在睡觉的时候放屁。

我在鲍比·纳尔逊汽车修理厂找到了一份工作——他去开校车的时候,我替他操控水泵。这让我有足够的钱去买所需的材料,而且我很快就将店铺前面的那堵墙给拆了,装上了一道宽大的钢筋横梁。然后我自己动手,参照纳尔逊汽车修理厂的样式,做了几扇滑动门。这玩意儿比我想象的要贵很多,但谢尔将它们收拾得与众不同。让我感到开心的是,原本棺材似的闷罐终于打通了。我聪明地在店门前搭个帆布篷,将夏日上午的阳光挡在外面。然后我们开始采购水果蔬菜,然后一一堆在帆布篷下面。

我在高速公路的出入口都挂了几块牌子:"谢尔姑娘水果蔬菜店""谢尔姑娘冷饮店""谢尔姑娘茶馆"。

自然,没多久她就想跟我结婚了。对于这个想法,我并不反感,尽管之前我得先把几件事情处理掉,还得去将之前的结婚证给注销掉。我有种感觉,我想没准他们将我原来的结婚证给丢了,但事情并非如此。

但真正阻止我们结婚的,并非技术上的问题,而是一条狗。

倘若第一天便见到这条狗的话,我就不会花钱买什么柠檬汽水和冰激凌了。我肯定会吓得丢下帽子,顺着大路一溜烟逃走。但小鲁尼(是的,没错,名字随的米奇)当时正在兽医那儿,它患了皮肤病,毛被剃光了,全身涂着一种紫色的药酊。

我从来都不喜欢柯基犬。所以你可以想象一下我的感受,刚刚替自己找了个女人和房子,心里也作好了一番计划,却看到她将一条柯基犬抱在怀里。

我本打算跟鲁尼友好相处,但鲁尼对我却不这么想。它会冲我咆哮,如果我靠近的话,它还会龇牙咧嘴,摆出一副狰狞的面孔。他横卧在门口,当我从它身上迈过去的时候,它就放声狂叫。它一次也没咬过我,但它成功地让我的幸福感大打折扣。它会躺在角落里看着我。它有双疯狗似的眼睛,当我们做爱的时候,它就躺在梳妆台下面,叫唤个没完。

谢尔和我,简直是天生一对。除了鲁尼,我们在任何问题上都没有分歧。然而最糟糕的便是,她给这只小老鼠喂巧克力棒。看着简直叫人恶心。

"狗不吃巧克力。"

"鲁尼吃的。是不是,鲁尼?"

"会把它的牙给蛀了。"

"这是给它的奖励。"

"为什么?"

"这样可以鼓励它吃晚饭啊。"

"你用不着鼓励一只狗吃东西。它什么都吃。你看看它。"

"鲁尼需要鼓励。"

"它怎么知道?上帝啊,谢莉,它怎么知道你为什么要给它巧克力吃呢?"

"它知道的,是不是,宝贝?"

鲁尼扭过头来看着我。它试图逼视我,让我低头认输,倘若不是因为有更重要的事情要做,最终赢的肯定是我。

我做了些咨询,了解到柯基犬一般寿命是10到12年。只剩下8年时间了,我本该耐心点,等着它寿终正寝,但那时候我还年轻,对于时间有着年轻人的无知,所以我希望快点儿。我并没有真正采取什么行动,但我确实跟鲍比·纳尔逊讨论过这个问题。我让他会意到,倘若有人将鲁尼塞进糖果包装袋,扔到河口里去,我是不会介意的。这么做真是愚蠢至极,因为我说的话最终传到了谢尔那儿,她张牙舞爪地朝我扑了过来。

"我只是开玩笑,谢尔。我只是跟他开玩笑。"

"滚出去。"

我在那儿恰好待了6个月。我从壁炉架上拿下骑车时用的裤腿夹,将它们夹上。我还没有吃早餐,所以拿了个冰冷的馅饼。我骑上马尔文明星牌自行车,希望她会对我说回来吧,但她没有。她站在帆布雨篷的阴影里。那是个非常可爱的地方,凉爽,微风习习,你能闻到水和尘土的气息。她站在那里,抱着胳膊,鲁尼坐在她脚边。我不记得当时她脸上的表情,但我记得那条狗的眼神。我从未想过会在人的脸上看到那样的眼神,但那是另外一个故事了,我们马上就会说到。

48

再也没有比在墙上砸开一个洞更能让人们亮明自己的立场的事情了。你会发现，直到砖头真正落地之前，暂时还不会发生这种情况。你用手帕将鼻子包起来，以免将石灰吸进肺里，你挥动着12磅的锤子，一锤一锤地砸进砖头里，发出令人开心而又柔和的声响，你会发现人们围在你周围，七嘴八舌，每个人对你所做的事情都有自己的看法，有的说这样很危险，有的说这样是违法的，有的则说敲了之后更漂亮，而且总有另外一些人会担心因此带来的暂时而又琐碎的一点不便，比如说，他们坚持认为粉尘对一些鱼是有毒的。

你可以说我本该少管闲事，本该对头顶有片遮风挡雨的屋顶而感激涕零，庆幸自己没有成为达令赫斯特寄宿公寓那些沿着走廊蹒跚而行的穷光蛋。我当然很感激，但你要我怎么办？给国民托管组织打电话，让他们开张禁令，架起道警戒线，确保没人会动这房子一砖一瓦，更别提开扇窗户了，让臭袜子、烂苹果、腐败的马肉、切碎的肝脏等这些大杂烩的气味，仍旧像从前那样，永远在屋子里弥漫下去？你希望我坐在那里——置身于我新近刚刚获得的幸福之中——无聊至死？

当然不行。

你肯定希望我继续前进，只是要谨慎一点。你会建议我民主一点，去咨询一下那些先于我入住的人。你觉得这样可以避免盲目的热情和一时的狂热。

我自己也这么想过。我确实咨询过。但咨询会遇到很多困难。第一个，它需要人们对你所说的问题有鉴别力。他们可以给予你肯定的回答，但可能知其然而不知其所以然。还有一个前提便是，他们对于为什么选择这样的生活有自己的想法。所以，你跟他们想怎么讨论就怎么讨论，但结果不会有任何差别——当砖头碎落之时，认可还是不认可，早已预先注定。

第二个困难来自那些不会告诉你真实想法的人。莉娅就属于这一类。尽管她心里不这么认为，嘴上却告诉我没问题。她躲进自己小小的格栅箱子里，我怎么知道她豆大的泪珠吧嗒吧嗒地落在信纸上——后来她跟我说，当时我像个小军士长似的，绕着四楼长廊昂首阔步，无视罗先生的存在，讨好爱玛，还跑到楼下的店里去找儿子，我的狂热甚至吓到了店里的顾客。

年幼的西斯奥当然觉得整件事煞是有趣。他抓着我的手，跟我楼上楼下地跑（哎呀，真是好极了）。但年轻的亨利和乔治跟我不是一类人。我同样期待他们的友谊，但他们躲得远远的，两手紧紧地贴在身体两侧，目瞪瞪地看着我，那表情——倘若你不知道我要做的事情有多单纯——你没准会误以为是恐惧。你可能已看出他们的热情乃在于过正常的生活，他们想要的，便是瓦房顶，小窗户，上锁的门，修剪整齐的树篱，从不放屁的妻子，婚床上带花边的枕头。我要将墙砸开，把他们给吓坏了。他们看不出这一过程中的美妙之处——整个四楼都会像破旧的教堂一样灰尘密布，漂浮着微粒的阳光投射到天井之中，仿佛耶稣本人就站在天窗之上，你可能也知道——我真正感兴趣的是这扇天窗，不是厨房的墙。我并不是说厨房的墙最好不要拆掉。拆掉它非常重要。如果你愿意，你可以说砸掉这堵墙好比是序曲。关键在于——打开这堵墙必须得小心从事，慢慢来——你不会，从来都不会直接跳到演出的高潮部分。一个耐心的人会聪明地从打开一小扇窗户开始，然后再慢慢扩大。没有耐心的人则竭尽全力地让自己适应这堵墙。这会给居住者些许信心。他们会意识到自己之前一直住在一口棺材里，现在他们可以慢慢地伸伸腰，透透气了。到了这一步，你就能安全地开始讨论屋顶的问题了。相比较于一堵墙，屋顶是个更加触动情感的问题。比如说在南布卡，我刚刚提到这个问题，便被鲁尼打败了，只好灰溜溜地接受别人递过来的裤脚夹子。

所以对天窗的想法，我谁也没说，甚至连莉娅也没有。我想将屋顶全都给掀掉，在我们的头顶装上一套能像眼皮一样开合的装置。对于那些没受过什么教育的人来说，这个想法根本不现实，甚至可能很危险，所以我暂时只能藏在心里，拿着大锤四处转悠。

厨房的墙似乎不是承重墙。我去诺克&柯比商店买了根撬棍，没费多大劲儿就把窗户卸了下来。我接着又将门卸了下来，再将门框卸了下来。那么多年以来，我所从事的都是M·V.安德森式的活动，现在能够动手干活，实在是件令人开心的事。我又溜达到诺克&柯比商店，买了把新锯子。回来之后，我将厨房里那口陈旧的水槽拆了下来，又将水管堵上。天气很暖和，所以我一点儿也不着急。我随着孙子的步子，不紧不慢地走着，手里拿着帽子，胳膊下面夹着采购的各式工具。我冲员工们点头致意，不管碰到哪个新家庭成员的眼睛，我都会微笑以对。等到要砸墙的时候，我脱下外套，叠起来，放到莉娅的房间里。房间里光线幽暗。我没有发现她眼睛里布满了血丝。我提醒她说待会儿灰很大，她抬眼看了看我，我想，该是笑了笑吧。我并不知道她是位作家。如果她跟我说过的话，一定是我给忘了。

我动手砸墙的时候，正好上午11点整。我并没有像个年轻的傻子那样急于求成。我从现有的窗户着手。砖头都有些年头了，而且是手工做的，漂亮，松软，易碎。我慢慢将它们拿出来，最终在墙上形成了一个自然的梯形拱顶。中午的时候，我已经拆出一个12英尺宽的口子了。我正打算当天就到此为止，看看大家反应如何，莉娅蹑手蹑脚地走过来，对着我的耳朵大吼一声。

"蠢货，"她说，"你这个讨厌的蠢货。"

49

莉娅已经变得像个维多利亚时代小说中的老处女姨妈，总是气喘吁吁地楼上楼下跑个不停，第一个起床，最后一个睡下，有着永不枯竭的耐心和仁慈，谁都不把她当成一回事，谁都对她没有任何好奇心——除了她最为无关痛痒的抱负和希望，因为她从未流露过分毫。

但是，在静如止水的外表下面，她的内心深处一定潜流暗涌，雄心勃勃，然而却又轻率地、赌徒似的将自己的梦想足足推迟了10年。

那天上午，当我就砸墙的事情咨询她的时候，她的感觉有点像一个调整好步伐，准备参加跑步的人，当她发现原来的3000米被延长至1万米之后，便一步也坚持不下去了。她已经精疲力竭。

我问她怎么看待把墙砸掉的想法。

"哦，很好，"她说，"多好的想法啊。"

她走进自己格子房间。房里一侧靠墙放了张床垫，另一侧放了张桌子，显得很拥挤，但她已经习惯了。如同其他上午一样，她坐在桌子前，整理着手稿。她将昨天写的稿子拿出来，放在左肘边。眼泪止不住地掉下来，她用手擦了擦，仿佛这些眼泪是应该擦掉的错别字一样。

她听到罗先生正在外面跟人争辩。用不着去看她也知道。一定是第一次表演什么娱乐节目，但新鲜劲过了之后大家很快就腻烦了。罗先生每天上午都自娱自乐地在想象中打棒球。他的手里甚至连根球棒也没有。他会走到长廊的东头，正对着赫伯特·白杰瑞的那堵墙，站在他想象中的投手板上。没有真正的球棒倒并不是件坏事，否则他挥棒的时候一定会碰到后面的梯子。他从不会快速挥棒，相反，总是慢悠悠地，所以很难判断哪个是坏球，哪个又是好球。裁判员显然也很难判罚。罗先生总是跟他理论，对于一个安静、有礼貌的人来说，这样的争论凶悍得令人恐惧。罗先生怒吼着，又是跺脚，又是尖叫。莉娅不知道他在说什么，但这时候她总感觉自己与他是那么的近。

罗先生跟这里的所有东西一样。他为什么这么做很容易理解。一方面来看，这是完全理智而正常的，但有时候你又可以换一个角度来看，当你发现自己的生活已经变成这个样子的时候，你会感到深深的恐惧。

爱玛坐在笼子前的一张大扶手椅中，身子将椅子塞得满满的——她看起来就像海边露营地的一个胖女人。她的皮肤已经松弛，脸上显出长双下巴的趋势。她坐在那儿，俯身于分开的大腿之中，跟人在电话里聊天。她喜欢打电话。她妹妹送给她一本巴克斯·马什的电话簿，于是照着电话簿给大家打电话成了她的一大乐趣，尽管大多数人对于接到她的电话都吃惊不已。

莉娅点了根烟，静静地看着。她能听到我跟西斯奥说话的声音，但她刻意不去理会——那个绿头苍蝇似的嗡嗡声——看着爱玛在一个总是放在椅子旁边的大纸箱里翻找着什么。她刚刚挂断了今天的第一个电话，从箱子里拿出一根荧光粉色的卷发器，将自己黑色的直发熟练地卷了进去，然后夹上一个发夹，轻轻拍了拍。她的举止矫揉造作，有种愚蠢的虚荣。无论如何，那只是一种看问题的角度。换个角度，你也可以认为她就是一个交际花。

爱玛抬起眼，可能是冲她公公笑了笑，然后掩面退回自己的笼子，随身还将那个大纸箱拖了进去。她关上身后的门，坐在一张包着一层亮蓝色羔羊毛垫子的小凳子上。她不过是个穿着粉红色长衬裙的乡下胖女人而已。她有胖嘟嘟的肩膀和胖乎乎的胳膊。她的肚皮紧紧地绷着衬裙的缎子布料。她倾身向前，将脸紧贴在一小块剃须镜的玻璃上——镜子用一根蓝色的电线挂在墙上。

"是的，"莉娅·戈德斯坦心里想，"她就是个交际花。她不是世界上最美的女人，甚至也没有多聪明。然而，她的野心却非常特别——就是要被宠着，就是要被崇拜。她是个了不起的艺术家。她的丈夫除了渴望她的爱之外，可谓心无旁骛。倘若她长得漂亮，所有人都不难理解。她哪怕沐浴在驴奶之中，她的行为也将被视为完全正常。他们会为她鼓掌欢呼，为她写诗，唱赞歌，完全可以接受她成为丈夫的宠物。"

但对于她，对于莉娅·戈德斯坦来说，一辈子如此碌碌无为是不可接受的。如此没有尊严地被一个养宠物的人这样豢养着是不可接受的。她爱查尔斯，但对于她来说待在这里是不可接受的。然而，这个白痴，这个傻瓜，居然要替自己造一个家，从一个监狱跳进另一个监狱。

这是无法忍受的。

她坐在桌前，试图写作。她对自己的专业精神感到骄傲，不管身体好坏，她都能轻而易举地完成每天1000字左右的工作量。但她感到心中涌出一股巨大的怒火，因为她居然将10年光阴白白浪费于一个误解之上。

她站起身，无意说什么。但是，当她出现的时候，赫伯特·白杰瑞转过头来，笑脸相迎。他蓝色的眼睛看起来那么不真实，像是一个玩具娃娃的眼睛。

"你这个蠢货，"她说，"你这个白痴。你想成为一只宠物。"

"我老年的生活只能这样。"

"真恶心。什么老年生活啊。你只想躺在那儿，任由别人挠你的肚皮。"

"闭嘴。"

"宠物一个。"她说。

"为什么？这是我应得的。"

"那么生命的意义何在？"她哭嚷道。她放声痛哭，脸都扭曲了。泪如泉涌，溅落在她的脚背上。"那么生命的意义何在？我原本以为你充满了生命的激情。我总是对别人说，你的一个小指头"——她伸出一根小指头来，用另外一只手的食指比划着一点点粉红色的指尖——"所拥有的生命激情，比大多数人，大多数更有道德、更良善的人，比他们整个身体拥有的生命激情还要多。可是现在，看看你。"

没什么可说的。

她抬起脚，踢了块砖头。我猜她把脚给踢痛了，因为她的脚上除了一双蓝色的小拖鞋之外，什么也没穿。

"我们在一起待了五年时间，白杰瑞先生，打那以后，我便靠那段时间活着。它支撑着我。不只是你——别如此自以为是——而是那样的生活。那样的生活才是真正的生活。我去看望我的父亲，他的屋子令人压抑，死气沉沉，所以我只好读你写给我的信。你可以用我描述的那些城镇、街道，建造出一个国家来，甚至还是一个很好的国家，一个快乐的国度。那时候的我生机勃勃。"

"那么你想再去做一名舞女。"

"不要做一个聪明的笨蛋。"她说，但她已经不再叫喊，她的声音中充满了伤感。她揉了揉刚刚踢砖头的那只脚。

"好吧，你到底想要什么？"

她的肩膀无力地垂下，并不明显，也许不到1/4英寸，但这个动作是确切的，罗先生一定也注意到了，因为他不再盯着我们，而是回去继续玩他想象中的棒球游戏了，而我的儿媳妇——手里拿着粉扑，站在她的门口——冲我眨着眼睛。

尽管我的眼睛里满是汗水，但我能看出莉娅并不知道这一点。我觉得，她依然拥有她一直就拥有的东西——渴望。那很好，但并不能因此而责怪我。同样也是这一误解困扰了我一辈子。我想要的，无非是一个壁炉、一双拖鞋而已。然而女人们却看不出来，或者她们看出来了，却把头扭过去，假装没有看到。

"我们都将死去。"莉娅靠近我，柔声说道。

"那又怎样？"

"所以你刚离开一座监狱，又替自己建了另外一座。"

"那么你有什么好的建议呢？"

现在她离我很近，近到都能闻到她呼吸中依邦那牙膏的味道。"我宁愿脚上爬满水蛭。我宁愿在多里戈的大雾里忍受潮湿和阴冷。"

"你宁愿指甲扎进你的手里。"我说。

"闭嘴。"她嚷道。我以为她会给我一巴掌，或者啐我一口吐沫，但她扭头走开了。

爱玛，西斯奥，还有罗先生，全都从各自的角落里，目瞪口呆地看着她。

"都是些宠物，"她大喊道，"都是些蠢货。"

她转过身子，然后从我旁边擦过，下楼去了。

就在她一溜烟跑下楼去的当儿，忽然不知从什么地方传来细小的嗞嗞声，一种很轻微很迅速，如锯齿般参差不齐的声音，像是电流从一个表面传导至另外一个表面。

南墙上出现了一道细小的裂缝，然后，嗞嗞声穿过天花板。我懒得去管，又敲了些砖块，打算制造点更值得裂开的东西。

50

总会有人因为一道裂缝而惊慌失措。第二天一早，中国人便证明自己便是那个人。他将我拖出脏兮兮的卫生间（全都贴上了蓝色的层压板和铝边），让我去看我早已知道的东西。我相信你明白，我对很多事情很不耐烦，当罗先生让我注意墙上的裂缝时，不禁让我对他的人品产生了误解。他跟我说起罗伊·史崔特·乔伊斯，但我并没有问她到底是谁。对于一个外行来说，墙壁上的裂缝是件可怕的事，但对于我这样的人来说，它不过是一个建筑上的指示，远比任何一个绘图师的铅笔传递出的信息都更加准确。

我谢过罗先生，回到卫生间，将脸上的肥皂泡洗干净。

当我出来去找儿子的时候，罗先生又在玩他的棒球游戏了，而爱玛正往头发上夹新的卷发器。可以看到莉娅的格子房间里有一道亮光，但我没有进去。我到楼下儿子的办公室去找他。我没有告诉他裂缝的事，只是说需要一些钱去买更多的材料。他二话没说。他给我看一只刚刚孵出来的园丁鸟。我看他用一个滴眼药的滴管给它喂食，像给他闷闷不乐的儿子们梳理刚洗过的头发一样温柔。

直到乔丹兄弟公司的人将他们的滑轮组固定在钢筋屋顶桁架上的时候，查尔斯才警觉起来。他拿着个鸡蛋三明治，从办公室里走出来，正看到那个巨大的RSJ从宠物店的地上慢慢往上吊起。可能你不熟悉这玩意儿，RSJ，就是钢梁，一种辗钢工字梁。吊起来的这根钢梁长15英尺，高1英尺，宽4英寸，重达1吨。

我可以理解为什么查尔斯希望将顾客全都疏散出去。但他要将所有店员赶出去就完全没有必要了。倘若他没有让店员们身着统一服装，在皮特街上一字排开，报纸根本就不会大惊小怪，整个安装过程将会又快又安全。

我并不是说这是他的错。我的意思是发生这样的事纯属不幸。拍照的人希望要一张查尔斯骑在横梁上的照片，所以，原本快要安装到位的横梁只得重新放到地上，以便他能站上去。接着，他们又要我也站上去，站在他旁边。之后，查尔斯想跟他们介绍一下世界上最棒的宠物店，然而问题的关键在于，这得花很长时间。

当记者和摄像师走了之后，钢梁再次吊起。他们已将它吊至三楼了，正缓缓地漂亮至极地向四楼爬升。工头已经开始给绳子加压，好让它朝一侧转过来，他的伙伴则作好一切准备。这时候，整块天窗玻璃忽然裂开了，如同无数滴水珠在阳光中跌落，仿佛一串珍珠项链被一个大意的窃贼扔到了地上。顷刻之后——这个一闪而过的水晶吊灯——便传来一声尖利的碎裂声，如同一声鞭响（至少对我来说，这个声音是过了一会儿才听到的）。

乔丹兄弟公司的人工作非常出色。他们将钢梁转了个边，放了上去。不到一分钟的时间，他们便将屋顶架上的压力全都卸掉了，所以你会以为并未造成任何严重的损坏。

我没有时间去操心其他住客的感受。有太多的事要去做。我们将钢梁用螺栓固定好，就在我们快要结束的时候，我发现两边还得需要一些钢材，这样整个屋顶才撑得开来。围绕钱的问题有些争执。我想我不是个圆滑的人。争论最激烈的时候，我可能忘记了一开始这个想法是我提出来的。可能跟儿子说话的时候，我宣称是"你的这个计划"。

乔丹兄弟公司的人去取额外的钢材了，我背靠着罗先生的笼子，抬头看着天窗。令人眩晕的空气中，雷雨云自南方翻滚而来，在天空中形成一个巨大的云团。我得去租块防水布，但我自己没有钱。

我嗅到了身后的中国人，他正在洗衣服，熨衣服。

"罗伊·史崔特·乔伊斯。"他一边从笼子里走出来，一边说道，整洁得像个餐厅总管。

"对不起,你说什么?"我满手都是挥舞锤子磨出来的水泡,白色的衬衫也蹭满了钢梁上的锈迹。我看着罗先生,想着他是不是可以借我1镑?

"罗伊·史崔特·乔伊斯,"他说,"RSJ。"

"啊,你是说辗钢工字梁。"

"当然。"他说,我觉得有点唐突。他递给我一张名片。我尚未注意到开始下雨了,只是专注地听罗先生说话。他说他来悉尼只为一件事情,就是成为建设高层建筑的高手。他认为悉尼将会比槟城更早引进高层建筑,所以他的计划就是先在这里学习经验,等他们在槟城引入高层建筑之后便回家去。

雨滴打在我身上。我脑袋上全都是汗,雨滴打在上面很舒服,但我本应该去弄块防水布来。我让建筑师陪我下楼,从抽屉里拿了点钱。我给了他一些钱,足够买一个丁字尺,剩下的足够租防水布了。然后,因为我来不及跟他解释,所以只好跟他一道前往赛耶商店。我不想让他担心天窗,但他可以为住的地方出点力。我有个美妙的计划,我要建造一个墙壁全是鱼缸、正面是活动百叶窗的房间。差点就成功了。我们本来可以拥有光照,拥有四处走动的自由,拥有天空,拥有隐私,还有这个作品。我没有意识到他根本就没明白,他唯一想做的便是建高层建筑,而我却一个劲跟他说什么鱼。

但我犯了个更严重的错误,也就是说,我以为在重建这个问题上,我的顾客是我儿子。这不太正确。但是,当我跟罗先生一道冒着暴雨步行回到宠物店的时候,我还不知道这一点。我用市政厅的电话从乔丹兄弟公司那里租了防水布。当我走进宠物店的时候,心里已经在盘算着如果给鱼缸里加上水,会给四楼的长廊增加多少重量。

当莉娅冲我咧嘴而笑的时候,我知道一定发生了什么事。她站在栏杆边,抽着烟,手里还端着杯啤酒。直到我看见鲁尼的眼睛正在离她不到10码远的地方,我才知道究竟是什么改变了她。当然,这双眼睛长在爱玛·白杰瑞的脸上。

她张嘴大笑。我扬起了嘴角。我们之间用不着费太多口舌。

51

尽管各个方向都提供了足够的安全保障，但是，即便在它完好无损的时候，那个蛋壳状的屋顶有时也会令爱玛紧张得不知所措。听到噼啪一声开裂的声音，看到天花掉了下来，她吓得魂飞魄散，爬着下楼去找丈夫——她连站都站不起来了。

在她到达查尔斯办公室之前，早有员工来禀报，而查尔斯已经因为房子的状况而惶恐不安，赶紧冲到楼梯上去接她。

这些我一概不知道。我无法理解爱玛提出的要求，什么避难所、食物，还有保护，等等。楼梯上发生的事我全然不知。她已经将我打败，而我却还被蒙在鼓里。

那天晚上，我坐在厨房中间的碎石瓦砾之上，想着该如何将这些碎砖头运到楼下去。防水布像一只巨大的三角帆，在天窗上随风飘动。尽管风透过没有玻璃的地方吹进来，但一点儿也不令人讨厌——不过是海上吹来的空气和水雾——而且我也不觉得其他人会感到讨厌。我坐在那堆碎砖头上，一个吊着的灯泡在我头顶打转，如果你愿意的话，你可以听到那只衰老的巨蜥传来的回声，它躺在同样打着转的紫外线灯光下，只是在长廊的其他地方。

我所看到的一切，长廊，还有巨蜥头顶摇摆的灯光——为了防止佝偻病，必须让它接受这种治疗——都恰好被框在阶梯状的砖头拱洞里，同样被框住的，还有钢梁坚实的暗影。右手边，透过格栅，我能看到莉娅还在桌前工作。她被笼罩在月光般温暖的灯光里。我看到她放下手中的笔，理了理凌乱乌黑的头发。我仍然有种感觉，仿佛她在写信。当然，这就是各种计划的问题之所在，一开始，它们是幸福的源泉，而最终，你对这个带给你幸福的人却视若无睹。

我看不到爱玛，但我知道她将自己锁在了笼子里，不愿意理自己的丈夫。我看到他在她的笼子前来回踱步，一个劲地恳求她。她将几个孩子全都锁在里面,我想让他们出来,可以看见亨利黑色的不快乐的眼睛正盯着长廊。我冲他挥挥手,但他无动于衷。

罗先生则坐在他的绘图板前。

我坐在碎砖堆上,试图建一个简单的台阶。我捡起一块砖头,用指甲在上面胡乱地画着设计图。这时候,我发现砖头的一角有个拇指印。对于这个时代的砖头来说,这种情况极为常见——它们全都是由罪犯在砖厂烧制而成,但我从未如此受到触动。

我一边看着这个,一边想着一个人的拇指印被烧进一块砖头中,这时候,查尔斯顺着楼梯爬上来了——一个小时前,他怒不可遏地走开了——他没有再卑躬屈膝地去求自己的妻子,而是来找我了。

我很高兴见到他。我在碎砖堆上挪出些地方给他。

"你看这块砖,"我说,"你看这拇指印。你知道它怎么会在那儿吗?那是150年前某个在砖厂干活的可怜的家伙留下的。他将砖头从模子里拿出来,拿的时候,他得用拇指轻轻推一下潮湿的粘土,明白吗。这块,还有这块。每块上面都有。所以,你看看。你周围到处都是,在你的墙里,全都是罪犯的指印。你知道这对你有什么影响?"

我俩都向四周看了看。这是幢高大的建筑。有太多的拇指印发人深省。

"爸爸,"他说,"你知道今天你一共花了多少钱吗?"

我很累,但还是尽可能表现得很有礼貌。我解释说开弓没有回头箭,一旦启动了一项工作,就没有回头路可走了。然后,为了让我们能够重归平静,我跟他从砖头开始说起。我告诉他有些砖头上很特别的印子——比如棍棒或者铁锹的印子——是怎么压上去的。

"看在上帝的分上,"他对着我的耳朵嚷道,"你至少应该说一声对不起吧。"

"我不觉得。"而且,以上帝的名义,我真的不觉得有这个必要。我从坐的地方向外看去。谁都看得出来,我让这里得到了极大的改善。

"丝毫不感到抱歉?"

"查理,看看我所做的一切。"

"整个儿一团糟。"

"会收拾干净的。我唯一需要的是……"我准备跟他说说缆绳的事,但他不让我往下说。

"水也停了。"

"我会接上的。"

"别碰它。"他起身走下碎石堆,站在我旁边。我也站了起来。"我会找个手艺人来做。"

"为什么要花冤枉钱?"

"你退休了,爸爸。你已经领养老金了。"

"我得做点事情。"

"那到海滩去。"

"我太老了,不适合那儿了。没人愿意在海滩上看到个老头子。我替你捕鸟吧。"

"我已经雇人替我干了。"

"那么让我把这个做完。"我的声音变得有点怪。我没有意识到自己居然对此那么动情。

他走过来,双手搭在我肩上。"爸爸……"

然后,我看到了她。她从笼子里出来了,站在莉娅的格栅和长廊的栏杆中间,手里拿着我的那个咸味酱瓶子,不过,倘若说我曾经有机会将它要回来,那么机会早已过去了。

"爸爸……关键是钱。"

爱玛冲我笑着,但她的笑容看起来并不友善。

"应该面对现实。"

"什么事实?"

但我们再也没有将谈话继续下去,因为爱玛从我面前走过,拥住自己的丈夫。就这样,当着我的面,她紧紧地搂着丈夫,亲吻他。她将他的鼻子含在嘴里,舔着他的耳朵。我不得不仓皇而逃,因为我实在受不了。不是因为亲吻,也不是因为他们的柔情蜜意,而是儿子说的那些该死的话。

"哦,爱米,"我听到儿子说——一个大块头、十五英石的男人——"哦,爱米,爱米,对不起。"

52

玫瑰鹦鹉交配,使它们的卵受精,产卵,孵出幼崽,然后受苦受累地将它们喂养大。鱼,有袋类动物,还有蛇,它们繁殖下一代,却都是为我们创造利益。我们仿佛坐在一座金矿之上。简直无懈可击。儿子替我买来衬衫,还有西服。不管想要什么东西,我都可以在霍顿百货或者格瑞斯兄弟百货签单。需要一支派克钢笔?好的,先生。鳄鱼皮鞋?请坐。小女孩穿的蓝色连衣裙?请上五楼,先生。

在家里,我有一间特别的房间,我猜是为了补偿我的失望之情。我说特别,是指相比较于他们一开始让我住的同一间屋子而言,只是他们允许我在墙上开了扇窗户,这样我就可以俯瞰皮特街。我挑了个比较现代的窗户,钢结构的窗框。当他们准备在大楼外面装上霓虹灯招牌的时候——仅仅事隔一个月——尽管制造商克劳德霓虹灯公司希望用砖头将我的窗户堵起来,但查尔斯要求他们以我的窗户为中心进行设计。

他们对我很好。他们替我买了一张下面带抽屉的床,我可以将短裤、袜子什么的放在里面。他们还在我的房间里打了个壁橱,然后便让我一个人待着了。他们有他们自己的生活、烦恼、职业、嗜好,等等。他们给我买的这种床只有2英尺宽。根本不可能跟莉娅一道睡在上面,倘若是10英尺宽的话,就不成问题。

是的,我怪她让我的计划无疾而终。是的,我错了。是的,那时候我已经知道了。是的,我是个行为古怪、脾气暴躁的老头子。这些反正你们都一清二楚。莉娅可以说有过之而无不及,她也有她自己的问题,之后没过多久,她便搬走了,靠每周10镑的稿费过她的独立生活去了。至于她的腿上有没有爬满水蛭,手上有没有长冻疮,我反正是不知道了。

至于我,就坐在椅子里。这是把全新的椅子(丹尼斯·德鲁克斯牌的),我可以坐在里面,看着出现在窗外天空中的招牌。他们在一两个街区之外的地方搭了个很大的蓝色招牌,上书"澳洲美铝"。它既不上升,也不下坠,就那么悬在空中,漂亮而又神秘,而且根本懒得解释它怎么可能既是美国铝业,同时又是澳大利亚的。这是我见到的第一个招牌,类似招牌后来又有很多。我自欺欺人地将它们视为一种娱乐,将此情此景当作飞碟一般的奇异幻景。

无聊的时候,我就去兰德威克,将那点养老金赌了个精光,然后再回来,站在街上,抬头看着我房间的窗户。其实窗户本身看不到太多,更多的是环绕在它周围的霓虹灯。每个人都说那是全悉尼最棒的霓虹灯。许多外地人都跑来一饱眼福。霓虹灯表现的是一群帝王鹦鹉绕着我的窗户围成一圈,红的,绿的,红的,绿的,你可以看到它们拍动着翅膀,栩栩如生地飞翔,上下,张翅,收翅。鹦鹉周围环绕着无数的小灯泡,代表着金合欢树和花①,荡漾在丝丝缕缕如风的电子灯光中。确实漂亮——而且百分之一百纯正澳大利亚味儿——你永远猜不到它宣传的这个宠物商店,33%的股份属于海湾&西部公司,25%的股份属于希克公司。

有一次,我说服查尔斯,让他站在我的窗口,我则跑到楼下去看他,看着他被窗框及一圈霓虹灯包围在里面。他只做过一次。他一直忙着跟政府部门交涉,因为他们禁止他出口鸟。其实我可以让我妻子站在那儿,但我们关系不怎么样。所以,我只好说服西斯奥站在那儿。我会让他站在我的丹尼斯·德鲁克斯椅子上。他会跳上跳下——对此我不觉得有什么——况且,我还要走好长一段路才能到楼下——我总是忘记自己走到哪一层了——然后走到街上,站在那里,抬头看着他。

当然,我这是在利用他,但对他来说全无害处。我看着他,却将自己想象成一名路人,而站在窗口的人是我自己。问题是:你会怎么看我?坐在椅子里,霓虹闪烁,盘旋的招牌将我环绕。我究竟是招牌中的囚徒,还是一只盘踞在网中央的蜘蛛?

西斯奥和我天生就很亲密。除了站在窗前,我们一起还有许多别的事可做。如果查尔斯看到父亲至少跟家庭的一名成员相处融洽,我想他一定会很开心。事实上,根本原因乃在于我俩有的是时间。

---

① 金合欢是澳大利亚国花。

所以，当罗先生玩着他想象中的棒球游戏，爱玛沉醉于自己交际花的艺术之中，而我的孙子和我则探索起了悉尼这座城市。我们在环形码头吃华夫饼，在邦迪的阿斯特喝酸梅汽水。我们一次步行数千米，即便结实的小腿累了，他也从不抱怨。即便放眼望去除了海水别无他物的时候，他也从不发牢骚或要东西喝。我们去看菲比，她给我们吃了发干的饼干和生霉的奶酪。我们手牵手，沿着塔朗加野生动物园蜿蜒的小径漫步，在克罗纳拉的沙地上跋涉。我们坐着渡轮，在海港里来回穿梭，所有码头上的把戏我们都了如指掌；比如说，长鼻角那个位置非常危险的来自帕拉马塔的水流，冲刷着回旋的潮水，如同从孔中奔涌而出。我们坐在凯荣格尔号的驾驶舱里，溯流而上，一直抵达觉莫伊。我们穿过海岬，来到南斯泰恩的曼利，航行在8月汹涌的潮水之上，晕船的游客们将胃里的馅饼一股脑儿全吐进了波光粼粼的灰色海港之中。我们乘坐嘎吱作响的"伍德沃德女士"号前往鹦鹉岛，有幸参观了那里的海军工厂，此行非常特别。我们看到了潜水艇的内部结构，后来，工间休息的时候，我给人们讲了我亲身经历的流浪汉智斗约翰·奥利弗·奥多德的故事。那时候，我对孙子的长相着了迷——它似乎随着光线或同伴的不同而变化。无论如何，鹦鹉岛上没人冲他表现出反日情绪。

家里似乎没有人对我们的远足或我们干了什么感兴趣。我们试图说给他们听，但他们脑子里全都想着别的事情。当初敲墙砸窗，将四楼弄得一团糟，但他们既没有收拾，也不让我采取任何补救措施。钢梁仍旧架在参差不齐的拱洞上。水槽重新接上了水，但碎砖块依然堆在地上。查尔斯就在这一片混乱之中替全家人做饭。他们根本无暇倾听西斯奥是个天才。

你知道，我发现他会画画。我并不是指你想象的那种画，不是画那种小红房子，明黄色的太阳，然后角落里还有小狗小鸡。不，我所指的画画，是透视画法。他是个奇才，但这个疯人院里没人注意到这一点。

他才不过6岁，但他画了一幅我站在窗前的画。于是我让他画了一幅长廊的画，所有我想敲掉的部分全都敲掉后的长廊。谁都看得出来他有天赋。

我知道留给我的时间不多了。我知道他们最终会将他从我身边夺走。有段时间，我连胡子都来不及不刮，我是如此热衷于将他带出这座房子，带到街上去。他才6岁，但我给他看的每件东西他都明白，而且我们聊起我们的所见所闻的时候，他绝不含含糊糊，或者前言不搭后语，忘记自己想说什么。我教会他该如何观察悉尼,也教会他该如何改变自己走路的姿势,等等。所有这些,莉娅都听说了,并且特意来找我,试图改变我的想法。她说对于培养一名建筑师来说,这些方面根本没有必要,但她什么都不懂。一名建筑师得具备说服别人认可自己方案的能力。他越是优秀,就越是需要魅力、热情、多变的走路姿势、口音,所有推销员的拿手好戏,他都派得上用场。

最为重要的是,我让他明白了这是个怎样的城市——到处都是诡计与欺骗。如果你用力推上一把,你会发现自己靠在一片虚空之上。因为它的砖头水泥从来都不是实实在在的,倘若某天早晨醒来发现这些全都消失了,只剩下月亮公园那个咧嘴而笑的门面,从蓝色的闪着微光的桉树丛中升起,我也断然不会感到吃惊。

4月份起,我开始对他进行教育。那天,我让他爬上悉尼海港大桥南塔内的580级台阶。爬到顶上的时候,我们俩都累坏了,但我们这么做的目的不是为了寻开心。我要告诉他,桥塔不过是个骗局,看起来似乎是它支撑起了整座大桥,但实际上并非如此。

然后,我又带他下来,去看马丁广场,让他看一看新西兰银行的花岗岩贴面。我希望他明白,花岗岩只是个表面,是个虚饰,在这漂亮的伪装后面,实际上不过是一幢普通的砖制建筑。可是,当我用小折刀四处挖了挖,发现那根本不是真正的花岗岩,而是赤陶瓷砖,不过是翁德里希兄弟公司耍小聪明,制造的假货而已——他们用采自罗斯山的软土,烧制出的所谓"花岗岩"。

西斯奥情感丰富,会斯文地笑,也会放声大笑。他既没有书呆子气,也不显得沉闷乏味,但他不过相当于一个试验品。我替他买了本没有格子的蓝本子,让他画画,画那些对自己的高度、年代,尤其是坐落的位置不老实的建筑。几乎没有一幢建筑不装模作样地挤在欧洲某个国家的首都,笼罩在夏日微弱的阳光或冬日的冰雪之中。

全家人看着他的画,都倍感欢欣,起码他们是这么说的,尽管我看得出来他们实际上非常不安。但是,让他们借口将他从我身边夺去的,并非他的画作,而是别的问题。

你知道,这小家伙在特定的光线下看起来酷似索妮娅,你可以说这简直是疯了,但我确实替他买了件蓝色的连衣裙,还有围嘴儿,并让他穿上。没什么危险,我是偷偷让他在我房间里穿的。然后我让他站在椅子上,自己则跑到楼下去看一看。

我来到人行道上,扭过头来,假装被楼上的霓虹灯招牌所吸引。我抬头往上看,她就在那儿。我的索妮娅多么漂亮啊。她拖着衣服的长袖,挥了挥手。5分钟后,当查尔斯和菲比·白杰瑞出现在她身边时,我依然站在原地。于是,他们全都朝下看着我。直到现在,我依然清晰地记得查尔斯的身影——我实无法忘记,他站在窗前,用手指着我。

53

我已不再是我。我已不再如我希望的那样冷静。我知道他们有权利,但我觉得这么快将他从我身边带走全然没有必要。我知道他们是为了孩子好,但我并没有伤害他。我将他画的画拿给他们看,但查尔斯表情严峻,面色煞白,说西斯奥要去墨尔本的一所寄宿学校读书。

寄宿学校。他还那么小。想着他戴着小帽,穿着校服,孤身一人,离家600英里,简直叫人心疼不已。

我去查尔斯的办公室,求他重新考虑。他对我态度并不恶劣,相反非常温和,但拒绝改变想法。

我别无选择,只好自学成为一名作家。这是唯一可行的计划了。

54

亲爱的白杰瑞先生,她写道,她的头歪向一边,铅笔斜着夹在手指中,她的字写得如此小、如此严谨,你根本无法相信她的舞步曾是那么飘逸。

亲爱的白杰瑞先生,她在皮特街的一间屋子里写道,而我躺在2英里外的床上,半边脑子瘫痪了,护士们在我周围窃窃私语。

亲爱的白杰瑞先生(如此含讥带讽),

亲爱的白杰瑞先生,我叫莉娅·戈德斯坦。我40岁了,正如你早已注意到的那样,我的屁股开始下垂。我有时候夸大其词,有时候又把人想得过于美好。更多的时候,我宁愿忽视一些小的缺点,让他们比实际看起来要漂亮一点。但我不是个骗子,你的这些笔记本——对不起——简直不可饶恕。

我不介意你偷去那么多我写的东西。是不是你趴在地板上假装捉蟑螂的时候,或者吻我的脚的时候——尽管我已经跟你说过我的脚很脏——偷去的?一时间,往事纷至沓来,曾经让我感到无比快乐、无比感动的事情——现在却发现它们不过是借口,以便对我行窃。即便那时候,你都没有体面地整件整件地偷,而是这里拿一点,那里拿一点,这儿剪一点,那儿变一点,诸如此类。你像个野蛮人一样偷窃,直接将画布中间的一串葡萄裁去了。

倘若你说过想要什么,我肯定会帮忙的,而且非常乐意。

你为什么要如此不公平地对待我们,最重要的是如此不公平对待你自己?为什么你总要让自己显得像个坏蛋?这种欲望究竟是怎么回事?你觉得这样很性感?单凭你写的东西,没人会觉得你是个值得了解、值得等待的人。倘若你不值得我这样待你,难道你就没有想过我会另外再找一个?他们全都摆在那儿,不要让我一一列举了,都是些体面人,不管怎样,我都不是你所谓的维多利亚时代的老处女姨妈——你可真够自以为是的。当然,你并未提及1849年我搬走之后究竟去了哪里。你能鼓起勇气说出口的,无非是我决定成为一名自立的女人,就靠我每周10镑的收入。你酸溜溜地想着,我是不是腿上爬满水蛭,手上长满冻疮,事实上你担心的是我会与一个年轻男人做爱,而你还得勉为其难地结识这个年轻人,与他见面,任由他褐色的眼睛和健硕的身躯让你自惭形秽。所以你貌似不经意的傲慢口吻,与你和我在"爱"的名义下遭遇的传奇经历并不相配。

我在你的书中写这些不太礼貌。但是,种瓜得瓜,种豆得豆,更何况,我喝多了。我很生气,你躺在医院里,胳膊上、喉咙里全都插着管子,我为了找你不知放在哪儿的睡衣,却只找到了你的一小堆笔记本,但是这些统统都无所谓了。

为什么你要摆出一副十恶不赦、玩世不恭的样子?为什么你总是要让我看起来像个乏味的自命清高的人?为什么你不说说我们如何一起放声大笑,如何一起翩翩起舞,如何在温暖的沙滩上,躺在彼此的臂弯里,如何一起嗅着茉莉花和金银花的芬芳,如何一起欣赏有着银色鳞片的鱼儿?你是个和蔼可亲的人,或者是我把你想象成了一个这样的人,你会为别人的痛苦而哭得像个女人。

你似乎乐于让自己显得愚不可及,而且我猜如果你愿意的话,这便是你的工作。但为什么你谁都不愿相信?你很清楚你是怎么从格拉夫顿监狱转到兰金·唐斯的,并不是因为"我知道我得离开这里",而是因为伊沙伊对矫正服务部的某个人做了大量的工作,涉及一大笔贿赂——钱是你儿子出的。难道这些都不值得在你的脑海里留下一点记忆吗?

与此类似的还有罗先生——你仅仅满足于去写他幻想中的棒球游戏和他的筋斗。这些都没错,但为什么你提都不提儿子为了他,将移民局一直告到最高法院?你知道这得花多少钱,而且他对做这件事多么自豪,就连你自己也引以为傲。

恰恰相反,你非要惦记诸如美国人在公司持有的股份、我们多么依赖于此等事情。这些都是事实,但绝非全部的真相,而且我承认,当我说我们过度依赖,说我们是宠物的时候,确实语带贬损,但是,1851年我回来之后,我们确实一起做了不少像样的事。

你说你不得不自学成为一名作家,你很清楚这是不折不扣的谎言。但我不会对此念念不忘。你会写我们一起写的那些书吗?尤其是《监狱之鸟》这本?很可能不会,不过这也无妨,因为即便你写,你也会让它们听起来像是高明的花招,故意忘记每本书都有一个目的,忘记我们用意良善,而且我们对此引以为荣。

哦,白杰瑞先生,你是个多么让人伤心的玩意儿啊。你将宠物商店所有值得去爱的东西全都忽略不提。你忽略了那架自动钢琴。而当你忽略了自动钢琴,你其实等于忽略了所有快乐的可能,而且忽然之间,仿佛有个可怕的地方,阴郁,压抑,没有音乐。但你不记得我们的歌咏会了吗?我们一直唱到凌晨4点,查尔斯在踏板上前后摇摆,内森·希克穿着泡泡纱西装,唱着《学生王子》中的歌曲。过去你是喜欢的。"来吧,小伙子们,让我们全都快快乐乐的,小伙子们,教育应该是科学的游戏,小伙子们。"但是,原本放自动钢琴的地方,在你的笔下变成了几张靠在墙上的胶合板,所以说你是故意将其遗漏的,正如你提也没提亨利和乔治一样,我相信,这肯定是因为亨利把你的手指给咬了。

你对我们糟糕透了,仿佛我们是你的牲口。我可以容忍你不提我的爱人,但我不能原谅你忽略我是工党党员这一事实,以及那些书所取得的成功。

我对你一直非常乐观。我一直觉得你不会永远对爱和善意无动于衷,最终,你会有足够的安全感,会感受到真挚的爱,会明白完全没有必要虚张声势,夸大其词。但是,今天晚上——写下这些文字,我充分认识到你很可能会康复,并且真的会读到它们——今天晚上,倘若你死了,我不会掉一滴眼泪。

55

那是1961年9月一个凉爽的早晨,天空清明,在德洛伊特大道防波堤上,明媚的阳光照在渔民胡子拉碴的脸上,他们禁不住好天气的诱惑,早早便起床了,用近乎麻木的手指,更换着被海水浸透了的鱼饵。东南面吹来一阵微风,你几乎不能称之为风,但它依然微弱而具穿透力,渔民们将衣服裹在身上,嘴里叼着湿透了的香烟,等待着潮水退去。

然而,查尔斯的办公室里并无阴晴雨雪,并无天气变化,也没有任何此类迹象,除非你将这幢老房子嘎吱嘎吱的响声也算在内——多年来,它在商海中乘风破浪,古老的地板应着员工重量的变化或来来往往的顾客而不断自我调节。因为时间尚早,你可以听见老旧的手推车轮子发出的吱吱声,那是他们在运送给宠物装食物的托盘。还有远远传来的地板磨光机的轰鸣声。一名店员正在讲派瑞·柯摩秀中的一个笑话,他鼻音很重,声音很大,但是因为这幢建筑实在有点古怪,你根本说不出他站在哪儿。收银员打了个电话(以核对一遍所有零钱),然后又打了个电话(关上抽屉的时候),现在则默不做声。

查尔斯的办公室没有窗户,尽管门上有块毛玻璃的牌子,上面刻着几个字:敲门请进。查尔斯坐在一张宽大的香柏桌子前面,桌上乱成一团,堆满各种纸片,有的平平整整,有的皱皱巴巴。他穿着单排扣深蓝色亚麻西服,搭配深蓝色的条纹领带。莉娅在想,倘若在照片中看到他,你会觉得这是一个位高权重的商人形象,你会觉得他残忍,有本事,是海湾&西部公司冷酷的盟友,是濒危物种走私犯,是贿赂海关官员的行贿者。你会看到他下垂的眼袋,无法理解;尽管你可能根本不去想它们,但它们还是会诱导你得出这样的结论:他生活放荡;你根本想不到,他的眼袋是因为流泪而造成的。

他试图从莉娅的烟盒里抽出一根子爵长过滤嘴香烟的时候,手依然会颤抖。他的手指太粗了——因为香烟是新拆的,一根一根,很密实地塞在烟盒里,而他的指甲剪得很短——他拿得很费劲。她想拿过烟盒,替他抽一根出来,但他已经够紧张了,所以她还是耐心地等着。

"有些时候,"终于点上香烟之后,他说道,"我简直想把她给宰了。"

什么都没改变,她心里在想。我们重复着同样的斗争,一遍又一遍。他忘记自己已经跟我说过多少次了。她很想知道,激情是否如同痛苦一样,是一种无法真正记住的东西,一个人只能记住自己感受到痛苦,但无法记住痛苦本身。

"宰了她,真的宰了她。"

也许他是记得的。也许他是想告诉她这一次真的不一样,如同过去每次那样,他只是想强调每次之间究竟有多么不一样。

"掐死她。"他抬起双手,左手还夹着烟。"我都能想象出把她脖子掐在手里是什么感觉。"

他什么也杀不了,莉娅心想。而且,就算跟他说他的火气很快会消失在爱玛温暖浑圆的肚皮上,同样于事无补。

"我养着她,供着她,对她有求必应。她想送一只考拉熊给她姐妹,我都满足了她。为此我甚至可能被投进监狱,但我还是做了。而现在,我求她替我做点事,她做什么了?"

他深深吸了口烟,然后呼了出来,莉娅觉得,有点像小孩子吹蜡烛。

莉娅·戈德斯坦快50岁了,尽管她的下身已经变胖,但她看起来依然是一副瘦削、冷淡、被烟熏黄了的愤世嫉俗的形象。她弹开子爵香烟的烟盒,点烟的时候,露出了她专事欺骗的肿块——手指上架HB铅笔的位置长出的一块老茧。

然后,他们便坐在那里,两个人,闷头抽烟,默不做声。一个黄色的身影走到磨砂玻璃门前,犹豫了一下,然后走开了。他真的忘了吗?莉娅在想,他真的能够忘记究竟有多少次她将他惹恼到这个地步?

紧接着,因为她是莉娅·戈德斯坦,她开始在自己的生活中寻找类似的情况,结果发现自己也曾无数次放弃宠物店的舒适生活,然后又回到他们身边,曾经无数次全情投入劳工政治之中,随后感到厌烦,失去耐性,于是抽身离开,去享受邦迪海滩上啤酒的快乐,在那愚人的蓝色天空下,混迹于三教九流之中,有兜售赛马情报的,有推销二手车的,每一次,每一个轮回,她都像查尔斯一样,像个刚刚从梦中醒来的人,忘记这些事,忘记自己曾无数次经历过。

而现在,她在这儿,又回到宠物店,生活在个个都有致命缺点的白杰瑞家的成员之中,面前的这一位是其中最善良的,正努力消解自己满腔的怒火。

"你觉得像你现在这个样子,"尽管她不想这么问,但还是开口了,"究竟有多少次了?一千次?两千次?"

查尔斯掐灭手里的香烟,不过掐得并不熟练,烟纸被撕破了,滚烫的烟丝暴露在外,撒在烟灰之中。"这次不一样。"

"哦,是吗?"透过她脸上的笑容,透过她温柔的声音,你就可以看出,这种干巴巴的玩世不恭的语气只是一种姿态,它们同真实的莉娅·戈德斯坦之间的联系,绝不比她黑色的高领毛衣或褐色的沙漠靴更密切。

她究竟有多少次恨透了赫伯特·白杰瑞,最终又原谅了他?为什么每一次感觉都如初见,仿佛从来没有经历过一般?

"听着。"他说。

"我在听着呢。"

"听着,如果《时代》杂志想就你写的某本烂书对你进行采访……"

"谢谢。"

"你也觉得很烂。"

"有些是很烂。有些还是不错的。"

但他太过鬼迷心窍,不知道换一个话题,讨论一下她的作品,尽管他对那些书的主题没什么感觉,也永远不会看到它们的作者所看到的一切——莉娅的作品的真正主题,不是关于人,而是关于风景和其间的道路,红色的、黄色的、白色的、赭色的、深黄色的、暗褐色的、深褐色的、玉米黄色的,透着乐观主义情绪却又粗糙不堪,在一个新的文化尚未诞生之前,便切开一个古老文化的血管。

"如果《时代》杂志采访你,"查尔斯说,"你不想让他们看到马戏团似的顶楼。你会怎么向他们解释?"

"我会说,这是我妻子,这是罗先生,他不想回家。这里很乱,请多多包涵。"

他终于放声大笑,不过很快又变得严肃。

"我对她别无所求,只是希望她稍作努力。哪怕一天都成。"

"冷静点,朋友。有烟灰缸吗?还是打算全都弹在身上?天没有塌下来。过去你也遇到过这种情况,不是全都过去了吗。每次她挠那只愚蠢的巨蜥的肚皮……"

"她挠的不是肚皮。"

"每次她这么做你都想杀了她。那就是她为什么这么做的原因。你甚至知道她为什么要这样。你可以不要再沉溺于坏脾气之中,这是个令人讨厌的习惯。"

"我真的想过把她给宰了。"

"我相信你可以,"她一边说着,一边看着他任由自己糟糕的情绪持续下去,像个香烟就要烧到过滤嘴之前猛吸一口的人,结果让自己被烧焦的海绵头呛得不轻。

"我能感觉到自己的手掐住她的脖子,就像你张开双臂抱住一个人似的,然后……"他忽然停了下来,满脸涨红。他收拾起一沓纸,全都是8月份的兽医报告,以掩饰自己的困惑。"肺炎,外伤。"他读道,好像这个与他们在谈论的话题有什么关系似的。"外伤,气囊炎,腐烂过度,外伤。"他恶狠狠地读着,仿佛这些全都是爱玛的错。

"我们可以想象各种各样的人和事,"莉娅温和地说道,"这也是为什么我们不再生活在树上的原因。"

查尔斯大致翻了一遍,然后从抽屉里拿出一个牛皮纸信封,把纸片随便塞了进去,又在一个信封上写了点东西。

"有一天我非得说到做到。"他将那个信封放进一个铁丝篮中。"我相信谋杀就是这么发生的。"

在这个问题上,莉娅显得太过一本正经,有点不自然。对此她既不相信,也不喜欢。她掐掉手里的烟,重新又点了一根。接线员接通了电话,桌子上的电话机"叮"的轻轻响了一下。

"让爱玛动手收拾一下好吗?"

"早都开始收拾了,"莉娅·戈德斯坦咧嘴大笑道,"你爸爸正在监督着呢。"

"监督。他怎么监督得了?他连自己的屁股都擦不干净。"

"他就是在监督。"

"她受不了他。她不会听他说的任何话。"

"她很配合,仔细地听他说的每一句话。"

"他说的话,我从来一个字也听不见。"

"查理,你在听吗?明天我们要让你看起来超级受人尊敬。"

"之前为什么不告诉我?"

"我希望你意识到我是多么聪明。"

然后他们放声大笑。他们非常享受在一起的时光,总是如此。为了说明这一点,我不会提莉娅·戈德斯坦住在宠物店的第一个晚上的情况,当时她住在屋子里面,搭了张床,有了个像样的房间。我了解的情况,大家全都知道,就是那天晚上有人喝了一瓶威士忌,第二天晚上,莉娅便搬到走廊里,紧邻爱玛而居。

查尔斯拎起电话,要了壶茶。他将椅子往后一推,将脚架在桌子上。莉娅看到他深蓝色的西服和黑色的皮鞋之间露出了白色的网球袜,不禁莞尔一笑。

"我告诉你我担心什么。"

"你的袜子,我希望是。"

他打量着自己的腿,皱了皱眉头。"他们可能要写一篇关于走私鸟雀的报道。他们很可能觉得我是干这个的。"

"你是干这个的吗？"

"哈，哈，莉娅。真是有趣。"

小姑娘将茶端了进来，他们看着她斟茶。小姑娘身材纤瘦，皮肤白净，几乎没长眉毛，应该还不到16岁。让莉娅感到吃惊的是，送茶到"老板办公室"居然让她很紧张，而查尔斯几乎没有觉察出来，甚至于，对于查尔斯来说，她仿佛根本就不存在。

她走了之后，查尔斯说："内森希望我这么干。他不会在电话里或信里这么说，但他想做的就是这个。"

"他想做什么？"

"他美其名曰促进贸易，但实际上就是走私。我觉得该死的政府也想让我走私。他们每周都新增禁止出口的名录，还在疑惑为什么经济一团糟。"

"那小姑娘叫什么？"

"哪个小姑娘？"他抬起眼，不耐烦地眨了眨。他的脚依然跷在桌子上，但身子稍稍往前倾斜，往茶里加了点糖，搅拌均匀，然后将她的茶杯和茶碟尽可能地往她跟前推了推。

"那个漂亮的小姑娘。"

查尔斯这才明白过来。他望向门口，仿佛凝视着悬在空中已经幻化了的霓虹灯，然后耸了耸肩。"也许最好不要做。我就用不着接受采访了。他们没办法强迫我。"然后，他看到莉娅脸上的表情——"格伦达。她叫格伦达。"

莉娅静静地喝着茶。她对这次采访的看法很复杂，甚至有点矛盾。她像查尔斯一样满腹狐疑，尽管原因不尽相同。她知道海湾&西部公司和希克公司希望收购他们的澳大利亚合作方，不知何故，她怀疑采访不过是阴谋的一部分。她错了，但这个错误却可以理解。因为那时候，美国人正首次大举进军澳大利亚的工业领域。

她的第二个想法是，为了得到《时代》杂志的肯定，为了亨利·卢斯[1]能够满意，就要打扫卫生，整理自己的生活，她觉得这样本身就很可悲。

---

[1] 《时代》杂志创办人。

但是，当她喝完茶，将杯子小心地放回茶碟里的时候，她知道这些话无论如何不能对他说，倘若说出来，不仅残忍，而且也不会有什么结果。仿佛是为了弥补自己内心不近人情的想法，她让其他的感情，让自己对查尔斯·白杰瑞单纯的爱，主宰着自己。

"没准，"她说，"西斯奥要是在的话能够有所帮助。可以让他先跟他们聊聊看，如果有问题的话，你就犯不着再去跟他们谈。"她并不真的信任西斯奥，但她觉得他非常适合这项工作。

"你觉得他会愿意？"

"看在上帝的分上，你是他父亲。他一定会非常乐意的。"见他还在犹豫权衡，还在想着自己的家人究竟有多爱自己，她便继续说道，"快点，查理·巴里，你到底想不想让那些美国佬帮你写吹捧文章啊？"

后来，当她再次想起这番话的时候，内心无比后悔。

56

这天西斯奥记得很清楚。确切地说，应该是两天——1961年9月11日和12日——但在他的脑子里仅有一天。他记得，这两天发生了许多匪夷所思的事，既无比美丽，又极为伤痛，而且同他真正长大成人的时间恰好吻合。实际上，你还得再算上第三天，尽管从顺序上来说，它不是第三天，而是三天中的第一天。这一天，也就是9月10日，一个预示着春天即将全面到来的星期一，他第一次吸食了大麻，在一辆汉博52型汽车的后座上第一次与异性行云雨之欢，听着迈尔斯·戴维斯和约翰·克特兰演奏的《午夜旋律》——这盘磁带从此将永远与这些事情联系在一起。

第二天，也就是11日，天气很冷，他缩在皮夹克里，坐在一家名叫季诺的意大利咖啡馆的角落里。咖啡馆很小，藏身于唐人街边缘的一条小巷中。他这样也算不得隐蔽——大学里有一群学生经常聚会于此——不过，几乎不可能在那地方遇到家里人。

西斯奥喜欢季诺咖啡馆。你可以花2先令6便士点一份意大利蔬菜汤,外加一份面包。在一份印刷出来的菜单上,一个奇装异服的卡通人物正信步走上一对跳着摇摆舞的情侣头顶的墙壁,并在天花板上留下了脚印,而现实中,咖啡馆的墙壁和天花板上也有类似的脚印,尽管从未见过谁在那儿跳过舞。

西斯奥前一个晚上也在那儿,坐在同一张桌子前,还替演奏单簧管的身材苗条的女孩买了杯巴茨——她坚持说在意大利语中,巴茨是亲吻的意思。所以,他没有遮遮掩掩。他只是坐在那里,摆弄着糖罐,用桌子上的盐写她的名字,透过浓咖啡的雾气,浮想联翩。他的咖啡已经喝完了,杯沿的一圈泡沫也用小匙刮得干干净净,然后他坐在那里,不知道接下来该干什么。

西斯奥刚满18岁。作为白杰瑞家族的一员,他的个头矮得不合情理,只有5英尺多一点,不过他的身材比例倒是同样比较协调。当他脱下衬衫,人们不是吃惊,便是兴奋(取决于他们的性取向)。他有一副运动员似的身材,而且显然是认真锻炼的结果。不过,他饼干筒似的胸脯,既迷人,又几近滑稽——这无疑是经由他的母亲遗传自他的外祖父老亨利·安德希尔。

除了胸脯(或者甚至包括胸脯),从某种程度上来说,他似乎悄悄溜过了祖先们给他设定的遗传雷区。不仅他的腿是直的,而且他也没有遗传父亲那过度男性化的长相,粗脖子,突下巴,仿佛复活节岛上的巨人石雕。他卷曲的头发是黑色的,橄榄色的皮肤光滑细腻,天使般红润的双唇,让人怀疑他有东方血统,只是有时候这种感觉强一点,有时候则相对弱一点,尽管他的父母都不是东方人。

西斯奥的名字,还有他的长相,在他家里已经不再是个需要讨论的问题了。实际上,这个问题也只讨论过一次,就是1943年10月西斯奥受洗那天,当查尔斯走出教堂,来到乔治街明亮的阳光之中,发现——自己的妈妈大发雷霆,这才引起了他的注意——儿子并未取名迈克尔,而是——菲比实在太生气了,一边说话,一边嫌恶地吐口水——取了个敌人的名字。准确的说,你根本不能将这场喧闹称之为讨论,所以我们可以说,在他们家庭内部也没有真正讨论过这个问题。当然,外人就是另一码事了,从上学开始,他从来就不曾获得任何豁免权,时常因为自己的名字卷入打斗。

不过,到了1961年,童年时期的打斗留下的唯一印记便是他如运动员一般结实的胸膛,出人意料的二头肌,发达的胸大肌,另外便是有时倾向于对自己的名字含糊了事,让人听起来以为是"苏尔",甚至经常被错听成"沙尔"或者"索尔"。

多数时候,他并不像个放浪形骸的年轻人,他的笑声——笑声最能反映一个人的性格——便是明证。他笑的时候(他很爱笑),发出一种异常令人尴尬的噪音,仿佛一幢由笑声叠加起来的摇摇晃晃的高塔,从上至下挂满了链条,一些奇形怪状的立方体从顶上几层摇摇欲坠地突了出来;不太正常,但也算不上无可救药,甚至因其笨拙而惹人喜爱,而且,一旦你克服了一开始的惊讶,没准会觉得他的笑很有感染力。这样的笑声,能让上了年纪的人不再愤世嫉俗,虽不至于开怀大笑,但也开颜一笑,因为原本想象中以为是个可怕的东西,最终证明乃是一个如此讨人喜欢的年轻人。

他的笑声,让季诺咖啡馆里的所有人侧目,不是扭头去看莉娅·戈德斯坦——她的突然到来让他的笑声更加急促——而是将目光投向了西斯奥。

"我得跟你谈谈,小伙子。"莉娅说。这让他笑得更加厉害,甚至跺起了脚。巧合的快乐,机缘的神奇,让他放声大笑,莉娅之前从未踏入过这个扔满烂菜叶、泼满臭牛奶的小巷,但现在,就在她想跟他谈谈的时候,她不仅走进了这条小巷,而且还选择推开季诺那扇近乎拒人于千里之外的店门。

他们将塑料椅子拉近,各自点了杯浓缩咖啡。这两个人,他们可以看着一个中国人的手指头变成水蛭而面不改色。那个女人,曾经目睹一个男人在她眼前消失。那个年轻人,有着一张任何人都无法给出合理解释的脸庞。倘若联手,他们可以改变城市的形貌、过去乃至未来,但他们并不会像具有此等能量的人那样互致问候。他们原本可以像魔术师的孩子,或者像魔术师,彼此拥抱——作为魔术师,只要他们愿意,便可以让夜空中布满簇新的霓虹灯。不,他们如仆人一般谦卑,如白痴一般咯咯傻笑,仅仅因为一个……巧合。

他们啜着浓黑的意大利咖啡,就着一点果酱吃油腻的意大利炸圈饼——果酱总是放在你意想不到的地方,即便你想把它收起来,也办不到。

可能是因为受到周围环境的影响,西斯奥两颊绯红,像个托斯卡纳人。莉娅在黑色翻领毛衣上别了个银质饰品,穿了件白色的皮外套,不是因为天气——她穿衣服的时候还不知道天气会怎样——而是为了遮掩肥大的臀部,任何一个熟人都猜不到这一点。

"可他为什么不自己来跟我说?"当莉娅提出查尔斯的请求时,西斯奥问道。但是，接到请求，总归是高兴的。父亲从未如此将他当成个大人看待。

"你知道他很羞怯。"

"可我是他儿子。"

"那么你就应该理解他。他怕你拒绝。"

"可是，为什么是我？"

"哦，你们白杰瑞家的人就是这个样子。"莉娅笑道，但她所表达的不耐烦却是实实在在的。"你们为什么总是希望听到别人的夸奖和肯定？你知道为什么。"

西斯奥的脸为之一红，不过他也咧嘴笑了。

"因为我讨人喜欢。"让莉娅惊奇的是，他说这句话的时候一点儿也不自以为是。当然，就其本质还是自负的，是典型的白杰瑞式的自负。（也许不能称之为自负，因为它是实情，但却是一种令人不愉快的自满。）看着眼前的这个年轻人，这个她曾经出席他喧闹的受洗礼的年轻人，她忽然意识到自己根本不了解他，充其量相当于姑妈对自己侄子的了解程度吧。他是那么漂亮，那么自信，但她除了觉得他自私以外，从不觉得他有任何值得称道的抱负，即便她承认自己对他存在偏见，也自认为自己的偏见并非空穴来风。

"不管《时代》派谁过来，"西斯奥仍然对她笑着说，"我都能和他相处融洽。那就是为什么你们来求我的原因。"

"差不多是那么回事，我猜。"

"我不会发脾气的，不管他说什么。"

莉娅点点头。

"这对他很重要。"西斯奥一边说着，一边从调味瓶里倒了一小堆糖到桌子上。"可能是他这辈子最重要的事。对他来说就像是个考试，你觉得呢？"

莉娅耸了耸肩。她已经不再是年轻人了，对于简单的解释没有热情。桌子上越堆越多的糖，还有西斯奥红红的嘴唇，又黑又长、笼罩在他眼睛上的眼睫毛，越发令她感到恼火。

不要想着骗我，你这个自作聪明的小家伙，她心里想。

"我还是希望他能亲自来求我。"

"哦，他会的。"莉娅说着忽然站起身，甚至都没跟他握手便离开了狭小的咖啡馆。

那天下午，他父亲上他租住的地方来找他，像一个男人对另一个男人那样，请他帮忙。西斯奥很受打动。他同父亲用力地握了握手——男人们总是用这样的握手来表达他们最温柔的情感。

那天晚上，他去找那个吹单簧管的女孩，但她已经回墨尔本了，然后晚上十点半的时候，他发现自己和她的朋友——一个非常丰满的年轻女士，喜欢喝添加了丁香甘露酒的朗姆酒——睡在一张床上。

18岁是个容易让人对生命产生错误印象的年龄，仿佛每天都会带来相似的惊喜。第二天的到来仿佛就是为了确认这一点似的。西斯奥还有半截大麻卷烟，这是那个吹单簧管的女孩留下的礼物。他一边看着衣橱镜子中的自己，一边吸着。房间本身很小，丝毫看不出来是建筑系学生的房间。没有素描或笔记本，没有平装书或快照，也没有任何能让人联想到今后他所从事工作的重要性的蛛丝马迹：他设计的建筑——谁知道呢——没准会改变这个国家的历史。而且，无论是房间本身，还是住在房间里的人，都无法让你猜测道，强烈的民族主义情绪居然能够如此激发他。这孩子绝不可能轻易上亨利·福特的当，也不会随便屈从于凤头鹦鹉的美丽或内森·希克绵软的双手。他受过良好的教育，有足够的资金给他提供支持。他用不着急于求成，赚钱养家。打从他记事以来，他便有一个深藏于心的远大抱负。

房间本身不会告诉你任何秘密，但是，不管怎样，我都要告诉你里面有些什么。这间房子有一扇面朝小巷的窗户，窗户下面有一张窄窄的床，床的对面是梳妆台和带镜子的胡桃木衣橱。梳妆台上也有一面镜子，不过他抽大麻时照的是衣橱门上的镜子。他仔细打量镜中的自己，并非出于自恋，更多的是抱着一种探究的心理——他很想搞明白大麻会对自己的感知能力造成怎样的影响，尤其是现在，他可以将注意力集中在更加中性的东西之上，而非女人光滑细腻的肌肤和料想不到的幽香。令他失望的是，他发现没什么大的变化。

"我们，"他对着镜子说，"马上就去收拾这个狗杂种。"

当然，他指的是那个受雇于亨利·鲁斯的人，而且你马上就会发现，他说话的口气令人有点不愉快，有点好斗，像个推销员，但与此同时又饱含着快乐，一种预先知道一场恶战即将打响的那种快乐，但是，一个考虑周全、对推销员式的粗鄙行为很敏感的人（比如像你，教授）断然不会觉得受到冒犯，相反会因为其中的矛盾和挣扎而感到一种挑战，也就是说，这种粗鲁的侵略性居然可以同冷静的克制力并行不悖——他既能够理清细微的道德界限,又能够客观地看到父亲的生意对他所爱的这个国家的动物群落造成的破坏,进一步来说,他觉得父亲的生意——就好比不动产——是澳大利亚的重要产业,创造了巨大的财富,但却没有带来任何新的东西。

当西斯奥试图用魅力去征服《时代》杂志的那个家伙的时候,他的出发点是因为他爱自己天真的父亲,希望保护他不受伤害。但他对宠物商场并不认同,尽管他觉得父亲是个很天真的人,但这是一种非常危险的天真。他的慷慨并不同样施与两个哥哥——他们也因为其他原因而对宠物商场颇感尴尬,但是,当父亲给钱帮他们在郊区买大房子的时候,他们还是照收不误。

所以,这孩子的出发点是不是有点问题?也许吧。但他同时也是个乐天派。他知道这座城市天际中的招牌不过是气体和玻璃。他知道气体和玻璃是可以击碎的,气体释放,玻璃弯曲成其他形状,即便城市本身也不过是男男女女们想象的结果,如果它可以被想象成这个样子,那么它也可以被想象成另外一副样子。

他乘出租车,八点半便来到了宠物商场前,发现人行道已经被打扫得干干净净,而且用水冲洗过。这是个温暖的早晨,人行道上的水开始蒸发,感觉潮湿,舒畅,鄙俗,酷热。玻璃窗上全都是小小的火尾雀,背景则被刷成了深咔叽色——火尾雀身体大部分是那个颜色,所以当这些小雀儿飞来飞去的时候,它们的身体仿佛消失不见了一般,只看得见它们火红的尾巴,如同飞翔的火星。这是范·克莱利甘的杰作,不是父亲的。西斯奥审视着窗户玻璃中自己的影子。今天他穿了套比较保守的西装,以便让父亲自信一点,放松一点,不过,领结则是个只有他本人,还有为数不多读得懂的人的暗号——当然是他从柯布西耶①那儿偷师而来的。

为了方便员工,宠物商场的门并没有锁。不过,西斯奥并没有马上进去,而是穿过皮特街,站在等候沃尔沃斯商场打折销售的人群中。他看着路对面的白杰瑞宠物商场,看着环绕在爷爷明亮的窗户周围的霓虹灯鹦鹉。

---

① 柯布西耶,20世纪最重要的建筑师之一,是现代建筑运动的激进分子和主将,被称为"现代建筑的旗手"。

在西斯奥看来,爷爷是个垂死的人了。所以当他看到他在窗前,坐在椅子中,腰杆笔直,如同悉尼大桥上的卫士,不禁大吃一惊。他穿了件灰色的亚麻布西服,戴了顶巴拿马草帽。他的领带圈有点松了,露在领带结两边,但是,每天清晨,他的眼睛依然是极美的紫罗兰色。不知道为什么,西斯奥感到不寒而栗。

"哦,天哪。"他说着咯咯笑了。

当他踏进宠物商场的时候,大麻终于对他产生了些许温和的影响,让他感觉白漆笼子上的锈迹和楼梯井里的霉味都被放大了不少。他忽然感到伤感。

他走进父亲的办公室——正好巧妙地置于楼梯下面——看着那些儿时印象如此深刻的画框。但是,爱娃·加德纳已经发霉了,李·马文也被楼上一个漏水的水族箱给毁了[①],连他当年写的祝福——那可是发自肺腑的祝福——也都被溶解成了一团水渍。

早晨的声音包围着他:地板抛光机的嘶鸣声,老旧的饲料小推车轮子的嘎吱声,还有房子本身发出的呻吟声——像一只衰老的拉布拉多犬,呼哧呼哧地喘气、放屁——历经风雨,饱受虫蛀,仍倔强地屹立在那儿。他坐在父亲的办公桌前,替他整理起桌子来(从中你可以看到他一丝不苟的性格,这也是他为数不多的对自己的教养所做的明显的叛逆行为)。有承运商的托运单,有收藏者的来信,有世界各地的行业杂志,还有父亲恶声恶气地读给莉娅·戈德斯坦听的兽医报告。这些兽医报告因为全都复印在吸水纸上,因此潮乎乎的。

这是他人生中第一次体会到时间的伤感。在父亲的办公室里,他指尖夹着那些潮湿的纸张,努力克服伤感的情绪。他仿佛能感觉到伤感无处不在,铁锈中,霉味中,甚至他头顶用来装霓虹灯管的盒子中——他曾经天真地觉得它是那么的现代。

他知道这幢房子为什么如此潮湿。它的防水层存在缺陷,而且它位于下水道上方。他试图通过想象来让自己开心起来——挖开地基,钻下去,找到深埋于地下的历史久远的下水道,让它从通体透明的管子中流过去,但他知道,埋在下面的这根下水道看起来就是条排水沟、臭水沟,跟别的排水沟、臭水沟没

[①] 爱娃·加德纳、李·马文均为好莱坞著名影星。

什么两样。

凑巧的是，父亲也注意到了笼子生锈的问题，西斯奥发现他试图用一罐白色的油漆来掩人耳目，不让《时代》杂志发现，不过显然为时已晚。在西斯奥好不容易说服他将这种油漆的工作交给范·克莱利甘之前，他已经将他的上等西服弄得到处都是油漆了——范·克莱利甘这次倒是难得没有抱怨，也没有争辩。西斯奥看着那个一脸严肃的荷兰人拎着漆桶，眼里闪烁着兴奋的光芒。所有人都在等待着美国佬的到来。

然后，西斯奥溜达到楼上，去跟妈妈打招呼。他吃惊地发现，所有正常家庭生活的迹象全都荡然无存。这不禁让他更加伤感。在楼下，他的过去正在慢慢锈蚀，而在楼上，他的过去已经被彻底抹去。这里让人感觉阴冷而了无生气。他们将从前的网、梯子、一沓沓未读的报纸、铁桶、成堆的砖块、弃之不用的儿童玩具、一团团的毛线、成段的衣料等全都搬走了。他们在莉娅的屋子里放了些盆栽植物，将她的桌子搬到外面，又让罗先生坐在前面，扮成文员的样子。他们重新打磨过地板，油漆过他妈妈的笼子。看得出来，他们正在用砖头将工字梁上的拱顶填起来，不过显然因为时间不足而手忙脚乱，尚未结束便开始往墙上刷漆了。巨蜥也被挪走了，放在一楼的一个大笼子里，可以想象得出爱玛一定会提出抗议。他们给它喂了些粉红色的小老鼠，所以现在它昏昏欲睡，动也不动，像个正在晒太阳的人。

西斯奥同罗先生握了握手，如同往常一样，罗先生见到他是那么高兴，让他颇感难为情。内心深处，他对罗先生很生气——罗先生已经获得了澳大利亚居留权，但他坚决不肯离开这幢他已经生活了太久的房子。

他在厨房里找到了母亲，只见她坐在一把高凳子上，面前放着手提包。看得出来她的情绪不错，而且对他的到来也感到很兴奋。她头上戴着硕大的羽毛帽子，手上戴着手套，还涂了口红。

他拥抱并亲亲了她。他很高兴见到她——他一直如此。她很胖，穿着过时的衣服，对外面的世界毫无兴趣，而且对他的学业也只是敷衍地了解一下，但不管怎样，她是自己的妈妈。他们缺乏批判力地爱着对方。她对他的领结大加赞美，替他抚平头发，然后拍了拍身边的凳子，让他坐下。

正是在那时，爱玛拿出了那个陈年的咸味酱瓶子。

西斯奥礼貌地看着那个瓶子，如同任何一个儿子会给予自己母亲喜爱的铁线蕨、梨树、新孵出来的小鸭子、卷心菜地或硬纸筒里培育出来的白茎芹菜同样的关注。有关那个瓶子的仪式是如此熟悉,他根本没有多想。因为大多数时候,瓶子里的东西没什么形状,像是堵塞的油脂分离器里掏出来的那种令人恶心的东西,但是瓶子里偶尔会有水蛭,有一次则是个很小的生物,细如黑色的棉线,像一条蛇一样优雅地游动着。

但这一次,母亲给他看的却是个胎儿,半蜥半人。我知道,之前我提到这个话题的时候,我说西斯奥不看,说瓶里的液体一团漆黑,说他不是很有把握。可是,他当然看了。不仅仅是出于礼貌,他自然也会感到好奇,如果有人说他们的瓶子里有你的兄弟,你当然想瞄上一眼。胎儿有手指(手指全都长好了),有面孔,你可以看得出他的容貌,柔软的小嘴是那么脆弱,还有未出生的胎儿那种特有的温和淡定。你觉得应该长脚趾的地方,却长出了长长的爪子,轻薄而优雅,如乌木般泛着黑色的光。同样还有一条尾巴,修长,条纹密布,上面的鳞片泛着光,非常显眼。

突然之间,西斯奥不知道自己置身于何处。他感到天旋地转。他站起身,头晕眼花,于是又坐下了。顷刻间,他母亲看起来就像个彻头彻尾的陌生人。他探过身子,打开厨房的水龙头,捧起一捧水,不过喝的时候,他才发现全是母亲唇膏的鲸鱼油的味道。同样的,他还是没有意识到自己看到的是一条龙,只觉得自己病了,吓着了。

"天哪。"他感觉很不舒服。"哦,爱米,爱米。"他摇着头。

他们之间进行了一场对话,我得替你翻译一下,因为爱玛很少把话说清楚,尽管我必须将她的问题写下来(也就是:"孩子你是不是生气了?"),倘若当时你在场,恐怕你听到的不过是她的嘟囔而已,或者,如果你足够幸运,可能会把最后一个单词听成"吃"。

"好玩而已。"爱玛对系着柯布西耶领结的年轻人说道。她收起瓶子,放回到她乱糟糟的手提包里。"孩子你是不是生气了?"

西斯奥摇摇头。他的额头仿佛遭到了重压,好像有根铁箍将他的头紧紧地勒住了。

"他毕竟是你同母异父的兄弟。"

"爱玛。"西斯奥竭尽全力,力图恢复意识。不过,他儿时的家现在变得非常整洁,整洁得很不自然,很不利于他恢复知觉。"爱玛,你真是太邪恶了。"

她用戴着手套的手轻轻拍了拍他的脸颊,山羊皮的感觉让他很不舒服——他原本希望是光滑的手掌。他打了个冷战,不到10分钟之前,他站在皮特街上也同样打了个冷战。

"今天可不要把那玩意儿拿给任何人看。"

爱玛噘起了嘴。

"答应我,千万不要把它拿给那个记者看。"

"好吧。"她说。

她严格遵照自己字面的承诺,也就是说,她在记者走之前都没将那个瓶子拿给查尔斯看,而且一直扮演着一位恭顺的妻子。记者问了她两个问题,她都是低眉顺眼、轻言轻语地回答的。她在脖子上围了条狐皮裙肩,并将手袋紧紧地按在身前。记者及摄影师只不过觉得她有点怪怪的而已。

西斯奥的任务完成得非常出色。当走私的问题提出来之后,他非常轻松地诚实以对。能够代表自己的父亲发言,这让他很激昂。他声音很轻,嗓子里发出轻微的嘶嘶声。他对那些参与走私的"罪犯"严加抨击,对世界上最好的宠物店充满热情。就保护澳大利亚动物群落的必要性,他长篇大论,滔滔不绝。因此,他并未透露自己的真实想法,而是发表了一通愤世嫉俗的宏论,耍了手腕,猜了个答案,这些小动作他都完成得很熟练,所以当那个记者看到照片的时候,他吃惊地发现,他是个日本人,而且身材矮小。

57

查尔斯的自我认知像是一个乱糟糟的线球,一方面他觉得自己愚蠢、笨拙且丑陋,另一方面他又觉得自己是个大好人。他对自己的员工非常慷慨,从不偷税漏税,任何请他施以援手的慈善活动他都乐于支持,总是投票支持对他课以重税的政党,总是公平地分配自己的财富。对于生意上的事务,他小心翼翼,总是遵守卫生部门、海关总署的要求,尊重顾客的权利(无论是真实的还是想象的)。

尽管他猜到《时代》杂志的记者可能会谈及走私的问题，但他根本没有想过这会对自己造成怎样的影响。他根本无法忍受这样的指控。

后来，他完全不记得那名记者长什么样，声音是怎样的。他唯一记得的便是这项指控（他将其想象成一项指控）。万能的上帝啊。那么，他们已经在旧金山机场发现了许多装满死去的玫瑰鹦鹉的箱子。干吗要跑来找他？

西斯奥开始回答记者的问题。查尔斯怒火中烧，根本无法欣赏到西斯奥在用多么高超的技巧为自己辩护。他将双手使劲地插进裤子口袋，将布料都撕破了，车钥匙顺着裤腿掉到了地上。记者刁钻的问题被避开了，但查尔斯并未注意到，只听到了问题本身，感觉这些问题如剃刀般锋利，朝他这个宠物经营者砍过来、刺过来、戳过来，直将自己扎得体无完肤——没有任何盾牌可以拯救他。

那么麦克马洪鹦鹉已经灭绝了？为什么来采访他？他是查尔斯·白杰瑞。为了不让那么多人聚集在店里，他故意暗示说没多少可供挑选的宠物。他让他们全都待在楼下，或者将他们锁在门外。比如说，为了营造一种温馨亲切的氛围，他还采用了特别的灯光，让鹦鹉的羽毛看起来了更加鲜艳。这些小插曲都是整个家族历史的一部分，回忆起来本该别有一番趣味，但在此之前从未发生过类似的事情，所以全无趣味可言了。

他们一边绕着笼子漫步，一边进行采访。但查尔斯几乎没有在听。他唯一听到的便是3000万美国人会认为他是个十恶不赦的人。他们走在楼梯上的时候，记者问到了慕尼黑那个名叫赫尔·布鲁姆的人。

除了给自己付账，外加每年圣诞节寄来一张贺卡之外——贺卡上照例是一只他收藏的珍稀鸟类——查尔斯对赫尔·布鲁姆这个人一无所知，他从未跟他说过话，甚至连电话也没有打过，对他的事情也全然不知情。但是，此刻，当他听到记者那种毋庸置疑的口气，他很想为自己的顾客说几句话。于是他开口替他辩护。

西斯奥原本就如履薄冰，这下子更加紧张，忙嘘声对他说："闭嘴。"

他自己的儿子！

顿时，他感觉自己被敌人重重包围。他儿子把自己当泡狗屎。他妻子，至少他妻子，还冲自己温柔地笑着，拍照的时候还紧紧地捏了捏他的手。跟记者说话的时候，她还说她丈夫从来都是个很好的供应商。尽管记者并未听明白她说的什么，但那不是重点。

查尔斯根本不知道采访是个巨大的胜利。他跟记者握手,并未意识到自己备受敬重,也没有意识到记者觉得自己同他相比,是那么的肮脏而又没有原则。

他听到儿子将记者送到楼下。而他则一直待在四楼走廊,肝胆俱裂。

即便爱玛也明白采访很成功。否则的话,她不会选择在这个时候如此肆无忌惮地炫耀瓶子里的胎儿,然后宣称自己是那个怪物的母亲。

查尔斯试图从她手里夺过瓶子,但他只抓到了一只搅拌用的碗。忽然之间,他气得脸红脖子粗。他嘟嘟囔囔地说着话,但词与词纠缠在一起,相互叠加挤压,完全听不清楚。他挥舞着胳膊,笨拙地、步履沉重地穿过长廊,一步三阶,奔向楼下,结果在二楼摔得头破血流,但他爬起身来,大喊着让范·克莱利甘去拿条麻袋来。

58

她知道她的宝贝们被误解了。它们如同一些根本不可能形成的想法一样。而且,它们从来不会静止不动,你全然吃不准自己看到的东西是不是真的。好比透过天窗看天上飘过的云朵——前一分钟,你看到的是一个满脸疙瘩和风疹的白面男子,而下一分钟,则是一艘西班牙帆船,正从悉尼泛黄的天空上满帆驶过。但这一个有点不一样——它始终如一。它会动,会呼吸。你可以看到它小小的胸脯一起一伏,还有它优雅、漂亮的黑色爪子紧握的动作,与真正的婴儿毫无二致。

你可以看得出来,谁都能看得出来,它同那只巨蜥有关系,她将它拿给她的查理·巴里看,不是为了戏弄他、嘲讽他,但造成这样的结果,她确实也不在乎。

她真的不知道该拿自己造出来的怪物怎么办,最终,她让它静止不动,而且不再如此害怕它了,这让她如释重负。

她从手提包里拿出一条丝绸围巾,仔细摊开在厨房的长凳上,再拿出那个不可思议的胎儿,将装它的瓶子放在围巾的正中,然后将四角提起来打成一个结。紧接着,她将丈夫打碎的那只碗的碎片打扫干净,像个手艺人做完一件东西之后进行的清理,也就是说尽管她将所有的碎片全都扫进了簸箕里面,这样就不会伤着任何人的脚,但她断然不会将簸箕倒空,而是将它放在饲料桶上,让该干这个活的人去干。

她仍能听到丈夫咆哮的声音,这声音仿佛打开了一扇门,通向她脑海中一条条久经踩踏的沙路。她眼睑低垂,睡意蒙眬,嘟囔着嘴。她将昂贵的蓝色手提包挎在一侧裸露的胖乎乎的臂弯里,而另一只手拎起打好结的围巾,然后绕着长廊不停地走。长廊刚刚抛过光,非常光滑,所以她踢掉鞋子,也不管它们飞到哪里去了,继续绕着长廊走。但地面还是太滑了,所以她停下脚步,放下手提包和瓶子,解开尼龙袜上的吊带,将它们褪下来,脱掉,扔到一边,又捡起刚刚放在地板上的东西,光着脚,继续走。

爱玛阔步而行。不顾她昂贵的黑色法国紧身褡,还有她过分装饰的定制胸衣——胸衣将她两侧的乳房紧紧地挤在一起,形状颇为时髦,漫步的过程中,爱玛·白杰瑞展示出一种叛逆的性感——她迈着懒散的大步,硕大的屁股随着步子不断地晃动,高昂着头,因为她既不自知,也无自省,所以她这么做看起来确实有点下流。她就这样走着,一圈又一圈,根本没有意识到在罗先生眼里——她似乎故意碰到了他的桌子两次——她简直就是个野蛮人。她希望丈夫能够再度出现,但他一直没回来,于是她非常突然地一屁股坐到了自己的椅子里——她的椅子没有放在本该放的位置(她的笼子外边),而是紧靠楼梯口,以便她能感受到一种意想不到的犒赏——楼梯本身带来的兴奋,那种直达骨髓的令人愉快的振动,断断续续,直将她的思绪带回到曾经体验过的快乐之中:当年,作为一名木讷的年轻的待嫁新娘,她坐在一辆水星摩托车边斗里,和那个年轻人一起,从杰帕里特一路轰鸣着来到巴克斯·马什,对于她来说,一切都是那么新奇,仿佛置身于异国他乡,她整个年轻的身体都随着发动机的振动而不停地抖动着,她稳稳当当地坐在边斗里,脚周围都是充满了无用知识的旧教科书,很不舒服。

第一趟他们是坐火车去的,因为查尔斯不愿意让他的宝贝鸟儿独自搭乘火车,然后,一周以后,他们又回到杰帕里特去讨AJS摩托车。他们是一起回去的,还被她爸爸嘲笑了,问他们为什么不一开始就将摩托车一并放到火车上带回来。他从奚落他们中获得怎样的乐趣,从生他们浪费钱的气中获得多少快乐，无从得知。她爸爸一边骂他们是"浪费钞票的傻子"，一边节奏很快地踩着他擦得锃亮的靴子，一二，一二。

她永远都不会忘记沿着宛如长蛇般蜿蜒曲折的山路，穿过寸草不生、寒冷刺骨的彭特兰山，来到马什——不过她被温暖而严实地裹了起来，即便最细微的冬雨打在她年轻的脸庞上，也仿佛针刺一般。

查尔斯正站在楼梯上大呼小叫。他们俩都是幸运儿。也许他们的孩子因此吃了不少苦头，但他们谁都没有养成那种有板有眼的做父母的习惯。她很幸运。嫁给查尔斯完全是一时冲动，谁知道结果会怎样？谁又能告诉她，谁又能预测到，一个四肢如此发达，胡须刺硬的男人，会在熄灯之后，忽然拥有一副婴儿似的嘴唇？床单上面，会有那么疯狂的亲吻和吮吸。

从第一个早上开始，他便替她将早餐送到床上。

"早饭。"她独自坐在椅子上嘟囔道。"爱玛要吃早饭。"她的父母永远都不会相信，羞怯的爱玛会有勇气提出这样的要求，而且正因为对此并未习惯，所以提出要求本身就给予她一种特别的快乐，让她的乳头变硬，就像她已褪去了所有的衣裳，厚着脸皮站在一片牧场之中，或者齐膝深的沼泽之中。没有人去阻止她。也没有人笑话她，或者拖曳她的头发。

她很幸运，而且她永远都不会忘记自己有多幸运，所以她将他放在比孩子们更重要的位置上，尤其是两个大点的孩子，实际上他们也不再喜欢她了，只是象征性地亲一下她的脸颊，两片嘴唇像鲍鱼一样，全是肌肉，又硬又冷——她宁愿他们不要亲她——或者将他们的嘴唇留在他们硬如河蚌的壳里，那儿才是他们该待的地方。不爱两个大儿子，爱最小的儿子多于两个大儿子，爱丈夫甚至超过小儿子，这些都是不对的。有时候她确实很在乎，她为自己让他们不快乐而痛哭流涕，但不会经常这样，而且也不会持续很长时间，因为归根结底，她想要的就是这个。

拥有宠物店这门生意，不仅如此，拥有能够容纳这门生意的墙壁和屋顶，对于她来说是幸运的。但她不喜欢谈论生意本身，尽管她明白——她完全、彻底地明白——没准他非常希望能跟她谈谈生意方面的事，但她不想听到任何有关生意的问题。生意上的事，她宁愿什么都不知道。况且，那也不是女人的地盘。即便是，也不是她的地盘。这有点类似于坐在摩托车的边斗里，把头伸出去看旋转的车轮；当你看到车轮的辐条是那么的细，或者有三根生锈了，五根弯了,你会因此感到焦虑不安。同样,你犯不着知道管子上的补丁,或者轮胎已经磨平。查尔斯想跟亨利·安德希尔的女儿讨论生意上的事,但她根本就不答应。

她坐在椅子里,品尝着戏弄查尔斯在自己内心深处激发出来的那种甜蜜的期待。这是女人的艺术。他不会到街上去乱逛,像希克先生那样乱找其他女人。

今天晚上,或明天晚上,又或后天晚上,他就会为打碎了那只碗而来向她道歉。那就是为什么她将碎片留在簸箕里的原因,因为这样他就没机会忘记它们。那就是为什么她暂时不去考虑这件事的原因。当他的气消了之后,他就会来向她说对不起。她到时候再决定怎么办,是接受他的道歉,将他搂在怀里,还是再往后推一段时间,让他团团转,将他推至下一个令人目眩神迷的快乐境界。

"早饭,"她坐在椅子里嘟囔,"小爱玛想吃早饭了。"

与此同时,《时代》杂志的记者正走在乔治街上,满脑子都是她丈夫的形象——一个充满幻想的衣着松松垮垮的空想家。看到查尔斯摆弄园丁鸟的时候,他能感觉到自己的脊柱略感刺痛。现在,他发现自己是多么渴望——很长时间以来,他都以为自己已经完全放弃了这样的热情了——渴望这辈子能做点体面的、有头脑的事情。他希望自己的生活同稻草、羽毛、单纯的情感有点关系。他走进大理石酒吧,下定决心要在自己有关动物走私行业的报道中将查尔斯刻画成一个正面人物。不过,当他作出这个决定时,查尔斯已经变成了一个疯子。他扭住一只满身伤疤的老巨蜥,满怀敌意地将它塞进了一条麻袋。他没有说自己究竟要干什么,尽管员工们都很紧张,因为他们知道这是白杰瑞夫人的特别宠物。他们希望别在"楼上"惹出什么麻烦。

西斯奥痛苦地看着这喧嚣的一幕,只想着快点离开,回到学校去,继续自己真正的生活。忽然间,他对宠物店感到极度厌烦,怪异的回声,可怕的楼梯,还有它的气味,最为重要的是那些原本不应该装在笼子里的动物。刚刚手法圆熟地为父亲辩护,现在他却感到由衷的厌恶,不仅对于自己,也对于这个他予以保护、使其免遭攻击的生意。

但是,当父亲去拿他的车钥匙的时候,拎着那条装着不停挣扎的巨蜥的重麻袋的人却是西斯奥。然后,父子俩一道,走到皮特街上停车的地方,一辆新款的霍顿汽车,就停在沃尔沃斯商场外面。他等着父亲打开后备箱,将那条重麻袋扔了进去,然后退到街沿上。他一边往后退,一边却被嗖嗖掠过的鹦鹉所吸引。他爷爷房间里的灯光非常亮，一种鲜艳的蓝白色的霓虹灯，所以当那个老人坐在那里——他现在就坐在那里，像之前一样——看起来他和在他周围闪烁振翅、闻名遐迩的霓虹灯一样亮。

毫无疑问，从街上是无法看清他眼睛的颜色的，但西斯奥却很有把握。后来，他觉得一定是他的眼神将他吓坏了，让他伸手接过车钥匙，而他原本只是想握手道别。

"我来开吧。"西斯奥说，于是父亲便将车钥匙放进了他张开的手中。

59

不要以为我没有情感。一次中风也许会让你半身不遂，但却不会将你的激情腰斩。不，不，恰恰相反，所有事情都翻倍了。两倍的痛苦，两倍的忧伤。千万不要因为一件事情必须得做，便以为必然乐在其中。

不，看着你的孩子开车从你的生活中离去不是什么有趣的事情。那天，我的心仿佛被从未融化的冰针不停地扎着。即便现在，呼吸的时候，我依然能够感觉到它们的存在。我咳嗽得厉害，嘴两边深深的胡子拉碴的法令纹里，粘满了白色的吐沫，我向你保证，那已经不再是1919年迷倒菲比·麦克格瑞斯小姐的腓尼基人迷人的曲线了。

我坐在椅子中，看着装在麻袋里的巨蜥被扔进后备箱。那一天，我知道，上帝是一个贪恋忧伤、爱、悔恨、悲伤、懊悔、内疚的饕餮之徒，当然还有快乐，一切的一切——对于他来说，这些都是牛排和鸡蛋，为了得到它们，他不惜作出任何承诺。但我说什么来着？根本就没有上帝。只有我，赫伯特·白杰瑞，高高地坐在皮特街之上，天使，或者鹦鹉，战战兢兢地伺候在我左右。

西斯奥将车挂上一挡，车仿佛漫不经心地发出咔嚓声，他做了个手势（那时候距离方向灯合法化还有好多年），然后驶进了皮特街来往的车流中，就像是开车到街角的小店去买份《环球体育》一样。除了我，没有人看见。莉娅正在去和她那个红脸膛的出版人杜德斯·凯西吃午饭的路上。他也是我的出版人,不过他觉得我的脑子简直就是一锅粥。有一次他上医院看我,并在那儿替我擦了把鼻子;我就再也忘不了这个牛皮大王了。

不过凯西是个无足轻重的人,天生可以忽略不计;这里我们要窥探的是查尔斯和西斯奥,他们正从老皮尔蒙特桥上驶过达令港。

皮尔蒙特的老焚化炉下面,笼罩着死鱼的恶臭,他们安静地穿行于其中。谁也没有说话,直至来到华特西斯酒店——这是现在的叫法,但在当时,不过就是普普通通的白湾酒店。

"你怎么看我这个人?"查尔斯问道。

"什么意思?"

"你觉得我怎么样?"

这个问题无从回答,而且提出这个问题的声音很不寻常,轻飘飘的,带着一种笛声似的颤音。绿灯亮了,西斯奥将车推上挡。

"你看到过我的臀部吗?"查尔斯问道。

"什么?"

"你有没有,"查尔斯侧身坐在座椅中,看着一脸难堪的儿子,"看到过我的臀部,我的屁股?"

西斯奥笑了,但不再是刚刚同《时代》杂志讨论宠物生意的文雅年轻人那种迷人的笑。他的眼神里流露出尴尬,而且他的笑容让整张脸看起来痛苦不堪。"只是瞄到过。"他说。

"长皱纹了吗?"

"哦,爸爸!拜托。"

"长了吗?"

"是的,我猜是长了。"

"是的。"查尔斯有点苦涩地说,然后扭头看着前方。他们一路沉默不语,西斯奥感到不堪忍受。他们穿过那座桥——桥的名字我忘记了——那一天,那个丑陋的钢筋盒子横亘在沉闷乏味、风吹浪打、呈现出战舰般颜色的水面上。

"你不应该叫我闭嘴。"

"对不起。"

"我替你买车,送你上大学,给你生活费。我对你没什么要求。(继续沿着维多利亚路往前开）我完全无法想象你会叫我闭嘴。"

西斯奥得变道才能继续留在维多利亚路上。他试图一边变道，一边解释当时为什么必须阻止父亲对赫尔·布鲁姆发表任何评论，但查尔斯根本就没有真的在听。"不管怎样，"西斯奥说，"他很喜欢你。"

"他觉得我是个骗子。"

"没有，真的。他绝对没有。"

"他觉得我是个骗子。也许我就是个骗子。你觉得我是个骗子吗？"

"不觉得。"

"好吧，但他觉得我是个骗子。他唯一看到的就是那幢大房子。他觉得我是个阔佬，但你知道当我看着那幢房子的时候我看到了什么吗，我看到的是我雇了那么多人，有那么多家庭需要养活，那么多漂亮的宠物被运到世界各地。你知道我的想法吗？"

西斯奥知道答案。他之前就听到过。

"我觉得这他妈的就是个奇迹。"

他们一直沿着维多利亚路行驶，查尔斯从头讲起了自己的从商经历，从当初爱玛的父亲说她有像马一样的屁股说起。他谈到了自己第一次跟银行经理开会的经历，谈到了莱尼·凯莱斯基给他提供的担保。他记得每一只从杰帕里特买来的鸟儿，记得自己卖出去的每种动物，比如鱼、鸟以及爬虫的价格。他会回想起某一年，就因为那一年，某个重要的样品死了或被成功孵化出来。

在希尔瓦沃特路上，他让西斯奥向左拐，沿着河畔的一片工业废地，一直开到帕拉玛塔路。

"从来没有哪一天，"查尔斯说，"我不希望自己所做的事情能够成为最棒的。你相信吗？"

"是的，爸爸，我相信。"

"当我还是个小年轻的时候，谁也没把澳大利亚的鸟、动物当回事。但是，现在全变了。我，还有内森，那是我们的功劳。"

"真是太棒了。"西斯奥说道，但父亲看他的眼神让他对自己不甚得体的反应感到无地自容。

"我从来没有想过要伤害任何人。"父亲说。

那是一个灰蒙蒙的阴天，低矮的云层如毯子般压在希尔瓦沃特那片坑坑洼洼的工业废地上。

"现在,你到世界各地去看看,汉堡,法兰克福,东京,但凡大点儿的博物馆,都能找到白杰瑞的鸟儿。"

这些西斯奥当然都知道。他早已经听过不知多少遍了。他的父亲就喜欢不厌其烦地重复那些他从未去过的城市的名字。

"荷兰,"查尔斯将小腿架在粗壮的大腿上,"法国,东京。"

"你刚刚说东京。"

"是的,"查尔斯说,"右拐。"

他们在沉默中开出了帕拉玛塔路。当他们来到教堂街的时候,查尔斯又让他往右拐,西斯奥觉得父亲根本没想好要上哪儿去。

"你很聪明。"当他们从帕拉玛塔路上最后几间商店前驶过的时候,查尔斯说。"你识文断字,能书会写,受过良好的教育。你觉得真有上帝存在吗?"

"没有,我猜没有。"

"没有,"查尔斯说,"我想也没有。"

"我要开回到维多利亚路吗?"

"是。我们要上莱德角去。"

当他们穿过希尔瓦沃特路路口的时候,查尔斯说:"你觉得我这一生还算成功吗?"

"是的。"

"你妈呢?"实际上,他的声音在颤抖。西斯奥发现他的脸上渗出了汗水。他不知道该怎么办。"你认为她的一生也可以称之为成功吗?"

他想握住父亲的手,但他的手紧紧地握成了拳头,并未对伸过来的手作出任何反应。

"好好开车。"查尔斯说。"她成功吗?"

"是的,她以她自己的方式取得了成功。"

后来,西斯奥对自己的木讷和笨拙,以及自己僵硬而不恰当的回答后悔不迭,然而事实上查尔斯提出的这些问题根本不是真正的问题,只不过是他跳跃的思绪的回声而已。

最终,在穿过一片低矮的灌木丛后,西斯奥找到了莱德角。他们颠簸着驶过一条荆棘丛生的小路,来到一片推土机清理出来的巨大的开阔地,四周堆满了垃圾。喜鹊、乌鸦在垃圾堆里起起落落。小小的黑苍蝇穿过车窗上的缝隙，钻进车内，然后又掉头聚集在挡风玻璃上，试图飞出去。这地方真是臭气熏天。

西斯奥以为父亲打算将母亲的宠物给放了。他知道这样会有麻烦，但他不想去作评判，也不想干涉。他知道那只巨蜥天生就是食腐动物，所以他想父亲选择这个地方很有道理，因为——在城市里——对于它来说，这里是最佳的食物来源。

然而，当查尔斯从后备箱里将它拎出来的时候，手里同时也拎了支来复枪。他将袋子扔在地上，往枪膛里压了10发22毫米的子弹。然后他解开袋口，将巨蜥倒在灰土地上。

巨蜥差不多已经24岁了，除非迫不得已，它很少动弹。它会将头放在自己的食物托盘上，当爱玛将食物放在上面的时候，它一动不动地吃东西，连姿势也不会稍作变化。此刻，看起来它没有察觉到任何危险，尽管它的舌头在嘴巴里进进出出，嗅着外面陌生的空气。

西斯奥吓坏了。

"你这个婊子，"他听到父亲咒骂道，"可恶，你这个邪恶的臭婊子！"

两颗子弹一颗紧跟着一颗击中了这只爬虫。枪声空寂，刺耳。尽管距离只有24英寸，但听起来他似乎没有打中。然后，西斯奥便看到血从它的眼睛里、嘴里渗出来。紧接着又是几声枪响，轻飘，尖利。它硕大的脑袋上留下了几个红色的印子，绝不比它身上全是鳞屑的疮痂更严重。它的后腿再也没有站起来，脖子鼓胀，划拉着爪子。它试图钻到车子下面。查尔斯又开了三枪，从屁股后面射入，枪口离他可怜的牺牲品还不到3英寸。

西斯奥将头扭向了一边，远远地看着市区的方向。他试图不去听父亲说的那些有关母亲的话。他可以看到悉尼海港大桥，还有AWA大厦，他没有看到父亲那么做，只听到了一声咕噜声。

这种事情，只需要一瞬间。我自己也曾闪过这样的念头——调转来复枪头，塞进自己的嘴里，只是一瞬间的事情。这同他的经济事务，同他生意上的控制权落入美国伙伴之手全无关系。这只是个错误，很有可能是因为那天是个阴天，因为灰霾的天空将地上所有的快乐全都榨干了，因为希尔瓦沃特有那么多坑坑洼洼，因为巨蜥没有死得干净利索，因为它一声不响地忍受着痛苦，因为它不尖叫，因为它脑子生锈，肠子发炎，因为他误解了他在瓶子里看到的东西。

他将我们的命运全都交给了爱玛,他唯一的继承人,也是世界上最棒宠物店唯一的所有者。

60

莉娅·戈德斯坦穿戴得很整齐,本希望被带到什么时髦的地方去用餐,但杜德斯·凯西不过带她去吃了一份柜台午餐而已。一开始她很恼火,喝得很快,而且一肚子气。很快她便发现喝快酒有趣的一面,继而喝得很快,也喝得很欢乐。他们喝的红葡萄酒一点儿也不醇,在她嘴边留下了一道断断续续的黑印子。

出租车司机离她还不够近,当然看不清她唇边一道细细的黑线。他看到的,乃是一个值得尊敬的女人,身着套装,站在麦克利街上,然后他载上了她。

直到她上车之后,他才闻到了一股浓烈的酒味。她让他前往位于皮特街上的一个地方。

他开得很快,不过——这周得擦一下后排座位了——转弯的时候却尽可能开得平稳一些,他不想让他的乘客颠着,也不想让她头晕。

他打开收音机,这样他就用不着说话,以免遭到醉酒的人尖刻的挖苦。

他们驶向威廉街的时候,电台开始播送新闻。第一条便是一个人射杀了一只巨蜥,然后开枪自杀的消息。你可以听得出来,播音员在播送这条所谓"怪异的双重自杀"的消息时一直在笑。这条消息结束之后,他开始播放歌曲《再见,短吻鳄》。

尽管下定决心不跟自己的乘客说话,但这时候他还是忍不住评论一番。他看了一眼后视镜,发现自己的乘客的脸因为悲痛而彻底崩溃了。

哦,妈的,他心想,而她的悲痛越发强烈。喝多了女人最糟糕了。他将收音机调得更大声,但他依然能听到她在号啕大哭。他将车开得飞快,比原计划的还要快很多。他将她在伍尔沃斯商场前面放下,她给了他1镑,一把塞进他的手里,却没要找零。他开车离去时在后视镜里看着她。只见她僵直地站在那里,呆呆地看着路对面的一幢房子。

莉娅·戈德斯坦朝上看着。赫伯特·白杰瑞就在那儿,坐在自己的椅子里,身体稍稍朝向中风的那一侧,被旋转的凤头鹦鹉霓虹灯包围着。

"你这个杂种。"她说。

路过的人都绕着她走,用不着推开她。他们留下了足够的空间。

我从坐着的地方看着她。我看到她斜着穿过了皮特街,既不朝自己的右边看,也不朝自己的左边看。当她抵达宠物商场的楼梯时,我立即便感觉到了。我感觉到她的脚步一路来到顶层,然后绕着长廊的栏杆,穿过了厨房。

门开了。

"杀了我吧,"她嚷道,"杀了我吧。"

她烂醉如泥,我则虚弱不堪,根本动弹不了,但我劝她在我的小床上躺下,还把我的盆子递给她,以防她要呕吐。

她再也记不起那天都说了些什么,但照样还是让我心力交瘁,仿佛我精心构筑的世界在我自己手里慢慢解体一样。

上了年纪的人不需要睡眠。那天晚上,我一直坐在她身边。我看着窗外的招牌,单凭一己的意志力,将所有的东西都重新复位。

61

在那间小小的用塑料搭建的教堂里,查尔斯的遗孀哀号痛哭。感谢上帝她哭了。至少哭声是个诚实的噪音。没错,她的哭声难听至极,而且夹杂着令人窒息的哽咽和尖叫,如同风帆被撕裂一般响亮,但我宁愿听到这些,也不愿意听到从笑嘻嘻的主祭嘴里滔滔不绝地说出的刻板重复的废话。

"查尔斯,"我还是直接引用他的话吧,"与上帝同在。"

我不知道他属于哪个基督教派(那个白痴),但他的说话方式确实是在模仿一盘美国人的录音带。他曾经站在家里,按照小册子上指引的那样,交叠着滑石般光滑的双手,对着镜子,一遍又一遍地模仿,直到他的澳大利亚口音几乎无迹可寻,天生的鼻音仿佛被掩盖在一层甜腻的调味汁中。

他对我们说,这一天对于我们来说应该是快乐的一天。

教堂里有一块斑驳的褐色阿克利纶地毯,还有些明亮的浅绿色椅子供大家就座。

当他念祭词的时候,他们弹起了一架沃立舍管风琴,并将棺材放在滚轮上推了出去,巴克斯·马什的冷库就是这样一箱一箱地将苹果运进仓库的。你永远都猜不到,那个闪亮的盒子里装着一个人,我的孩子,一个肉身的皮囊,里面包裹的全是些破碎的梦。

我们来到教堂外面的阳光里,站在石子路上。亨利和乔治的妻子一左一右搀扶着她们失去丈夫的婆婆。莉娅则忙着拦出租车。

那些老年人全都糊涂了,不知道该上哪辆出租车——希德·戈德斯坦弓腰驼背,骨瘦如柴,双手干枯如纸。喘着粗气的老亨利·安德希尔试图维持秩序。菲比穿过在阳光下闪闪发光的石英石小路,如同往常一样,小心得有点过头,生怕自己会跌倒,摔断髋骨。她身上装点的黑色羽毛,比出殡的马身上的还要多。她一身黑纱,走到我的轮椅跟前,伸出一只苍白的瘦骨嶙峋的手。

我的轮椅对大家有种奇怪的效果。他们全都跑过来看看我,好像我是菜市场上的一条鱼似的。

"他怎么样?"

我说:"我在这个古老的星球上时日无多了。"

我说的话他们一个字也听不明白,不过也没什么,因为我只是撒谎逗他们开心而已。死亡是他们的嗜好,他们的梦想,他们的恐惧,也是他们唯一值得思考的话题。

后来,我们回到宠物商场喝点东西,乔治和亨利将我扛上四楼,气喘吁吁,牢骚满腹。

你不会将这样的活动美化为守丧。他们都太老了,太令人沮丧了,我回到自己的房间,让他们去抱怨我看起来病得不轻,我可以听到他们在唉声叹气,臭屁熏天,杯子丁零当啷地磕打在茶碟上,但我有更紧要的事要做——我将我的咸味酱瓶子又拿回来了。

那个让我的孩子死于非命的东西并非半蜥半人的怪物,也不是让莫斯警官吓得屁滚尿流的什么变幻莫测的瘴气。它是条龙，一个结实的生物，2英寸高。看到我之后，这个邪恶的混蛋鼓起脖子，向我亮出了它红色的内脏。哦，上帝啊，真是个下流的玩意儿。它直立起后腿，黑色的长爪刮在玻璃瓶壁上，整个身子因为愤怒而摆动，同时从深墨绿色变成了光芒四射的灰色，肚子胀满了气。

我没有马上对付它。事实上，我刻意对它视若不见。我开始用一块很小的钢丝绒将瓶盖上的锈擦拭干净。这听起来可能很简单，但是，倘若你的左胳膊不能动弹，这可不是件容易的活，你得全神贯注。当瓶盖擦得明亮干净之后，我又用一块破布蘸着变质酒精去擦拭瓶身，可以听到门外传来爱玛号哭的声音。

倘若查尔斯的死没有暴露出整个家庭赖以生存的经济状况有多脆弱的话，那么可以说它有效地让我们更加紧密地团结在了一起。

查尔斯桌子上那些乱糟糟的文件里包含着足够的信息，表面看起来，整桩生意不仅没有赚头，而且两大股东对这一形势均已感到无法忍受了。而且，股东已经不再像我们每个人以为的那样，还是希克公司和海湾&西部公司。后者将他们的股份转让给了芝加哥一家名叫杰夭夭私营有限公司，其业务无人知晓。看起来，大多数股东似乎——从书面材料来看，他们并没有这么说——都愿意，甚至可以说是渴望对他们的生意提供支持，只要利润丰厚的违禁动物能够继续"方便地"运出澳大利亚。但查尔斯似乎对此类请求毫不在意。

这些账本的状况意味着只有两种可能性：要么他们答应绝大多数股东的要求，要么他们转让自己的股份。

对此每个人都有自己的看法。我听到他们争吵不休，而我知道这是所有葬礼必不可少的一个组成部分，争吵和偷窃让人们无心悲伤。正是那一天，亨利的老婆偷走了一对珍稀的杏黄虎皮鹦鹉，声称查尔斯答应过要送给她。也正是那一天，乔治拿走了雾网。甚至连亨利·安德希尔（他的心脏不太好）也试图将梯子搬走，尽管他试着扛了一下便不得不放弃了，那把梯子，自此一直放在那里，靠在墙上，足足五年之久。

爱玛对他们的所作所为视若无睹。直到一周以后，人们才勉强能够让她考虑未来该怎么办。我并未直接参与其中。顺便说一句，也没有人请我参与。不管怎样，我正忙摆弄我的咸味酱瓶子。我对着它浅吟低唱，将我最动听的歌唱给它听。最终，它像任何一匹神经紧张的马一样，尽管会喷鼻息，会后腿直立，会打响鼻，但归根结底还是会平静下来。

尽管我没有参与讨论，但是，透过我的窗户，我看到长着一双罗圈腿的亨利紧随着他漂亮的妻子大步走到街对面去了。我看到所有乞怜的人——乔治，菲比，范·克拉利甘——他们全都来了，所有人都来了。有的拿着公文包，有的拿着一卷一卷的纸，有的则什么也没拿，只拉着一张凶巴巴的脸。

莉娅来跟我说了说他们争论的问题。她给我喂稀粥的时候，我将瓶子藏在地毯下面。她说他们愚蠢至极，说他们不能也不会接受这种状况，说宠物店的好日子到头了——没什么好争论的了。她不需要我的回答，但我还是对她报以几声咯咯的笑。这幢房子得卖掉，债务得付清，公司得清算。你真应该看看她的眼睛——简直激情似火。她给我喂粥的方式可以称之为粗暴，但又似乎充满快乐，我嘴里的还没咽下去，下一勺子紧接着又塞了进来。她说，剩下的钱差不多刚够替爱玛买幢小房子，外加支付养老金。

我们其余的人，她说，都得自觅生路了。

莉娅幸福得有点情绪激动，不过实在为时过早，因为查尔斯的遗孀了解情况之后，变得极为安静。当莉娅终于把事情跟她说清楚了之后，她坐在前夫的雪松木办公桌后，拇指在下，四指在上，紧紧握着桌沿。

"这是我的家。"她对莉娅·戈德斯坦说。

"爱玛，看看这个。"戈德斯坦将会计的账本推到她面前，但爱玛再也不愿意看写在纸上的数字了。"这儿根本就不是你的家了。它已经属于美国佬了。"

爱玛嘟嘟囔囔，用指尖在莉娅的胳膊上轻轻划过。

"爱玛，你必须得面对现实。你已经没有决定权了。现在他们说了算。"

爱玛笑了笑。这是查尔斯死后她第一次露出笑脸。

"我的孩子会照顾我的。"她说，尽管没有明说，显然指的是西斯奥。

"爱玛，他没办法照顾你。"

"哦，是的，他可以做到。"爱玛说。"你等着瞧吧，姑娘。"

最后一个称呼莉娅为"姑娘"的人是默文·沙利文。但她一点儿也不喜欢这样。

62

莉娅·戈德斯坦已经不再将这幢房子视为一个由砖头、灰浆以及其他无生命力的物件构成的建筑。它有纤维状的缠绕在一起的根，一直生长到下水道里。它会出汗，也会在风中呻吟、叹息。

它的所有功能便是一座陷阱，生活在其中的人可以胸无大志，快乐地耗去一个又一个下午，一个又一个年头，听着广播里的赛马节目，伸手再拿一只牡蛎，唯一关心的是啤酒杯上的洗涤剂有没有洗干净，有没有放在冰箱里冰镇冷藏过。他们讨论海港明虾的品质，喝得醉醺醺的，将明虾的头压碎，觉得自由自在，快快乐乐，然而实际上，他们无时无刻不是这幢房子的奴仆。它让他们的举止令人生厌。

莉娅看着爱玛亮晶晶的眼睛里冰冷而无情的眼神。那不是悲伤，而是别的什么东西，莉娅认出来了，自己曾经也有过类似的心情。

当她跟随爱玛走出办公室的时候，莉娅在内心深处以某种独特的方式无声地对自己发誓，一定要继续留在皮特街，看着宠物商场的房子倾覆而下，化作尘土，如同一件挂钩上的衣服，甜蜜而轻柔地滑落，无形无状地躺在地上。

为了这个目的，她将西斯奥带到了红坊区的一间啤酒花园。她带他去红坊区并没有什么特别的原因。只是参加工党会议的时候，她碰巧知道了那儿的一家酒店，碰巧那儿离西斯奥的大学又比较近。每天晚些时候，大约下午6点钟，它便会达到其玉石俱焚般的高潮——这地方，会整个儿变成一座蛇穴，一个罪犯收买警察、偶尔还会对自己的竞争对手动刀动枪的地方。但这个时间，上午11点钟，它是个阳光灿烂、空气清新的所在，翻着白眼的侍者已经用水管将铺着明亮碎石的地面冲洗干净，在水力的作用下，昨天留下的烟蒂、火柴棍全都无影无踪了，湿透了的餐巾纸及啃光了的骨头也都拣掉了，米奇·克罗泽啤酒花园已经准备好迎接新的一天。

当然，"花园"这个名字，让人对克罗泽的环境有种误导——实际上，它是个无遮无拦、碎石英铺就的一块地方，就像米奇1950年代曾经拥有的帕拉玛塔二手车堆场，在这一片令人炫目的白色海洋的正中，有一块红砖砌就的小岛，上标女厕所、男厕所。倘若不介意那股气味，你可以尽情享受厕所提供的一小片荫凉，或者，如果介意的话——莉娅就很介意——你可以选张靠近格栅的桌子——米奇和罗莎莉在栅栏上钉了些格栅，并将它们同隔壁的砖墙连接固定起来——砖墙上还印了些图画。此外，他们也种了些茉莉花，不过人们老是对着它们小便，后来便死了。

桌子是用板条做的，每根板条都被漆成了一种不同的游乐场似的颜色，而且想让桌子站稳几乎不可能，啤酒很容易溅出来，流到板条下面。

西斯奥坐在那里，灯芯绒裤子的膝盖被啤酒淋湿了。他看着对面的莉娅·戈德斯坦，想知道她要见自己是为了什么。她穿了件有点褪色的蓝格子衬衫，看起来很舒服，但这身简单的装束同她异常光滑的脖子上戴的那条细细的金项链形成了反差，或者至少有点引人注目。她花白的头发乱蓬蓬的，随便地拢向脑后，仿佛她对自己的头发很不耐烦，还有更重要的事情要去考虑，由此也露出她漂亮的脸蛋。她有条不紊地点了根香烟，深吸一口，吐出来，然后将火柴盒同烟盒整齐地摆放在桌子上。

"干杯。"她说着举起了玻璃杯，仿佛她早已习惯了每天上午11点钟喝点啤酒似的。

"干杯。"西斯奥回答道。她让他有点犯怵，同时也充满了好奇。打从出生起，他就认识她，然而又对她一点儿也不了解。他猜她曾经是爷爷的情人，但谁也没有跟他讲过。她曾经嫁给了声名狼藉的伊沙伊·凯莱斯基。大萧条时期，她四处漂泊，跳舞为生。她的生活曾经是那么有趣，他希望，在因为父亲自杀而形成了这种温暖的情感下，他们终于能够坐下来，彼此交流。他觉得他们一定会有很多共同点。

至于莉娅，忽然对西斯奥感到有点紧张。她没想到自己会紧张，但此行的目的让她心绪难平，她忽然感到嗓子发紧，声音微微颤抖，以前在公开讲话的时候遇到过类似情况。她对柯布西耶一无所知，因此未能意识到他所系领结具有多么深刻的意义。相反，她觉得他看起来油头粉面，像个地产推销员，让人很不愉快。

西斯奥试图说点什么，以掩盖冷场的尴尬。他的举止或声音泰然自若，毫无异样。但实际上,他感到害怕,感到窘迫。

他对啤酒花园的装饰评论了几句,大声地猜测他们为什么要将板条桌子漆成不同的颜色。也许,他说(他忽然想,她带他来这儿可能是要告诉他,父亲根本就不是他的亲生父亲),不同的桌子颜色实际上意指海边的遮阳伞和帆布躺椅,因为它们象征着休闲和工人薪阶层的海边假期。

莉娅在想,自己只听过鸡尾酒会上人们说的那种彬彬有礼的废话。这让她心里更没了把握,但她还是耐心地等着他把话说完,报以笑脸,又深深地喝了一大口冰镇苦啤,给自己足够的时间作调整,然后才说出自己来找他的原因。她的声音太紧了。她有种感觉,仿佛是对着一口深井在说话,又仿佛是对着空气在嘶喊。她不去管自己的声音一直在颤抖,坚持硬着头皮往下说,替他概括了一下听从他妈妈的话的风险,也就是说,按照美国老板希望的那样,继续经营宠物商场将会面临的法律和道德风险。

西斯奥可没打算做个马屁精。他才不担心这些所谓的风险。他所担心的是,莉娅·戈德斯坦看起来那么严肃,那么不快乐。

"啊。"他诙谐地扬起眉头说,淡淡地嘲弄了一下她的严肃劲儿。他往后靠在椅背上,然后向前俯下身子。"啊,那么,啊,那么……是这样吗?"他用日文说道,故意让自己看起来颇有黑泽明电影里的种种意象,透着一股日本味儿。

莉娅误解了他的表演。她对这种笑脸和这通动画式的举止疑虑重重——此时,他本该悲痛欲绝才对,并把自己看到的一切和盘托出。他被宠坏了,太年轻,而且腐化堕落,在他白色的衣领和扭捏作态的领结下面,她看到的是推销员那种取悦别人的欲望。

"那么说,我将要受命成为一名走私犯,嗯?"西斯奥对着自己的啤酒笑道。很容易忘记他才18岁。"计划就是如此。这么说生意到底还是能够继续做下去的?"他很风趣,起码他是这么觉得的。

莉娅从来不擅长嘲讽。她又点了根烟,皱起了眉头。

"将来我们都会发财的,"西斯奥乐呵呵地说,"我们可以买跑车,养情人。"他当然是在开玩笑,但他故意在自己的话里放进"情人"这个词,就像渔夫让鱼饵从一条正在密切观察的鳟鱼眼前飘过一样。他希望莉娅谈谈情人这个话题,她的情人,他妈妈的情人。他希望听到她的忏悔,知道他们的秘密，了解从前所有可爱而又肮脏的勾当。

然而，这种方式不适合莉娅。她觉得他轻佻而又愚蠢。她严肃地跟他讲了一通大道理，说美国人正在大规模地收购澳大利亚工业——她曾经替工党研究过这一问题——并谈到了由此而衍生出来的政治问题，两者归根结底都将导致澳大利亚越来越依赖于美国的投资，而作为一个附庸国，必须有所回报，比如加入朝鲜半岛以及其他地方的战争。

说这些完全没有必要。西斯奥了解的情况几乎和她不相上下。他很快就厌烦了。而厌烦——因为他不是个温驯的年轻人——很快便变成了暴躁。

"我知道。"他说，莉娅对他有种错误的印象，而他故意摆出一副满不在乎的架势。他拿起啤酒壶，将自己的杯子再次斟满。"但这事有什么关系，只要雷希啤酒还是冰的。"

她上钩了，那让他非常恼火。他大声地砸吧着舌头。这个声响实在出乎预料（而且的确够响的），莉娅只好停下来。

"你真的觉得，"西斯奥两颊绯红，很不耐烦地问道，"那些事我什么都不懂？"

莉娅杀气腾腾地张大着嘴，继而又小心地闭上了。她将头歪向一侧，端详着西斯奥，最终说道："我不了解你。"

"是的，"他说，"你根本不了解。"

此刻，他们俩都感到极为尴尬。莉娅替自己和西斯奥又倒了些啤酒。西斯奥再次开始说话，而且刻意用自己的话语和热情将不良的火气从自己的情绪中清理出去。

"莉娅，"他说，"即便我一点原则都没有，我也不会按照她的意愿去做的。"

"她是你妈妈。"

"是的，是的，她是我妈妈，但我是不会那么做的。即便纯粹出于自私，我也不会去做。出于自负，我也不会。出于自尊、骄傲和野心，我都不会。"

他列出了他自己觉得她会相信的动机，起码比那些美好的动机更容易接受，但在他看来，这些都有点令人厌烦。

"你知道吗，"他笑着说道，不过心绪已经不再平静，"我要成为一名伟大的建筑师。"

他从莉娅的烟盒里抽出一支烟点上了——他的手轻轻颤抖着。

然后，他又恢复了年轻人的本来面目，激情澎湃，野心勃勃。而莉娅知道自己生活在锈迹斑斑的断壁残垣之中，感到自己已经那么衰老，那么白发苍苍，那么愤世嫉俗，她羡慕他光滑的皮肤、清澈的眼睛。当他谈论伟大，他的伟大，就好像这是一件确定无疑、几乎触手可及的事情一样，她觉得自己彻底降服于他的意志了。他说这个想法让自己手指上的皮肤紧绷——他让她看是什么地方——指甲下的嫩肉刺痛。莉娅对他既着迷，又排斥。她觉得——就像她看到他的领结时的感觉一样——他很堕落，他的笑容太过成熟，他的皮肤太过光滑，他的牙齿太过雪白；但是，另外一方面，他身上又有一些与此完全相反东西，一尘不染，不甘示弱，就像刚刚从包装纸里拿出来的手术刀片一样，精确而又锋利。当他砸吧舌头的时候，她便看出了他身上强韧的一面。

然而，毫无疑问是出于偏见，她开始疏远他。她往后靠进椅子里，将烟头丢进桌下的碎石中。她仍仔细听着他说的话——仿佛这些话是打印的文稿，没有热情，没有任何跌宕起伏。在她看来，他唯一的信仰便是自己的野心。当然，她错了，但她固执己见，拘泥于自己的第一印象，而一个通情达理的人可能早已放弃陈见了。此刻，她记得有一段时间——最近她经常想起这一次——所有人似乎都执着于信仰和原则的问题。面对这个问题，他们曾经那么粗鄙，摇摇晃晃，还经常愚不可及，但是，至少这个问题对于他们来说至关重要，即便赫伯特·白杰瑞，那个蓝眼睛的坏种，也多么希望自己是个有原则的人，甚至曾经装出一副情绪失控的样子，并同铁路警察干了起来。

但是，她觉得建筑师并不比走私鸟雀强多少。并非她对建筑不敏感。（正如我们已经见过的那样，可能恰恰相反）。悉尼新建的高楼大厦让她倍感恐惧，就其用途来说，它们并不比她曾经希望——摧毁的老房子强。它们看起来残忍、冷酷，像战争的机器。它们一座座拔地而起，像纪律严明的部队，将自己的身影投映在街道上，而在夜晚，整个天空都绽放着它们奇异的花朵。可能因为这是唯一一个同她有关系的建筑师，也是唯一一个她能见到的建筑师，所以她打断了西斯奥的话，要求他比较自己选择的道路，并要求他承认自己为之工作的那些公司（她觉得有好多公司，他并未对此提出质疑）几乎可以肯定比鱼儿、鸟儿，还有有袋类动物、哺乳动物，甚至包括人类，有更高的价值。

到了那个时候，他们都已经醉了，尽管他们俩谁也没意识到这一点。他们的唇枪舌剑并非毫无乐趣。当莉娅抓住他的手，拽着他从边门出去的时候（她想让他看看这座城市的地平线,但街上全都是梧桐树,挡住了视线),他挣脱她的手,她则大笑着嘲弄他。不管他们如何蹦啊跳啊,地平线仍旧无从得见,于是他们折回来,又买了一大扎啤酒,来到阳光明媚的花园里,此刻已近午餐时分,花园里弥漫着烤肉的香味,米奇·克罗泽的顾客们自己动手,享用着店里颇负盛名的5先令烧烤,烤猪排上的油滴落在炭火上,燃起蓝色的火焰,一派生机。

西斯奥和莉娅都没吃东西。他对莉娅说,迄今为止澳大利亚还没有属于自己的建筑,只有殖民地时期的建筑,带走廊的那种。她说唯一合适的建筑应该基于帐篷演化而来。他同意她的看法。这让她很吃惊。接着她颇为厌恶地——西斯奥这么觉得——说起了罗先生,他乐颠颠地待在那儿,饱食终日,不用去想作为一名华人究竟意味着什么,而对于她来说,试图思考作为一名澳大利亚人究竟意味着什么简直让她厌烦之极。然后,她又开始反驳自己,说根本就不可能有什么澳大利亚建筑,他为此殚精竭虑简直就是傻瓜,因为根本就不存在所谓澳大利亚这样的东西,或者即便有,也不过像是没装好的相框,框里的照片早已褪色。

当西斯奥反驳的时候,她则给他扣上不道德的帽子,而且说他政治上很幼稚。

西斯奥接着说他抽过大麻,父亲去世的那天晚上和一个水手做爱了。他试图谈谈他对父亲之死那种复杂的情感,而她可能确实也感觉到了。那场梦魇之后,他试图从中发现一点积极的东西。

莉娅深受震动,很反感,而且深感惊讶,尽管这孩子有很多事情令自己非常生气(水手首当其冲,还有吸毒,没有信仰,以及孤独而自负的勃勃野心),至少他们在白杰瑞宠物商场这个问题上能够达成一致,也就是说再也无法故作无知地从事这个生意了。

她留下了他的电话号码。宠物店已经完蛋了。他们跌跌撞撞地穿过繁华的阿贝克隆比街,朝市区走去,他们停下脚步,郑重地握了握手,就此达成了一致。

所以,当她头痛欲裂、满脚起泡地回到宠物店,她并未在意爱玛和赫伯特·白杰瑞之间嘀嘀咕咕的谈话。她看到查尔斯的遗孀重新拿回了她的咸味酱瓶子。瓶盖闪亮,倘若她留意看看瓶子里面,她会发现里面装着一团细丝似的东西,如同珊瑚一样,只见明蓝色的小鱼在其间游弋。

她不在的时候,西斯奥未来的命运已经决定了。

63

归咎于谁?你想讨论责任应该归咎于谁?

不过,看——我的乳头越长越大。在你操心责任的问题之前,也许应该先操心这个。所以,把你们的舞女带来吧,把你们拿着卡尺的年轻人带来吧,你们这些吸着鼻涕的生理学家。如果你们觉得这样能够获得什么有用的信息,那就让他们来戳来量吧。

你们爱怎么拍就怎么拍吧。我已经跟你们说过了,我已经不在乎我的腿了。你们想知道左右两边的乳房为什么不一样大?为什么我胸脯上的皮肤全都皱巴巴的,乳房上的皮肤却如此紧绷、光滑,而且如同大理石一样白?你们给我做检查的时候,为什么禁不住下体充血,蠢蠢欲动?不想知道?你们只对责任应该归咎于谁这个问题更感兴趣?

你们想知道,最后一只有记录的金肩鹦鹉的死应该归咎于谁。

很好。

最后一只有记录的金肩鹦鹉,命中注定要带着它所属的物种走向消亡,命中注定要在一个漂亮女人甜蜜的怀抱中咽下最后一口气。

金色的肩膀(或者,更准确地说是翅膀)是这只鹦鹉最不起眼的特征——现在,随着犯罪行为一步步实施,它被我的孙子西斯奥温柔地用药镇定下来了——为了全家人的幸福,西斯奥暂时搁置了他个人的雄心壮志。

鹦鹉的喙被仔细地——甚至可以说挑剔地——用一根上好的白线系着,它珍贵的、如同珠宝一样的翅膀也被固定起来以备长途旅行。这只鹦鹉非常珍贵——它的销售所得能够让我们丰衣足食,足以支付我们3个月的各项开支,出版《马利之瓮》,向反越战委员会捐赠几千镑,而且如果他愿意的话,还足以供我的孙子在乔治五世大酒店住上6周的时间。所以,他自然会对它毕恭毕敬,小心伺候。即便将它头朝下缝在一个狭小的口袋里,接下来前往罗马的30个小时的旅程中,它将只能受困于此,他的一举一动中依然有种特别的温柔,甚至于有点伤感——对于一个觉得自己被称为走私犯的人来说，这样的敏感真是不可思议。西斯奥绝不是海关官员偶尔会拦截到的那种贪婪之徒——他们的手提箱里塞满了鸟儿，但由于错误的麻醉手段，糟糕的装载方式，最终全都葬身于此。

这只鹦鹉漂亮得如同一张波斯地毯，它不会被装在箱子里运到其他地方，而是舒服地躺在西斯奥宽松的裤子里，挨着他的小鸡鸡。

蛇已经稳妥地放在他外套的内衬里了。两条幼蟒，一边袖子里一条。这个年轻人对蛇有种天然的亲和感，他知道，它们会觉得自己温暖的身体很舒服。用不着什么镇静剂。

然后，西斯奥伸出胳膊，接过莉娅·戈德斯坦默默地递过来的风衣——之前她已经极为严格地将他审视了一遍。自从他们在米奇·克罗泽见面，一晃10年过去了，他们之间的关系很冷淡，也很拘谨，但两个人的激情丝毫都没有消减，尤其是莉娅，仿佛是被自己的激情所侵蚀，变得消瘦而憔悴，眼窝深陷，看起来像一只严肃、甚至有点恶毒的鸟儿。

西斯奥觉得她就是个伪君子，一方面接受这个产业的钱财，享受它带来的好处，一方面又极为明显地不认同它。

莉娅对他的看法则同那天的没什么变化，只不过她已经不再把他的抱负太当回事了。但是，它依然在那儿，而且潜滋暗长，仿佛一颗被长久束缚在花盆里的树的根一样，变干、变硬，缠绕在一起，老旧的木头，细密的根须，全都挤压在一起，变成一块又硬又黑的死结。

他们都站在镜子前，欣赏着镜子里的效果，看起来似乎无懈可击——如今，屋子里最显眼最突出的便是这面镜子了。从前，查尔斯在这里孵化琴鸟和园丁鸟，同现在的用途相比，对照实在过于鲜明。孵化器早已经不再发热孵蛋了，静静地矗立在那里，笨重得如同一台老式冰箱，铰链极笨重，硕大的商标已经锈蚀。除了孵化器，这里又添了面镜子，一张小小的工作台，还有一个冰箱。

不过，不要忙着指责，请先仔细看看镜子中的西斯奥，不管你认可与否，你都会禁不住喜欢这个身着昂贵的宽松服装的年轻人，你会猜想，这种生活，尽管并非他自己的选择，对于他来说却也并非全然排斥，你猜得没错。他的脸似乎有长胖的趋势，身材尽管算不上胖，甚至也谈不上圆润，但很厚实。他善品美酒，会10种语言，其中有3种达到了母语水平，对许多国家的趣味了如指掌，在世界各地拥有很多朋友，而且都是风雅之士。他曾经同爱发牢骚的老弗兰克·劳埃德·赖特①在他的塔里埃森建筑工作室共进午餐,可以一副很权威的样子描述当建筑工人们在考夫曼别墅建设过程中犹豫不决的时候,建筑师是如何大声咆哮着让他们"把柱子给我砸了"。②跟母亲和祖父道别的时候,他既不感到不快乐,也不觉得辛酸,他们之间并无敌意。当他一级级迈下布满灰尘的台阶时,他并未意识到自己有多么恨我们,恨我们这些继续待在这些已经停摆了的长廊里的人,生活在这曾经的世界上最棒的宠物店里——现在,它已是锈迹斑斑,如同贫民窟一般脏乱不堪。

他生气勃勃,承受着自己这个行当的高风险,他的鼻翼张开,像匹打扮一新、准备上场表演的阿拉伯种马,鼻孔里刚刚抹过高纯度的可卡因,肛门上则抹过生姜粉,以让它们将尾巴高高翘起。

但他内心的恨还是在那儿,这种恨,同莉娅·戈德斯坦每天早晨醒来时所感受到的恨并无太多不同,尽管他将这种恨深深地埋藏起来,就像将一串不锈钢弹簧压缩在身体里。无论从哪个角度看都不显眼,此刻自然也不容易看出,倘若你仔细打量他走路的样子——前往罗马的澳航班机的最后一名乘客——你看到的只是一名都市青年,公文包上贴了张头等舱的标签。你也许会发现他的鞋磨损的位置有些奇怪——同他的裤子一样,鞋也经过精心挑选,但你不会猜到他正屏住呼吸。他屏住呼吸并不是因为紧张——现在还没什么危险——他是不想闻到机场的气味,因为从其中,他嗅到恐惧、焦虑、急躁、酒醉、疲乏、虚情假意等不愉快的内容,作为一个挑剔的人,他希望将这一系列的气味屏蔽在自己大脑的神经末梢之外。正是因为屏住呼吸,所以他走路的姿势看起来有点僵硬,尽管这件事本身并无可笑之处,但陪在他左右的空姐却为此增添了几分滑稽感——空姐围着她失踪的乘客,就像一个昆士兰帮工好不容易将一头倔强的小公牛赶回家。

380名乘客在等着西斯奥,当他在头等舱就座的时候,他不失优雅地向其他

---

① 弗兰克·劳埃德·赖特(Frank Lloyd Wright, 1867—1959),美国最著名的建筑设计师。
② 考夫曼别墅即流水别墅,是赖特为富翁考夫曼设计、建筑的。考夫曼原本只是想把别墅建在空气清新的山林中,对着一片晶莹流泻的瀑布。但赖特在仔细勘察过周围环境后,经过苦思冥想,灵光闪现,竟然提出一个惊世骇俗的构想,就是将别墅凌空建于溪流和瀑布之上。为了这超凡脱俗的梦境的实现,赖特在流水别墅的设计和施工中付出了极大的心血。在别墅修建成以后,工人们甚至还不敢确信这难以想象的房子竟然真的完成了,他们不敢用于工程支撑的柱体拆掉害怕会立刻倒塌,最后还是大师自己亲自手将其拆除。

人表示了淡淡的歉意。他将宽大的风衣叠起来，动作仔细得有点夸张，并固执地拒绝将衣服放进头顶的行李箱里——放在那里他很不放心——而是小心地放在了座位下方。

班机已经晚点半小时，但西斯奥冲乘务员笑了笑。见此情形，乘务员心里的火气便再也发不起来了。

我孙子的邻座是个大块头的漂亮女人。她看起来像个意大利人或者西班牙人，橄榄色的皮肤，黑李似的眼睛，方下巴，34岁——西斯奥猜得没错。他刚刚扣上安全带便开始欣赏起她来了。当然，他并非像个饕餮之徒或村野莽夫，而是像个慢慢摊开餐巾的人，仔细打量着红酒缓缓倒进一只大玻璃杯中。

他打量着她的双手（褐色的皮肤，如同贝壳般粉红的指甲），觉得这双手的比例堪称完美，既未涂指甲油，也没有戴戒指，虽不事雕琢，却又绵软灵活。他看着这两只手毫无意识地挪动，彼此触碰，抚摸脸颊或额头。他非常喜欢它们的灵活，喜欢手指轻松自如地顺着浅粉色的手掌往后弯去——她的手掌上有着清晰而深刻的掌纹，看得出她的生活是多么的无忧无虑。

飞机在玛斯考特机场起飞。西斯奥坐在座椅中，全身放松。他摸了摸鹦鹉，祈求好运，脸上绽放出笑容来——生活简直妙不可言。

西斯奥和女人之间的事情非常难以说清。他持续不断的情事，恐怕只能解释为他是为了不断地证明自己尽管个字矮小，却是个货真价实的男人。这个假设很有诱惑力。亨利曾经在《读者文摘》上读到过有关唐璜情结的内容，并向西斯奥暗示说他的滥交行为乃是他性高潮的质量太差所至，但西斯奥对哥哥报以极为同情的笑脸，最终是亨利火冒三丈，气呼呼地走开了。

西斯奥是那种为数不多的发自内心喜爱女人的男人，他经常会在酒吧和咖啡厅里，在咖啡机的蒸汽中，神游太虚，想象着女性的身体摆出各种姿态，从中得到无尽的爱的欢愉。当他看着自己的邻座（方下巴，黑李眼），他不是动心于她的金钱（这一点他只能凭空猜测），或者她的名望（这一点他一无所知），而是他小小的日本式的鼻子，在某种复杂的芳香中翕动，有门廊中辛辣刺鼻的气味，有阔叶草散发出来的麝香味，还有令人头晕的异国芬芳，那让一个人忘却一切过往的奇异文字，以及未来的艳福无边。

这架747客机经停墨尔本，又捎上了些乘客，但头等舱并未增员。一小时后，当它再次起飞的时候，西斯奥依然没有同他的邻座搭话。飞机进入了一大片黑色的风暴云团。西斯奥专心于飞机发动机巨大的能量之中。所以，当更大的风暴无情地令人窒息地将飞机高高刮起，然后又凶狠地将它扔进气旋冰冷的中心时，他没有感到丝毫的恐惧，而只有快乐。墨尔本的夏天经常如此，天气会在10分钟之内，骤然从35℃降至18℃，弗林德斯街上穿着短袖、汗流浃背的人全都作好了上报纸头条的准备——毕竟已经是秋天了。

他们在墨尔本单调的西风中突进，飞过迪戈斯·瑞斯特一带令人忧郁的麦田，这里，西斯奥的祖父曾经将福特T型车推销给那些连自己的名字都不会写的农场主。飞过本迪戈，这里，白杰瑞&戈德斯坦曾经第一次登台表演。半小时后，他们依然包围在风暴之中，此时他们已经飞临杰帕里特上空，这里，是罗伯特·孟席斯爵士的诞生地，也是西斯奥父母相遇的地方，那是1937年，当时这里正闹鼠患。

他飞越了家族历史的边界，但澳大利亚仍然绵延2000英里，还需要5小时他们才能飞离它的海岸线。一名优尼罗伊尔公司的国际副总裁将他的道别酒全都吐在了一个纸袋子里——他刚刚解雇了他们澳大利亚公司的总经理，正乘机返回。西斯奥听到其他地方一个女人正无助地哭泣。

他邻座的女人坐在座椅中，既没有紧张不安，也没有吓得哭鼻子，甚至没有像个坐等不愉快的事情快点过去的人。她刚刚参加完母亲的葬礼，现正回家，满脑子都是死亡以及她自己的命数，心早已被一股寒冷的孤独感穿透。

她有很多爱她的朋友，毫无疑问也不缺情人，但她父母双亡，现在她有种感觉，面对死亡和虚无这样残酷的现实，她手无寸铁，家庭、孩子，甚至国家等传统的武器，她全都没有。然而，她是个坚强的女人，而且也是个乐观主义者，对于人生，她没有丝毫的恐惧，所以，当西斯奥在杰帕里特上空开始同她说话的时候，她投入自己所有的聪明才智，全神贯注，同时也试图让这样的谈话温暖自己凄冷的心绪。

在他们的整个邂逅中，最令人迷惑的事情是，她很晚才发现跟自己聊天的居然是个男人。她有一种做梦的感觉。在梦里，人和物全都变得奇形怪状，仿佛电影里的魔术一般，这个角色逐渐化身为另外一个角色，或是魔鬼装进了瓶子里。她有种感觉，非常清晰的感觉，她的邻座是个女人。她很高兴地发现他原来是个男人，并且轻松以待。更令她欣喜的是，她发现这个男人优雅而又机智，快乐而又善于嘲讽。她心里在想，生活的力量，今晚飞得很高。

后来，她试图回忆自己有没有吃过什么药，或者喝太多酒了，但记忆中自己只喝了一杯（香槟酒），而且可以确定没有吃药。在这温柔而又幽暗的阿拉弗拉海上空，她同一个男人进行着深入的交流，如同置身于梦中，她感觉自己的乳头变硬，视线变得狭窄，发生过什么，正在发生什么，一切仿佛都混乱了，迷失了，同时又充满着情欲的诱惑。她仿佛透过一块涂黑了的玻璃，看见一张文艺复兴式的脸，看见了一个沉醉于红酒、葡萄和苹果的酒神巴克斯，散发着托斯卡纳的朝气，看见了湛蓝眼睛里的坚强而纯洁的意志，了无分毫堕落颓废的踪迹。

当她越过6英寸的矜持，想要亲吻他的时候，她感觉到他男性的魅力被掩盖在一层温柔的蓝色阴影之中，刚开始那个同她说话的"女人"就给她这种印象。

他们坐在头等舱的最后一排。机舱里正在播放电影。西斯奥将座位中间的扶手移开了。她对着他的脸看了会儿。西斯奥微微一笑，想到了她的人生自此将与自己的紧紧联系在一起，想到了她的心弦触动了自己的笑容。

她自然而然地误解了他的笑。

"没什么，"她低声说道，"我只是想看看你到底是谁。"

他并无恶意。或许，在那些玫瑰色的托斯卡纳苹果上发现沉醉在自我中的虫子，或透过他酒神巴克斯似的双唇去透视他道德世界的中心，是极富诱惑力的。毕竟，他曾经宣称自己是无是非感的。他喜欢将自己想象成一个海盗，一个土匪，一个危险的市民。但是，让我告诉你，他有着教员式的道德观。忘了他的酒神巴克斯式的嘴唇吧。他谨慎得像个小职员。移开扶手的时候，他同时站了起来，将鹦鹉稳妥放在了折叠的外套当中。

他的错误乃在于希望他的邻座也小心谨慎。毕竟，还有其他乘客。服务员就坐在上层，随时都有可能出现。其他四名头等舱乘客全都专注地看着《铁道儿童》，但随时都有可能感到乏味。

但是，他的邻座，罗莎·卡罗本纳并不感到羞怯，今天晚上，置身于阿拉弗拉海的上空，她如饥似渴地吮吸着生命温暖的乳汁，将习惯和秩序的绦虫抛在了一边，尽情地沐浴在错综复杂的情欲之中，又仿佛翱翔在天使的旁边，斗志昂扬地直面死亡和绝望。

然而，正是可怜的罗莎，在一次剧烈的扭动中，盆骨压在了金肩鹦鹉的脑袋上。

西斯奥感觉到鹦鹉脑袋被压碎了，鲜血四下漫开了。他腾地跳起来，顾不得小心、谨慎、海关间谍，或者罗莎·卡罗本纳。他拉开裤前拉链，心中仍抱着一线希望。

而罗莎一开始并不知道重重撞了自己一下的是只鹦鹉，现在则对西斯奥颤抖着的手上的鲜血不知所措。

"怎么回事？"

她抓着他的袖子。他再次落座，但摸索着拉上了裤前拉链。"没什么。"他说。

"我把你弄伤了吗？"

"没什么，没什么，我保证。别担心。"但他所说的话同他冰冷、压抑着愤怒的语气不相配。

"我弄伤你了？"

西斯奥从不轻易掉眼泪，但在这里，在飞机上，因为最后一只金肩鹦鹉死在了他的裤子里，他哭了。

罗莎觉得自己仿佛是服了什么药物似的，有了不良反应。她拿着块手帕，轻轻地拍着他的大腿，但是惊恐地发现腿上有一道道死亡的痕迹。

"没用了。"他说。"它死了。"他说着推开了她的手。

若干年后，当他们回忆起这次事故的时候，两个人都会痛苦地大声呻吟，绝望地闭上眼睛（尽管他们俩身在于不同的国度，过着迥然不同生活，但这种感觉同样锋利，不为时间或反复回忆所钝化），然而，他们痛苦的程度是不同的。相比较而言，罗莎的痛苦不会比踢伤脚趾，或者一次失态更为严重。但对于西斯奥来说，涉及的东西就多得多了——他曾经希望自己能被视为拯救金肩鹦鹉的人，最终却事与愿违。

正因为这个小插曲，再加上他的负疚感，以及对自己的鄙视，导致他内心深处的恨被彻底释放出来了，如同一根松开了的钢制弹簧，一朵绽放在一杯水中的日本纸花，露出了它青灰色的花蕊。

他远比自己假装的那样更爱自己的祖国，试图化腐朽为神奇，扶大厦于将倾。他真切地感受到了他曾经向莉娅·戈德斯坦描述过的那种情感，当时他称之为伟大，但实际上并非伟大——当查尔斯声称恨不能将妻子掐死的时候，他所说的，其实也是完全相同的情感。

64

对于罗莎·卡罗本纳来说,一只鸟就是一只鸟,尽管她知道自己的新情人对于它的死很不开心,但它对于他究竟意味着什么,她没有一点头绪。他是个走私贩。他失去了一大笔钞票。但他不费吹灰之力便通过了海关的盘查,毫无疑问,他会继续走私。

夜里醒来,她发现他站在浴室里的一把椅子上。一开始,半睡半醒之间,她以为他在做什么自残的事情,后来,在乌庀姆公司病态的绿色霓虹灯的映照下,她才发现他在做引体向上。她笑了,接着回去睡觉。

西斯奥通过锻炼来缓解自己的压力。他做引体向上,直至筋疲力尽,再也无法多做一个为止。当然,这一切并非发生在他预订的罗马希尔顿大酒店。罗马希尔顿大酒店的门上可没什么可抓的东西。相反,他们选择了一家小型的家庭式旅馆,位于国家广场一幢房子的五楼。这地方很干净,但也很嘈杂。楼下广场上,胳膊粗壮的女歌手正在给那些喝开胃酒的人唱着歌。

锻炼让他的心情平静了一会儿,紧接着紧张再次席卷而来。他冲了个澡,但是热水无法让他颈脖上紧缩的肌肉放松下来。于是,他穿上衣服,下楼来到广场上。此刻的广场,几乎空无一人。仅有几个人徘徊在喷泉边,最后一个打烊的酒吧正在将晚上用的椅子摞起来。

西斯奥沿着通往火车站的街道溜达。街上,几个年轻的恶棍划亮火柴,照亮他们的衬衫:鲜艳的浅绿色,糖果粉色,各种颜色,在磷火闪耀的那一刻,竞相绽放。

西斯奥走了过去,对这些恶棍,他既不感到害怕,也没有如往常那样,为一个新的城市香艳的可能性而蠢蠢欲动。

他全身的肌肤仿佛都收紧在手掌心,他找不到任何办法让自己放松下来。

在一个有着石子路的小公园里的某个地方,一个已经关了门的报摊旁,一棵摇曳温暖的大树下,他用英语说道:"马上我就要收拾你们这些王八蛋。"

说那话的时候,他感到什么东西咔哒一声响,像是脊椎错了下位,或是玻璃天窗在张力下裂开。他感觉到某种东西"消失"了,像是步枪射击般锐利,容不得你假装没看见,正是在那里(嗅着某种叫不上名字的树的香甜花香,听着不远处一辆菲亚特汽车启动时不断摧残蓄电池的声音,声音越来越弱,最终只剩下启动马达的咻咻声和驾驶员轻柔而简短的咒骂声),也正是在那个时候,这些无关紧要的东西,将他的焦虑紧紧地包围在中间,就像许多苍蝇围着一具尸体飞舞,而他真切地感受到了他一直不让自己知道的恨。皮肤里、关节里的痛没有散去,反而更加强烈,又上升了一个等级。此刻,他对周遭的一切有种超乎寻常的敏感,即便丝质衬衫轻轻地擦过无毛的胸膛,他也能感觉到。他不知道自己感觉到的究竟是痛苦还是快乐,不知道最终看清了自己冒着极大危险养活的家人的本来面目——他们是一群丑恶的野生动物,如同任何你曾经见过的东西一样邪恶,装在瓶子里,在你眼前晃了一下——究竟是该高兴还是落寞。

然后,他有了一个想法。

这个想法,他以前也曾经有过,但后来忘记了。这属于那种我们一次次找到了又忘记了、翻出来又埋起来的想法,每次,我们都会忘记我们曾经有过这样的想法。我们像一个梦游的人,将它们挖出来又埋上,害怕随之而来的后果,第二天早上,只有我们指甲里的泥土提醒我们,我们在某件危险的事情上浪费了太多的时间。

"我马上就要收拾你们这些王八蛋了。"

他迈着完全不同的步子回到了旅馆,在街道的拐角处,他甚至不耐烦地一跃而过。他对昏昏欲睡的门房很有礼貌。进了房间之后,他在窗户前静坐良久。罗莎·卡罗本纳在睡梦里翻来覆去。西斯奥打开窗户,听到下面五楼一个妓女孤独的高跟鞋声回响在空荡荡的柱廊里。他的情绪有点像个刺客。他很渺小,渺小得如同一粒沙子,但是,与此同时,又非常非常强大。他是精致而又粗俗的,阴郁而又生硬的。他什么都不是。他又是一切的一切。

他将一切都归咎于我们。

他归咎于自己有张外国人似的脸;归咎于他母亲的恐惧和机会主义,从而改变了他本来的形象;归咎于莉娅·戈德斯坦希望他一事无成。他尤其归咎于她不明白你既可以享受酒店、美酒、旅行,又可以同时无微不至地照顾那个在你大腿上跳动的小小心脏。

这位小姐，她是那么自以为是，那么冷酷无情。她根本不愿意听他对这只鹦鹉的打算，根本不知道斯诺尔·托托罗是真诚的，根本不知道他希望有一对能繁育的金肩鹦鹉，而且——他是个聪明人，绝对言之有据——他会将鹦鹉再带回到澳大利亚，他们可以相互合作，慢慢地培育出成群的鹦鹉来。

但莉娅根本不愿意听。没有人愿意听。现在，这些白痴们只会将这一切归咎于他，怪他毁了他原本打算拯救的物种。

他满腔怒火，觉得都是我们的错。

他坐在窗户前，烦躁不安地等待着黎明的到来。当天空开始泛白——一种冰冷而刺目的黄色渐渐盖过了灰蓝色——他拿出自己的万宝龙钢笔，给罗莎·卡罗本纳写了个非常难过感伤的便条，放在她床前的桌子上，然后从衣帽钩上取下风衣，将它翻过来铺在窗前的椅子上。他又从裤子口袋里拿出一把手柄上镶嵌着珍珠的小折刀，将风衣的内衬划开。他取出第一条幼蟒，轻轻地抚摩它的头，然后，忽的一下，将它的脖子拧断了。

他发出了点声音，类似大声地吸了口气。

紧接着，他又重复了一遍刚才所做的一切。

他一动不动地站了一会儿，两只手里各拿着一条死蛇，然后走到窗前，将它们全都扔了出去。他走出房间，留下了手提箱。

他冲门房笑了笑，又跟她聊了聊天气，并为夜里吵醒她而道歉。后来罗莎来找他的时候，门房是这样描述的——你丈夫，是个真正的佛罗伦萨人，真够绅士的。

不过，到了那个时间，西斯奥已经登上了前往东京的飞机了。他要去见竹内先生和森先生，两人都是他的顾客。他们分别从横滨和三岛来到东京，西斯奥先在银座宴请他们，后来又请他们上风格怪异的五百艺妓之所——御门去寻欢作乐。

他们有没有感觉到西斯奥冷冷的怒意，还有完美的勇士那种无爱无欲的状态？他们有没有意识到，即使他放声大笑，即使他坚持要求他们再来一杯苏格兰威士忌，但事实上他根本心不在焉，而是在想着他要报复家人的计划？

啊，到底是赫伯特·白杰瑞的孙子，冷酷无情是他最有力的名片。竹内先生，一个贪恋酒色之徒，可以安排他见到三菱公司的合适人选。

世界上再也没有比三菱公司的上班族更乏味的人了。一旦你明白了他们究竟有多保守，你就不难想象要跟一个头发蓬乱、有着酒神巴克斯似的嘴唇、穿着宽松的裤子和磨坏了的鞋子的澳大利亚人做生意，他们该有多么痛苦了，这还只是身体上的痛苦，内心深处的惶恐就更别提了。

所以，西斯奥彻底改头换面，让自己也变成了一个枯燥乏味的人。他将头发修剪整齐，买了套中规中矩的英式西服和一只腕表，这些都比他来不及印的名片更能清楚地表明他的身份。置身于三菱公司的走廊里，他几乎融入其中，成为其中的一员。这是他的宿命。他感觉到了。全新的礼貌，过度的殷勤，缓慢的进展，有时兜圈子，但有时又是螺旋形上升，慢慢地达成一致，他从中感到了一种别样的快乐。

他仍然知道自己想要成为一名建筑师，但在那里，在东京没完没了的会议中，在那些仔细分级的餐馆的午餐中，在花费和地位逐级上升中，他知道自己天生就是干这个的，也知道自己是个了不起的推销员，是家族里迄今为止最棒的推销员。

他乘坐日本航空公司的班机返回悉尼，怀揣100万美金的投资承诺，所有这些钱都将用于建设世界上最棒的宠物店。

经济萧条仍在持续。报纸上对他赞不绝口。

65

他将这幢老房子的内部彻底掏空，就像一只吃火鸡的巨蜥那样，邪恶地发起进攻，先从它的内脏下手，然后将它的腹内掏得一干二净，只剩下一个由光滑的肋骨构成的巨大洞穴。

当然，我的窗户也未能幸免。我被推到了一旁，先是搬到一楼，再转移到地下室。我不在乎。他们给我饭吃，替我擦屁股。当你的孙子正为自己的计划而着急上火的时候，你还能有什么更多的期待？他是我的血肉，我的生灵，我的恶魔。我爱他，爱他鼓胀的胸膛，爱他红肿的双眼，爱他结实宽大的双手在灰浆和锯屑之中展开他的蓝图。他展开的是宠物店的蓝图,当初我带他登上悉尼大桥的南塔时就已画好了路线图,这是他的宿命。当然,他早已忘记,事情就该如此,我可以如同啜饮他的爱一般啜饮他的恨,因为在这里,在这个幻想之城,他正在建造一幢杰作。

甚至包括爱玛,没有人敢阻止他。这就是他的梦想的力量,所有人在它面前都得乖乖让路,即便是莉娅——她现在越发憔悴,眼睛暗如深潭。尽管不愿意同他说话,但她也禁不住发自内心地佩服,因为她看到他在毫不妥协地追求自己的一个想法,看到在他可掌控的范围内,确实拥有可以谓之为伟大的东西,但那些,都是在她看出他究竟要做什么之前的事情了。

悉尼的建筑师们迟早都会说三道四。他们知道西斯奥·白杰瑞,那个美食家、外行货,还是个离经叛道的家伙。他们觉得他自己是没本事做这件事的,觉得他不过是一个门面,是日本建筑师的一个影子,他们争论不休的,只是到底由哪位大师来做设计。

这帮白痴。除了投资,什么都与日本人无关。他像个爵士音乐家那样改造着这幢老建筑。他让从前的宠物商场再次复活,重新运转起来。吱嘎作响的长廊不见了,但你依然可以在自己的想象中看到它们。他像个骗子、像只蜘蛛那样建造着一切——在空旷的长廊里,铁梯、走道、天桥,还有笼子,或悬在空中,或一叠叠挂在墙上,如同瀑布一样,仿佛一座不锈钢建成的叹息桥。

当莉娅最终看出他要做什么的时候,她拿起一把刀子,试图扎进他的胸口,但她现在已经是个穿着佩斯利细毛披肩的老太太了,手臂绵软无力,双手关节生痛,他毫不费力地便将刀子打落在地,然后照着她的脸啐了一口——一团浓痰,结结实实地落在了她已然苍老的脸颊上,而她绝望的泪水,顺着痰迹,悄然滑落。

让他出离愤怒的不是这把刀子,而是她缺乏想象力,她根本不理解他在做什么,他拥有怎样的激情,他的恨根植于怎样的爱之上。

66

  我没什么大不了的疼痛，也没什么如烧如灼的痛苦，所以犯不着尖叫流泪。但我一直犯恶心，头晕目眩，大小便失禁，让人很不舒服，还有牛皮癣，奇痒无比，我躺在这里，像一只皱缩的明虾，皮肤结痂、蜕皮。

  自然，他们会来看我，不单单是那些拿着卡尺和瓶子的人，还有普通的来访者。他们在铝合金的走道上排成行，鼓足勇气，紧紧抓着栏杆，哆哆嗦嗦地想看看一个人究竟能变成什么样子。

  我希望自己身体别出什么问题，以便体面地享受这种状况。我曾经乐在其中。记得第一天，他让邦迪冲浪救生俱乐部的小伙子们将我抬上来。他们是用两根杆子和一根帆布吊兜抬我的。

  看起来像是要他妈的永远把我放那儿了。他们把我抬上来的那周，莉娅碰巧被抓起来了，因为她朝警察的马扔鞭炮。我让他们看墙上我写的东西，全都装在镜框里。那些蠢货当着我的面嘲笑我，还说我就是个老古董，应该把我做成标本，等等。然后他们就下楼去了，各就各位，参与到这个巨大的展览中——他们的职责就是在一楼的沙池中扮演小丑，逗大家开心。那些年轻人对自己的收入和工作洋洋得意，不过现在全都被解雇了——他们都太老了，可能靠救济金生活，或者住在公园里，喝着变性酒精才能睡去，并对当年曾在世界上最棒的宠物店工作的日子念念不忘。

  你也许会觉得待在天窗下面太热了，但西斯奥早已将所有的问题考虑周全了。屋顶彻底消失了。他将它设计得如同眼睑一样，能开能合，而那些凤头鹦鹉，从笼子里放出来之后，便直飞开阔的天际。倘若我朝右侧躺着的话，我便能看见它们振翅翱翔，不过这让我感到头晕，可能的话我会将头扭开不看。有时候我可以自己扭头，有时候则需要别人帮忙。凤头鹦鹉会飞到我对面，那儿有个音控的窗帘。一旦碰到帘子，它们就会跌跌撞撞，极速下坠，然后，因为它们当时几乎同我一样感觉很不舒服，所以会乖乖地回到下面的栖木上。等它们感觉好一点的时候,它们会再次尝试。最终它们都死了,然后西斯奥会重新换上一群。

当然,这是当之无愧的世界上最棒的宠物店。谁能同它相比?不单单是我们的后台老板三菱公司这么说。每个人都这么说。随便哪个国家,都有人特意赶来,就为了能一睹我们的真容。

你可以说西斯奥将如此多同胞放在那里以供展览,仅仅是因为内心深处的恨。不过,他可不单是供他们吃喝,他还付给他们工资,而且对他们的类型进行精心的挑选。这个地方有种精神。正是这种精神让参观者感到兴奋。比如说,剪毛工展示出来的那种冷面滑稽,那种言简意赅的、不盲从的智慧,正是澳大利亚人幽默感真正的基础。这些救生员、发明家、产业工人、农民、土著人,他们是骄傲的人民。他们并不像关在笼子里的人。展览的成功之处在于,尽管受困于狭窄的空间,他们却能自如地行动与交流。他们照旧忙于他们的生意,他们的沙画,他们的割礼仪式,他们的罢工,定居点,讨论国歌方案,争论《跳华尔兹的马蒂尔达》和《前进,美丽的澳大利亚》。在菲比的那片区域,艺术家们、作家们全都聚在一起热烈讨论。听到他们的话,谁不会感到震惊不已呢?当然,会有不同意见,会有争斗,但没有人反对。唯一的怨恨来自墙外,来自街上那些嘲弄吵嚷的作家们,无论如何,他们付不起门票的钱。

莉娅很不开心。她不想待在这里,但是,即便西斯奥放她走,她又能怎样?谁会雇用她,供她吃喝?西斯奥将她一直锁在笼子里。她的门上挂着块牌子:"墨尔本犹太人"。她花很多时间解释自己不是犹太人,说那个牌子是个谎言,说整个展览都是个谎言,但顾客们更倾向于相信印出来的信息。毕竟,这个信息写出来了,而且还有独立专家的签名。我门上的示图说我已经139岁了,还说我生于1886年,但没有人投诉。访客们看得很开心。

我已经好多年没见过罗先生了,但我想他也在这儿,我偶尔见过爱玛——有个星期天下午,她一脸骄傲地同儿子一道,查看展览。

但是多数时候,白天我见到的是付钱进场的参观者,晚上见到的是西斯奥。夜深人静的时候,他会围着他替我们做的这些极为聪明的笼子,责怪我们。他责怪最多的人是我,赫伯特·白杰瑞。他会在午夜之后过来,坐在我的床边,喝着白兰地。夜里有各种各样的声音,我并不是指土著妇女的恸哭或者泥瓦匠的嘟囔,而是外面街上的声音,那里,反对这个中心的人已经搭起了帐篷。我从未见过他们,但谁都能听得见警报器的嘶喊声,有时候还会传来骑警的马蹄声。

我们的讨论,我和西斯奥的,并不以其机智或优雅而出众。他替自己倒了杯法国白兰地,然后开始羞辱我,有时候用日语,有时候用英语。他脸上的皮肤已经粗糙不堪,所有这些酒精的作用都显露出来了。现在,他已经是个红鼻头的家伙,而且看起来有点矮墩墩、胖乎乎的。

"你怎么还不死,你这个老头子?"

我们之间的辩论向来如此,但也有很多时候,当我曾经帅气的脸庞上布满了一道道白色的印子时,我真的非常乐于答应他的请求。我的血管如同陈年的排水管道,堵塞不通。它们让我感觉糟透了。你根本无法相信,一个人居然能够感觉如此糟糕,却又能够苟延残喘。但我不能死。我不要死,因为这是我的计划。我得活着见到它——兑现。

"去死吧,讨厌鬼。"西斯奥·白杰瑞说。

可怜的小家伙。他害怕街上那些喊着他名字的敌人吗?他能感觉到他们的激情、他们的愤怒吗?就是这么回事,是吗,我的小甜心?他一定感觉糟透了——他是那么好的一个孩子——每个人都喜欢他——他还没有准备好成为仇恨的目标,而这些仇恨,是如此聪明,又如此不可避免。

你知道,因为宠物商场正常运营,将所有的愤怒和仇恨都被它吸进去了。街上,污蔑如是,愤怒如是。上周,他们从天窗上扔进来了催泪瓦斯。鹦鹉都得转移地方,但我将瓦斯深深地吸进肺里,仿佛它是金银花似的。我曾经的乐观主义,又回来了。

我听到了玻璃碎裂的声音了吗?我听到第一波示威人群冲进一楼的声音了吗?西斯奥害怕的就是这个,而这恰恰是我所期待的,让我挺过那些个无穷无尽的日日夜夜。但时候未到,还不是时候。

我抓着这孩子——他轻得如同一根羽毛——将他抱在胸前。他红色的酒神巴克斯式的小嘴像个婴儿似地嘬着。啊,看啊。这两片小嘴唇吮吸着,一收一缩,那么用力,那么稳定,那么有节奏。

对于他来说,知道自己本身就是个谎言,知道自己不比这幢辉煌的、在皮特街上摇摇欲坠、如同海市蜃楼一般的四层楼房更实在,不比那些异域的花朵、那些霓虹灯招牌、那些在气体和玻璃中扭曲变形、五颜六色的霓虹灯更实在——霓虹灯的发明者，那些愚蠢的人，满以为它们会永远存在下去——其实是没什么益处的。

不，他不可能知道。

我闭上眼，做了自己唯一能做的事。最终，我成了那个我一直希望成为的东西——一个善良的人。我用自己肿胀的、有着蓝色血管的乳房，给我的后代施以救济——从我女巫般的乳头里，给他喂了些恶龙的乳汁。

他将由此获得力量，迎接未来的奇妙时光。

著作权合同登记：图字 09-2016-006 号

ILLYWHACKER by PETER CAREY

Copyright:© 1985 BY PETER CAREY
This edition arranged with ROGERS,COLERIDGE&WHITE LTD(RCW) through Big Apple Agency,Inc.,Labuan,Malaysia.
Simplified Chinese edition copyright:
2015 Shanghai Wideart Culture&Art Co.,Ltd.
All rights reserved.

图书在版编目（CIP）数据

赫伯特的奇幻人生／(澳) 凯里著；张卫华译.--
上海：上海社会科学院出版社,2016
书名原文：Illywhacker
ISBN 978-7-5520-1108-1

Ⅰ.①赫… Ⅱ.①凯… ②张… Ⅲ.①长篇小说－澳大利亚－现代 Ⅳ.①I611.45

中国版本图书馆CIP数据核字(2016)第019518号

赫伯特的奇幻人生

著　　者：［澳］彼得·凯里
译　　者：张卫华
出 品 人：缪宏才
总 策 划：朱书民　闫青华
责任编辑：潘　炜
特约编辑：沈丽凝
装帧设计：黄佳菁　谷亚楠
出版发行：上海社会科学院出版社
　　　　　上海市顺昌路 622 号　邮编：200025
　　　　　电话：021-63315900　销售热线：021-53063735
　　　　　http://www.sassp.org.cn　E-mail:sassp@sass.org.cn
排　　版：上海万墨轩图书有限公司
印　　刷：江苏苏中印刷有限公司
开　　本：890×1240 毫米　1/32 开
印　　张：19.75
字　　数：664 千字
版　　次：2016 年 3 月第 1 版　2016 年 11 月第 2 次印刷

ISBN：978-7-5520-1108-1/I.174　　　　定价：58.00 元

版权所有，侵权必究

读者回函表 Readers WIPUB BOOKS

姓名：＿＿＿＿＿＿　性别：＿＿＿　年龄：＿＿＿　职业：＿＿＿＿　教育程度：＿＿＿＿

邮寄地址：＿＿＿＿＿＿＿＿＿＿＿＿＿＿＿＿＿＿＿＿＿＿　邮编：＿＿＿＿＿＿
E-mail：＿＿＿＿＿＿＿＿＿＿＿＿＿　电话：＿＿＿＿＿＿＿＿＿＿

您所购买的书籍名称：　《赫伯特的奇幻人生》

您对本书的评价：

书名：	□满意	□一般	□不满意	故事情节：	□满意	□一般	□不满意
翻译：	□满意	□一般	□不满意	书籍设计：	□满意	□一般	□不满意
纸张：	□满意	□一般	□不满意	印刷质量：	□满意	□一般	□不满意
价格：	□便宜	□正好	□贵了	整体感觉：	□满意	□一般	□不满意

您的阅读渠道（多选）： □书店　□网上书店　□图书馆借阅　□超市／便利店
□朋友借阅　□找电子版　□其他＿＿＿＿＿＿＿＿＿

您是如何得知一本新书的呢（多选）： □别人介绍　□逛书店偶然看到　□网络信息
□杂志与报纸新闻　□广播节目　□电视节目　□其他＿＿＿＿＿＿＿＿

购买新书时您会注意以下哪些地方？
□封面设计　□书名　□出版社　□封面、封底文字　□腰封文字　□前言后记
□名家推荐　□目录

您喜欢的书籍类型：
□文学－奇幻小说　□文学－侦探／推理小说　□文学－情感小说　□文学－散文随笔
□文学－历史小说　□文学－青春励志小说　□文学－传记
□经管　□艺术　□旅游　□历史　□军事　□教育／心理　□成功／励志
□生活　□科技　□其他＿＿＿＿＿＿

请列出3本您最近想买的书：＿＿＿＿＿＿、＿＿＿＿＿＿、＿＿＿＿＿＿

请您提出宝贵建议：＿＿＿＿＿＿＿＿＿＿＿＿＿＿＿＿＿＿＿＿＿＿＿＿＿＿＿＿
＿＿＿＿＿＿＿＿＿＿＿＿＿＿＿＿＿＿＿＿＿＿＿＿＿＿＿＿＿＿＿＿＿＿＿＿＿＿

★感谢您购买本书，请将本表填好后，扫描或拍照后发电子邮件至 wipub_sh@126.com，
您的意见对我们很珍贵。祝您阅读愉快！

图书翻译者征集

为进一步提高我们引进版图书的译文质量,也为翻译爱好者搭建一个展示自己的舞台,现面向全国诚征外文书籍的翻译者。如果您对此感兴趣,也具备翻译外文书籍的能力,就请赶快联系我们吧!

您是否有过图书翻译的经验: □有(译作举例:_____)
　　　　　　　　　　　　　□没有
您擅长的语种: □英语　□法语　□日语　□德语
　　　　　　　□韩语　□西班牙语　□其他_____
您希望翻译的书籍类型: □文学　□生活　□心理　□其他_____

请将上述问题填写好、扫描或拍照后,发电子邮件至 wipub_sh@126.com,同时请将您的译者应征简历添加至邮件附件,简历中请着重说明您的外语水平等。

期待您的参与!

上海万墨轩图书有限公司

更多好书资讯,敬请关注

万墨轩图书

文学·心理·经管·社科

艺术影响生活,文化改变人生